Lydia Conradi
Das Haus der Granatäpfel

PIPER

Zu diesem Buch

Smyrna, das heutige Izmir, 1912: Das Paradies – so nennen viele die Metropole am Ägäischen Meer, die inmitten von Krisen wie ein weltvergessenes Idyll wirkt. In die Stadt, in der Menschen aus aller Herren Länder seit jeher in Eintracht leben, kommt die Berlinerin Klara, um mit Peter, dem Sohn eines Kaufhausmagnaten, eine Zweckehe einzugehen. Doch er kann die lebenshungrige junge Frau nicht glücklich machen, und Klara verliert ihr Herz an den Arzt Sevan. Aber auch er ist gebunden, und als der Erste Weltkrieg ausbricht, beschließen beide, trotz ihrer Liebe füreinander ihre Partner nicht im Stich zu lassen. Für eine Weile erweist sich das Paradies wahrhaftig noch als Oase im Grauen, doch dann entbrennt ein schicksalhafter Kampf um die Stadt. Und plötzlich muss Klara eine Entscheidung fällen, die über Menschenkraft hinausgeht, um etwas von Smyrnas Geist und ihrer Liebe zu Sevan zu bewahren …

Lydia Conradi ist das Pseudonym einer deutschen Autorin, die mit ihrer Familie im europäischen Ausland lebt. Als Literaturhistorikerin arbeitet sie im Bildungsbereich eines Museums, verbringt alle verfügbare Zeit auf Reisen und ist der verlorenen Vielfalt der Levante verfallen – ihrem sinnlichen Zauber, ihrem kulturellen Reichtum und ihrer Tradition der Toleranz.

Lydia Conradi

DAS HAUS DER *Granatäpfel*

Roman

PIPER

Mehr über unsere Autoren und Bücher:
www.piper.de

Von Lydia Conradi liegen im Piper Verlag vor:
Das Haus der Granatäpfel
Tausend Nächte und ein Tag

FSC
www.fsc.org
MIX
Papier aus verantwortungsvollen Quellen
FSC® C083411

Ungekürzte Taschenbuchausgabe
ISBN 978-3-492-31390-2
Oktober 2018

erschienen im Verlagsprogramm Pendo
Dieses Werk wurde vermittelt durch die AVA international GmbH
Autoren- und Verlagsagentur, www.ava-international.de
Umschlaggestaltung: U1 berlin/Patrizia Di Stefano
Umschlagabbildung: Richard Jenkins; Michael Trevillion/Trevillion Images; DEA PICTURE LIBRARY/Getty Images; HadelProductions/iStockphoto
Satz: Kösel Media GmbH, Krugzell
Gesetzt aus der Adobe Garamond
Druck und Bindung: CPI books GmbH, Leck
Printed in the EU

Für Aleppo

»Was bei Tag nicht leuchtet, scheint in der Nacht.«

Türkisches Sprichwort

»Und wer bist du?
Kairos, die Zeit, die alles besiegt.
Warum stehst du auf Zehenspitzen?
Weil ich immer laufe.
Und warum hältst du eine Klinge in der Rechten?
Um die Menschen zu warnen, weil ich schärfer bin als jede Schneide.«

Aus einem Epigramm des Posidippos
von Pella, 3. Jahrhundert v. Chr.

AUFTAKT

Auf der Landstraße in die Hafenstadt Smyrna und in einem Ballsaal in der Kaiserlichen Hauptstadt Berlin

»Ach, da wo einst
Der Schnee des Leibes glänzte,
da fließt jetzt Purpur.«

Bion von Smyrna:
»Klagelied für Adonis«

I

Landstraße nach Smyrna, Mai 1894

Der Tag, an dem Sevan die Welt entdeckte, war sein neunter Geburtstag, der Himmel war blau bis auf eine scharf umrissene Wolke, und die Welt hieß Smyrna.

Sie waren bei Sonnenaufgang aufgebrochen. Onkel Bedros saß vorn auf dem Karren und lenkte das Maultier, und Sevan hockte hinten und gab acht, dass keine der Holzkisten herunterfiel. Auf seine Aufgabe war Sevan stolz. Onkel Bedros hätte genauso gut einen seiner Brüder oder Cousins mitnehmen können, mutige, geschickte Burschen, die für die Familie ihren Mann standen, aber er hatte sich für Sevan entschieden, der sich vor seinem Schatten fürchtete und über seine Füße stolperte. Sevan, den die anderen den Herrn Kann-nicht nannten, weil er gar nichts konnte.

Dies hier aber würde er schaffen. Er war entschlossen, den Onkel nicht zu enttäuschen.

In den Kisten waren Flaschen und Käselaibe. Sooft der Karren auf dem hart gebackenen Feldweg hüpfte und Sevan die Flaschen aneinanderklirren hörte, schob er schnell die Hände dazwischen und wünschte sich, ein Meeresungeheuer mit acht

Armen zu sein. Die Kisten rochen gut. Nach Holz und Harz und der seifigen Lauge, mit der seine Mutter sie abschrubbte, sauer nach Ziegenmilch und süß nach in der Sonne getrockneten Feigen, die Onkel Bedros zusammen mit Kümmel und Pistazien in den Käse schnitt. Den Käse verkaufte er an einen Türken, der Restaurants in Smyrna damit belieferte.

»Das solltest du mal sehen«, sagte Onkel Bedros und hörte sich an, als kaute er dabei auf seinem Priem. »Die Damen, die da in Smyrna meinen Käse essen, die tragen Hüte wie Lebensbäume auf den Köpfen und nehmen sie sogar zum Essen nicht ab.«

Smyrna, das war die große Stadt. In ihrem Hafen traf Onkel Bedros nicht nur den Türken, der den Hutfrauen seinen Feigenkäse auftischte, sondern auch noch einen Ausländer, der die Flaschen mit dem weißen Saft nach Europa verschiffte.

»Deutscher ist der und sieht aus wie ein Fass mit Brille. Ein *raki*-Fass. Sobald der mich zu Gesicht kriegt, ruft er immer: ›Ah, Bedros, Bedros, wer seinen *raki* allein trinkt, der ist ein einsamer Mann.‹«

Onkel Bedros erzählte Sevan ständig, wer wie aussah. Als wäre Sevan blind. Sein Bruder Aram nannte ihn so, wenn er wieder einmal über etwas stolperte: »Mein blinder Herr Kannnicht«. Dabei konnte Sevan sehr wohl sehen. Er sah die rötlichen Bohnenfelder, die mit Piniennadeln abgedeckten Tabakfelder und die weißen Flocken auf den Baumwollfeldern, doch vor allem sah er die Nebel, die die Farben trüb machten und ihm Angst einjagten. Wenn die Welt einen Grund hatte, sich im Nebel zu verbergen, wie durfte man ihr dann vertrauen?

Die Flaschen, die in den Kisten hüpften, sah er hingegen recht klar. Sie enthielten den weißen Saft, der hervorquoll, wenn Onkel Bedros seinen Feigenbäumen einen Ast vom Stamm brach und ihre Rinde bluten ließ.

»In Europa ist das Medizin«, erklärte er mit einer Stimme, die nach Grinsen klang.

»Und gegen was soll das helfen?«, fragte Sevan.

»Warzen.« Das Grinsen in der Stimme wurde breiter. »Denen in Europa kannst du alles einreden, was du willst, solange etwas nur aus dem Orient kommt. Dann glauben die, es wirkt Wunder wie Aladins Lampe.«

Sevan schloss die Augen und sah Bilder von Europa. Den Eiffelturm, das höchste Bauwerk der Erde. Den Kristallpalast in der Hauptstadt des britischen Weltreichs, wo die Sonne nicht unterging. Vielleicht gab es das gar nicht. Onkel Bedros erzählte zwar, es stünde in der Zeitung, aber Onkel Bedros erzählte viel, wenn der Tag lang war, und in ihrem Dorf Bardisag, was *kleiner Garten* bedeutete, war jeder Tag lang. Sevan wünschte, er hätte die Zeitung selbst lesen können, doch er war zu dumm, um es zu lernen. »Der Herr Kann-nicht ist nicht blind, sondern blöd«, sagte sein Cousin Rupen zu seinem Bruder Aram, wenn Sevan sich über seine Schulaufgabe beugte und auf die Zeichen starrte, ohne eines zu erkennen. Aram und Rupen ließen ihre Schulaufgaben liegen, weil sie faul waren, bei Sevan hingegen war aller Fleiß für die Katz. Jäh spürte er, wie die Sonne brannte, und stöhnte, als ihm der Schweiß in die Striemen auf den Schenkeln rann.

Die brannten wie Feuer, die Striemen von seines Vaters Klopfpeitsche, und es geschah ihm recht. Er hatte seine Mutter zum Weinen gebracht, seine Mutter, die nach frisch gebackenem *lavasch*-Brot duftete und ihn in ihren Armen im Kreis schwang, die ihm das Wiegenlied von der Milch der Hirschkuh sang und ihn ihren Kleinen, ihr Hirschkalb nannte.

»Mit kleinen Blättern will ich dich zudecken.
Und die wilde Hirschkuh gibt dir ihre Milch.«

Onkel Bedros drehte sich im Fahren um. Sein Gesicht war ein Schemen, braun wie Tabaksaft. »Beißt dich was?«

Heftig schüttelte Sevan den Kopf. Dann starrte er auf seine Knie, die vor seinen Augen verschwammen.

Mit einem Ruck, der die Flaschen zum Klirren brachte, kam der Karren zum Stillstand. »Hat's wieder Schläge gesetzt, ja?«

Sevan presste die Lippen aufeinander. Schläge waren kein Grund zum Heulen, jeder Junge im Dorf bekam seines Vaters Peitsche zu spüren, und er war der Einzige, der dabei wie ein Schwächling wimmerte. Aber die anderen verdienten sich ihre Hiebe für Frechheit, und insgeheim waren ihre Väter stolz darauf. Sevan dagegen verdiente sie, weil er feige und dumm war. Seine Mutter stand am Fenster und weinte, und sein Vater musste sich für ihn schämen.

»In meiner Familie hat es nie einen Dummkopf gegeben«, beklagte sich der Vater, wenn er Sevan schlug. »Schon gar nicht einen, der wie ein Waschweib überall Gespenster sieht.«

Als er ihn gestern geschlagen hatte, war der Lehrer am Zaun vorbeigekommen und hatte gelacht. »Sachte, sachte, Hohvan. Bei deinem Großen, dem Früchtchen, braucht's mehr Prügel als Gebete, aber der da kann nichts dafür. Der Bursche hat Bohnenstroh im Kopf, damit kannst du ein Brautbett stopfen.«

Onkel Bedros saß noch immer ihm zugewandt. »Sanft ist er nicht mit dir, dein Herr Vater, was?«

Sevan schwieg und starrte auf seine Knie.

»Na, komm«, sagte Onkel Bedros, »lass den Kopf nicht hängen. Er ist mein Bruder, er hat mich aufgezogen, und mit mir ist er auch nie sanft umgegangen. Wenn einer sich über Büchern dumm anstellt, kennt er kein Pardon.«

Verblüfft blickte Sevan auf. Onkel Bedros war doch nicht dumm! Die anderen Männer in der Familie waren kleine Schreiber oder Krämer, und die Frauen rackerten sich auf ihrem Flecken Land die Hände wund. Auch die von Sevans Mutter waren rot und aufgesprungen, aber Onkel Bedros hatte es zu etwas gebracht. Kaufmann war er, fuhr viermal im Jahr in die

Wunderstadt Smyrna, und sein Warzensaft wurde bis nach Europa verschifft. Sevans Mutter klagte, wenn sie glaubte, dass Sevan sie nicht hörte: »Würde mein Schwager Bedros mir nichts zustecken, hätte mir der Steuereintreiber längst das Haus leer geräumt.«

»Ich les dir von der Nasenspitze ab, was du denkst«, sagte Onkel Bedros. »Als ich so alt war wie du, hab ich das Gleiche gedacht: Was soll ich über Büchern schwitzen? Mein Vater ist auf der Krim für dieses Reich verreckt, meine Leute schlagen sich mehr schlecht als recht durch, die werden kaum das Geld aufbringen, um mich auf die höhere Schule zu schicken und aus mir einen Arzt zu machen. Also drücke ich mich lieber auf dem Markt herum und lerne was vom Leben. Du bist auch so einer, ja? Liest von Nasenspitzen besser als aus Büchern?«

Unglücklich nickte Sevan, doch in Wahrheit fürchtete er sich vor Menschen noch mehr als vor Büchern. Nicht weil er Menschen nicht mochte. Er mochte sie gern und wäre auch gern von ihnen gemocht worden, aber lesen konnte er sie nicht. Ihre Nasenspitzen, ihre Gesichter blieben ihm verschlossen.

»Deinem Vater darfst du's nicht übel nehmen«, sagte Onkel Bedros. »Du bist sein Sohn, und wenn er deinem Hintern eine Portion Saures verordnet, dann weil er Angst hat, dass du ihm sonst vor die Hunde gehst. Wir sind Armenier, also meint er, wir müssten nicht nur doppelte Steuern zahlen, sondern uns auch doppelt hervortun, um den Kopf über Wasser zu halten.«

Sevan fiel darauf keine Erwiderung ein. Als wäre er nicht nur zum Lesen, sondern selbst zum Sprechen zu dumm.

Onkel Bedros spuckte Tabaksaft aus. »Na komm, so arg ist das doch nicht. Du hast deine Mutter, diesen Engel von einer Frau, die dir ihr *baseil* aus Aprikosen in den Mund stopft, um dir den Schmerz zu versüßen. Und die willst du nicht enttäuschen, deine Mutter, oder?«

Sevan schüttelte den Kopf.

»Du könntest bei mir in die Lehre gehen, du? Ein Junge, der Lust auf Abenteuer hat und ein bisschen patent ist, taugt mir besser als ein Bücherwurm.«

Wieder schüttelte Sevan den Kopf. Etwas tropfte auf sein Knie.

»Ach Gott«, sagte der Onkel. »Das kannst du auch nicht, meinst du?«

Sevan zwang die Lippen auseinander. »Ich kann nichts.«

Onkel Bedros schwieg eine Weile und kaute schmatzend auf seinem Priem. Dann sagte er noch einmal: »Ach Gott«, drehte sich um und fuhr wieder an.

Sevan hatte mit den Flaschen alle Hände voll zu tun und gab sich Mühe, an nichts anderes zu denken. Der staubige Weg wurde breiter, aus dem Nebel tauchten Häuser auf und warfen dunkle Schatten. Als Sevan das Rumpeln spürte, war es zu spät. Er hatte die mit Pflastersteinen befestigte Straße nicht kommen sehen. Die Flaschen konnte er gerade noch festhalten, doch eine der Käsekisten geriet ins Rutschen und prallte krachend auf die Steine. Der Onkel stieß einen Fluch aus und sprang vom Karren. Sevan kletterte langsam hinterher. Vor seinen Augen verschwamm das Grau des Pflasters mit dem Weiß der Käselaibe.

»Nichts mehr zu retten.« Mit schwerem Schritt stapfte der Onkel auf ihn zu. Sevan schloss die Augen, doch die Ohrfeige, die ihm gebührte, blieb aus. »Armer Tropf«, sagte Onkel Bedros. »Na komm, hilf mir, die Schweinerei wegzumachen. Wir sind hier in Smyrna. Da lässt man nicht alles liegen.«

Sevan ging auf Hände und Knie wie ein Hund und sammelte die Reste der Kiste ein. Dann senkte er den Kopf bis fast auf den Boden und wischte mit dem Hemdsärmel auf dem Pflaster herum.

»Das ist jetzt übertrieben, weißt du.« Der Onkel zerrte ihn auf die Füße. »Ab, auf den Karren mit dir. Wenn du schon hier bist, schau dir wenigstens Smyrna an.«

Sevan wollte sich Smyrna gern anschauen. Er hatte es sich strahlend schön vorgestellt und der Mutter davon erzählen wollen, doch jetzt fand er sich zwischen Häusern, die bedrohlich aus den Schatten ragten, und in verstopften Gassen, die keinen Fluchtweg offen ließen. Ehe er vor Angst losheulte, kniff er die Augen zu und nahm nur noch wahr, was er aushalten konnte: Gerüche und Geräusche.

Ein feiner Regen von Silben nie gehörter Sprachen ergoss sich über ihn. Marktschreier brüllten, Bettelweiber greinten, Kinder johlten, Kamantschen-Spieler schluchzten ihre Lieder. Dazu mischten sich Hufschlag und Sohlengetrappel, Geklirr von Werkzeug und Geschrei von Tieren, Räder, die sirrten, Achsen, die knirschten. Und über allem spannte sich das Netz der Düfte. Sevan erkannte die Süße von Vanille so deutlich heraus wie die Schärfe von Knoblauch und den Mief von Fischabfällen. Bitternis von Bergamotten, Würze von dreimal geschäumtem und mit Kardamom versetztem Kaffee, Heiligkeit von Weihrauch wie in der Kirche von Sankt Rhipsime.

Dieser letzte war sein Lieblingsduft, weil er ihn an ein Mädchen denken ließ, das genauso hieß: Rhipsime. Sie trug ein blaues Kleid und ließ Sevan nie nah genug heran, um Genaueres zu sehen, doch ihre Stimme war klar, jedes Wort wie poliert. Hätte er einen Arzt aus sich machen können, hätte er Rhipsime mit der klaren Stimme zur Frau nehmen und mit ihr nach Smyrna gehen wollen.

Jäh schienen alle Geräusche, alles Singen, Schwirren, Schwatzen zurückzuweichen, als der Muezzin anhob, zum Gebet zu rufen. Fünfmal an jedem Tag seines Lebens hatte Sevan die gesungene arabische Wortfolge vernommen, die ihm wie Flehen vorkam. Manchmal hatte er die muslimischen Dorfbewohner darum beneidet, weil ihm selbst danach zumute war – nach Flehen aus tiefster Seele. Hier aber war der Adhan, der Gebetsruf, wie ein Sturm aus allen vier Winden, die über die Stadt hinwegfegten. Sevan wagte nicht, die Augen zu öffnen, um nicht wieder enttäuscht zu werden, doch was er hörte, schuf ihm Bilder im Kopf: Muslimische Händler, die ihre Geschäfte stehen und liegen ließen, ihre Teppiche ausrollten und zum Gebet auf die Knie fielen, und christliche Käufer, die ihre Karren um die Betenden herumlenkten und ihre Gespräche dämpften.

Gleich darauf schwoll der Lärm von Neuem an, als hätte jemand den Daumen auf ein Loch in einem Schlauch gehalten und ließe es hinterher umso heftiger sprudeln.

»He, du Stoffel, nennst du das vielleicht Anschauen?«

Erschrocken öffnete Sevan in der blendenden Sonne die Augen. Der Karren stand, und Onkel Bedros tippte ihm mit dem Stiel der Peitsche auf die Schulter. Aus den Schatten der engen Gassen waren sie auf eine Promenade gefahren, auf der das Gewimmel von Mensch und Tier sich verteilte. Zur Rechten erhob sich eine Reihe hoher Häuser in verwischten Farben, und zur Linken erstreckte sich das Meer, eine wie mit Goldstaub überpuderte Fläche. Sevan erschrak, weil ihm schien, ein Schiff treibe auf trockenem Land an ihm vorüber, doch es war nur ein Kamel, bei dem die Ladung zwischen den Höckern schaukelte.

»Na? Was sagst du?«

»Es riecht schön«, sagte Sevan. »Nach Süßigkeiten, die du mir von hier mitgebracht hast. *Helva* mit Mandeln und *Woll* aus Quittensirup.«

»Irgendwann verstopf ich dir die Nasenlöcher«, knurrte Onkel Bedros. »Die Augen aufmachen sollst du, das kann auch der Dümmste.«

Mit der Peitsche wies er über die wogenden Köpfe hinweg. Gehorsam blickte Sevan nach vorn, wo der Küstenstrich einen Bogen beschrieb und mit Häusern in Nebelfarben dicht bebaut war.

»Und? Bekomme ich jetzt ein bisschen mehr zu hören?«

Fieberhaft überlegte Sevan, was der Onkel von ihm erwartete. »Ich find's hübsch«, stammelte er. »Wirklich hübsch ...«

»*Hübsch?*«, platzte der Onkel heraus. »Weißt du, wie die Amerikaner diese Stadt nennen, in die sie auf der Durchreise gekommen und wo sie für alle Zeit geblieben sind? *Paradies*, so nennen sie sie! Bedeutende Männer, die in London, Paris und Sankt Petersburg wohnen, wenn du die fragst, wo das Herz der Welt schlägt, was sagen sie dir? Smyrna, Smyrna! Schönes Frauenauge Anatoliens, langer Arm Europas, schillernde Perle der Levante. Und einem Schnösel wie dir fällt nicht mehr dazu ein als *hübsch*?«

»Ich seh ja nichts!«, rief Sevan. Er hatte es satt. Allzu gern hätte er es ihnen recht gemacht, aber wie konnte er das, wenn sie alle – bis auf seine Mutter – von ihm verlangten, was ganz und gar unmöglich war?

»Du wirst dich noch wundern«, murmelte Onkel Bedros. »Wenn erst das Kleine da ist, wenn du nicht mehr ihr jüngstes Vöglein im Nest bist, dann wird deine Mutter andere Seiten bei dir aufziehen. Das weißt du doch, dass deine Mutter was Kleines kriegt, oder? Verstehst du wenigstens das, oder glaubst du noch, die Kinder bringt der schwarze Storch?«

Sevan schwieg. Was immer er jetzt noch hätte sagen können, hätte alles nur noch finsterer gemacht. Ohnehin war seine Antwort bald nicht mehr von Interesse. »Ah, Bedros, Bedros«, drang eine Stimme durch den Springbrunnen aus Geräuschen. »Wie üblich pünktlich, der Gouverneur braucht sich keinen Uhrenturm anzuschaffen, sondern kann seine Uhr nach dir stellen. Lass mich dich einladen. Wer seinen *raki* allein trinken muss, der ist ein einsamer Mann.«

Das Türkisch des Mannes klang lustig. Derart übertrieben betont, als versuche er, sich türkischer zu geben als ein Türke, und auf seinem Kopf prangte ein roter *fez*. Mehr konnte Sevan nicht erkennen, nur dass der Mann rund war und blitzende

Gläser vorm Gesicht trug. Ein Fass mit Brille, hatte Onkel Bedros gesagt. Das also war der berühmte Geschäftspartner aus Europa.

Der Onkel bezahlte einem Jungen einen Para, damit er auf den Karren achtete, und ging mit dem Fremden ins Kaffeehaus. Sevan trottete hinterdrein. Was hier als Kaffeehaus galt, war eine Halle mit himmelhohen Wänden, in die das gesamte Rathaus von Bardisag gepasst hätte. Nach der Hitze draußen herrschte im Innern Kühle, und der Rauch, der in Säulen von den Tischen aufstieg, verflüchtigte sich. Über dem Rauschen von Gesprächen und dem Klappern von Kaffeelöffeln vernahm Sevan ein Surren, das ihn faszinierte – so sehr, dass er für Augenblicke seinen Kummer vergaß.

»Offiziell wird freitags nur Kaffee serviert«, erklärte der Europäer, nachdem er sie an einen der runden, geschmiedeten Tische geführt hatte. »Aber unter der Hand – lass mich nur machen.«

Er winkte einem Kellner, tuschelte mit ihm und knisterte mit Geldscheinen. Sevan lauschte noch immer auf das Surren. »Was ist das?«, entfuhr es ihm. »Dieses Geräusch, als ob die Decke festgeschraubt wird.«

Der Mann drehte sich um. »Wen hast du denn da mitgebracht?«, fragte er Onkel Bedros, als hätte er Sevan bisher nicht bemerkt.

»Meinen Neffen.« Der Onkel seufzte. »Den Jüngsten. Hab mir gedacht, ich mach ihm eine Freude, weil's mir leidtut, dass mein Bruder ihn für eine taube Nuss hält. Aber wie's aussieht, ist er wirklich eine, dazu von der Mutter verzärtelt. Ich hab ihm Cordelio gezeigt, wollt ihm erzählen, warum der Gott Kairos die Stadt Smyrna gegründet hat, und er hatte nicht mal einen Blick dafür.«

»Wer ist der Gott Kairos?«, murmelte Sevan mit gesenktem Kopf.

»Das verstehst du nicht«, blaffte der Onkel. »Kairos ist die Zeit. Nicht die übliche, die ihr alle vergeudet, sondern die Gelegenheit, die nicht wiederkommt, wenn man sie sich entgehen lässt.«

So wie ich, dachte Sevan. Ich habe mir die Gelegenheit entgehen lassen, und jetzt kommt sie nicht mehr wieder.

Der Kellner stellte dem Onkel und dem Fremden die Getränke hin. »Ihr habt es ja hier mit dem Lernen«, sagte der. »Rümpf ruhig die Nase, weil dein komischer Gott mir nichts sagt, aber mein Geld nimmst du doch. Mein Geld nimmt jeder, und bis meine Tochter groß ist, kann ich ihr diese ganze Stadt samt ihrer Bildung kaufen, wenn ich will.«

»Ach Gott, Bildung.« Der Onkel stöhnte, und Sevan hörte, wie er sich Zitrone in den *raki* spritzte. »Ich hab selbst nicht fürs Lernen getaugt, aber wenn man die Augen offen hält, bekommt man doch genug an Nützlichem mit. Mein Neffe dagegen, der kneift sie zu. Der glaubt, Kairos würde seine Wolke anhalten, bis er sich bequemt, mal hinzusehen, aber da hat er sich geschnitten. Kairos hat das aus Liebe zu Smyrna ein einziges Mal getan, und er tut's nie wieder.«

»Immerhin hat dieser Neffe von dir mich gefragt, was über euren Köpfen rauscht«, erwiderte der Fremde. »Ist dir das aufgefallen? Nein. Dem Kleinen aber schon.«

Onkel Bedros wandte den Blick zur Decke.

»Ventilatoren«, erklärte der Fremde stolz. »Ein brandneues System der Firma Schilde in Deutschland, das habe ich dem *Café Iskander* geschenkt, um die Geburt meiner Tochter zu feiern. Als junger Habenichts konnte ich hier mal meinen Kaffee nicht bezahlen, aber statt mich rauszuwerfen, hat mir Abdul unter dem Tisch einen *raki* eingeschenkt. ›Aus dir wird noch was‹, hat er gesagt. ›Und dann bezahlst du's mir.‹ So was vergisst ein Ferdi Reinecke im Leben nicht.«

Er wandte sich Sevan zu und klopfte ihm auf den Arm.

»Gefallen sie dir? Schau sie dir gut an, denn einen Ventilator, der ohne Dampf betrieben wird, bekommst du so schnell nicht wieder zu sehen.«

Sevan schwieg. Er hätte noch einmal versuchen können, zu lügen, aber er war es leid.

Die Männer tranken ihren *raki* und wechselten ein paar Worte zu den Geschäften. Dann standen sie auf, um zum Kontor des Fremden zu fahren und den Karren zu entladen. Als sie hinaus auf die Promenade traten, lag die neblige Welt in goldenem Licht.

»Ach Cordelio, ach Smyrna«, sagte Onkel Bedros, »schönste Stadt der Welt. Deine Frauen sind dunkel und süffig wie dein Wein, und wer dich vergisst, vergisst sein Herz in der Brust. Was schert mich mein Neffe? Wenn einer dich nicht anschaut, mein Smyrna, soll er eben sterben, ohne zu wissen, warum er auf der Welt war.«

Und ohne zu wissen, warum der Gott Kairos für Smyrna seine Wolke anhielt, dachte Sevan. Der Fremde trat neben ihn. »Du«, fragte er, »wie heißt du eigentlich?«

»Sevan Agasian«, antwortete Sevan.

»Sedan? So hätte ich meinen Jungen genannt, wenn ich kein Mädchen bekommen hätte. Sedan Osman Reinecke – Sedan fürs Patriotische und Osman, weil wir aus dem Orient das Licht haben.«

Sevan verbesserte ihn nicht.

»Hör mal zu, kleiner Sedan aus dem Reich der Osmanen«, fuhr der Fremde fort. »Du hast also keinen Blick für Cordelio, das schönste Viertel von Smyrna?«

Sevan schüttelte den Kopf.

»Wenn du in der Schulstube sitzt und der Lehrer schreibt an die Tafel«, fuhr der Fremde fort, »siehst du da nichts als Grau? Und daheim, wenn du Schulaufgaben machst, erkennst du keine Zeichen?«

Sevan wollte noch einmal den Kopf schütteln, doch er hielt in der Bewegung inne.

»Sieh dir Cordelio an«, drängte der Mann. »Los, trau dich, sieh hin.«

Sevan schaute in die Richtung und machte mit schmerzenden Augen den Küstenstreifen aus, die trüben Farben der umnebelten Häuser.

Der Mann drückte ihm etwas aufs Gesicht. Sevan schreckte zurück, doch ehe er sich den Gegenstand herunterreißen konnte, sah er, was mit dem Bild vor seinen Augen geschah: Die Nebel lichteten sich. In klaren, schillernden Farben schälten sich die Einzelheiten heraus. Wie vorhin schwankte ein Kamel ihm entgegen, beladen mit Schnüren aneinandergeknoteter Feigen.

»Sag bloß, jetzt siehst du's«, sagte Onkel Bedros.

»Ja!«, rief Sevan und starrte von den rosa, weiß und gelb verputzten Häusern mit ihren Gartenmauern und Badestegen ins Himmelsblau, an dem eine einzige Wolke stand. »Ja, ja, ja!«

»Muss ja was dran sein, wenn du Schweiger so schreist«, rang Onkel Bedros sich ab.

Der fremde Mann, der ein rundes Gesicht und einen dicken rotbraunen Schnurrbart hatte, beachtete ihn nicht. »Du bist keine taube Nuss«, sagte er zu Sevan. »Du brauchst eine Brille. Bei mir war es auch so. In der Schule gab's für mich nur Prügel und Spott, bis ich ausgerückt bin, um meinen Weg allein zu machen. Das war knüppelhart. Seit Beginn des Jahres bin ich nun stolzer Vater, und wenn ich eines beschlossen habe, dann das: Meine Tochter soll es nie so schwer haben wie ich.«

Sevan konnte den Blick nicht vom Ende der Bucht wenden, von dem Viertel, das Cordelio hieß und von dessen Farben er seiner Mutter erzählen wollte. Er sah Boote mit leuchtenden Segeln, die vor der Kaimauer tanzten, verfilzte, von Muscheln überwucherte Fischernetze im Sand und blau-weiß gestreifte

Kabinen, aus denen Menschen in Badekleidung ins Wasser tapsten.

»Du gestattest?« Der Fremde streckte Sevan die Hand hin. »Ferdinand Reinecke, Kosmetikartikel, Berlin. Was meinst du, kleiner Sedan, wenn du so eine Brille bekommst und dir ordentlich Mühe gibst – kannst du dann wohl Deutsch lernen?«

Sevan nickte. »Ja, ja, ja!« Jetzt, wo ihm die Welt keine Angst mehr machte, gab es nichts, das er nicht würde lernen können.

»Ein Mann, ein Wort.« Der Fremde lachte. »In deinem Dorf, wo du als Dummkopf verschrien bist, willst du doch sicher nicht bleiben, oder? Was hältst du davon, wenn du hier in Smyrna auf die Knabenanstalt des deutschen Schulvereins gehst? In erster Linie ist die natürlich für die Söhne von Ingenieuren gedacht, die wegen der Eisenbahn kommen, aber wenn ein Junge Deutsch spricht und sein Schulgeld bezahlt, verschließt ihm keiner die Tür.«

»Sagst du mir auch, wo mein Bruder, der Hungerleider, das hernehmen soll?«, blaffte Onkel Bedros. »Und ich hab's auch nicht im Säckel, wer glaubst du denn, wer ich bin? Sultan Abdülhamid im Palast von Konstantinopel? Bei uns Agasians hat's immer kluge Köpfe gegeben, aber als Armenier kommst du in diesem Land auf keinen grünen Zweig.«

Sevan presste die Lippen zusammen. Verdirb's mir doch nicht, wollte er rufen, die Gelegenheit kommt nicht wieder! Aber er wusste ja selbst keine Lösung. Der Onkel unterstützte sie schon nach Kräften, steckte der Mutter, die sich das Weinen verkniff, Geld für die Steuer zu und kaufte Hemden und Schuhe, die ein Bruder nach dem andern auftrug, doch niemand in Bardisag konnte es sich leisten, seinen Sohn auf eine Schule für Reiche zu schicken.

»Ich bezahle es«, sagte Ferdinand Reinecke. »Wenn der kleine Sedan bis zum Herbst mit seinem Deutsch zurande kommt, richte ich zu Ehren meiner Tochter für ihn ein Stipendium ein.«

»Du bist ja verrückt«, sagte Onkel Bedros.

»Ohne das, was du als Verrücktheit bezeichnest, säße ich heute noch auf meines Vaters Klitsche im Brandenburgischen.«

Sevan lauschte auf den Klang der Worte, die Betonung, die bei aller Mühe nicht türkisch klang. Vermutlich klang Deutsch so, und Deutsch würde er lernen. Er würde auf die deutsche Schule gehen, Arzt werden und seiner Mutter ein Paar Handschuhe kaufen. Und einen gestickten Schal für den Festtag, an dem er das Mädchen Rhipsime heiratete.

»Und du, Schweiger vor dem Herrn?« Der Onkel boxte ihn gegen den Arm. »Was sagst denn du dazu?«

Sevan sagte nichts, sondern sah in den Himmel, auf die scharf umrissene Wolke, die der Gott Kairos nur einmal und dann nie wieder angehalten hatte. Er war neun Jahre alt, er hatte gerade die Welt entdeckt, und die Welt hieß Smyrna.

2

Berlin, Silvesternacht 1909

»Sie tanzen entzückend, Fräulein Klara. Und genauso entzückend steht Ihnen dieses Kostüm zu Gesicht.« Der Leutnant lächelte. Er trug die kornblumenblaue Uniform der Dragoner und sah aus, als hätte er sie passend zur Farbe seiner Augen gewählt. »Ich darf Ihnen das doch sagen?«

»Jetzt, wo Sie's mir gesagt haben, erübrigt sich ja wohl die Frage«, platzte Klara heraus.

Dem Kornblumenblauen entschlüpfte ein Hüsteln, er vertat sich im Schritt und steuerte Klara in das berüschte Hinterteil einer Rokokodame. Das war das Ärgerlichste am Walzer, den Sidonie, Klaras weltgewandtere Schulkameradin, ohnehin als *Schnee von gestern* abtat: Man hing auf Gedeih und Verderb von der Führung seines Tanzherrn ab, und machte der einen Fehler, trug die Dame blaue Flecken davon.

»Ich hatte nicht vor, Ihnen zu nahe zu treten«, verteidigte sich Klaras Tänzer verschnupft. »Im Gegenteil. Ich wollte Ihnen ein Kompliment machen.«

»Ich weiß«, murmelte Klara, während sie sich zurück in die Schrittfolge kämpfte. Und was er damit erreichen wollte, wusste sie erst recht. Von einem Offizierssold der unteren Ränge ließ sich kein Leben auf großem Fuß bestreiten, und die meisten der Dragoner, Ulanen und Husaren, die in ihren Märchenuniformen Berlins höhere Töchter durch den Saal schwenkten, verfügten zwar über formidable Stammbäume, doch in ihren Taschen fand sich selten mehr als ein Hosenknopf. Ihre Karten für den Maskenball, mit dem in der Berliner Philharmonie der Jahreswechsel begangen wurde, hatten gewiss die meisten von ihnen auf Pump erworben. Umso verzweifelter hofften sie nun, dass die Investition sich auszahlen und ihnen ein Goldfisch ins Netz gehen würde.

Klara wusste aus gutem Grund darüber Bescheid: Einer der Goldfische, auf die in diesem Becken Jagd gemacht wurde, war sie selbst – die Tochter eines Vaters, der zwar keinen klingenden Namen, doch dafür ausreichend Mittel vorzuweisen hatte, um einen verarmten Adelssitz dem Verderben zu entreißen. Sein Unternehmen blühte, nach seiner Parfümkreation *Scheherazade* liefen sich die Frauen die Hacken ab, und Klara war sein einziges Kind.

Ihr Vater war keiner, der ein Blatt vor den Mund nahm, um die zarten Gefühle seiner Mitmenschen zu schonen. »Wenn die Herren Offiziere bei dir Schlange stehen, bilde dir bloß nicht ein, sie tun's um deines süßen Lächelns willen«, hatte er sie gewarnt.

Klara bildete sich nichts ein: Sie war ihres Vaters Tochter. »Abgebrüht wie Scholzens Bockwurst«, pflegte Hilde, ihre Köchin, zu sagen. Dem Heer ihrer Verehrer ging es nicht um ein Lächeln, sondern um die beim Bankhaus Bleichröder investierte Mitgift. Im Übrigen war Klaras Lächeln gar nicht süß, auch wenn sie ihm mit einem der neuen Lippenstifte aus Vaters Sortiment ausgeholfen hatte. »Dein Mund ist zu groß«, hatte die allwissende Sidonie konstatiert, »und deine Zähne sehen aus, als wolltest du jemanden beißen.«

Umso hübscher ist mein Kostüm, hatte Klara im Stillen getrotzt. Zu dem Gewand aus hauchdünnen Schichten von Seidenchiffon gehörten eine Maske mit kurzem Schleier und eine Haube aus Goldmünzen, die von den Zähnen ablenkten. Es stellte eine osmanische Prinzessin dar, hatte ihr Vater behauptet, und berauscht von sich selbst hatte sich Klara vor den Spiegeln in ihrem Ankleidezimmer gedreht. *Ihr erster Ball.* Die Worte hatten nach Champagner geklungen, nach Tanz zu schmelzenden Geigenmelodien und nach einer Zukunft, in der jedes Abenteuer möglich war.

Jetzt kam sie sich lächerlich vor. Wozu der Aufwand? Vom Champagner, den die Kellner auf Tabletts balancierten, durfte sie nichts trinken, im Arm des Kornblumenblauen war der Geigenschmelz verschwendet, und was ihre Zukunft betraf, so würde es kein Abenteuer geben, sondern einzig das, was ihr Vater schon im Voraus entschieden hatte: Wenn dieser Ball vorüber war, blieb ihr noch eine Woche in ihrem Elternhaus in Berlin, ehe sie zurück nach Lausanne verfrachtet wurde, in Madame Cariberts Mädchenpensionat, das sie von ganzem Herzen hasste.

Dabei hatte sie doch mit Klauen und Zähnen um diesen Ball gekämpft!

»Du bist erst fünfzehn«, hatte ihr der Vater vorgehalten. »Zu jung, um die Etikette zu beherrschen, die ein öffentlicher Ball erfordert.«

»Sidonie ist auch erst fünfzehn«, hatte Klara aufgetrumpft. »Und die darf auf den Subskriptionsball der Oper!«

»Sidonie Freiin von Schweda ist eine Blaublütige. Sollte der ein Fauxpas unterlaufen, zuckt die feine Gesellschaft mit den Achseln, aber für eine wie dich stellen sie überall ihre Fettnäpfchen auf. Tu ihnen den Gefallen, hineinzutreten, und sie zerfleischen dich wie ein Haufen Köter ein Kotelett.«

Klara hatte nicht aufgegeben. Sie wollte wenigstens den

Geschmack von Leben auf der Zunge spüren, ehe sie in die Winterstarre des Pensionats zurückmusste, und schließlich hatte ihr Vater sich breitschlagen lassen. Da sie in der Neujahrsnacht ihren sechzehnten Geburtstag feierte, war ihr gestattet worden, ihre Eltern auf den Silvesterball zu begleiten. Eine Erregung hatte von ihr Besitz ergriffen, wie sie sie zuletzt als kleines Mädchen an Weihnachten verspürt hatte.

Beim Betreten des Saales hatte sie geglaubt zu schweben. Der Glanz der Kronleuchter und der Goldschmuck an den Brüstungen ließen vergessen, dass die Halle einst als Rollschuhbahn genutzt worden war, und die Musik ging ins Blut – ein Gefühl, als bebten die Muskeln ihrer Beine und als würde ihr Kopf federleicht. Genauso war es zu den Weihnachtsfesten ihrer Kindheit gewesen, wenn sie in der Tür des Salons gestanden und geglaubt hatte, in der verschneiten Nacht könne tatsächlich ein Wunder geschehen.

Im Licht der Kerzen hatte der Raum gestrahlt. In seiner Mitte hatte die Tanne gestanden, bis zur Decke ragend und über und über mit glitzerndem Schmuck behängt, aber das, was Klara sich am meisten wünschte, hatte nie unter dem Baum gelegen.

Irgendwann hatte sie vergessen, was es gewesen war. Und auch heute, auf dem Ball, wusste sie es nicht mehr: Was hatte sie sich von dem Wirbel aus schimmernden Roben versprochen? Einen Mann? »Vergiss das nicht«, hatte ihr Vater sie noch in der Kutsche erinnert. »Von den Speichelleckern da drinnen könnte ich dir jeden, den du wolltest, aus meiner Portokasse kaufen.«

Klara hatte geschwiegen. Ihre Mutter schwieg ohnehin, also rieb sich der Vater den Bauch und erging sich wie so oft in einem Gespräch mit sich selbst. »Zu gegebener Zeit werde ich das auch tun, aber da muss erst was Besseres kommen. Was will ich mit einem ach so herrschaftlichen Gut, das letzten Endes nicht mehr als eine verschuldete Klitsche ist? Für die Landeier war ich nicht gut genug, und jetzt sind sie nicht gut genug für meine Prinzessin. Der bezahle ich das Beste vom Besten, wozu habe ich mich sonst mein Leben lang abgerackert?«

Tränen des Zorns raubten Klara die Sicht, als die Erinnerung zurückkehrte: Sie hatte gewollt, dass er ihr aus seiner Portokasse einen Hund kaufte, keinen Mann. Und wenn sie auch das meiste, das sie wollte, vergessen hatte – wieso hielt kein Mensch es für nötig, sie auch nur danach zu fragen? Der Walzer schrammte in den Schlussakkord, und der Kornblumenblaue nahm Haltung an. Ein wenig erinnerte er an eine Schaufensterpuppe bei Wertheim in der Leipziger Straße. Statt den nächsten Tanz anzuspielen, fiel das Orchester in ein plätscherndes Intermezzo, und die Paare begannen, sich auf der Tanzfläche zu zerstreuen.

Der Kornblumenblaue, der wie die übrigen Offiziere kein Kostüm, sondern nur eine fantasielose Maske trug, verbeugte sich und bot Klara seinen Arm. »Zeit für eine Stärkung. Es hat den Anschein, als wäre das Buffet eröffnet worden.«

Auch er stellte Klara keine Frage, ganz wie ihr Vater, wollte nicht einmal wissen, ob sie überhaupt Hunger hatte. Nicht, dass sie keinen gehabt hätte – Klara liebte gutes Essen. Die Fräulein im Pensionat schimpften ihren Appetit *dégoûtant*, und das Buffet heute Abend hatte *Borchardts Delikatessenhandlung* ausgestattet, die auch den kaiserlichen Hof belieferte. Gegen die Leere in Herz und Bauch hätte sie ein Stück Kassler mit Mostrich verdrücken können, Aal grün mit Spreewälder Gurken, die beim Zubeißen knackten, Specksalat, Teltower Rübchen und Heringsstipp in seidigem Schmand. Essen war ein bewährter Trost, und nach Mitternacht sollte es Pfannkuchen mit Pflaumenmus geben.

Aber an der Seite des Kornblumenblauen hätten ihr nicht einmal die geschmeckt. Allmählich musste der Arm ihm lahm werden, und kein Mann mit einer Spur von Stolz hätte sich derart lange hinhalten lassen. Klara verabscheute Geschöpfe ohne Stolz. So sehr sie sich einen Hund gewünscht hatte, sie hätte keinen haben wollen, der nach einem Fußtritt weiter mit dem Schwanz wedelte.

Der Dragoner wedelte mit dem Arm. »Nicht hungrig? Auch kein klitzekleines bisschen? Aber Sie dürfen mir doch nicht vom Fleisch fallen, meine Liebe!«

»Eher fall ich vom Glauben«, erwiderte Klara und stampfte zwischen schwatzenden Grüppchen hindurch von der Tanzfläche.

Der Kornblumenblaue war so leicht nicht abzuschütteln. »Ich bitte Sie«, hauchte er in ihren Nacken. »Ein Gläschen Champagner, ein paar Kanapees, das dürfen Sie mir nicht verwehren. Bei der Gelegenheit könnten wir uns ein wenig besser kennenlernen, unsere Vorlieben, unsere Interessen …«

Vorlieben und Interessen hatte Klara bereits zur Genüge kennengelernt. Tänzer Nummer eins war Anhänger des Pferderennsports gewesen, Nummer zwei frönte einer Passion für Automobile, und dieser hier schwärmte vermutlich für Wachteljagd oder Philatelie. Nach ihren eigenen Interessen würde er sie so wenig fragen wie die zwei anderen. »Ich bedaure«, log sie. »Mein Vater erwartet mich in unserer Loge.«

»In Ihrer Loge?« Sein Blick schoss begehrlich in die Höhe. Hinter den Brüstungen saßen Diplomaten, Vertraute des Kaiserhofs und Gattinnen großer Bankiers, die das Treiben auf der Tanzfläche durch Kneifer und Lorgnons verfolgten. Berlins *Crème de la Crème. »Die können sich das Glück in Kübeln kaufen«,* hätte Hilde, ihre Köchin, gesagt. *»Und frei Haus liefern lassen sie sich's obendrein.«* Wenn ein proletarisch geborener Kosmetikhändler, der trotz seiner Verdienste um die Wirtschaft nicht einmal zum Kommerzienrat ernannt worden war, sich eine Loge leisten konnte, verriet das mehr über seinen Status als alle Worte.

»Ich darf wohl nicht auf eine Einladung hoffen«, stammelte Klaras Verfolger eingeschüchtert. Er tat ihr beinahe leid. Ohne ihre Begleitung würde kein Kellner ihm etwas anschreiben, und vermutlich trug er nicht einmal die vier Mark für die billigste Flasche Schaumwein bei sich.

»Leider fehlt es an Platz. Mein Vater hat Geschäftsfreunde da.«

»Aber nach der Pause erweisen Sie mir doch noch einmal die Ehre eines Tanzes?« Der blaue Blick schweifte umher, als blicke er den Fellen nach, die ihm davonschwammen. »Ich würde mich glücklich schätzen, wenn ich Sie in die Schnee-Polonaise führen und das neue Jahr mit Ihnen begrüßen dürfte. Mir scheint nämlich, als mache sich zwischen uns eine gewisse Verbindung bemerkbar, ich weiß nicht, wie ich es sagen soll …«

»Am besten gar nicht«, erwiderte Klara und ging. Einen Ulanen, der sie am Absatz der Treppe bestürmte, wimmelte sie ohne Federlesens ab. Ihr Bedarf an Ballabenteuern war gedeckt. Sie würde den Rest des Abends in der elterlichen Loge absitzen und froh sein, wenn der Kutscher sie nach Mitternacht heimfuhr. Danach bliebe ihr nur noch eine Woche, ehe sie zurück in ihr Gefängnis musste, und statt vom Glanz der Großstadt etwas mitzunehmen, fuhr sie mit der Erinnerung an geheuchelte Komplimente und käufliche Aufmerksamkeit. Und mit verletztem Stolz.

Die Loge, die ihr Vater auf Gott weiß welchen Wegen ergattert hatte, war gerammelt voll. Auf den Sesseln reihten sich die Damen, darunter Klaras Mutter, während die Herren sich im Stehen drängten. Uniformen entdeckte Klara nicht und außer dem Turban ihres Vaters kein Kostüm. Ihr Vater war fast einen Kopf kürzer als die Männer, die ihn umringten, doch den Mangel an Körpergröße machte sein Bauchumfang wett. Der Rauch seiner türkischen Zigaretten hing in Schwaden in dem engen

Geviert. An der Seitenwand lehnte ein Kellner, der verschwitzt und todmüde wirkte.

Zum unauffälligen Eintreten hatte Klara kein Talent. Etwas kippte um, alle Köpfe drehten sich. Einzig der ihrer Mutter blieb teilnahmslos über eine Schale Konfekt gebeugt. »Sieh an, das Klärchen«, rief ihr Vater umso jovialer und breitete die Arme aus. Solchen Aufwand trieb er sonst nicht mit ihr. War etwa jemand anwesend, dem man mit der Rolle des glücklichen Familienvaters imponieren konnte? »Meine Herren, hier haben Sie mein Prinzesschen, meine Sultana, was so viel wie Tochter des Sultans bedeutet.«

»Tut es das? Erstaunlich.« Einer der Männer, die dem Vater gegenüberstanden, hob die Brauen. »Ich war der Ansicht, es bedeute so viel wie getrocknete Weinbeere.«

Das Gelächter blieb höflich, doch es war unüberhörbar. Am liebsten hätte Klara auf der Stelle kehrtgemacht.

Der Witzbold zupfte ihrem Vater am bestickten Kaftan, den er über Leibrock, Schärpe und Pumphose trug. »Und Ihr Aufzug, Reinecke? Ist der nicht ein wenig unpassend? Ich dachte, diesen Sultan Abdülhamid würden wir hier in Europa den *großen Schlächter* nennen, weil er in irgendwelchen Bergdörfern christliche Ziegenbauern metzelt.«

Hintern wetzten auf Sitzen, Münder schnappten nach Luft. Der Sprecher wandte sich Klara zu. Er trug keines der neuen praktischen Frackhemden, die das Durchzwängen des Kopfes überflüssig machten, sondern die traditionelle Variante, in seinem Auge klemmte ein Monokel, und auf der Wange prangte ein Schmiss. Auf einen Blick gab er zu erkennen, dass er besaß, was Klaras Vater sich nicht kaufen konnte: eine vornehme Abstammung. »Und wie steht es mit Ihnen, Fräulein? Die Tochter von welcher Gattin stellen Sie denn überhaupt dar? Dieser Abdülhamid soll doch derer zwölf haben, die letzte jung genug, um die Enkelin der ersten zu sein.«

»Jetzt ist es genug, Heidenreich!« Auf den Wangen ihres Vaters blühten purpurne Flecken. »Sultan Abdülhamid ist ein persönlicher Freund des Kaisers. Nicht zuletzt kündet davon der Uhrenturm im schönen Smyrna, von wo ich jüngst zurückgekehrt bin. Die Uhr ist ein Geschenk Seiner Majestät, und in seiner großen Rede hat er dem Sultan versichert, dass das Osmanische Reich auf alle Zeit einen Freund in Deutschland hat.«

Er rang nach Atem, gerührt, als hielte er selbst die kaiserliche Rede. »Ich stehe hier ganz im Einklang mit meinem Kaiser. Schon deshalb werde ich nicht dulden, dass Sie meine Gäste aus dem Osmanischen Reich beleidigen.«

»Wen beleidige ich denn? Sie doch wohl nicht, Monsieur Delacloche, oder liegt Ihnen etwas an diesem Abdülhamid?«

Erst jetzt bemerkte Klara die beiden Männer, die zwischen dem Sprecher und der Brüstung standen. Der vordere war schlank, gediegen gekleidet und hatte wallendes, gelbweißes Haar. Der hintere wirkte jung und sehr groß, doch ansonsten ließ sich über ihn nichts sagen. Der Weißhaarige beugte sich vor, um Klaras Vater eine Frage zu stellen. Zwischen beiden entspann sich ein gedämpfter Wortwechsel, währenddessen der Vater unter dem Kaftan nach Zigaretten kramte. Dann straffte er sich und wandte sich wieder an den Mann mit dem Schmiss. »Sultan Abdülhamid ist seit dem Sommer im Exil«, belehrte er den Mann mit dem Schmiss, geflissentlich unterschlagend, dass er davon selbst nichts gewusst hatte. »An der Hohen Pforte regiert seither sein Bruder Mehmed.«

»Puh«, machte der Kerl mit dem Schmiss und ruckelte an seinem Monokel. »So viel Wind um unseren kranken Mann am Bosporus.«

»Welchen kranken Mann am Bosporus?«, warf Klara ein.

»Nie gehört? So nennt man den osmanischen Koloss, der in seine Einzelteile zerfällt. Hätten unsere Berater den maroden Heerscharen da unten nicht auf die Füße geholfen, hätten sie längst Kreta und was auch immer an die vorwitzigen Griechen verloren. Kein Wunder übrigens. Dieses Durcheinander von Völkern, bei dem niemand weiß, was er eigentlich ist – was soll daraus werden? Eine Köchin, die einem so viele Zutaten in den Suppentopf wirft, hätte man längst in hohem Bogen gefeuert.«

Lauernd blickte er von einem zum andern. »Und was die wild gewordene Horde betrifft, die sich Jungtürken nennt«, fügte er noch hinzu, »so war mir natürlich hinlänglich bekannt, dass die einen Sultan ins Exil geschickt haben. Nur ob der jetzt Abdülhamid oder Mohammed hieß, schien mir zweitrangig.«

Der Weißhaarige hatte offenbar Verständnisprobleme, weshalb Klaras Vater in einer fremden Sprache auf ihn einredete. Der große junge Mann stellte in derselben Sprache eine Frage, während andere im Raum das Thema in erregtem Deutsch erörterten. Da die Frauen unbeirrt fortfuhren, dagegen anzuschnattern, erhaschte Klara nur Fetzen.

Irgendwo in der Weite des Osmanischen Reiches, wo ihr Vater seine Pomeranzen, seine Feigenmilch, sein Wasser von Orangenblüten einkaufte, hatte es einen Aufstand und etliche Tote gegeben. So etwas geschah ständig in diesen wilden, fremden Ländern zwischen Wüsten und Märchenpalästen. Madame Caribert hatte erklärt, bis dorthin sei der Geist der Aufklärung nicht vorgedrungen, weshalb ein Menschenleben nicht viel Wert besitze. »Wer weiß, vielleicht haben Sie in Ihrem Pascha-Aufzug ja recht, Reinecke«, tönte der Mann mit dem Schmiss. »Am Ende wird das auf Knien krauchende Osmanenreich für uns Deutsche das, was Indien für die Briten ist, und wir alle lassen es uns auf unseren Terrassen unter Palmwedeln wohl ergehen wie Gott im Orient.«

Klaras Vater löste sich aus der Gruppe. Sein Gesicht glänzte, als wäre er einer Rauferei entkommen, und er zerrte den hoch aufgeschossenen Fremden mit sich, der sich das blassbraune Haar raufte. Dem Spötter mit dem Schmiss gönnte er noch einen vernichtenden Blick, dann wandte er sich ihr zu: »Klärchen, mein Liebes, du sprichst doch vorzüglich Französisch.«

Er erwähnte es bei jeder Gelegenheit. Dem Pensionat in Lausanne hatte er seinerzeit den Zuschlag gegeben, weil dort der Unterricht auf Französisch abgehalten wurde, in der *Sprache der vornehmen Welt.* »Sei so gut und kümmere dich ein bisschen um Peter.« Er packte Klara am Arm und versetzte dem jungen Mann einen Stoß, sodass sie um ein Haar zusammenprallten.

»*Pardonnez-moi mille fois*«, murmelte der Mann, obwohl ihn nicht die Spur einer Schuld traf.

In der fremden Sprache schwatzte ihr Vater nun auf ihn ein. War das türkisch? Dieser turmlange Jüngling mit dem Milchgesicht war aber doch wohl kein Türke? Klara hatte noch keinen zu Gesicht bekommen, aber sie stellte sie sich klein und krummbeinig vor, mit Haaren wie Draht und zusammengewachsenen Augenbrauen.

»Peter Delacloche«, stellte ihr Vater den jungen Mann vor. »Der Sohn meines neuen Geschäftspartners aus Smyrna.« Mit einer Kopfbewegung wies er auf den Weißhaarigen. »Der Vertrag, den wir heute geschlossen haben, läutet das kosmopolitische Zeitalter der Kosmetik ein. *Reinecke & Delacloche – Schönheit aus dem Land der Morgenröte,* wie gefällt dir das?«

»Ich dachte, bei den Türken herrscht Aufruhr«, bemerkte Klara. »Dein Bekannter mit dem Schmiss hat das Osmanische Reich den *kranken Mann am Bosporus* genannt.«

»Ach, Heidenreich ist grün vor Neid, weil Delacloche die Sache mit mir macht, nicht mit ihm«, brummte ihr Vater. »Ja, sicher, den Südländern schwillt das Blut in den Adern, da gibt's schon mal Zunder, aber unter dem Strich leg ich für einen braven Orientalen wie meinen Bedros eher die Hand ins Feuer als für einen Rechenschieber wie Heidenreich. Außerdem gilt, was für die Herren von Konstantinopel bis Bagdad gilt, noch lange nicht für mein süßes Smyrna.«

Nicht ohne Faszination sah Klara ihm zu, wie er den Mund spitzte, Luft einsog und theatralisch die Augen schloss. »Ach, meine Perle, mein Paris des Orients, mein Brennglas zwischen den Kontinenten! Kaum hat ein Mann diese Stadt verlassen, da vermisst er sie schon, und etwas, das man in Smyrna nicht bekommt, das ist es nicht wert, begehrt zu werden.«

Abrupt unterbrach er seinen Wortschwall, weil ihm offenbar einfiel, dass der junge Mann neben ihm nichts verstand. »Nun aber zu Peter«, schwenkte er hastig um. »Er ist zum ersten Mal in Berlin, kennt noch niemanden und weiß nicht, wo die Jugend aus guter Familie sich trifft. Nimmst du ihn ein bisschen unter deine Fittiche, damit er uns Deutsche nicht für schlechte Gastgeber hält?«

Ausgerechnet ich, dachte Klara. Woher soll, bitte schön, gerade ich wissen, wo irgendeine Jugend sich trifft? Peter Delacloche lächelte jedoch so hilflos wie Hausmeister Krauses Dackel, den sie auch nicht hätte abweisen können. »Ich bin Klara Reinecke«, sagte sie auf Französisch und reichte ihm die Hand. »Haben Sie sich in der Philharmonie schon umgesehen? Möchten Sie, dass ich sie Ihnen zeige?«

»Wenn es Ihnen nicht zu viele Umstände macht?« Die Miene des jungen Mannes hellte sich auf, als hätte sie ihm einen Flug im *Voisin*-Doppeldecker angeboten. »Ich muss Sie allerdings warnen – ich gelte als König der Langweiler.«

Verblüfft lachte Klara auf – und entschied, dass sie diesen seltsamen langen Menschen nett fand. »Wenn es für Langeweile Könige gibt, wimmelt's hier von gekrönten Häuptern«, sagte sie und zog Peter Delacloche aus der Loge. Sie liefen ein Stück den leeren Gang hinunter, dann blieben sie stehen und sahen sich an wie einer Strafe entronnene Kinder. Der junge Mann atmete auf. »*Merci mille fois* – haben Sie tausendmal Dank.«

»Ist das Ihr Lieblingswort? Tausendmal?« Sein Französisch war fließend, doch bei seinem Akzent hätte Madame Caribert nach ihrem Riechfläschchen gegriffen.

Peter Delacloche seufzte. »Meine kleine Schwester und meine Cousine behaupten, ich sage es in jedem Satz.«

Alle Leute hatten Cousinen, kleine Schwestern, große Brüder, Familien, die ihnen die Wohnstuben verstopften, Klatsch verbreiteten und Anteil nahmen. Sooft jemand dergleichen erwähnte, versetzte es Klara einen Stich.

»Habe ich etwas Falsches gesagt?«

»Ach was.« Ein Einfall kam ihr. Er konnte nicht wissen, dass ihr Vater sie zu jung fand, um Champagner zu trinken. Stöhnend zerrte sie an ihrem Kragen. »Ist Ihnen auch so heiß? Es ist furchtbar stickig, finden Sie nicht?«

Er überlegte und fuhrwerkte mit der Hand wieder in seinem Haarschopf, der zu weich aussah, um sich legen zu lassen. »Eigentlich nicht«, sagte er. »Ich finde es kalt, obwohl ich ein bisschen enttäuscht bin, weil ich gern sehen wollte, wie es schneit.«

»Schneit es in diesem Symmna, aus dem Sie kommen, denn nie?«

»Smyrna«, sagte er sachte, ohne sie zu belehren. »Ägäische Küste, Westanatolien. Nein, ich denke, so wie bei Ihnen schneit es bei uns nie.«

»Sie sind aber kein Türke, oder? Sind Sie Franzose und wohnen in einer türkischen Stadt?«

Er musste das netteste Lachen der Welt haben – so als lache er vor allem über sich selbst. »Schließen Sie das etwa aus meinem Charme und Esprit? Leider muss ich passen, auch wenn Katholiken in Smyrna dem Schutz des französischen Konsuls unterstehen. Seit die Verfassung in Kraft ist, sind Christen wie wir, wenn sie es wollen, Osmanen. Vierzig Millionen Menschen sollen im Reich derzeit leben, und nur etwa die Hälfte sind türkische Muslime. Aber ganz davon abgesehen bin ich Levantiner.«

»Sie sind *was?*«

Wieder lachte er. »Wir in Smyrna sagen: Levantiner sind die, die schon so lange da sind, dass sie nicht mehr wissen, wie sie hergekommen sind. Die Ersten waren Händler aus den italienischen Seerepubliken, danach kamen Niederländer, Briten, Franzosen – nach Smyrna fuhr früher oder später jeder, und keiner wollte wieder weg.«

»Warum denn nicht? Ist es dermaßen schön in diesem Smyrna?« Klara kannte nichts von der Welt, war noch nirgendwo gewesen – außer zur Sommerfrische in Baden-Baden, wo es genauso öde war wie in der Schweiz.

Wieder kratzte er sich am Kopf. »Sie müssten jemand anderen fragen«, befand er. »Ich bin in Smyrna geboren, und natürlich ist für jeden seine eigene Stadt die schönste von allen.«

Klara war in Berlin geboren. Der Gedanke, Berlin könnte die schönste Stadt von allen sein, war ihr noch nie gekommen.

»Homer nennt das Meer vor Smyrna ›die weindunkle Ägäis‹«, sprach Peter Delacloche weiter. »Aber Homer zählt wohl nicht. Er war blind. Und er ist außerdem in Smyrna geboren wie ich.«

»Wer ist Homer?«

Seine Lippen zuckten. »Ich langweile Sie. *Pardonnez-moi mille fois.* Auf der Militärakademie haben sie uns erklärt, wie man mit Damen Konversation macht, aber ich fürchte, für mich bleibt das ein Buch mit sieben Siegeln.«

»Was haben sie Ihnen denn da erklärt?«, fragte Klara.

»Nun, beispielsweise dass eine Dame sich unterhalten fühlt, wenn ein Herr ihr von seinen Interessen berichtet, solange er nicht an das Thema Politik rührt. Taubenschießen oder Motorbootfahren sollen sich eignen, und mein Bruder Nimrod ist ein wahrer Meister darin. Das Problem bei mir ist allerdings: Ich habe gar keine besonderen Interessen.«

»Meinen Sie das im Ernst?«

Ihre Blicke trafen sich. Der seine kam ihr zu nackt vor, um geheuchelt zu sein. Dabei hätte er zum Heucheln mehr Grund als jeder andere. Wenn sein Vater als eine Art Juniorpartner bei *Reinecke Kosmetik* eingestiegen war, konnte ihm etwas Besseres als eine Heirat des Sohnes mit Ferdinand Reineckes Tochter nicht passieren.

Klara hielt inne. Dass ihr Vater ihr irgendwann einen Mann kaufte, war unvermeidlich. Sie würde mit dem Mann in einem Haus wohnen, in dem sie sich genauso eingesperrt und fehl am Platz fühlte wie in ihrem Elternhaus, würde sich zum Trost ans Essen halten und irgendwann so fett werden wie ihre Mutter, deren Hintern über den Rand der Logensessel quoll. Was aber wäre, wenn der gekaufte Mann gar nicht von hier stammte, wenn sie weit weg ginge, an einen Ort, wo allein der Name schon eine Fülle von Geheimnissen barg?

Sie stellte sich vor, wie sie der snobistischen Sidonie erzählte, sie heirate ins Ausland. *»Ich gehe nach Smyrna.«*

»Nach wohin?«

»Ins Osmanische Reich, an die Küste von Anatolien. Mein Verlobter ist Levantiner …«

»Mademoiselle Reinecke?« Peter Delacloche, mit dem sie sich soeben in Gedanken verlobt hatte, lächelte sie hilflos an.

»Nein!«, rief Klara. »Sagen Sie es nicht.«

»Was bitte?«

»Pardonnez-moi mille fois.«

Sie lachten beide. »Genau das hatte ich sagen wollen«, bekannte er. »Und jetzt weiß ich schon wieder nicht weiter.«

»Wie wär's mit einer Erinnerung daran, dass mir heiß ist«, schlug Klara vor. »Wenn Sie tatsächlich nicht darauf brennen, mir von Ihren Interessen zu erzählen, könnten Sie sich nützlich machen und mir etwas zu trinken holen.«

»Sapristi!« Mit dem Handrücken schlug er sich gegen die

Stirn. »Sie müssen mich für einen Holzklotz sondergleichen halten. Ehe ich mich wieder tausendmal entschuldige, hole ich Ihnen lieber endlich ein Glas Wasser.«

»Wasser muss es nicht sein. Ich bin kein kleines Kind.« Dann fiel ihr etwas ein, das der Vater erwähnt hatte. »Oder dürfen Sie das nicht – mit einem Mädchen Alkohol trinken? Aber Sie sind doch kein Türke, ist denn Alkohol in Smyrna verboten, auch wenn es gar keine türkische Stadt ist?«

»Eine türkische Stadt ist Smyrna schon ein bisschen«, erwiderte er. »Eine griechische auch. Eine europäische, eine orientalische, so genau lässt sich das nicht sagen. Ich habe einen türkischen Diener, der sich gewissenhaft an das Verbot von geistigen Getränken hält. Meine Schwester ist mit einem armenischen Arzt bekannt, der nur trinkt, wenn der Anlass es gebietet. Dann sind da die griechischen Verwandten meiner Mutter, bei denen Sie bereits zum Gabelfrühstück in ein Gelage geraten können, und der Pariser Schwager meines Vaters, der nur Cognac trinkt, den er sich in Eichenholzkisten liefern lässt. Und zu guter Letzt finden Sie den Peter, der recht gern ein heldenhafter Trinker wäre, der es aber leider nicht ganz so heldenhaft verträgt.«

Er ging davon, und sie dachte: Ich will keinen Mann, der sich von meinem Vater kaufen lässt, aber nicht mal Scholzens Bockwurst wäre abgebrüht genug, diesen komischen Peter nicht zu mögen. Am Ende des Gangs öffnete sich die Tür zu ihres Vaters Loge, und der todmüde Kellner stolperte heraus. »Kann ich Ihnen auch etwas bringen?«, fragte er matt, sobald er Klaras ansichtig wurde.

»Mein Verlobter, Herr Delacloche, wollte Sie gerade um zwei Gläser Champagner bitten«, antwortete Klara hoheitsvoll. Schließlich war es fraglich, ob der lange Lulatsch den Ausschank finden würde, zumal er kein Wort Deutsch sprach. Der Kellner zog seines Weges, und Klara lehnte sich gegen die Wand. Unter ihren Sohlen spürte sie den Rhythmus der Musik.

Der Kellner und Peter Delacloche kamen gleichzeitig zurück. Der Kellner balancierte ein Tablett mit einer Vielzahl Getränke, darunter die zwei Kelche, die Klara bestellt hatte. Peter Delacloche hielt dagegen einen Kübel in den Armen, aus dem der Hals einer Flasche ragte. Klara nahm dem Kellner ihre Gläser ab und stellte sie aufs Fenstersims. Draußen lag schwarz und still die Straße und wartete auf etwas.

Schwer atmend blieb Peter Delacloche mit dem Kübel vor ihr stehen. »Es tut mir leid, dass es gedauert hat.«

»Tausendmal?«

Er nickte.

»Mein Vater hat uns etwas schicken lassen«, log Klara und wies auf die Gläser.

»Dass das nötig war, tut mir umso mehr leid. Ich hätte Sie nicht so lange warten lassen dürfen.«

»Jetzt stellen Sie doch erst mal das Ding ab«, befahl Klara. »Und dann müssen wir den edlen Tropfen ja nicht unbedingt schal werden lassen.« Sie konnte nicht fassen, dass er sich derart in Ausgaben gestürzt hatte. Was die dunkelgrüne, am Hals mit Goldfolie umwickelte Flasche gekostet hatte, wollte sie lieber nicht wissen.

Dankbar stellte er den Kübel zu Boden und nahm das Glas, das sie ihm hinschob. »Auf Sie«, sagte er. »Danke, dass Sie sich meiner erbarmen.«

»So schlimm ist es nun wirklich nicht.« Der Champagner war warm und schmeckte nicht halb so gut, wie sie erwartet hatte. Warum war das so, warum brachte jede Erwartung ihre Enttäuschung gleich mit? Sie stürzte den Inhalt des Glases hinunter, in der Hoffnung, dass wenigstens die Wirkung hielt, was der Wirbel um dieses Getränk versprach.

Natürlich kam Peter Delacloche wiederum nicht von allein auf die Idee, sondern musste aufgefordert werden, die Flasche zu öffnen und ihr nachzuschenken. Dann aber ploppte der Korken, und die Stimmung schlug um. Der frische Champagner prickelte wie zerstoßenes Eis auf der Zunge, derweil das erste Glas ihr zu Kopf stieg. Auf einmal schien die Walzermusik nicht mehr fade, und die Aussicht auf das neue Jahr bekam etwas Verheißungsvolles. Ihr Leben musste nicht so verlaufen, wie ihr Vater es vorgezeichnet hatte. Immerhin gab es Leute, die in Städten namens Smyrna wohnten, an einem weindunklen Meer, umgeben von exotischen Völkern, von denen nicht einmal Sidonie von Schweda gehört hatte.

Peter Delacloche sagte nichts, sondern betrachtete ihr Gesicht, als gäbe es Welten darin zu entdecken.

»Jetzt habe ich Ihnen noch gar nichts gezeigt.«

»Oh, darum machen Sie sich bitte keine Sorgen. Ich bin ein behäbiger Mensch und fühle mich hier ganz wohl. Mein Gewissen plagt mich nur, weil Sie den Tanz versäumen.«

»Mein Bedarf ist gedeckt«, erwiderte Klara.

»Wirklich? Meine ältere Schwester tanzt auch nicht gern, vielleicht weil sie lange krank war, aber meine kleine Schwester, die noch viel zu jung dafür ist, kann nicht genug davon bekommen. Bei Ihnen hätte ich gedacht ...«

»Geben Sie mir noch mehr Champagner«, fuhr Klara ihm über den Mund. Sie wollte nichts mehr von den Mitgliedern dieser Familie hören, von einem Leben, gegen das ihr eigenes ohne jede Farbe war.

Peter Delacloche füllte ihr Glas bis zum Eichstrich. »Auf Sie«, sagte er noch einmal. Klara trank, bis ihr schwindlig wurde.

Wenig später schwangen die Türen zu allen Logen auf, und wie aus Schleusen quollen die Gäste auf den Gang. »Ihr seid ja immer noch hier«, bemerkte Klaras Vater tadelnd. »Klara, bring den armen Peter nach unten, damit ihm nicht auch noch die Schnee-Polonaise entgeht.«

»Was hat Ihr Vater gesagt?«, fragte der arme Peter, sobald die

Menschenscharen in ihren Roben und Frackschößen vorübergerauscht waren.

»Er ist verärgert, weil ich Ihnen nichts geboten habe«, sagte sie. »Gleich ist es Mitternacht, und ich soll mit Ihnen zur Schnee-Polonaise.«

»Was ist eine Schnee-Polonaise?«

»Ein alberner Reihentanz, bei dem ein bisschen weißes Konfetti durch den Saal gepustet wird«, antwortete Klara. »Alles watschelt im Gänsemarsch durch die Gegend, bis um zwölf Uhr die Korken knallen. Also los, kommen Sie, damit dieses weltbewegende Ereignis nicht ohne uns stattfindet.«

Zweifelnd sah er sie an. Erst als die Musik einsetzte, reichte er ihr seinen Arm. Von den oberen Treppenstufen überblickten sie die Tanzfläche, auf der sich in Eile die Paare formierten. Saaldiener schoben, rückten und zerrten, bis ein Trompetenstoß die Reihe in Bewegung setzte. »Majestätisch«, hatte Madame Caribert die Tanzhaltung genannt, die für den Schreittanz eingenommen werden sollte. »Würde müsst ihr zeigen, Stolz, Eleganz!« In der mitternächtlichen Philharmonie fielen alle drei Tugenden dem Alkoholpegel zum Opfer. Der vorderste Herr stolperte und musste von seiner Dame aufgefangen werden, während das Paar dahinter den beiden wie ein Rammbock in den Rücken prallte. Gelächter und Gekreische ließen darauf schließen, dass niemand sich daran störte.

Peter Delacloche verharrte wie ein Pferd, das einen Sprung verweigerte. »Mademoiselle Reinecke«, stammelte er, die Augen schreckgeweitet. »Ich fürchte, ich kann das nicht. Ich mag recht gern Musik. Aber wenn es ans Tanzen geht …«

»Tanzen kann man das wohl kaum nennen«, sagte Klara. »Bleiben wir einfach hier stehen.«

Mit dem nächsten Takt wechselte die Beleuchtung, und aus am Rand aufgestellten Trichtern wirbelte silberweißes Konfetti. Im Nu sah die Fläche mit den Polonaise-Tänzern aus wie in

Schneegeriesel getaucht. Was eben noch unbeholfen und peinlich gewirkt hatte, bekam jetzt Zauber – wenigstens wenn man nicht zu genau hinsah und zwei, drei Gläser Champagner im Blut hatte.

Der Fotograf der *B. Z. am Mittag* hatte den Kopf unter dem schwarzen Tuch hinter der Kamera verborgen und knipste vermutlich die prachtvollste Aufnahme seines Lebens. Die Fotografie war eine erstaunliche Erfindung, fand Klara. Auf dem Bild würde man später nichts Hässliches, nichts Banales sehen, keine Menschen, die sich langweilten, sich zerstritten oder heillos betrunken hatten, sondern nur den einen Ausschnitt, der vollkommen war.

»Schnee«, konstatierte Peter Delacloche. »Wie schön das ist.«

»Nur schade, dass wir den Kühler nicht mitgenommen haben«, bemerkte Klara.

»Möchten Sie das?«

»Was?«

»Noch etwas trinken.«

»Machen Sie sich keine Umstände«, sagte Klara.

»Ich gehe gern. Wenigstens etwas, das ich für Sie tun kann.« Statt die Treppe hinaufzulaufen und den Kühler zu holen, hastete er hinunter in den Saal, wo Klara ihn im Schneegestöber aus den Augen verlor. Gleich darauf begann der Dirigent mit dem Taktstock rückwärts zu zählen, und der Saal stimmte ein:

»Zehn, neun, acht, sieben, sechs …«

Dass ein Jahr vorüberging, hatte Klara nie zuvor berührt. Sie wusste nicht, woher der Anflug von Furcht kam, der Wunsch, etwas festzuhalten, weil es ihr sonst entging und nicht wiederkam.

»Fünf, vier, drei, zwei, eins – Neunzehnhundertzehn!« Der Sprecher sprang auf das Podium und rief in den Orkan des Jubels: »Gott schütze Kaiser und Reich. Wir stehen im Morgenrot eines neuen Jahrzehnts – möge das anbrechende Zeitalter uns Fortschritt, Eintracht und Wohlstand bescheren!«

»Und freie Wahlen in Preußen!«, schrie jemand. »Nieder mit der Schande des Dreiklassenwahlrechts!«

Die meisten Gäste beachteten ihn nicht, sie waren zu beschäftigt, von den Tabletts der umhereilenden Kellner Gläser zu ergattern. Die Musik spielte einen Tusch, und die Gebläse wirbelten noch einmal Konfettischnee auf, während die Saaldiener den Schreihals ergriffen und aus der hinteren Tür schleiften.

»Mademoiselle Reinecke!«

Vor ihr stand Peter Delacloche, hielt einen silbernen Kübel in den Armen und strahlte wie ein kleiner Junge. »Tausendmal Glück zum neuen Jahr. Ich würde gern mit Ihnen anstoßen, aber mir fehlt eine freie Hand …« Mit dem Kinn wies er in den Kübel, aus dem neben einer Flasche zwei langstielige Gläser ragten.

»Himmel, Arsch und Zwirn«, platzte Klara heraus. Ehe sie sich entschuldigen konnte, fiel ihr ein, dass er kein Wort verstand. Sie nahm ihm den Kübel ab und fischte die tropfnassen Gläser aus dem Eis. Peter Delacloche öffnete die Flasche, und der Korken schoss irgendwohin. »Prosit Neujahr!« Die Kelche klirrten. Etliche Paare tauschten Küsse, und Klara hätte nach all dem Champagner selbst gern gewusst, wie ein Kuss schmeckte.

Er aber hielt sich züchtig zurück. »Es ist so schön hier.« Die Musik leitete in den Schneewalzer über, und Paar um Paar begann zu tanzen.

»Zumindest haben Sie Ihren Schnee noch bekommen.«

»Ja, dank Ihnen habe ich das.«

»Macht man das so in Smyrna? Champagner kübelweise heranschleppen, wenn man um ein einzelnes Glas gebeten wird?«

Sein Lächeln verlor sich. »Habe ich etwas Dummes getan, Mademoiselle Reinecke? Ich weiß, ich hätte Sie fragen müssen, ob Sie zum Essen gehen wollen, aber mir war vor Glück so seltsam im Magen, ich bin gar nicht auf den Gedanken gekommen.«

Und nach meinen Interessen hast du auch nicht gefragt, fügte Klara in Gedanken hinzu, aber im Grunde war ihr das ganz recht. Sie hatte ja keine. Bücher las sie gern, aber nur die schwülstigen, verruchten, die sie bei Hilde aus der Schublade stahl, und ins Lichtspielhaus wäre sie gern gegangen, doch ihr Vater fand, das sei Unterhaltung für Dienstmädchen. Träume von Abenteuern gingen wohl kaum als Interesse durch, also blieb sie Klara, die sich selbst nicht kannte.

»Es tut mir tausendmal leid.«

»Ja, ja. Ist schon gut.«

»Wenn das mit dem Kühler geschmacklos war …«

»Nicht geschmacklos. Nur teuer. Sicher hat Ihr Vater sich von der Partnerschaft mit meinem manches zu versprechen, aber ob er es gern sieht, wenn Sie das frisch verdiente Geld zum Fenster hinauswerfen?«

Er kratzte sich am Kopf. »Ich glaube, das ist ein Irrtum. Mein Vater ist in keiner Partnerschaft, er nimmt nur Ware Ihres Vaters in Kommission.«

»In Kommission?«

Peter Delacloche nickte. »In unserem Warenhaus in Smyrna.«

Klara verschluckte sich am Champagner. Sein Vater war kein Kosmetikfabrikant. Er war ein Warenhausbesitzer wie Wertheim, der Kaufhaus-König, und sein Sohn hatte es nicht nötig, auf Berliner Bällen um eine Geldheirat zu buhlen.

»Mein Vater kontrolliert meine Ausgaben nicht«, sagte er und senkte den Blick auf seine blank polierten Schuhe. »Ich wünschte nur, ich hätte Ihnen einen schöneren Abend bereitet oder bekäme wenigstens die Chance, es noch einmal zu versuchen. Aber wenn die Wolke weg ist, ist sie eben weg.«

Er hatte eine Sehnsucht in der Stimme, von der Klara nur

ahnte, dass sie zu jung dafür war und ihre Folgen nicht ermessen konnte. »Welche Wolke?«, fragte sie.

»Oh, gar nichts. Nur eine Redensart.«

»Aus Smyrna?«

Er nickte. »Vergessen Sie's.«

»Wie lange sind Sie denn noch in Berlin?«

»Noch eine Woche.«

Klara sah ihn an, bis er den Kopf wieder hob. »Ich auch.«

ERSTER TEIL

Uzunada, lange Insel vor Smyrna, Smyrna selbst
und auf dem Weg dorthin
Mai 1912

»Bist du denn fremd hier
eingezogen?
Ach, warum weinst du,
Nachtigall?«

Yunus Emre, türkischer Dichter
des 13. Jahrhunderts

3

Meine drei Mädchen!«, rief Theris Tante Adriana, die mit ihrem Korb voller knospiger, frisch geschnittener Rosen den Weg hinaufstapfte. »Ach, meine Mädchen. Solange wir dieses Haus, diesen Klotz am Bein haben, sehe ich euch drei hier am Fenster sitzen. Das ist ein so hübscher Anblick, dafür wächst mir der alte Klotz am Bein direkt ans Herz.«

»Und bald werden wir vier sein!«, rief Kiki. Als die Kleinste klemmte sie zwischen Theri und Xenia und stützte die Ellenbogen aufs Fenstersims. Adriana hatte recht: Theri und ihre beiden Cousinen saßen zu dritt am geöffneten Fenster des Morgenzimmers, seit sie auf die Insel kamen, um die langen Tage des Sommers in diesem Haus zu verbringen. Ein Klotz am Bein war das Haus jedoch nicht. Ihre Tante gab vor, seiner überdrüssig zu sein und sich nach einem Sommer in der Stadt zu sehnen, aber niemand glaubte ihr.

Die Familie hatte immer auf der Insel die Sommermonate verbracht, schon als Onkel Edmond und seine Geschwister Kinder waren. Damals hatten sie Häuser gemietet, doch als

Onkel Edmond das Erbe antrat, hatte er eines besitzen wollen. Das Haus war der Liebling der Familie, das Herz, in dem ihre Blutbahnen zusammenliefen. Sobald die Abende heller wurden und an den Zweigen der Aprikosenbäume die Knospen platzten, begannen alle von dem Tag zu reden, an dem sie in Onkel Edmonds Sommerhaus umsiedeln würden.

Nar Evi hieß es, Haus der Granatäpfel, weil zwei Granatapfelbäume links und rechts von ihm mit der Fassade verwachsen waren. *Nar Evi* war türkisch, obwohl im einzigen Dorf der Insel vorwiegend Griechen lebten und die Sommerhäuser Levantinern, Briten und ein paar Amerikanern gehörten. Onkel Edmond hatte das seine von einem türkischen Hofbeamten gekauft, der es aus Liebe zu einer Griechin und ihrer schönen Heimat gebaut hatte. Die blauen Kachelmosaiken an den Wänden und die Schnitzereien im Zedernholz der Türstöcke kündeten davon. Es war ein verwinkeltes, rosenfarbenes Haus mit einer auf Säulen gebauten Terrasse, die bis auf den ummauerten Strand reichte. Wenn man wollte, konnte man frühmorgens aus seinem Bett bis ins warme, schaumige Meerwasser laufen und brauchte dazu keine dreißig Schritte.

Theri hatte sie gezählt, als sie zum ersten Mal hergekommen war. Zu Anfang waren es fünfzig Schritte gewesen, und in jedem Sommer, in dem sie die Schritte wieder gezählt hatte, war die Zahl geschrumpft.

Anhand der schrumpfenden Zahl hatte sie gelernt, dass ein Jahr vergangen war, seit sie im Herbst den Sand aus den Schuhen geschüttelt, die Fenster des Hauses verrammelt und das Boot bestiegen hatten, das sie zurück nach Smyrna brachte. Jetzt aber blieb die Zahl seit vier Jahren gleich. Theri war zwanzig. Ihre Brüder hatten ihr prophezeit, sie würde so groß wie der neue Uhrenturm vor Rahmi *Beys* Gouverneurspalast werden und nie einen Mann finden, aber mit sechzehn hatte sie endlich aufgehört zu wachsen.

In jenem ersten Sommer war sie sieben gewesen, schon damals lang aufgeschossen und dürr wie ein Ginsterzweig. Xenia war zwölf und Kiki eine Krabbe von knapp einem Jahr, die vorwitzig die Ärmchen auf das Fenstersims stemmte. Jenes Fenster, das größte des Morgenzimmers, ging nach hinten, auf den Garten hinaus, der ganz anders war als Onkel Edmonds Garten im Bournabad-Viertel von Smyrna. Es war, als habe er in der Stadt, wo er als respektabler Geschäftsmann residierte, gezirkelte Rabatten und zweckmäßige Hecken anlegen lassen, damit niemand auf den Gedanken käme, er vergeude seine Zeit mit Träumen. Hier hingegen rankten Rosen auf der Gartenmauer, und in der verwunschenen Wildnis gab es nur Früchte und Blüten in Feuerfarben – Kornelkirschen, Bergamotten und Pomeranzen, purpurne Königskerzen, scharlachrote Kamelien und Trauben wie dunkles Blut. Den Edmond Delacloche, der durch seinen feuerfarbenen Paradiesgarten streifte, bekamen die Geschäftsleute von Smyrna nie zu Gesicht.

Vielleicht kannte er den ja selber nur hier, auf der langen Insel, in seinem Haus, von dem Theri anfangs geglaubt hatte, es müsse verzaubert sein.

Kiki war noch immer ein Kind, nur in dem grässlichen Alter, in dem man keines mehr sein wollte. Theri erinnerte sich mit Schrecken an das Jahr, als sie selbst vierzehn geworden war, und solange ein Mädchen nicht verheiratet war, kam es im Grunde aus diesem Alter, weder Fisch noch Fleisch, nicht heraus.

»Wir werden bald vier sein!«, rief Kiki noch einmal, damit ihre Mutter sie hörte. »Nicht wahr, *Maman,* dann gefallen wir dir noch besser, wenn Peters Braut als Vierte im Bund bei uns sitzt? Wie sieht sie denn aus? Auf der Fotografie ist ja nichts zu erkennen, aber du bist ihr doch begegnet. Erzähl uns, wie sie ist!«

»Das habe ich bereits zur Genüge getan«, erwiderte Adriana bündig. »Wenn du dich damit nicht zufriedengeben willst, wirst du dich gedulden müssen, bis die *demoiselle* samt Familie eintrifft.«

Deshalb waren sie jetzt hier, im Mai, wo die Granatäpfel blühten, nicht wie sonst erst im Juli – weil Peters Braut aus Deutschland mit ihrer Familie im Sommerhaus wohnen sollte, bis in zehn Tagen in der katholischen Kirche von Saint-Jean die Trauung stattfand. Das Schiff aus Triest wurde heute erwartet, und zum Empfang waren die Frauen der Delacloches im *Nar Evi* versammelt: Adriana als Mutter des Bräutigams, ihre Schwiegermutter Thea als ihr eigenes Denkmal und sämtliche Töchter und Nichten als Brautjungfern. Theri, die auf den Namen Eleftheria getauft war, war keine richtige Nichte. Ihr Vater und Adriana waren Cousin und Cousine, aber da sie wie Geschwister aufgewachsen waren, machte das keinen Unterschied.

Fast keinen.

Theri war nah genug mit den Delacloches verwandt, um unter ihrem Dach wie zu Hause zu sein, aber weitläufig genug, um sich mit einem ihrer Söhne zu verloben.

Sind wir denn wirklich verlobt, Nimrod? So wie Peter und die Deutsche? Mich nach dir zu sehnen heißt, mir zu wünschen, was ich nie gekannt habe. Sie wünschte es sich, doch sie hatte auch Angst, sich ihrem Gefühl zu überlassen. In ihren Gedanken sprach sie oft so mit Nimrod, aber wenn er vor ihr stand, blieb sie stumm.

»Jetzt sei nicht so ein Frosch, *Maman*«, drängte Kiki weiter. »Sag uns wenigstens, ob Peters Klara so hübsch ist, dass sie zu uns passt.«

Ihre Mutter stellte den Korb, dem der schwere Duft der Rosen entströmte, auf dem Mauervorsprung ab. »Gib Ruhe, du Quälgeist«, wies sie ihre Jüngste zurecht. »Hübsch wird sie ja wohl sein, warum sollte mein Petraki sie sonst heiraten?«

»Ach, bei Peter weiß man das nicht«, rief Kiki und duckte

sich, ehe sie sich von Xenia einen Klaps auf den Hinterkopf fing. »Ich hoffe aber, sie ist wunder-wunderhübsch, damit wir die hübscheste Hochzeitsgesellschaft von ganz Smyrna sind. Und Nimrod muss auf Urlaub kommen, damit meine arme Theri nicht mehr traurig ist.«

Abrupt senkte Theri den Kopf. Ihre Finger zupften an der Moosflechte, die aus einem Sprung im Mauerwerk wuchs. Sie wünschte sich Kiki nicht anders, kein Mensch hätte sich so etwas wünschen können, aber sie hätte ihr manchmal gern den Mund zugehalten.

»Ist das wahr, *koritsi*, bist du gar zu traurig?« Adrianas kleine Hand berührte Theris Wange. »Aber was lässt sich da ändern? Wäre es nach mir gegangen, hätte ihr Vater meine beiden Jungen nie und nimmer in eine osmanische Uniform stecken dürfen, aber Nimrod, der Raufbold, gefiel sich ja so gut darin, dass er sie gar nicht mehr ausziehen wollte. Und wenn nun dieses Reich mit den Italienern einen Krieg anzettelt, dann heißt es: mitgehangen, mitgefangen.«

Onkel Edmond hatte recht vernünftige Gründe gehabt, seine Söhne auf die Militärschule in Konstantinopel zu schicken, obwohl die Delacloches als Katholiken unter dem Schutz des französischen Konsuls standen und zum Heeresdienst nicht verpflichtet werden konnten. Auch traf nicht zu, dass das Osmanische Reich den Krieg um die libyschen Gebiete angezettelt hatte, aber das Tante Adriana zu erklären, hätte zu keinem Ergebnis geführt. »Ich weiß«, sagte Theri deshalb nur. »Von Nimrod kann niemand erwarten, dass er sich zu Kriegszeiten von Libyen nach Smyrna durchschlägt, und ich bin nicht traurig. Ich habe euch, ich bin im Granatapfelhaus, was will ich mehr?«

»Deinen Liebsten bei dir haben«, rief Kiki. »Wenn Nimrod käme, wäre wenigstens etwas los. Er brächte ein paar Kameraden in diesen hinreißenden Uniformen mit, und irgendwer würde unter der Zypresse mit den drei Kronen für einen Skandal sorgen.«

Adriana sog hörbar Luft ein, aber es war Xenia, die das Wort ergriff: »Du gebrauchst deinen schmutzigen Schnabel wie die Tochter eines Limonadenverkäufers. Zum einen gibt es in unserer Familie keine Skandale, zum anderen hat Theri keinen *Liebsten,* und außerdem sind die meisten dieser Menschen, die du dir auf Peters Hochzeit wünschst, Muselmanen, falls dir das entfallen war.«

»Mir doch egal«, versetzte Kiki. »Sie sehen umwerfend aus, und ich wette, sie können noch umwerfender tanzen. Ich wünschte wirklich, Nimrod würde uns ein paar von ihnen herbringen. Wozu haben wir schließlich Krieg, wenn wir gar nichts davon mitbekommen?«

»Dafür bezahlen wir Soldaten, damit wir von Kriegsgeschrei und Dreck nichts mitbekommen«, beschied Adriana sie. »Und jetzt genug. War nicht gerade die Rede von Limonadenverkäufern, und hat außer mir niemand Durst? Kiki, warum bringst du die hier« – mit einem Nicken wies sie auf den Korb, wo unter der Decke aus Rosen ein paar Bergamotten verborgen lagen wie Eier in einem Nest – »nicht Kadife, damit sie uns *scherbett* daraus macht?«

Unentschlossen langte Kiki hinein und legte zwischen den Bergamotten Knospen vom Hibiskus frei. »Die schmecken nicht«, maulte sie, nahm dann aber doch den Korb und sprang von der Bank, um zur Treppe ins Souterrain davonzulaufen. Tatsächlich machte sich niemand etwas aus *scherbett,* das aus den Knospen zubereitet wurde, weil ihm der blumige Geschmack der Blüten fehlte. Niemand außer Theri. Sie liebte das Unfertige, Herbe, das auf der Zunge beinahe wehtat, mehr als üppige Süße. Mit dem *hoschaf,* dem gekühlten, aus dem Fleisch der Kornelle gequirlten Saft, verhielt es sich genauso: Die anderen verlangten nach Früchten, die rot und zum Platzen prall waren, während Theri das Getränk am liebsten mochte, wenn es von der noch grünen, allerersten Frucht stammte.

Adriana wartete, bis ihre jüngere Tochter verschwunden war, trat näher ans Fensterbrett und schob ihre ältere Tochter beiseite. »*Koritsi mou*«, sagte sie und legte den Arm um Theri, »du weißt, dass ich keine Hochzeit so gern gefeiert hätte wie deine, nicht wahr? Aber es geht doch nun einmal nicht. Ich habe an Nimrod, diesen Lump, geschrieben, doch ich bekomme nicht mehr zu hören als: ›Es ist Krieg, und ich bin Offizier.‹ Alles andere habe zu warten, und mit dreiundzwanzig sei er ja wohl noch reichlich jung.«

»Es macht mir nichts aus«, sagte Theri und war nicht sicher, ob es der Wahrheit entsprach. Ein Teil von ihr war ganz zufrieden mit dem Warten, weil der Gedanke an einen so großen Schritt ihr Angst machte, der andere, verborgenere, wünschte sich, Nimrod hätte es mit der Heirat eiliger.

»Ach doch, das tut es, und ich schäme mich für meinen Sohn.« Adriana streichelte Theris Haar. »Eine Rose wie du, meine Süße, die hätte längst geschnitten und in die Vase gestellt werden müssen.«

»Deine Vergleiche sind an Peinlichkeit nicht zu überbieten, Mutter«, fiel Xenia ein. »Bist du jetzt fertig? Um Nimrod geht es nämlich nicht, sondern ausnahmsweise um Peter. Du wirst dich wohl oder übel darauf besinnen müssen, dass du noch einen zweiten Sohn hast.«

»Einen ersten«, verbesserte Adriana. »Mein Petraki, der Gute, war mein erstes Söhnchen, mein zweites Kind nach dir, meine Pflaume, und du brauchst dir nicht die Haare zu raufen. Eine Tochter, die übrig bleibt, gibt es in jeder Generation, und sie wird immer ihren Platz in der Familie haben. Wenn der Rest unserer Kükenschar erst flügge ist, werden dein Vater und ich froh sein, dass du uns bleibst.«

Das war grausam. Theri sah, wie Xenias Augen sich mit Tränen füllten, und griff nach ihrer Hand, aber Xenia entzog sie ihr. »Um mich ging es nicht«, erwiderte sie tapfer. »Sondern darum, dass der arme Peter nicht wie üblich vergessen wird, während du dir über Nimrod den Kopf zerbrichst und Kiki jede Unart durchgehen lässt.«

»Mein Petraki wird doch nicht vergessen! Er feiert in zehn Tagen Hochzeit.« Adriana sah ihre Tochter mit ihren dunklen Murmelaugen an, als wisse sie von nichts.

Sie wusste tatsächlich von nichts. Das machte die Sache schwerer. Denn wenn jemand nicht wusste, dass er grausam war, blieb einem nicht einmal das Recht, ihm böse zu sein. Überdies stimmte, was sie sagte: Ihr ältester Sohn war kein *armer Peter*, sondern der Erbe des Familienvermögens, des exquisiten Warenhauses in der Rue Franque, der Lager am Pier von Pasaport und der Teppichfabrik mit ihren Tausenden von Arbeitern. Dass um ihn weniger Aufhebens gemacht wurde als um seine zwei jüngeren Geschwister, konnte ihm gleichgültig sein, denn er hatte seinen Platz in der Welt: Er würde der Herr über das Delacloche-Imperium sein.

Xenia hingegen würde vom späten Mädchen zur alten Jungfer werden, eine ewige Tochter, die über nicht mehr zu entscheiden hatte als die Auswahl ihres Kleides zum Tee. Ausgerechnet Xenia, womöglich die klügste von ihnen allen. Halbherzige Versuche ihres Vaters, eine Ehe für sie zu arrangieren, waren im Sand verlaufen, und die Gerüchte über den Eingriff, den der armenische Arzt an ihr vorgenommen hatte, taten ein Übriges. Jetzt, mit fünfundzwanzig, würde sich kaum noch ein Mann für sie finden, und Theri konnte ihr ihre Bitterkeit nicht verdenken.

Ob sie sich je verliebt hatte? Theri hätte manchmal gern mit ihr über Nimrod gesprochen, schließlich war Xenia seine Schwester und bald fünf Jahre älter als sie. Dann aber sah sie Xenia an und war sich sicher, dass Xenia für solche Erregungen des Herzens kein Verständnis haben würde.

»Jetzt habe ich dem kleinen Irrwisch den Korb gegeben, und wenn ich Pech habe, landen die Rosen für die Gästeschlafzimmer im *scherbett.*« Adriana war in Gedanken längst bei anderen Dingen.

»Damit musst du eben rechnen, wenn du dich auf ein muselmanisches Küchenmädchen verlässt, statt eine Köchin mitzubringen«, konterte Xenia ätzend. »Vor der Familie von Peters Braut werden wir uns mit der verschleierten Gestalt gehörig blamieren, aber was rede ich mir den Mund fusselig? Auf mich hört in diesem Haus ja ohnehin kein Mensch.«

»Blamieren werden wir uns mit Kadife sicher nicht«, versuchte Theri sie zu beschwichtigen. »Ich finde, ihr *laz böregi* ist göttlich.«

»Galaktoboureko«, fuhr Xenia ihr über den Mund. »Wer dich reden hört, könnte sich fragen, ob du eigentlich Griechin oder Türkin bist.«

»Herrgott, Xenia, es geht um den Namen einer Süßspeise! Halb Smyrna sagt *laz böregi,* ohne sich etwas dabei zu denken.«

»Die *türkische* Hälfte«, bemerkte Xenia. »Christen nennen es bei seinem Namen: *galaktoboureko.*«

»Von mir aus auch das.« Theri spürte die Sonne, die ins Fenster fiel, am Hals. Sie liebte den Morgen im Haus der Granatäpfel noch immer wie als Kind, das Erwachen und Wissen, sie würden viele Wochen hier beisammen sein. Sie wollte keinen Streit. »In jedem Fall hat Kadife von Gaia viel gelernt, und mit den täglichen Mahlzeiten stellt sie sich sehr ordentlich an.«

»Hier geht es aber nicht um tägliche Mahlzeiten!«, herrschte Xenia sie an. »Es geht darum, die Familie von Peters Braut so zu bewirten, dass sie samt ihrer Tochter nicht gleich wieder abreisen, weil sie glauben, Smyrna werde von Wilden bewohnt.«

»Findest du das nicht übertrieben? Kadife ist bemüht, zu tun, was man ihr sagt.«

»Zu tun, was man ihr sagt!«, äffte Xenia sie nach. »Und wie, bitte schön, sollen diese Leute aus Europa ihr etwas sagen, wo sie nichts als Türkisch versteht?«

»Sie brauchen ihr ja nichts zu sagen«, fiel Adriana ihr ins Wort. »Du kommandierst das arme Wurm doch von früh bis spät herum. Jetzt zieh nicht so ein garstiges Gesicht, mein Pfläumchen. Unsere Gaia wird nun einmal daheim in Bournabad gebraucht, wo ein Heer von Hochzeitsgästen zu bewirten ist. Da werden wir nicht gleich sterben, weil wir in diesem kleinen Haushalt ein paar Tage lang mit einem tüchtigen Mädchen auskommen müssen.«

In Wahrheit kam Adriana auch wochenlang mit einem tüchtigen Mädchen aus. Die Größe des *Nar Evi* entsprach der des Hauses, in dem sie aufgewachsen war und in dem jetzt Theri mit ihrem Vater und den Brüdern lebte. Ihre Familie entstammte zwar griechischem Adel, blieb aber, was das Vermögen betraf, hinter den Delacloches zurück. Theris Mutter, die seit zehn Jahren tot war, hatte selbst im Haus Hand angelegt, zwar gewiss nicht, um Knochen auszukochen und sich über der *scherbett*-Presse das Gesicht zu bespritzen, wohl aber um Früchte auszuwählen, Platten zu dekorieren und Rosen in Schalen zu arrangieren. Sie hatte es gern getan, und Adriana tat es ebenfalls gern.

In Bournabad verhielt sie sich, wie ihr Mann und seine Mutter es von ihr erwarteten, gab sich dem Luxus hin und rührte den Finger höchstens, um Billetts zu unterschreiben. Im Sommer aber, wenn es auf die lange Insel ging, beschränkte sie das Personal, damit etwas für sie selbst zu tun blieb.

Daran, dass das Mädchen Kadife Muslimin war, störte sie sich nicht. Adriana hatte ein beneidenswertes Talent, sich an nichts zu stören, das ihr keinen Schaden zufügte, und Kadife brauchte den Verdienst. Sie war die Verlobte von Peters Offiziersburschen, seinem *emir eri,* einem schlaksigen, finster dreinstarrenden Jungen, der im Türkenviertel am Hang des Berges

Pagos wohnte. Jetzt, wo Krieg war, hätte der Junge an die Front nach Libyen gemusst, aber Peter, der die militärische Laufbahn schnellstmöglich an den Nagel gehängt hatte, hatte sich seiner erbarmt und mit ein wenig Schmiergeld erreicht, dass er ihn bei sich behalten durfte.

Der Junge war übellaunig und unnahbar, in der strikten Ordnung eines Heeres nicht vorstellbar. Er sprach mit niemandem, sondern hielt sich in Peters Schatten, und wenn man ihn überhaupt zu sehen bekam, erblickte man ein Gewirr von Locken, Augen wie Cognac und einen Blick, der töten wollte, aber nicht konnte.

Peter zufolge hatte er allein für einen Haufen Frauen in seiner Familie zu sorgen und war heilfroh, wenn seine Verlobte nicht in der Gewürzfabrik arbeiten musste. »Da lässt sich doch etwas machen«, hatte Adriana damals gesagt und das Mädchen nach Uzunada mitgenommen. Inzwischen fuhr Kadife bereits den dritten Sommer mit ihnen.

Xenia wandte sich von ihrer Mutter ab. »Tu, was du nicht lassen kannst«, sagte sie. »Aber beklag dich dann nicht, wenn deine Rosen unter dem Rührbesen landen. Mich entschuldigt jetzt bitte. Ich habe zu tun.«

»Was willst du denn zu tun haben?«, fragte Adriana und meinte es sicher auch dieses Mal kein bisschen boshaft.

Xenias abgewandter Rücken verkrampfte sich, und sie tat Theri leid. Doch bevor noch jemand etwas sagen konnte, flog die Vordertür auf, die zur Terrasse und zum Strand hinausging, und ein halbes Dutzend flinker Füße trommelte über die Terrazzo-Fliesen. »Sie kommen, sie kommen!« Die Stimme gehörte Juliette, der jüngsten der Delacloche-Cousinen, der ihre zwei Schwestern Mabel und Veronica folgten.

Gleich danach stürmte Kiki die Treppe aus dem Souterrain herauf, so laut, als würde sie auf jeder Stufe stolpern: »Das Dampfschiff mit Peters Braut? Sie sind wirklich schon hier?«

»Nicht mit dem Dampfschiff!«, erwiderte Veronica, die mittlere der drei Töchter von Edmonds Bruder Thibault. »Sie kommen mit der *Cythère*! Und jetzt rate mal, wer sie bringt!«

Die *Cythère* war Onkel Edmonds Stolz, eine große Motorjacht, die er sich bei Thornycroft in England nach eigenen Wünschen hatte bauen lassen.

»Um Gottes willen!«, rief Adriana. »Jetzt sind diese Leute schon da, und hier ist nichts fertig. Nicht einmal mein Haar.« Sonderlich besorgt klang sie deswegen nicht. »Theri, bist du ein Engel und hilfst mir, aus diesem Gestrüpp eine Frisur zu machen?«

Theri nickte und wollte aus dem Zimmer laufen, um Adriana an der bleiverglasten Flügeltür, die in den Garten führte, zu treffen.

»Warte!«, rief ihr Xenia hinterher. »Wenn sie nicht mit dem Dampfschiff kommen, sondern in Smyrna auf die *Cythère* umgestiegen sind, dann machst du besser nicht Mutter die Haare, sondern dir selbst.«

»Weshalb das denn?« Theri fasste sich in ihr Haar, das sie achtlos aufgesteckt trug. Zu ihrem Glück war es gewöhnliches, glattes Haar, das wenig Aufwand erforderte.

»Vater kommt erst morgen aus Konstantinopel«, sagte Xenia. »Wenn die *Cythère* hier ist, kann er sie kaum gefahren haben.«

»Und wer sonst?«

»Na, wer wohl?« Xenia verzog einen Mundwinkel. »Entweder will Lance es sich auf alle Zeit mit Vater verderben, indem er ihm sein Boot ruiniert, oder Nimrod ist da.«

Lance war der Cousin von der anderen Familienseite, der kostbare einzige Sohn von Edmonds kostbarer einziger Schwester, die einen Bankier aus Paris geheiratet hatte. Dass er sich eigenmächtig an der *Cythère* vergriff, war ihm durchaus zuzutrauen, dass er sie jedoch in die Finger bekam, hätte Onkel Edmond verhindert. Er vergötterte seine Schwester, aber ihrem

Sohn hätte er sein Heiligtum nicht anvertraut. Wenn also die Motorjacht die Gäste zur Insel gebracht hatte, war Nimrod mitgekommen, obwohl er geschrieben hatte, er sei unabkömmlich.

Theri legte sich die Hand auf die Brust und ertastete ihr Herz wie einen zappelnden Vogel unter ihren Fingerspitzen. *Was werden wir reden, Nimrod? Du und ich, wir müssen das Miteinander-Reden als Erwachsene ja erst lernen, müssen erkunden, was aus den Kindern, die im Labyrinth dieses Gartens Verstecken gespielt haben, geworden ist.*

»Hörst du mir eigentlich zu?«, fragte Xenia.

»Nein«, gestand Theri. »Entschuldige. Ich war in Gedanken. Was hast du gesagt?«

»Ich habe dich gefragt, ob dir klar ist, dass es die Männer beim Militär mit der Treue nicht genau nehmen. Im Grunde nimmt kein Mann es mit der Treue genau, was dazu beiträgt, dass sie mir alle gestohlen bleiben können. Vermutlich ist nicht einmal mein Vater meiner Mutter treu, aber beim Militär…«

»Xenia!«, fuhr Theri auf. »So sprichst du nicht von deinem Vater, der ein feiner Mann ist und solches Gerede nicht verdient.«

»Was ist denn in dich gefahren?« Verblüfft starrte Xenia ihr auf den Mund. »Um meinen Vater ging es doch gar nicht, sondern um das Leben beim Militär, zumal unter lauter Muselmanen, für die Vielweiberei schließlich gang und gäbe ist.«

Theri gab sich Mühe, sich zu fangen. »Wenn er mir nicht treu ist, kann Nimrod mir auch gestohlen bleiben«, sagte sie, ehe sie sich hindern konnte.

Im Haus schlug eine Tür. Kurz darauf wurde die Tür des Morgenzimmers aufgeschoben, und Adriana stand in der Öffnung, auf ihren runden Wangen ein Schimmer.

»Ich dachte, du kommst, um mir am Garten aufzumachen.« Sie lächelte und hakte sich bei Theri unter. »Wir beide müssen uns mit meinen Haaren beeilen. Ich glaube nämlich, unsere Gäste haben dir eine Überraschung mitgebracht, auf die du nicht mehr lange wirst warten wollen.«

4

Der Süden«, hatte Klaras Vater zu Klara und ihrer Mutter gesagt, »ach, der Süden der Welt, das ist nichts, was ihr beide euch auch nur im Klitzekleinsten vorstellen könnt.«

Während der gesamten Reise, erst in den Abteilen der Züge, dann an Bord des Schiffs, hatte er dergleichen ohne Unterlass von sich gegeben, dabei die Augen verdreht und aus tiefster Kehle geseufzt. Als sie in Triest ablegten, war er Klara bereits auf die Nerven gegangen, sobald er auch nur den Mund aufgemacht hatte. Sie hatte sich auf die Überfahrt gefreut und jeden Augenblick des Abenteuers genießen wollen. Beim Abendessen im glanzvoll dekorierten Speisesaal hatte ihr Vater sie jedoch dermaßen vor den Mitreisenden blamiert, dass sie in ihre Kabine laufen und die Tür hinter sich zuschlagen wollte.

Ihren Tisch teilte ein Diplomaten-Ehepaar aus Paris, genau die Art von Leuten, die ihre Töchter auf Klaras Schule schickten, damit sie dort auf Klara herabblickten. Ihr Vater war wie üblich blind und taub dafür. In grauenhaftem Französisch protzte er, seine Tochter werde ja nun »seinen lieben Peter« heiraten, »Sie wissen doch, den Erben der Warenhaus-Dynastie Delacloche.«

Das Lächeln der Diplomatengattin wurde mit jedem Gang dünner. Der Diplomat dagegen konzentrierte sich auf sein Essen, zog jedoch ein Gesicht, als hätte man ihm Fäkalien serviert. Klaras Vater, der davon nichts mitbekam, wandte sich dem Kellner zu, der aus silbern umflochtenen Flaschen reihum Wein nachschenkte. Er legte die Hand über Klaras Glas und sandte dem Mann ein Verschwörergrinsen. »Nett gemeint, aber für meine Tochter bitte nicht. Bringen Sie ihr einen Fruchtsaft.«

»Ich bin kein Kind mehr!« Am liebsten hätte Klara ihm den gelben, dickflüssigen Saft, der in einem Glas mit Zuckerrand aufgetragen wurde, über den Schoß gekippt. »In zwei Wochen bin ich eine verheiratete Frau.«

Ihr Vater lachte und tätschelte ihr die Wange. »Sehr richtig, und dann kann dein Peter auf dich aufpassen. Bis dahin habe ich ein Auge darauf, dass seine kleine Braut sich keinen Schwips antrinkt und höchst undamenhaft eine Närrin aus sich macht.«

»Wer hier einen Narren aus sich macht, ist ja wohl keine Frage«, schoss Klara zurück, doch ihr Vater achtete gar nicht mehr auf sie, sondern schwatzte weiter auf den Diplomaten ein. Absichtlich laut schlürfte Klara ihr Glas leer und verweigerte barsch ein weiteres, mit dem der beflissene Kellner herbeieilte. Ein wenig schade war es aber doch, weil der Saft köstlich schmeckte, ganz anders als der Most aus Birnen oder Äpfeln, den sie kannte.

Zum Dessert wurde eine *Charlotte russe* gereicht, die mit einer Kruste aus dunkel glänzender Schokolade glasiert war. Noch ehe alle am Tisch bedient worden waren, hieb Klara ihre Gabel hinein, dass die Kruste knackte und butterfarbene Creme herausquoll. Unter den indignierten Blicken des Diplomatenpaares schaufelte sie sich den Mund voll, würgte alles hinunter und stach von Neuem in die Süßspeise. So hatte sie sich auch im Pensionat getröstet: Gegen den Hohn der Adelstöchter und gegen das Gefühl, zu niemandem zu gehören, half es, sich Essen in den Mund zu stopfen, bis ihr übel war. Es wirkte betäubend. Wein wäre noch besser gewesen, aber in der Not fraß der Teufel Fliegen.

Eines Tages würde Klara ein Fass wie ihre Mutter sein, die stumm, ohne das mindeste Interesse an der Welt, die exquisite Speisenfolge in sich hineinschaufelte wie Kartoffeln mit Stippe.

Nein, schrie es in ihr auf, *ich werde nicht wie meine Mutter sein! Ich gehe nach Smyrna, ich heirate einen Levantiner, ich werde aus mir und meinem Leben etwas machen.*

Auch aus ihrer Ehe wollte sie etwas machen. Peter und sie waren einander seit der Silvesternacht in der Philharmonie nur noch dreimal begegnet, und bei der zweiten Gelegenheit hatte ihr Vater Peter darauf aufmerksam gemacht, dass ein förmlicher Antrag anstand. Der dritte Anlass war die offizielle Verlobung gewesen, die ihr Vater im Hotel *Bristol* ausrichten ließ. Klara hatte gehofft, sofort das verhasste Pensionat verlassen und nach Smyrna übersiedeln zu dürfen, doch ihr Vater hatte auf einem Jahr Verlobungszeit bestanden. Während sich in der Berliner Villa achtzehn Überseekoffer mit im *Kaufhaus des Westens* bestellter Aussteuer füllten, steckte die Besitzerin dieser Pracht in Madame Cariberts Schuluniform, aus der sie zu platzen glaubte.

Peter musste auf so manches aufmerksam gemacht werden, aber Klara war entschlossen, ihn auf Trab zu bringen. Sie würde keine Ehe wie ihre Eltern führen, in der ihre Mutter sich wie ein unhandliches Möbelstück von einem Ort zum anderen bugsieren ließ, ohne mit ihrem Mann ein Wort oder eine Geste zu wechseln. Immerhin schrieb ihr Peter regelmäßige, wenn auch etwas öde Briefe, und immerhin stammte er aus keiner brandenburgischen Klitsche, sondern aus einer Weltstadt im Orient. Ihr Leben würde schön sein, wild und ein wenig gefährlich, und sie würde nie wieder die letzten Krumen einer Schokoladenspeise vom Teller kratzen, um den Sturm in ihrem Innern zu beruhigen.

Ihr Vater schickte sich an, mit den übrigen Herren in den Rauchsalon zu gehen, obwohl niemand ihn eingeladen hatte. »Und du, mein Klärchen, darfst mit den Damen noch ein bisschen aufbleiben und dir die *Petits Fours* schmecken lassen.« So wie er das Wort *Fours* aussprach, klang es wie »Furz«.

»Danke, mir reicht's. Ich bin müde und lege mich schlafen.« Klara stand auf und verließ den Saal, ohne sich zu verabschieden. In ihrer Kabine schaltete sie die Lampe nicht ein, sondern ließ sich im Dunkeln auf das Bett fallen. Durch das ovale Fenster starrte sie auf das Wasser, das vom Lichtkegel des Schiffs gelb angestrahlt, doch darüber hinaus schwarz und endlos war. Der Himmel, der sich über der bewegten Oberfläche wölbte, kam ihr vor wie aus blauschwarzem Glas, die Sterne daran wie ungezählte Sprünge.

Jäh musste sie an die *Titanic* denken, an die Menschen, die vor nicht ganz vier Wochen von diesen schwarzen Wassermassen verschlungen worden waren, sodass nie wieder eine Spur von ihnen auftauchen würde. Wie gestochen sprang sie wieder auf. Die Weite erdrückte sie, der grenzenlose Raum raubte ihr den Atem, und so rasch, wie sie eben gekommen war, floh sie wieder aus der Kabine.

Am Ende des Gangs gab es eine Treppe, die auf ein Seitendeck für Passagiere der ersten Klasse führte. Klara hatte Kälte und Fahrtwind erwartet, doch was ihr entgegenschlug, war eine seltsame, beinahe greifbare Wärme. Durch die Stille drang nur das Röhren der gedrosselten Schiffsmotoren. An der geschmiedeten Reling stand ein Mann und rauchte. Flüchtig erschrak Klara, dann dachte sie sich: *Jetzt erst recht.* Weshalb sollte sie sich einschüchtern lassen, sie hatte ebenso das Recht, sich hier die Beine in den Bauch zu stehen, wie er.

Sobald sie vortrat, drehte der Mann sich um. Im Licht, das

aus den Sälen im oberen Deck fiel, erkannte sie eine große Gestalt mit breiten Schultern, die in einer grünlichen Uniform steckte. Er zog die Mütze, entblößte ordentlich gelegtes Haar, das weder hell noch dunkel war. »*Mademoiselle?* Kann ich Ihnen behilflich sein?«

Keine Plattitüden, beschwor ihn Klara stumm, *die ertrage ich nicht.* Wenigstens klang sein Französisch nicht hausbacken, und seine Stimme gefiel ihr, weil sie nichts Blässliches hatte. »Nein danke«, brachte sie heraus, »ich verschaffe mir nur ein wenig Luft.«

Schweigend betrachteten sie einander. Er machte etwas her, stellte Klara fest, kein schöner Mann zwar, aber einer, nach dem man sich umdrehte, dabei wusste sie, dass sie den Blick hätte senken sollen. Aber wie albern war das denn? Sie waren einander nun einmal hier draußen begegnet, warum sollten sie nicht von Angesicht zu Angesicht miteinander sprechen dürfen, statt mit verklemmtem Herumgedruckse Zeit zu vergeuden?

»Vielleicht wären Sie so höflich, sich vorzustellen«, forderte sie ihn auf.

Seine Mundwinkel unter dem schmal gestutzten Schnurrbart zuckten. »Sie haben recht. Das hätte ich gleich tun sollen.« Er nahm ihre Hand und verneigte sich tief genug, um einen Kuss anzudeuten. »Nimrod Delacloche, Hauptmann der Infanterie, 19. Division, Kommando Tripolis. Derzeit auf Heimaturlaub, um der Hochzeit meines Bruders beizuwohnen.«

»Delacloche?«, stammelte Klara. Dann fing sie sich. So verwunderlich war es schließlich nicht, dass der Bruder, der beim Militär war, mit demselben Schiff reiste. »Ich bin Klara Reinecke. Die, wegen der Sie den ganzen Aufwand betreiben. Ihre Schwägerin in spe.«

Er brauchte ebenfalls nicht mehr als einen Atemzug, um sich zu fassen, dann lachte er dunkel auf. »Tatsächlich? Sie sind die illustre Klara?«

»Nicht zufrieden?«

»Zufrieden wäre eine Untertreibung.« Er schenkte ihr ein Lächeln, das die plumpe Schmeichelei erträglich machte, und reichte ihr den Arm. »Wir werden das begießen müssen, meine Liebe. Verzeihen Sie. Diese Art Sprache gewöhnt man sich nach Monaten unter Männern so schnell nicht ab.«

»Wenn's weiter nichts ist. Da ist ein Berliner Mädchen Wilderes gewohnt, und fürs Begießen bin ich gern zu haben.« Sie nahm den angebotenen Arm und drängte bereits in Richtung Tür.

So hatte sie in dieser Nacht doch noch etwas zu trinken bekommen. Nimrod Delacloche hatte sie an die Bar im Salon geführt, wo das Licht gedämpft war und ein paar Nachtschwärmer über Gläsern, Zeitungen und Spielkarten saßen. An der Wand stand ein Flügel, auf dem ein Mann eine Folge von Tönen spielte, eher Plätschern als Melodie.

Statt auf Bedienung zu warten, ging Nimrod zum Tresen, um ihnen Getränke zu holen. Er sah tatsächlich gut aus, von hinten noch besser als von vorn. Eine Blondine am Tisch der Kartenspieler legte ihr Blatt ab und ließ den Blick hingebungsvoll an den langen Beinen, die in Stiefeln steckten, hinabgleiten. Klara hatte Mühe, sich ein lautes Frohlocken zu verkneifen, und wünschte sich, die Freiin Sidonie hätte sie jetzt sehen können.

Das Abenteuer hatte begonnen.

Wie sie es von Männern gewohnt war, hatte er sie nicht gefragt, was sie trinken wollte, aber das Getränk, das er dann vor sie hinstellte, sah verlockend aus. Es war fast farblos und wurde in einem kelchförmigen Cocktailglas serviert, dekoriert mit einem Zweig Minze und etwas, das einer Scheibe grüner Zitrone glich. Sie wollte nicht kindisch oder provinziell wirken, doch ihr Gesicht hatte die Frage offenbar längst gestellt.

»Das ist ein *Southside*«, erklärte Nimrod Delacloche, der ein schlichtes, aber beträchtlich gefülltes Glas Cognac vor sich stehen hatte. »Gin, Limettensaft, Minze und Zuckersirup. Sie sehen aus wie ein Mädchen, das damit fertigwird.«

Sie war nicht sicher, ob das als Kompliment gemeint war, aber sie mochte den *Southside,* der sauer, scharf und süß zugleich schmeckte. Das Glas war viel zu schnell leer. Mit einem Auflachen, das nervös klang, stand Nimrod auf und holte ihr ein neues.

Nervös wirkte alles, was er tat, die raschen Bewegungen, das Zucken der Wangenmuskeln, als stünde er fortwährend unter Spannung. Es gefiel ihr. Sie sah ihm zu, wie er am Tresen stand und mit den Fingern auf die Theke trommelte, nippte rasch an seinem Cognac, und sie stellte fest, dass er Peter nicht ähnlich sah. Sie waren beide große Männer, vom hellhäutigen europäischen Typ, doch wo der eine schlaksig und linkisch war, besaß der andere Format und Haltung. Was beim einen bedächtig daherkam, bebte beim andern vor Erregung, und wo der eine Sicherheit versprach, umgab den andern eine Ahnung von Gefahr.

Wenn man Peter Glauben schenken durfte, verfügte sein Bruder Nimrod über alles, was ihm selbst fehlte: Courage, Verve, Charme. Schon nach einer Viertelstunde mit Nimrod war Klara geneigt, ihrem Verlobten recht zu geben. Nimrod kehrte mit ihrem Cocktail zurück, und Klara fiel etwas ein. Hatte nicht Peter geschrieben, sein Bruder könne an der Hochzeit nicht teilnehmen, weil eine Rückreise aus diesem himmelweit entfernten Land, in dem seine Truppe kämpfte, unmöglich sei?

»Auf Ihr Wohl, schöne Schwägerin.« Nimrod hob seinen Schwenker. »Wie lebt es sich in der Kaiserstadt? Deutschland fasziniert mich. Trifft es zu, dass dort stets ein Rädchen ins andere greift und alles, ohne Rücksicht auf Schwächen, zielgerichtet verläuft?«

Klara hatte keine Ahnung. Womit hätte sie das Leben in Deutschland vergleichen sollen, mit dem Leben in der Schweiz vielleicht, wo sie nicht mehr als Madame Cariberts Pensionat kannte? »Und das fasziniert Sie?«, fragte sie zurück. »Warum? Weil man sich da, wo Ordnung herrscht, nicht so leicht verfranzt?«

In seiner nervösen Art warf er den Kopf zurück und lachte ohne Belustigung. »Vielleicht fasziniert es mich, weil ich einem Haufen angehöre, der sich in seiner eigenen Unordnung unentwegt verfranzt. Nicht umsonst hat unsere militärische Führung sich deutsche Offiziere ins Land geholt, damit sie unser verstaubtes Heerwesen reformieren. Leider ist die Wirkung schon wieder verflogen. Unser Kommandant, Oberstleutnant Enver, der sich als Attaché in Berlin kundig gemacht hat, würde nur zu gern Ihren Kaiser um eine neue Militärmission bitten, da unsere eigenen Leute sichtlich nicht in der Lage sind, ihren Augias-Stall auszumisten.«

Die Tiraden von Offizieren verursachten Klara für gewöhnlich gähnende Langeweile. Bei ihm war es anders. In seiner Klage schwang etwas geradezu Verzweifeltes, das ihre Neugier erregte. »Ist Ihnen Ordnung so wichtig?«, fragte sie.

»Wichtig durchaus.« Er stellte das Glas ab. »Was jedoch mir genau wie Oberstleutnant Enver imponiert, sind Ehrgeiz und Führung. Menschen brauchen ein Ziel, auf das sie ihre Kräfte werfen können, und ein Befehlshaber muss sich das zunutze machen. Wenn Krieg zum Chaos wird, wenn man blindlings um sich schlägt, ist es kein Kämpfen mehr, sondern ein Metzeln.«

Abrupt nahm er das Glas und trank. »Wie das aussieht, erlebe ich gerade. Es ist kein schöner Anblick, Klara.« Nach einem weiteren Schluck hatte er sich wieder in der Gewalt. »Jetzt aber genug davon, ehe Sie mich für einen dieser vernagelten Zinnsoldaten halten, die auf dem zivilen Parkett so unbeholfen herumwatscheln wie Schwäne an Land.«

»Da fällt mir ein«, sagte Klara, »hieß es nicht, Sie wären unabkömmlich? Zumindest hatte mir Peter geschrieben, wir dürften nicht mit Ihnen rechnen, weil die Italiener nicht nur irgendwo weit weg, sondern auch hier in der Nähe Häfen beschießen.«

Sie erschrak und schämte sich, weil sie Peters Briefe immer nur mit einem halben Auge las. Einfältiger hätte ihr Vater kaum daherschwatzen können. Nimrod Delacloche aber schien ihre Worte gar nicht so aufzufassen. »Ich weiß nicht, ob ich Ihnen darauf antworten soll«, sagte er. »Mit solch einer Antwort sollte man seiner künftigen Schwägerin nicht den Abend verderben und einer schönen Frau schon gar nicht.«

Klara war achtzehn und noch nie als Frau bezeichnet worden. Von *schön* ganz zu schweigen.

Sein Gesicht rückte näher, sodass sein Duft ihr in die Nase stieg und sie zu spüren glaubte, wie ein Luftzug den Flaum auf seinen Wangen bewegte. »Hören Sie auf!«, rief sie, sosehr Duft und Flaum ihr auch gefielen. »Ich habe einen Spiegel, mir braucht keiner etwas von schöner Frau ins Ohr zu säuseln. Wenn ich eine Frage stelle, will ich auch eine Antwort.«

Er trank den Rest Cognac und hieb mit den Händen auf den Tisch. »Hut ab. Würden Sie es mir verübeln, wenn ich mir einen zweiten Drink holte?«

»Machen Sie aus dem hier auch einen zweiten.« Klara tippte an den Rand ihres Glases, wohl wissend, dass der nächste der dritte wäre. »Dann verübelt Ihnen niemand etwas.«

Er warf ihr einen Blick zu, in dem sie Anerkennung las, ging zum Tresen und kehrte mit zwei Gläsern zurück. *Das Leben ist schön,* dachte Klara, der schwindlig war. *Mein neues Leben wird jeden Tag und jede Nacht so schön, dass kein Mensch es aushalten kann.*

Nimrod Delacloche stellte das Glas vor ihr ab. »Wollen Sie die Antwort auf Ihre Frage noch, oder begnügen Sie sich mit dem *Southside*?«

Klara nickte, schüttelte dann den Kopf und war nicht mehr

sicher, was sie vorhin eigentlich gefragt hatte. »Doch, natürlich will ich sie.«

»Sie haben das, was mir an den Deutschen gefällt – Schneid.« Er lehnte sich zurück. »Also bekommen Sie Ihre Antwort: In der Tat, die Italiener haben nicht nur Inseln des Dodekanes unter Beschuss genommen, sondern zwei Küstenforts an den Dardanellen. Unsere Regierung hat darauf die Meerenge für sämtliche Schiffe geschlossen, was den Herren in Russland ganz und gar nicht schmecken wird. Es nimmt ihnen nämlich ihren einzigen Zugang zum Mittelmeer und legt ihren Seehandel praktisch lahm.«

»Und das ist für Ihre Seite gefährlich?«, fragte Klara, die sich zunehmend verwirrt fühlte.

»Das wäre ein Understatement, das ich eher von einer Britin als von einer Deutschen erwartet hätte«, erwiderte Nimrod. »Dass Russland Truppen über den Kaukasus schickt, fürchtet die Hohe Pforte seit Generationen wie der Teufel das Weihwasser. Oder besser: wie die *Sahaba* einen fluchenden Schiiten. Die Gefahr war nie größer, und für einen Offizier hätte es sich gehört, seine Stellung zu halten, statt den Schwanz einzukneifen und Urlaub zu erbitten. Ich habe es trotzdem getan, und was Sie jetzt von mir denken, möchte ich lieber nicht wissen. Prosit, Klara.«

Klara trank aus dem zitronenduftenden Kelch und gab sich ungerührt. »Prosit, Nimrod.«

Sein Blick schien fast dankbar. »Verstehen Sie mich nicht falsch, und glauben Sie bitte bloß nicht, ich gehörte einer dieser neuerdings aus dem Boden sprießenden Bewegungen an, die behaupten, die Welt käme ohne Militär aus. Ich bin aus freien Stücken Offizier, denn meinesgleichen ist zum Dienst in der osmanischen Armee nicht verpflichtet. Ein Mann, der von seinem Land nicht bewaffnet wird, bleibt ein Bürger zweiter Klasse, finden Sie nicht? Zudem komme ich mir als Offizier beileibe nicht so überflüssig vor wie als Zweitgeborener eines Alleskönners von Unternehmer.«

»Sind Sie eifersüchtig?«, entfuhr es Klara. Ihre Stimme klang nicht ganz sicher.

Er stockte. »Das hat mich noch nie jemand gefragt.«

»Einmal ist immer das erste Mal.«

»Wer weiß?«, sagte er. »Aber Sie kennen ja Peter. Wer könnte so herzlos sein, dieser Seele von Mensch etwas zu missgönnen?«

Klara fiel ihre erste Begegnung mit Peter ein, die Silvesternacht, in der sie gedacht hatte, man müsse ein Unmensch sein, um ihn nicht zu mögen. Seinen Bruder nicht zu mögen, die nervösen Bewegungen, die Spannung des Körpers und die seltsame Düsternis, war hingegen leicht. Doch Klara mochte ihn. Auch wenn das Wort nicht passte.

»Ist schon gut«, unterbrach er ihr Grübeln. »Sie brauchen auf meinen Unsinn nichts zu antworten. Überhaupt müssen Sie ja einen prächtigen Eindruck von mir haben.«

»Muss ich?« Ihre Zunge kam ihr schwer vor.

»Ich bin nicht immer so, und diesen Krieg habe ich sogar geliebt. Ich habe für Oberstleutnant Enver gebrannt und dem Kampf unter ihm entgegengefiebert wie ein Pferd am Start.«

»Und was hat den Brand und das Pferde-Gefieber abgekühlt?«

»Die Wirklichkeit.« Sein Gesicht wurde hart. »Ich stehe nicht gern auf der Seite der Verlierer. Die Armee hat mir die Ausbildung zum Piloten finanziert, erst bei Bleriot in Paris, dann an der brandneuen Flugschule in Istanbul. Wir waren stolz, wollten eine der ersten Gefechtsflugtruppen der Welt ins Rennen schicken, und was ist jetzt? Wir haben keine Flugzeuge, ducken uns auf den Boden und sehen zu, wie die Italiener mit ihrem *Servizio Aeronautico* uns aus der Luft beschießen.«

Klara suchte nach Worten, war aber nicht schnell genug.

»Können Sie sich das vorstellen?«, fragte Nimrod Delacloche.

»Eine Zwei-Kilo-Bombe, die aus heiterem Himmel auf Ihren Kopf zuschießt, und Sie wissen, was immer sie trifft, geht in Flammen auf? Und dabei meinen die mit ihrem *Servizio* ja noch nicht einmal uns. Erwischen wollen sie die Einheimischen, die arabischen Guerillakämpfer, und weil die wie Falken in ihren Felsspalten hocken, wo niemand sie findet, bombardieren sie ihre Dörfer. Das ist das Chaos, das ich meine, Klara, Krieg gegen zahnlose Greise und Frauen mit Kindern am Rockzipfel. Wenn eine Armee zu schwach ist, die eigene Bevölkerung vor solchen Massakern zu bewahren, ist sie das Geld, das sie verschlingt, nicht wert.«

Jäh trat Stille ein. Der Pianist hatte das Geplätscher auf den Tasten beendet, und die Kartenspieler waren gegangen. Der Mann hinter dem Tresen rief in einem Englisch, das Klara auf die Schnelle nicht verstand, etwas zu Nimrod herüber.

»Der Barkeeper möchte Feierabend machen«, übersetzte er. »Wir können bleiben, solange wir wollen, aber er mixt keinen Cocktail mehr. Wenn Sie noch einen Drink möchten, müssten Sie mit dem hier vorliebnehmen.« Mit dem Fingernagel tippte er an sein Glas.

Klara nickte.

Nimrod ging und kam mit einem weiteren Schwenker und der angebrochenen Cognacflasche zurück. »Sie haben von meinem Gerede noch nicht genug? Und Sie sind noch nicht müde?«

»Nein, gar nicht.« Klara starrte auf die goldbraune Flüssigkeit, die in ihr Glas lief. »Ich bin kein bisschen müde.«

»Ich auch nicht. Oder doch. Nur nicht so, dass ich schlafen könnte. Ein Stellungskrieg ist nicht die kühne, alles niederfegende Attacke, die sich ein Junge, der mit Zinnsoldaten spielt, darunter vorstellt. Er zermürbt, aber er verschafft keine Befriedigung, mit der man sich gern in sein Bett legt. Ein totgeborenes Kind, das ist dieser Krieg. Hätte jemand vor einem Jahr den

Schneid besessen, das auszusprechen, hätte er vielleicht nicht so viele lebende Kinder mit in den Tod gerissen. Vielleicht wäre sogar noch etwas zu retten gewesen, hätte beizeiten einer den Mund aufgemacht.«

»Macht ihn jetzt jemand auf?«, fragte Klara.

Nimrod lachte schnaufend. »Das wäre Verrat – wenn wir nur daran denken, machen wir uns in die Hosen. Wir verlieren nicht nur Tripolitanien und die Kyrenaika, sondern auch die zwölf Inseln, aber wir schweigen weiter und sehen dem Leichnam dieses Reiches beim Zerfallen zu. Beängstigend ist, dass auch alle anderen zusehen. All diese gerade erst gegründeten Staaten auf dem Balkan warten nur darauf, sich aus unserem Kadaver ihr Pfund Fleisch zu schneiden.«

Er hatte Mühe, ihren Blick zu halten. »Prosit, Klara. Trinken Sie, und nehmen Sie mir mein Benehmen bitte nicht übel. Ich weiß, mit einer Frau spricht man nicht von Dingen, die den Appetit verderben, aber mit irgendwem muss ich darüber sprechen.«

Er ist betrunken, dachte Klara gefesselt. Als sie den Mund aufmachte, bemerkte sie, dass auch sie es war. »Kommen Sie deshalb zu unserer Hochzeit? Damit Sie sich bei Ihrer Familie aussprechen können?«

»Ha! Wenn das ein Witz sein soll, müssen Sie noch ein bisschen üben. Meine Familie will von so etwas nichts hören. Sie sitzen auf einer Insel der Seligen, halten sich vier Zeitungen in drei Sprachen, lesen aber in keiner, was in dem Pulverfass, auf dem sie sitzen, vor sich geht.« Er spitzte die Lippen. »Keine Sorge, auf Ihrer Hochzeit werden wir höchst gesittet über die englische Jacht meines Vaters parlieren, über den einzigartigen Koch meines Onkels, die Pläne meiner Tante, sich im *Alhambra*-Theater eine zweite Loge zuzulegen, und den drängenden Wunsch ihres Sohnes, zur neuen Saison ein Rennpferd im Stall des *Country Clubs* zu halten.«

»Nicht über Krieg? Ich dachte, Männer können gar nicht anders, als über Krieg zu reden.«

»Sicher«, versetzte Nimrod. »Über den Krieg, der mit Stecknadelköpfen auf einer Landkarte an der Wand geführt wird.«

»Wenn Sie das alles so verachtenswert finden, warum machen Sie sich dann die Mühe mit der Reise?«

Er hatte sichtlich noch mehr ausspucken wollen, doch er bremste sich. »Es tut mir leid. Sie sollten sich nicht von einem betrunkenen Rüpel die Freude auf Ihre Hochzeit verderben lassen. Kommen Sie, ich bringe Sie in Ihre Kabine.« Er stand auf und schwankte nur kurz, ehe er ihr den Arm reichte.

»Seien Sie nicht albern und setzen Sie sich wieder hin«, blaffte Klara. »Ich bin nicht fußlahm und schaffe den Weg in meine Kabine alleine, außerdem mache ich mir nichts aus geraspeltem Süßholz, sondern will nur eine Antwort: Warum haben Sie sich für unsere Hochzeit beurlauben lassen, wo Ihnen Ihre Familie so zuwider ist?«

Verblüfft wich er zurück und ließ sich auf seinen eleganten, soldatischen Hintern plumpsen. »Zuwider? Nein, Klara, nicht einmal nach der zweiten schlaflosen Nacht und einer ganzen Flasche Brandy – das habe ich nicht gemeint. Meine Familie ist zauberhaft. Sie hat immer auf der Sonnenseite gestanden, deshalb weigert sie sich, von einem Menschen Böses zu glauben. Es ist ganz und gar unmöglich, von meiner Familie nicht bezaubert zu sein, und ich habe nur sagen wollen …«

»Was haben Sie nur sagen wollen?«

»Nichts. Ich habe mich genug blamiert. Gute Nacht, Klara.«

»Feigling«, sagte Klara. Sie wollte nicht, dass er ging.

Er hielt sich die Hand an die Wange, als hätte sie ihn geohrfeigt. Aber er ging nicht. Stattdessen verteilte er die schmale Neige aus der Flasche auf die beiden Gläser. »Ich habe sagen wollen: Es ist nicht leicht, es mit meiner Familie auszuhalten, wenn man selbst nicht zauberhaft ist. Es ist nicht leicht, in dieser Welt aus Gewächshäusern, Operngläsern und Tee-Etageren Pirouetten zu drehen, wenn einem Schlamm und Blut aus Schützengräben an den Stiefeln kleben. Aber das war schon wieder falsch. Ich scheine heute Nacht nur Dinge von mir zu geben, die ich auf der Stelle zurücknehmen will.«

Klara fiel keine Erwiderung ein. Der Raum drehte sich um sie, Glas und Flasche, Piano und Tresen, und dazwischen tanzte Nimrod Delacloches Gesicht.

»Nein, alles, was ich gesagt habe, nehme ich nicht zurück«, murmelte er. »Dass Sie eine schöne Frau sind, bleibt stehen. Oder eine außergewöhnliche Frau, wenn Ihnen das lieber ist. Mein Bruder hat mehr Geschmack, als ich ihm zugetraut hätte.«

Er beugte sich vor, nahm sacht ihre Hand und küsste sie.

Klaras Herz schlug schneller. Bilder aus den Romanen, die sie Hilde gestohlen hatte, kamen ihr in Erinnerung, Männer, die Liebesschwüre hauchten, und Mädchen, die unter der Glut ihrer Blicke in Ohnmacht sanken. Sie hatte sich mit diesen Romanen unter der Bettdecke versteckt, als dürfte niemand sie bei dem Wunsch erwischen, so etwas einmal am eigenen Leib zu erleben.

Nimrod hielt den Kopf noch immer über ihre Hand gebeugt, und Klara starrte auf seinen ausrasierten Nacken. In ihren Fingerspitzen kribbelte es, bis sie die Hand ausstreckte und den Streifen nackter Haut über seinem Kragen berührte. Ein kleiner Stromstoß schnellte ihr bis in die Schulter. Das Gefühl war grandios. Die ganze Szene gehörte in einen der Romane – die schöne oder zumindest außergewöhnliche Heroine, die mit dem ungeliebten Bösewicht verlobt war, verfiel dessen strahlendem Bruder, und er verfiel ihr. Was fehlte, war einzig Sidonie, die Klara sich sehnlichst herbeiwünschte.

»In was für einem Etablissement willst du denn Hochzeit halten, Klara Neureich?«, hatte die Freiin von Schweda gehöhnt.

»Du bist doch nicht einmal imstande, ein Fischmesser von einem Buttermesser zu unterscheiden.«

Hätte sie Klara jetzt sehen können, wäre ihr der Mund offen geblieben, weil das Objekt ihres Spotts zu ganz anderem imstande war.

Aber halt. War nicht jemand in diesem Bild schief besetzt? Peter taugte nicht für den Part des bösen Bruders, und dass sie sich mit ihm verlobt hatte, ohne ihn zu lieben, konnte niemand behaupten. Sie mochte ihn, hatte ihn vom ersten Abend an gemocht, und sie selbst, nicht ihr Vater, hatte ihn ausgesucht. Er war groß, sah keinesfalls übel aus, und er stammte aus Smyrna, einer Stadt, von der Sidonie Nasehoch nicht einmal wusste, wo sie lag.

Außerdem war Nimrod in der Rolle des strahlenden Helden so falsch wie nur möglich. Vielleicht gefiel er ihr deshalb. Ihre Finger in seinem verschwitzten Nacken wurden kalt.

»Ich glaube, wir gehen jetzt besser«, sagte er, zog aber seinen Kopf nicht weg.

»Ja, das glaube ich auch«, sagte Klara, schob die Finger in sein Haar und krallte sich darin fest.

5

Als sie das Zimmer betrat, ließ Sevan die Zeitung sinken. Er war bereits fertig angekleidet und hatte nur die Viertelstunde überbrücken wollen, die ihm bis zum Aufbruch blieb. Er genoss das: In seiner *cumba*, dem auf die Straße ragenden Erker, zu sitzen und die Zeitung alle paar Zeilen sinken zu lassen, um hinaus auf den belebten Boulevard zu blicken. Smyrnas Geräusche zu hören und sich Smyrnas Gerüche dazu vorzustellen. Sich noch immer wie in einem Traum zu fühlen, weil er ein solches Haus an einer solchen Straße sein Eigen nannte, in der einzigen Stadt, die es für ihn gab.

Und dazu die einzige Frau.

Sie trug ihr blaues Kleid. *»Siranush«*, murmelte er und fühlte sich lächeln. *Meine sehr, sehr Süße, meine sehr, sehr Hübsche.* Er wusste, wie zornig es sie machte, bei albernen Kosenamen genannt zu werden. Sie trug den Namen einer Heiligen, die sich die Zunge hatte herausschneiden, sich blenden und enthaupten lassen, damit sie nicht heiraten musste. Wie diese Märtyrerin wollte sie genannt werden, nicht wie eine sehr, sehr Süße. Sevan aber konnte nicht anders, als so an sie zu denken.

Nicht, wenn sie Blau trug.

Sie hatte sich Aghavni, ihre zweijährige Tochter, auf die Hüfte gesetzt, und wenn sie ihn gleich mit einem Schwall Verachtung strafte, konnte er behaupten, er habe das Kind gemeint. Und das stimmte ja auch. Er meinte sie beide. Aghavni, die wie ein Taubenküken, von dem sie ihren Namen hatte, juchzte, sobald sie ihn zu sehen bekam, war ohne Zweifel das süßeste, hübscheste Kind, das je geboren worden war. Schwarze Locken fielen ihr auf die Schultern, und die Augen schimmerten wie dunkle Kugeln aus Pinienharz. Haar und Augen waren das Einzige, das groß und üppig war an seinem winzigen Kind. Aghavni warf die kleinen Arme in die Luft und ballte die noch kleineren Fäuste, und Sevan, der aufstand, spürte noch immer sein Lächeln.

»Gib sie mir, *im ser.* Du darfst sie nicht mehr so viel herumtragen, sie ist ja längst kein Baby mehr.«

Aghavni reckte ihm die Arme entgegen und gab ungeduldige Gurrlaute von sich, bis er sie Rhipsime abgenommen und eng wie einen Teil von sich an seinen Körper gedrückt hatte.

»Sie beträgt sich aber wie eines«, bemerkte Rhipsime. »Und ihr Vater nicht minder. Sobald ihr zwei euch zusammenrottet, kommt es mir vor, als wäre ich die einzige Erwachsene in diesem Haus.«

Sevan senkte das Gesicht auf Aghavnis Köpfchen und blies kleine Gruben in ihr Haar. »Es tut mir leid.«

»Das nützt niemandem. Wenn du sie ermutigst, indem du auf diese tierhaften Laute eingehst, lernt sie womöglich nie, zu sprechen wie ein Menschenwesen.«

Vielleicht hatte sie recht. Andere Kinder in Aghavnis Alter sprachen längst viele Worte, manche sogar ganze Sätze, ihre Tochter hingegen gab nichts als Töne von sich. Taubentöne.

Rhipsime hatte sie Gayane nennen wollen, nach einer Märtyrerin der armenischen Kirche. Sevan liebte es zwar, ihr ihren

Willen zu lassen, aber in diesem Punkt, so fand er, dürfe er ihr nicht nachgeben. »Ich mag meine süße Tochter nicht auf den Namen einer Nonne taufen lassen, der die Augen ausgestochen wurden«, hatte er gesagt. »Sie hat so schöne Augen. Ich müsste immer daran denken.«

»*Deine* Augen hat sie. Also wird sie wohl blind sein wie du«, hatte Rhipsime erwidert, ihn aber nicht daran gehindert, ihre Tochter auf den Namen Aghavni, *Täubchen,* taufen zu lassen. Jetzt durchbohrte sie ihn manchmal mit Blicken voll stummer Wut, als wäre die Tochter nicht nur blind, weil sie seine Augen hatte, sondern auch des Sprechens nicht mächtig, weil sie den Namen einer Taube trug.

Sevan hatte sie untersucht, weil Rhipsime sich Sorgen machte, und weil sie seinem Urteil nicht traute, hatte er den Leiter des Hospitals hinzugezogen. Er selbst war nicht beunruhigt. Aghavni war heiter und schön wie der Tag, sie war der reinste Sonnenschein, warum hätte ihr etwas fehlen sollen?

»Ich begreife nicht, wie ein Mann, der sich Arzt nennt, so einfältig daherreden kann«, hatte Rhipsime gesagt.

Der Leiter des Hospitals, Yeznigh Margaryan, war der älteste unter den Ärzten. Er hatte den Kopf gewiegt. »Es schmerzt mich für Sie, Agasian. Ich würde Ihnen gern eine weniger düstere Aussicht bieten, aber für die schwereren Formen der Imbezillität gibt es so gut wie keine wirksame Behandlung.«

»Was wollen Sie damit sagen?«, hatte Sevan gefragt. »Dass Sie meine Tochter für eine Idiotin halten?«

Wieder hatte Margaryan den schweren Kopf gewiegt. »Natürlich ist es für Gewissheit zu früh. Möglich, dass es sich lohnt, noch abzuwarten, dass Sie die Kleine nur zu sehr verwöhnen. Wenn Ihnen dieses Los aber auferlegt ist, bleibt nichts zu tun, als es in Würde anzunehmen. Lassen Sie Ihre Frau rasch das nächste Kind bekommen. Einen Sohn. Daran werden Sie sich trösten.«

Sevan hatte die Arme fest um seine Tochter geschlungen, und genauso fest umschlang er sie jetzt. Ihr Haar kitzelte seine Wange. *Und ob ich dich in Würde annehme,* dachte er. *Du bist mein Glück, deine Mutter und du sind alles Glück, das ich mir hätte wünschen können.* Dass etwas in ihm nagte, ihm zuzischte, er müsse schuld sein, er, der Herr Kann-nicht, der neun Jahre lang nicht lesen gelernt hatte, müsse die Geistesschwäche vererbt haben, das unterdrückte er. *Du bist klug, das weiß ich,* versicherte er seiner Tochter. *Meine Klügste bist du. Und wenn du nie ein Wort sprichst.*

Dass sie keinen Sohn geboren hatte, hatte Rhipsime belastet. Zudem war sie überzeugt gewesen, Sevan müsse enttäuscht sein. Nach Aghavnis Geburt hatte sie sich bei ihm entschuldigt, seine unfehlbare Rhipsime, die ihm einst erklärt hatte, wer seine Taten im Voraus bedenke, habe nie Grund, um Verzeihung zu bitten. Sevan hatte vor ihrem Bett gestanden, den Blick auf die perfekt geformten Züge seines neugeborenen Kindes gerichtet, und hatte nicht begriffen, was sie meinte. Als es ihm klar wurde, hatte er laut herausgelacht. Er hatte sich zu ihr gekniet und ihre Hände und ihr schweißnasses Gesicht mit Küssen übersät.

Sie mochte solchen Überschwang nicht, sie war eine Frau, der ihre Haltung so teuer war wie anderen ihr Glaubensbekenntnis. Mit zerrauftem Haar hatte sie sich ihm nie zuvor gezeigt, geschweige denn mit verschwitztem Gesicht und vom Weinen verschwollenen Augen. Er fand sie schön. Er hatte sie an dem Tag, an dem er sie in der Kirche von Bardisag zum ersten Mal gesehen hatte, so schön gefunden, dass in dem Jungen von noch nicht einmal zehn Jahren der Wunsch erwacht war, sie zu heiraten. Sie war seine *siranush,* seine sehr, sehr Hübsche. Im blauen Kleid und mit dem Goldschmuck um den Hals, den sie als Tochter von Vartan Sahuni in der fünften Generation trug, kam sie ihm wie eine Königin vor.

Nie aber hatte ihre Schönheit ihn so sehr berührt wie an dem

Morgen, als sie seine Tochter zur Welt gebracht und gänzlich erschöpft im Bett gelegen hatte.

»Danke, *im ser,* meine Liebste«, hatte er gesagt. »Du hast mich zum glücklichsten Mann des Reiches gemacht, und ich würde die schöne Tochter, die du mir geschenkt hast, gegen keinen Sohn auf der Erde tauschen.« Das war überschwänglich, aber auch ehrlich. Es war eine Erklärung, wie ein armenischer Vater sie zur Geburt seines Kindes durchaus abgeben durfte, und zudem war es das, was er empfand.

»Welchen Reiches?«, hatte sie ihn gefragt und ihre Hände aus seinen befreit.

»Des Osmanischen natürlich. Des Reiches, in dem wir leben und in dem unsere Tochter aufwachsen wird.«

Sie war von ihm abgerückt, alles Hilflose, Kleinlaute war aus ihrem Gesicht verschwunden. »Für mich zählt nur ein Reich«, hatte sie gesagt. »Das Königreich Armenien. Mädchen haben keine Wahl, ich hatte keine, und meine Tochter wird ebenfalls keine haben. Wir hängen auf Gedeih und Verderb von Männern ab. Hätte ich den Sohn bekommen, den ich mir gewünscht habe, hätte ich ihn zu einem Mann erzogen, der für sein Volk eintritt und kämpft.«

Sie wollte von ihm keine Reichtümer. Darüber, dass er ihr zu Beginn ihrer Ehe weniger als ihr Vater hatte bieten können, hatte sie sich nie beklagt, und dass sie jetzt in einem Haus residierte, wie ihr Vater nie eines besessen hatte, bedeutete ihr nichts. Um zu ihrem Herzen vorzudringen, hätte er ihr das armenische Königreich zu Füßen legen müssen, das es nicht gab, und ihr den Mann vorspielen, der er nicht war. Stattdessen betrug er sich wie ein Kind, machte sich für seine Tochter zum Narren und ließ sich von ihren klebrigen Fingern die Revers beschmieren.

Er setzte Aghavni auf den Boden und drehte sich nach Rhipsime um. »Ich liebe dich«, sagte er.

Sie erschraken beide. Er beherrschte sich sonst, weil sie es so wollte, aber manchmal überwältigte ihn der Wunsch, es ihr zu sagen. Als er sah, dass sie sich nicht sofort verschloss, ging er zu ihr und nahm sie in die Arme.

Sie zögerte, zog die Schultern hoch. Dann aber ließ sie sich gehen und lehnte den Kopf an seine Brust. Er berührte ihr Haar, das sie zu einer Krone geflochten trug, und wünschte sich, diese Flechten lösen zu dürfen und das Haar, das offen herabfiel, zu streicheln. Er hatte sich das schon als Junge in der Kirche gewünscht, und später, in der Zeit, als er um sie geworben hatte, hatte er davon geträumt.

Fünf Jahre hatte seine Werbung gedauert. In Wahrheit noch länger, aber davon wusste Rhipsime nichts. Dass er Ferdinand Reineckes Angebot schließlich doch angenommen hatte und nach Smyrna auf die deutsche Schule gegangen war, war Teil seiner Werbung gewesen. Als er an seinem neunten Geburtstag mit Onkel Bedros nach Bardisag zurückgekehrt war, hatte er die Welt, in der er zu Hause gewesen war, nicht mehr vorgefunden. Was geschehen war, nannte er noch immer nicht einmal in Gedanken beim Namen. Tagelang hatte er kaum die Kraft aufgebracht, aus dem Bett aufzustehen, geschweige denn für eine Brille und Bücher zu sorgen, die er brauchte, um Deutsch zu lernen.

Dann aber, bei der *Hogehangist,* der Seelenmesse, hatte er Rhipsime wiedergesehen und gedacht: *Ich muss es ja tun. Wenn ich sie heiraten und ihr Haar streicheln will, muss ich vergessen, dass alles in mir zu sehr wehtut, um zu denken.* Etwas in ihm hatte gespürt, dass er Rhipsime brauchte, um jemals wieder ein Zuhause zu finden. Rhipsime und Smyrna. Deshalb war er gegangen.

Das war der erste Schritt seiner Werbung gewesen, und niemand hatte davon gewusst. Den zweiten hatte er vollzogen, als er mit gerade mal sechzehn Jahren an die Tür ihres Elternhauses geklopft und erklärt hatte: *»Paron Sahuni, ich bitte um Eure Erlaubnis, Eurer Tochter Rhipsime den Hof zu machen.«*

Ihr Vater, der für seinen Kampf um ein freies Armenien im ganzen Ort bewundert wurde, hatte deftige Worte gebraucht, um ihm die Tür zu weisen: Der schmächtige Habenichts, der als Dummkopf galt, durfte den Namen seines Augensterns nicht einmal in den Mund nehmen. Sevan aber hatte nicht aufgegeben. Er hatte Rhipsime Süßigkeiten und Gedichte geschickt. Wenn er in den Ferien nach Bardisag kam, hatte er am Ende ihrer Straße auf sie gewartet und sie zum Markt und zu Besuchen begleitet.

Am Anfang hatte sie über ihn hinweggesehen, war mit erhobenem Kopf an ihm vorbeigegangen, und er hatte sie schöner gefunden als die Stadt Smyrna, die in ihrer Bucht lag wie eine Perlenkette um den Hals des Meeres. Irgendwann aber hatte sie ihm erlaubt, ihr die Einkäufe zu tragen. Er hatte einen Schirm geflickt, den er über ihren Kopf hielt, um sie vor Sonne und Regen zu schützen. Mit der Zeit gewöhnte sie sich daran, dass er zur Stelle war, wann immer sie ihn brauchte.

»Mit deinen Gedichten kann ich nichts anfangen«, hatte sie zu ihm gesagt. »Wenn es dir ernst damit ist, dass du um mich anhalten willst, dann mach etwas aus dir. Sag meinen Brüdern, dass du dich ihnen anschließen willst.«

Sevan war siebzehn gewesen, er hatte geglaubt, vor Glück sterben zu müssen, weil sie mit ihm sprach. Auch wenn er sich ihren Brüdern, die im Verborgenen radikale Flugblätter druckten, nicht anschließen wollte.

»Meine Freundinnen verspotten mich«, hatte sie gesagt. »Weil ich mich von einem umwerben lasse, der nichts ist und der nicht genug Stolz hat, für sein Volk zu kämpfen. Willst du, dass ich verspottet werde? Um deinetwillen?«

Sevan hatte den Kopf geschüttelt.

»Dann zeig meinen Freundinnen, dass sie unrecht haben.

Zeig ihnen, dass sie mich beneiden müssen und dass in dir ein größerer Kämpfer steckt, als sie alle glauben.«

Nichts hatte ihn mehr angespornt. Als Kämpfer mochte er ungeeignet sein, doch in der Schule hatte er das letzte Jahr übersprungen. Nach dem Militärdienst, den man für ihn verkürzte, weil er mit seinen schlechten Augen ohnehin zu nichts taugte, war er ohne einen Para nach Konstantinopel gefahren und hatte die Aufnahmeprüfung an der Medizinischen Hochschule bestanden. Er war an der Fakultät der jüngste Student, ein dünner Geselle, der nicht wagte, den Mund aufzumachen, aber er hatte Glück. Die Wolke des Gottes Kairos hielt wiederum über ihm an.

Aus unerfindlichen Gründen entwickelte sein Professor in der Frauenheilkunde eine Schwäche für ihn. Sevan hatte nie darüber nachgedacht, worin er sich spezialisieren könnte, doch Professor Ghazaryan, ein in Europa ausgebildeter Armenier, wies ihm den Weg in sein Fachgebiet: »Du hast die richtigen Hände für Frauen. Die richtigen Augen auch, nur musst du Knäblein dich erst zu einem Mann auswachsen.«

Sevan hatte an Rhipsime gedacht, für die er sich so schnell wie möglich zum Mann auswachsen wollte, und hatte sein Bestes gegeben. Erst als er sich längst in die Materie eingearbeitet hatte, wurde ihm klar, dass er gar kein anderes Gebiet hätte wählen können. Dort gehörte er hin, zu dieser Wissenschaft, die um das Leben von Frauen rang und Kinder davor bewahrte, ohne die Liebe ihrer Mütter aufzuwachsen. Wiederum als Jüngster meldete er sich nach drei Jahren zur Promotion.

»Nicht hier«, hatte Professor Ghazaryan seine Anmeldung vom Tisch gewischt. »Du bist zu gut, du musst nach Europa. Deutsch sprichst du? Dann gebe ich dir eine Empfehlung für Professor Schauta an der Universitätsfrauenklinik von Wien.«

In Wien hatte Sevan gelernt, dass sich das Leben einer Frau manchmal retten ließ, indem man aus ihr herausschnitt, was sie in den Augen vieler Männer einzig kostbar machte: ihre Fortpflanzungsorgane. Das war es, was er mit seinem Leben anfangen konnte. Er war der Richtige dafür, nicht weil seine Hände oder seine halbblinden Augen richtig waren, sondern weil er erlebt hatte, wie kostbar das Leben einer Frau war, so kostbar, dass die Welt unterging, weil dieses Leben fehlte.

Professor Schauta lehrte eine neue, radikale Methode, bei der es darum ging, eine Frau nicht zu verstümmeln, auch wenn sie keine Mutter mehr werden konnte. »Sollte Schauta sich deiner annehmen, bleibst du am besten gleich ganz bei ihm«, hatte Professor Ghazaryan ihm geraten, ehe er ihn nach Wien geschickt hatte. »Falls es nämlich in diesem Reich überhaupt je eine Zeit gegeben hat, in der es gut war, Armenier zu sein, dann ist sie vorbei.«

Sevan schlug die Warnung in den Wind. Zwei Kräfte trieben ihn: die Sehnsucht nach Smyrna und die Sehnsucht nach Rhipsime. Ein Jahr später fuhr er zurück nach Anatolien und bewarb sich mit Schautas Empfehlungsschreiben an Smyrnas armenischem Sankt-Gregor-Hospital.

Es war ein Krankenhaus mit exzellentem Ruf. Den Medizinern, die auf diesen Ruf etwas hielten, war Sevan zu jung, zu unscheinbar, und obendrein stammte er vom Land. Eine Anstellung erhielt er trotzdem, weil man einen Bewerber mit Zeugnissen wie seinen kaum abweisen konnte, doch viel mehr als Spritzen setzen durfte er nicht. Die Bezahlung war erbärmlich. Dennoch marschierte er tolldreist ins Haus der Credit Foncier Bank, lieh sich Geld und mietete ein Zimmer im Viertel Hajnoz, nahe dem Basmahane Boulevard, im vornehmsten Teil des Armenierviertels. Dann kaufte er sich einen Anzug aus englischem Tuch, fuhr nach Bardisag und hielt um Rhipsimes Hand an.

Das Wunder geschah: Sie erhörte ihn. Wie sie ihrem Vater sein Einverständnis abgerungen hatte, verriet sie ihm nie. »Enttäusch mich nicht«, sagte sie stattdessen. »Du weißt, was es mich gekostet hat. Hier im Dorf versteht kein Mensch, warum ich von all den Stolzen und Verwegenen, die ich hätte haben können, ausgerechnet Sevan Kann-nicht nehme.«

Sevan senkte den Kopf, um ihr geflochtenes Haar mit seinen Lippen zu berühren. An jenem Tag hatte er sich geschworen, sie nicht zu enttäuschen, ihr einen Palast zu bieten, und einen Monat nach der Hochzeit hatte er wiederum Glück gehabt – wie schon bei der Begegnung mit Ferdinand Reinecke und Professor Ghazaryan. Sofern ein Arzt von Glück sprechen durfte, wenn es für einen anderen Menschen ein Unglück von derart gewaltigen Ausmaßen war.

Der andere Mensch war ein junges Mädchen, eine Levantinerin, die von Fremden ins Hospital getragen wurde, weil sie auf der Straße gestürzt war und allem Anschein nach zu verbluten drohte. Nicht aus einer Wunde vom Sturz, sondern aus einer in ihrem Unterleib, die sich nicht stillen ließ. Um sie ins französische Krankenhaus zu überstellen, reichte die Zeit nicht mehr. Sevans Chefarzt behauptete, es sei für gar nichts mehr Zeit. »Karzinom des Gebärmutterhalses. Sehen Sie zu, dass Sie der Ärmsten die Schmerzen nehmen, geben Sie Heroin von Bayer, die Familie kann es sich leisten. Etwas anderes bleibt für das bedauernswerte Geschöpf nicht zu tun.«

Das Mädchen war so alt wie Rhipsime und aller Erfahrung nach für die grausame Krankheit viel zu jung. »Ich operiere sie«, hatte Sevan gesagt. Warum die Schar der Honoratioren ihn nicht mit einem Tritt vor die Tür befördert hatte, sondern ihm nach kurzem Palaver den Operationssaal überließ, war ihm bis heute ein Rätsel.

Die Operation war gelungen und hatte ihm den Respekt seiner Vorgesetzten eingetragen. Die Familie des Mädchens spendete einen exorbitanten Betrag für die Förderung des Hospitals, und der warme Regen wurde Sevan zugutegehalten. Kairos samt Wolke hatte über Smyrna stillgehalten, Kairos samt Wolke hielt still über ihm. Das Gehalt, das die Klinikleitung ihm zusprach, bezog sonst kein junger Arzt. Binnen Monaten hatte er sich mit einem weiteren Kredit von Foncier in der Derder-Straße, nahe dem Boulevard Reşidye, eines der schmalen, eleganten Häuser kaufen können.

Er hatte ein Mädchen und eine Köchin eingestellt, damit seine Frau sich nicht die Hände wund schuftete, und für die Einrichtung hatte er ein Konto zu ihrer freien Verfügung anlegen lassen. Er hatte erfüllt, was er ihr geschworen hatte, ihren Freundinnen in Bardisag gezeigt, dass sie Grund hatten, sie zu beneiden.

Ebenso erfüllt hatte er, was er sich selbst geschworen hatte: Er hatte Rhipsime geheiratet, einen Arzt aus sich gemacht und ein Haus in Smyrna erworben. Seine Frau trug um Haar und Hals selbst an Werktagen einen gestickten Schal. Nur das Paar Handschuhe hatte er nicht gekauft.

Enttäuscht hatte er sie dennoch. Sie hob in seinen Armen den Kopf, und ihre schönen, furchtlosen Augen stellten eine Frage. Mit einem Finger tippte sie ans Revers seines Fracks, das eine Spur von Aghavnis Händchen zierte. Seine Antwort brauchte sie nicht. Sie machte sich frei und trat einen Schritt zurück. »Sag nicht, dass du mich liebst, wenn du zu dieser Hochzeit gehst.«

»Aber ich muss doch gehen«, wiederholte er, was er ihr schon viele Male vergeblich erklärt hatte. »Daran ist nicht zu rütteln, es wäre eine Unhöflichkeit gegen Herrn Reinecke, der wahrlich anderes von mir verdient hat.«

»Wer ist der Mann – dein Götze, den du anbetest? Merkst du eigentlich, dass du dich beträgst wie ein Hund, der seinem Herrn den Speichel aufleckt?«

Sie konnte das. In jedem Wort deutlich machen, dass sie ihm lieber eine Ohrfeige gegeben hätte. Sevan nahm die Brille ab. Fräulein Gardebusch, Eva-Maria mit dem Taufnamen, die im

Wohnheim der deutschen Schule die Aufsicht geführt hatte, hatte ihm oft welche gegeben, im Speisesaal, wo die anderen Schüler zusehen konnten. Sie hatte ihm seine Brille weggenommen, sodass er sich hilflos und nicht mehr vollständig fühlte, und dann hatte sie mit dem Schlagen begonnen.

Einmal hatte sie zu den Jungen, die mit ihren Henkeltöpfen an der Essensausgabe anstanden, gesagt: »Nicht alle Arten von Menschen sind von Natur aus in der Lage, Worte zu verstehen. Bei denen, die es nicht sind, wirken Schläge Wunder – dorthin, wo die Haut dünn ist. Wo das Wesen, und sei es noch so stumpf, seinen Teil abbekommt.«

Die anderen Jungen hatten stillgestanden, und zwischen den einzelnen Hieben hatte Sevan ihre Gesichter aufblitzen sehen. Die Schläge trieben ihm Tränen in die Augen, obwohl er alles tat, um nicht zu weinen. Ohne Brille sah er die Köpfe der Mitschüler nur als aufgereihte Flecken. Unter den hellen Flecken war kein einziger dunkler.

Die Jungen waren Söhne von Ingenieuren der Bagdadbahn, Diplomaten und Militärberatern. Auch der Sohn eines Archäologen, der in Pergamon forschte, war darunter, und grundsätzlich hatte jeder Deutsche, der das Schulgeld aufbrachte, das Recht, seinen Sohn auf diese Schule zu schicken. Sevan aber war es vorgekommen, als hätte die Leitung ausschließlich blonde Knaben zugelassen. Solche, denen man ansah, dass sie keine muslimischen Türken waren.

»Ein Muselmane ist nun einmal kein Christenmensch«, hatte Eva-Maria Gardebusch erklärt und Sevan die nächste Ohrfeige gegeben. Wenn sie anfing, zu dozieren, fielen die Schläge langsamer, taten aber mehr weh. Das Geräusch war das Schlimmste. Das Klatschen, das wie Applaus in den Ohren schallte, wenn seine Haut verletzt wurde, seine Unantastbarkeit. »Der Muselmane ist finsteren Zeiten verhaftet, die der Westen längst überwunden hat«, predigte Fräulein Gardebusch zwischen zweimal

Klatschen. »Mit solchen wie dem hier vernünftig zu reden, hätte gar keinen Sinn, denn das versteht er nicht.«

Sevan hätte ihr sagen können, dass er kein Muselmane, sondern Angehöriger des ältesten Christenvolkes der Geschichte war, aber das hätte Eva-Maria Gardebusch vermutlich nicht für möglich gehalten. Sie hatte sich ihre Welt in ordentliche Teile geschnitten: Wer der westlichen Hälfte entstammte, war christlich, hell und vernunftbegabt, wer aus dem Osten kam, war muslimisch, dunkel und von stumpfem Verstand.

Was immer er hätte sagen können, hätte ihr Bild von ihm nur noch weiter verfinstert.

Zudem wäre es ihm nicht richtig vorgekommen. Er war Osmane. Anatolier. Er hätte stark und beherzt sein wollen, ihre Hand beiseitestoßen und ihr erklären, dass *Ex oriente lux* »Aus dem Osten kommt das Licht« bedeutete. Ohne Brille war er jedoch nicht mehr als ein angstschlotterndes Häuflein Mensch, und da ihm der Mut fehlte, sein Land zu verteidigen, musste er schweigen und Ohrfeigen einstecken. Am nächsten Morgen war er nicht fähig, sich im Spiegel anzusehen, die verschwollenen Wangen, die von seiner Erniedrigung kündeten.

Um sich davor zu drücken, hätte er erklären müssen: *Ich bin kein Teil von diesem Land.* Das war es, was Rhipsime von ihm wollte: Nicht Osmane, nicht Smyrniote, sondern Armenier zu sein. In Augenblicken wie diesem wünschte sich Sevan, es einfach zu tun. Er hatte es sich auch an der Essensausgabe der Schule gewünscht, damit Eva-Maria Gardebusch aufhörte, ihm vor allen Jungen ihre Hand, die nach Essig roch, ins Gesicht zu klatschen. Aber er brachte es heute so wenig über sich wie in jenen Tagen, obwohl ihm nicht recht klar war, warum. Er war kein stolzer Mann, sondern einer, der nachgab, wo er konnte. Ein Speichellecker, hatte Rhipsime gesagt. Er senkte den Kopf und wandte den Blick Aghavni zu, die juchzend mit den Fransen des Teppichs spielte.

Rhipsime trat in die *cumba* und hob die Zeitung vom Teewagen. Als hätte sie nicht auf den ersten Blick erkannt, dass es sich um *Le Matin* handelte, fuhr sie mit der Fingerspitze dem Namen nach, ehe sie das Blatt angeekelt auf den Wagen zurückwarf.

Sie hatte den *Asadamard – Freiheitskampf* abonnieren wollen, den die armenische Daschnak-Partei herausgab, und Sevan hatte ihr den Wunsch gern erfüllt. Unter den Daschnaken, die sich der Revolution der Jungtürken angeschlossen hatten, gab es kluge Köpfe. Sie waren ihm lieber als die radikalen Huntschakisten, zu denen Rhipsimes Vater und ihre Brüder gehörten und die zu Attentaten auf osmanische Institutionen aufriefen. Er sah keinen Grund, warum er die Partei nicht durch den Kauf ihrer Zeitung unterstützen sollte. Nur lesen wollte er sie nicht. Sie langweilte ihn, war nicht spritzig und elegant geschrieben, wie er es an den französischen Zeitungen und an *Servet-i Fünûn,* dem fortschrittlichen Kulturblatt, liebte, sondern kam ihm vor, als hämmere sie wie eine *davul*-Trommel auf dem immer gleichen Ton herum.

Zudem taugte sie nicht für sein Vorhaben. Er schrieb eine Chronik für Aghavni, *Die Geschichte deiner Stadt Smyrna und deiner Familie,* dafür brauchte er einen Journalismus, der offen und facettenreich daherkam. Manchmal legte er den *Asadamard* über *Le Matin* und die Notizen für die Chronik, sobald Rhipsime den Raum betrat. Wenn es ihr so viel bedeutete – was war dabei, eine bedeutungslose Zeitung verschwinden zu lassen?

An anderen Tagen aber kam es ihm ihrer beider nicht würdig vor. Sie waren Erwachsene und Eltern, keine Kinder, die sich aufs Täuschen verlegten, um ungeschoren davonzukommen. Insgeheim träumte er davon, dass sie mit jedem Tag dichter zusammenwuchsen, bis sie alles teilen, einander alles anvertrauen konnten. Dazu passte kein Versteckspiel. Wenn er vor ihr seine Zeitung verheimlichte, verheimlichte er ihr, wer er war.

»Rhipsime …«

Sie schnitt ihm das Wort ab: »Du leckst den Speichel nicht nur von diesem Deutschen, von dem du dir hast helfen lassen müssen, sondern von ihnen allen. Wer immer einem Volk angehört, das nicht das deine ist, kann sich sicher sein, dass du vor ihm katzbuckelst.«

»Das ist Unsinn«, sagte Sevan und versuchte zu lächeln, um die Härte des Wortes abzumildern.

»Willst du sagen, ich bin dumm, weil ich tue, was Frauen meines Volkes von jeher getan haben: mich nicht ins Weltgeschehen mischen, sondern dein Haus führen und dein Kind aufziehen? Hätte ich wie die Töchter der Levantiner fremde Sprachen lernen und ausländische Schriften lesen sollen, um einem Sevan Agasian, dem Sohn eines besitzlosen Schreibers, zu genügen?«

Im Laufe der Jahre hatte er es gelernt: zwischen Ohrfeigen zu atmen. Auf den Wangen Hornhaut wachsen lassen, damit das Wesen darunter nichts abbekam. Er hörte nur auf zu lächeln.

»Ich habe nicht gesagt, dass du dumm bist, und erst recht nicht, dass du mir als Sohn eines besitzlosen Schreibers nicht genügst. Ich hätte nur gern, dass du dir eigene Gedanken machst, statt nachzubeten, was Nationalisten predigen. Die halten diese Predigten nämlich, weil es ihnen in die Hände spielt, wenn sie uns spalten. Wer sich darum schert, ob er Türke, Armenier, Grieche oder Deutscher ist, hat keinen Atem übrig, um sich darum zu scheren, dass Arme sich keinen Arzt leisten können, Frauen kein Studium absolvieren dürfen und Soldaten in Kriegen nur sterben, aber nichts zu entscheiden haben.«

»Was bist du?«, fuhr sie ihn an. »Einer von diesen Sozialisten, die die Welt in Trümmer schlagen wollen?«

Sevan seufzte. »Daschnaken sind auch Sozialisten«, sagte er. »Die, die in Konstantinopel die Bank besetzt haben, haben das wohl kaum getan, um Frieden zu stiften.«

»Willst du Männer, die für die Befreiung ihres Volkes kämpfen, mit Verbrechern gleichsetzen, die im Gefängnis landen und ihre Frauen und Kinder unversorgt lassen?«

Du wirst nie unversorgt sein, dachte Sevan. *Nicht, solange ich lebe, und erst recht nicht, wenn ich tot bin.* Laut sagte er: »Nein, ich bin kein Sozialist, und ich tauge auch sonst zu keiner Art von politischem Kampf. Ich bin dein Mann, der sich jetzt auf den Weg machen muss, es aber nicht erwarten kann, heute Abend wieder bei dir zu sein.«

»Das ist es, worum es dir in Wahrheit geht«, schoss sie zurück. »Du redest mit mir, doch mit dem Kopf bist du längst auf dieser Hochzeit, obwohl ich dich beschworen habe, dort nicht hinzugehen. Dieser Fremde, den du seit fünfzehn Jahren nicht gesehen hast, zählt für dich mehr als deine Frau.«

»Niemand zählt mehr für mich«, wehrte sich Sevan ohne Hoffnung. »Aber was ist denn so furchtbar daran, wenn ich an einer Hochzeitszeremonie in einer Kirche teilnehme?«

»In einer *katholischen* Kirche«, verbesserte Rhipsime. »Nicht in der heiligen Armenisch-Apostolischen, der du angehörst.«

»In Smyrna sind solche Unterschiede nicht wichtig.«

»In Smyrna, in Smyrna«, brach es aus ihr heraus. »Weißt du, dass deine Levantiner einen Teil von dieser Stadt Paradies nennen, als wäre sie das himmlische Reich? Das ist Gotteslästerung. Es ist wie der Turmbau zu Babel, und genauso wird es enden.«

Sevan erwiderte nichts, weil es keinen Sinn hatte. Sie war so erzogen worden. In Familien wie ihrer war der Glaube eine Höhle, in der es warm sein mochte, in der man aber, wohin immer man blickte, auf Mauern sah. Es war nicht ihre Schuld, und er wollte keinen Streit führen, der mit ihnen beiden nichts zu tun hatte. Er hätte nur in so einer Höhle nicht leben können. Er brauchte Smyrna – Menschen, wohin man auch sah, und wenn man glaubte, sie alle gesehen zu haben, fand man noch immer einen, der anders war.

Er ging zu Aghavni, die sich erschrocken hatte und leise weinte. Ehe er sie auf die Arme heben konnte, war Rhipsime da und zerrte sie von ihm fort. Sie trat an die Tür des Zimmers, rief nach dem Mädchen und übergab ihr das Kind.

»Und wenn ich nicht zu der Zeremonie gehe?«, fragte Sevan. »Wäre es leichter für dich, wenn ich mich nur rasch auf dem Empfang blicken ließe, um den Reineckes meinen Glückwunsch auszusprechen?«

»Bilde dir nicht ein, das hätte ich nicht gewusst«, sagte Rhipsime. »Ich wusste es die ganze Zeit. An der Kirche ist dir gar nicht gelegen. Auch nicht an dem Deutschen. Du willst auf den Empfang, um diese Frau zu sehen. Die Levantinerin. Für wie dumm hältst du mich?«

»Das ist nicht dein Ernst, Rhipsime.«

»Warum soll es das nicht sein? Sie war auf der Jubiläumsfeier des Hospitals, und erzähl mir nicht, du hättest sie nicht bemerkt. Das wäre das Schlimmste, Sevan. Wenn du mich um ihretwillen belügst.«

»Sie hat eine Stiftung gegründet, die unser Altenheim unterstützt«, erwiderte Sevan matt. »Rhipsime, du beleidigst uns beide, wenn du allen Ernstes behauptest, diese bedauernswerte Frau …«

»Du bist es, der uns beleidigt«, fegte sie über ihn hinweg. »Du beleidigst und beschämst mich, indem du vor aller Augen mit dieser Frau verkehrst, als wäre sie deine Verwandte.«

»Sie ist meine Patientin.«

»Ich will nichts mehr hören.« Sie wandte sich ab.

Sevan kam sich vor wie in einer der französischen Komödien, für die er sich auf gut Glück im Theater in Pasaport Karten gekauft hatte, als er gerade nach Smyrna gezogen war: Konflikte, Verstrickungen und Tränen, nur weil zwei, die sich liebten, ständig aneinander vorbei zu spazieren oder sich misszuverstehen schienen. Vom Parkett bis in die Logen schüttete das Publikum sich vor Lachen aus, und Sevan kam sich vor wie der Einzige, der daran nichts Lustiges fand.

So wie der Tölpel in diesen Komödien fühlte er sich: verlacht, angeschmiert, ohne zu wissen, warum er nichts daran ändern konnte.

Wir sind nicht dumm, dachte Sevan. *Wir sind keine Schatten, die wie bei einer* Karagöz-*Vorführung an Stangen umherhüpfen, sondern Menschen des zwanzigsten Jahrhunderts. Wir haben unser Leben selbst gewählt, wir haben einander selbst gewählt, wir können selbst wählen, in dieser Komödie nicht mehr mitzuspielen.*

Er trat hinter sie und schloss die Hände um ihre Schultern. »Komm mit mir«, sagte er. »Das ist es, was ich wirklich möchte: Mit dir dorthin gehen. Meinem Wohltäter, der Familie meiner Patientin und der ganzen Stadt zeigen, was für ein Hans im Glück ich bin.«

Er wollte sich verbessern. *Hans im Glück* war ein deutsches Märchen, mit dem sie nichts anfangen konnte, doch sie hörte ohnehin nicht zu. »Lass mich los.« Ihre Schultern wurden hart, als hielte er Billardkugeln in den Händen. »Entscheide dich. Deine Frau oder diese Leute. Beides haben kannst du nicht.«

Was kann ich nicht beides haben?, durchzuckte es ihn. *Meine Frau und mich selbst?* Dann rief er sich zur Ordnung und gab ihre Schultern frei. »Ich muss auf diese Hochzeit«, sagte er. »Wenn du dich entscheidest, mit mir zu kommen, setze ich mich still hierher und warte auf dich, ganz egal, wie lange du brauchst. Du wirst die Schönste sein, und eine schöne Frau darf zu spät kommen, ohne dass jemand ihr böse ist. Wenn du aber bei deinem Entschluss bleibst, kann ich dich nicht zwingen. Dann werde ich jetzt gehen.«

Vielleicht würde ich ihre Achtung gewinnen, wenn ich sie zwingen würde, sprang es ihn flüchtig an. Ihr Vater hätte ihre Mutter gezwungen, er hatte seine ganze Familie gezwungen, zu tun, was er für das Richtige hielt. Wie aber konnte ein Mensch beim anderen zu Hause sein, wenn ihm dessen Wille, das, was in seinem Kopf vorging, nicht einmal eine Frage wert war?

Rhipsime stand starr, die Schultern hochgezogen. Sevan rieb mit dem Fingernagel auf dem Fleck an seinem Revers herum und wartete, aber sie drehte sich nicht wieder um.

Also ging er. Auf dem Treppenabsatz begegnete er dem Mädchen, das Aghavni noch immer steif auf dem Arm hielt. Sie hatte keine Erfahrung mit Kindern und augenscheinlich auch nicht viel für sie übrig. Aghavni wirkte verstört. Sevan strich ihr über den Kopf und küsste ihr die kleinen Hände. In seinem Kopf war ein Lied, *Mit kleinen Blättern will ich dich zudecken,* doch er konnte es nicht singen. Nur ganz leise, wenn er mit Aghavni allein war. »Bringen Sie sie in die Kinderstube«, sagte er zu dem Mädchen. »Lassen Sie sie mit der Weltkugel spielen.« Weil Aghavni den Globus so gern um seine Achse kreisen ließ, hatte Sevan ihn aus seinem Arbeitszimmer in ihre Stube getragen.

Er wollte schon weitergehen, als Rhipsimes Stimme ihn zurückrief. Sie stand in der Zimmertür, das Gesicht gerötet. »Von mir bekämst du einen Sohn, wie jeder Mann ihn sich wünscht«, sagte sie. »Wenn nicht jetzt, so doch später. Aber von *ihr* niemals.«

6

Über den Aberglauben ihrer Köchin hatte Klara sich nicht selten lustig gemacht. Hilde war das reinste Kräuterweiblein, klopfte ständig auf Holz und drehte Messer im Besteckkasten um, damit die himmelwärts gewandte Schneide nicht den Teufel herbeilockte. Die dreireihige Perlenschnur, die Klara von ihrem Vater bekommen hatte, um sie zum Hochzeitskleid anzulegen, hätte Hilde ihr am liebsten weggenommen. »Die dürfen das gnädige Fräulein nicht tragen!«, hatte sie Klara mit düsterer Miene beschworen. »Perlen bei der Hochzeit, das gibt Tränen in der Ehe, und so wie die Perle keiner kaputt kriegt, wischt die Tränen auch keiner weg.«

»Das ist ja wohl lächerlich«, hatte Klara erwidert, aber Hilde hatte nicht hingehört.

»Lachen dürfen Sie auch nicht«, redete sie weiter auf Klara ein. »Nicht auf der Hochzeit, sonst haben Sie später, wenn die Lichter ausgehen, nur noch Grund zum Weinen. Und dass Sie keine Schuhe tragen, die Ihnen jemand geschenkt hat, das müssen Sie mir versprechen – die Braut, die in geschenkten Schuhen geht, läuft davon, ehe ein Jahr verstrichen ist. Vor allem geben Sie acht, dass Sie nirgendwo Schmutz an den Schleier bekommen, weil sonst für jeden Fleck einer vor der Zeit stirbt.«

»Jetzt mach mal halblang. Es stirbt doch immer mal einer vor der Zeit«, hatte Klara geschimpft. Bei Hildes Worten lief es ihr kalt den Rücken hinunter, auch wenn es nicht mehr als Gewäsch für alte Weiber war. »Ob ich den Schleier quer durch den Saustall schleife oder du ihn mit *Persil* blitzsauber wäschst, ändert daran nichts.«

»Nehmen Sie's nur nicht auf die leichte Schulter«, warnte Hilde. »Es ist ja nicht irgendeiner, der sterben muss, sondern jeder, der mit der Braut im schmutzigen Schleier getanzt hat.«

Klara hatte noch einmal gelacht und die Schwarzmalerei dann vergessen. Zumindest hatte sie geglaubt, sie hätte sie vergessen, bis ihr Vater ihr an ihrem Hochzeitsmorgen aus der Kutsche half und sie zur Kirche aus schneeweißem Stein führte.

Die Blumenmädchen in ihren Kleidern aus lindgrünem Musselin sprangen aus dem Wagen und begannen, einen Pfad aus blutroten Rosenblättern vor ihr auszustreuen, und die Jungen in ihren grünsamtenen Pagenuniformen griffen nach den drei Metern Atlasseide der Schleppe, um sie ihr hinterherzutragen. Die Kinder, die aus Peters endlos verzweigter Familie stammten, waren mit Feuereifer bei der Sache, nur Klara durchfuhr jäh ein Schreck, als ginge es auf ihr Begräbnis. Glockengeläut setzte ein wie Gewitterdonner, und sie schreckte zurück wie ein scheuendes Pferd. Unwillkürlich tasteten ihre Finger nach den Perlen an ihrem Hals, während die Füße sich sträubten, einen weiteren Schritt zu machen.

Unter der Wucht der Glockenschläge schien der Boden zu beben, wie um der ganzen Stadt Smyrna zu verkünden, dass Klara Reinecke Hochzeit hielt. Hatte sie das nicht gewollt? Im Mittelpunkt stehen, aller Blicke voll Neid und Bewunderung auf sich spüren? In den zwei Wochen auf der Insel, während das in Paris entworfene Kleid anprobiert worden war, hatte sie sich diesen Augenblick ausgemalt. Ehe sie heute wiederum in die Jacht *Cythère* gestiegen war, um zur Kirche zu fahren, hatte sie einen letzten Blick in den Spiegel geworfen und sich nicht wiedererkannt. Klärchen Neureich aus Berlin war verschwunden. Vor ihr stand eine Fremde, kein Kind mehr, sondern eine Frau, die ein Geheimnis hatte.

Als diese fremde Klara hatte sie in ihr neues Leben schreiten wollen. Woher also kam auf einmal die Angst, der rasende Herzschlag, die Fingerspitzen, die schweißnass von den Perlen abglitten? Alles war doch perfekt gewesen, das Kleid, die Haarkrone mit dem Schleier, die einem exotischen Märchen zu entstammen schien, und die hauchzarten Strümpfe, in denen ihre Beine auf einmal verrucht wirkten.

Nur nicht die Schuhe, höhnte eine Stimme in ihrem Hinterkopf. Die mit Perlenstickerei verzierten *Georgiana*-Pumps waren für die zierlichen Füße einer Orientalin, nicht für die Quadratlatschen einer Berlinerin gefertigt worden. Der Brautausstatter hatte sie aus London anliefern lassen, und ein neues Paar wäre nie und nimmer rechtzeitig eingetroffen. Klara hatte sich keinen Rat gewusst, doch da bei all diesen Anproben der gesamte Bienenschwarm ihrer Brautjungfern anwesend war, hatte eine von ihnen ihr aus der Not helfen können.

Ausgerechnet Theri, Peters Cousine, eines jener Mädchen, die selbst im Sportdress und mit Grashalmen in den Haaren elegant wirkten. Klara fand sie noch unerträglicher als Sidonie von Schweda, obwohl sie sich so verbindlich gab. Die waren die Schlimmsten. Zu herablassend, um herablassend zu sein.

Theri mit dem Nachnamen, den Klara sich ums Leben nicht hätte merken können, war groß, schlank, makellos erzogen und von schwerblütig-griechischem Adel. Jeder schien sie zu lieben und ihre Vorzüge in den Himmel zu heben, einerlei ob Mann, Frau oder Kind, ob Dienstbote oder Familienmitglied. Peters Mutter, die für Klara kaum einen Blick übrig hatte, vergötterte sie, und Thea, die uralte Großmutter, verzog Mund und Brauen, wenn das Wunderwesen ins Zimmer trat. Und als hätte das noch nicht genügt, hatte Nimrod sie auf dem Landungssteg in die Arme gezogen, wie Klara, die Braut, in ihrem Leben nie umarmt worden war.

Die unfehlbare Theri war selbst eine Braut. Sie war Nimrod Delacloches Verlobte.

Lass jetzt Nimrod, du hast Sorgen genug, wies sich Klara selbst zurecht. Sie konnte unmöglich noch länger stehen bleiben, während die Glocken Sturm läuteten, das Portal aufschwang und brausend die Orgel mit dem Hochzeitsmarsch einsetzte. Dass diese Theri ihr ein Paar Schuhe geschenkt hatte, die für ihre graziösen Füßchen zu groß waren, und dass man in geschenkten Schuhen nicht zur Hochzeit gehen sollte, tat nichts zur Sache. Sie würde sich ja wohl nicht von der Unke Hilde ihren großen Tag verderben lassen. Und was Nimrod betraf, so kochte der auch nur mit Wasser.

Mit reichlich lauem Wasser, wenn kein zitronenduftender Gin beigemischt war.

Am Morgen nach jener Nacht, über die sie beide kein Wort verloren, hatte er sich betragen wie ein beliebiger Verehrer. Als sie vor Smyrna vor Anker gingen, hatte er Klara und ihrer Mutter ins Beiboot geholfen und ihnen auf der Fahrt durchs seichte Wasser der Bucht die Gebäude auf der Küstenpromenade erklärt. Da ihre Eltern kein Französisch sprachen, hatte Klara übersetzen müssen und sich gewünscht, er möge einfach den Mund halten.

Vom dunklen Zauber war nichts mehr übrig. Ihr Kopf schmerzte höllisch, und sie wäre gern allein gewesen, um zu begreifen, dass das, was sich vor ihr aus der glitzernden Fläche des Wassers erhob, kein Märchenwald, sondern Smyrna war, dass aus den Schimären und Wunderbildern, die sie sich zwei Jahre lang ausgemalt hatte, eine Stadt mit Häusern und Straßen geworden war, in denen Menschen ihrem Leben nachgingen.

Statt ihr dafür die Zeit zu geben, redete Nimrod ohne Unterlass. Selbst an Land, wo er ihnen anbot, sie auf seiner Jacht zur Insel zu bringen, brach der Redefluss nicht ab: »Hier stehen wir also am Pier von Pasaport, wo sich Smyrnas Zollstationen, die britische ebenso wie die türkische, befinden. Seit dem Freihandelsvertrag von 1838 sind die Briten berechtigt, in Smyrnas Hafen eigene Zölle zu erheben, und dort vorn haben Sie den Bahnhof der Tram, die die gesamte Promenade entlangfährt. Das höchste Gebäude ist das *Grandhotel Kraemer Palace,* wo der Hochzeitsempfang ausgerichtet wird, daneben steht das *Théâtre de Smyrne,* es folgt der *Sporting Club,* das Herz des gesellschaftlichen Lebens, und ein Stück weiter unser brandneues Lichtspielhaus Seite an Seite mit dem französischen Konsulat. Alles in allem residieren in Smyrna mehr Diplomaten als in Konstantinopel …«

Irgendwann hatte Klara dem Wortgeplätscher nicht länger zugehört und mit dem Übersetzen aufgehört. Wo war der gefährliche Charme geblieben, mit dem Nimrod sie in der Nacht bestrickt hatte? Er sah noch immer recht gut aus, aber nur wenn man die vom Trinken verschwollenen Augen übersah. Sie hatte keinen Grund, Theri um ihn zu beneiden – oder fast keinen. Die Umarmung auf dem Steg war es, die ihr einen Stich versetzte, und aus der hatte Theri sich ziemlich heftig befreit.

Das Brausen der Orgel schwoll an. Klaras Vater zerrte an ihrem Arm und spähte verzückt in das Kirchenschiff, wo sich die Gäste in den bis auf den letzten Platz besetzten Reihen erhoben. »Das habe ich also tatsächlich wahr gemacht«, murmelte er. »Vor achtzehn Jahren habe ich das dem Bedros geschworen, eines Tages kann ich meiner Tochter diese ganze Stadt kaufen, und heute steht sie hier und heiratet den Erben der Delacloches.

Diese eiserne Garde der Reichen und Schönen hat Ferdinand Reinecke geknackt.«

Endlich ging Klara weiter, nicht weil ihr Vater sie mit sich zerrte, sondern weil das Betreten der Kirche ihn zum Schweigen zwingen würde. Ehe sie jedoch hineingelangte, eilte ein Mann, der offenbar zu spät kam, an ihr vorbei. Seine Frackschöße wehten, und er hielt mit beiden Händen den Hut fest, damit er ihm im Laufen nicht vom Kopf flog. Am Portal hielt er abrupt an, weil ihm klar wurde, dass er dabei war, der Braut den Weg abzuschneiden. Seine Brille war ihm von der Nase gerutscht, er nahm sie ab, und sein dunkler Blick traf Klara. Er sah aus, wie sie sich fühlte: erschrocken, verstört, nicht sicher, wo er hingehörte. Klaras Vater knurrte ungehalten, und der Mann, der zierlich, schwarzhaarig und sichtlich kein Europäer war, schien sich vor Verlegenheit zu winden.

Klara lächelte ihm zu. Das verlieh ihr Mut. Mit festem Schritt betrat sie die Kirche.

Eine Wolke scharfen, süßen Duftes wallte ihr durch das Gewebe des Schleiers entgegen. Weihrauch. Père Matthieu, der Priester, der mit der Zeremonie ihres Übertritts betraut worden war, hatte ihr die Messingglocke, der Schwaden des Duftes entströmten, unter die Nase gehalten, weil manche, die es ungewohnt traf, davon ohnmächtig wurden. Klara hingegen hatte nur kurz gehustet.

Auch sonst war die Formalität an ihr vorübergegangen, ohne sie zu berühren. Um Peter zu heiraten, war es erforderlich, dass sie von der protestantischen zur katholischen Kirche übertrat. Wie üblich hatte ihr Vater sein Einverständnis erteilt, ohne sie zu fragen, aber in diesem Fall war es ihr gleichgültig. Weder die eine noch die andere Kirche spielte im Leben ihrer Familie eine Rolle, und die Unterschiede hätte sie nicht zu benennen gewusst.

Jetzt schlugen sie ihr ins Gesicht. Das Drama, das sich vor

ihren Augen abspielte, hatte mit dem einschläfernden Weihnachtsgottesdienst, den sie aus Berlin kannte, nichts gemein. Dies hier war *ernst.* Gold und Ornamentik des Kirchenschiffs blendeten sie, Rauch vernebelte ihr den Blick, und die Register der Orgel dröhnten. Die Rituale, die Priester und Messdiener vor dem Altar vollzogen, konnten unmöglich zum vernünftigen, fortschrittlichen Jahr 1912 gehören. Sie brachen sich Bahn aus einer versunkenen Zeit, von der Klara nichts ahnte, nichts verstand.

Nichts hier war vertraut. Kein Gesicht. Kein Wort. Fremde starrten sie an, als wollten sie die Atlasseide des Kleides mit ihren Blicken durchbohren. Peters Familie war so groß, füllte Bankreihe um Bankreihe und schien mit allen und jedem bekannt. Schon auf der Insel hatte Klara nicht fassen können, wie viele Menschen täglich in dem Haus unter den Schlangenbäumen vorsprachen, weil sie ein Auge auf die Braut von Peter Delacloche werfen wollten. Viertausend Menschen wohnten in dem Dorf, vorwiegend Bauern, die die Sommergäste verehrten, und Klara kam es vor, als hätte jeder einzelne am Tor des Hauses einen Korb mit Honig, Wein und Süßigkeiten für sie abgegeben.

Geschenke waren beinahe stündlich eingetroffen. Sie wurden im Musikzimmer, neben dem seltsamen Instrument, einem Kasten voll gläserner Glocken, gestapelt, bis sie die Hälfte des Raumes einnahmen.

Sie waren ein Heer, diese Delacloches und ihr Anhang, zumindest die Frauen: ein feindselig lauerndes Heer, das darauf wartete, dass der Gegner einen Fehler machte. Als Feldwebel fungierte die spitznasige Xenia, die Klara mit dem ersten Blick den Krieg erklärt hatte. Alle Truppen, die sie aufzubieten hatten, fanden sich heute in dieser Kirche versammelt.

Klaras eigene Familie nahm sich dagegen winzig und verloren aus. Neben ihr stolzierte ihr Vater, der sie hielt wie seinen Gehstock, und irgendwo in der Masse fremder Gesichter musste ihre Mutter stecken. Das war alles. Es gab wohl Onkel und Tanten, die irgendwo im Brandenburgischen lebten, doch die waren Klaras Vater nie fein genug gewesen. Jetzt waren die drei Reineckes hier allein. Dem Vater mochte das gefallen, aber Klara wurde auf einen Schlag bewusst, dass ihr *alles* fremd war.

Gesichter. Stimmen. Gerüche. Die grell bemalte Kirchendecke. Der Singsang des Priesters in einer Sprache, die wohl Lateinisch sein musste. Am fremdesten aber war der Mann, der mit Nimrod und dem Priester vor dem Altar auf sie wartete. Ein langer Mann im Frack, am Revers ein Gebinde aus Gardenien. *Ihr Mann.* Der, der gleich so fest mit ihr verbunden werden würde, dass der Bund bis an ihr Lebensende unauflöslich war. Der, mit dem sie nach dem Empfang zur Hochzeitsreise aufbrechen würde, erst per Schiff nach Konstantinopel, dann mit dem *Orient-Express* nach Paris. Der, mit dem sie die kommende Nacht verbringen würde. Im Hotel *Pera Palace* war die Flitterwochen-Suite gebucht.

Vor ihr gingen die Brautjungfern und Blumenmädchen, hinter ihr schlurften die Schritte der kleinen Jungen mit der Schleppe, und als Nächstes hörte sie, wie die zwei Flügel des Portals sich schlossen.

Sie saß in der Falle.

Verdammt, das geht doch nicht!, begehrte es in ihr auf. *Ich bin zu jung, ich habe von der Welt noch nichts gesehen, ich kann doch nicht an diesen einen Weg gebunden sein!*

Ihr Vater schob sich mit gerecktem Bauch durch den Gang, und Klara ging wie eine Gliederpuppe neben ihm. *Du hast dir alles selbst gewählt,* beschwor sie sich, *deinen Mann, deine neue Familie, dein Leben.* Fast blindlings setzte sie ihre Schritte, bis sie so dicht vor Peter stand, dass sie das Rascheln seines Anzugs spürte. Ihr Blick traf seinen, und sie war sicher, dass er durch den Schleier die panische Angst auf ihrem Gesicht lesen konnte.

Sie drehte sich noch einmal um. Vorne im Gang stand der

kleine Mann mit der Brille, der keinen Platz gefunden hatte. Sein halbes Lächeln wirkte, als wollte es sich verkriechen. In Klara erwachte der irrwitzige Impuls, loszurennen und mit ihm aus der Kirche zu flüchten.

»Na, na. Hier spielt die Musik.« Das grobe Deutsch ihres Vaters schallte durch die Kirche. Er nahm Klara wie ein Pferd beim Kinn und drehte ihr Gesicht zu Peter, dem er auf die Schulter klatschte. »Viel Vergnügen, mein Guter. Ab jetzt gehört sie dir.«

Mit indignierter Miene wandte der Priester sich zu Nimrod, der die Schultern zuckte. Dann erbarmte er sich, berührte Klaras Vater am Ellenbogen und sagte etwas auf Türkisch. Sämtliche Mitglieder dieser Familie schienen fließend vier Sprachen zu sprechen, Türkisch, Griechisch, Französisch und Englisch, in die eine mischten sich Brocken der anderen, und zwischen allen wurde mühelos gewechselt. Klaras Vater grinste Nimrod an und trat zurück, ohne seine Tochter eines Blickes zu würdigen.

Nimrod trug eine blau-rote Galauniform mit einem goldenen, sternförmigen Einsatz, der die gesamte Brust einnahm. Unter den Epauletten wirkten seine Schultern bemerkenswert breit. Er ging zur Seite, und der Priester, der einen Umhang wie einen Teppich trug, trat auf die Stufe zum Altar. Übrig blieben Klara und Peter.

Der Ablauf der Zeremonie war ihr zuvor erläutert worden, aber die Erinnerung daran war wie ausgelöscht. Im Gesicht ihres Bräutigams suchte sie nach einem Hinweis, fand jedoch nichts als einen Spiegel ihrer eigenen Ratlosigkeit. Scheu verzog er den Mund zu einem dieser Peter-Lächeln. Nachbar Krauses Dackel. *Pardonnez-moi mille fois.* Als wolle er sich für die Fehler der ganzen Welt entschuldigen und dafür, dass er auf ihr herumlief, obendrein.

Er würde ihr keine Hilfe sein, sondern brauchte mehr Hilfe als sie. Klara blickte sich um und entdeckte zwei Samtkissen bei der Stufe. Sogleich erinnerte sie sich, dass sie zu Füßen des Priesters niederknien sollten, um seinen Segen zu empfangen.

Der Spuk verflog.

Es war Unsinn, sich einzureden, dass Peters Familie ihr feindlich gesinnt war. Sie würde fortan auch ihre Familie sein, die laute, lebhafte Familie, die sie sich immer gewünscht hatte. Die kleine Kiki mochte sie bereits – als sie sich gestern Abend verabschiedet hatte, hatte sie Klara gewunken und ihr zugerufen: »Mich freut's, dass ich jetzt bald noch eine Schwester habe – und zwar eine, die nicht so langweilig ist wie Xenia.«

»Na komm«, flüsterte Klara und streckte Peter die Hand hin. Kurz zögerte er, dann wurde sein Lächeln breit. Er nahm Klaras Hand, und zusammen traten sie vor den Altar.

7

In der Nacht hatte es geregnet.

Es regnete selten im Mai, aber wenn, dann kannte der Himmel kein Halten. Als Tuncay das Viertel der Armenier durchquerte, nicht die hübschen Straßen um den Boulevard Reşidye, sondern den Rand, wo Kleinkrämer und Handwerker wohnten, schwemmte ihm roter Schlamm von den Ziegelfabriken entgegen. Der Sturm hatte die ganze Nacht gewütet und sich erst kürzlich gelegt.

Geballt hatten sich die nachtschwarzen Wolken bereits, als das Brautpaar in Delacloche *Efendis* Limousine zum Pier gefahren worden war, um die Reise nach Europa anzutreten. Tuncay war froh gewesen – darüber, dass das Paar nun sicher auf dem Weg war, wie auch darüber, dass die Anspannung sich in einem Sturm entladen würde. Auf der Terrasse des Hotelrestaurants hatten noch Hochzeitsgäste gesessen und ihre Hüte festgehalten, damit der Wind sie ihnen nicht davonriss. Bei ihren *Highballs* und den letzten Kanapees sahen sie zu, wie die Sonne an einem Himmel unterging, der sich im Handumdrehen verfinsterte.

Gäste aus dem Ausland begleiteten das Schauspiel über dem eben noch sonnenglitzernden Golf mit »Ah«- und »Oh«-Rufen, wie Tuncay sie von Touristen kannte. Smyrna war schön. Jeder sagte das, nannte es *Paris des Orients* und *Blume der Levante,* und auf den Berg Kadifekale wäre keiner gestiegen, um sein Urteil zu überprüfen. Gleich darauf setzte der Regen ein, die Gäste flohen hinter die Bogenfenster und ließen *Highballs* und Kanapees zurück.

Diejenigen, die im Hotel logierten, tranken noch einen Brandy an der Bar und verteilten sich dann auf Zimmer und Suiten. Die Delacloches, die nach Bournabad, und die Romains, die nach Cordelio mussten, brachen samt ihrer Freunde und Nachbarn auf, solange man unter einem Schirm noch trocken bis an die vorgefahrenen Wagen kam. Der Sturm war hungrig heute Nacht. Er würde sich mit ein paar gemächlichen Böen nicht zufriedengeben.

Zuletzt gingen die Griechen aus Buca. Sie gingen immer zuletzt. Die Sippe des vor Heiterkeit übersprudelnden Kyriakos Kantakouzenos liebte Gesellschaften und lebte nach dem Motto: Kein Fest ist zu Ende, ehe das nächste am Horizont auftaucht. Adriana Delacloche konnte sich kaum von ihnen losreißen, als würde sie sie nicht in spätestens drei Tagen wiedersehen. Sie war eine glückliche Frau, doch ganz eingesponnen ins Glück schien sie erst, wenn sie ihren Ziehbruder Kyriakos bei sich hatte.

Tuncay verhalf den Herren zu Hüten und Mänteln, geleitete die Damen eine nach der anderen mit dem Schirm zum Wagen und sah bei jedem Weg, wie das Meer sich höher über der Straße bäumte. Nach der dritten Damenbegleitung war er zum Auswringen durchnässt. Er hatte Kadife versprochen, sich von ihr zu verabschieden, ehe sie mit der Herrschaft nach Bournabad fahren würde, doch sie war bereits in einen Wagen für das Personal verfrachtet worden.

Die schnatternde Menge der in der Hotelhalle versammelten Damen lichtete sich. Die letzte war Kantakouzenos' Tochter, die große, die so hieß wie der griechische Präsident, der sich ganz Anatolien einverleiben wollte: Eleftheria. *Befreiung.* Der Regen schwoll jetzt und ließ seine Bosheit erkennen. Im Laufen musste Tuncay den Arm von Kantakouzenos' Tochter packen, auch wenn sich alles in ihm dagegen sträubte. Andernfalls wäre sie auf ihren Stöckelschuhen ausgeglitten.

»Sie sind ja ganz nass«, stellte sie fest, ehe sie in die Kutsche stieg. »Hören Sie, Sie können jetzt unmöglich noch auf den Pagos. Sagen Sie Nimrod, er soll ein Zimmer für Sie nehmen, Sie holen sich ja den Tod.«

Tuncay hatte Mühe, nicht aufzulachen. Die Vorstellung, er könne in einem Zimmer des *Kraemer Palace* übernachten und sein in der Achsel geflicktes Hemd dem Etagenkellner zum Aufbügeln geben, hatte etwas Komisches. So wie die Tatsache, dass sie ihn siezte. Sie siezte ihn immer. Vielleicht hatte sie Schwierigkeiten mit der vertrauten Anrede im Türkischen. Er hätte ihr sagen können, sie solle griechisch mit ihm sprechen, seinetwegen auch französisch, an dem er sich nie versucht hatte, das er aber leidlich verstand. Ihr gutherziges Bemühen kam ihm so albern vor wie ihr Vorschlag, ihm ein Himmelbett im *Kraemer Palace* zu bezahlen. Aber wenn sie sich dabei in ihrem Edelmut sonnte, war das ihr gutes Recht. Der Regen malträtierte seinen Nacken wie mit kleinen Peitschenhieben.

»Haben Sie gehört, was ich gesagt habe?« Sie schob den Schirm von sich weg, bis er statt sie Tuncay schützte, erschrak aber, als der Regen sie traf, und presste die Hände auf ihren Cocktailhut. »Nimrod darf Sie auf keinen Fall bei diesem Wetter den Pagos hinaufsteigen lassen. Sagen Sie ihm, ich nähme es ihm übel.«

Sie war Nimrod Delacloches Verlobte. Durch Zwielicht und Regen sah Tuncay sie an und fand, dass sie zusammenpassten.

Sie waren beide groß, schlank, europäisch, auch wenn sie vollblütige Griechin und er zur Hälfte Levantiner war, beide in einem Kokon aus Wohlstand und Fürsorge aufgewachsen und mit Sorgfalt erzogen. Zwei makellose Ahnenreihen, die sich verknüpfen würden, um für makellosen Nachwuchs zu sorgen, wie es Smyrnas Christenvölker seit Generationen zu tun pflegten.

Was Tuncay stets an diesen Leuten auffiel, waren ihre Gebisse – weiß und makellos wie ihre Stammbäume. Auf dem Kadifekale, den die Christen Pagos nannten, kannte er keinen Erwachsenen mit solchen Zähnen. Etwa in seinem Alter begannen sie abzubrechen oder zu splittern wie Hoffnung und Glauben an die Zukunft, und wenn ein Mensch das Alter von Adriana Delacloche erreicht hatte, kochte seine Familie ihm Brei aus Bulgur und Linsen, weil er mit den Zahnstummeln nichts mehr kauen konnte.

»Sind Sie verrückt?«, rief Eleftheria Kantakouzenou, endlich unter das Dach der Kutsche geduckt. »Was stehen Sie noch da und lassen sich durchweichen? Gehen Sie endlich ins Hotel, Sie sturer Mensch, und ziehen Sie trockene Kleider an.«

Was glaubte sie denn? Dass einer wie er noch nie bis auf die Haut nass geworden war, dass er sich danach tagelang ins Bett legen musste wie ihresgleichen? Er wollte ihre Fürsorge nicht – sie hätte sie lieber ihrem Verlobten angedeihen lassen sollen und ihn so schnell wie möglich heiraten. Wer einen tollen Hund an die Kette legte, bewahrte nicht nur die eigene Haut vor Schaden.

Er verneigte sich, schloss den Schirm und ging betont langsam zurück zum Hotel, auch wenn Regen und Wind ihn mit bestürzender Gewalt attackierten.

Die Haupttür, die sonst von Pagen gesäumt offen stand, war nun geschlossen, und Tuncay hatte Mühe, sie aufzustemmen. In der Halle, wo es eben noch vor Menschen gewimmelt hatte, herrschte Stille. Lediglich der Empfangschef saß hinter dem Tresen über Papiere gebeugt, und an einem der Tische, die neben der Treppe arrangiert waren, saß Nimrod Delacloche bei einem Glas Portwein in der Farbe von Pinienhonig. Er hatte mit dem Brautvater die Abrechnung regeln und dann über Nacht bleiben wollen. Sein Urlaub war zu Ende. In zwei Tagen würde er zurück an die Front nach Libyen reisen.

Über den Krieg war während des Empfangs geredet worden, sobald Männer beieinanderstanden. Nicht nur über den um Libyen, sondern auch über die, die sich auf der Weltkarte denken ließen, über die stählernen Riesenschlachtschiffe der Briten, die *Dreadnought* – »Fürchte nichts« – hießen und die der deutsche Kaiser um jeden Preis nachbauen wollte, über zerbrechliche Kräfteverhältnisse auf dem Balkan, den griechenfreundlichen britischen Schatzkanzler und einen gepanzerten Kampfwagen, den irgendwer in Österreich entwickelte.

Der Krieg in Libyen galt als so gut wie verloren. Selbst die Diplomaten, sonst Meister darin, mit vielen Worten nichts zu sagen, machten daraus keinen Hehl. »Warum bleibst du dann nicht hier?«, hatte Adriana Delacloche gefragt und ihren Sohn aus der Gruppe um den französischen Konsul gezogen. »Wenn ihr sowieso nicht mehr gewinnen könnt – welchen Sinn hat es dann noch, dass du dir diesen weiten Weg machst?«

Sie war eine Frau, die vier Kinder geboren hatte wie Tuncays Mutter auch, aber anders als diese hatte sie etwas von einem Mädchen an sich, etwas Behütetes. Sie hatte das Leben einer Prinzessin im Wolkenschloss geführt und sprach vom Krieg wie von einem Landausflug in eine leicht morastige Gegend.

»Und was wird mit deinen zwölf Inseln, wenn wir uns alle den garstigen Weg sparen?«, hatte Nimrod gehässig lächelnd gefragt. »Räumen wir die Dardanellen, werfen wir Rhodos und den Rest den Italienern zum Fraß vor, wie wir ihnen Libyens Dörfer samt ihren arabischen Bewohnern vorgeworfen haben? Sollten wir ihnen dann nicht noch Kreta obendrauf geben?«

Dass ein Mann so mit seiner Mutter umsprang, war Tuncay zuwider. Ein Mann hatte darauf zu achten, dass seiner Mutter kein Leid geschah, sonst nichts. Von Adrianas Familie, den leutseligen Kantakouzenos', hieß es, sie stammten aus Kreta und hätten dort noch Verwandte. Sie selbst aber waren *rayahs,* osmanische Untertanen – träumte die Prinzessin aus dem Wolkenschloss in schwarzen Nächten davon, dass eine Hälfte ihrer Angehörigen gezwungen werden könnte, die anderen zu metzeln?

Als was betrachtete sie sich, als Griechin oder Osmanin? Smyrnioten – wenigstens solche, die Geld hatten – betrugen sich gern so, als bräuchten sie darüber keine Entscheidung zu treffen. Sie nannten sich Weltbürger, Kosmopoliten, aber ein Krieg wie der um Kreta teilte Straßen und Sippen in *unser* und *euer,* in *wir* und *die anderen.*

1896 war es gewesen. Tuncay würde das Jahr nicht vergessen, denn er hatte im selben Krieg seinen Vater verloren.

»Kreta ist griechisch«, parierte Adriana den Angriff mit Gleichmut. »Die habt ihr niemandem zu geben.«

»Wenn ich mich recht entsinne, haben deine Griechen den Krieg, von dem ich spreche, verloren«, versetzte Nimrod. »Und wenn ich des Weiteren informiert bin, untersteht Kreta einem internationalen Protektorat, auch wenn unsere angeblichen Freunde in Europa dem Anschluss Kretas an Griechenland wohl kaum widersprechen werden. Aber wem von uns traurigen Gestalten sie gehört, spielt ohnehin keine Rolle – wenn der Italiener sie haben will, nimmt er sie sich.«

»Aber nicht doch.« Rahmi *Bey,* Smyrnas Gin trinkender Gouverneur, zeigte beim Lächeln die Zähne. »Wir reißen uns von jetzt an am Riemen und zeigen dem Italiener, dass dem alten Tiger noch nicht alle Zähne gezogen worden sind. Und jetzt feiern wir. Alle zusammen. Die Braut hat lange genug auf ihren Tanz gewartet.«

Wie auf ein Zeichen war die Braut aufgestanden. Sie hatte sich an einer der Zypressen Harz an den Schleier geschmiert, das aussah wie getrocknetes Blut. Quer durch den Saal sah sie Nimrod in die Augen, dem dabei die Häme vom Gesicht schmolz. Tuncay glaubte zu spüren, wie sich in seinem Nacken die Haare sträubten. Er war niemandem etwas schuldig. Was diese Leute untereinander trieben, war nicht seine Sache. Aber so einfach ließ ihn sein Gewissen nicht davonkommen.

Er war Peter Delacloche etwas schuldig. Seinem Dienstherrn, der genau wie die anderen mit dem Silberlöffel im Mund geboren worden war, der aber ihm zur Seite stand, ohne ihm etwas schuldig zu sein.

Ohne Peter wäre Tuncay längst in Libyen verheizt worden. Ohne ihn hätte Kadife in der Gewürzfabrik Thymian und Salbei abpacken müssen, wo sie den Anzüglichkeiten der Vorarbeiter ausgesetzt war und nicht mehr als einen Hungerlohn heimbrachte. Ohne ihn hätte Tuncay in den Wochen, in denen sein Herr ihn nicht brauchte, nicht nur seine Mutter und sich selbst, sondern auch Didem ohne Einkommen durchbringen müssen.

Noch am Nachmittag, ehe er auf Hochzeitsreise ging, hatte Peter ihm Geld zustecken wollen. »Du bist sicher froh, ein wenig Zeit bei deiner Familie zu verbringen. Aber du wirst Geld brauchen. Ich zahle dir deinen Lohn im Voraus aus.«

»Sie brauchen mir keinen Lohn auszuzahlen«, hatte Tuncay erwidert. »Sie werden ja auf Reisen sein und keinen Burschen benötigen.« Manch ein Herr nahm auf Reisen einen Kammerdiener mit, aber dafür eignete sich kein Türke aus Kadifekale. Außerdem war Peter zu anspruchslos, um auf solche Idee zu kommen.

»Aber dir fehlt doch das Geld«, hatte er es noch einmal versucht.

Tuncay hatte die Hände im Rücken verschränkt. »Ich bin

kein Bettler, *Efendim*. Wenn ich nicht für Sie arbeite, nehme ich auch nicht Ihr Geld.«

Peter hatte nicht geseufzt wie die Leute, die glaubten, sie müssten mit ihren türkischen Dienstboten umgehen wie mit quengeligen Kindern, sondern sein Geld wieder eingesteckt. »Wäre dir geholfen, wenn du Didem zu uns nach unten brächtest? Du hast mir doch erzählt, sie würde gern den ganzen Tag singen und auf selbst geschnitzten Instrumenten Musik machen. Warum soll sie nicht Kikis Unterricht teilen und Glasharmonika spielen lernen?«

Weil sie eine Muslimin aus Kadifekale ist und Kiki die Tochter des reichsten Levantiners von Bournabad. Aber diese Antwort hätte Peter kaum verstanden. Wenn in all dem Geschwätz über den Geist von Smyrna, das Tuncay Izmir hätte nennen sollen, nur ein Funke Gehalt steckte, dann war der Funke dieser Mann.

»Es ist doch schön, dass sie Freude an Musik hat«, sagte er. »Kiki hat nicht viel Freude daran, und die arme *Demoiselle* wird froh sein, wenn sie zur Abwechslung eine begabte Schülerin bekommt. Nicht mehr lange, dann wird Mutter anfangen, für Uzunada zu packen, und Didem kann ihr zur Hand gehen. In Uzunada dürfte es ihr gefallen, meinst du nicht?«

»Didem ist erst fünfzehn.«

»Keine Angst, Mutter wird ihr keine schweren Arbeiten aufbürden«, versicherte Peter, als wäre es das, was Tuncay bedrückte. »Zudem wird Mutter über sie wachen, und wenn ich zurück bin, habe ich selbst ein Auge darauf, dass niemand es an Respekt fehlen lässt. Ganz so als wäre sie meine eigene Schwester.«

Sie ist aber nicht Ihre eigene Schwester, dachte Tuncay, sagte jedoch nichts. Er gestattete Kadife, im Haus der Delacloches zu arbeiten, weil es die beste aller schlechten Möglichkeiten war, und es wäre eine Erleichterung, Didem ebenfalls versorgt zu wissen. Zudem würde es Didem vermutlich glücklich machen, Musikunterricht nehmen zu dürfen.

Didem *war* Musik. Schon als kleines Mädchen war sie nie gegangen, sondern durch die engen Zimmer getanzt. Mitten im Gespräch hielt sie inne und summte vor sich hin. Die Mutter schimpfte sie oft aus, weil Musik nicht dem Vergnügen, sondern allein dem Lob Gottes gelten sollte, aber sie gab rasch auf, weil ihre Schelte an Didem abglitt. Sie hörte sie sich brav und mit gesenktem Kopf an, war in Gedanken aber gar nicht bei der Sache und wippte mit dem Fuß.

Peter hatte einsteigen müssen, seine Braut saß längst in der mit Blumen geschmückten Limousine.

»Ich bedanke mich, *Efendim*«, hatte Tuncay gesagt.

»Das ist schon in Ordnung.« Peter duckte sich unter das Wagendach. »Richte doch deiner Mutter aus, wenn sie etwas von ihrem *Baharat* für meine Mutter erübrigen könnte, würde sie ihr eine Freude machen.«

Natürlich hatte Adriana Delacloche kein *Baharat* von Gözde Mutlu Hanim, einer verhärmten Witwe aus Kadifekale, nötig. Sie ließ es sich von ihrer Köchin Gaia mischen, Koriander und Minze pflanzen und die übrigen Zutaten – Kreuzkümmel, Kardamom, Zimt und duftende Nelken – von einem libanesischen Händler kaufen, den Pericles, der Wunderkoch ihres Schwagers, ihr empfohlen hatte. Kadife bekam glänzende Augen, sooft sie von der Fülle an Gewürzen in der Küche der Delacloches erzählte, von den verschließbaren Tiegeln, in denen die unterschiedlichen Sorten aufbewahrt wurden, um ihrem Aroma keinen Schaden zuzufügen.

Die traurigen Versuche von Tuncays Mutter, mit dem, was ihre Kunden ihr anschleppten, eine brauchbare Gewürzmischung zu erstellen, hatten unter solchem Überfluss keinen Platz. Peter aber war fortwährend darauf bedacht, niemandes Würde zu verletzen, auch nicht die einer verbitterten Türkin, die in einem Halbgriechen wie ihm einen Mörder ihres Mannes sah.

All das war Tuncay im Kopf herumgegangen, als er vom Regen durchnässt die Halle des Hotels betreten hatte. Nimrod hatte sein Glas Port abgestellt und sich von seinem Platz erhoben. »Tuncay. Setz dich her und lass mich dir in Gottes Namen einen Drink bestellen. Ich habe mit dir zu reden.«

»Ich bin mit meiner Arbeit fertig, *Efendim.*« Tuncay sah zu, wie das Wasser aus den Beinen seiner *salvar* tropfte und eine Pfütze um seine Schuhe bildete. »Wenn nichts mehr ansteht, würde ich gern gehen.«

»Auf den Pagos? Bist du verrückt?« Nimrod schwenkte sein Glas in Richtung Fensterfront. Der Sturm warf sich heulend gegen die Scheiben, und nur das Silber der Regenschwaden blitzte durch die Finsternis. »Schon für die Wagen dürfte es schwer werden – zu Fuß kommst du keine zehn Schritte weit.«

Tuncay benötigte keinen zweiten Blick, um zu wissen, dass er recht hatte. Nimrod bot nicht an, ihm ein Zimmer zu mieten, sondern arrangierte mit dem Empfangschef, dass in den Räumen der Dienstboten ein Bett für ihn bereitgestellt wurde. Dem Gespräch mit Nimrod konnte er nicht länger ausweichen, also setzte er sich in nassen Kleidern an den Tisch. Nimrod ließ Port in einer Karaffe bringen und forderte den Kellner auf, Tuncay einzuschenken.

»Wird dir schon nicht schaden«, sagte er.

»Ich weiß.«

»Dann trink, zum Teufel. Was meinst du, wie viele deiner Glaubensgenossen ich da draußen vor Tripolis täglich saufen sehe? Und warum? Weil dich in einem Schützengraben kein Gott, nicht deiner und nicht meiner, davor bewahrt, den Verstand zu verlieren. Nur Alkohol. Verdammt, beweis mir, dass du ein Mensch bist. Ich brauche keinen Gott. Ich brauche einen Artgenossen.«

Nimrod hob sein Glas. Tuncay rührte seines nicht an.

»Kannst du dir das vorstellen?«, fragte Nimrod. »Ein Minenwerfer, der abgefeuert wird, wenn du gerade einen Haufen deiner Leute über die Böschung nach draußen geschickt hast? Ein Geschoss, das zischt und im Flug einen Schweif bekommt wie ein Feuerwerkskörper, und ein Knall, dass du glaubst, es zerbombt dir deinen kleinen Schädel, und eine Rauchwolke wie ein Riesenpilz, höher als dieses verdammte Hotel.«

Er stellte das Glas ab, legte das Gesicht in die Hände und atmete schwer. »Und wenn die sich endlich lichtet, die Wolke, wenn du knapp wieder Luft bekommst, greifst du nach deinem Feldstecher, um deine Männer ausfindig zu machen, aber du kannst keinen mehr finden. Keinen einzigen. Erst wenn deine Augen aufhören zu tränen und du das Glas herunternimmst, weil es immer wieder beschlägt, machst du ein paar Umrisse auf dem Feld aus. Haufen, als wäre dem Lumpensammler der Karren umgekippt. Und du weißt, dass du da rausmusst und die Lumpenhaufen anfassen, dass du in blutiger Masse und Stofffetzen nach Erkennungsmarken suchen musst, weil diese Haufen, an denen der heiße Wind zupft, alles sind, was von deinen Männern übrig ist.«

Er legte den Kopf zurück und schloss die Augen. »Dieser Krieg ist vielleicht nur begonnen worden, um im Kleinen auszuprobieren, wozu wir mit den neuen Waffen imstande sind. Wie schnell ein Geschwader von Bombern ein Dorf vernichtet. Wie viele Torpedos ein Versorgungsschiff versenken. Ob eine Sprenggranate mit Zellulosenitrat mehr Infanteristen tötet als eine mit Schwarzpulver. Was sich im Kleinen bewährt hat, steht bereit für seinen Einsatz im Großen. Und weißt du was? Das macht mir Angst.«

Sie warteten ab. Nimrod wartete darauf, dass Tuncay etwas sagte, und Tuncay wartete darauf, dass ihm etwas einfiel, was er hätte sagen können. Nimrod stöhnte. »Ich weiß, was du denkst«, sagte er.

Nein, dachte Tuncay, *das weißt du nicht.* Er dachte an Peter.

Daran, dass er sich nicht einreden konnte, er sei Peter nichts schuldig, und daran, dass der Mann, der hier mit düsterer Miene in sein Glas starrte, gefährlich war. Für Peter gefährlicher als Lance Romain, obwohl die Frau des französischen Kulturattachés während des Tanzes zu ihrer Begleiterin gesagt hatte: »Diesem engelshaarigen Sohn von Jacques Romain würde ich meine Tochter keine halbe Stunde lang anvertrauen, und wenn er schwören würde, sie auf blanken Händen über bebende Erde zu tragen.«

Nein, dachte Tuncay, *was ich denke, das weißt du nicht. Ich denke, du bist für Peter gefährlicher als Lance Romain, dem man seine Tochter in keinem Erdbeben anvertrauen würde, weil Lance Romain nicht Peters Bruder ist.*

Aber wie wollte er das beurteilen? Er hatte keinen Bruder. Nur vier Schwestern, von denen drei begraben lagen.

Und was ging es ihn überhaupt an? Er hatte nicht einmal das Recht, an seinen Herrn, den Erben des Delacloche-Imperiums, als »Peter« zu denken, aber der Wirbel, den Levantiner, Armenier und Griechen um Nachnamen trieben, war ihm fremd. Auf dem Kadifekale sprach jeder jeden mit dem Namen an, den er von seinem Vater erhalten hatte, und wo eine Verwechslung vermieden werden musste, fügte er den seines Vaters hinzu. Er selbst war Mutlu ŏglu Tuncay, Tuncay, Sohn von Mutlu, und in seinem Kopf war sein Dienstherr Peter, Sohn von Edmond *Efendi*.

Das war es eben: In seinem Kopf standen er und sein Dienstherr sich näher, als ein Türke und ein halb griechischer Levantiner sich nahestehen konnten. So nahe wie Nachbarn auf dem Kadifekale. Wäre aber Peter sein Nachbar gewesen, dann hätte Tuncay die Pflicht gehabt, aufzustehen und Nimrod zu erklären: *Ich habe dir beim Tanz zugesehen, und hier hörst du, was ich denke: Halte dich fern von deines Bruders Frau.*

»Ich weiß, was du denkst«, sagte Nimrod noch einmal und

trank von seinem rötlichen Portwein. »Was will der denn?, denkst du, weshalb ist der überhaupt zur Armee gegangen, wenn er ein Schwächling ist, der mit dem Krieg nicht fertigwird. Jungen wie du werden in den Krieg gezwungen. Hätte mein Bruder nicht drei Behörden geschmiert, hättest du einer von meinen Männern sein können. In die Luft geblasen wie ein Ballon und auf dem Boden zerplatzt.«

Tuncay zog seine *tespih* aus der Schärpe der beschämenden Hose und begann, sich die Perlen durch die Finger gleiten zu lassen, ohne dabei jedoch Allah bei seinen neunundneunzig Namen anzurufen. Er war nie gut darin gewesen, zu beten, während sich in seinem Kopf die Gedanken jagten, aber die Perlen, die für die Schwielen in den Händen von Mohammeds Tochter Fatimah standen, halfen ihm dennoch, sooft er verwirrt war.

»Ich habe es dir doch gesagt«, murmelte Nimrod. »Ich weiß, was du denkst. *Warum wird so einer, der wie ein Mädchen flennt, weil eine Granate ein weiches Ziel sprengt, in diesem Land Offizier* – das ist es, was du denkst.«

»Sie sind kein Osmane«, sagte Tuncay.

»Nicht? Was denn dann, Franzose vielleicht?« Abfällig lachte er auf. »Meine Mutter ist Griechin, die Familie meines Vaters stammt zumindest zur Hälfte aus Venetien, und in Frankreich bin ich nur gewesen, weil die osmanische Armee Versuche mit Kampfflugzeugen machen wollte und fand, ich eigne mich als Pilot. Noch besser eignete sich das Geld, das mein Vater für die Ausbildung zuschoss, versteht sich. Bin ich also wirklich kein Osmane? Vielleicht bin ich beim Heer geblieben, weil ich mir verdienen wollte, einer zu sein.«

Tuncay schwieg noch immer.

Nimrod hingegen fuhr im nächsten Atemzug fort: »Aber ich habe es mir nicht verdient, richtig? Die Heeresleitung nimmt mich, weil der Teufel in der Not auch Fliegen frisst, aber es ist kein Wunder, dass das Reich des großen Osman Scheibe um Scheibe verschachert wird wie eure *sucuk* beim Schlachter, wenn es auf Schlappschwänze wie mich angewiesen ist. Du verlangst zu Recht, das Reich des großen Osman müsse Männer haben, die ihm blind vor Stolz dienen und blind vor Stolz für es sterben.«

Auch darauf gab Tuncay keine Antwort. Streng genommen war ihm keine Frage gestellt worden. Seine Finger strichen über die Perlen, über eine nach der anderen.

»Sag mir eines, Tuncay, du Rechtschaffener, dem nie auch nur ein Tropfen des westlichen Giftes durch die Kehle rinnt«, hob Nimrod von Neuem an. »Wie steht es mit dem Töten? Müssen wir das auch blind vor Stolz tun? Glaubst du wirklich, solche Männer gibt es? Männer, die einmal bei ihren Müttern kleine Jungen waren und die losziehen, um die kleinen Jungen anderer Mütter abzuschlachten, ohne dass etwas in ihnen dabei zugrunde geht?«

Nimrod rang nach Atem. Tuncay war mit fünfzehn in Peters Dienst getreten und kannte beide Brüder seit Jahren, doch er hatte Nimrod nie so geschwätzig erlebt. Etwas in ihm musste derart brodeln, dass es heraussprudelte, sobald er den Mund öffnete.

Er tat es noch einmal. »Weißt du, was mir Sorge macht? All die Männer, die aus diesem Krieg zurückkommen und denen fortan etwas fehlt. Etwas Weiches. Lebendiges. Das, was von den kleinen Jungen, die sie bei ihren Müttern waren, übrig war. Solange wir die Kriege klein halten, mag die Menschheit mit Männern wie uns fertigwerden. Ich frage mich aber, was wir aus ihr machen würden, wenn wir überall wären, das ganze Weltgefüge überschwemmt von Männern, die vom Töten nach Hause kommen, an den Zähnen Blut und Fleischfetzen wie bei Wölfen.«

So kompliziert zu denken, konnte sich nur jemand leisten,

der sich abends in ein bequemes Bett legte, einerlei ob im Krieg oder nach einer Hochzeitsfeier. »Die meisten Mütter sind froh, wenn ihre Söhne überhaupt nach Hause kommen«, sagte Tuncay.

Die meisten Söhne, die auf ihre Väter warteten, waren auch froh. Tuncay hatte fünf Jahre gewartet. Er hatte die Werkstatt, in der sein Vater sein Handwerk ausgeübt hatte, täglich gefegt und seine Werkzeuge, die Zangen, Ahlen und Feilen, blank gehalten. Das war wichtig, hatte die Mutter gesagt. Der Krieg hatte nur dreißig Tage gedauert, also würde sein Vater bald nach Hause kommen und mit seiner Arbeit als Schuhmacher fortfahren, weil Tuncay ihm sein Werkzeug in Schuss gehalten hatte. Ein Paar Schuhe lag noch samt dem Klopfstein auf dem Schemel, um besohlt und von Fatih, dem Süßholzhändler, abgeholt zu werden. Die Mutter würde nicht mehr jeden Para umdrehen müssen, und der Vater würde bald anfangen, Tuncay in die Arbeit einzuweisen.

Er hatte daran geglaubt, bis er zwölf war und die Werkstatt mit allem, was darin war, verkauft werden musste. Der Schuster kam nicht wieder, und sein Sohn würde kein Schuster werden. Die letzte der vier Pappeln, die der Vater im Hof der Werkstatt gepflanzt hatte, wurde gefällt. Eine Pappel pflanzte ein Mann auf dem Kadifekale, wenn er eine Tochter bekam, um ihr mit dem Holz eine Mitgift zu geben.

»Ja«, sagte Nimrod langsam, als wäre das Brodeln in seinem Innern dabei, sich zu legen. »Bestimmt wären die meisten Mütter froh. Sie wären überzeugt, mit ihrer Liebe könnten sie das, was in ihren Söhnen zerbrochen ist, leicht heilen. Aber daran zerbrechen sie selbst. Der armenische Herr Doktor, den meine Schwester Xenia zu jedem Anlass mit Beschlag belegt, könnte dir das erklären: Sobald Wundbrand einsetzt, hilft nur noch Amputation.«

»Hieß es nicht, der Krieg wäre ohnehin so gut wie vorüber?«, fragte Tuncay, der wollte, dass Nimrod aufhörte, von Krieg zu sprechen, und von Armeniern gar nicht erst anfing.

»Verloren«, sagte Nimrod. »Nicht vorüber, sondern verloren. Meinst du, wenn man verloren hat, kann man mir nichts, dir nichts aufhören? Die Welt im Jahr 1912 ist ein Kartentisch, Tuncay. Jede Stunde wird neu gemischt, und wenn dir dein Blatt nicht passt, kannst du Kredite verprassen und neue Karten dazukaufen. Neue Waffen wie diese grandiosen britischen *Dreadnoughts,* neue Berater wie unsere Freunde aus Deutschland, neue Verbündete, die es in allen Winkeln der Welt gibt. Und selbst wenn wir unsere blutigen Nasen voll hätten und gern den Schwanz einklemmen würden – wer sagt dir, dass die anderen uns aufhören lassen?«

Tuncay straffte den Rücken, an dem der nasse Kaftan klebte. Dass er diesen Aufzug tragen musste, *salvar* und Kaftan, wie sie seit bald hundert Jahren kein osmanischer Mann mehr anzog, hatte der Vater der Braut angeordnet. »Er wünscht sich orientalisches Lokalkolorit«, hatte Peter sich entschuldigt. »Wenn es dir widerstrebt, sage ich ihm ab.«

Tuncay hatte geschwiegen und war demzufolge aufgeputzt wie der *Kavuklu,* der Possenreißer im Straßentheater. »Mein Vater wollte nicht den Schwanz einklemmen«, sagte er. »Und er hätte auch nicht die Nase voll gehabt, solange das Reich ihn brauchte.«

»Du willst sagen, er war kein solcher Schlappschwanz wie ich?«

Zorn schnürte Tuncay die Kehle zu. »Ich will gar nichts sagen. Mein Vater ist tot, und meine Mutter ist Witwe. Sein Geschäft ist verloren, und meine Schwester hat keine Mitgift, weil wir die Pappel, die er für sie gepflanzt hat, verkaufen mussten. Wir haben nichts als den Stolz darauf, dass unser Vater sein Leben für das Reich gegeben hat, und das lassen wir von niemandem ins Lächerliche ziehen.«

Nimrod fixierte ihn aus schmalen Augen. »Dein Vater war ein Held, ja?«

Tuncay wich ihm nicht aus. Sein Vater war ein Mann von milder Wesensart gewesen, der gern und fleißig in seiner Werkstatt vor sich hin gearbeitet hatte. Er hatte auch gern mit seinen Kindern gelacht und hatte Tuncay ins Kaffeehaus mitgenommen, wenn dort der *meddah,* der Geschichtenerzähler, auftrat, der Grimassen schneiden konnte, gegen die jede Maske verblasste. Er war nachts mit Tuncay zum Fischen gegangen und hatte ihm geduldig erklärt, wie man sich ein Fangnetz zum Auslegen knüpfte. Er hatte ihn oft getröstet, noch öfter gelobt, nur selten getadelt und noch seltener bestraft. Zwei Tage vor seiner Abreise hatte er in seinem Hof, in dem schon kein Platz mehr war, noch eine brusthohe Pappel für seine neugeborene Tochter Didem gepflanzt.

Er hatte den Tag und die Nacht, ehe er in den Krieg zog, mit seiner Familie verbracht, ohne sich um Kunden, die an die Tür der Werkstatt pochten, zu scheren. Einen Batzen jungen Ziegenkäse hatte er in Öl und Kräutern gewälzt und im Ofen geröstet. Den kräftigen, Tränen treibenden Duft des Rauchs konnte Tuncay noch immer heraufbeschwören. Nach dem Essen verteilte er honigtriefende Süßigkeiten, die er in der teuren Bäckerei beim Kaffeehaus gekauft hatte, und erklärte, sie hießen *dilber dudaği* – Lippen meiner Liebsten. Dazu erzählte er eine Geschichte, dass Tuncay und seine Schwestern sich vor Lachen die Bäuche hielten. Dann aber hatte er allen befohlen, sich schlafen zu legen, und nur Tuncay angewiesen, am Morgen mit ihm zum Pier zu kommen. Nach Pasaport, wo seine Einheit nach Europa verschifft werden sollte.

Sie waren zu Fuß gegangen und hatten die halbe Stunde des Weges kein Wort gesprochen. Tuncay hatte nicht gewagt, eine Frage zu stellen: Wie konnte denn Krieg gegen Griechenland sein? Griechen wohnten am Fuß des Berges, alle Nachbarn kauften dort ihre Töpferwaren, weil die Griechen billiger waren, und die Griechen kamen zu ihnen nach oben, wenn sie gewebtes und geknüpftes Tuch brauchten. Von manchen, die keinen eindeutigen Namen trugen, wusste Tuncay nicht einmal, ob sie Griechen, Armenier oder etwas anderes waren, nur dass sie wie er Osmanen waren und in Smyrna wohnten.

Solange man ein Kind war, war Smyrna die Welt, und in dem Smyrna der Kinderwelt führte nicht ein Nachbar gegen den anderen Krieg. Höchstens im Spiel, bei dem die Jungen sich mit Schwertern aus Stöcken vergnügten. Tuncays Vater hatte ihm geholfen, sich das beste Schwert von allen zu schnitzen.

Ehe sie die mit glatten Steinen gepflasterte Promenade erreichten, hatte der Vater Tuncay in die enge Bucht gezogen, in der sie sonst zum Fischen gegangen waren. Noch immer wortlos hatte er einen Riemen aus seinem Tornister geholt, Tuncay zu sich gezogen und ihm zwölf Schläge auf die bloßen Hinterseiten der Schenkel gegeben. Nie zuvor hatte sein Vater ihn so hart geschlagen, und Tuncay, der nicht wusste, wofür er bestraft werden musste, hatte sich nie zuvor so tief gekränkt gefühlt. Er weinte sich die Seele aus dem Leib, und als der Vater von ihm abließ, sackte er einfach auf dem Sand zusammen.

Der Vater hob ihn auf, und Tuncay sah, dass auch er weinte. Er hatte versucht, das verweinte Gesicht zu verbergen, doch der Vater zeigte seines offen. »Die *Sahaba,* Gefährten des Propheten in der Wüste – Gott habe Wohlgefallen an ihnen –, haben geweint, sooft sie an das Jenseits dachten«, sagte er. »Es zeigte, dass ihre Herzen lebendig waren. Ich habe dich geschlagen wie mein Vater mich, damit du kein Weichling wirst. Damit du weißt, dass dir wehgetan werden wird, ohne dass du begreifst, warum, und damit du dich davon nicht abhalten lässt, zu tun, was ehrenhaft ist.«

Er strich Tuncay das Haar zurück und rieb ihm das Gesicht sauber. »Vergiss es nicht. Nicht alles, was Sinn ergibt, erfasst du sofort. Was bei Tag nicht leuchtet, das scheint in der Nacht. Du bist ein guter Junge. Ich muss mich um dich nicht sorgen.«

Statt Tuncay zu erlauben, ihn bis nach Pasaport zu begleiten, hatte er ihn zurück nach Hause geschickt. Tuncay aber war dort, wo das Stück Strand in einer Böschung endete, stehen geblieben und hatte zugesehen, wie der Vater über die Promenade davonging. Als er ihn zwischen den Passanten, den Wagen, den Händlern mit ihren beladenen Eseln kaum noch ausmachen konnte, hatte der Vater sich umgedreht und ihm gewinkt. Er hatte gelächelt, dessen war Tuncay sicher, auch wenn er viel zu weit entfernt gewesen war.

»Ja«, sagte er zu Nimrod, »für mich ist mein Vater ein Held, und das nimmt mir niemand. Auch Sie nicht.«

Nimrod griff nach dem Mecidiye-Orden, dem silbernen Stern mit der *tughra*, dem Namenszug des Sultans, der ihm über dem Herzen hing. »Ich wollte es dir nicht nehmen. Im Gegenteil. Ich wollte, dein Vater hätte den Orden für Tapferkeit bekommen, den er mehr verdient als ich.«

»Das habe ich nicht gesagt.«

»Aber ich. Hör zu, du weißt, ich muss übermorgen zurück nach Tripolitanien. Ich will, dass du mit mir kommst. Du könntest deinem Vater Ehre machen und nebenbei eine hübsche Stange Geld verdienen. Mein Bursche ist kein übler Kerl, aber er stammt aus irgendeinem Dorf im Taurus, was soll uns also verbinden? Da draußen, wo der Tod regiert, ohne Verbindung zu sein, halte ich es nicht länger aus, Tuncay, trotz des *Arak,* den unsere arabischen Verbündeten mit uns teilen, ehe wir sie ins Gras beißen lassen. Sag nicht gleich Nein. Ich lese in deinem Kopf wie in einem offenen Buch, ich weiß, du hast für mich nichts übrig. Aber du bist von hier. Das genügt mir.«

»Nein«, sagte Tuncay, der zu sehr fror und zu erschöpft war, um länger auf der Hut zu sein. »Nein, Sie lesen nicht in meinem

Kopf wie in einem Buch, Sie wissen nicht, was ich denke, Sie reimen sich nur zusammen, was Sie lesen wollen.«

»Oho!« Nimrod hob die Brauen. »Dann denkst du also nicht, ich bin ein verdorbener Neidhammel, der einen Bruder wie Peter, die Güte in Menschengestalt, nicht verdient?«

Sag es ihm, durchfuhr es Tuncay, und zugleich gebot er sich: *Lass den Unsinn, du hast andere Sorgen. Häng dich da nicht rein.*

Aber gab es denn andere Sorgen als Liebe? Tuncay dachte an Didem mit ihren Flöten, an seine Mutter und an Kadife, die wie er im Krieg um Kreta den Vater verloren hatte und seither mit ihm aufgewachsen war. Hätte er diese Frauen nicht gehabt, die er mit jeder Faser seines Herzens liebte – welchen Grund hätte er gehabt, sich zu sorgen?

»Ich weiß nicht, ob Sie ein verdorbener Neidhammel sind, und ich will es nicht wissen«, sagte er zu Nimrod. »Ich will auch nicht mit Ihnen nach Libyen gehen. Ich bin der Bursche Ihres Bruders und will nur, dass Sie abgereist sind, ehe er mit seiner Frau zurückkommt. Dass Sie den beiden ihren Frieden lassen.«

Tatsächlich schien Nimrod überrumpelt. Er schenkte sich Port nach. »Es ist doch zu verdreht mit euch Muslimen«, sagte er. »Einer von euch kann sich an jedem Finger eine Ehefrau nehmen und glaubt dabei noch, seinem Allah gefällig zu sein. Aber wenn eine Frau einem anderen Mann einen Blick zuwirft oder sich mit ihm beim Tanz vergnügt, seid ihr drauf und dran, sie zu steinigen.«

Das war haltlos. Hätte man aus solchen Gründen Frauen zum Tode verurteilt, hätte es in den christlichen Vierteln von Smyrna keine Frauen gegeben, keine jungen und keine uralten. Zudem sah der Koran die Steinigung als Bestrafung für Musliminnen nicht vor, aber davon würde Nimrod nichts hören wollen. Zweifellos fand er nichts dabei, wenn ein Schürzenjäger wie Kyriakos Kantakouzenos sich zwar keine fünf Ehefrauen, aber eine ungleich größere Zahl an Geliebten nahm. *Wir leben seit*

Jahrhunderten in ein und derselben Stadt, dachte Tuncay, *wir kommen sogar ordentlich miteinander aus, und dennoch halten wir insgeheim die Sitten des anderen für barbarisch.*

»Im Übrigen hat die illustre Klara weit wilder mit Lance getanzt als mit mir«, sagte Nimrod. »Selbst meine Mutter, so gern sie alle für kleine Englein halten möchte, hatte Schweißperlen auf der Stirn.«

»Warum nennen Sie sie so? Die illustre Klara?«

»Ach, ohne Grund«, erwiderte Nimrod. »Illuster heißt berühmt, und ich nenne sie so, weil mein Bruder, den sonst nichts hinter dem Ofen hervorlockt, geradezu Leidenschaft an den Tag legt, seit er sie kennt. Gegen das Mädchen war das nicht gerichtet. Ich finde sie bemerkenswert. Sie hat noch nie einen eigenständigen Schritt vor die Tür tun dürfen, aber sie lässt sich von niemandem ins Bockshorn jagen. Wenn du mich fragst, könnte man eher einem Schlitzohr auf dem Kemeralti-Basar einen lahmen Schimmel andrehen als ihr. Sie würde ihm ins Maul schauen. Sie schaut uns allen ins Maul.«

Ein Kellner tauchte auf, prüfte mit einem Seitenblick die Karaffe, in der sich noch ein Rest befand, und verschwand. Nimrod rieb sich die Schläfen. »Wie sie vorhin mit ihrem verschmutzten Schleier durch den Saal getanzt ist, hätte ich ihr applaudieren wollen. Sie ist nicht hübsch, aber das tut ihrer Selbstsicherheit keinen Abbruch. Sie ist nicht charmant und versucht nicht einmal, es zu sein. Mir ist noch nie eine Frau begegnet, die so klar war, so geradeheraus. Eine solche Frau kann einem Mann, der sich ihr überlässt, die Seele retten.«

»Sie ist Ihres Bruders Frau.«

»Wer hat das bestritten? Und weil wir dabei sind, wüsste ich noch immer gern, warum du mir Moral predigst und nicht Cousin Lance?«

Tuncay hatte nicht länger klar denken können, weil ihm der Kopf vom Zähneklappern schmerzte. Statt zu trocknen, kroch die Nässe ihm unter die Haut. Es war Mai, da wurde die Halle des Hotels nicht mehr geheizt, und einem türkischen Diener in Pluderhosen stellte niemand ein Kohlebecken hin, nur weil er im Frühlingssturm nass geworden war.

Warum er letztendlich in Nimrods abwegiges Ansinnen eingewilligt hatte, war ihm nicht in Erinnerung geblieben. Vielleicht um endlich ins Bett zu kommen. Vielleicht weil ihm seit Langem klar war, dass Peter im Grunde keine Verwendung für ihn hatte. Er hatte ein Offizierspatent erworben, weil sein Vater es für klug hielt, aber leben würde er als Kaufmann – was sollte er also mit einem Offiziersburschen? Als Hausdiener taugte Tuncay nicht, denn er war den Frauen der Delacloches nicht geheuer. Wenn er mit Nimrod ginge, wäre er kein Almosenempfänger mehr. Und womöglich glaubte er in einem Anflug von Größenwahn, solange er in Nimrods Nähe bliebe, könnte er ihn in Schach halten.

»Ich wäre nicht berechtigt, eine zweite Frau zu nehmen, weil ich sie und ihre Kinder nicht versorgen könnte«, hatte er als Letztes zu Nimrod gesagt. »Wenn ich es aber täte, käme für mich keine infrage, der das Herz meines Bruders gehört.«

»Ich wusste nicht, dass du einen Bruder hast«, hatte Nimrod erwidert. »Bisher nahm ich an, du hättest nur eine Schwester, die, die Gaia in der Küche zur Hand geht.«

Ich habe einen Bruder im Geist, hatte Tuncay, wirr vor Müdigkeit, gedacht. *Und vier Schwestern, auch wenn drei davon gestorben sind. Das ist das eine, was auf dem Kadifekale leichter geht als hier unten: Sterben.* Dann hatte er sich entschuldigt und sich in den Keller geschleppt, ins Quartier der Bediensteten, wo er zitternd unter seiner Decke wach lag.

Jetzt war er unterwegs auf den Berg, um seine Mutter wissen zu lassen, dass er nach Tripolitanien in den Krieg ziehen würde. Der rote Schlamm aus den Ziegeleien des Armenierviertels ging in den ockerfarbenen über, der durch die schlecht befestigten

Straßen der türkischen Siedlung trieb. Wenn man in dem Irrgarten, der sich wie Pilzbefall an den Hang krallte, überhaupt Straßen ausmachen konnte. Wer sich hier nicht auskannte, war hoffnungslos verloren. Hatte unten an der Küste der Sturm die Luft sauber gewaschen, so ballte sie sich hier oben immer noch stickig wie zu lange gerösteter Kaffee.

Nach dem roch es auch. Und nach dem Öl der Sardellenbratereien, nach gesponnenem Zucker, gemahlenem Pfeffer, Orangenblüten, Zimt und Hühnerkot. Der Mief aus all dem fing sich in einem Netz von Röhren, aus denen er nicht mehr hinausfand. In Kadifekales verwinkelte Gassen hätte kein Wagen gepasst, und ein beladenes Kamel hätte sich unter den vorspringenden Markisen, Erkern und Balkonen nicht einmal geduckt hindurchschlängeln können.

Ducken mussten sich allzu oft auch Menschen. Von beiden Seiten ragten die Vorbauten der Häuser so weit über den schmalen Durchgang, dass sie ein Dach darüber bildeten. Bewohnerinnen, die hinter den Fenstern saßen, hätten in der Mitte mit ihren Teegläsern anstoßen können, wie die Christen es mit Alkohol taten. Nur die *müşrefiyeler* hinderten sie, das hölzerne Schnitzwerk, das die Fenster so dicht vergitterte, dass niemand erahnen konnte, wer sich dahinter verbarg. Von innen aber war es ein Leichtes, ein Auge an eine der Öffnungen zu pressen und zu sehen, was es zu sehen gab. Nur gab es eben für die meisten nicht mehr zu sehen als die undurchdringliche *müşrefiye* gegenüber.

Unter diesen Dächern wimmelte das Leben von Kadifekale, nicht in der Ordnung eines Ameisenhaufens, sondern in der heillosen Verstopfung, die nur Menschen anrichten konnten. Aus allen Richtungen, allen Seitenstraßen wühlte sich in die Hauptader des Viertels, wer glaubte, hineinzumüssen, Frauen mit Einkaufskörben, Händler mit Karren, *simit*-Verkäufer mit Bauchläden. Lieferanten, die Esel durch Menschenmassen zerrten, Bauern, die Käfige mit gackernden Hühnern auf den Schultern balancierten. Hunde, die klauten, Kinder, die noch mehr klauten, Ratten, die beim Klauen niemand sah, und Katzen, die kein Klauen nötig hatten. Die Katzen von Kadifekale fieberten dem Augenblick entgegen, wenn Ahmed Kedi Adam, der Katzenmann, aus seiner Haustür schlurfte und in das Knäuel aus Mensch und Tier seine Fischabfälle warf.

Manche nannten Ahmed Kedi Adam, den Greis, der *fez* und *kavuk* übereinander tragen konnte und sich dennoch unter keinem Erker ducken musste, den kleinen Muezzin. Weil er eben klein war. Und weil er neben dem Muezzin der Einzige war, der sich auf Kadifekales Hauptstraße Platz verschaffen konnte. Sobald er seine durchweichte Papiertüte von Vehbi, der in Maismehl gebratene Sardellen verkaufte, unter dem Kittel hervorzog, sprang alles auseinander, weil keiner sich das Gewand, das er am Leib trug, mit einem Fischkopf beschmeißen oder von Krallen zerfetzen lassen wollte. Wo die Menschen zurückwichen, rückte das lautlose Heer der Katzen vor und stürzte sich auf die Brocken.

Gleich darauf hob der *adhan* an, der Ruf des Muezzin, der die Gläubigen an die *zuhr*, das Mittagsgebet, gemahnte, wie um zu beweisen, dass er dem Katzenmann in nichts nachstand:

»Allahu akbar
Ash-hadu an-la ilaha illa Allah. –
Allah ist groß.
Ich bekenne, dass da kein Gott ist, der größer ist als Allah.«

Der Ruf aus Kadifekales Hauptmoschee, die unterhalb der Festungsruine stand, vereinte sich mit dem aus der Hisar-Moschee, die sich nahe der Küste über dem Basar Kemeralti erhob. Hisar mit der graublauen Kuppel war die größte Moschee von Izmir, und ihr Muezzin war ein Kind, ein Knabe, der zum Niederknien schön singen konnte. Gewiss gab es im ganzen Reich keinen, der den *adhan* so vorbrachte wie der kindliche

Muezzin der Hisar-Moschee. Tuncay hatte sagen hören, er sei eigens aus den Tiefen Arabiens hierher geschafft worden, um mit seiner Stimme die Härte der sündigen Stadt zu schmelzen und die Flamme des Glaubens zu entfachen.

Ungläubiges Izmir, so hieß sie bei den muslimischen Bewohnern des Reiches. *Schönes Smyrna* bei den anderen.

Die Menschenknoten entwirrten sich. Wer konnte, strebte der Moschee zu, und wer es dafür zu eilig hatte, machte kehrt, bis er einen halbwegs ruhigen Ort fand, um seinen Teppich zum Gebet auszurollen. Wo nur Staub war, durfte er sich auf den nackten Boden werfen, hier aber, wo Tierblut, Essensreste und Exkremente die Straße beschmutzten, musste er mit dem Teppich einen Flecken der Reinheit schaffen. Wer selbst dazu keine Zeit hatte wie der Dattelverkäufer, der seine Körbe und Ketten keinem Plünderer überlassen wollte, ging weiter seinen Geschäften nach und absolvierte alle fünf Pflichtgebete am Abend.

Tuncay lief auch weiter. Er brauchte Stille zum Gebet, nicht um sich herum, aber in sich selbst. Reinheit. Er konnte sich waschen, er konnte einen Teppich ausbreiten, aber er konnte die widerstreitenden Gedanken in sich nicht zur Ruhe bringen, die Gott beiseitedrängten, Gott, der einem guten Muslim näherstand als die eigene Halsschlagader.

Je weiter sich Tuncay von Kadifekales lärmendem Herzen entfernte, desto schlammiger wurden die Straßen, desto verfallener die Häuser, desto schäbiger das bisschen Wäsche, das vor Fenstern und unter Dachfirsten zum Trocknen hing. Die Häuser standen so dicht beieinander, dass in Windeseile eins aufs andere übergriff: Gerüchte, Feuer und Krankheiten. Auf den Schwellen saßen Alte, und auf der Straße spielten Kinder in den letzten Pfützen, die die Sonne schon auszutrocknen begann. Ein Wasserverkäufer stellte seine Schultertrage ab, um im Stehen die Eingangsformel des Gebets zu sprechen, und sobald er sich niederwarf, trank eine Ziege ihm die Zuber leer.

Tuncay bog in die nächste Straße, die noch steiler anstieg. Folgte man ihr bis zum Ende, so erreichte man die Ruine der Festung, die angeblich der Griechenheld Alexander gebaut hatte. Bei einer Quelle, im Schatten einer Platane hatte er geschlafen, als Nemesis, die Göttin der Rache, ihm erschienen war und ihm befohlen hatte, auf diesem Berg eine Stadt zu bauen: »›Die aber hierherkommen, um auf dem Berg Pagos zu leben, werden drei- oder viermal so glücklich sein wie zuvor.‹«

Peter mochte solche Geschichten. Wenn er sie Tuncay erzählte, verbesserte er sich hastig und sagte Kadifekale statt Pagos. »Ich weiß, der Berg ist euer Zuhause. Es ist nur recht und billig, wenn wir uns an den Namen, den ihr ihm gegeben habt, gewöhnen.«

Wenn er Smyrna sagte, verbesserte er sich nie. Alle sagten ja Smyrna. Es war keine türkische Stadt, und die meisten Türken hier waren Untertanen zweiter Klasse im eigenen Reich.

Von den Türken auf dem Kadifekale wurde keiner reich wie die Levantiner. Seit deren Ahnen vor mehr als fünf Jahrhunderten ins Reich gekommen waren, hatten die Sultane ihnen Privilegien gewährt, um sie hier zu halten. Kapitulationen hießen die Privilegien, und der Name hätte nicht bitterer passen können: Die Kapitulationen verschafften den Levantinern Vorteile bei Zöllen und Steuern, wodurch sie jeden einheimischen Händler ausbooten konnten. Jahrhundertelang hatten die Menschen auf dem Kadifekale dies als Willen ihres Sultans hingenommen, und wer in Fabriken und Geschäften der Levantiner eine Stellung fand, hatte sich glücklich geschätzt. Aber die Zeiten änderten sich. Etwas in der frisch gereinigten Luft schien zu köcheln, etwas lauerte in den Schatten zwischen den Häusern.

Das Haus von Tuncays Familie war einmal das schönste in der Straße gewesen. In der Werkstatt, die sie hatten abgeben müssen, hauste jetzt ein Kettenschmied, der den ganzen Tag hämmerte und Staubwolken aus seiner Tür entließ. Der rötliche Mörtel platzte ab, als hätte ein Feldherr die Umrisse eroberter Länder auf die Wände gemalt, und die Fensterrahmen verfaulten. Ein gutes Haus war es dennoch. Es hätte Geld und mehr Pflege gebraucht, aber es war solide gebaut. Über seinen zwei Stockwerken besaß es ein flaches Dach, auf dem die Familie sich in schwülen Sommernächten schlafen legte. Auch das untere Stockwerk war im Sommer angenehm, im Winter hingegen waren hier nur die Tiere untergebracht, die Hühner, die Ziege und die weiße Eselstute, deren Milch die Mutter ihren Nachbarinnen als Allheilmittel verkaufte.

Sie betrog sie nicht. Sie glaubte daran wie an den Kaffeesatz, aus dem sie ihnen las. An irgendetwas musste man glauben. Jetzt saß sie mit Didem auf Schemeln, die sie sich vor die Tür gestellt hatten, beide hielten Schüsseln im Schoß und hülsten Bohnen aus. Sie trugen Tücher um die Köpfe, aber keine Gesichtsschleier, denn dies war ihr Zuhause. Über dem Türstock hing der hölzerne Käfig mit dem Bluthänfling, den die Mutter auf dem Markt für Didem gekauft hatte, weil der Vogel ihr leidgetan hatte: »Das kleine Ding hat sich das Herz aus dem Leib gesungen, genau wie du.«

Als Tuncay sich näherte, drehte sie den Kopf, um den sie ihr uraltes Tuch gewickelt hatte, und lächelte, ehe er ein Wort gesagt hatte. Tuncay spürte sein Herz, und er musste ebenfalls lächeln. Er hatte einen harten Tag und eine noch härtere Nacht hinter sich, aber für kurze Zeit fiel alles von ihm ab. Seine Mutter stellte die Schüssel weg, stand auf und sagte: »Tuncay. *Alhamdulilah*. Im Namen Gottes, des Erbarmers, des Barmherzigen, ich stelle dir Wasser zum Waschen hin, und dann bekommst du deinen Kaffee.«

Sie war jünger als Adriana Delacloche, gewiss auch jünger als die deutsche Brautmutter, die zum Sitzen zwei Stühle brauchte und Wangen wie ein Granatapfel hatte. Aber sie sah älter aus als Edmond *Efendis* Mutter. Ihre Hände waren wie Klauen, von denen dünne Haut hing.

»Nein, warte noch«, sagte Tuncay, nahm ihre rissige Hand, küsste sie und legte sie sich an die Stirn. Dann schloss er die Mutter in die Arme. Sie kam ihm winzig vor, und er wünschte sich mit aller Kraft, sie zu schützen. So wie sie ihn geschützt hatte. Wie sie ihn auch jetzt noch schützte, trotz der Demütigungen, die er schlucken musste, ohne dass sie davon erfuhr. Als könnte ein Mensch unmöglich zuschanden gehen, wenn ein anderer so viel Zärtlichkeit für ihn empfand.

Er wollte ihr ein besseres Leben schenken, dichte Wände und Fensterläden für das Haus, Gewürze, um *Baharat* zu mischen, und Sternanis, um ihn in ihren Kaffee zu mahlen. Auch ein neues Tuch, damit sie das verschlissene wegwerfen konnte, Schmuck, um sie spüren zu lassen, dass sie geehrt wurde. »Eltern geben ihren Kindern Weinberge, doch die Kinder den Eltern keine Handvoll Sultaninen«, sagten die Alten in Kadifekale. Tuncay hätte seiner Mutter alle Reben von Anatolien schenken wollen, nicht um Wein zu machen wie die Christen, sondern um dazwischen spazieren zu gehen.

Didem stellte die Schüssel auf den Boden und sprang von ihrem Schemel. »Wie war es denn, Tuncay? Du musst mir alles erzählen. Hatten sie viel Musik da, war sie wunderbar, haben alle getanzt?«

Tuncay entließ die Mutter aus seiner Umarmung. Die sandte ihm einen blitzenden Blick. »Was geht sie an, wie diese Leute tanzen? Füttere sie nicht noch mit diesen kranken Träumen, sie wird daran ersticken wie ihr Vogel, der nur die größten Brocken schlucken will.«

Tuncay schluckte selbst an einem Brocken und wandte sich Didem zu. »Du weißt, dass ich nicht viel davon verstehe«, sagte er. »Sie hatten eine Tanzkapelle, und ja, die meisten haben getanzt. Die Kapelle war gut, denke ich. Sie ist sehr begehrt, der Vater der Braut hat sie auf Monate im Voraus buchen müssen.«

»Waren Geigen dabei? Ich würde so gerne Geigen hören, Tuncay.« Sie begann zu summen. »Sie klingen nicht keck wie eine *Oud* oder *Kamantsche,* sondern so, als ob sie weinen. Wenn man von Traurigkeit erzählen wollte, bräuchte man unbedingt eine Geige, findest du nicht? Jedenfalls wenn die Traurigkeit laut ist.«

»Ich weiß es nicht, *baci.* Ich habe nicht so viel Zeit, mir all diese Dinge über Musik zu denken, und du solltest sie auch nicht haben. Als der Tanz vorbei war, ist noch ein Pianist aufgetreten, der etwas Leises gespielt hat, während alle sich unterhielten.«

»Unterhielten? Während die Musik gespielt hat? War sie nicht schön, wollte niemand sie hören?«

»Ich weiß es nicht«, sagte Tuncay noch einmal. »Aber Peter *Efendi* war von dem Pianisten beeindruckt und will ihn im Sommer zu Hauskonzerten nach Uzunada bestellen.«

Sie sah so erregt aus, wie sie zu ihm aufblickte, so glücklich, sie wollte alles wissen. Tuncay hatte Leute sagen hören, dass sie kein hübsches Mädchen sei, doch das kam ihm falsch und grausam vor. Mit ihrer großen Nase in dem kleinen Gesicht war sie eine vollkommene Mischung aus ihrer Mutter und ihrem Vater, die beide schön gewesen waren, wenngleich auf unterschiedliche Weise.

Das Schönste war Didems Stimme, obwohl Tuncay sich vorstellen konnte, dass andere eine so dunkle, so voluminöse Stimme verstörend fanden, wenn sie aus der Kehle eines so zarten Mädchens kam. Wäre sie ein Junge gewesen, hätte sie am Theater der Levantiner in der Oper singen können.

Ein Christenjunge. Als Muslimin hätte sie sich solchen Frivolitäten nicht hingeben sollen, nicht zur Unterhaltung von Fremden singen, sondern nur zum Lob Gottes. Tuncay aber war nicht stark genug, es ihr zu verbieten. Sie war zu glücklich dabei, und er konnte ihr sonst kein Glück geben.

Seine Mutter streckte noch einmal den Kopf aus der Tür, und es duftete nach ihrem Kaffee, der dick und schwärzlich wie Sirup war. Sie schimpfte, er würde keinen bekommen, ehe er sich nicht den Schmutz aus dem Christenhaus abgewaschen hatte. »Haben deine Ungläubigen dich vergessen lassen, dass nur ein sauberer Mann ein schöner Mann ist? Und dass von einem verdreckten keine einzige Sünde abfällt?«

Tuncays Herz zog sich zusammen. *Wie kann ich denn in den Krieg gehen?*, dachte er und hätte sich in ihren Armen verkriechen mögen wie als Kind. *Wie kann ich denn Didem von ihrem Zuhause wegschicken, sie mit einem Pianisten auf Uzunada ködern und in eine Welt ziehen lassen, von deren Gefahren sie keine einzige kennt?* Didem hätte mit ungläubigen Männern nicht einmal sprechen dürfen. Es war unmöglich, in einer Stadt wie Smyrna und in einer Lage wie der ihren solche Gebote einzuhalten, und Kadife sprach auch mit ihnen, aber Didem war unverlobt. Was, wenn die Stellung im Haus der Delacloches ihre Heiratschancen, die ohnehin kläglich waren, noch verschlechterte?

Didem formte mit ihren Händen eine Pfeife und ahmte das Gezwitscher eines Vogels nach, in das der Bluthänfling mit seinem *Tsi-tsi-tsi* einstimmte. Die Mutter ging ins Haus, kam mit der *cezve* voll Kaffee auf dem Tablett zurück und gab Tuncay einen Klaps mit dem Handtuch. »Jetzt geh schon. Wenn Aybike Hanim kommt und dich Schmutzfink sieht, muss ich mich schämen.«

Aybike Hanim war eine ihrer Kundinnen, der sie aus dem Kaffeesatz nie das herauslas, was die Alte hören wollte. Deshalb kam die immer wieder und stellte die gleichen Fragen von Neuem.

Tuncay sah seiner Mutter in das verwitterte Gesicht und zog sie wieder an sich. Sie hatte allzu viel Schmerz durchgemacht, in ihr Gesicht eingegraben waren das Bild des Vaters, der nicht zurückgekommen war, und die kleinen Särge für die Schwestern. Aber sie waren gute, fromme Leute geblieben, die sich liebten und füreinander einstanden.

Doch, dachte er, *ich muss in den Krieg gehen,* und begriff, warum er Nimrod zugesagt hatte. Weil die Frauen, für die er verantwortlich war, ein besseres Leben verdienten, weil sie sich nicht ewig weiter mühen sollten, von Kaffeesatzlesen und Peters Almosen leben und keine Mitgift für Didem aufbringen können. Kadife, bei deren verstorbenen Eltern sie im Wort standen, sollte nicht länger Fremden die Teller waschen, sondern die Stellung bekommen, die er ihr schuldete. Krieg war ein Weg, den er gehen konnte, und Nimrod hatte recht: Dies war eine Zeit des Krieges, die Herrscher hatten sich nicht all diese Waffen, die Militärschulen und Berater angeschafft, um damit wieder aufzuhören. Sie fingen gerade erst an.

Wenn er sich anstrengte, konnte er sich auszeichnen. Die Armee lag nicht wie die Stadt in den Händen von Christen, es würde muslimische Befehlshaber geben, die ihm keinen Stein in den Weg legten. Wenn er zurückkam, hätte er seiner Familie ein geordnetes Leben zu bieten, zwar nicht als Schuster, aber vielleicht konnte er einen Handel eröffnen. Im Haus der Delacloches hatte er all diese Sprachen aufgeschnappt, und im Krieg würde er noch mehr lernen. Das mochte ihm zugutekommen.

Er streichelte Didem über den Kopf, fühlte durch das Tuch ihre kräftigen Locken. »Würdest du gern einmal nach Uzunada fahren?«, fragte er. »Eines der Konzerte hören, die die Delacloches geben, vielleicht selbst ein wenig spielen lernen? In der Küche, bei Kadife, wird noch ein Mädchen gebraucht, und Peter *Efendi* hat gesagt, seine Mutter würde es mit dir versuchen.«

8

Paris war ein Traum. Ein Rausch. An einem achteckigen Kiosk kaufte Klara Postkarten mit dem Eiffelturm und schickte sie mit genau diesen Worten an Sidonie von Schweda:

»*Paris ist ein Traum. Ein Rausch. Mein Mann und ich können uns vor Einladungen nicht retten, und zum Schlafen kommt man nicht. Aber wer will schon Schlaf auf der Hochzeitsreise? Jetzt bin ich gerade wieder auf dem Sprung ins Palais Garnier zur Galaaufführung von* Robert Le Diable. *Aus der Stadt der Lichter sendet beste Grüße – Deine einstige Kameradin Klara Delacloche.*«

Dem Versenden der Postkarten hatte sie entgegengefiebert, ehe sie Paris auch nur betreten hatte. Im Grunde hatte sie den Text aufgesetzt, während sie im Zug des *Orient-Express* der Stadt entgegengefahren war. Am Morgen nach der Nacht im *Pera Palace.* Sie hatte etwas gebraucht, um sich abzulenken.

Einen Fotografen hatte sie sich gewünscht, so wie den auf ihrer Hochzeit, der ständig Menschen zu lebenden Bildern anordnete und für die Ewigkeit festhielt. Nur hätte er schneller schießen müssen, die Stationen ihrer Reise im Handumdrehen ablichten und noch geschwinder entwickeln, sodass Klara sie Sidonie und den anderen hätte schicken können: Aufnahmen von der Pracht des Bahnhofs Sirkeci in Konstantinopel, von ihrer Suite im Hotel *Pera Palace,* in der auf jeder freien Fläche Rosensträuße standen, und von ihrem Abteil im *Orient-Express,* dem Samt, den Vergoldungen und den livrierten Kellnern, die sich vor Dienstbarkeit überschlugen.

Selbst solche Bilder zu arrangieren, hätte ihr gefallen. Ihr fiel auf, wie leicht man mit einer Fotografie Erinnerungen an Dinge schaffen konnte, die es nie gegeben hatte – nicht indem man log, sondern indem man nur ein oder zwei Objekte aus dem Bild schob.

Sie hätte ihren Mann aus dem Bild schieben müssen, um das sorglose Glück vorzugaukeln, das man sich unter einer Hochzeitsreise vorstellte.

Stattdessen schrieb sie Postkarten: Ein Traum, ein Rausch und dazu Anzüglichkeiten über Schlafmangel, die Sidonie hoffentlich die Schamröte ins Gesicht trieben und das Grün des Neides obendrein.

Das war ihr Trost, ihre Ablenkung: sich Sidonie vorzustellen, die abwechselnd puterrot anlief und grünlich erbleichte.

Gelogen war zudem nichts. Paris war wirklich ein Traum, ein Rausch. Ständig trafen sie irgendwelche Geschäftspartner, die Klara mit Komplimenten überhäuften, und tranken Champagner in der Loge der Oper. Champagner gab es überall und wann immer sie wollte. In der Badewanne und schon vor dem Frühstück, auf dem Balkon ihres Hotels mit Blick auf den Arc de Triomphe und nachts im Bett, selbst im Dunkeln. Es wäre ein Traum und ein Rausch gewesen, hätte es nicht einen Makel gegeben: Sie teilte es mit Peter.

Peter war nett. Zuvorkommend. Der vollendete Kavalier. »Möchtest du noch ein Dessert, liebe Klara?«

»Ich hatte doch schon eines.«

»Wir können gern noch eines bestellen. Wir können so viele bestellen, wie du willst.«

In Berlin wie in Lausanne hatte sie sich nach jemandem gesehnt, der sie nach ihren Wünschen fragte. Dies hier war ein Schlaraffenland der Wünsche, aber statt sich wie ein solches anzufühlen, ging es ihr entsetzlich auf die Nerven.

»Und wenn ich keines mehr will?«

»Dann tun wir, was immer du gern möchtest, Liebes.«

»Was möchtest denn *du?*«

Er lächelte sie an. »Mir ist alles recht. Solange es dir gefällt.«

Klara bestellte sich fünf Desserts. *Crème brûlée* mit Cognac, *Poire Belle Hélène*, einen Wiener Apfelstrudel, ein mit Sirup und Pistazien übergossenes Blätterteiggebäck, das *baklava* hieß, und ein Stück Eistorte mit kandierten Früchten. Sie stopfte alles in sich hinein, bis ihr schlecht war. Peter lächelte.

»Was ist daran komisch?«

»Nichts. Ich freue mich, dass es dir geschmeckt hat.«

In der Nacht musste sie ins Bad laufen und sich in die hübsche Toilettenschüssel aus rosa Marmor übergeben, die überzuckerte Masse noch einmal schmecken. Danach konnte sie drei Tage lang nichts Süßes mehr sehen. Peter behandelte sie wie eine Schwerkranke, ließ eine Wärmflasche und Kamillentee bringen und fragte sie unentwegt, ob er nicht besser nach einem Arzt schicken sollte. Klara blieb im Bett, obwohl sich ihr Magen rasch beruhigte. Elend fühlte sie sich dennoch, und vielleicht würde sich das legen, wenn sie sich wie eine Prinzessin auf der Erbse verwöhnen ließ.

Das Bett verließ sie erst abends, als ein Bekannter von Peters Vater ihnen seinen Chauffeur schickte, um sie zu einer Spazierfahrt im Automobil abzuholen. Auf breiten, freien Straßen glitten sie durch das nächtliche Paris, dem geschmiedete Laternen gelbe Kugeln aus Licht auftupften. Es war ein Traum. Ein Rausch. Von der Armlehne ließ sich ein Tablett mit gekühlten

Champagnergläsern ausklappen. Es hatte nur einen Nachteil. Neben ihr saß Peter, und wie sie den auch drehte und wendete, sie bekam ihn nicht in ein Bild eingepasst, das sie Sidonie von Schweda hätte schicken wollen.

Sie musste ihn aus dem Bild herausschneiden.

Die Tage waren nicht das Schlimmste. Ihr Vater hatte sie für ihr Leben als Ehefrau mit einer vollständig neuen Garderobe ausstatten lassen, in der kein Stück an die braven Kleinmädchenkleider ihrer Kinderzeit erinnerten. Und wenn ihr die Koffer voller Kleidung nicht genügten, konnte sie noch mehr kaufen. Peter machte es nichts aus, von morgens bis abends durch die feudalen Einkaufsstraßen um die Champs-Élysées zu pilgern und ihr die Schachteln und Tüten hinterherzutragen. Mit dem Kleiderkauf war es wie mit dem Essen: Wenn sie sich darauf stürzte, wurde ihr für kurze Zeit leicht im Kopf, und sie vergaß, wie betrogen sie sich fühlte.

Sich in den neuen Kleidern, mit den neuen Stolen, Schuhen, Strümpfen und Taschen vor den überall aufgehängten Spiegeln zu drehen, war ein Vergnügen für sich, und sich in Restaurants und Theatern in Bewunderung zu sonnen, ein noch größeres. Wer in einem Humpelrock von Poiret eine Freitreppe hinunterschritt, fing alle Blicke ein, selbst mit Zähnen wie ein Goldhamster. Schlimm wurde es erst, wenn die Tür des Hotelzimmers sich hinter ihr schloss. Wenn es Zeit wurde, die Kleider auszuziehen, und sich nichts mehr hinter Pudding und Opern, Autotouren und Kauforgien verbergen ließ.

Klara hatte genügend Romane gelesen und Getuschel von Küchenangestellten mitgehört. Sie hatte überhaupt keine Angst gehabt, sondern sich voller Erregung darauf gefreut, bei Nacht mit ihrem Mann allein zu sein: Etwas Großes, Feierliches, Unerhörtes würde geschehen und sie verwandeln – von einem Ding in ein Geschöpf aus Fleisch und Blut, von einem Kind, das nirgendwo hingehörte, in eine Frau.

Im *Pera Palace* hatte sie sich im Bad eingeschlossen und das blauseidene Reisekostüm gegen ein Negligé mit hauchzarter, perlmuttfarbener Spitze getauscht. Sie hatte sich die Nadeln aus der Brautfrisur gezogen und ihr Haar auf die Schultern fallen lassen. Eine Ranke von Orangenblüten aus weißer Seide war noch darin befestigt und verlieh ihr etwas Unschuldiges, das nicht mehr der Wahrheit entsprach und ihr Herz schneller schlagen ließ. Sie ließ die Blüten stecken und sandte ihrem Spiegelbild einen Kuss. *Wünsch mir Glück.*

Peter stand beim Teewagen, auf dem ihnen Erfrischungen serviert worden waren, und räumte die Schalen und Teller ordentlich zusammen. Als er Klara hörte, hob er den Kopf und lächelte wie Krauses Dackel. »Du bist sehr hübsch«, sagte er. Klara stand da wie versteinert. Sie hatte noch nie einen Mann in einem Nachthemd gesehen.

Das Nachthemd ähnelte denen, die sie im Pensionat hatte tragen müssen, ein weißer Leinensack, der bis auf die Zehen reichte. Nur hatte das von Peter am Hals keine Rüsche, sondern einen Hemdkragen, und unter dem Saum ragten seine Füße hervor. Er sah nicht aus wie der exotische Ehemann, um den Sidonie sie beneiden sollte. Er sah aus wie eine Karikatur von *Sterntaler,* das gleich das Hemdchen lüften und vom Himmel fallende Sterne auffangen würde. Zwischen ihnen erstreckte sich das Bett, bezogen in weißem Damast und bestreut mit Rosenblättern.

»Hast du noch Hunger, Liebes?«

Klara schüttelte den Kopf.

»Möchtest du noch etwas trinken?«

Sie schüttelte wieder den Kopf und dachte: *Ich kann das nicht. Ich kann mich nicht mit diesem Mann in dieses Bett legen und darauf warten, dass er das alberne Nachthemd hochhebt.* Peter ging, noch immer lächelnd, zum Bett und schlug wie ein Zimmermädchen die Decken zurück. »Möchtest du dich hinlegen? Wenn du aber lieber noch aufbleiben möchtest …«

Frag mich noch einmal, was ich möchte, und ich schreie!, dachte Klara, doch stattdessen war sie zum Bett gegangen und unter ihre Decke gekrochen. Peter hatte das Licht ausgemacht, woraufhin sie das grässliche Nachthemd nur noch als hellen Fleck wahrgenommen hatte. Vielleicht würde es doch gehen. Vielleicht würde das, was sie sich ersehnt hatte, jetzt erst beginnen. Das Abenteuer. Die Einführung in ein Geheimnis. Er langte zu ihr herüber und tätschelte ihr den Kopf. Dann zog er die Hand wieder zurück.

»Du musst keine Angst haben.«

»Ich habe ja keine.«

»Ich verspreche dir, ich werde ganz vorsichtig sein, Liebes. Wenn ich dir wehtue, musst du es mir sagen, und ich höre auf.«

Tu mir weh, wollte sie ihn anfahren. *Tu irgendetwas, solange es nicht nett und harmlos ist. Es darf schrecklich sein, es darf mir Angst machen, nur lass es nicht lahm und lau sein.* »Wenn's der Frau nicht wehtut, ist's nicht richtig«, hatte Hilde gesagt, aber die hatte ja auch erzählt, eine Braut in geschenkten Schuhen liefe ihrem Mann weg, und wer mit der Braut im schmutzigen Schleier tanzte, würde vor der Zeit sterben. Das war alles Unsinn. Als der Fotograf unter dem alten Baum das Gruppenbild gemacht hatte, hatte Klara sich den Schleier mit Harz beschmiert. Sollte etwa aus diesem lachhaften Grund ein ganzer Saal voller gesunder Männer sterben?

Unsinn, Unsinn, Unsinn. Aberglaube. Gewäsch für alte Weiber. Sie wollte dennoch, dass es wehtat, dass es furchterregend war und etwas Gewaltiges hatte. Nimrods Hochzeitswunsch fiel ihr ein, den er ihr beim Tanz zugeraunt hatte, während sein Arm vor Spannung zitterte: »Möge die Liebe dir sein, was uns Männern der Krieg ist, schönste Schwägerin: die Feuerprobe, an der du deine Kräfte misst.«

Peters Hand rieb über ihren Hals und dann über ihre Brust,

was nicht sehr angenehm war. Anschließend rückte er näher, wobei im Bettgestell etwas knirschte, und legte einen Arm um sie. Mit der freien Hand suchte er unter ihrem Nachthemd, tastete zwischen ihren Beinen herum, gab endlich auf und schob sich auf sie.

Er war schwerer, als sie erwartet hatte. Ihr Bein lag verdreht unter ihm, das war wenig bequem, doch alles andere hätte sie ungerührt über sich ergehen lassen können. »Es ist kein Vergnügen«, war alles, was die Mutter ihr beim Abschied mit auf den Weg gegeben hatte. »Bilde dir bloß nicht ein, es könnte ein Vergnügen sein.«

Am Ende hatten nicht die Romane oder das Getuschel der Hausangestellten, sondern die Mutter recht behalten. Es war kein Vergnügen. Es war eigentlich gar nichts. Nur ein wenig lästig. Nichts weiter.

»Das war sehr schön, Liebes«, sagte Peter, als er von ihr heruntergerollt war. *»Merci mille fois.«* Sein Atem erinnerte an einen hechelnden Hund, doch seiner Stimme nach hätte Klara darauf gewettet, dass er schon wieder lächelte.

Er küsste sie auf die Stirn, wünschte ihr eine gute Nacht und begann kurz darauf, leise gurgelnd zu schnarchen. Klara lag wach und meinte, sich in der Tür des elterlichen Salons zu sehen, an einem der Weihnachtsabende ihrer Kindheit, als sie geglaubt hatte, in der verschneiten Nacht könne tatsächlich ein Wunder geschehen. Sie war in das Zimmer gelaufen, zu der Tanne mit dem glitzernden Schmuck, und hatte sich auf die in Goldfolie gewickelten Geschenke gestürzt. Alles war prächtig hergerichtet, glänzte und strahlte, doch an das, was in den Paketen gewesen war, konnte sie sich kaum noch erinnern. Tischwäsche für die Aussteuer. Serviettenringe. Gesamtausgaben irgendwelcher toter Schriftsteller. Was nicht darin gewesen war, wusste sie: das, was sie sich gewünscht hatte.

Sie war wieder einmal betrogen worden, aber dieser Betrug stellte die bisherigen in den Schatten. Diesmal würde kein neues Weihnachten, keine neuen Pakete, keine neue Gelegenheit mehr kommen. »Wenn die Wolke weg ist, ist sie eben weg«, hatte Peter damals in der Silvesternacht gesagt, ihr aber nie erklärt, was es bedeutete. Jetzt glaubte sie, auch ohne Erklärung zu begreifen: Ihre Wolke war weg. Sie hatte ihre Wahl getroffen, und die Möglichkeiten, die sie sonst noch gehabt hatte, würde sie nun nie mehr kennenlernen. Sie hatte ihr Geschenk ausgewickelt und eine Attrappe darin gefunden, wertlos wie der Blütenzweig, den sie unter dem Kopf zerdrückte. Andere ungewollte Geschenke hatte sie vergessen können, doch mit diesem blieb sie verbunden, *bis dass der Tod euch scheidet.*

Klara schlief erbärmlich schlecht in jener Nacht in Konstantinopel, und am Morgen weckte der Gebetsruf sie. In den Wochen vor der Hochzeit hatte sie den düsteren Singsang vom Turm der Moschee aufregend gefunden, hier aber, wo tausend Stimmen von tausend Türmen sich zu einer bedrohlichen Klage vereinten, jagte er ihr Schauder über den Rücken. Ihr war so unheimlich zumute, und sie war so erleichtert, als Peter erwachte, dass ihr die Ereignisse der Nacht nicht mehr so arg vorkamen. Sie standen schließlich erst am Anfang ihrer Reise, hatten Paris, die Stadt der Liebe, noch vor sich. Gewiss würde das, was sich zwischen ihnen in der Nacht abspielte, nicht großartig werden, aber sie waren jung und Peter vielleicht nur ungeübt. Es war längst nicht alles verloren, sondern konnte sich mit der Zeit noch bessern.

Es besserte sich nicht. Paris mochte Traum und Rausch sein, aber es gehörte nicht ihr. Die ganze Stadt drehte sich im Tanz, doch Klara musste am Rand stehen und zusehen, weil ihr Mann zwei linke Füße hatte.

Natürlich stand sie nicht wirklich am Rand. Peter hatte nichts dagegen, dass sie mit anderen tanzte, im Gegenteil, er forderte die Geschäftspartner und Diplomaten sogar dazu auf: »Bitte erbarmen Sie sich doch meiner Frau – sie ist eine große Tänzerin, und ich stelle mich allzu dumm an, haben Sie tausend Dank.«

So hatte er es schon auf der Hochzeit gehalten. Dass Braut und Bräutigam den Tanz eröffneten, war Tradition, doch nach ein paar Runden Herumgestolper hatte er sie an seinen Bruder weitergereicht. »Ich bitte dich, Nimrod – rette die Ehre unserer Familie. Wenn ich so weitermache, wird die arme Klara überzeugt sein, im Osmanischen Reich könne kein Mensch tanzen.«

Nimrod hatte sie in eine Drehung nach der anderen verwickelt, bis ihr schwindlig wurde, und auf dem Höhepunkt hatte er sie an sich gezogen: »Für das Reich führe ich Krieg, und für die Ehre meiner Familie stelle ich mich zur Not einem Duell. Aber mit einer schönen Frau zu tanzen – das tue ich nur für mich allein.«

In allem, was er sagte, lag eine dunkle, beinahe verzweifelte Intensität, die ihn anziehend machte. Als der Tanz zu Ende war, hatte er sie an ihren Schwiegervater übergeben, ihr dabei jedoch einen Blick zugesandt, als bitte er sie, bei ihm zu bleiben.

Wo war seine Theri, seine Verlobte, die er am Steg so feurig umschlungen hatte? Klara musste sich eingestehen, dass der Gedanke, die unfehlbare Griechin könnte ihnen beim Tanzen zugesehen haben, Nimrods Reiz beträchtlich erhöhte.

Sie hatte mit unzähligen Männern getanzt, darunter mit Rahmi *Bey*, dem leutseligen Gouverneur, der ihr voll Stolz erklärte, er habe sich ihr zu Ehren die Schnurrbartspitzen auf deutsche Art gewachst, und George Horton, dem amerikanischen Konsul, der irgendeine griechische Dichterin zitierte, um ihr Komplimente zu machen. Die meisten der Tänzer hatte sie gleich darauf vergessen, nur den letzten nicht: Lance Romain.

Er war Peters Cousin, und seinen Namen kannte sie bereits von Uzunada her: Sooft er im Kreis der Mädchen fiel, flogen vielsagende Blicke, und als Klara Kiki nach ihm fragte, lachte die auf: »Wart's nur ab. Wenn er vor dir steht, wirst du's schon sehen.«

Dann hatte er vor ihr gestanden, und sie hatte es gesehen. Bis dato hatte sie geglaubt, schön wären nur Frauen, Männer dagegen stattlich, im besten Fall gut aussehend, aber keines dieser Worte wurde Lance Romain gerecht. Klara sah sein Gesicht und ertappte sich dabei, dass sie die Hand hob wie unter dem Zwang, etwas, das so vollkommen war, zu berühren.

»Aber bitte doch«, hatte Lance gesagt, und Klara, der die Hitze in die Wangen stieg, hatte nicht wissen wollen, was er meinte. Er hatte ihre Hand eingefangen und sie geküsst, in die Handfläche und nicht auf den Handrücken, wo der Kuss hingehörte. Als er sich aufrichtete, blitzte in seinen klaren Augen das Lächeln eines bösen Buben, der es nicht so meinte. »Ich habe mich vorgedrängelt. Und ich habe mir erlaubt, bei den Herren von der Musik einen richtigen Tanz zu bestellen. *Grand-mère* Thea tanzt sowieso nicht, also weiß ich nicht, warum das gesamte Repertoire auf die Beweglichkeit von Menschen über achtzig ausgerichtet sein sollte.«

Klara hatte lachen müssen. Mit Lance Romain zu lachen, war pikant und vergnüglich – Blicke trafen sich, erkannten, dass sie beide nicht ganz salonfähig waren, und lösten sich unter noch mehr Lachen. Während die Wärme des Lachens sie umfing, nahm er ihre Hand, legte den Arm um ihre Taille und schwang sich mit ihr in den Tanz. Es dauerte nur ein paar Schritte, dann floh ein Großteil der Paare, und die Tanzfläche wurde zur Bühne, die sie fast ganz für sich hatten. Wenn Klara geglaubt hatte, sie könnte sich auf dem Tanzboden halbwegs bewegen, so hatte sie sich getäuscht. Sie hatte nicht gewusst, was Tanz war. Lance brachte es ihr bei, und so wie sie eine begabte Schülerin war, war er ein brillanter Lehrer.

Lance war anders. Er hatte unfassbar klare Augen. Sein Haar trug er zu lang und von keiner Pomade gebändigt, der Frack, der ihm auf den Leib geschneidert schien, war nicht schwarz, sondern burgunderrot, und statt des Vatermörderkragens, auf den Klara bei gut zwanzig Tanzpartnern gestarrt hatte, umschloss seinen Hals eine lose sitzende Schleife, die dazu einlud, sie aufzuziehen. Der Kummerbund lud zu noch ganz anderem ein. Klara musste sich zwingen, den Blick nicht auf die schwarze Leibbinde zu senken, die weder einen Schmerbauch noch klägliche Magerkeit zu kaschieren hatte, sondern sich glatt um eine birkenschlanke Taille schmiegte. Was in ihrem Körper geschah, drohte sie zu überwältigen. Ihre Beine waren wie aus Eis, das aufgekocht wurde und schmolz.

Nichts an Lance war schüchtern. Der Tanz, durch den er sie mehr trug als führte, hieß Tango, stammte aus der Gluthitze von Argentinien, und ein Fieber ging damit einher, das sogar die hinterwäldlerische Totenstille von Madame Cariberts Pensionat erreicht hatte. Gerüchte besagten, der Kaiser würde seinen Soldaten demnächst per Erlass verbieten, zu der sündigen Musik zu tanzen. Ein weiteres Gerücht behauptete, der Erlass sei erforderlich, ehe auffiel, dass kein kaiserlicher Soldat zu der Musik des sündigen Südens überhaupt tanzen konnte.

Lance war anders. So wie der Tango. *Und ich will es auch sein,* wünschte sich Klara mit aller Kraft, während sie durch den Tanz flog und die Gesichter um sie verwischten. »Das ist die Kunst«, sagte er, als es zu Ende war und er seine Wange zum Abschied an ihre legte. »Sich nicht einreden lassen, man würde vom Rütteln an gesellschaftlichen Schranken sterben. Hier bei uns, wo die Erde bebt, lernen Sie, dass Sie bei allem, was Sie tun, sterben könnten. Auch mit Schlafrock im Bett. Das macht es leichter, sich das bisschen Spaß am Leben nicht verbieten zu lassen.«

Er war gegangen, und sie hatte ihm nachgesehen, den hellen Locken, die über dem Kragen wippten, dem Wiegen der Hüften, das sie eben noch an ihrem Körper gespürt hatte. Dann hatte sie sich befohlen, nicht mehr an ihn zu denken. Oben im Ankleidezimmer wartete ihr Reisekostüm, und an der Promenade stand schon der Wagen.

»O Klara, du hast dir ja den Schleier beschmiert!«, hatte Kiki ausgerufen, während die Brautjungfern ihr aus dem Kleid halfen. Klara hatte die Schultern gezuckt und die geschenkten Schuhe ausgezogen. Sie hatte mit sämtlichen Männern getanzt, nur nicht mit dem unheimlichen griechischen Erzbischof, der, in tiefes Schwarz gewandet, eine zornige Tirade ausstieß und sofort wieder ging. Wenn also Hilde recht hatte, würden außer dem gruseligen Bischof alle Männer in naher Zukunft sterben, und sie selbst würde ihrem Mann noch vor Ablauf eines Jahres davonlaufen.

Nein, noch einer würde überleben: der zierliche Mann mit der Brille, der an der Kirchentür fast in sie hineingerannt war und den ihre Schwiegermutter ihr als »Xenias Arzt und ein guter Freund der Familie« vorstellte. Als beim Brauttanz die Reihe an ihm gewesen wäre, hatte er erschrocken die Hände gehoben und zu Klara gesagt: »Bitte verzeihen Sie. Ich habe davor ein bisschen Angst.«

»Davor, dass Sie sterben müssen?«

Sein Lachen war dunkel, und ihr wurde warm. »Ganz ausschließen würde ich es nicht.«

In dem Ankleidezimmer, keine halbe Stunde vor ihrer Abreise, hatte auch Klara darüber gelacht.

Jetzt lachte sie nicht mehr. Ihre Reise war zu Ende gegangen, ohne dass sich der schmalste Streif Hoffnung gezeigt hätte. Sie und Peter saßen neben den Koffern, die ihnen ein Zimmermädchen gepackt hatte, und warteten darauf, dass der Fahrer sie abholte. Sie hatten keinen Champagner mehr und wussten nicht, was sie sagen sollten. Peter legte das Buch, in dem er gelesen hatte, beiseite. Er las ständig in irgendwelchen Büchern, schlug sie aber über einem Lesezeichen zu, sobald er annahm, dass Klara mit ihm reden wollte. Klara wollte nicht mit ihm reden. *Vielleicht komme ich nie wieder nach Paris,* dachte sie. Ihre Hochzeitsreise hätte ein Anfang sein sollen, doch ihr war zumute, als sei alles vorbei.

»Liebes.« Peter legte ihr die Hand auf den Arm. Wie konnte man ein derart unbedeutendes Wort nach vier Wochen so satt haben? »Geht es dir gut? Fühlst du dich kräftig genug für die Fahrt?«

Klara sparte sich die Antwort. Wie sollte sie sich denn nicht kräftig fühlen, sie war doch keine alte Frau, und dass keine wilden, verzehrenden Nächte hinter ihr lagen, wusste er so gut wie sie.

»Wir haben es ja sehr behaglich in unserem Abteil«, redete er weiter. »Gefällt es dir, durch die Nacht zu reisen? Hast du auf der Hinfahrt gut schlafen können, war dir warm genug? Wir können beim Schlafwagenschaffner mehr Decken bestellen, wenn du willst.«

»Wir haben Juni«, versetzte Klara. »Ohne den Ventilator würde ich mich sogar hier zu Tode schwitzen.«

Verkrampft lachte er auf. »Da wirst du bei uns in Smyrna wohl manches Mal ins Schwitzen geraten. Aber mach dir keine Sorgen, auf Uzunada, weitab von der stickigen Stadt, ist es wunderbar auszuhalten. Durch die Bäume hat das Haus immer Schatten, und außerdem haben wir ja das Meer vor der Tür. Früher sind wir nach dem Aufstehen meist gleich ins Wasser gerannt.«

Sie hatten solche Gespräche – immer gleiches Geplapper über das Wetter, das Essen und irgendwelche Onkel und Tanten – beim Frühstück, zu Mittag, zum Tee und am Abend geführt, und Klara hatte sie von Herzen satt. Jetzt aber horchte sie auf. »Wie meinst du das, ihr seid ins Wasser gerannt? Habt ihr an dem Strand hinter eurem Haus gebadet? Und wer ist überhaupt *wir?*«

Es gab einen Badesteg an dem Strand, der sich bis unter die auf Pfeiler gebaute Terrasse des Hauses erstreckte. Klara hatte das alles gesehen, sie hatte schließlich schon knapp zwei Wochen in dem Haus gewohnt. *Das Schlangenhaus* hatte sie es genannt, weil sich zu beiden Seiten zwei riesige Bäume mit Stämmen wie Schlangen in es hineingewunden hatten. Verwunschen fand sie es. Mit seinen Pfeilern, dem Türmchen und den hohen Giebeln sah es nicht aus wie ein Haus, in dem moderne Menschen lebten, sondern wie eines, das aus versunkener Zeit ein Geheimnis barg.

»Wir baden immer, wenn wir im *Nar Evi* sind«, sagte Peter. »Wir Männer können natürlich nur von Zeit zu Zeit kommen, aber Frauen und Kinder bleiben den ganzen Sommer über dort. Als ich ein Kind war, sind wir morgens, ehe das Frühstück serviert wurde, den Strand hinuntergelaufen und haben uns ins Wasser fallen lassen, Xenia, Nimrod und ich, dazu Lance, Theri und ihre drei Brüder und später Kiki, die Mädchen von Onkel Thibault und wer immer zu Besuch war. Wir haben uns Wasserschlachten und Wettschwimmen geliefert und Schildkröten mit den Händen gefangen. Paris ist eine wunderbare Stadt, aber wenn mich jemand fragte, wo für mich das Paradies ist, würde ich zur Antwort geben: Auf Uzunada. Im Haus der Granatapfelbäume.«

Er erschrak und schlug sich die Hand vor die Stirn. »*Pardonnez-moi mille fois*. Ich meine, natürlich war ich nirgendwo glücklicher als hier mit dir, auf unserer Hochzeitsreise. Ich habe nur sagen wollen – auf Uzunada habe ich eben meine Kindheit verbracht, und die Kindheit ist für jeden so eine Art Paradies, nicht wahr?«

Klara biss sich auf die Lippen. Er berührte wieder ihren Arm, und es kostete sie alle Selbstbeherrschung, ihn nicht wegzustoßen.

»Du wirst ja jetzt selbst bald deinen ersten Sommer im *Nar*

Evi erleben«, sagte er. »Ich bin sicher, wenn wir nach Hause kommen, hat Mutter den Haushalt schon so gut wie verpackt. Anfang Juli setzt ihr über, und ich verspreche dir, ich werde gleich am ersten Wochenende nachkommen. Weißt du was, mein Liebes? Ich glaube, in diesem Sommer, wo ich dich und das Haus der Granatäpfel habe, werde ich glücklicher sein als je zuvor.«

Klara hörte ihm kaum noch zu. Sie hatte allerdings beschlossen, in diesem Sommer im Granatapfelhaus glücklicher zu sein als je zuvor, nur hatte er in diesen Plänen wenig Platz. Wut erfüllte sie, und es war ihr gleichgültig, ob sie dazu das Recht hatte oder nicht. Er hatte sein Kinderglück gehabt, sein Paradies in immer warmen Sommern. Wenn sie die Augen schloss, glaubte sie, die ganze Schar lachen zu hören, geblendet von Sprenkeln der Sonne, die auf dem Blaugrün des Meeres wie im schwarzen Haar von Theri aufblitzten.

Und was hatte sie gehabt? Achtzehn verpasste Jahre. Mit der Heirat in die orientalische Märchenstadt hatte sie sich selbst ihren Weg ins Paradies erobern wollen, und kampflos würde sie sich nicht vertreiben lassen. Sie war keine dümmliche Eva, und kein unfairer Gott würde sie ins Bockshorn jagen.

»Wir fahren Anfang Juli?«, fragte sie scheinbar ungezwungen.

»Ja, jedes Jahr. Mutter tut gern so, als hätte sie noch etliches in der Stadt zu erledigen, aber in Wirklichkeit kann sie es nicht erwarten.«

»Und ihr Männer kommt an den Wochenenden? Dein Cousin Lance auch?«

»Lance kommt sogar länger. Er wird einen Teil des Sommers in Frankreich verbringen, Onkel Jacques, sein Vater, stammt ja von hier, und er reist überhaupt gern ein wenig auf dem Kontinent umher. Aber wenn er in Smyrna ist, fährt er sofort ins Haus der Granatäpfel. Er mag die ständigen Feste, die Geselligkeit. Wer immer Zeit erübrigen kann, besucht uns ja im Sommer dort.«

Ausgezeichnet, dachte Klara. *Hier sitzt noch eine, die ständige Feste und Geselligkeit mag.*

»Mutter nimmt in diesem Jahr noch ein zweites Mädchen mit, Didem, die Schwester meines Burschen. Sie ist noch sehr jung. Ich hoffe, ihr alle werdet euch ein wenig um sie kümmern.«

»Ein Dienstmädchen?« Warum sie sich ausgerechnet um ein Dienstmädchen kümmern sollte, war Klara schleierhaft, aber wenn ihm daran lag, sollte es ihr recht sein. Ihrer Erfahrung nach wurden in Dienstmädchenkammern bei Weitem interessantere Gespräche geführt als in Damensalons.

Peter nickte. »Für mich ist Tuncay mehr als ein Diener. Aber das wirst du besser verstehen, wenn du ihn erst kennenlernst.«

Wenn ich nichts Besseres zu tun habe, dachte Klara. Zu guter Letzt nahm diese Reise doch noch eine Wendung, die Hoffnung verhieß, wenn auch ganz anders als gedacht.

»Ich wünschte, Nimrod würde auch kommen«, sagte Peter. »Dieser Krieg muss zu einem Ende gebracht werden, es ist doch sinnlos, um etwas zu kämpfen, das man auf Dauer nicht halten kann. Aber damit jetzt Schluss. Du hast Gespräche vom Krieg allzu oft ertragen müssen. Sag, Liebes – war es trotzdem schön für dich? Warst du ein wenig glücklich?«

Das Klopfen an der Zimmertür enthob Klara einer Antwort. »Unser Wagen ist da«, sagte sie. »Wir beeilen uns besser, sonst fährt uns der Zug samt dem Abteil, das du so behaglich findest, davon.«

ZWEITER TEIL

Uzunada
August 1912

»Ward denn dein guter Ruf
zuschanden? (…)
Ach, warum weinst du,
Nachtigall?«

Yunus Emre, türkischer Dichter
des 13. Jahrhunderts

9

Sie aber drehte sich nach der Tür um, und ihr Kopfschütteln bedeutete nun das Ende. ›Wir werden nie mehr sein, wie wir waren‹, sagte sie.«

Theri seufzte, schlug das Buch, dessen letzten Satz sie gelesen hatte, zu und blickte über die Brüstung der Terrasse auf den Strand, auf die Gruppe junger Leute in Badekleidung, die in der Gischt des flachen Wassers herumtollten. Das einzige Mädchen stand in der Mitte, ihr Haar aufgelöst und in der Sonne leuchtend, während die fünf jungen Männer sie wie Kinder umsprangen. Es waren Theris Brüder Giorgios, Michalis und Andreas, Vincent, der Sohn der amerikanischen Nachbarn, und Lance, der am Morgen zurückgekommen war.

Im Laufe des Tages würden auch die anderen eintreffen, ihre Väter, Peter und eine Vielzahl von Freunden, die mit dem Dampfschiff und auf eigenen Booten kamen, um das Konzert zu hören. Die meisten würden übers Wochenende bleiben und Sonne, Gastfreundschaft und die fast zärtliche Art von Heiterkeit genießen, die den Zauber dieses Ortes ausmachte.

Unter der Terrasse hörte Theri die Vordertür schlagen, und

gleich darauf tauchte auf dem Strandweg eine bemerkenswerte Prozession auf: Vorneweg ging Thea Delacloche, die Matriarchin, deren Grandezza etwas von einem Ozeanriesen hatte. Ihre Körpermasse war in etliche luftige Tücher gehüllt, während ihr Gesicht unter der Krempe des größten Sonnenhutes von Uzunada verschwand. Als wäre das an Schutz nicht genug, hüpfte die kleine Didem hinter ihr her und reckte sich tapfer, um einen Schirm über Theas Kopf zu halten. Es folgte Adriana, die ihrer Schwiegermutter den Deckstuhl trug und ihr beständig nachrief: »Geh doch langsamer, *Giagia,* auf dem Weg sind Steine, du stolperst noch.«

Das Schlusslicht bildeten einträchtig Onkel Ulysses, Edmonds jüngster Bruder, und sein Koch Pericles, der griechischer Herkunft war, seine Ausbildung jedoch in Paris genossen hatte. Pericles galt als veritables Genie, dessen vielfältige Launen Rücksicht erforderten. Onkel Ulysses, der in seinem Wesen so sonnig war wie Onkel Thibault griesgrämig, kam dem gerne nach. Ohne Pericles ging er nirgendwohin, und spitze Zungen behaupteten, in dem Haus, das dem von Edmond benachbart lag, schwinge nicht Onkel Ulysses das Zepter, sondern sein Koch.

Den Onkel störte es nicht. Er verbrachte seine Freizeit damit, seinen Garten in ein filigranes Kunstwerk aus Pavillons, Springbrunnen, Pergolen und tanzenden Faunen zu verwandeln, und freute sich, wenn Gäste die Raffinesse seines Kochs lobten. Die beiden Männer trugen zwischen sich den Weidenkoffer mit dem Picknick. Sobald Theas Deckstuhl mit Blick aufs Meer aufgestellt und die schottisch karierte Decke davor ausgebreitet worden war, machten sich alle daran, die Köstlichkeiten vor ihr aufzutischen. Das Mädchen Didem hielt noch immer den Schirm über Theas Kopf, doch ihr Blick schweifte sehnsüchtig ab. Nicht auf die Schar junger Leute, sondern auf die Fläche des Meeres, als mache sie dort etwas aus, das kein anderer sah. Ihr kleiner Fuß tappte auf dem Sand.

Beide Gruppen, die um die Picknickdecke wie die in den Wellen, wirkten wie Gemälde, die *Sommerfreuden* oder *Menschen am Strand* hätten heißen können, fand Theri.

»Wenn sie so weitermacht, wird sie heute Abend wie ein gesottener Hummer aussehen, vor Fieber schlottern und das Konzert, auf das sie angeblich so spitz ist, versäumen.« Das war Xenia. Sie saß hinter Theri, tiefer im Schatten des Terrassendachs, und las Zeitung. Die armenische Zeitung, *Asadamard.* Im Stillen fragte sich Theri, wie es Xenia gelungen war, von allen unbemerkt dieses Flechtwerk von Schrift zu erlernen. »Wer denn?«, erkundigte sie sich, obwohl sie die Antwort kannte.

Unwirsch wies Xenia mit der Zeitung zum Strand. »*La grande dame.* Unsere Schwägerin Klara.«

Nicht doch, hätte Theri sie bitten wollen, *lass keine Missstimmung aufkommen. Es ist schon Ende August. Noch zwei Wochenenden, dann ist die Zeit hier wieder für ein Jahr vorbei.* Dass Xenia und Klara übereinander herfallen würden wie Hund und Katz, hätte ein Blinder voraussehen können. In einer verzweigten Familie ließen sich Feindschaften und Rivalitäten nicht vermeiden, aber in den Sommern im *Nar Evi* waren sie stets verblasst wie die Badeanzüge im Salzwasser. Theri wünschte sich, dass es so blieb. Je mehr sie unter all dem Lachen, den Picknicks und Scharaden spürte, dass in diesem Jahr etwas anders war, desto inniger wurde ihr Wunsch.

Die leuchtende Oberfläche bekam Risse. Vielleicht hatte sie die längst bekommen, Sommer für Sommer, und nur Theri hatte nichts davon bemerken wollen. Ihre Oase aber musste ihnen bleiben.

Solange sie die hatten, würde nichts sie trennen können, es war ihre Zauberformel, die Stürme zum Erliegen brachte: *Uzunada. Sommer. Nar Evi.*

Theri fand sich verdreht. Sie war erst zwanzig, ein junges Mädchen aus liebevoller Familie, das vor der Verheiratung stand, sie hatte keinen Grund für morbide Gedanken. Wenn Xenia die Frau ihres Bruders hassen wollte, dann sollte sie sie in Gottes Namen hassen, die Welt würde davon nicht untergehen. Theri nahm ihr Buch wieder zur Hand, Henry James' *Die Flügel der Taube.* Sie war ihm auf der ersten Seite verfallen und wollte sich jetzt nicht von ihm trennen. »Warum ist das nur so?«, fragte sie. »Je älter ich werde, desto kürzer werden die Sommer und die Romane, die ich liebe. Ich wünschte, ich könnte es mit den Tagen halten wie mit den Seiten – sie immer langsamer genießen, je weniger es werden.«

Xenia nahm Theri das Buch weg und ließ die Seiten wie ein Daumenkino durch zwei Finger gleiten. »Vierhundertfünfzig Seiten – wenn du das kurz nennst, will ich nicht wissen, was bei dir lang ist. Und um den Sommer steht es genauso. Natürlich, solange man hier auf der faulen Haut liegt und nichts weiter tut, als Musikabende zu organisieren und über Romanzen von Dienstmädchen zu schmachten, verfliegen die Tage wie im Handumdrehen. Den Männern in den Schützengräben vor Tripolis wird jeder von deinen kurzen Tagen so lang wie ein Jahr in der Hölle. Meinem Bruder Nimrod zum Beispiel, mit dem du meines Wissens verlobt bist.«

Theri stand auf und holte sich ihr Buch zurück. »Wenn es dir guttut, jemanden wie ein Schulmädchen abzukanzeln, stehe ich dir gern zur Verfügung. Aber Henry James' Bücher sind keine Romanzen von Dienstmädchen. Es ist nicht alles übel, nur weil es dir fremd ist, Xenia. Weder das Buch, das ich lese, noch Peters Wunsch, der kleinen Didem etwas Gutes zu tun, und auch nicht der Spaß, den seine Frau daran hat, sich an einem heißen Tag mit meinen Brüdern auszutoben. Was ist dir daran so zuwider? Sie gehören derselben Familie an, sie sind alle ordentlich bekleidet, und sie tun nichts Anstößiges.«

Xenias Augen wurden schmal. »Wie du meinst. Nur legt meine Schwägerin aufs Herumtoben mit deinen Brüdern keinen sonderlichen Wert, sondern tobt am liebsten mit meinem Cousin Lance.«

Theri sah wieder zum Strand. Die kleine Gesellschaft um die thronende Thea hatte eine Flasche Wein geöffnet, und Adriana brach über etwas, das Ulysses erzählte, in Gelächter aus. Giorgios und Michalis packten Klara an Armen und Beinen, liefen mit ihr hinaus aufs Wasser und warfen sie in die brechende Krone einer Welle. Lance stürmte hinterdrein, und als ihr Kopf prustend auftauchte, fing er sie und zog sie zu sich. In der Tat, wie sie dort bis zu den Taillen in den Wellen standen, das Haar triefend, die Badeanzüge an den Körpern klebend, waren sie sich zu nah für zwei, die nicht blutsverwandt waren. Aber war das nicht kleingeistig? Dies hier war nicht Smyrna, die Stadt, sondern Uzunada, die Freiheit. Ihr Paradies ohne Schlangen.

Nur eine schillernde Eidechse huschte über die Brüstung der Terrasse und verschwand.

Ein Unbehagen blieb. Theri wusste, hätte Klara dort mit Giorgios oder Vincent gestanden, wäre es ihr nicht einmal aufgefallen. Dass die Deutsche sich die Ärmel ihres Badeanzugs aufgekrempelt hatte, um ihre rundlichen, sahneweißen Arme zu zeigen, hätte sie kokett gefunden, aber nichts weiter. Das Gefühl der Beklommenheit lag an Lance, der Klara längst freigegeben hatte, die Hände locker in die Hüften stemmte und unbefangen lachte. Es lag an etwas, das Theri keinem Menschen erzählen konnte und von dem sie selbst manchmal glaubte, sie hätte es sich zusammenfantasiert.

Sie schüttelte es ab. »Warum denkst du immer von allen Menschen das Schlechteste, Xenia?«

Xenia schnaufte. »Vielleicht weil Menschen einer wie mir so gern ihr Schlechtestes zeigen?«

»Das ist nicht wahr«, widersprach Theri, obwohl es durchaus ein bisschen wahr war – es kam darauf an, aus welchem Blickwinkel man es betrachtete. Ihr Blick fiel auf das Mädchen

Didem, das nicht älter war als Kiki, aber dazu verdonnert, in der Hitze neben *Giagia* Thea zu stehen und einen Schirm über ihrem Kopf zu balancieren. Dass Xenia glaubte, von Menschen schlecht behandelt zu werden, hätte sie schwerlich verstanden. Theri dagegen verstand es. Sie streckte die Hand nach Xenia aus, doch die zog ihre weg.

»Genügt dir das eigentlich?«, fragte sie. »Hier zu sitzen und dicke Romane zu lesen, während du darauf wartest, dass Nimrod dich heiratet?«

»Was für eine Frage«, erwiderte Theri. »Weshalb sollte es mir denn nicht genügen?« Es genügte allen. Ihrer Mutter, den Tanten, *Giagia* Thea und den Mädchen ihrer eigenen Generation. Es war das, was Frauen taten. Reiche Frauen, die Zeit dazu hatten und niemandem den Schirm halten mussten.

»Weil es *mir* nicht genügen würde.« Xenia griff nach der Zeitung. »Hast du schon einmal von Halide Edib gehört?«

»Nein. Wer ist das? Halide ist ein türkischer Name – du bist doch sonst nie gut auf Türken zu sprechen.«

»Das ist dummes Zeug«, sagte Xenia. »Ich bin ein modern denkender Mensch, der überzeugt ist, dass dieses ganze Mischen untereinander, wo keiner mehr weiß, was er eigentlich ist, zur Schwächung von Blut und Kultur führt. Aber wenn es um Frauenrechte geht, sitzen wir im selben Boot, und zwar in einem, das untergeht. Halide Edib kämpft dagegen an. Sie hat studiert, spricht auf Kundgebungen der Jungtürken und hat einen Beruf erlernt. Weißt du, dass ich auch gern einen Beruf erlernt hätte?«

»Aber warum denn? Onkel Edmond wird doch dafür sorgen, dass es dir nie an etwas fehlt.«

Theri brach ab. Eben das war es wohl, was Xenia im Innern so zornig machte, dass sie von nichts und niemandem Gutes erwartete: Die anderen würden gehen und ihre eigenen Häuser führen, ihre eigenen Höhepunkte feiern, Hochzeiten, Geburten, Taufen, und sie würden geliebt werden. Natürlich wurde auch Xenia geliebt, genau wie *Giagia* Thea – nur hatte Thea ihre achtzig Lebensjahre samt Ehe und Mutterschaft hinter sich, während Xenia erst fünfundzwanzig war. Wer nicht heiratete, dem blieb nur die Wahl, ein ewiges Mädchen oder eine ewige Alte zu sein.

»Sie hat sich scheiden lassen«, kam es von Xenia.

»Diese Halide? Die studiert hat?«

Xenia nickte und schwenkte die Zeitung. »Einer ihrer Professoren war ein namhafter Mathematiker. Er hat sich in sie verliebt – nicht in ihre Schönheit, mit der soll es gar nicht weit her sein, sondern in ihren Geist. Sie hat ihn geheiratet, aber als er sich eine zweite Ehefrau genommen hat, wie türkische Männer es eben früher oder später tun, hat sie ihn verlassen und ihre *chul* eingereicht. Sie ist eine unabhängige Frau, die sich nichts gefallen lassen muss – schon gar nicht Respektlosigkeit von einem Mann.«

»Ich hätte ihn auch verlassen«, sagte Theri. Sie sprach nicht gern davon, denn wenn sie es tat, sah sie ihre Mutter vor sich, die viel zu früh gestorben war. Solange sie lebte, hatte sie für Mann und Kinder gesorgt, hatte nie still gesessen, war aber auch nie fröhlich gewesen. Bei allem Wohlstand hatte sie verhärmt ausgesehen, eine geduckte, traurige Frau, deren Herz irgendwann einfach aufgehört hatte zu schlagen, als ihre jüngsten Kinder, die Zwillinge, sechs Jahre alt gewesen waren. Theri liebte ihren Vater, der ein Mann von überschäumender Wärme war, aber was er ihrer Mutter angetan hatte, konnte sie ihm nicht verzeihen. Sie selbst hätte es nie ertragen, von einem Mann derart gedemütigt zu werden.

Von dem Mann, den sie liebte. In gewisser Weise hatte Xenia recht: Sie waren moderne Frauen – was ihre Mütter erduldet hatten, hatte etwas von einem Mieder, das für die Töchter zu eng geworden war.

»Du dürftest deinen Mann gar nicht verlassen«, sagte Xenia.

»Zumindest dürftest du dich nicht scheiden lassen. Du glaubst, du könntest es, weil ihr Orthodoxen, egal ob Griechen oder Armenier, nach der Regel der Barmherzigkeit verfahrt. Ihr sollt eine Scheidung nicht leichtfertig angehen, und wer eine vollzieht, muss ein Jahr in Buße leben, ehe er sich neu verheiraten darf, aber wenn eine Ehe nicht länger erträglich ist, kann sie geschieden werden. Für dich gilt das aber nicht.« Sie verkündete es geradezu triumphierend.

»Was gilt nicht für mich? Das Recht auf Scheidung?«

Xenia nickte. »Zum einen ist euer Erzbischof kein sehr barmherziger Mann, sondern verdirbt es sich mit jedem, und ich glaube kaum, dass er deinen Wünschen stattgeben würde. Zum andern wäre Erzbischof Chrysostomos überhaupt nicht für dich zuständig. Da du einen Katholiken heiratest, trittst du in unsere Kirche über, für die das Sakrament der Ehe unauflöslich ist.«

»Und das alles hast du in der armenischen Zeitung gelesen?« Argwöhnisch beäugte Theri die bedruckten Bögen. »Warum interessierst du dich dafür? Ich bin noch nicht einmal verheiratet, will mich gewiss nicht scheiden lassen, und soweit ich weiß, kennen wir auch niemanden, den das betrifft.«

»Du nicht«, erwiderte Xenia. »Aber wer sagt dir denn, dass ich nur Leute kenne, die du auch kennst?«

»Wir sind doch immer zusammen.«

»Nicht immer.« In Xenias Augen trat ein harter Glanz.

Theri begriff. Sie waren zusammen aufgewachsen, wurden bei denselben Leuten eingeladen und verbrachten ihre Sommer im selben Haus. Damals aber, als Xenia wochenlang im Hospital hatte liegen müssen, waren sie nicht zusammen gewesen.

»O mein Gott, Xenia! Lernst du deshalb Armenisch und liest diese Zeitung?«

»Ich lese Zeitung, weil ich über die Welt, in der ich lebe, Bescheid wissen will«, versetzte Xenia. »Und ich interessiere mich für die Kultur des ältesten Christenvolkes der Welt, weil ich davon lernen kann. Sie steht der unseren übrigens bedeutend näher als die uns wesensfremde der Türken, von der du ja nicht genug bekommen kannst.«

Wie auf ein Zeichen erschien Kadife, die scheue Braut von Peters Burschen, brachte ein Tablett mit Süßigkeiten und rotem *scherbett.* Ihr Bräutigam war mit Nimrod an die Front gegangen, und das Mädchen hatte Angst um ihn. Didem, die die gleichen cognacfarbenen Augen und drahtigen Locken hatte wie ihr Bruder, aber nicht so hübsch war, hatte ebenfalls Angst. Theri sprach manchmal mit beiden, erzählte ihnen, was Nimrod ihr in seinen Briefen schrieb – dass der Krieg bald vorbei sein würde, dass mehr verhandelt als gekämpft würde. Deswegen zu behaupten, sie bekäme nicht genug von türkischer Kultur, war eine von Xenias Übertreibungen.

»Danke, Kadife«, sagte Theri. »Stell das Tablett bitte dort auf den Tisch. Wir können eine Erfrischung brauchen.« Das Eis im Krug klirrte, und das *Lokum,* das Kadife selbst herstellte, schimmerte vielfarbig durch eine Schicht feinen Zucker.

»Wozu sollten wir eine Erfrischung brauchen?«, blaffte Xenia. »Wir haben vor nicht ganz zwei Stunden gefrühstückt und seither keinen Finger gerührt. Oh, wie ich es hasse, den ganzen Tag herumzusitzen und Essen in mich hineinzustopfen, ohne etwas Sinnvolles zu tun.«

Kadife zuckte zurück. Sie war ein sehr dunkles Mädchen mit Brauen wie Balken. »Warum ist dieses *scherbett* so blass?«, herrschte Xenia sie in ihrem abgehackten Türkisch an. »Hast du wieder Quitten hineingetan? Wie oft muss man dir eigentlich sagen, dass mir vor solchem Mischmasch graut?«

Das Mädchen zog den Kopf ein und schwieg. Theri bemühte sich um ein Lächeln. »Wenn meine Cousine kein *scherbett* möchte, bleibt mehr für mich. Nimm dir selbst ein Glas, Kadife. Es ist eine Wohltat bei der Hitze.«

Kadife stellte das Tablett ab und füllte aus dem Krug ein Glas für Theri, aber keines für sich selbst.

»Meine Cousine und ich sprachen gerade über eine Frau aus deinem Volk«, sagte Theri. »Halide Edib. Hast du von ihr schon einmal gehört?«

Kadife fuhr herum und starrte sie an. Über dem Schleier, der ihre untere Gesichtshälfte verbarg, flatterte ihr Blick. »Halide Edib hat ein mutiges Herz«, sagte sie leise. »Sie schreibt für die Zeitung, den *Tanin.* Wir türkischen Frauen sind dumm, schreibt sie, weil wir es dulden, die niedrigsten in unserem Land zu sein. Unsere Männer bringen uns bei, wir sollen still sein, aber Halide Edib sagt, es beleidigt unser Volk, wenn wir uns ungerecht behandeln lassen. Unsere Männer wollen nicht einmal, dass wir von Halide Edib wissen, aber dann dürfen sie uns nicht in die Häuser der Ungläubigen schicken.«

Theri war verblüfft. Sie hatte das Mädchen für unterwürfig gehalten, für eine, die sich darein fügte, dass ihr verstorbener Vater als ihr *wali mudschbir,* ihr Heiratsvormund, sie dem Sohn des Nachbarn versprochen hatte, und tat, was dieser Nachbarssohn für sie entschied. Sie ertappte sich bei einem Lächeln. Der sture, selbstherrliche Tuncay mochte mit dieser Verlobten noch sein blaues Wunder erleben.

»Das ist interessant«, sagte sie zu Kadife. »In dem Buch, das ich gerade gelesen habe, geht es darum, dass nicht Stellung und Vermögen darüber entscheiden, was wir sind, sondern unsere Taten, die für unseren Charakter sprechen. Wenn ich dich richtig verstanden habe, geht Halide Edib noch weiter. Sie sagt, was du tust, fällt auf den Charakter deines ganzen Volkes zurück.«

Kadife erschien verwirrt.

»Glaubst du, sie versteht ein Wort von dem, was du da redest?«, platzte Xenia dazwischen.

Theri entschied sich, sie nicht zu beachten. »Ich finde, Halide Edib hat recht«, sagte sie. »Und auch ein Mann muss an seinen

Taten gemessen werden. Wenn ihm eine Frau nicht genügt, wenn er sich andere dazunimmt, weshalb sollte er *ihr* genügen?«

»So ist das nicht.« Kadife senkte den Kopf. »Unsere Männer haben für Witwen und Waisen aus ihrer Familie zu sorgen. Ist eine aus derselben Nachbarschaft, dann gehört sie so gut wie zu seiner Familie, und er muss sicherstellen, dass sie versorgt ist. Er kann ihr eine Mitgift geben und einen Mann für sie finden, oder er kann sie selbst heiraten. Daran ist nichts Schlechtes. Es ist gut, wenn er ihr eine Stellung verschafft.«

Eine Woge von Mitleid überrollte Theri. Kadife musste heiraten, um versorgt zu sein, und ihr Bräutigam nahm sie aus keinem anderen Grund. Stellvertretend für das Mädchen fühlte sie sich gedemütigt. *Wenn Nimrod mich nur nähme, weil Tradition und Familie es von ihm verlangen, würde ich ihn nicht wollen,* schoss es ihr durch den Kopf. Dann verbot sie sich jeden weiteren Gedanken in diese Richtung. Stattdessen schob sie Kadife Henry James' Roman hin. »Du kannst dir das Buch ausleihen, wenn du möchtest. Es ist sehr gut geschrieben, man glaubt, alle Leute darin persönlich zu kennen, und das Schicksal der jungen Milly geht einem zu Herzen.«

Das Buch blätterte sich auf. Kadife warf einen Blick auf die geöffneten Seiten. »Das kann ich nicht lesen.«

»Nein, natürlich kannst du das nicht«, sagte Xenia und brachte das Buch an sich. »Geh und sieh zu, dass für die Kanapees alles bereitsteht. Unsere Gäste werden nach einem heißen Tag in der Stadt erschöpft sein und dürfen erwarten, frisch bereitete Platten vorzufinden, kein vertrocknetes *Hummus* oder Käse, der sich wellt.«

Kadife nickte und ging.

»Und du hör auf mit dem Unsinn«, wandte Xenia sich an Theri. »Was glaubst du denn? Dass du diesen Leuten mit deiner Verbrüderung etwas Gutes tust?«

Theri war selbst entsetzt. Wie hatte sie so gedankenlos sein können, dem Mädchen einen englischen Roman aufzudrängen, in dem sie vermutlich nicht einmal das Alphabet entziffern konnte?

»Das, was sie erklärt hat, hast du überhaupt nicht verstanden«, fuhr Xenia fort. »Halide Edib geht es nicht um Philosophiererei für höhere Töchter, sondern um Rechte für Menschen, die keine haben. Frauen zum Beispiel. Ja, sie schließt sich recht eng an die Nationalisten im Komitee für Einheit und Fortschritt an, aber ich habe dir ja schon gesagt, dass ich deren Haltung weitgehend teile. Vermischen, was nicht zusammengehört, schädigt Völker an der Wurzel. Um das zu begreifen, braucht man sich nur den maroden Zustand dieses Reiches anzusehen.«

Sie hob den Krug, dass die geeiste, orangegelbe Flüssigkeit schwappte. »Das ist wie mit Quitten im Hibiskus-*scherbett:* Man verdirbt das ganze Getränk. Dabei fällt mir ein: Ich muss dieser Kadife sagen, sie soll an die *Hortopitakia* denken. Wenn man bei der nicht hinterher ist, vergisst sie alles Mögliche.«

»Du kannst doch Kadife nicht auftragen, *Hortopitakia* zu machen.«

»Und ob ich das kann! *Hortopitakia* gehören zu unserem Standard, und wenn Gaia nicht da ist und Pericles sich vergnügt wie der Zar von Bulgarien, muss eben die Türkin Hand anlegen.«

»Lass sie Teigtaschen nach ihrem eigenen Rezept zubereiten«, schlug Theri vor. »Die Gäste werden sie lieben, und du verlangst von Kadife nichts, was sie nicht kann.«

»Wenn ihr das Geld von Levantinern recht ist, wird sie wohl lernen müssen, für Levantiner zu kochen«, gab Xenia zurück. »Und an den Gin muss ich sie erinnern. Das letzte Mal hatte sie nicht eine Karaffe gefüllt, und du weißt, dass Rahmi *Bey* trübsinnig wird, wenn er auf einer Gesellschaft seinen *Gin Sling* nicht bekommt.«

In Wirklichkeit wusste Smyrnas geselliger Gouverneur gewiss

nicht einmal, was Trübsinn war. Er liebte Einladungen in die Häuser der Levantiner und brachte stets eine bunt gemischte Schar von Freunden mit. Für alles Englische hatte er ein Faible, nicht zuletzt für den erwähnten Cocktail mit Gin und Kirschen. Sicher wollte Xenia Kadife unter die Nase reiben, dass ihr westlich gesinnter Glaubensgenosse das Verbot von Alkohol missachtete, weil sie wusste, dass dies das Mädchen verletzte.

»Sie ist nicht deinesgleichen, Theri«, sagte sie. »Wenn du sie so behandelst, überforderst du sie. Was soll denn aus den Träumen werden, die du ihr in den Kopf pflanzt, obwohl du keinen davon erfüllen kannst? Bei mir bekommt sie klar gesagt, was sie zu tun hat, und daran kann sie sich halten.«

Xenia machte sich auf den Weg in die Küche, und Theri trank gedankenverloren das *scherbett,* das ihr auf einmal auch nicht mehr schmeckte. Hätte ihr niemand gesagt, dass die Zutaten nicht zusammenpassten, wäre sie nie auf die Idee gekommen, doch jetzt glaubte sie, herauszuschmecken, wie sich die Bitterkeit der Quitte mit dem blumigen Aroma des Hibiskus stritt.

Ehe Xenia zurückkehrte, kam Kiki auf die Terrasse gestürmt, das lange Haar erst zur Hälfte frisiert und auf dem Gesicht ein Strahlen. »Theri, Theri, ist es nicht schön? Heute ist unser Konzert, und es sind schon Gäste da!«

Wie ein Kind sprang sie Theri auf den Schoß und schloss die Arme um sie. Aus ihrem Musikunterricht machte sie sich wenig, doch heute Abend würde sie vor dem Spiel des Pianisten selbst ein kurzes Stück auf der Glasharmonika vortragen, und nichts liebte sie mehr als Wirbel und das Haus voller Menschen.

»Wer ist denn gekommen?«, fragte Theri. »Ich habe mich schon gewundert, warum du nicht am Strand bist.«

»Ich war mit Veronica und Mabel am Pier. Die Whitalls sind auf ihrer Jacht eingetroffen.«

»Samt Frederic?« Theri lächelte. Die Familie Whitall hatte

eine ähnliche Stellung inne wie die Delacloches, und der einzige Sohn hatte mit Kiki schon Hochzeit gespielt, als diese noch auf krummen Kleinkinderbeinen herumgewatschelt war.

»Natürlich samt Frederic«, rief Kiki fröhlich. »Du glaubst ja gar nicht, wie gut er tanzt. Sogar Schiebetänze! Und den armenischen Arzt haben sie auch dabei, Doktor Agasian. Weißt du, warum der in diesem Sommer dauernd bei uns ist?« Kiki kicherte. »Weil Xenia in ihn verliebt ist! Ich hab's schon auf der Hochzeit gesehen, und bei der Regatta hat es sogar die Schlafmütze Veronica bemerkt.«

Ich fürchte, da haben du und die Schlafmütze Veronica recht, dachte Theri. Deshalb entzifferte Xenia den *Asadamard* und befasste sich mit dem Scheidungsrecht orthodoxer Kirchen. Die Aufmerksamkeit, mit der sie den jungen Arzt, der sie operiert hatte, überhäufte, entsprang nicht nur ihrer Dankbarkeit.

Theri wusste nicht genau, an welcher Krankheit Xenia gelitten hatte, als sie damals gestürzt und von Passanten in das Hospital geschafft worden war. Krankheiten, zumal Frauenleiden, waren kein Thema, über das man mit Xenia hätte sprechen können, doch wie es schien, hätte sie ohne das Geschick des Arztes die Krankheit nicht überlebt.

»Arme Xenia«, plapperte Kiki weiter. »Papa hätte ihr bestimmt nicht verboten, den Armenier zu heiraten, denn ein Arzt ist nicht das Schlechteste, und einen aus unseren Kreisen bekommt sie ja nicht. Aber er ist doch schon verheiratet! Was meinst du, ob Xenia sich mit ihm auf eine Affäre einlässt? Heute Nacht, nach dem Konzert? Glaubst du, sie gehen zur Zypresse mit den drei Kronen?«

Theri rief sich den Armenier ins Gedächtnis, sah ein schmales Gesicht mit allzu großen Augen hinter Brillengläsern vor sich und fand, er hätte perfekt zu Xenia gepasst. Er war klug und schien nichts dagegen zu haben, sich statt mit Männern mit einer Frau zu unterhalten. Xenia sammelte Spenden für das

Hospital, und als Arztfrau hätte sie weitere Aufgaben wahrnehmen können. Vielleicht hätte sie das von dem verhassten Gefühl kuriert, sie hätte nichts Sinnvolles zu tun.

Aber Doktor Agasian war verheiratet. Warum hatten manche Menschen im Leben so wenig Glück, und wie konnte man von diesen Menschen verlangen, dass sie heiter und aufgeschlossen waren?

Kiki, das letztgeborene Lieblingskind, war die Heiterkeit und Aufgeschlossenheit in Person. »Hör mal, *glykia mou,* meine Süße«, sagte Theri. »Das mit Xenia und Doktor Agasian, das erzählst du keinem Menschen, versprochen? Und Veronica auch nicht.«

»Also tun sie's wirklich!«, jauchzte Kiki verzückt. »Zur Zypresse gehen und einen Skandal verursachen? Ausgerechnet die zwei, von denen jeder denkt, sie könnten kein Wässerchen trüben.«

»Jeder denkt das von ihnen, weil es so ist«, beschied sie Theri. »Xenia käme nicht auf den Gedanken, einer anderen Frau den Mann wegzunehmen, und Doktor Agasian ist ein Ehrenmann. Aber vielleicht habt ihr recht, und sie mag ihn ein bisschen lieber, als gut für sie ist. Dann wäre es hässlich von euch, über sie zu tratschen – wenn ihr es tut, erzähle ich aller Welt, dass du Frederic Whitall gern magst.«

»Ach, so gern mag ich ihn gar nicht.« Wie eine Frau von Welt schwenkte Kiki die Hand. »Er tanzt himmlisch, aber ich kenne ihn ja schon, seit ich ein Baby war, und Männer mit Sommersprossen und roten Haaren sind langweilig.«

Sie hatte selbst Sommersprossen und rotes Haar, war aber alles andere als langweilig. Wenn sich wie jetzt in ihrem roten Schopf die Sonne fing und die Augen voll Erwartung glänzten, konnte Theri sich kein Mädchen vorstellen, das hübscher war.

»Ich will einen aufregenden Mann, mit dem ich etwas erlebe«, bekundete Kiki. »Klara sagt: Die Männer gehen dazu in den

Krieg, und den Frauen bleibt die Liebe. Komisch, dass Klara, wo sie so viel Aufregung wollte, ausgerechnet an Peter geraten ist, was?«

»Daran ist gar nichts komisch.« Theri gab sich Mühe, ihrer Stimme Strenge zu verleihen. »Peter ist dein Bruder, und seine Brüder findet nun einmal kein Mädchen aufregend.«

Kiki sandte ihr einen Blick. »Nimrod schon.« Dann lachte sie und rutschte von Theris Schoß. »Ich gehe jetzt besser und hole Didem zu unserer Musikstunde. Wir müssen noch für heute Abend üben.«

»Spielt Didem auch mit?«

Kiki schüttelte den Kopf. »Sie blättert mir nur die Noten um. Ich hab sie so angebettelt: Liebe, liebe Didem, bitte spiel doch mit, aber dann ist Xenia gekommen und hat gesagt, wir werden ja wohl unsere Gäste nicht von jemandem, der ein paarmal auf der Harmonika herumgeklimpert hat, quälen lassen. Danach hätte ich Didem mit allem Safran von Persien nicht mehr dazu gebracht, auf dem Konzert zu spielen. Dabei war Xenia auf der Glasharmonika eine Niete, und ich tauge auch nichts. Wenn ich schon Musikstunden nehmen muss, würde ich viel lieber Klavier spielen, nicht dieses gruselige Hauchen und Pfeifen. Aber Didem findet das verstaubte Glasding schön! Sie ist so süß, sie sagt, mit der Glasharmonika kann man von Traurigkeit erzählen, die nicht laut ist, sondern zart.«

Theri sah hinaus auf den Strand, wo Didem noch immer mit dem Schirm stand. Schweißnass quoll ihr das Haar aus dem Tuch, und Rinnsale liefen ihr an Stirn und Wangen herab. Adriana hatte nichts Grausames an sich, sie hätte niemals von dem Mädchen verlangt, in der Sonne stillzustehen, aber sie war ins Gespräch vertieft und hatte die Fünfzehnjährige vergessen. Gewiss ging sie davon aus, dass Didem sich einfach hinsetzte, zumal Thea eingeschlafen war.

»Didem sagt immer solche Sachen über Musik«, erzählte

Kiki. »Ich muss darüber lachen, und Mademoiselle Roucan rümpft die Nase, aber wenn Didem Glasharmonika spielt, klingt es so, wie sie gesagt hat – irgendwie traurig, irgendwie zart und sogar irgendwie hübsch. So als zerbreche ein gläsernes Herz, hat Didem gesagt. Findest du das nicht süß?«

»Ich finde es schön«, sagte Theri.

Die Glasharmonika hatte Onkel Edmond seinen Töchtern aufgezwungen. Er war alles andere als ein despotischer Vater und überließ in der Regel die Familie dem sachten Zepter von Adriana, doch in diesem Punkt war er nicht zu erweichen: Er verlangte von Xenia und Kiki, dass sie das Spiel auf dem aus der Mode gekommenen Instrument erlernten, das Benjamin Franklin erfunden hatte. Seine Lieblingstante, Theas tragisch jung verstorbene Schwester Flora, hatte darauf gespielt, und das sphärische Singen des Glases beschwor ihm, der sonst wenig sentimental war, verlorene Zeiten herauf.

»Didem spielt besser als wir alle zusammen«, empörte Kiki sich weiter. »Xenia kann so gemein sein, und wenn ich der Armenier-Doktor wäre, würde ich mit so einer Hexe ganz bestimmt nicht zur Zypresse mit den drei Kronen gehen. Der ist nämlich ein Goldschatz, weißt du? Er hat so ein kleines Lachen, das sich verkrümelt, sobald man ihn anschaut. Und wenn er die Brille abnimmt, kommen zwei riesige kohlschwarze Augen zum Vorschein wie bei einem Kamel.«

Theri musste lachen. »Dass er das als Kompliment betrachten würde, bezweifle ich.«

»Der ist so ein zerstreuter Professor. Was ein Kompliment ist, weiß der gar nicht.«

»Und du solltest es auch nicht wissen. Jetzt geh schon und hol Didem.« Sie versetzte Kiki einen kleinen Stoß. »Xenia ist übrigens keine Hexe.«

»Ich hab sie ja auch lieb«, sagte Kiki, die schon bis an die gläsernen Flügeltüren gelaufen war. »Wenn sie nur nicht immer so streng wäre. Ich wünschte, sie hätte einen Mann, dann könnte sie den ausschimpfen, nicht uns. Sag ihr nicht, dass Mademoiselle Roucan unpässlich ist, nein?«

»Aber wer unterrichtet euch denn, wenn sie unpässlich ist?«

Schwärmerisch verdrehte Kiki die Augen. »Aron de Lemos. Unser Pianist. Er hat gesagt, wo er schon einmal da ist, wäre es ihm ein Vergnügen.«

Sie flitzte davon, und Theri wandte sich wieder dem Strand zu. Wo war Xenia? Hatte ihr Ausbleiben mit der Ankunft von Doktor Agasian zu tun, und wenn ja, wäre es besser, sie suchen zu gehen? Die Vorstellung, die beiden irgendwo aufzustören, war Theri peinlich, aber noch weniger wollte sie, dass Xenia sich womöglich lächerlich machte.

Unten wateten tropfnass und mit glühenden Gesichtern die jungen Leute aus dem Wasser. Andreas und Michalis eilten zu dem Kasten, in dem sie die Badminton-Ausrüstung aufbewahrten, und Klara stürmte mit einem Freudenschrei hinterher. Während Spielpaare eingeteilt wurden, löste sich einer aus der Gruppe und ging hinüber zu den Leuten beim Picknick. Lance. Sein Badeanzug war nicht schwarz wie die der anderen, sondern blau-weiß gestreift, und warum das dreist wirkte, war schwer zu erklären. Der nasse Stoff klebte ihm am Körper, dass jede Kontur sich abzeichnete, jeder Muskel, jede gespannte Sehne. Theri wollte sich abwenden, aber es gelang ihr nicht.

»Lieber Himmel, setz dich doch hin, kleine Blume. Du wirst uns ja ohnmächtig.« Lance nahm Didem den Schirm weg, fing die Taumelnde unter den Achseln und half ihr, sich im Sand niederzusetzen. Aus einem Kühler, in dem das Eis längst geschmolzen war, angelte er einen Krug mit Aprikosensaft und schenkte dem Mädchen ein Glas ein. »Trink das, danach bringe ich dich in den Schatten.«

In diesem Augenblick kam Kiki aus dem Haus gelaufen. »Didem, wo bleibst du? Unser Unterricht fängt gleich an, und du wirst eine Überraschung erleben.« Abrupt blieb sie stehen. »Was hast du denn? Lance, was ist mit ihr?«

»Was mit ihr ist? Sie hat den ganzen Vormittag über in der prallen Sonne gestanden und *Giagia* den Schirm gehalten.« Er wirbelte herum und fuhr die Picknicker an: »Was habt ihr euch dabei eigentlich gedacht? Ihr lasst die Kleine hier stehen und bietet ihr nicht einmal ein Getränk an – seid ihr Dienstherren oder Sklaventreiber?«

»Aber nicht doch!«, rief Adriana. »Du armes Wurm – warum sagst du denn keinen Ton?«

»Mir geht es ganz gut, *Hanimefendi*«, sagte Didem. Ihre Stimme überraschte Theri jedes Mal. Man erwartete etwas Zartes und Piepsiges, doch ihr Timbre war dunkel und voll wie ein Weinbukett.

»Nein, nein, nein«, rief Adriana. »Lance hat ganz recht, was sind wir nur für hässliche Menschen. Aber du, mein Schäfchen, bist auch ein wenig schuld. Du hättest nicht auf uns achten und es dir einfach bequem machen sollen.«

»Haben Sie vielen Dank, *Hanimefendi*«, sagte Didem. Ihre Hände umschlossen die Knie, und die Finger bewegten sich. Dann blickte sie zu Lance auf. »Und Sie, *Efendi* – Sie waren sehr freundlich zu mir. Möge Gott Ihnen jeden Tag ein Lied schenken.«

Lance lächelte zu ihr hinunter. »Was für ein schöner Wunsch! Mein bisschen Zupacken ist so ein Geschenk gar nicht wert. Ich nehme es trotzdem an, denn es gefällt mir viel zu sehr, um es abzulehnen. Es wird fortan mein Talisman sein.«

Es war etwas Seltsames mit Lance. Er war wie der eine perfekt gelungene Honigkuchen inmitten einer Tafel voller Köstlichkeiten. Jeder starrte ihn an und dachte: *Ich muss alles andere stehen lassen, sonst bekomme ich von dieser Himmelsspeise mit all dem Sirup und den kandierten Früchten meinen Teil nicht ab.*

Jeder außer mir, dachte Theri und spürte kurz eine Kälte, die ihr über den Rücken lief.

Lance war der einzige Sohn von Tante Iris, Onkel Edmonds Schwester, und ihrem französischen Mann. »Bevor das Engelskind kam, hatte meine Tochter nur eins, das sie begießen konnte«, hatte Thea einmal erzählt. »Alle Tage ging sie zum Friedhof, goss die Blumen und polierte den Engel aus Stein. Jeder kannte sie dort, Besucher und Friedhofsgärtner. Sie würde heute noch dorthin gehen und eine wunderliche Alte werden, wenn sie nicht noch ein Baby bekommen hätte. Kinder verliert jede Frau, aber meine Tochter war schon immer ein Püppchen, das nichts hinnimmt. Und nun hätschelt sie den lebenden Engel wie vorher das Grab.«

Die elegante, kühle Iris war als trauernde Mutter, die vor einem Grab kniete, nicht vorstellbar. Dass aber Lance ihr Ein und Alles war, wusste jeder von Cordelio bis Bournabad. Bei Lance war sie nicht kühl. Sie war ihm verfallen.

»Du hast ein besonderes Gesicht«, sagte Lance noch immer lächelnd zu Didem. »Ich würde dich gern zeichnen, wenn du einmal die Zeit dafür erübrigen könntest.«

»Jetzt kann sie's jedenfalls nicht«, rief Kiki dazwischen. »Wir müssen zu unserem Unterricht. Wenn wir Monsieur de Lemos noch länger warten lassen, wird er heute Abend nicht für uns spielen.«

Sie half Didem auf die Füße und zog mit ihr davon. Die Gruppen zerstreuten sich, um Badminton zu spielen oder sich umzuziehen und Gäste zu begrüßen. Theri machte sich immer noch Sorgen um Xenia. Da sie aber einsah, dass sie damit nichts änderte, stand sie auf und ging, um bei den Vorbereitungen zu helfen.

Die Konzerte, Rezitationsabende und Theateraufführungen, die die Delacloches während des Sommers gaben, fanden im oberen Salon statt, in dem sich die Möbel beiseiterücken und die Flügeltüren weit öffnen ließen. Auf der Terrasse wurden Sitzreihen aufgebaut, sodass das Publikum unter sternenübersätem Himmel sitzen und der Darbietung lauschen konnte. Es war wunderschön, fand Theri. In ihrem Rücken rauschte das Meer, im Blätterdach säuselte der Wind und von den Wiesen sangen die Zikaden. Heute war es so schön, dass es wehtat. Der Pianist, ein Sepharde, der erfreulich anzusehen und noch erfreulicher im Umgang war, setzte sich an den Flügel und begann, Chopin zu spielen, Töne wie Perlen, die schillernd hinaus ins Mondlicht rollten.

Ich will es für immer behalten, dachte Theri. *Egal, was mit uns wird, ich will mich immer daran erinnern, wie gut wir es hatten, wie glücklich wir aufgewachsen sind – so eingehüllt in Glück, dass Henry James aus uns keinen Roman hätte machen können.*

Ihre läppischen Sorgen taugten nicht dafür. Dennoch drängten sie sich in den Zauber des Augenblicks: Xenia saß neben Doktor Agasian. Sie hielt den Kopf ihm zugeneigt, als wollte sie ihn im nächsten Moment an seine Schulter legen. Dann fiel Theri auf, dass sie Klara nirgendwo entdecken konnte. Peter hatte noch einen Kunden empfangen müssen und wurde erst morgen erwartet, obwohl die Konzertreihe ihm zu verdanken war. Mit ihm konnte Klara somit nicht unterwegs sein. Während Theri den Blick über die Reihen schweifen ließ, suchte sie, ohne es sich einzugestehen, nach Lance.

Irgendwann zwang sie sich, aufzugeben. Es war albern. Die beiden mochten auf den Stuhlreihen im Haus sitzen, die sie von ihrem Platz nicht sehen konnte. Auch war nichts dabei, wenn sie es vorgezogen hatten, im Garten spazieren zu gehen. Es gab stets eine Reihe von Gästen, die die Musik im überreifen Blütenduft des Hochsommers genossen. Klara war unter all den Leuten noch fremd und kam mit Männern offenbar besser zurecht als mit Frauen. Warum also sollte sich nicht Lance um sie kümmern, solange ihr Mann nicht bei ihr sein konnte?

Sie musste endlich aufhören, Lance zu belauern wie ein giftiges Tier, das in einer Felsspalte auf seine Beute lauerte. Soweit sie wusste, hatte er nie einem Menschen etwas getan. Fast nie. Es war eine Ewigkeit her, und sie waren noch Kinder gewesen. Sobald sie die törichte Suche abbrach, musste Theri feststellen, dass nun auch Xenia und Doktor Agasian verschwunden waren.

Theri versuchte, sich nur noch auf die Musik zu konzentrieren, auf Aron de Lemos' mitreißendes Spiel. Ehe er aufgetreten war, hatte Kiki sich mehr schlecht als recht durch eine kleine Mozart-Sonate gestümpert, während ihr Didem die Notenblätter umschlug. Jetzt saßen beide Mädchen neben dem Klavierstuhl und blätterten die Noten für den Künstler um. Als dieser einen Schlussakkord setzte und der Applaus verklang, läutete Adriana mit ihrer Silberglocke eine Pause ein, um Neuankömmlinge auf die Terrasse zu lassen. Sie waren mit dem letzten Dampfschiff gekommen, und einer der Ersten, die den Raum betraten, war Peter.

Suchend blickte er sich um, sichtlich in der Hoffnung, seine Frau zu entdecken. Adriana aber drehte das Gaslicht schon wieder herunter, und Aron de Lemos hob erneut an zu spielen. Peter setzte sich vorn auf einen der herbeigeschafften Stühle. Wie auf ein Zeichen rückten die amerikanischen Nachbarn, die neben Theri gesessen hatten, auf die Plätze von Xenia und Doktor Agasian weiter. Auf den nun freien Stuhl neben Theri ließ sich lautlos ein Mann gleiten. Sie spürte seinen Körper an ihrer Seite, seine erhitzte, vibrierende Gegenwart, und ihre Glieder wurden starr.

»Sei ganz leise«, flüsterte Nimrod. »Ich bin nicht auf Urlaub. Für mich ist dieser Krieg zu Ende.«

Theri wagte es kaum, den Kopf zu drehen. Im schwachen

Licht leuchtete das Weiß der Schlinge, in der er seinen rechten Arm trug. »Ist es schlimm?«, flüsterte sie, den Blick von Neuem auf den Pianisten gerichtet. »Tut es sehr weh?«

»Sieh mich an«, sagte Nimrod. »Meine Liebste. Eleftheria, du Schöne, Stolze. Ja, es tut sehr weh. Es wird nie mehr aufhören, wehzutun, aber das liegt nicht an meinem Arm. Ich bitte dich, spiel heute Nacht nicht die Unnahbare. Ich brauche dich.«

Hart und hoch schlug Theris Herz gegen den Rhythmus der Musik. Nimrods Flüstern klang nicht ganz klar. Als sie sich ihm wieder zuwandte, roch sie Anis und Alkohol in seinem Atem.

»Was denkst du jetzt, Tugendwächterin? Dass ich zum Säufer werde? Manchmal denke ich das selbst. Aber du kannst mir glauben, ohne Saufen hält das da draußen kein Mann lange aus.«

Theri legte sich einen Finger auf die Lippen. »Wir stören die anderen. Lass uns die Musik hören.«

»Ja, das ist sie, meine Theri.« Nimrod wurde lauter. »Immer rücksichtsvoll, immer darauf bedacht, keinen zu stören. Aber interessiert dich auch, was dein Verlobter sich wünscht, der für sein Land verwundet worden ist? Neben mir ist ein Mann verreckt. Es hätte genauso gut mich erwischen können. Nähmst du dann immer noch Rücksicht auf alle Welt?«

»Nimrod …«

Seine Hand schob sich auf ihren Schenkel. Theri fuhr zusammen. Sie hatte keinen Grund, sich so zimperlich zu betragen. Männer tranken nun einmal Alkohol, und die Frauen tranken ein wenig mäßiger mit. Es war Teil des gesellschaftlichen Lebens und trug zum Frohsinn bei, aber etwas in ihr empfand eine Heidenangst davor, die Kontrolle zu verlieren.

»Verzeih mir.« Nimrod flüsterte jetzt wieder. »Ich habe wirklich nicht viel getrunken, nicht mehr als zwei Gläser im *Iskander,* während wir auf das Schiff gewartet haben. Ich brauchte Mut, um mich dieser Welt aus duftigen Kleidern und sanften

Gesprächen wieder zuzumuten, wo an mir noch der Dreck aus den Gräben klebt und mir die Bilder der Toten in den Augen brennen.«

Wie anmaßend war sie? Er war verwundet, und von dem, was er gesehen hatte, besaß sie keinen Begriff. Warum kreidete sie ihm ein paar Gläser *raki* an, statt sich zu freuen, dass für ihn der Krieg zu Ende war? Sie würden heiraten können. Hatte sie sich das nicht gewünscht?

»Komm mit mir in den Garten, Theri. Komm mit mir ans Meer, in die Felsen, wo die große Zypresse steht.« Seine Finger streichelten ihren Schenkel.

»Nicht jetzt, Nimrod. Bitte lass uns die Musik anhören.«

»Ich will aber jetzt. Ich will dich, Theri.«

Sie wollte ihn auch. Sie wollte die Sternennacht, die Zikaden, den Blütenduft und ihren Liebsten, nach dem sie sich gesehnt hatte, wie Kate in Henry James' Roman sich nach Densher sehnte. Aber die Kraft, die in diesem Sehnen lag, machte ihr Angst. Im Roman hatte sie schließlich in ein Verbrechen geführt, in die Bereitschaft, alle vertrauten Werte hinter sich zu lassen.

»Ich liebe dich.«

Er umklammerte ihr Handgelenk, versuchte, sie in die Höhe zu ziehen. Ihr Herz hämmerte. Als sie sich nicht rührte, ließ er sie los.

Die Hände des Pianisten stürzten auf die Tasten, und seine Finger flogen durch den letzten Lauf. Ein Atemzug Schweigen folgte, dann setzte Applaus ein. Aron de Lemos stand auf und verbeugte sich, forderte Kiki und Didem auf, sich ebenfalls zu verbeugen. Adriana drehte das Licht an, und ein paar Bedienstete aus der Taverne im Dorf erschienen mit Tabletts in den Türen.

In der ersten Reihe erhob sich Peter und sah sich noch einmal nach Klara um. Theri entdeckte sie neben der Tür zum

Gang, und gleichzeitig wurde auch Peter ihrer ansichtig. Über sein Gesicht glitt ein Strahlen. Wie so oft hatte Theri sich umsonst gesorgt.

Peter wandte sich an den Pianisten und bedankte sich im Namen der Familie. »Es tut mir leid, dass ich euer Spiel verpasst habe«, sagte er zu Kiki und Didem. »Ich weiß, der Gott Kairos nimmt keine Rücksicht auf die, die zu spät kommen, aber wie steht es mit euch? Wollt ihr nicht großzügig sein und euer Stück für den alten Peter noch einmal spielen?«

»Ich war grässlich«, erwiderte Kiki. »Die Gäste haben sich schon genug gequält, das brauche ich dem alten Peter nicht auch noch anzutun.«

In kleinen Salven brandete Gelächter auf.

»Aber Didem könnte spielen«, fuhr Kiki fort. »Sie ist nämlich um Längen besser als ich.«

»Ach nein«, murmelte Didem und errötete.

»Ich würde mich freuen, Didem«, sagte Peter.

Didem blickte zu Boden. »Ich glaube, ich kann nicht.«

»Und ob du kannst, kleine Blume.« Das war Lance, der im Erker stand. Hatte er die ganze Zeit dort gestanden, oder wo war er plötzlich hergekommen? Er trat ein paar Schritte auf Didem zu und schenkte ihr ein Lächeln. »Du hast mir gewünscht, dass Gott mir jeden Tag ein Lied schenkt – da wirst du mich doch nicht gleich am ersten Tag enttäuschen, oder?«

Didem zögerte. Dann hob sie den Kopf, sah Lance ins Gesicht und sagte: »Wenn Ihnen wirklich daran gelegen ist, versuche ich, etwas für Sie zu spielen.«

»Und ob mir daran gelegen ist! Ich kann es kaum erwarten.«

Kiki und der Pianist steckten die Köpfe zusammen, um sich über ein Stück zu beraten. Didem aber hatte sich bereits an die Glasharmonika gesetzt und begann das Pedal zu treten, um die Achse mit den gläsernen Schalen zum Rotieren zu bringen.

Nimrod stand auf. »Ich gehe.«

»Nicht doch!«, entfuhr es Theri. »Wo willst du denn hin?«

»Das hier mag ja höchst herzig sein, aber es ist nicht das, was ich wollte«, sagte Nimrod und schob sich durch die Reihe. Ehe Theri noch überlegen konnte, ob sie ihm folgen sollte, legte Didem ihre Finger auf die rotierenden Gläser und begann zu spielen.

Die Melodie, die sie anstimmte, war ein einfacher *sarki,* ein türkisches Volkslied, das Theri aus Smyrnas Kaffeehäusern kannte. Aber sie kannte es nicht so, wie Didem es spielte: Ihre Töne hatten kein Gewicht, sie glitten wie Geister durchs Dunkel, wie Träume oder Erinnerungen. Einmal spielte sie die Weise auf diese Art bis zum Ende, dann begann sie, mit ihrer schweren Stimme, die wie die eines jungen Tenors klang, zu singen:

»Auf dem Weg nach Üsküdar geriet ich in den Regen.
Meinem Diener klebt Schlamm an den Schößen seines
langen Mantels.
Wie es scheint, ist mein Diener gerade erst erwacht, denn seine
Augen sind schläfrig.
Mein Diener ist mein, und ich bin sein, was geht es andere an?
Wie hübsch ist mein Diener in seinen gestärkten Hemden!
Auf dem Weg nach Üsküdar habe ich ein Taschentuch gefunden.
Ich füllte das Taschentuch mit türkischem Honig.
Als ich nach meinem Diener suchte, fand ich ihn an meiner Seite.
Mein Diener ist mein und ich bin sein, was geht es andere an?«

Es war kein trauriges Lied. Aber bei Didem, die erst fünfzehn war, klang es, als wisse sie alles über die Dunkelheit der Liebe, über Verlangen, das niemand stillte. *Nimrod, komm zurück,* wollte Theri rufen, sie wollte aufspringen, ihrem Liebsten hinterherlaufen und ihn frei von Schicklichkeit in die Arme reißen. Doch noch nicht einmal jetzt konnte sie aus ihrer Haut.

»Du bist mein vernünftiges Mädchen«, hatte ihre Mutter zu ihr

gesagt, und ein vernünftiges Mädchen blieb sie, auch wenn es sich anfühlte, als würde etwas in ihr zerreißen.

»Ich danke dir, kleine Blume«, sagte Lance, »aber ich kann es nicht mit Worten tun, weil es für die Schönheit deines Liedes keine Worte gibt.« Er hob Didems Hände von den gläsernen Schalen und küsste jede ihrer Fingerspitzen. Hätte er es bei einer Dame getan, wäre es ein Affront gewesen, aber Didem war ein Dienstmädchen, sie durfte es als das annehmen, was es war: ein Kompliment. Eine Zärtlichkeit.

»Ich möchte dir auch danken, Didem«, sagte Peter. Er wollte Klara mit sich zum Klavier ziehen, aber sie blieb stehen. »Zum Abschluss des Sommers würde ich gern einen Musikabend für dich allein arrangieren. Du bräuchtest nur zu spielen, worin du dich sicher fühlst, und wir könnten unter den Gästen Spenden für deinen Unterricht im Winter sammeln. Dein Bruder möchte nicht, dass wir weiterhin dafür aufkommen, und ich will nicht seinen Stolz verletzen. Du aber hast Talent und musst weiter unterrichtet werden. Stimmen Sie mir darin nicht zu, Monsieur de Lemos?«

»Das tue ich allerdings.« Der Pianist stieß Kiki mit dem Ellenbogen in die Rippen. »Didem ist die begabteste Schülerin, die ich je unterrichten durfte – auch wenn ich bisher leider nur eine Stunde lang das Vergnügen hatte.«

Kiki lachte glucksend und zahlte ihm den Rippenstoß zurück, dann sprang sie zu ihrem Bruder und umarmte ihn. »Du allerliebster Peter – kannst du nicht Papa dazu überreden, dass wir von jetzt an immer von Aron unterrichtet werden und nicht mehr von der langweiligen *Mademoiselle?*«

Edmond, der mit seinen Brüdern und dem Romain-Schwager vor der Kredenz mit den Spirituosen stand, räusperte sich vernehmlich, und der ganze Saal brach in Gelächter aus. Theris Vater, der Adriana an sich gedrückt hielt, lachte am lautesten. »Deine Kleine ist goldrichtig, Schwager Edmond. Und das Brüderchen soll sich nur fleißig für sie einsetzen. Meine Jungen lehre ich das Gleiche: Euch zieht's nach draußen, ihr wollt euch den Wind um die Nasen wehen lassen, und das ist auch ganz richtig so, doch zuerst habt ihr das Wohl eurer Schwester zu bedenken. Das Wohl von meiner Theri, meinem kleinen Mädchen.«

Er wandte den Kopf und sandte Theri sein Lächeln auf die Terrasse, wo die Bediensteten Laternen aufhängten und Schalen mit Zitronenöl gegen die Mücken aufstellten. Dann hob er sein Glas. »Für mich bleibt es so bis an mein Lebensende: Die ganze Welt kann gern kommen, aber zuerst kommt meine Schwester Adriana.«

Gläser klirrten. Paare aus Brüdern und Schwestern fielen sich in die Arme. Theri musste an Tuncay denken. War er mit Nimrod zurückgekommen? Wenn ja, dann mussten sie ihn heraufholen, damit auch Didem ihren Bruder umarmen konnte. Dann aber trat Giorgios nach draußen, zog Theri in eine verschwitzte Umarmung und fragte sie, ob sie etwas zu trinken wolle.

Theri verneinte, lehnte ihre Stirn an seine und schickte ihn dann mit einem Schubs seines Weges. Giorgios war wie ihr Vater, ein aus allen Nähten platzendes Bündel Leben, und er hatte ein Auge auf die schlanke Tochter der amerikanischen Nachbarn geworfen. Theri wollte ihm nicht im Weg stehen. In zwei Wochen würden sie sich den Sand aus den Schuhen schütteln, die Koffer verschnüren und die Heimreise antreten. Die amerikanische Nachbarstochter würde Giorgios erst im nächsten Sommer wiedersehen – und wer wusste schon, was bis dahin war?

In der Wärme der Hochsommernacht wurde Theri kalt. Als kleines Mädchen, nach dem ersten Sommer auf der Insel, hatte sie geweint und ihren Vater angebettelt, er solle das Haus der Granatäpfel ans Heck des Dampfschiffs binden, damit es ihnen im Grau des Winters nicht verloren ginge. Jetzt fühlte sie sich genauso, nur hätte ihr Vater, der sie damals in den Arm genommen und ein Band um die Reling des Schiffs geschlungen und verknotet hatte, ihr nichts genützt. *Wir müssen auch Menschen anbinden,* hätte sie ihn anflehen wollen, *damit sie im nächsten Sommer alle noch da sind.* Ihr Vater, dem das Wohl seines kleinen Mädchens über alles ging, hätte dafür gesorgt, aber Theri war kein kleines Mädchen mehr. Der Wunsch, der in ihr tobte, war der einer Frau.

Komm zurück, Nimrod. Frag mich noch einmal, ob ich mit dir in den Garten laufe, und sag mir noch einmal, dass du mich liebst.

Aber Nimrod kam nicht. Kairos' Wolke war in dieser Nacht vorbeigezogen und hielt kein zweites Mal an.

10

Das Leben auf der Insel, die Freiheit, die Klara mit allen Sinnen ausgekostet hatte, endete so abrupt, wie sie begonnen hatte. Auf den Spalieren um den Garten wucherten Rosen, sprangen auf, wurden welk und blieben in verblühter Pracht auf ihren Stöcken stehen, und in den Zweigen der Schlangenbäume färbten die seltsamen Früchte sich rot. Das Wasser war noch warm, und die Sonne brannte vom Himmel, sodass der größte Teil des Lebens im Freien stattfand. In den Nächten war es zu warm zum Schlafen, aber Klara gefiel es so. Sie bewohnte ein in Rosa gehaltenes Zimmer auf der Galerie und fand, sie hätte zum ersten Mal in ihrem Leben einen Ort, der ihr ganz entsprach. Sie gehörte hierher.

Eines Morgens aber erwachte sie davon, dass das Haus von Scharren, Stoßen und Schleifen widerhallte. Dazwischen ertönten Schritte und Kommandos, als würden Möbel gerückt.

Gab es am Abend schon wieder einen Vortrag, hatte sie einen Termin vergessen? Es wäre ihr nur recht gewesen. Wenn Gäste kamen, hatten Xenia und Theri keine Zeit, sich ihr an die Fersen zu heften. Von den beiden fühlte sich Klara wie mit Argusaugen verfolgt. Theri gab sich freundlich, spielte die wohlwollende Verwandte, aber Klara durchschaute sie. Dass die Griechin auf sie herabblickte wie zuvor Sidonie von Schweda, war nicht zu übersehen.

Wenn sie beim Frühstück Klaras Aufzug musterte, konnte diese förmlich spüren, wie sie die vornehme Nase rümpfte, auch wenn sie sich in Wahrheit nie so weit hätte gehen lassen. Klara liebte es, aus ihren neuen Kleidern nach Herzenslust auszuwählen, und vor dem verschnörkelten Spiegel in ihrem Zimmer gefiel sie sich. Sobald sie aber Theri gegenüberstand, die nichts Besonderes trug, nur einen weißen Faltenrock zu einem hauchdünnen rosenfarbenen Pullover, fühlte sie sich plump, schlecht gekleidet, ein Beispiel von mangelndem Geschmack. An Theri saß nie eine Naht schief, passte ein Tuch stets zum Kragen und ein Paar Schuhe perfekt zum Schmuck. Ihre Frisur saß, als ginge sie damit nicht schlafen, die Haut schimmerte, und ihre Fingernägel brachen nie ab. Theri war die Fleisch gewordene Perfektion, und es war Klara ein Rätsel, wie irgendeine Frau sie mögen konnte.

Zu ihrer Verblüffung aber mochte jede sie. Auf Theri ließ nicht einmal die Menschenhasserin Xenia etwas kommen. Als Klara versucht hatte, mit Kiki darüber zu sprechen, dass Theri sie wie ein Schießhund bewachte, hatte Kiki sie ungläubig angestarrt. »Aber Theri doch nicht!«, hatte sie ausgerufen. »Xenia hat kein eigenes Leben außer ihrem armenischen Doktor, also kann sie uns nicht gönnen, dass wir eines haben, aber von meiner süßen Theri musst du so etwas nicht denken. Sie freut sich, wenn wir uns freuen.«

Nicht, wenn ich *mich freue,* dachte Klara, hielt sich aber zurück. Sie hatte Kiki ins Herz geschlossen und war froh, im Lager der Delacloche-Frauen eine Verbündete zu haben.

»Sieh doch nur, wie hübsch Theri ist«, hatte Kiki noch gesagt. »Ist dir das mal aufgefallen, Klariki? Hübsche Frauen betragen sich nie wie Krauthexen und verfolgen andere mit ihrem Neid. Sie haben gar keine Zeit dazu.«

Klara ließ sie in ihrem Glauben, doch sie wusste es besser. Solange Theri keine Beschäftigung hatte, war es unmöglich, ihr unbemerkt zu entwischen. Erschwerend kam hinzu, dass Lance sich überhaupt keine Mühe mit der Diskretion gab, sodass alles an Klara hängen blieb. »Die formidable Eleftheria hat mich auf dem Kieker«, erklärte er und amüsierte sich königlich. »Es gibt nichts, das sie mir nicht zutraut, und mit dem meisten hat sie recht.«

Klara liebte es, wenn er so redete, es schien jeden Nerv unter ihrer Haut aufzureizen. Sie lagen in ihrer verborgenen Bucht, in der sandigen Kuhle, die die Wurzel einer gewaltigen Zypresse bildete, und waren durch Felszacken vor Blicken geschützt. Klara sah dem Salzwasser auf Lances Brust zu, wie es zur Kruste trocknete, und küsste sie ihm dann fort. Abrupt packte er sie bei den Armen, warf sich mit ihr herum und presste sie in den Sand. Er beugte sich über sie, sodass sein feuchtes Haar auf ihr Gesicht fiel, und begann ihr das Salz von Hals und Brüsten zu tilgen. Nicht mit den Lippen, sondern zuerst mit der Zunge und dann, ohne Vorwarnung, mit den Zähnen.

Es tat weh. Manchmal so sehr, dass sie aufschrie, die Hände in sein Haar krallte und versuchte, seinen Kopf von sich wegzuziehen. Ihr Wehren machte ihn zum Wolf. Er gab sie nicht frei, sondern grub Zähne und Nägel in ihr Fleisch, dass sie abends, wenn sie sich in ihrem Schlafzimmer auszog, ihre Haut übersät von Bissspuren und Blutergüssen fand. Ging sie mit den anderen zum Baden, trug sie über dem Schwimmanzug ein Tuch und behauptete, sie hätte sich in der Sonne verbrannt. Sie hätte mit niemandem darüber sprechen können, empfand eine Art von Scham, doch zugleich war es aufregender als alle Träume: ein Mann, der den Verstand verlor, den seine Leidenschaft für sie zum Äußersten trieb.

Dass es falsch war, dass kein braver Bürger je so etwas getan hätte, machte es spannender. Noch dazu taten sie es nicht im milden, zivilisierten Westen, sondern im Orient, wo noch Gesetze aus archaischer Vorzeit in Kraft waren – Gesetze, in denen nicht kühle Vernunft regierte, sondern Blut, das in Wallung geriet, und Ehre, die keine Kränkung duldete. Gab es nicht Ehebrecher, die gesteinigt wurden? Bei der Vorstellung schauderte Klara, und das verschaffte ihr zusätzlichen Kitzel.

Das Gleiche taten der scharfe *raki*, den Lance ihr zu trinken gab, und die *nargile,* die Wasserpfeife, deren Rauch ihren Kopf in ein Karussell verwandelte. Je stärker der Liebesakt einem Tanz auf einer Klippe glich, desto mehr Lust bereitete er ihr. Er durfte nicht lau sein, musste sich steigern und steigern! Dennoch sollte Lance ein wenig Vorsicht walten lassen. Hätte Xenia sie erwischt, hätte sie Klara aus purer Bosheit an Peter verraten, und Theri auf ihrem hohen Ross würde behaupten, ihr Gewissen verpflichte sie dazu. Was Peter, der immer seltener auf die Insel kam, tun würde, wusste Klara nicht, und sie wollte nicht darüber nachdenken. Sie wollte überhaupt nicht über Peter nachdenken, sondern ihr Leben so schnell genießen, dass sie nicht zum Denken kam.

»Wir gehen künftig besser getrennt aus dem Haus«, sagte sie zu Lance. »Diese Theri hockt wie die Katze vorm Mauseloch, und wenn sie etwas spitzbekommt, bin ich geliefert.«

Lance biss sie in die Lippe. »Wir beide, mein Mäuschen. Das ist der Reiz an der Sache, oder nicht?«

Darüber ärgerte sie sich, auch wenn es ihr nicht anders erging. Sie war in Lance verliebt, das war keine Kunst, und sie hätte sein Foto Sidonie von Schweda schicken wollen. Noch unwiderstehlicher als er selbst war jedoch das Verbotene, das Wissen, nicht länger bei Madame Caribert Tüchlein mit Spitze zu umhäkeln, sondern etwas *Echtes,* etwas völlig Verwerfliches zu tun.

Von Lance hätte sie sich allerdings gewünscht, er hätte weniger freimütig bekannt, das Spiel mit dem Feuer mehr zu lieben als sie. Auf der anderen Seite war es eine Wohltat, mit einem Mann zu verkehren, der kein Süßholz raspelte, sondern Dinge beim Namen nannte. Und sooft sie Verlangen nach einem verspürte, der sich bei der Liebe an sie klammerte und auf dem Höhepunkt Tränen vergoss, stand ja noch ein anderer Mann zur Auswahl. Einer, um den die erhabene Theri sich mehr hätte sorgen sollen als um Lance.

Die Tage und Nächte verflogen, bis Klara an jenem Morgen im September vom Lärm in der Beletage wach wurde. Im Morgenrock lief sie hinunter in die Halle und fand dort Xenia und Theri vor, die mit Listen in den Händen wichtigtuerisch umhereilten. Die Bediensteten, einschließlich Didem und der finsteren Seele aus der Küche, waren damit beschäftigt, Körbe zu packen, Gegenstände in Packpapier zu wickeln und mit Riemen zu verschnüren. In einem Korbsessel vor dem Fenster thronte die Bienenkönigin Thea, und zwischen allen tummelte sich Klaras Schwiegermutter, die wie meist mehr schnatterte, als nützlich zu sein.

Sie war so herzlich, so überschwänglich. Ihrem permanenten Umarmen zuzusehen und ihr kehliges Lachen zu hören, tat Klara weh. Zu ihr war sie anders. Gleichgültig, geringschätzig. Vom ersten Tag an hatte Adriana sie spüren lassen, dass sie von der Braut ihres Sohnes enttäuscht war. In Adrianas Augen hatte eine junge Frau zu sein wie Theri – musterhaft, makellos. Ihre eigenen Töchter überhäufte sie zwar mit Liebesbezeugungen, doch hatten beide auch Kritik einzustecken, wohingegen sie an Theri nicht das Geringste auszusetzen fand.

Anfangs hatte Klara sich nach Kräften bemüht, sie für sich zu gewinnen, doch sie prallte ab wie an einer Wand. Mit den Übrigen sprach Adriana wie ein Wasserfall griechisch, wechselte aber in ein gestelztes Französisch, sobald Klara sich näherte. Wandte sie sich ab, steckten die anderen sofort wieder die Köpfe zusammen und fielen in den Singsang von Sprache, den sie nicht verstand. Inzwischen schämte sich Klara für ihren verzweifelten Versuch, der Schwiegermutter zu gefallen: Hatte sie es etwa nötig, sich anzubiedern? Sie war Peters Frau, ob es Adriana, Xenia und Theri passte oder nicht, und sie würde eines Tages Herrin über das Imperium sein. Wenn sie den Frauen nicht fein genug war, sollten sie ihr bis auf Kiki gestohlen bleiben. Die Männer mochten sie. Was wollte sie mehr?

Adriana, die ein Paar mit Weinlaub verzierte Bronzevasen in eine der Kisten legte, blickte auf und sagte mit gewohntem Hochmut: »Guten Morgen. Wenn du frühstücken willst – Kadife hat im Morgenzimmer etwas auf Wärmeplatten angerichtet.«

»Seid ihr denn mit dem Frühstück schon fertig?«, fragte Klara.

»Nicht doch, *Maman*!«, rief Xenia, als stünde Klara nicht im Raum. »Vasen hast du in Bournabad ja wohl reichlich, da brauchst du nicht noch welche von hier mitzuschleppen.«

»Aber die zwei sind so ausnehmend hübsch«, erwiderte Adriana, die offenbar auch vergessen hatte, dass Klara eine Frage gestellt hatte. »Wenn ich sie im Damenzimmer aufs Kaminsims stelle, wird mir sein, als hätte ich ein Stück von diesem Haus bei mir.«

»Ich denke, das Haus ist dir ein Klotz am Bein?«

»Ach ja, ja, das ist es.« Adriana wickelte eine der Vasen wieder aus und betrachtete sie. »Es ist ein Moloch, der Zeit und Geld verschlingt. Allein, was wir jetzt wieder anstellen müssen, um es den Winter über trocken zu halten, spottet jeder Beschreibung. Ich habe deinem Vater damals gesagt: Wenn dir nichts Besseres einfällt, als dir ein Haus auf Stelzen zu kaufen, dann tu es ohne mich. Und was habe ich jetzt? Einen Kasten, der mit den Füßen im Wasser steht und jeden Winter droht, in der Nässe zu verrotten.«

»Aber wenn wir wiederkommen, ist es immer noch da.«

»Ja, ja«, sagte Adriana, »so ein Haus wächst einem ja doch ans Herz, wenn man Jahr für Jahr seine Lieben darin versammelt hat. Ich schaue mir diese Dinge an und sehe uns, die wir jeden Tag damit umgegangen sind. Eure kleinen Fingerchen sehe ich nach der Butterdose greifen, noch ehe ihr sie halten konntet, und Nimrod, den Tunichtgut, sehe ich den blauen Krug mit der Sahne umstoßen, wofür ich ihm seine Höschen hätte strammziehen sollen. Ich sehe das Fenster im Morgenzimmer mit euch drei Mädchen, den weinroten Vorhang, in den Kiki sich einwickelt, und mein Körbchen, das mir Peter für die Rosen geschenkt hat. Das macht ein Zuhause aus, wisst ihr? Schöne Dinge, die tagaus, tagein von den Menschen, die du liebst, benutzt werden und die noch gut genug zum Weitergeben sein werden, wenn du sie eines Tages nicht mehr brauchst.«

Klara verlor die Geduld. »Darf ich vielleicht fragen, was das hier zu bedeuten hat?«, schnitt sie in Adrianas Redefluss.

Xenia drehte sich um und hob eine Braue. »Wonach sieht es denn aus? Wir packen den Haushalt zusammen, weil morgen früh Vater mit der Jacht kommt, um das Gepäck zu holen. Wir selbst fahren mittags mit dem Dampfschiff in die Stadt zurück.«

Unwillkürlich fiel Klaras Blick aus dem Fenster. Dass der Sommer zu Ende sein sollte, war lächerlich. Der Himmel war blau, und die Sonne leuchtete mit einer Kraft, die sie in Berlin selbst im höchsten August nicht aufbrachte. »Warum können wir denn nicht noch bleiben?«, rief sie und klang wie ein kleines Kind.

»Meinst du nicht, es wird dir gefallen, wieder in Smyrna zu sein?«, fragte Theri. »Hier hast du Peter ja kaum zu Gesicht bekommen, aber in Bournabad wird er abends Zeit für dich haben.«

Klara schluckte. Das eben war ihr Problem. Wo blieb ihre

Freiheit, wo sollte ihr Leben stattfinden, wenn sich überall Peter in Nachthemd und Schlafmütze breitmachte?

»Die Mücken werden uns vermissen«, brummte Thea. »Das fragt man sich doch: wovon all diese Mücken leben, wenn wir nicht hier sind und uns von ihnen aussaugen lassen.«

»Ach, die richten sich schon ein«, sagte Adriana. »Und wir werden uns auch wieder einrichten, schließlich haben wir es hübsch zu Hause, und keiner von uns ist aus der Welt.«

»Nein, natürlich nicht.« Erneut ließ Theri ihr trauriges Lachen hören. »Mir wird es nur schwerfallen, euch ab morgen wieder besuchen zu müssen, statt in der Frühe meine Tür aufzustoßen und euch alle bei mir zu haben.«

Adriana lief zu ihr und umarmte sie. »Es dauert ja nun nicht mehr lange, *koritsi mou*. Nimrod hat gesagt, seine Division wird abgezogen, er muss nicht noch einmal in den Krieg zurück. Und wenn er diesen Arm, den er sich verletzt hat, wieder richtig bewegen kann, halten wir Hochzeit, und du gehst nie mehr von uns weg.«

Klara fühlte sich ausgebootet. Ihre strahlende Hochzeit war vergessen, denn im nächsten Jahr würde eine viel schönere für Theri abgehalten werden. Vermutlich würde das glückliche Paar auf Hochzeitsreise nach Paris fahren und im selben Himmelbett schlafen wie Peter und Klara. Jäh sah sie das Zimmer vor sich, nur stand statt Peter Nimrod beim Fenster, und über seiner Schulter blitzten die Lichter von Paris.

»Es hat ja keine Eile«, sagte Theri. »Nimrod hat ein Recht darauf, sich erst einmal zu erholen.«

»Ach, erholen«, erwiderte Adriana. »Bei Nimrod frage ich mich immer, ob er nicht Unsinn anstellt, wenn er nichts zu tun hat. Schon als Bübchen steckte sein kleines Hinterteil so voller Hummeln, dass man es ihm nicht oft genug ausklopfen konnte.«

Klara hatte es nicht länger ausgehalten. Sie war gegangen und hatte sich auf das Frühstück gestürzt. Wie üblich waren Schüsseln und Platten üppig gefüllt, und dazwischen stand eine Honigwabe, von der man den triefenden Honig aus goldenen Sechsecken weglöffeln konnte. An diesem Morgen hatte Klara sich Honig in rauen Mengen von der Wabe weggelöffelt, und am Morgen, der folgte, hatten sie das Haus der Granatapfelbäume verlassen und waren nach Smyrna gefahren.

11

Peter holte sie von Pasaport ab. Mit seinem Hut in der Hand ging er neben Klara her wie ein Schuljunge. »Hattest du einen schönen Sommer, Liebes? Es tut mir leid, dass ich nicht öfter kommen konnte. In Europa ändert sich vieles, weißt du? Mein Vater sagt, wenn Politik sich in den Handel mischt, muss man als Kaufmann auf der Hut sein. Falls die Regierung eines Landes eine Einfuhrsperre über unsere Waren verhängt, müssen wir ein anderes in der Hinterhand haben, das sie uns abnimmt. Und in alledem hast du nun deinen Peter, der, um ehrlich zu sein, nicht sonderlich ehrgeizig ist – aber seinen Vater enttäuschen, das will er ja auch nicht gern.«

Die Promenade war übersät von Passanten, die auf den Terrassen der Cafés und des *Sporting Club* einkehrten, die Programme der Theater studierten, Einkäufe machten und lauthals Bekannte begrüßten. Die breite Straße, auf der die Tram fuhr, lag in leuchtendem Sonnenschein, und Klara fiel ein Detail auf, das sie vor ihrer Abreise nicht bemerkt hatte: Zwischen den Palmen standen geschmiedete Laternen mit Kugellampen, die sich am Abend in Bälle aus Licht verwandelten.

Ein Bild kam ihr in den Sinn, eine der Fotografien, die sie ohne Kamera, allein mit den Augen geschossen hatte. »Diese Lampen«, sagte sie, »irgendwo habe ich solche schon gesehen.«

»Allerdings, das hast du.« Peter lächelte. »Es sind die gleichen wie in Paris. Du hast ein gutes Auge, Liebes.«

»Weshalb stehen die hier?«

»Weil Gustave Eiffel es sich so gewünscht hat, der Mann, der den Turm gebaut hat. Vor gut zwanzig Jahren hat er eine Weile in Smyrna gewohnt und ein Zollgebäude für das Konak-Pier entworfen. Wenn du die Promenade hinunter in Richtung von Rahmi *Beys* Gouverneurspalast gehst, kannst du es nicht verfehlen. Es ist viel eleganter als Pasaport, und das Café am Pier, das *Carousel,* ist bald so beliebt wie der *Sporting Club.* Nimrod sagt, sie mixen einem dort jeden Cocktail, der jemals erfunden worden ist.«

Klara sah die Promenade hinunter, über die heiteren Nachmittagsflaneure hinweg. Die Laternen bildeten eine Reihe, die der Rundung der Küste folgte, und sie konnte sich vorstellen, wie die Kugeln, die jetzt blass waren, bei Einbruch der Dunkelheit funkelnd erwachten. In Paris hatte sie diese Laternen angesehen und gedacht: *Es ist eine Stadt zum Leben, aber sie schließt mich aus.* Jetzt stand sie in Smyrna und dachte dasselbe. »Warum hat Gustave Eiffel hier ein Zollhaus gebaut?«, fragte sie.

Peter zuckte die Schultern. »Smyrna ist voll von sehr schönen Bauwerken, die alle erdenklichen bedeutenden Männer errichtet haben, Liebes. Die Festung auf dem Pagos soll der große Alexander gebaut haben, und eine Mauer stammt von Timur, dem mongolischen Tyrannen. Ich denke, es hat eben jeder, der durch Smyrna kam, etwas mitgenommen, aber auch etwas hinterlassen wollen. Und weil so viele hier durchgekommen sind, ist die Stadt ein solcher Flickenteppich geworden.«

Er nahm ihren Arm und führte sie behutsam den anderen hinterher. Die ersten von ihnen hatten die wartenden Wagen fast erreicht. Sie gingen paarweise oder in Gruppen, Lances Mutter Iris mit ihrem Pariser Mann im hellen Anzug, Adriana zwischen Edmond und ihrem Ziehbruder Kyriakos, Kiki mit Didem, von der sie sich nicht mehr trennen ließ, der lustige Onkel Ulysses mit seinem Koch, der eleganter gekleidet war als er, der mit Gepäck beladene türkische Bursche neben dem Küchenmädchen und die übellaunige Xenia mit ihrer Großmutter Thea.

Ob sie sich stritten oder schmeichelten, sie boten ein Bild von Zusammengehörigkeit, das Klara kaum erträglich fand. Ihre Eltern hatten ihr, seit sie fort war, keine einzige Zeile geschrieben. Sie vermissten sie nicht, und Klara vermisste sie auch nicht. Wenn sie jedoch den Delacloches zusah, fühlte sie sich verloren und fragte sich, was ein Mensch wert sein konnte, der achtzehn Jahre auf der Welt verbrachte, ohne dass jemand ihn vermisste.

Einzig der türkische Bursche schien sich ähnlich zu fühlen. Er sprach mit niemandem, trottete mit hängendem Kopf einher und starrte zu Boden. Wenn Nimrod seine Gräuelgeschichten aus dem Krieg erzählte, kam es Klara unglaubhaft vor, weil Nimrod so vital und unversehrt wirkte. Dieser Bursche hingegen sah tatsächlich so aus, als hätte der Krieg ihm einen Hieb ins Kreuz verpasst.

Nimrod ging Arm in Arm mit Theri, den Kopf zu ihr geneigt. Lance war nirgendwo zu sehen. Er kam und ging, wie es ihm passte.

»Gehen wir auch, mein Liebes?« Peters Lächeln war nicht totzukriegen. »Ich habe mir den Rest des Tages freigenommen, und ich verspreche dir, ich werde auch sonst für dich da sein. Wir beide wollen uns doch richtig kennenlernen. Zwei wie Nimrod und Theri, die zusammen aufgewachsen sind, haben es da leichter, aber ich denke, mit der Zeit können wir ebenso gute Kameraden werden – meinst du nicht auch?«

Mit kaum etwas hätte er Klara mehr schrecken können. Aber er war noch nicht fertig. Er hatte einen weiteren Pfeil in seinem Köcher, und den feuerte er ab, als sie nebeneinander in ihrem Schlafzimmer in Bournabad lagen.

Bournabad war ein Villenvorort für Leute, die sich das Glück in Kübeln kaufen konnten, wie Hilde immer sagte. Alle Häuser waren in zarten Farben verputzt, alle standen zurückgesetzt hinter ummauerten Gärten, alle Straßen waren Alleen, in denen Platanen und Palmen ihre Schatten warfen, und alle Menschen auf den Gehsteigen waren gekleidet wie Sommerfrischler. Verkehr herrschte wenig – ein paar schnittige Landauer, ein paar Automobile, ein einziger Bahnhof, weder Busse noch Straßenbahnen. Die paar Geschäfte waren erlesen, der Englische Club und die Restaurants Geheimtipps. Aus den Gärten duftete es, als hinge das Parfüm ihrer Bewohnerinnen in der Luft, und von den Moscheen der Stadt drang wie eine verwehte Erinnerung der Ruf zum Gebet herüber.

Zwei kleinere Moscheen befanden sich im Viertel, dazu eine griechische Kapelle, je eine katholische und eine armenische Kirche sowie eine Synagoge. Es war alles vorhanden. Wenn Bournabads Einwohnern nicht der Sinn danach stand, brauchten sie ihren Kokon der Seligkeit nicht zu verlassen. Am Ende jeder Allee eröffnete sich der Blick auf die Silhouetten der Gebirgsketten, und in der Mitte lief das Netz der Straßen in einem Marktplatz mit einem gemauerten Brunnen zusammen. Dort machten Kamelkarawanen halt, um sich nach langen Reisen zu erfrischen, ehe sie ins Gewühl von Smyrnas Innenstadt weiterzogen. Um dieser Durstigen willen, die allzu schnell tranken, hieß der Brunnen *hickiriklar* – der Brunnen, der Schluckauf hat.

Rund um den Brunnen versammelten sich an langen Abenden Straßenverkäufer und Schausteller, die um die Gunst der Einwohner wetteiferten: Geschichtenerzähler, Turban tragende

Akteure des Straßentheaters *Orta Oyunu,* Händler, die aus Bauchläden *simit,* die köstlichen Sesamkringel, feilboten, und Treiber mit lebenden Bären, die für Kinder in Matrosenkleidern tanzten. Es war die Mischung, die den Zauber ausübte. Hier bekam der Vorübergehende wie unter einem Brennglas Kostproben der Welt geboten, und einen Straßenzug weiter zog er sich hinter Zaun und Mauer, in die Beschaulichkeit seines privaten Kosmos zurück.

Das Haus ihres Schwiegervaters, das jetzt Klaras Heim war, wurde das Große Haus genannt, weil seine imposante Vorderfront mit dem Säulenportal den breitesten Raum einnahm. Der Garten war ein Park samt Tennisplatz. Links und rechts standen die kleineren Häuser von Edmonds Brüdern, das von Thibault weiß, das von Ulysses rosa wie ein Zuckerkuchen. Um das Zuckerkuchenhaus lag Onkel Ulysses' Kunstwerk von einem Garten mit seinen Statuen tanzender Faunen, den Pavillons und dem Teich für ein Schwanenpaar.

Im Innern enthielten die Häuser alles, was Menschen sich zu ihrem Komfort wünschen konnten, aber ihre Einrichtung war viel zu eigen, jedes Stück geliebt und mit einer Geschichte versehen, um etwas mit der Protzigkeit von Klaras Elternhaus gemein zu haben. Das Große Haus war für eine vielköpfige Familie gedacht, für Scharen von Freunden, die darin ein und aus gingen. Musik schien in den Räumen nachzuhallen, und in irgendeinem Zimmer wurden ständig Gäste bewirtet. Es war ein wunderschöner Ort. Einer, den Menschen sich errichtet hatten, um glücklich zu sein.

In das Schlafzimmer, das Klara und Peter bewohnten, hätte eine komplette Dienstbotenwohnung gepasst, und für jeden von ihnen schlossen sich ein Bad und ein Ankleidezimmer an. Der Raum verfügte über zwei Erker mit Ausblick über den Park bis zu der Reihe gläserner Treibhäuser, in denen Edmond Geranien und Hyazinthen züchtete. Er war in hellen Tönen eingerichtet, und über den Kissen lagen seidene Schondecken, in die ihre Namen *Peter & Klara* eingestickt waren. Klara war zum Heulen. Warum nur hätte alles so perfekt sein können – und war es doch nicht im Geringsten?

Den Liebesakt über sich ergehen zu lassen, fiel ihr schwerer als in Paris: Jetzt, wo sie erlebt hatte, zu welcher Lust ihr Körper imstande war, erfüllte das traurige Gefummel sie mit Widerwillen. Alles stieß sie ab – Peters Haut an ihrer, der Stoff seines züchtigen Hemds, sein Geruch nach frischer Wäsche und der geschäumten Milch, die er zum Abend trank, sein Atem, sein Geflüster. Am schlimmsten aber war das Mitleid, gegen das sie sich nicht wehren konnte. Sie wünschte, er hätte ihr etwas getan, irgendetwas Übleres, als sie zu Tode zu langweilen. Während er sich wacker über ihr abrackerte, sehnte sie sich nach dem Rausch des Sommers. Sie musste ihn wieder erleben, um dies hier zu vergessen, musste eine Gelegenheit finden, dem Gefängnis ihres Traumschlafzimmers zu entrinnen.

Als Peter fertig war, fiel er wie eine reife Frucht von ihr herunter. »Das war sehr schön, Liebes. *Merci mille fois.*«

»Ich bin müde«, sagte Klara.

Peter lächelte. »Natürlich. Du hast einen langen Tag hinter dir.« Er legte den Arm um sie und spannte, ohne dass sie es bemerkte, seinen Bogen. »Ich bin sehr glücklich mit dir, liebe Klara. Und mein größter Wunsch ist, dass du auch glücklich wirst. Noch muss dir ja alles fremd sein, und wir Delacloches sind wohl auch nicht ganz einfach auszuhalten, wenn man einen so großen Clan nicht gewohnt ist. Aber ich hoffe, bis wir im nächsten Sommer nach Uzunada fahren, sind wir dir schon vertraut.«

Das ist der Gedanke, der mich rettet, dachte Klara, *der nächste Sommer auf Uzunada. Aber wie zum Teufel soll ich bis dahin überleben?*

Peter feuerte den Pfeil ab. »Bis dahin haben wir vielleicht

schon ein Kind«, sagte er. »Oder zumindest ist eines unterwegs. Wenn du ein Kind hast, wirst du glücklich sein, Liebes. Und mich machst du damit zum glücklichsten Mann auf der Welt.«

Klara hatte Mühe, liegen zu bleiben und weiterzuatmen. Sie kam sich vor wie eine Idiotin – dass sie von Peters Gezappel ein Kind bekommen konnte, hatte sie nie bedacht. Es durfte nicht sein, sie musste Wege finden, es zu verhindern. Ihr Leben wäre zu Ende, noch ehe es richtig begonnen hatte.

Wochen vergingen, in denen Klara praktisch nie allein war. Sie durfte tun, was sie wollte: In der Rue Franque, in der Kamele an eleganten Boutiquen vorbeischaukelten, Einkäufe machen, im *Carousel,* das zu ihrem Lieblingscafé avancierte, Cocktails trinken, bei den Rennen des *Country Clubs* ein Vermögen verwetten und sogar ins Kino gehen – ein Vergnügen, das sie für kurze Zeit die Last ihrer Probleme vergessen ließ.

Zwar wurden in dem prächtig aufgemachten *Cinéma Pathé* beinahe ausschließlich Filme gezeigt, in denen Soldaten der osmanischen Armee in abgehacktem Stechschritt durch wechselnde Landschaft marschierten, aber das Drumherum war umso aufregender: die Totenstille, die herrschte, ehe das Surren des Projektors einsetzte, das Flackern auf der Leinwand, aus dem wie von Zauberhand bewegliche Bilder auftauchten, die Akkorde des Pianisten und der Sprecher, der das Geschehen mit beschwörender Stimme begleitete.

Samstags wurde das neue Programm angeschlagen, und Klara konnte gehen, sooft es ihr gefiel. Jemand, der sie hinbrachte, fand sich immer, meist Tuncay, der Türke, der bei der Armee gelernt hatte, ein Automobil zu fahren. Das Auto war ein *Alda* der französischen Firma Charron, Girardot et Voigt, und Klara liebte es, darin durch die engen Straßen zu kurven und zuzusehen, wie Mensch und Tier zur Seite flitzten. Sie wünschte, sie hätte den Wagen selbst fahren können. Der schweigsame Türke war ihr nicht geheuer – nicht nur weil seine undurchdringlichen Blicke ihr Schauer über den Rücken jagten, sondern weil sie sich in seiner Gesellschaft fortwährend unter Beobachtung fühlte.

Das war der Pferdefuß an der angeblich freien Wahl: Sie durfte gehen, wohin es ihr beliebte, aber sie durfte es nicht allein tun. Sobald sie erwähnte, sie wolle sich einen Film ansehen, eine Besorgung machen oder am Meer zu Mittag essen, standen entweder Xenia oder die dauerpräsente Theri auf und verkündeten: »Das trifft sich bestens. Ich komme mit dir.«

Zogen sie dann gemeinsam los, machten sie grundsätzlich dort Station, wo Peter sich aufhielt – sei es im *Magasin Delacloche,* dem Warenhaus in der Rue Franque, oder in den Lagerhallen an der Promenade. Was Peter da wie dort für Arbeit verrichtete, wusste Klara nicht – in jedem Fall hatte er immer Zeit, bekundete übertriebene Freude und erging sich in dem gleichen belanglosen Geplänkel wie beim Frühstück und am Abend zuvor.

Klara wäre gern zum Geschäft von Albinioni, dem französischen Fotografen, gegangen, um im Schaufenster zu bestaunen, was er auf seinen Bildern erschaffen hatte – Szenen, die der Wirklichkeit aufs Haar zu gleichen schienen und doch weltenweit davon entfernt waren. Aber mit Peter bereitete nicht einmal das Vergnügen. Die Faszination, die Fotografie auf sie ausübte, war ihr Geheimnis, das sie mit niemandem teilte. Peter hingegen schwatzte davon, dass sie sich gemeinsam ablichten lassen und das Bild ihren Eltern nach Berlin schicken sollten.

Was Klara für unmöglich gehalten hatte, geschah: In dieser Stadt, die für ewigen Sommer erschaffen schien, zog der Herbst ein. Je kühler es wurde, desto mehr wuchs ihre Nervosität. Wegen Peter und seiner Sippe, die ihr beständig im Nacken saßen, war es ihr nur zweimal gelungen, Lance kurz zu treffen. Beide Male hatten sie sich im Freien geliebt, doch was sollte daraus werden, wenn das Wetter es ihnen nicht länger erlaubte?

Mit abenteuerlichen Lügen war sie ihren Bewacherinnen entronnen, hatte der einen erzählt, sie sei auf dem Sprung zu einem Treffen mit der andern, und war fort, ehe das Durcheinander auffliegen konnte. Lance war mit ihr nach Cordelio gefahren, das im Westen an Bournabad grenzte und sich entlang der Küste erstreckte. Cordelio war noch hübscher als Bournabad. Wie es unter reichen levantinischen Vätern Mode war, hatte Edmond senior, der Mann der alten Thea, dort ein Haus als Mitgift für seine Tochter gekauft. Das Haus war nicht so groß wie das seiner Söhne, aber wie das Haus der Granatäpfel besaß es seinen eigenen Strand. An einem kurzen Steg hatte Lances Vater ein Ruderboot vertäut, mit dem er im Sommer an Regatten teilnahm.

Zwischen den Ruderbänken dieses Bootes rissen sie sich die Kleider vom Leib und stürzten sich aufeinander. Klara jammerte, weil sich ihr Splitter und Kanten in den Rücken bohrten, aber darüber lachte Lance nur und drückte sie mit jäher Gewalt noch fester auf das Holz. Sie hatte vergessen, wie ungebärdig er war. Während sie sich zum zweiten Mal liebten, spürte Klara Feuchtigkeit auf dem Gesicht, öffnete die Augen und entdeckte, dass es regnete. Nur leicht zwar, doch es war der erste Regen, seit sie nach Smyrna gekommen war.

»Verdammt, hätte das nicht warten können?« Lance richtete sich auf und rammte sich ihr mit einer Wucht in den Leib, dass Klara aufschrie. Er presste ihr die Hand auf den Mund und zog sich aus ihr zurück, ließ die sämige Flüssigkeit auf ihren Bauch tropfen. »Mach nicht solchen Krach. Hier sind Leute.«

»Im *Nar Evi* waren auch Leute«, versetzte Klara, die gegen Tränen kämpfte und die Hände auf ihr schmerzendes Schambein presste. »Da hat es dir nichts ausgemacht.«

»Im *Nar Evi*, im *Nar Evi*«, äffte Lance sie nach, zog sein langes Bein an und stieg von ihr herunter. »In dem verdammten *Nar Evi* macht doch jeder, was er will. Weshalb, glaubst du, fahren wir sonst dorthin? Schwüle Tage und durchtanzte Nächte können wir hier wie dort bekommen, aber unter den Spießern von Bournabad gilt eine geheime Vereinbarung: Was wir im *Nar Evi* tun, zählt nicht. Das hat keiner gesehen, und wenn doch, hält er den Mund und vergisst es, sobald wir in Pasaport von Bord spazieren.«

Er hielt sein Gesicht in den Regen und bekam einen beinahe träumerischen Ausdruck. »Außerdem läuft man im *Nar Evi* ja ständig Gefahr, der formidablen Eleftheria ins Messer zu rennen – was sollte mir da etwas ausmachen?«

»Warum macht es dir weniger aus, wenn uns Theri erwischt?«

Blitzschnell fuhr er nieder und biss sie ins Ohr. »Wann es mir etwas ausmacht, entscheide ich, verstanden? Das da drüben ist das Haus meiner Mutter. Kein Bordell. Wenn jetzt das miese Wetter kommt, werden wir uns etwas ausdenken müssen, oder diese unterhaltsamen Zusammenkünfte fallen künftig leider aus.«

Klara wollte sich aufrichten, aber er schloss ihr die Hand um die Kehle und drückte sie wieder zu Boden. »Jetzt mach kein so entsetztes Gesicht. Lass dir etwas einfallen. Ich fände es ja selbst bedauerlich, wo wir zwei uns so prächtig miteinander vergnügen.«

Seither suchte Klara verzweifelt nach einer Lösung. Endlich kam ihr der Zufall zu Hilfe – oder vielmehr ihr Ehemann Peter und seine umständliche Art, sich um alles und jeden zu kümmern, nur nicht um das Wesentliche.

»Ich mache mir Gedanken um Didem«, sagte er zu Klara, während sie im Licht ihrer Nachttischlampen nebeneinanderlagen und der Regen in der schwarzen Nacht aufs Dach prasselte. Klara hatte sich ihre Decke bis ans Kinn gezogen. Es kam ihr vor, als wäre die gesamte Wärme des Sommers, die ihr Körper gespeichert hatte, verbraucht und verflogen.

»Was ist denn mit ihr?« Soweit Klara es beurteilen konnte,

war das Küchenmädchen, das den ganzen Tag pfiff und summte, die Letzte, um die sich jemand Sorgen machen musste.

»Mademoiselle Roucan unterrichtet sie nicht gern«, erwiderte Peter. »Sie gesteht widerwillig ein, dass Didem begabt ist, aber sie stammt aus ältester französischer Familie und hält es für unter ihrer Würde, sich mit Dienstboten abzugeben.«

»Warum holst du dann nicht Aron de Lemos ins Haus?«, fragte Klara. Kiki lag ihr seit Wochen in den Ohren, sie könne die verknöcherte Musiklehrerin nicht länger ertragen und wünsche sich den charmanten Pianisten zurück. Klara hatte sich längst für sie verwenden wollen und war froh, dass sich nun die Gelegenheit bot.

»Xenia meint, das schicke sich nicht – zwei Mädchen und ein Junggeselle, allein im Musikzimmer. Sie sagt …«

»Was sagt sie?«

»Nein, vergiss es. Xenia sagt manchmal sonderbare Dinge, überhaupt hört man so etwas jetzt immer häufiger. Was ist mit unserer Welt nur los, Klara? Warum wollen so viele Menschen etwas ändern, das sich durch Generationen bewährt hat?«

»Willst du, dass ich darauf etwas antworte?«, blaffte Klara. »Dann rede nicht um den heißen Brei herum. Ich habe keine Ahnung, von welchen Dingen du sprichst, was Xenia sagt und was irgendwer ändern will.«

»*Pardonnez-moi mille fois.*« Er küsste sie auf die Stirn. »Xenia sagt, es gehört sich nicht, Monsieur de Lemos mit Kiki und Didem allein zu lassen, weil er Jude ist. Juden, sagt sie, sind anders – mehr von ihren Trieben gesteuert als wir.«

Das Wort Trieb klang eigenartig aus Peters Mund. Es ließ sie an Lance denken, der so wenig Jude war wie sie. »Das ist Quatsch«, sagte sie. »Ich möchte nicht wissen, wie viele Leute Juden sein müssten, wenn daran etwas Wahres wäre.«

Peter lachte auf. Dann legte er seine Hände an ihre Wangen und küsste sie. »Du bist goldrichtig, meine Klara. Und weißt du, was das Verrückteste ist? Wir hier in der Levante, wir wissen es ja tatsächlich nicht. Gerade deshalb ist mir unbegreiflich, warum auf einmal alle anfangen, darauf zu pochen, dass sie Griechen, Juden, Türken oder Bulgaren sind – wo wir uns hier schon so lange mischen, dass keiner sicher sein kann, was er noch alles ist. In Smyrna überlegt man es sich besser zweimal, ehe man ein Volk beschimpft – es könnte nämlich das eigene sein.«

Klara sagte nichts, und Peter seufzte. »Mit Tuncay habe ich auch darüber gesprochen. Ich habe ihn gefragt, warum im Komitee für Einheit und Fortschritt seit den Niederlagen im Sommer nur noch Türken Ämter erhalten, nachdem die Revolution mit Armeniern und Griechen gemeinsam erkämpft worden ist. Er hat gesagt: Bulgaren wollen Bulgaren sein, Serben Serben und Griechen Griechen – haben wir Türken kein Recht, zu lernen, Türken zu sein? Tuncay ist sehr klug, weißt du, er …«

Klara entfuhr ein Stöhnen, und Peter brach auf der Stelle ab. »*Pardonnez-moi mille fois.* Weißt du was? Ich werde mir das mit Aron de Lemos noch einmal überlegen. Ich will Xenia nicht brüskieren. Sie hat es schwer genug. Stattdessen werde ich bei Didem mein Versprechen aus dem Sommer einlösen: Ich gebe für sie einen Musikabend, ich mache eine richtige Soiree daraus, auf der sich gewiss ein Mentor für sie finden lässt. Was hältst du davon? Das Wetter ist so traurig, und der Ausgang des Krieges setzt jedem zu. Ich glaube, wir können eine kleine Aufmunterung gut gebrauchen.«

Was aufmunternd daran war, ein Dienstmädchen auf Glasschüsseln klimpern zu hören, würde Klara ein Rätsel bleiben, aber es war ihr egal. Für sie zählte nur eines: Es würde eine Gesellschaft stattfinden, endlich wieder ein Anlass, bei dem alle herumlaufen und sich schrecklich beschäftigt geben würden. Die beiden Wichtigtuerinnen hätten keine Zeit mehr, Klara zu bewachen, und sie konnte sich nehmen, wonach sie sich verzehrte: eine köstliche, verbotene Stunde mit Lance. Alles, was ihr zu erledigen blieb, war die Suche nach einem Ort. Ihr Herz schlug so heftig, dass sie fürchtete, Peter müsse es bemerken.

Peter aber kam ihrem Herzen nicht einmal nahe, sondern streichelte ihren Bauch. »Was meinst du, Liebes – ob darin wohl schon etwas Kleines wächst?«

Klaras Freude verflog im Nu. In den Tagen, ehe ihre Blutung eingesetzt hatte, war ihr übel vor Angst gewesen, sie könnte tatsächlich schwanger sein. Sie hatte niemanden, dem sie sich anvertrauen konnte. In Berlin wäre sie in die Küche gegangen und hätte Hilde entlockt, was sie wissen musste. In Küchen ließen sich Gespräche über solche Dinge nicht verbieten, doch in der Küche des Großen Hauses fanden sie auf Griechisch und Türkisch statt, und Klara verstand kein Wort.

Warum machten Frauen es sich so schwer? Warum setzten sie sich nicht zusammen, rauchten Zigarren oder eine *nargile* und schwatzten darüber wie Männer über den Krieg? Klara konnte unmöglich die einzige Frau sein, die ein solches Problem quälte: *Mein Mann will ein Kind – was muss ich anstellen, um keines zu bekommen?*

Eine Freundin hätte sie gebraucht, doch sie hatte nie eine gehabt. Kiki war ihr ans Herz gewachsen, aber sie war noch ein Kind. Außerdem war sie Peters Schwester und eingewoben ins verfilzte Teppichmuster der Delacloches. Wie hätte sie Klaras Vertraute sein können, wenn sie zugleich mit allen anderen dicke Tinte machte? Klara hatte keinen Menschen für sich allein.

Höchstens Lance, der sein Geschlechtsteil aus ihr herauszog, ehe es diese Substanz absonderte, von der man schwanger wurde. Manchmal vergaß er es, doch wenn es nur ab und zu vorkam, machte das nichts aus, sagte er. Da sie aber schlecht Peter drängen konnte, das Gleiche zu tun, hatte sie sich schließlich ein Herz gefasst und Lance gefragt.

Der hatte gelacht, wie er es meistens tat. Beim Lachen öffnete er den Mund so weit, dass Klara seine rosa Wolfszunge sehen konnte. »Warum willst du denn kein Kind vom guten Herrn Gemahl? So ein braves Jungchen wie unser Peter, der wird doch seiner *Maman* nur Freude und kein bisschen Ärger machen.«

Es klang lustig. Aber es ging ihr zu weit. »Ich mag nicht, wenn du dich über Peter lustig machst.«

»Ach nein? Magst du das nicht? Was für ein Pech – ich mag es nämlich ganz außerordentlich.«

»Und was soll mit uns werden, wenn ich ein Kind bekomme?«

»Mit uns?« Wieder lachte er. »Überhaupt nichts, mein Schatz. Ich bin der wilde Lance. Frauen mit Kindern im Bauch fangen an, wie Madonnen zu lächeln und wie Enten zu watscheln, und beides verursacht mir Magengrimmen.«

»Aber würde ich dir denn nicht fehlen?«, fragte Klara.

»Du mir?« Seine schillernden Augen betrachteten sie, und sie hätte ein Lebensjahr hergeschenkt, um darin lesen zu können. Gleich darauf lachte er wieder und gab ihr einen Klaps auf die Wange. »Pass eben auf, dass du dir so einen Plagegeist nicht aufhalst. Setz dich aufs Bidet, wenn Peter seine Gattenpflicht erledigt hat, und spül die Soße raus. Ihr habt doch so viele Muselmanen im Haus, dass Peter zu *Ramadan* Spucknäpfe aufstellt – lass es dir von denen zeigen, die sind Meister darin.«

Seither schlich Klara sich ins Bad, sobald Peter eingeschlafen war, und schrubbte sich auf dem Bidet, bis sie wund war. Es tat ihr gut. Als mache es etwas ungeschehen.

Peter streichelte ihr noch immer den Bauch. »Ich will nicht, dass du dir Sorgen machst«, sagte er. »Auch nicht, wenn du jemanden sagen hörst, das Reich wäre nach diesem Krieg wie ein leer geschöpfter Suppentopf, aus dem die Großmächte mit gewetzten Messern Reste kratzen.«

Die Art des Ausdrucks schreckte Klara aus ihrer Trance. »Wen soll ich denn so ein Zeug sagen hören?«

»Nimrod«, murmelte Peter. »Verstehen muss man ihn ja. Er hat es mitgemacht, ist verwundet worden – und es hat alles nichts genützt. Kein Wunder, dass die Welt ihm schwarz erscheint, und wenn dann einer wie der Peter ankommt, der vom Krieg nichts begreift, ist es kein Wunder, dass Nimrod der Zorn packt.«

Klara sah ihn sich an, stellte im Geiste Nimrod in seiner Galauniform daneben und konnte nicht fassen, dass sie Brüder waren. »Wie kommt das eigentlich, dass Nimrod einen Orden trägt und du nichts vom Krieg begreifst?«, fragte sie. »Auf der Militärschule in Konstantinopel wart ihr doch beide, und du bist der Ältere.«

»Ja, das stimmt.« Peter lehnte seine Wange gegen ihre Schulter. »Aber ich war dafür so ungeeignet wie nur möglich. Ich denke langsam. Beim Militär ist das tödlich, und hätte ich nicht Tuncay gehabt, hätte es für mich ein böses Ende genommen, obwohl wir gar keinen Krieg hatten. Mein *Yüzbasi,* das ist bei euch ein Hauptmann, hat zu mir gesagt: ›Es würde mich nicht wundern, wenn Sie der Erste wären, der uns bei einer Übung stirbt.‹«

Klara schluckte mit Mühe eine Frage: *Was kannst du überhaupt?* »Warum warst du dann auf dieser Schule? Wenn ich es richtig verstanden habe, können doch Europäer zum Militärdienst nicht gezwungen werden.«

»Das ist richtig«, antwortete er. »Zumindest wenn es um katholische Europäer, nicht um *rayah*-Griechen wie die Familie meiner Mutter geht. Der französische Konsul ist für unsere Belange zuständig, aber mein Vater hat sich gefragt, was Frankreich im Zweifelsfall wohl tun würde, um unsere Interessen zu wahren, wo wir doch gar keine Franzosen sind. Und ebenso fragte er sich, wie lange das Osmanische Reich die Kapitulationen wohl aufrechterhalten würde, wenn wir bis in alle Ewigkeit nichts dafür tun.«

»Was sind Kapitulationen?«

»Privilegien, die uns der Sultan einräumt, seit im vierzehnten Jahrhundert Einwanderer aus Europa in sein Herrschaftsgebiet kamen. Das Osmanische Reich hat uns immer bevorzugt behandelt, doch mein Vater fürchtet, dass es damit ein Ende haben wird, erst recht, wenn das Komitee für Einheit und Fortschritt die Macht zurückgewinnen sollte. Er will nicht, dass unsere Kunden sich gegen uns stellen, also kam er zu dem Schluss, es sei an der Zeit, dass wir mit aller Konsequenz Osmanen werden. Mir scheint das richtig. Auch Armenier und Griechen werden ja zum Militärdienst eingezogen. Weißt du, was ein armenischer Kamerad aus Van mir gesagt hat?«

»Woher soll ich das wissen?«

»Es ist eine Ehre, dass Christen diesem Land endlich dienen dürfen wie Muslime, und ein Mann, der von seinem Land nicht bewaffnet wird, ist ein …«

»Ein was?« Peters Art, sich wie ein verklemmtes Mädchen mitten im Satz zu unterbrechen, zerrte Klara an den Nerven.

»Ein Verschnittener«, murmelte Peter und holte Luft. »So weit muss man ja nicht gehen. Aber dieses Wort *Nation,* das die Franzosen lieben und das die Osmanen bis vor Kurzem gar nicht kannten, hat schon seinen Reiz. Man möchte zu dem Land, das einem Heimat ist, ganz gehören. Ich würde für dieses Land eintreten. Nur wäre ich, anders als Nimrod, dabei nicht von Nutzen, sondern würde nur Schaden anrichten.«

Er zögerte, dann rückte er von ihr ab. »Weißt du, was ich an deiner Stelle denken würde?«

»Nein.«

»*Ich bin beim falschen Bruder gelandet.* Das würde jeder an deiner Stelle denken. Nimrod und Theri lieben sich ja schon ihr ganzes Leben, andernfalls hätte ich damals auf dem Silvesterball zu dir gesagt: *Sie müssen meinen Bruder kennenlernen.* Ich hätte nicht gewagt, dir mich selbst anzubieten.«

Von Neuem streichelte er ihren Bauch. Klara spannte die Bauchdecke steinhart an. Vage erinnerte sie sich, gelesen zu haben, dass manche Frauen unfruchtbar gemacht wurden, weil sie eine Schwangerschaft nicht überstanden hätten. Sie hätte einen Arzt gebraucht, dem sie hätte vorlügen können: *Ich habe die Schwindsucht. Erblich. Sämtliche Frauen in meiner Familie sind bei der Geburt ihrer Kinder gestorben.*

»Ich will trotzdem nicht, dass du dich sorgst«, sagte Peter. »Der Krieg geht zu Ende, und dass wir die letzten afrikanischen Gebiete verloren haben, mag uns aus wirtschaftlicher Sicht sogar guttun. Sie trugen ja nichts ein, sondern kosteten nur Geld.«

»Warum wollten die Italiener sie dann überhaupt haben?«

»Das frag besser Nimrod«, erwiderte Peter. »Mir kommen die Beziehungen der europäischen Staaten vor, als würde ich in unserer Teppichfabrik den Frauen beim Weben zusehen: Ich habe sofort das Gefühl, mich zu verheddern.«

»Was soll das heißen? Dass du den ganzen Tag mit Leuten zusammenstehst und darüber redest, mir aber trotzdem keine fünf Worte dazu sagen kannst?« Das Thema interessierte sie nicht einmal sonderlich, nur seine ewige Unfähigkeit regte sie auf.

Er knetete seine Unterlippe. »Das Königreich Italien ist noch jung wie das deutsche Kaiserreich. Beide hatten keine Jahrhunderte Zeit, sich wie Osmanen, Franzosen, Briten und Österreicher ein Imperium zu schaffen. Als Neulinge wollten die Italiener wohl erproben, was sie zustande bringen.«

»Und das war mehr, als alle Welt erwartet hat, richtig?«

»Ich weiß, das klingt bedrohlich.« Er streichelte sie weiter. »Aber dies hier ist Smyrna. Du siehst selbst, wie wir hier leben: Unser türkischer Gouverneur trinkt Gin mit dem amerikanischen Botschafter, der mit einer Griechin verheiratet ist, und schwört auf seinen italienischen Friseur. Wer kann, lässt sich von Armeniern verarzten, von Juden unterrichten und von

Levantinern zum Essen einladen. In Smyrna wohnen zu viele Völker, um Krieg einzuschleppen, und da Smyrna dem Reich mehr Einkommen schafft als alle anderen Städte, lässt man uns gewähren. Selbst während der Revolution hatten wir hier nichts als ein paar Lieferschwierigkeiten, weil Versorgungswege unterbrochen waren. Solche Dinge beruhigen sich wieder. Das haben sie immer getan, und das werden sie auch diesmal tun.«

»Und wenn nicht?«, fragte Klara, damit das Salbadern aufhörte.

»Dann hast du mich«, sagte er. »Meine Mutter hat sich nie sorgen müssen. Mein Vater hat ihrem Heiratsvormund Kyriakos versprochen, dass er sie immer behüten wird, und hätte dein Vater mich gefragt, hätte ich ihm das Gleiche versprochen. Ich bin kein Heldenmaterial wie mein Bruder, aber ich werde alles tun, um euch zu behüten.«

»Uns?«

»Dich und unser Kind«, sagte Peter und tätschelte wieder ihren Bauch.

Klara zwang sich, an nichts als die Soiree zu denken, an die ersehnte Gelegenheit, mit Lance allein zu sein. Sie erhob sich ein wenig, um aus dem Fenster in den Regen zu starren. *Bei den Geranien,* fiel es ihr ein. In einem der beheizten Treibhäuser, wo jetzt kein Mensch hinkam, würde sich ein traumhaftes Versteck für ihre verbotene Liebe finden.

12

Die Frau schrie wie am Spieß.

Tatsächlich klangen ihre hohen, spitzen Schreie so, als würde sie von der Scheide bis in den Brustraum von einem Spieß durchbohrt, den ihr jemand im Leib noch umdrehte. Dabei entströmte ihr ohne Unterlass Blut, als hätte der Spieß sie inwendig aufgerissen. Ihre Strümpfe, ihr Rock, ihre Bluse, alles war rot durchtränkt.

Sevan hatte bereits in Hut und Mantel im Empfang gestanden, als die Frau zur Tür hereingeschleift worden war. Bei ihr waren eine ältere Frau, die sie mit Mühe stützte, ein Mann, der vollkommen verstört wirkte und dem Tränen über das Gesicht liefen, und eine Schar Kinder, die Sevan so schnell nicht zählen konnte.

»Doktor *Efendi!*« Der Mann, der mit der älteren Frau die Blutende gestützt hatte, packte ihn an den Mantelaufschlägen. Woran der Mann erkannt hatte, dass er Arzt und kein Besucher war, wusste er nicht. »Doktor *Efendi!* Helfen Sie. Meine Frau stirbt.«

Es war nicht das erste Mal, dass sich ein türkischer Patient im armenischen Hospital einfand. Es hatte einen ausgezeichneten Ruf, lag zentral und war dafür bekannt, dass es niemanden abwies. Wohl aber erlebte Sevan zum ersten Mal, dass ein Türke seine Frau herbrachte. Kein Muslim ließ seine Frau von einem Christen berühren, wenn er es vermeiden konnte. Der Mann musste außer sich sein vor Verzweiflung, und aus dem Anblick der Frau zu schließen, hatte er dazu allen Grund.

Sevan hatte keine Zeit zum Überlegen. Sein Dienst war zu Ende, er hatte ihn bereits bis zum letzten Augenblick ausgedehnt. Weil dies häufig vorkam, hatte er sich in einer der Abstellkammern einen Schrank eingerichtet und dort die verdreckte Arbeitskleidung gegen seine Abendgarderobe getauscht. Nicht selten blieb er bis tief in die Nacht, weil es an Ärzten fehlte.

Nur die unerfahrensten Kollegen, zu denen Sevan vor Kurzem selbst noch gehört hatte, waren ausschließlich im Hospital tätig. Die, die bereits Ruf und Namen hatten, leisteten pflichtbewusst ein paar Stunden ab und behandelten daneben eigene Patienten, was ihnen ein höheres Einkommen verschaffte.

Sevan hatte keine eigenen Patienten. Er war immer hier. Von Rhipsime bekam er zu Recht Vorwürfe, weil er sie zu viel allein ließ. Er vermisste das Lachen seiner Tochter, und im *Garatash Vardanyan Club der Leichtathleten* würde bald niemand mehr sein Gesicht erkennen. Was ihn trieb, hätte er Rhipsime kaum erklären können: eine Mischung aus Dankbarkeit, Verpflichtung und einem kaum benennbaren Wunsch.

An diesem Abend hatte er dennoch pünktlich gehen wollen, weil jemand ihn gebeten hatte, an einer Veranstaltung teilzunehmen. Es ging um die Ausbildung eines jungen Mädchens, das Geld brauchte, wie Sevan es gebraucht hatte. Er hatte seine Teilnahme zugesagt. Der nächste Schrei, den die Frau ausstieß, machte ihm jedoch klar: Er hatte nicht nur keine Zeit, sondern keine Wahl.

Zur Aufsicht über Pavillons und Krankensäle waren lediglich

zwei Ärzte im Hospital verblieben. Yeznigh Margaryan, der Leiter, der einer anderen Zeit entstammte, und Soghomon Beyleryan, blutjung, voll Eifer, aber ohne Erfahrung. Keiner von beiden würde in der Lage sein, noch etwas für die Frau zu tun. Womöglich würde überhaupt kein Mensch dazu mehr in der Lage sein, aber Sevan hatte einen Eid geleistet. Mehr noch als der Eid bewirkte der Blick des Jungen, der ihn aus der Gruppe der Kinder unvermittelt traf. *Rette meine Mutter.* Er musste es versuchen.

Die Frau in einen der Untersuchungsräume im Erdgeschoss zu schaffen, hätte kostbare Zeit gekostet. Sie musste in den Operationssaal, auch wenn es unmenschlich schien, ihr den Weg zuzumuten. »Kommen Sie«, rief Sevan dem Mann zu, wies die Treppe hinauf und nahm der älteren Frau, die vor Erschöpfung taumelte, die jüngere ab. Ihr Mann trat an ihre andere Seite, und gemeinsam trugen sie sie Stufe um Stufe nach oben. Ihre Schreie gingen in Wimmern über. Sie musste halb wahnsinnig vor Schmerzen sein.

»Wie weit ist sie?«

Hilflos zuckte der Mann mit der freien Schulter.

Sevan erkannte sein Gesicht. »Sie arbeiten auf dem Telegrafenamt, nicht wahr?«

Der andere nickte. »Es war wie im Taubenschlag heute, keine Walze stand still, und alles lief durcheinander. Und dann steht auf einmal die Schwiegermutter da, bringt mir die Frau und sagt, sie stirbt – und die Kinder hängen ihr am Rockzipfel!«

Sevan benötigte alle Kraft, um die Frau, die ihm wie eine Tote im Arm hing, in die Höhe zu stemmen. Der Mann hielt an ihr fest, übernahm aber keinen Teil der Last. Im Schleppen wandte Sevan den Kopf und sah die Schwiegermutter bei der Tür stehen. Sie kämpfte mit sich. Etwas zog sie ihrer Tochter hinterher, etwas anderes drängte sie, das Gebäude zu verlassen.

»Sie wollte nicht herkommen«, entschuldigte sich ihr Schwiegersohn. »Ich soll die Frau zu Mustafa Doktor *Efendi* bringen, sagt sie, es ist falsch, zu Christen zu gehen. Recht hat sie ja, wo uns nun wieder Christen den Krieg erklären, aber Mustafa Doktor ist zu weit weg, und bei uns im Viertel heißt es, im Armenierhospital wecken sie Tote auf.«

Die Frau stieß ein Heulen aus. Sevan musste stehen bleiben und ihr Gewicht in seinen Armen verlagern, um ihr die Schmerzen zu erleichtern. »Was für Christen haben uns den Krieg erklärt?«, fragte er keuchend. »Geht es um den Balkanbund, stand deshalb heute auf Ihrem Amt keine Walze still?«

Die Großmächte hatten gemeinsam eine Erklärung abgegeben, in der sie sich verpflichteten, kein Rütteln an den Grenzen auf dem Balkan zu dulden, doch die Balkanstaaten hatten dazu mit den Zähnen geknirscht. Ihr Triumph, die erkämpfte Unabhängigkeit, versetzte sie in einen Rausch aus Selbstbewusstsein, und Italien hatte ihnen vorgemacht, dass die planlose osmanische Armee alles andere als ein Bollwerk war. War dies der Augenblick, in dem sie nach den europäischen Gebieten des Reiches griffen, das ihrem Rechtsempfinden nach ihnen gehörte?

Aber die Menschen, die dort lebten, das Völkergemisch, das so schwer zu sortieren war wie das von Smyrna, wie sollte das aufgeteilt werden? Schnitt sich jeder ein Stück heraus und spuckte die, die ihm nicht schmeckten, wieder aus wie die Kerne von Kornelkirschen?

Der Mann schüttelte den Kopf. »Ich weiß nichts, ich sitze nur am Telegrafen. Zehn Jahre war ich beim Militär und hab auch nichts gewusst. Recep auf dem Platz neben mir hat gesagt, ich muss bleiben, denn da geschieht etwas Großes. Die in Europa wollen uns niedermachen, und die Schiffe, die wir von den Engländern kaufen, sind noch nicht fertig und noch nicht bezahlt. Aber ich musste doch zusehen, dass was mit der Frau passiert.«

Sie erreichten den Operationssaal. Glücklicherweise war er am Nachmittag für eine Magenresektion aufgeheizt worden, und unter dem Dach hielt sich die Wärme. »Sie haben das Richtige getan«, sagte Sevan zu dem Mann.

»Meine Frau wird nicht sterben?«

Sevan sah ihn an, ohne Antwort zu geben.

Der Mann holte aus und wies auf die Kinder. »Wir haben sechs. Ich muss Geld verdienen, und die Schwiegermutter ist nicht ganz richtig im Kopf – wer soll sich denn kümmern?«

Sevans Blick fiel auf die Frau, deren Kopf am Hals hing wie eine abgeknickte Blüte. Sie konnte höchstens ein paar Jahre älter sein als Rhipsime. Die Schmerzlaute wurden leiser, verloren an Kraft, aber nichts von ihrer Qual. »Sie darf kein Kind mehr bekommen«, sagte er. »Wenn sie es überlebt, müssen Sie dafür sorgen.«

»Aber sie ist meine Frau.«

Heirate eine andere, dachte Sevan. *Heirate drei, vier Frauen, aber bring diese nicht um.* Der nächste Gedanke erschreckte ihn, als hätte ein Fremder ihn in seinen Kopf gepflanzt: Wenn ich sie durchbringe, sterilisiere ich sie. Ich stelle sicher, dass sie in ihrem ausgelaugten Körper nicht noch ein Kind austragen muss, dass sie den Kindern, die sie hat, erhalten bleibt.

Wie konnte er so etwas denken? Rhipsime hätte sich vor ihm geekelt, hätte sie geahnt, dass er erwog, sich an der heiligen Gabe des Lebens zu vergreifen. Rhipsime wünschte sich einen Sohn. Sie, die sonst nie Schwäche zeigte, hatte kürzlich in der Nacht geweint und ihm gestanden, dass sie lieber sterben würde, als keinen Sohn zu bekommen. Sevan hatte sie in die Arme genommen, ihren Kopf unter seinem geborgen. »Aber ich will nicht, dass du stirbst, *siranush*. Aghavni und ich, wir wollen ein langes Leben mit dir teilen.«

Der Augenblick der Vertrautheit war schnell verflogen, sie hatte sich von ihm gelöst und sich die Tränen abgewischt.

Jetzt hing sein Blick am Gesicht der Fremden. Frauen wie sie bekam er ständig zu sehen, wenn auch nicht in gar so elendem Zustand: Frauen, die im Durchschnitt um die fünfzehn Kinder austrugen, die anämisch und ausgezehrt waren und mit dreißig den Körper einer Greisin hatten. Keine Frau – gleich welcher Schicht und welchem Volk sie entstammte – war davor geschützt. Eine Art von Trotz begehrte in ihm auf: Was war Verbrechen an heiligem Leben und was war Wohltat? Hätte eine dieser verzweifelten Frauen ihn um die Sterilisation gebeten – was hätte er getan?

Nicht auf alle Fragen gab es klare Antworten. Manchmal beneidete er Rhipsime, weil ihr Gewissen auf jede eine wusste.

Der Sohn der Frau starrte noch immer zu ihm auf, sooft er sich ihm zuwandte.

Vorsichtig zog Sevan einen Arm unter der Achsel der Frau hervor, um die Tür des Operationssaals zu öffnen. Das Blut lief unvermindert stark. Sevans Kleidung, der englische Staubmantel, Gehrock, Hemd und Hose, waren längst durchtränkt. Die Klinke konnte er nicht erreichen. Glücklicherweise kam gleich darauf Doktor Margaryan die Treppe heraufgehumpelt, gefolgt von Soghomon Beyleryan, der wie Sevan für den Athletik-Club *Garatash Vardanyan* lief.

»Was brauchen Sie?« An Sevan vorbei öffnete Margaryan die Tür. »Geburtsstuhl? Operationsliege? Ist es eine reife Geburt?«

»Ich nehme es an«, sagte Sevan. Der junge Beyleryan kam ihm zu Hilfe. Margaryan rief nach Schwester Narine, die den Geburtsstuhl heranfuhr, aber Sevan schüttelte den Kopf. »Ich möchte sie flach lagern. Ich befürchte einen Gebärmutterriss.«

Er hatte noch einen weiteren üblen Verdacht, dem er nachging, sobald die Schwangere auf die Operationsliege gebettet worden war. Der Schleier, den vermutlich ihre Mutter ihr angelegt hatte, rutschte ihr von Kopf und Gesicht. Die Haut war blass und kalt, obgleich schweißbedeckt. Ihr Herz raste, das dichte Haar war seltsam gestutzt. »Bringen Sie Ihren Mann weg«, rief Sevan Narine zu. »Die Kinder auch.«

Am meisten fürchtete er die Kränkung des Mannes, wenn der zusehen musste, wie der christliche Arzt seine Hände ins Innerste seiner Frau drängte, wie er durchpflügte, was ihm heilig war, das verborgene Serail ihrer Liebe. Der Mann aber ließ sich nicht fortschicken. Er gab der Schwester die Kinder mit, behielt aber den Ältesten, den, der Sevan anstarrte, bei sich.

Sevan streifte Handschuhe über. Sein Verdacht bestätigte sich nach zwei Griffen: Das Kind kam in Gesichtslage, und es war bereits im Becken der Frau verkeilt. Wie ihre Überlebenschancen standen, hing von der Schwere der Ruptur ab. Wenn sie es schaffte, würde sie eine Blutübertragung brauchen. Zuerst aber musste das Kind aus ihr geholt werden.

Glasklar stand ihm vor Augen, dass ihm die furchtbarste Prozedur bevorstand, die er je an einem Menschen vorgenommen hatte. Er liebte sein Kind, er hatte nie ein größeres Wunder gesehen als ein Neugeborenes, dessen winzige Vollkommenheit in jedem Menschen den Reflex auslöste, es zu beschützen. Über diesen Reflex würde er sich hinwegsetzen müssen, um zu tun, was unvermeidlich war, wenn die Frau auch nur die geringste Chance haben sollte. »Äther«, sagte er zu Doktor Margaryan. »Bitte helfen Sie ihr mit den Schmerzen. Sie hat keine Kraft mehr.«

»Sie nehmen eine Sectio vor?«

Sevan schüttelte den Kopf, gerade als Narine mit einem Wagen voller Instrumente aus dem Sterilisator zurückkam. »Dafür ist es zu spät. Bei der Lage ist eine Kranioklasis die einzige Möglichkeit.« Es war gut, dass es Worte wie *Kranioklasis* gab, Fremdworte, deren Klang nicht preisgab, was sie bedeuteten: die Zertrümmerung des kindlichen Schädels im Mutterleib, um anschließend im Gehirn wie in einem Topf *bobasch* zu rühren und es zum Abfluss zu bringen. Alsdann galt es, das tote

Kind mit der Zange herauszuholen, es zur Not zu enthaupten und dabei zu beten, dass die Mutter nicht starb und der mörderische Akt sich nicht als sinnlos erwies.

»Geben Sie Äther, oder der Schmerz bringt sie um«, fuhr er den Leiter des Hospitals an, wie es ihm nicht zustand.

Doktor Margaryan nickte Beyleryan zu, der verschwand, um den Äther vorzubereiten. Sevan atmete auf. Für gewöhnlich versuchten Geburtshelfer, die Gabe von Äther zu vermeiden, weil er die Gebärende zu schläfrig machte, um das Kind herauszupressen. Diese Gebärende aber hatte dafür ohnehin keine Kraft mehr, und bei der Art von Zangengeburt, die Sevan durchführen würde, kam er ohne ihr Pressen aus. Er wollte sie betäubt, während er ihr Kind umbrachte. Margaryan wandte sich ihm wieder zu. »Das können wir nicht tun«, sagte er auf Armenisch und berührte Sevans Arm.

»Ich muss«, erwiderte Sevan. Es kostete nicht einmal Mut, denn er hatte keine Wahl. Professor Schauta hätte es getan, und Sevan würde es ebenfalls tun. Sie lebten in keinem entlegenen, vom Fortschritt vergessenen Kontinent, sondern in einem der Moderne zugewandten Staat. Sie würden um das Leben der Frau kämpfen, wie in Wien darum gekämpft worden wäre.

»Schneiden Sie das Kind heraus«, sagte Margaryan. »Ich meine es gut mit Ihnen, glauben Sie mir das.«

»Wenn ich schneide, stirbt sie, das wissen Sie so gut wie ich.«

Margaryan sah ihn an wie einer der traurigen englischen Hunde, bei denen die Augen so tief wie die Ohren hingen. Mit einem Kopfnicken wies er auf den Ehemann, der steif und scheu bei der Tür stand und seinen Sohn an den Schultern hielt. »Wir müssen tun, was ihr Mann von uns verlangen würde. Das Ungeborene retten. Um jeden Preis.«

»Ich muss Leben retten, das geboren ist.« Sevan spürte, wie ihm auf der Stirn der Schweiß ausbrach. »Dazu bin ich Arzt.«

»Sie sind Christ. Sie dürfen nicht töten.«

Die Worte waren Vögel mit Klauen, die sich in seinen Rücken gruben. Sevan fasste sich wieder. »Ich nehme an dem Kind vor, was nötig ist, um das Leben der Mutter zu retten. Dass es dabei stirbt, erfüllt mich mit Trauer, aber es ist mit den Mitteln, die der heutigen Medizin zur Verfügung stehen, unvermeidlich.«

Margaryans Blick wurde flehend. »Tun Sie's umgekehrt. Retten Sie das Kind und betrauern Sie die Frau. Wir haben uns zu verantworten, Agasian. Dies mag eine Stadt mit mehr Christen als Muslimen sein, in der ein Armenier bisher nichts zu fürchten hatte. Aber sie ist von muslimischen Siedlungen umgeben, in denen die Luft wie Zunder ist. Es soll wieder Krieg geben, wo für den ersten noch nicht einmal ein Frieden unterzeichnet ist. Ich möchte hier keinen Mob, der mir mein Hospital stürmt – Säle voller Menschen, die zu krank sind, um zu flüchten.«

Die Klauen in Sevans Rücken drangen tiefer. Flüchtig war ihm, als wenn Rhipsime zu ihm sprach: *Das Schicksal deines Volkes schert dich nicht. Wenn es nach dir geht, kann dein Volk zugrunde gehen, um eine einzige kostbare Türkin zu retten.*

Ja, dachte Sevan, *eine einzige kostbare Türkin, eine einzige kostbare Mutter, einen einzigen kostbaren Menschen.* Er hatte noch immer keine Wahl, und er hatte keine Zeit. Beyleryan kam mit der Ätherflasche samt Schlauch und Maske. Die Frau stieß einen kraftlosen Laut aus. Sevan nahm dem Kollegen die Gerätschaften aus den Händen und setzte der Frau die Maske aufs Gesicht. »Drehen Sie auf«, befahl er Beyleryan. »Höchste Stärke.«

Zu der Frau sagte er auf Türkisch: »Atmen Sie tief, *Hanimefendi.* Es wird Sie erlösen. Wenn Sie wieder zu sich kommen, ist alles vorbei.«

Sevan sah die Dämpfe des Äthers durch den Schlauch quellen. Mit dem nächsten Blick überprüfte er die Instrumente. Es war alles bereit, der Kranioklast und die Perforationsnadel lagen neben der Geburtszange, die Kinder für gewöhnlich lebend aus ihren Müttern holte. Wenn er den Eingriff noch länger aufschob, machte er ihn sinnlos, weil Frau und Kind bereits gestorben wären.

»Ich beginne jetzt mit der Kranioklasis«, sagte er zu Margaryan. »Es ist das Einzige, was ich verantworten kann. Wenn Sie es mir verbieten, räume ich meinen Platz und übergebe den Fall an Sie.«

Kein armenischer Mann sprach zu einem Älteren mit so wenig Ehrerbietung. Sevan befestigte seinen Mundschutz, griff nach der Flasche mit dem Karbolspray, versuchte Routine in seine Bewegungen zu legen, um zu vergessen, welchem Zweck sie dienten. Durch die Handschuhe spürte er die Kühle des Metalls, als er den Griff der Perforationsnadel umfasste.

»O mein Gott, steh uns bei«, stöhnte Margaryan. »Wissen Sie, was Sie da tun, Agasian? Sie schälen ein türkisches Kind vor den Augen des Vaters stückweise aus der Mutter. Was glauben Sie, was binnen Stunden hier los ist? Wissen Sie nicht, dass bereits unter der Hand gedruckte Flugblätter kursieren, auf denen grässliche Karikaturen von Christen ebendies tun – türkische Kinder aus schwangeren Leibern reißen und zerstückeln?«

Rhipsime hatte ein solches Flugblatt auf dem Tablett mit der Post gefunden. Sie hatte es Sevan vors Gesicht gehalten und vor Angst geschrien, aber Sevan hatte das primitiv gemachte Pamphlet als Ausbruch eines Einzelnen abgetan, wie es sie immer geben würde, wo Menschen dicht beieinanderlebten.

Margaryan stöhnte noch einmal. »Der Mob vom Pagos wird aufstehen. Ich sehe die Horden schon mit Steinen und Brandfackeln bewaffnet unser Tor stürmen.«

Sevan konzentrierte sich auf seinen Atem, zog den Mundschutz noch einmal vom Gesicht und drehte sich um: »Ich habe mit Ihnen zu sprechen, *Efendi*«, wandte er sich auf Türkisch an den Mann, der mit seinem Jungen an der Tür stand. »Es ist nichts Schönes, das ich Ihnen sagen muss: Um Ihre Frau zu retten, bleibt mir nichts übrig, als Ihr Kind zu töten. Es wird hässlich aussehen. Ich würde Ihnen das gern ersparen, aber ich habe keine Wahl, also bitte ich Sie, mir die Erlaubnis zu erteilen. Sie sind Mann und Vater wie ich. Bitte vertrauen Sie mir.«

Der Mann starrte Sevan an, ebenso sein Sohn. Er klappte den Mund auf, Kinn und Kiefer zitterten. »Das Kind töten? Und … es wird dann nicht mehr schön sein? Aber es kann doch die Waschung erhalten, das *Salaat al-Janaza* kann über ihm gesprochen werden?«

»Nein«, erwiderte Sevan, der daran nicht gedacht hatte. »Es wird nicht in einem Stück herauszuholen sein.«

»Aber ohne Totengebet kommt doch mein Kind nicht ins Paradies! Sie schneiden es in Stücke? Mein Kind muss in Stücke geschnitten in sein Grab?«

Sevan fühlte sich, als wäre er gegen eine Wand gerannt. Warum hatte er nicht bedacht, dass dem Kind in den Augen seines Vaters etwas Schlimmeres geschah als der Tod? Ewige Verdammnis. Er glaubte, Aghavni lachen zu hören, und wusste, dass er das von dem Mann nicht verlangen durfte. Es war ein Fehler gewesen, ihn zu fragen – er selbst hätte als Arzt die Entscheidung verantworten müssen, die die einzig richtige war.

Dazu aber war es jetzt zu spät.

Die Augen des Vaters füllten sich mit Tränen. »Bitte nicht«, flehte er Sevan an. »Wenn es Gottes Wille ist, dass es stirbt, dann soll es sterben. Aber so, dass ich es wie meine anderen begraben kann.«

Die Augen des Sohnes brannten auf Sevans Haut. Sevan konnte die Silben lesen, die seine Lippen formten.

Anne – Mutter.

Wenn Sevan einen Kaiserschnitt durchführte, würde der Junge keine Mutter mehr haben.

Wenn er wie beabsichtigt mit der Kranioklasis fortfuhr, bekäme der Vater keinen Leichnam, den er dem Imam übergeben konnte.

Es gab eine dritte Möglichkeit, einen Eingriff, bei dem die Schambeinfuge der Frau geteilt wurde, um ihr Becken wie durch ein Scharnier zu öffnen. Es war der einzige Weg, um beide zu retten, doch viel wahrscheinlicher war, dass beide starben, selbst wenn ein erfahrener Arzt den Eingriff vornahm. Sevan war kein erfahrener Arzt. Er hatte eine Symphisiotomie noch nie durchgeführt, und seine Patientin war dem Tod nah. Sie würde noch mehr Blut verlieren, vermutlich aus der Betäubung nicht mehr aufwachen.

Wenn er noch einen Augenblick vergeudete, würde ihr Tod ihm die Entscheidung abnehmen. »Ich brauche elastische Verbände und einen Katheter«, sagte er zu Narine.

»Was haben Sie vor?«, rief der junge Beyleryan, der frisch von der Hochschule in Konstantinopel kam. »Wenn Sie ihr das Schambein öffnen, ist die Frau doch im Handumdrehen tot.«

»Geben Sie noch Äther«, sagte Sevan. »Ich werde mein Bestes versuchen, um Mutter und Kind zu retten. Ob es gelingt, liegt nicht in meiner Hand.«

13

Als Sevan auf die Straße hinaustrat, war die Sonne untergegangen. Am Tor der Klinik brannte eine Laterne, und der Lampenschein der Hauptstraße sandte einen Schimmer. Alle Teile seiner Kleidung waren durchtränkt von Lymphe, Blut und Fruchtwasser. Es war still auf der Straße, ein leiser Wind kühlte ihm die hämmernden Schläfen. Am geschmiedeten Zaun stand eine Gestalt, die auf ihn wartete.

»Guten Abend«, sagte sie.

»Xenia!«, rief er. »Es tut mir unsagbar leid.«

Sie trat auf ihn zu, schob seinen blutbeschmierten Mantel auseinander und strich mit flachen Händen über seine Revers. »Sie haben Ihre Pflicht getan, das ist kein Grund, sich zu entschuldigen. Ich habe gewartet, um Sie abzuholen. Bitte gehen Sie nicht erst nach Hause, kommen Sie gleich mit zu uns.« Sie wies auf ihren Einspänner, den sie selbst fuhr und an der Straße abgestellt hatte.

»Ich kann doch in diesem Aufzug nicht zu Ihnen kommen«, rief er. »Und das Konzert wird ja auch zu Ende sein. Ich gebe aber gern eine Spende für die junge Didem …« Er tastete in den Taschen des ruinierten Mantels nach dem Geldbeutel.

»Keine Spende.« Xenia Delacloche schüttelte den Kopf. »Ich möchte, dass Sie kommen. Sie haben es mir versprochen, Sie wissen, was es mir bedeutet, und das Konzert ist auch noch nicht zu Ende. Es gab Neuigkeiten, die für unschöne Tumulte sorgten, und als die sich gelegt hatten, habe ich Peter gebeten, den Beginn der Darbietung noch weiter hinauszuzögern.«

Es war falsch, ihr nachzugeben. So absurd Rhipsimes Verdächtigungen waren, auf der Hand lag jedenfalls, dass Xenia Delacloche ihrer Bekanntschaft zu viel Bedeutung beimaß. Zudem setzten sich Schlachter mit dem Blut ihrer Opfer an der Kleidung nicht in Salons und genossen Hausmusik.

Wohin aber gingen Schlachter? Nach Hause, zu Rhipsime und Aghavni, gehörte er noch weniger. Zum ersten Mal glaubte er, zu verstehen, was einen Mann dazu trieb, sich in eine Kaschemme zu setzen und *raki* zu trinken, bis er vom Stuhl kippte.

»Ihren Gehrock richtet Ihnen der Hausbursche her«, sagte Xenia Delacloche. »Und ein Hemd können Sie von einem meiner Brüder borgen.«

»In die Hemden Ihrer Brüder passe ich zweimal.«

»So klein sind Sie nicht«, verwies sie ihn. »Sie *machen* sich klein. Wissen Sie, dass Sie mir damit wehtun? Der Zustand Ihrer Kleidung macht mir nichts aus. Sie sind keiner von den verwöhnten Herrchen, die den Tag damit zubringen, in beheizten Kaufhäusern Hände zu schütteln. Sie leisten Arbeit, die wertvoll ist.«

»Nicht doch, Xenia.« Er streifte ihre Hände behutsam von sich ab. »Ich denke weder, dass ich mich kleinmache, noch dass die Arbeit Ihrer Angehörigen weniger wertvoll ist als meine. Und nichts für ungut – was ich tue oder lasse, sollte Sie nicht bekümmern. Es geht Sie ja nichts an.«

»Warum verletzen Sie mich? Ich dachte, Sie wären der einzige Mensch, der empfindsam genug ist, das nicht zu tun.«

»Es war nicht meine Absicht, Sie zu verletzen.«

»Das ist es nie«, stieß sie hervor. »Und das ist das Schlimmste: Man wird verletzt und darf nicht einmal jemandem böse sein, denn es hatte ja niemand die Absicht.«

»Sie dürfen mir böse sein.«

»Ihnen nicht. Aber die gesamte Familie Delacloche funktioniert so.« Sie berührte seine Hand. »Kommen Sie jetzt? Auf Ihren Aufzug wird kein Mensch achten. Montenegro hat dem Osmanischen Reich den Krieg erklärt, und der Rest der Balkanstaaten wird binnen weniger Tage folgen. Zwar nimmt, wie in Smyrna üblich, niemand etwas ernst, aber umso willkommener ist ihnen allen der Krieg als Anlass, zu palavern und sich wichtigzutun.«

»Warum so zynisch, Xenia? Sie tun Ihrer Familie Unrecht, und ich bin sicher, die Nachricht, dass nun an einer neuen Front gekämpft wird, beunruhigt Ihre Verwandten ebenso wie Sie.«

»Meine Verwandten beunruhigt nichts als ihr eigener Nabel«, versetzte Xenia. »Wir sind Smyrnioten, denken sie sich, wir wohnen im Paradies, und ins Paradies darf der böse Krieg nicht kommen.«

»Ich denke das auch«, sagte Sevan.

»Das ist kindisch«, entgegnete Xenia. »Ihrer nicht würdig.«

»Vielleicht kommen wir trotzdem um diesen Krieg herum«, sagte Sevan. »Der Großwesir will ihn nicht, so viel steht fest.«

»Warum sollte er ihn nicht wollen? Die vergreiste Marionette versteht sich auf nichts anderes, oder?«

Ahmed Muhktar *Pascha,* der Großwesir, der seit dem Sturz der jungtürkischen Regierung mehr schlecht als recht eine Übergangsregierung leitete, war pensionierter General und über siebzig Jahre alt.

»Vielleicht will er ihn nicht, *weil* er sich darauf versteht«, sagte Sevan. »Er weiß, dass das Heer angeschlagen ist, auch wenn wir zahlenmäßig überlegen sind. Dazu kommen die Großmächte – Russland ist den Balkanstaaten im Wort, der deutsche Kaiser hat zumindest Sultan Abdülhamid seiner Freundschaft versichert, und die Briten standen traditionell uns zur Seite, auch wenn ihr Schatzkanzler für die große Idee des Griechen Venizelos schwärmt. Keiner von ihnen kann sich wünschen, zum jetzigen Zeitpunkt in einen Konflikt gezogen zu werden, der nicht der ihre ist. Und für die geschwächte Donaumonarchie, die mit serbischen Interessen im eigenen Land kämpft, gilt das Gleiche wie auch für Frankreich, das in Afrika alle Hände voll zu tun hat.«

»Glauben Sie sich eigentlich selbst, was Sie da predigen?«, unterbrach ihn Xenia. »Oder möchten Sie es sich nur gern glauben?«

Sevan zögerte. »Ich möchte es mir gern glauben«, sagte er dann. Die Großmächte mochten sich in der Tat mehr Zeit wünschen, aber die Waffenarsenale, die in den Himmel wuchsen, waren nicht angeschafft worden, um sie verrotten zu lassen. Früher oder später würde es jede Regierung drängen, sie auszuprobieren.

»Wissen Sie, was ich möchte?« Xenias Augen schienen in dem schwachen Licht zu glühen. »Ich möchte, dass es Krieg gibt, einen richtigen Krieg, und ich möchte, dass er nach Smyrna kommt. Dass er durch diese verschlafene Selbstgerechtigkeit wie ein Sturm tost und all das Alte, Überkommene hinwegfegt. Dass er eine neue Zeit bringt. Eine große, starke, nie da gewesene Zeit.«

Ihre Worte machten ihn schaudern. Vielleicht war es auch nur die Kälte der Herbstnacht, Erschöpfung oder Traurigkeit. Im Grunde wünschte er sich nicht viel anderes: eine Zeit, in der ein Fortschritt in der Medizin den nächsten jagte, in der Geld floss, um Universitäten zu gründen, damit keine Frau mehr unter der Geburt sterben musste, kein Kind aufwachsen, das seine Mutter nicht kannte. Um Broschüren zu drucken und Männern, die ihre Frauen liebten, zu erklären, was fünfzehn Geburten deren Körpern antaten.

Die Frau, deren Name Gülnaz – zarte Rose – gewesen war, hatte merkwürdig kurz gestutztes Haar. Ihr Mann hatte sich über sie geworfen, in den kurzen Haaren gewühlt und in abgehackten Worten erzählt, seine zarte Rose habe sich ihr schönes Haar abgeschnitten, um es auf dem Markt beim Gouverneurspalast zu verkaufen. »Für die Schiffe hat sie's getan. Für die Schiffe von den Engländern, wie die Hohe Pforte es von unseren Frauen verlangt: Deshalb sind doch die Sprecher Seiner Majestät von Haus zu Haus gezogen. Eine gute Untertanin des Reiches verkauft ihr Haar, haben sie gesagt, und von dem Geld kauft das Reich die größten Schiffe, die die Welt je gesehen hat. Gülnaz war eine gute Untertanin, eine gute Muslimin, eine gute Frau. Sie hat das Haar selbst auf den Markt getragen.«

Gute Frauen verkauften ihr Haar, um Geld für Kriegsschiffe zu sammeln, und starben, weil keines für Heilkunde da war. Hätte ein erfahrener Chirurg Gülnaz operiert, vielleicht hätte sie überlebt. Das Kind, das sie geboren hatte, war ein schöner, kerngesunder Junge, der nie wissen würde, wie es sich anfühlte, ein Wunder zu sein und von einer Mutter geliebt zu werden.

Mit kleinen Blättern will ich dich zudecken.
Und die wilde Hirschkuh gibt dir ihre Milch.

Wieder erschauerte Sevan. Als ihm im Operationssaal diese Worte entfahren waren, hatte Margaryan ihm geradezu väterlich einen Klaps auf den Hinterkopf verpasst. »Jetzt kommen Sie doch zu Verstand, Agasian. Was Sie geschafft haben, macht Ihnen keiner von uns nach. Sie haben das Kind gerettet, mehr kann kein Mensch von Ihnen verlangen. Ich gebe Ihnen mehr Befugnisse. Ich sorge dafür, dass Sie mehr Geld bekommen.

Eines Tages werden Sie dieses Hospital leiten, das ist Ihnen doch klar, oder nicht?«

Er erhielt eine Belohnung dafür, dass er die Frau geopfert hatte. Sevan schlang die Arme um den Leib. An seiner Wange spürte er Xenia Delacloches Fingerspitzen. »Ich habe mich auf den Abend mit Ihnen gefreut. Und ich habe nicht viel, worauf ich mich freuen kann. Haben Sie daran gedacht, als Sie mein Leben gerettet haben, haben Sie sich gefragt, was mir als Frau, die nicht zum Kinderkriegen taugt, in dieser Welt noch für Freuden bleiben?«

Als Sie mein Leben gerettet haben. Sie hatte er nicht geopfert. Es war Dummheit, mit ihr zu gehen, aber wie konnte er ihr die Bitte abschlagen? Er stieg in ihren Wagen, und sie trieb auf ihre scharfe, eilige Art ihr Pferd an. Sobald Fahrtwind aufkam, bemerkte er, dass er tatsächlich fror. »Ich wünschte, Sie hätten Freude«, sagte er. »Ich wünschte, Sie könnten Ihrem Leben etwas abgewinnen. Sich selbst etwas wert sein. Auch ohne Kind.«

Sie schlug das Pferd und lachte verächtlich. »Sie sind keine Frau, sonst würden Sie so nicht reden. Ich hätte auch gern studiert. Wie Halide Edib. Die hat einen Muselmanen zum Vater, der Frau und Tochter verschleiert gehen lässt, und trotzdem hat er ihr die Bildung, die einer Frau sonst verwehrt bleibt, von seinem Geld gekauft. Mein Vater, der sich als Freigeist gibt, kauft seinen Töchtern von seinem Geld Nachmittagskleider und Halsgeschmeide. An mir sieht der Plunder aus, als hätte jemand sein Bügelbrett geschmückt.«

»Die Zeiten ändern sich, Xenia. Halide Edib wird als Wegbereiterin wirken.«

War Sevan ehrlich, so machte der Gedanke an die Gelehrte ihn beklommen. Die Organisation, die sie mitbegründet hatte, hieß *Türk Ocaği* – türkisches Herdfeuer –, und um dieses Feuer, das allzu hoch loderte, wollte sie einzig Menschen mit türkischem Blut versammelt sehen. Um Blut ging es. Nicht um Gedanken. Weder um Großväter, die für das Reich starben, noch um Aprikosen trocknende Mütter, die seine Lieder und Legenden bewahrten.

Ihre Reden hatten etwas von dem Sturmwind, den Xenia Delacloche beschwor. Sie kam Sevan vor wie Chrysostomos, der Erzbischof der Griechen, auch wenn der Furcht einflößende Patriarch und die junge Frau äußerlich nichts gemeinsam hatten. Sie waren beide klug und überzeugt, für die, die sie ihr Volk nannten, Griechen hier und Türken dort, um Heil und Segen zu kämpfen, doch das Feuer, das in ihren Reden brannte, hatte etwas Fanatisches. Man hätte diesen beiden nicht im selben Topf einen Kaffee bereiten können, ohne sich dabei des Verrats schuldig zu machen.

Aber das Gegenteil davon war doch Smyrna: Straßen und Häuser voller Menschen, deren Blut wie ein bunt gequirlter Cocktail war. Kruzifixe an den Wänden und Spucknäpfe in den Winkeln. Jeder bereitete für jeden Kaffee und stritt sich darüber, welcher wie Göttersirup und welcher wie Kamelpisse schmeckte. Das war das Mosaik, in das Sevan sich fügte, und Menschen, die predigten, man müsse dieses Mosaik mit brachialer Gewalt auseinanderbrechen, machten ihm Angst.

»Wem soll Halide Edib den Weg denn bereiten?«, rief Xenia Delacloche in den nächtlichen Wind, durch den ihr Pferd galoppierte. »Den unterdrückten Töchtern unterdrückter Mütter, die im Grunde nicht mehr als alt gewordene Töchter sind?«

»Vielleicht brauchen wir ein wenig mehr Geduld?«, fragte Sevan zurück. »Die Säulen, auf die sich unsere Gesellschaft stützt, sind alt und nicht in ein paar Jahren zu ersetzen. Wenn ich mir aber meine Tochter Aghavni ansehe, stelle ich mir vor, dass sie eines Tages sein kann, was sie will. Eine Physikerin. Eine Pilotin. Alles.«

»Ich bin aber nicht Ihre Tochter Aghavni!«, schrie Xenia.

»Ich bin die Tochter von Edmond Delacloche, der Voltaire zitiert, doch im Herzen rückständiger ist als jeder Muselmane. Ich habe keine Zeit, auf Ihre neuen Säulen der Gesellschaft zu warten, während mein Leben verrinnt.«

Erschrocken verstärkte das Pferd den Galopp. Der Einspänner rumpelte durch die Gassen von Kemeralti, dem Basar, in dem auch bei Nacht aus tausend Poren Leben sprudelte. Händler, die mit Kunden feilschten, stoben auseinander. Ein Dreibein mit einem *Tavla*-Spiel stürzte um, und ein Esel preschte in einen Tisch voll Kupfergeschirr. Männer reckten die Fäuste und fluchten. Am Stand des Papageienhändlers schwangen die Käfige wie Glocken. »Ich habe es satt«, sagte Xenia Delacloche. »Ich hätte so viel mehr sein können als irgendeines Mannes Tochter.«

Sie kam ihm vor wie aufgepeitscht. Flüchtig fragte er sich, ob sie womöglich an Heroin gekommen war. Im Hospital und in der Zeit ihrer Genesung hatte er ihr gegen die Schmerzen welches gegeben, weil es weniger süchtig machte als Opium. Später hatte sie ihn noch ein- oder zweimal darum gebeten, was er ihr jedoch abgeschlagen hatte. »Xenia, ich bitte Sie. Es geschieht ein Unglück, wenn Sie das Pferd nicht zügeln.«

»Manchmal wünsche ich mir, dass eines geschieht.«

Die hohen Mauern, die die *Ha Giveret,* die sephardische Synagoge, umgaben, erhoben sich über Geschäfte und Dachgärten. Dicht dahinter ragte das Minarett der Hisar-Moschee in die Schwärze, von dem am Morgen der kindliche Muezzin zu hören sein würde. Seine Stimme, dessen war Sevan sicher, hätte kniefällige Demut im Herzen des kühlsten Spötters geweckt.

»Das Pferd kann gar nicht schnell genug laufen«, sagte Xenia Delacloche. »Ich habe stundenlang auf Sie gewartet und hätte längst zurück sein müssen. Meine Eltern leben auf einer Wolke, und die Verantwortung lastet auf mir. Bin ich nicht da, bricht Anarchie aus. Das ganze Haus mit seinen Kammern, Gängen und Erkern ist wie ein Bau voller Mäuse, die alle über die Stränge schlagen, sobald die Katze ihnen den Rücken kehrt.«

»Das klingt nicht sonderlich bedrohlich«, sagte Sevan. Vor wenigen Augenblicken hatte er den Körper einer Frau zerbrochen, hatte die Hände um ein Herz geschlossen, das sich zum Schlagen nicht mehr bewegen ließ, und hatte einen Mann mit sieben Kindern zurückgelassen, die durch das Dunkel zurück in ihr erstorbenes Haus schleichen mussten. Er sehnte sich nach dem hell erleuchteten Haus der Delacloches, in dem Menschen über die Stränge schlugen und sich nicht allzu viele Sorgen machten.

»Schenken Sie sich eine Atempause«, sagte er zu Xenia. »Lassen Sie die Mäuse tanzen. Wenn uns noch mehr Krieg bevorsteht, wird es Ihrer Familie umso besser bekommen, diesen Abend zusammen zu genießen.«

Sie wandte sich ihm so abrupt zu, dass sie die Zügel verriss und das gehetzte Pferd aus dem Tritt brachte. »So, glauben Sie das? Dass es ihnen allen bestens bekommt, wenn sie ihren Abend genießen, mit wem immer es ihnen passt? Ich hasse das. All dieses Prassen und Feiern, ohne die Folgen abzuwägen, und hinterher das große Klagen.«

»Das verstehe ich. Aber darum geht es doch nicht, wenn Ihre Familie so großzügig ist, einer begabten jungen Freundin einen Musikabend zu geben.«

»Was wissen denn Sie schon?«, fuhr Xenia ihn an. »Die viel gepriesene Großzügigkeit findet sich allein bei meinem Bruder Peter, den niemand ernst nimmt. Übrigens ist das Mädchen auch nicht unsere Freundin, sondern die Schwester eines türkischen Agitators, aber das Herz meines Bruders ist so weit, dass jeder streunende Hund sich darin einen Knochen vergräbt. Der Türke baut womöglich an der Bombe, mit der er uns in die Luft sprengt, und wenn er einem von unseren Mädchen den Weg verstellt, gefriert ihnen vor Angst das Blut. Aber mein Bruder mit seinem weiten Herzen lächelt weiter und verschließt Augen, Ohren und Mund.«

»Der Bursche, den Sie derart schwerwiegend beschuldigen, ist Mutlu öglu Tuncay, nicht wahr? Ich bin sicher, wenn Ihre Vorwürfe der Wahrheit entsprächen, hätten Ihre Brüder ihn niemals in das Haus geholt, in dem Sie und Ihre Schwester leben.«

»Sind Sie von Sinnen?«, schoss sie zurück. »Der Kerl, den Sie verteidigen, würde Ihresgleichen morgen das Dach über dem Kopf anzünden. Die Organisationen, mit denen er sympathisiert, bejubeln die Massaker, die Sultan Abdülhamid in den armenischen Siedlungen abgesegnet hat. Und für so etwas treten Sie ein?«

Die Worte trafen wie Schläge. Sevan krümmte den Rücken und fing sich mit letzten Kräften. Er gehörte ins Bett, nicht auf eine Gesellschaft, aber er hätte nicht schlafen können. »Ich kenne Tuncay nicht«, rang er sich ab. »Es wäre nicht fair, ihn für das zu verurteilen, was andere über ihn reden.«

»Bin ich *andere*?«, rief sie.

Nein, dachte Sevan, *und meine Frau, die dasselbe sagt, ist schon gar nicht* andere. Vielleicht lag er falsch, lebte in einer Wolke, wie Xenia Delacloche es von ihren Eltern behauptete, aber die Wolke war sein unverbrüchlicher Glaube: Smyrna hatte bewiesen, dass Menschen in der Lage waren, zu allseitigem Vorteil miteinander zu leben. Der Fortschritt würde sie verständiger machen, sie lehren, dass das, was sie verband, schwerer wog als das, was sie trennte. In einer Zeit wie der ihren, in der Weltbilder in Stücke brachen, waren Übergriffe unvermeidlich. Das war tragisch, aber wenn der Staub sich legte, würde die Menschheit sich in nie gekannter Klarheit wiederfinden. Dann würde kein Frauenhaar mehr gebraucht, um britische *Dreadnoughts* zu kaufen, sondern alle Ressourcen würden zum Schutz des Lebens vereint.

Der Wagen hatte den Basarbezirk hinter sich gelassen und fuhr nun durch dunkle Wohnstraßen. Hinter Baumkronen verbargen sich die ersten Häuser von Bournabad, Fenster und Balkone, wo noch hier und da Licht brannte, kleine Kosmen, die um sich selbst kreisten. Zu hören war nichts, nur das Rauschen der Blätter und das Klappern der Hufe auf dem Pflaster.

Rhipsime hätte das Thema nicht ruhen lassen, aber Xenia schien es wechseln zu wollen: »Die Männer der Muselmanen sind anders erzogen als Christen«, sagte sie. »Sinnlicher. Ein Türke bekommt von seinem Vater beigebracht, auf seinen Körper stolz zu sein und ihn zur Schau zu stellen, und ein türkisches Mädchen lernt das Gleiche von der Mutter. Da können sie sich hundertmal in Schleier hüllen, in jeder von ihnen steckt eine Haremsdienerin, die sich die Schenkel ölt, um Männer zu verführen. Das verträgt sich nicht mit den Werten eines christlichen Haushalts.«

Jetzt zügelte sie das Pferd doch. Das Dach des Großen Hauses kam in Sicht, und sie war offenbar noch nicht fertig. »Juden geben sich anders«, sagte sie. »Vordergründig scheinen sie mehr dem Geistigen zugewandt, aber unter der Oberfläche sind sie genauso triebhaft. Meine kleine Schwester, die erst fünfzehn Jahre alt und hoffnungslos verzogen ist, treibt mit einem von ihnen ein Spiel, das sie um Kopf und Kragen bringen wird, und niemand kommt auf die Idee, den Menschen außer Reichweite zu schaffen.«

»Sie sprechen aber nicht von Aron de Lemos, oder?«

Xenia riss die Zügel an die Brust, brachte den Wagen vor dem Tor zum Stillstand und fuhr zu Sevan herum. »Das tue ich allerdings. Warum beträgt sich jeder, als könnte dieser ach so wunderbare Israelit kein Wässerchen trüben, nur weil er sich darauf versteht, auf ein Klavier einzuhämmern?« Ein Diener kam, um sich um Pferd und Wagen zu kümmern, aber Xenia schickte ihn weg.

»Ich glaube, Sie machen sich das Leben unnötig schwer«, sagte Sevan. »Aron de Lemos ist ein außergewöhnlicher Musiker. Sie sollten es genießen, in einem Haushalt zu leben, in dem solche Menschen ein und aus gehen, in dem über Kunst und Kultur debattiert wird, über die Wissenschaften …«

»Sind Sie wirklich genauso ein Idiot wie mein Bruder?«, schrie sie ihm ins Wort. »Der merkt nicht einmal, dass er sich im Namen der vergötterten Toleranz sein eigenes Grab gräbt, dass er sich die Nattern am Busen nährt, bis sie ihm die Kehle durchbeißen.«

Sie packte Sevan bei den Mantelaufschlägen, und er schüttelte sich frei. »Was wollen Sie damit sagen?«

»Was wohl?«, erwiderte sie verächtlich. »Kiki und die Türkin sind halbe Kinder, die ahmen nach, was ihnen vorgelebt wird. Und Kiki war im Kern ein gutes Mädchen, frech, aber nicht ohne Moral, bis Peter, der Einfaltspinsel, ihr die giftigste Schlange als Vorbild hingestellt hat.«

»Ich weiß nicht, von wem Sie sprechen. Warum sehen Sie überall Gift und Bosheit, Xenia? Sie werden geliebt, vergessen Sie das nicht.« Er wies auf das Große Haus, das hell erleuchtet hinter dem Tor auf sie wartete.

Xenia starrte ihn an, als hätte sie ihm gern vor Ekel ins Gesicht gespuckt. »Ich bin keine Bettlerin«, sagte sie. »Auch wenn die da drinnen glauben, mir bliebe keine Wahl. Ich mag ein verstümmeltes Wrack sein, eine Art weiblicher Eunuch, zerfressen vom Krebs und schon vorher so hässlich, dass ich über Almosen in Freudentränen hätte ausbrechen müssen. Aber wisst ihr was? Auf eure Almosen pfeife ich. Wer seine Liebe mit der Gießkanne über jede erbärmliche Kreatur ausschüttet, soll mir damit vom Hals bleiben, vom Hals, vom Hals, vom Hals!«

Am liebsten wäre er vom Wagen gesprungen und geflüchtet. Aber er war ein Mann, kein kleiner Junge, und Mitleid war stärker als Furcht. Er schloss die Arme um sie und ließ sie ihr

Gesicht an seine Schulter betten. Als er ihr hatte sagen müssen, dass die Krankheit, die in ihr wütete, sie das Leben kosten würde, wenn er sie nicht operierte, hatte sie nicht geweint. Auch dann nicht, als sie begriff, dass sie für die Heiratskandidaten ihres Standes keine Frau mehr war. Sie war die Tapferste von allen. Sie kniff die Augen zusammen, wurde zynisch oder schrie. Aber sie weinte nicht.

Jetzt weinte sie.

Sevan hielt sie. Strich über strohiges, aus der Frisur gerissenes Haar. Er würde Worte finden müssen, sie zu sich zu bringen, ihr klarzumachen, dass ihr Leben noch Freuden für sie barg. Was für Worte aber konnte es geben, was verstand er, ein verheirateter Mann und Vater, von den Qualen dieser einsamen Frau?

Doch, dachte er. *Von Einsamkeit verstehe ich etwas. Ich habe zehn Jahre lang nichts anderes gekannt, aber weshalb sollte sie mir das glauben?*

Zudem gab es noch etwas anderes, das ihn drängte. Wer die giftigste Schlange war, von der sie gesprochen hatte, wusste er besser, als ihm lieb war. Klara Reinecke. Das Mädchen, das ihn durch ihren Brautschleier angesehen hatte, als stünde ihr der Weg in die Hölle bevor. Und als wäre er, Sevan Agasian, der Einzige, der sie davor bewahren könnte. Später war sie noch einmal zu ihm gekommen, erhitzt vom Tanz, mit glühenden Wangen und beschmiertem Schleier, aber ihr Blick hatte noch immer dasselbe gesagt: *Bewahre mich.*

Er war es ihr schuldig gewesen, noch ehe er sie gekannt hatte. Er hatte es ihrem Vater versprechen müssen. Zudem war sie allein in einem fremden Land und keine neunzehn Jahre alt. Wenn Xenias Ausbruch bedeutete, dass es ihr im Haus der Delacloches nicht gut erging, würde er sich darum kümmern müssen.

Seine Hände streichelten mechanisch weiter. »Sie sind kein weiblicher Eunuch, Xenia, mein Schnitt hat nichts an Ihnen bewirkt, das Sie hindern würde, das Leben als Frau zu genießen. Und Sie sind auch nicht hässlich. Wer das sagt, schaut nicht hin.«

»Mir ist egal, ob ich hässlich bin.« In seinen Armen richtete sie sich ruckartig wieder auf. »All dieses Gewese um klappernde Wimpern und einen niedlichen Schmollmund – was hat das mit Liebe zu tun? Meine Mutter liebt wie ein Kind, wie ein Äffchen, das sich anklammert, weil es allein untergeht. So lieben sie alle, diese Turteltauben der Levante, aber solch eine Liebe habe ich nie gewollt. Der Mann, den ich lieben könnte, verlangt nach keinem Kind, sondern nach einer Gefährtin. Er ist klug, und er will eine Frau, die ihm gewachsen ist.«

Sie presste den Mund auf seinen. Seine Brille rutschte ihm vom Gesicht und fiel unter den Kutschbock. Xenia Delacloche küsste ihn weiter, rutschte auf seinen Schoß und saugte sich an ihm fest. Sevan fühlte sich blind. Sie abzuweisen schien grausam, sie gewähren zu lassen, war Verrat.

Er nahm ihr Gesicht bei den Wangen und drückte ihren Kopf von sich weg. »Nicht doch, Xenia. Ich bin ein verheirateter Mann.«

»Nicht jede Ehe ist heilig.« Wieder wollte sie nach ihm greifen, und er musste kämpfen, um sich zu entwinden. »Zwei wie wir, im Grunde beide Wissenschaftler, modern und aufgeklärt – wie könnten wir glauben, es wäre von irgendeinem Gott gewollt, dass ein Ehepartner den anderen zugrunde richtet?«

Sevan begriff. »Glauben Sie das?«, fragte er sie. »Dass meine Frau mich zugrunde richtet?«

»Jeder weiß es. Es wird geredet. Nicht nur unter den Damen der Stiftung.«

»Was immer geredet wird«, sagte Sevan. »Dass Rhipsime Sahuni mich geheiratet hat, richtet mich nicht zugrunde. Es ist das Glück meines Lebens, und meine Ehe ist mir in der Tat heilig. Und jetzt genug davon. Entwürdigen Sie uns nicht beide.«

Wild und verzweifelt glomm ihr Blick durchs Dunkel. Sah so ein Mensch aus, der zu töten wünschte? Er glaubte sie zu verstehen und schämte sich, weil er nicht großzügig genug war, ihr zu helfen.

Ein muslimischer Mann, der eine zweite Frau nahm, weil sie ihn brauchte – wer maßte sich an, den barbarisch zu schimpfen?

Er glitt vom Bock, hob seine Brille auf und rieb sie an seinem Schal halbwegs sauber. »Möchten Sie, dass ich gehe, Xenia? Ich kann den späten Zug nehmen. Es ist kein Problem.« Es war jedoch sehr wohl eines: Wer sah an seiner Stelle nach Klara Reinecke?

Müde schüttelte Xenia den Kopf. »Bleiben Sie. Ich sorge dafür, dass Ihnen jemand mit Ihrer Kleidung hilft.«

Sie stieg ab und übergab Pferd und Wagen dem Diener. An der Tür stand Tuncay, der offenbar den Dienst eines Hausburschen versah. Aus dem Salon drang Musik, das Sphärensingen der Glasharmonika und die unirdisch schöne Stimme des Mädchens Didem. Xenia schickte Tuncay, um zu besorgen, was Sevan brauchte. Der blieb mit gesenktem Kopf stehen, sandte Sevan von unten herauf einen Blick voll Hass. Nach einem weiteren harschen Befehl schwang er endlich herum und verschwand.

Ein paar Herzschläge lang verlor sich Sevan in der Musik. Das Lied, das Didem sang, kannte er aus seinem ersten Jahr an der deutschen Schule, als hätte es sich in sein Herz gegraben. Es war *Bereite dich, Zion* von einem Kirchenmusiker mit den Namen Johann und Sebastian, die er als Junge so schön gefunden hatte, dass er sie einem Sohn hätte geben wollen. Die Silben des deutschen Textes, die sie gelernt haben musste, ohne sie zu verstehen, sang sie, als wären sie Teil der Musik, nicht als formten sie Worte.

Xenia legte ihm die Hand auf den Arm. »Du bist ein Ehrenmann, der lieber leidet, als anderen Leid anzutun«, sagte sie.

»In der Dekadenz dieser Welt muss man nach solchen Männern lange suchen, und ich liebe dich dafür gewiss nicht weniger. Bleibe mein Freund, Sevan. Ich habe einen Freund dringend nötig.«

Er hätte ihre Worte richtigstellen müssen, war aber zu erleichtert, der Falle zu entkommen. »Es wäre mir eine Ehre, Ihr Freund zu sein.«

Xenia ging, um zu sehen, was ihre Schwägerin trieb. Mit erhobenem Kopf bahnte sie sich ihren Weg durch die Menge und drehte sich nicht um.

14

Sevan blieb stehen und vermied es, an sich herunterzusehen. Stattdessen spähte er durch die Flügeltüren in den Salon, aus dem die Musik kam. Wie gewohnt waren die Stuhlreihen bis auf den letzten Platz besetzt, und versammelt war, was in Smyrna Rang und Namen hatte. Gouverneur Rahmi *Bey*, der zwei befreundete türkische Familien, die Makridis und die Feizis, mitgebracht hatte, thronte zwischen seinem aramäischen Sekretär und dem amerikanischen Konsul, der wiederum seine griechische Gattin neben sich hatte. In der letzten Reihe saßen Ulysses Delacloche und sein Koch Pericles, die Köpfe wie ein Liebespaar zueinander geneigt. Dahinter stand die Hausherrin Adriana zwischen ihrem hochgewachsenen, weißhaarigen Ehemann Edmond und ihrem kompakten, dunklen Ziehbruder Kyriakos.

Kyriakos wirkte kahler als beim letzten Mal, Edmond stand gebeugter, und Adriana trug ein nicht eben kleidsames Rot. Dem zum Trotz erschienen sie Sevan schön. Die drei standen mit ein wenig Abstand und fassten sich bei den Händen, nicht so, als hielten sie einander, sondern eher etwas zwischen sich fest: das Leben, in das sie als junge Menschen gestellt worden waren und das sie mit Anstand geführt hatten. Die Fülle ihrer Erinnerungen – Glück und Kämpfe, Sorge und Wärme, Verdrossenheit, Rührung und Gelächter.

Sevan hätte sich gern bei ihnen bedankt. Er war ein Außenseiter, doch sie hatten ihn mit der Großzügigkeit, die ihnen eigen war, in ihre Gemeinschaft aufgenommen. In dieser Familie war alles groß – Häuser, Gelder, Herzen. Sie jagten nie Kairos' Wolke nach, die nur einmal anhielt, sondern verbrachten in dieser Wolke ihr Leben. Ihm hatten sie gestattet, davon ein Teil zu werden – ein Teil von Smyrna.

Wenn jetzt ein neuer Krieg begann, der Krieg auf dem Balkan, vor dem er sich gefürchtet hatte, würden sie alle betroffen sein: die Delacloche-Söhne, die sich entschlossen hatten, als osmanische Offiziere zu dienen, und die gebraucht werden würden, weil sich christliche Einheiten nicht gern von muslimischen Befehlshabern führen ließen. Rahmi *Bey* und die fröhlichen Konsuln, die nicht würden fortfahren können, ihren Dienst in blauen Stunden mit Gin und Kaffee abzuhandeln. Und Sevan selbst. Ein Krieg auf so großer Skala würde Lazarette erfordern, Feldärzte, Verwundetentransporte. Kollegen würden sich freiwillig melden, und für die, die in den Hospitälern verblieben, wäre die Belastung kaum noch zu bewältigen.

Wie würde er sich entscheiden? Was ihm als Ehre erschien, das erkämpfte Recht, für sein Land Waffen zu tragen, galt Rhipsime als Schande, weil sie dieses Land nicht als das ihre betrachtete.

Kyriakos Kantakouzenos schöne Tochter kam die Freitreppe herunter. »O mein Gott, Doktor Agasian!«, rief sie, sobald sie Sevan erblickte. »Was ist denn Ihnen widerfahren, Sie hatten doch hoffentlich keinen Unfall?«

Sie rannte, dass ihre Haarkrone wippte. Vor ihm blieb sie stehen und streckte die Hände aus, wie um abzutasten, ob alles an ihm heil war. »Ich habe *Giagia* Thea nach oben begleitet und Sie gar nicht kommen hören. Was immer geschehen ist, es tut mir entsetzlich leid. Ich hoffe, es hat nichts mit dieser Kriegserklärung zu tun.«

Die Vermutung lag auf der Hand: Sevan hatte geglaubt, wie ein Schlachter auszusehen, doch in ihren Augen glich er einem Geschlachteten. Der Bund der Balkanstaaten stand unter russischem Schutz. Wenn einer der Staaten dem Osmanischen Reich den Krieg erklärt hatte, würde die alte Furcht vor einer russischen Invasion, die über den Kaukasus kam, neue Nahrung erhalten – und mit ihr der Verdacht, die armenischen Untertanen könnten dem Reich dabei in den Rücken fallen.

Rhipsimes Flugblatt mit der abscheulichen Karikatur fiel ihm ein. Doktor Margaryans Sorge, ein Mob könnte ihm das Hospital stürmen. Die Kriegserklärung schüttete Öl in ein Feuer, das sowohl Armenier wie Griechen bedrohte. Aber dies hier war Smyrna. Im Salon sang ein türkisches Mädchen deutsche Lieder zum Klavierspiel eines sephardischen Juden, und Gäste aller Volksgruppen schwelgten. Rahmi *Bey* mochte den gedankenlosen Bonvivant spielen, aber einen Flächenbrand der Verhetzung in seiner Stadt würde er mit entschlossenen Stiefeltritten austreten.

Unumgänglich war jedoch, dass die christlichen Untertanen bewiesen, auf welcher Seite sie standen. Edmond Delacloche hatte für seine Söhne die richtige Entscheidung getroffen: Warum sollte eine Familie, die seit Jahrhunderten in einem Land lebte, einem anderen angehören und womöglich gegen die eigene Heimat kämpfen? *Heimat* war ein deutsches Wort, das Sevan immer gemocht hatte. Heimat war der Ort, den er sich hatte schaffen wollen, die Welt, in der er nicht blind und fremd war. Er war neun Jahre alt gewesen, die Welt hatte Smyrna geheißen, und kein Armenien, das es nur in beschwörenden Gedanken gab, hätte ihm das ersetzen können.

Das Lied war zu Ende, und im Publikum brach der Applaus los. Eleftheria Kantakouzenou sah ihn noch immer erschrocken an. Ein Mann hätte aus Eisen sein müssen, um dabei gleichmütig zu bleiben. »Mir ist gar nichts geschehen, *Mademoiselle*«, sagte Sevan. »Für meinen Aufzug entschuldige ich mich. Ich habe mich im Hospital verspätet, und Ihre Cousine bestand darauf, ich solle ohne Umschweife kommen. Sie hat schon jemanden geschickt, der mir helfen soll, mich ein wenig vorzeigbarer herzurichten.«

»Wen hat Xenia geschickt?«

»Den Hausburschen. Mutlu Tuncay.« Erst jetzt fiel ihm auf, dass dieser allzu lange ausblieb, um ein paar Waschutensilien und ein Hemd zu besorgen.

Ein Muskel in ihrem Gesicht zuckte. »Ich denke, es wird höchste Zeit, dass jemand diesem Tuncay klarmacht, wie dieses Haus geführt wird.« Der Zorn kam aus heiterem Himmel. Sevan konnte sich nicht erinnern, sie je so erlebt zu haben. »Es tut mir leid. Ich werde mit Nimrod darüber sprechen. Jetzt aber helfe ich erst einmal Ihnen.«

Ohne seine Reaktion abzuwarten, führte sie ihn in die Kammer, in der Galoschen und Regenschirme der Gäste aufbewahrt wurden, und rückte ihm einen Schemel zurecht. »Setzen Sie sich. Ich mache Sie sauber.« Auf einem Bord stand ein Krug, nach dem sie griff.

»Ich kann mich doch nicht von Ihnen bedienen lassen.«

»Und ob Sie das können! Ich schäme mich, dass Sie im Haus meines Verlobten derart schändlich behandelt wurden.« Sie beugte sich über ihn und begann, mit einem Tuch an den Flecken auf seinen Revers herumzureiben.

»Ich bin wirklich nicht schändlich behandelt worden«, sagte Sevan. »Und ich würde nicht gern Aufhebens darum machen. Ich bin sicher, Tuncay wurde aufgehalten, ohne dass ihn Schuld trifft.«

»Sie sind ein sehr netter Mann, Doktor Agasian.« Sie rieb weiter, machte ihre Sache erstaunlich geschickt für ein Mädchen, das umsorgt von Dienstboten aufgewachsen war. »Außerdem waren Sie vorhin nicht hier, als die Abendzeitung mit der Meldung von der Kriegserklärung kam, und haben Tuncay nicht erlebt. Er wollte Peter dazu bewegen, Spenden für Didem zurückzuweisen, wenn sie von uns Griechen kämen. Als Peter versuchte, ihm den Irrsinn auszureden, hat er Didem verboten, zu singen. Es sei schändlich, Musik dürfe allein dem Lob Allahs dienen. Xenia hat recht: Wir haben ihm erlaubt, zu groß für seine Schuhe zu werden.«

»Ich habe Sie noch nie abwertend über einen Menschen sprechen hören«, sagte Sevan. »Es passt nicht zu Ihnen, *Mademoiselle.*«

»Nein, wohl nicht«, gab sie zu. »Aber Tuncays Betragen war unentschuldbar. Dieser Krieg macht uns allen Angst, auch ohne dass in unserem eigenen Haus jemand Hetzreden hält. Zudem macht mich wütend, dass er über Didem bestimmt wie über seinen Besitz und ihr das Konzert verdirbt. Didem hat geweint, meine kleine Cousine Kiki hat geweint, und *Giagia* Thea hat gesagt, der ganze Aufruhr habe ihr jede Lust auf Musik verleidet.« Unsicher lachte sie auf. »Didem hat mir so leidgetan, ich hätte mich glatt Xenias Kampf für Frauenrechte anschließen wollen.«

»Das kann ich verstehen«, sagte Sevan. »Aber damit hätten Sie ja der jungen Didem nicht geholfen.«

»Sie haben recht, fürchte ich. Wir haben ihr alle nicht geholfen. Ich hätte nicht gedacht, dass ich so etwas einmal sage, aber geholfen hat ihr ausgerechnet Lance, der keine Zeit auf Tuncay vergeudet, sondern sie getröstet hat. Und dann Peter, der es irgendwie erreicht hat, dass dieses türkische Pulverfass aufhörte zu dampfen und die arme Kleine doch noch singen durfte. Sir Clifford hat ihm die Schulter geklopft und gesagt, falls er den

Handel je satthabe, sei er im diplomatischen Corps Großbritanniens willkommen.«

Sir Clifford – Clifford Heathcote-Smith – war der britische Konsul, ein Mann der Oden auf seine Liebe zu Smyrna dichtete und im Griechentum das Heil der Welt sah wie David Lloyd-George, der liberale Schatzkanzler seiner Regierung. Sevan lächelte. »Ich finde, Ihre Familie ist ein einziges diplomatisches Corps.«

»Das ist nicht Ihr Ernst!«, rief sie. »Zumindest mich können Sie damit ja kaum meinen.«

»Doch, *Mademoiselle.*«

»Sagen Sie Theri, ich bitte Sie«, forderte sie ihn auf. »Sie gehören doch zu uns.«

»Habe ich es nicht gesagt? Sie sind die geborene Diplomatin.«

Verlegen lachte sie. »Ich komme mir eher wie ein Mädchen in einer Schneekugel vor, das sich fürchtet, weil an ihrer gläsernen Welt jemand rüttelt. Wenn ich ehrlich bin, hätte ich diesen Tuncay und seinen impertinenten Stolz am liebsten zurechtgestutzt, wie mein Vater es bei unverschämtem Personal zu tun pflegt: mit ein paar gesalzenen Ohrfeigen.«

»Bitte tun Sie das auf gar keinen Fall.«

»Nein.« Sie hielt im Reiben inne und senkte den Kopf.

»Wissen Sie, was so nett an Ihnen allen ist?«, fragte Sevan. »Sie spielen zwar mit dem Gedanken, Tuncay durch Schläge zu demütigen, aber Sie schämen sich dafür. Und keiner von Ihnen käme je auf die Idee, ihm die Tür zu weisen.«

Erleichtert blickte sie auf. »Natürlich nicht. Er ist ein dummer Junge, der sich unschön beträgt, aber er braucht die Stellung. Und Peter hängt an ihm. Er behauptet, er habe ihm das Leben gerettet.«

»Wenn er es behauptet, dann wird es wohl so gewesen sein.«

»Aus seiner Sicht gewiss.« Ihr Lachen klang jetzt befreiter.

»Nur wurde man in dieser Militärzeit vermutlich schon zu Peters Lebensretter, indem man sich neben ihn stellte. Wenn je ein Mann für den Kriegsdienst ungeeignet war, dann ist es mein Cousin Peter.« Mit einem Schlag wurde sie ernst. »Er wird in diesen Krieg doch nicht ziehen müssen, nur weil er diese Ausbildung absolviert hat, oder? Für Nimrod ist es etwas anderes, der hat den Lehrgang als Hauptmann abgeschlossen und wird demnächst sicher Stabsoffizier. Für Peter dagegen ist die Armee ein Labyrinth, in dem er sich heillos verfängt …«

Sevan entzog sich ihren Händen, die das Reiben an seinem Anzug wieder aufgenommen hatten. »Ich weiß es nicht, *Mademoiselle*. Ich nehme nicht an, dass er gezwungen werden könnte, denn der französische Konsul würde auf Wunsch der Familie wohl einschreiten. Auch bleibt ja zu hoffen, dass der Krieg nicht lange dauert und Offiziere der *Redif* nicht aktiviert werden. Ist es aber das, was Ihr Cousin sich wünscht? Jahrhundertelang blieb der Kriegsdienst nicht-muslimischen Untertanen verwehrt. Ehe mein Großvater auf die Krim gezogen ist, soll er gesagt haben: *Ich bin stolz, für dieses Reich sterben zu dürfen.* Es war der erste Krieg, in dem Armenier osmanische Waffen trugen.«

»Und ist er gestorben?«

»Ja.«

»Mein Großvater auch. Wir sind *rayahs* – keine Untertanen des griechischen Königs, sondern des osmanischen Sultans und somit dienstverpflichtet. Schon deshalb hat ein Bürschlein wie Tuncay sich nicht über uns zu erheben, als wären unsere toten Großväter nichts wert. Mein Vater ist als Waise aufgewachsen, er hätte ohne Adrianas Familie allein in der Welt gestanden, und er verehrt seinen Vater als Helden. Ich finde, darauf hat er ein Recht, denn was bleibt ihm von seinem Vater sonst? Aber trotzdem – ist es nicht ein bisschen töricht, aufs Sterben-Dürfen stolz zu sein?«

Sevan überlegte. »Vielleicht ist das eine Torheit für Männer«, schlug er vor. »Gibt es keine für Frauen?«

»O doch.«

»Eine gelungene Ehe ist dann wohl eine, in der sich beide Seiten ihre Torheiten lassen, ohne Fragen zu stellen.«

»So wie Tante Adriana und Onkel Edmond.« Ihre Miene hellte sich auf. »Ich mag Sie gern, Sevan, wissen Sie das? Nicht nur weil Sie Xenia gerettet haben, sondern weil Sie ein so netter Mann sind. Meine kleine Cousine Kiki mag Sie auch, und um ein Haar hätte ich Ihnen jetzt erzählt, was Kiki über Sie sagt.«

»Es wäre hässlich von Ihnen, es nicht zu tun«, sagte Sevan. »Ich müsste die gesamte Nacht darüber nachdenken.«

»O mein Gott, nein! Das kann ich Ihnen nicht erzählen.«

Aus dem Salon, wo man sich auf eine Zugabe geeinigt hatte, erklangen von Neuem Didems berückende Jungenstimme und das Klanggespinst, das der sephardische Pianist der Glasharmonika entlockte. Das Stück, das sie gewählt hatten, der verspielte Musette-Walzer aus einer Puccini-Oper, hätte frivol klingen müssen, doch die beiden verliehen der leichtfüßigen Lebenslust einen Unterton von Sterblichkeit, der Sevan ans Herz griff. Die Bilder der toten Türkin kehrten zurück, deren Leben er geopfert hatte.

»Bitte seien Sie mir nicht böse«, sagte Eleftheria Kantakouzenou.

Sevan hatte vergessen, weshalb er ihr hätte böse sein sollen.

»Kiki hat gesagt«, begann sie zögernd, »der armenische Arzt hat so ein kleines Lachen, das sich verkrümelt, sobald man ihn anschaut. Und wenn er die Brille abnimmt, kommen zwei riesige kohlschwarze Augen zum Vorschein wie …«

»Wie was?«

»Wie bei einem Kamel.«

Sie lachten beide. »Ein Kamel ist zumindest ein nützliches Tier.«

»Und Sie sind ein nützlicher Mann.« Noch einmal wedelte sie abstaubend über seine Brust. »Sie sind Arzt. Damit haben Sie auch die beste Entschuldigung für Ihr Hemd, an dem leider nichts zu retten ist. Lassen Sie Ihren Schal darüber hängen, den Anzug habe ich, so gut es ging, hergerichtet. Zwar ist das Konzert zu Ende, aber ich hoffe, Sie genießen zumindest den geselligen Teil.«

»Haben Sie Dank, Eleftheria. Wenn ich ehrlich bin, würde ich nur gern rasch eine Bekannte begrüßen und mich dann auf den Heimweg machen.« Gemeint war Ferdinand Reineckes Tochter. Er fand sich albern, aber er hätte nicht gehen können, ohne sich zu vergewissern, dass es ihr gut ging. Dass er Xenia nicht hatte zurückkommen sehen, beunruhigte ihn zusätzlich.

»Das verstehe ich«, sagte Eleftheria. »Ich mag mir nicht einmal vorstellen, wie müde Sie sind.«

»Ein bisschen schon.« Er nahm die Brille ab und rieb sich die tränenden Augen.

Sie hielt ihm ein Taschentuch hin, das er mit einem Lächeln abwehrte. »Würden Sie mich in dem Fall entschuldigen?«, fragte sie. »Es war schön, mit Ihnen zu sprechen, ich würde mich gern darum kümmern, dass Sie problemlos nach Hause kommen. Aber ich glaube, ich sollte Nimrod suchen. Vorhin war ich völlig in diesen Streit wegen Tuncay eingebunden. Ich bin nicht einmal auf die Idee gekommen, ihm zu sagen, dass er mir fehlen wird, wenn er zurück in den Krieg muss, wie es sich für eine Offiziersbraut gehört.«

»Er ist noch verwundet, oder?«

»Die Armschlinge ist weg«, erwiderte sie. »Wie ich Nimrod kenne, würde er sich für tauglich erklären.«

»Ich denke, ihm zu sagen, dass Sie ihn vermissen werden, ist eine gute Idee«, sagte Sevan. »Es ist ein Pfand, das jedem Mann das Gefühl schenkt, bedeutender als ein Sultan zu sein.«

»So mächtig sind wir?«

Er lächelte noch einmal. »Gute Nacht, Eleftheria.«

»Gute Nacht, Sevan«, erwiderte sie, dann ging jeder von ihnen seines Weges.

Aus dem Salon strömten Gäste in die Halle. Bedienstete reichten Tabletts mit Champagnerkelchen und *Amuse-Gueules* herum, andere näherten sich diskret mit den silberbeschlagenen Kästen, in denen Spenden für Didem gesammelt wurden. Sevan blickte sich um, in der Hoffnung, Klara Delacloche zu finden, konnte aber weder sie noch Xenia entdecken. Stattdessen sah er Peter, der ihm zuwinkte, und kurz darauf Tuncay, der bei der Tür zum Seitenflügel an der Wand lehnte. In seinem Gesicht stand ein Stolz, der so tief verletzt schien, als hätte Eleftheria ihn tatsächlich mit Ohrfeigen in die Schranken gewiesen.

Was Sevan an Smyrna am meisten liebte, war die Gelassenheit im Kern jeder Erregung, die Möglichkeit, miteinander zu reden, aus welcher Richtung man auch kam. Dass das heute Nacht unmöglich schien, machte ihm Angst. Womöglich war daran die Übermüdung schuld, der Schrecken aus dem Operationssaal und die Sehnsucht nach seiner Frau. Er würde sich versichern, dass es Klara gut ging, und dann ihren Mann bitten, ihm einen Wagen für die Heimfahrt zu besorgen. Er würde Rhipsime aufwecken und sagen: »Sei mir nicht böse. Heute Nacht brauche ich dich.« So wie Nimrod Eleftheria brauchte. Das Gefühl, bedeutender als ein Sultan zu sein.

Sevan ging zweimal durch Salon und Halle, die vor Gesprächen summten, konnte das helle Haar der Deutschen nirgends entdecken und suchte schließlich auf der Terrasse nach ihr. Dort war es endgültig zu kalt geworden: Die Laternen brannten noch, doch die von Palmen in Kübeln umsäumte Fläche war leer. Still erstreckte sich der Garten mit seinen gezirkelten Hecken, die die Sicht auf den hinteren Teil versperrten, dem Springbrunnen und den geraden Wegen. Nicht einmal Wind raschelte im Gras, und doch hatte Sevan das beklemmende Gefühl, hier draußen nicht allein zu sein.

Ein wenig kam er sich vor wie ein Tier, das eine Witterung aufgenommen hatte, ohne zu erkennen, woher sie kam. Sie gehörte zu Xenia, begriff er – und Xenia war es, die er suchte. Sie war lange vor ihm auf die Jagd nach demselben Wild gegangen, und jäh wurde ihm klar: Er wollte nicht, dass sie es aufspürte.

Er lief die Stufen an der Flanke der Terrasse hinunter und begab sich auf den erstbesten Weg. Nach ein paar Schritten drehte er sich um und blickte auf das erleuchtete Haus zurück. Der Wunsch, es zu schützen, regte sich. Wenn die Welt von außen an seinen Grundfesten rüttelte, durfte im Innern keine Gefahr lauern. Xenias Reden von am Busen genährten Nattern quälten sein überreiztes Hirn. Gleichzeitig überschlug er unaufhörlich, wen er an diesem Abend in Salon oder Halle gesehen hatte und wer fehlte.

Zwischen den Säulen um das Portal tauchte eine Gestalt auf. Wenn es Xenia war, würde er sie aufhalten können, doch als die Person geschmeidig die Stufen hinuntereilte, erkannte er, dass es sich um einen Mann handelte. »Tuncay *Efendi.*«

»Ich bin nur ein Diener. Nicht nötig, mich anzusprechen wie einen Herrn.«

»Was machen Sie hier?«

Der andere hielt etwas Weißes in die Höhe. »Ich suche Sie. Ich war beauftragt, Ihnen ein Hemd zu bringen.«

»Es tut mir leid, dass Sie meinetwegen Unannehmlichkeiten hatten«, sagte Sevan. »Ich wünschte, Xenia hätte Sie nicht damit behelligt.« Gleich darauf hätte er die Worte zurücknehmen wollen. Gewiss kränkte es den Türken noch tiefer, dass der Armenier, der Zeuge seiner Erniedrigung war, darauf herumritt. »Ihre Schwester hat wunderbar gesungen«, fügte er eilig hinzu. »Sie müssen stolz auf Sie sein, sie hat einen großen Weg vor sich.«

»Meine Schwester geht Sie nichts an«, sagte Tuncay. »Ich frage Sie auch nicht nach Ihrer.«

»Ich habe keine. Nur Brüder.« Gleich darauf tat er etwas, was er selbst nicht verstand. »Meine Schwester ist tot«, sagte er.

Einen Augenblick lang war die Nacht still. Dann fragte Tuncay:

»Wen suchen Sie hier draußen?« Der Wind zerrte die Locken aus seiner Stirn, und im schwachen Lichtschein zeigte sich das klassisch schöne Profil. Die prominente Nase verriet, wie eng in diesem Teil der Welt die, die sich Türken, und die, die sich Griechen nannten, verwandt waren, wie unmöglich es war, die Verflechtungen zu entwirren. Tuncay, Sohn von Mutlu, hätte Eleftheria Kantakouzenous Bruder sein können.

»Ich suche eine Bekannte«, sagte er. »Danach fahre ich nach Hause. Kann ich Sie irgendwohin mitnehmen?«

»Die Gewächshäuser«, stieß Tuncay hervor. »Das zweite, das mit den blauen Blüten. Gehen Sie. Machen Sie dem ein Ende, aber sagen Sie kein Wort zu Peter *Efendi.*« Ehe Sevan eine Frage stellen konnte, drehte er sich um und kehrte ins Haus zurück.

Sevan sammelte sich, dann ging er auf dem Weg weiter, vom Licht des Hauses fort in die Finsternis der bewölkten Nacht. Wo der Weg in ein mit Zierlorbeer angelegtes Rondell mündete, stand ein achteckiger, ein wenig klobiger Pavillon. Dort entdeckte er Xenia, die wie er im Dunkeln tappte.

Leise rief er ihren Namen. Sie fuhr zusammen und drehte sich um. »Sie haben Ihre Schwägerin nicht gefunden?«, fragte er.

Sie schüttelte den Kopf. »Ich bin aufgehalten worden. Sie muss hier draußen sein. Meinem Bruder hat sie eingeredet, sie fühle sich nicht wohl und wolle sich schlafen legen.«

»Vielleicht hat sie das ja getan.«

»Willst du mich für dumm verkaufen?«

Ja, dachte Sevan. *Dich und mich.* Vor allem wollte er sie dazu bewegen, in diesem Teil des Gartens nicht weiterzusuchen.

Xenias Augen glommen. »Sie ist hier draußen. Die Kälte macht ihr nichts aus, wenn sie ihre Triebe ausleben kann. Ich habe es die ganze Zeit gewusst, ich habe mich nur von Theri einlullen lassen. Sie hat es schon auf Uzunada getan. Und ich weiß auch, mit wem. Mit unserem eigenen Cousin, Lance Romain, für den nichts schlecht und verdorben genug sein kann.«

Sie war außer sich vor Zorn, und doch sah Sevan, der sie im Moment ihrer größten Verzweiflung kannte, dass sie lieber geweint hätte. Kurz entschlossen überwand er sich und zog sie in die Arme. »Gehen Sie ins Haus, Xenia. Ich kümmere mich darum.«

»Wie kann ein Mensch so sein?«, fuhr sie auf. »Die kleine Hure hat alles, was sie sich wünschen kann, und wirft es weg. Warum? Was hat mein Bruder Peter ihr getan? Weshalb ist ein Mann, der keiner Menschenseele etwas Böses tut, für dieses dumme kleine Ding nicht gut genug?«

»Ruhig, Xenia. Gehen Sie ins Haus, lassen Sie sich meinetwegen einen Cognac geben, aber tun Sie sich nicht länger so weh.«

»Außer seiner Mutter, die ihn wie einen Götzen anbetet, ist Peter der einzige Mensch, der den verfluchten Lance liebt. Nicht einmal sein eigener Vater hat etwas für ihn übrig. Wer ihn nicht kennt, hält ihn für bezaubernd, doch unter dem Zuckerguss ist er bis ins Innerste verrottet. Zwei Gesichter hat er, und das hinter der Engelsmaske ist eine Teufelsfratze.«

Es verblüffte Sevan nicht zum ersten Mal, wie tief Menschen des vernunftorientierten zwanzigsten Jahrhunderts einer Furcht vor finsteren Mächten verhaftet waren. Er versuchte zu lachen, wie er es bei seiner Frau getan hätte, für die die Welt voller Teufel war. »Nicht doch, Xenia. Sie alle lieben Ihren Cousin. Das macht Ihre Familie aus: Sie streiten sich, dass einem Fremden angst und bange wird, aber wenn das Gewitter sich legt, kommt alles wieder ins Lot. So wird es auch diesmal sein. Das verspreche ich Ihnen.«

»Aber wie soll denn Peter das aushalten? Und wenn er jetzt in den Krieg muss?«

Er hob ihr Gesicht. »Gehen Sie ins Haus und lassen Sie mich sehen, was ich erreichen kann. Noch besteht ja kein Grund, Ihren Bruder aufzuregen.«

»Verschweigen darf ich es ihm nicht. Die Verantwortung kann ich nicht übernehmen. Soll sie ihm erst ein Kind anhängen, das nicht seines ist?«

»Genug jetzt.« Er legte ihr die Hand auf den Mund. »Wenn Sie handeln, ehe Sie wissen, was geschehen ist, richten Sie mehr Schaden an als die Schuldigen. Geben Sie mir Zeit, zu prüfen, wie weit die Sache gediehen ist. Ich treffe Sie morgen in der Stadt, und wir besprechen, was zu tun ist, einverstanden?«

»Sie treffen mich morgen?«

»Aber ja doch, ja.« Er hätte ihr das Blaue vom Himmel versprochen. »Xenia, Xenia. Ab morgen ist Krieg, es darf nicht auch noch Krieg in Ihrem Haus sein, es gibt doch Sorgen genug.«

Es dauerte lange und kostete Kraft, aber sie beruhigte sich. Zwischendurch fragte er sich flüchtig: *Was gehen mich diese Leute an, was lasse ich mich in ihre Angelegenheiten ziehen?* Aber die Delacloches waren nicht *diese Leute.* Sie hatten ihm ihre Freundschaft geschenkt.

Nach einer Flut von Beteuerungen ließ Xenia sich bewegen, ins Haus zurückzukehren. Sevan ging weiter. Statt der Ziersträucher säumten den Weg jetzt Dattelpalmen und sauber beschnittene Schwarzpinien, die in der mondlosen Nacht wie Gestalten mit ausgestreckten Armen wirkten. Sevan aber war kein schreckhafter Mann, und dass sein Herz zu schnell schlug, hatte andere Gründe. Seit Jahren versuchte er, Rhipsime zu lehren: Schaden fügten nur die Menschen einander zu, keine Geister.

Hinter dem verlassenen Tennisplatz reihten sich die Gewächshäuser, die von Edmond Delacloche zwischen denen seiner Brüder. War dies der Ort, an dem die Affäre stattfand? Wer aber sagte ihm, dass es diese Affäre überhaupt gab? Die beiden, die es behaupteten, Xenia und Tuncay, waren verletzt und erregt. Wen wunderte es, wenn sie die Schatten an der Wand zu Bedrohungen umdeuteten?

Sevan sah die junge Frau auf ihrer Hochzeit vor sich: Sie hatte sehr blondes Haar, wie man es selbst unter Levantinern selten zu sehen bekam, und ein Lachen, das laut war und ansteckte. Ihren Schleier hatte sie sich beschmutzt, und in den Schuhen stakste sie, als würden sie ihr nicht passen. »Das ist also mein Klärchen«, hatte Ferdinand Reinecke gesagt. »Die braucht dich jetzt, kleiner Sedan, so wie du damals mich gebraucht hast. Du erinnerst dich doch? Und du wirst ja wohl kein Mädchen im Stich lassen, das dein Schwesterchen sein könnte? Habe etwa ich dich im Stich gelassen, damals vor dem *Café Iskander?*«

Die Bilder der lachenden Klara wurden überlagert von denen der Braut vor der Kirche, der Angst, die den Schleier durchdrang. Dann folgten Bilder der toten Gülnaz auf dem Operationstisch. *Ich lasse dich nicht im Stich,* dachte Sevan und ging weiter. *Dich nicht.*

Die Gewächshäuser lagen im Dunkeln. Drei standen nebeneinander, das in der Mitte war kürzer als die übrigen. Da er bei einem anfangen musste, wählte er dieses, ging an der Front entlang und öffnete die gläserne Tür. Betäubender Duft schlug ihm entgegen. Vor der Tür lag die Herbstnacht mit dem Geruch von feuchter Erde und verwesendem Laub, doch im Innern explodierte ein Frühling, reckte sich ihm in unzähligen Blüten entgegen. Hyazinthen. Groß wie Kindsköpfe. Ins Freie gepflanzt würden sie vor März nicht blühen, aber hier war die Zeit außer Kraft gesetzt. Instinktiv langte er nach der Lampe, die über dem Eingang baumelte. Elektrisches Licht. Selbst im Gewächshaus.

Der erstickte Schrei der Frau klang wie von einem Kind.

»Verfluchte Scheiße«, kam es von dem Mann.

Sie lagen im Gang zwischen den Kästen mit den Hyazinthen, die weißen Hinterbacken des Mannes reckten sich Sevan entgegen. Dann rollte er von der Frau herunter, in das Gestell, das die Kästen trug. Ein Kasten stürzte um und riss andere mit sich wie beim Dominospiel. »Verfluchte Scheiße, Tuncay, warum kümmerst du dich nicht um deinen eigenen Dreck?«

Fluchen in feinstem Französisch klang nie echt – eher so wie der Text des deutschen Liedes bei Didem, auswendig gelernt, ohne sich um die Bedeutung zu scheren. Töpfe fielen zu Boden. Einer traf den Mann am Kopf, und über seine Schulter ergossen sich Erde, Tonscherben, fleischige Blüten.

Die Frau sprang auf. Sie war nackt, zitterte, hielt sich ein lächerliches Stück Stoff nicht vor, sondern zwischen die Brüste. Ihre Brüste waren praller und schwerer, als Sevan sie sich vorgestellt hätte. Umso mehr überraschte ihn, wie verletzlich diese üppigen Brüste wirkten. Helles Haar fiel darüber. Sevan drehte sich weg. Die Frau war Klara Reinecke.

Aber der Mann war nicht Lance Romain.

15

Die Tür sang in den Angeln. Ein wenig wie das Instrument mit den Glasschalen, das Klara nicht mochte, weil der Klang ihr unheimlich war. Sie lag auf dem Rücken, mit dem Gesicht zur Front des Gebäudes, deshalb sah sie sofort, was geschah. Über die Schulter des Mannes hinweg, der Liebe mit ihr machte. Ein Schrei entfuhr ihr. Gleich darauf flammte Licht auf und tauchte das Glashaus in blendendes Gelb.

Klara glaubte zu sehen, was der Eindringling sah: eine Frau, die nackt auf Steinfliesen lag, und einen Mann, der sich nackt in ihr bewegte. Dieser Ort war ihr so unwiderstehlich erschienen, eine gläserne Schatulle in schwarzer Nacht, darin Wärme und Blütenduft, die die Zaubertage des Sommers beschworen. Jetzt aber erschien ihr die Szenerie geradezu obszön.

»Verfluchte Scheiße!« Nimrod rollte von ihr herunter und riss dabei Blumenkästen um. Erde traf Klaras Gesicht. *Das hier muss ein Traum sein,* dachte sie, *ich wache gleich auf und kann nicht glauben, was für einen Unsinn mein Hirn fabriziert hat.* Den Mann in der Tür erkannte sie sofort. Es war der zierliche

Arzt mit der Brille, dem sie vor der Kirche begegnet war wie dem letzten Menschen vor dem Eingang zur Hölle.

Es war kein Traum. Es war das Ende.

Der Mann war Xenias Liebhaber, behauptete Kiki, und bestimmt hatte sie ihn geschickt. Brühwarm würde er Xenia Bericht erstatten, die würde schäumend vor Empörung Peter einweihen, und der würde Klara zurück zu ihren Eltern schicken. Eine von Madame Cariberts Schülerinnen hatte das Pensionat verlassen müssen, weil ihre Mutter in einen solchen Skandal verwickelt war. Klara hatte das Mädchen kaum gekannt, aber das Getuschel hielt sich wochenlang in der gesamten Schule.

»Die wird sich umbringen«, hatte Sidonie von Schweda getönt. »Was soll sie auch sonst tun? In der Familie ist sie auf ewig der Schandfleck, und ein anderer nimmt doch so eine nicht mehr.«

So eine war Klara jetzt auch. Sie würde als Schandfleck nach Berlin zurückgeschickt werden, und keiner würde sie mehr nehmen. Sie würde nicht mehr in Smyrna wohnen, nie mehr im *Carousel* einen *Southside* trinken und dabei aufs Meer schauen, in dem sich die Kontur von Gustave Eiffels Zollhaus spiegelte. Der Traum, in dem sie zurück auf die Insel kam und das Haus der Granatäpfel schon vom Boot aus erkannte, würde sich nie erfüllen. Aber ihr Leben hatte doch dort begonnen, sie hatte gerade erst angefangen, sich selbst zu entdecken – wie konnte das alles jetzt schon wieder vorbei sein?

Mit einem Schlag wurde ihr bewusst, was sie getan hatte. Nach ein paar Wochen Ehe hatte sie alles zerbrochen wie die Braut in den geschenkten Schuhen. Und wofür? Sie sprang auf und sah fassungslos zu, wie sich Nimrod auf die Füße rappelte. Er war besser dran als sie, hatte sich die Hosen nicht ausgezogen, sondern heruntergestreift und brauchte sie sich jetzt nur über den Hintern zu zerren. Dabei schwankte er von einem Bein aufs andere. Was hatte sie bewogen, für diesen Mann, an dem im gelben Licht so wenig Besonderes zu sein schien, ihr Leben aufzugeben?

Ein Leben, das sie mit solcher Hoffnung erfüllt hatte, solcher Lust, solcher Neugier auf die Türen, die es noch vor ihr auftun würde, die Wege ins Unbekannte. All das hatte sie weggeworfen für einen Mann, mit dem sie überhaupt nicht hatte hier sein wollen. Für einen Mann, der sich, ohne sie anzusehen, in seine Hose strampelte, während er keuchte und fluchte: »Verfluchte Scheiße, Tuncay, warum kümmerst du dich nicht um deinen eigenen Dreck?«

Klara griff sich das nächstbeste Kleidungsstück, das sie zu fassen bekam, das Miederhemd aus Spitze, das sie in der Rue Franque gekauft hatte, um es an diesem Abend über der Schnürbrust zu tragen. Jetzt war es ein läppischer Fetzen Stoff, der nichts bedecken, nichts wiedergutmachen konnte. Sie sah zu, wie es von ihren Brüsten herunterrutschte, wie diese Brüste sich dem Eindringling regelrecht entgegenreckten und wie die Brustwarzen zitterten. Sie hatte sich nie so verwundbar gefühlt.

»Das ist nicht Tuncay«, brachte sie heraus. Tuncay wäre das kleinere Übel gewesen, auch wenn er erregbarer wirkte als der schmale, bebrillte Mann, der ihr seltsam vertraut erschienen war. Jetzt hingegen war er ihr nicht weniger fremd als Türke – orientalisch, dunkel und undurchschaubar. Türken steinigten Ehebrecherinnen, und Armenier verfuhren vermutlich nicht gnädiger.

Klara schlang die Arme um die Brüste. Tuncay mochte ein in grauer Vorzeit verhafteter Geselle sein, wie er zu Beginn des Konzerts bewiesen hatte, aber er war Nimrods Untergebener. Er hatte einen Harem voller Frauen zu versorgen und brauchte Geld. Gewiss hätte Nimrod sich mit ein paar in die Hand gedrückten Kuruş sein Schweigen erkaufen können.

Dieser dagegen gehörte zu Xenias Gefolge, und sein Blick genügte, um Klara jede Hoffnung zu rauben, dass mit ihm zu reden sein würde. Klara presste die Arme fester um die Brüste. Er würde mit Xenia reden, die nicht ertrug, dass eine andere glücklich war.

Aber ich bin doch gar nicht glücklich, hätte sie auffahren wollen. *Du hast deine Herden von Verwandten, die dich lieben, egal wie sauer du ihnen das Leben machst, und um mich schert sich auf der Welt kein Mensch.*

Flüchtig sah sie zur Seite, zu Nimrod, der sich die Hosenträger mit einem Schnalzen über die nackten Schultern zog. Er drehte sich um. »Mein Gott, Agasian, Sie sind das. Glauben Sie mir, Sie verstehen das, was Sie hier sehen, falsch.«

»Sicher«, sagte der Mann, der einen verschmutzten grauen Staubmantel trug. Er trat in den Gang und hob Nimrods Hemd, seinen Kummerbund und den Gehrock vom Boden auf. »Ziehen Sie sich an. Wäre es vorstellbar, dass wir beide an einem der nächsten Tage unter vier Augen über die Angelegenheit sprechen, ehe ein anderer davon erfährt?«

»Was meinen Sie damit? Sie und ich? Wollen Sie damit sagen, Sie wären bereit, diese Sache nicht an die große Glocke zu hängen? Ich würde mir das etwas kosten lassen, Agasian, Sie wissen schließlich, ich bin kein armer Mann …« Er begann, mit beiden Händen seinen Oberkörper abzutasten, als trüge er seinen Rock und im Innern seine dicke Brieftasche. Der verletzte Arm mit der Narbe bewegte sich dabei steifer, als wäre er nicht echt.

Xenias Galan hob die Hand. »Ich nehme das Geld Ihrer Familie jetzt so wenig an wie an dem Tag, an dem Sie es mir für die Operation Ihrer Schwester angeboten haben.«

»Hat das jemand getan? Mein Gott, nicht auszudenken, wie beleidigt Sie als Arzt sich fühlen müssen. Ich kann Sie nur bitten, mir zu glauben, dass ich damit nichts zu tun habe. Die treibende Kraft wird wohl mein Bruder Peter gewesen sein, der ein braver Bursche ist, aber leider nicht sonderlich taktvoll.«

»Nein«, erwiderte der andere, »der Taktvolle in der Familie sind zweifellos Sie.«

»Hören Sie, Agasian, ich weiß, was Sie aufgrund dieses Vorfalles über mich denken, aber immerhin ist Krieg, und ich …«

»Nein«, schnitt der andere ihm ins Wort. »Was ich denke, wissen Sie nicht, und dass Krieg ist, entlässt uns nicht aus der Verantwortung. Sagen Sie mir lieber, was Sie von mir erwarten würden, wenn ich als Klaras Bruder vor Ihnen stünde.«

»Als ihr Bruder? Keine Frage. Sie müssten mich zum Duell fordern, auch wenn das an der Ehre Ihrer Schwester nichts mehr rettet. Aber von Klaras Familie ist kein Einschreiten zu befürchten, wir verkehren in anderen Kreisen, und einen Bruder hat sie nicht.«

Der Mann kam einen Schritt näher. »Ich möchte, dass Sie die Lage betrachten, als hätte sie einen. Mich. Sind Sie bereit, sich mit mir zu treffen, nachmittags in einem Club statt vor Morgengrauen im Wald, und zu besprechen, was sich tun lässt?«

»Selbstverständlich«, antwortete Nimrod hastig. »Sie bestimmen den Ort, die Zeit, und Sie lassen mich wissen, wie ich mich erkenntlich zeigen kann. Sicher haben Sie gehört, dass meine Division erneut mobilisiert wird, weshalb ich dankbar wäre, wenn wir die Angelegenheit schnellstmöglich vom Tisch bekämen.«

»Morgen. Ich habe meinen Dienst im Hospital zu versehen, aber ich kann Sie anschließend treffen, wo immer Sie wollen.«

»Sind Sie sicher?« Zweifelnd sah Nimrod ihn an. »Dies ist schon das zweite Mal, dass meine Familie Ihnen viel verdankt. Nicht nur mein Bruder, auch meine Verlobte, Mademoiselle Kantakouzenou – es hätte mir zutiefst widerstrebt, sie zu verletzen.«

»Mir auch.«

»Kann ich etwas für Sie tun? Jetzt und hier, nur zwischen uns beiden?«

»Gehen Sie«, sagte der andere. »Sagen Sie Ihrer Schwester, Sie hätten mich getroffen und es gäbe keinen Grund zur Sorge. Für alles Weitere ist morgen Zeit.«

Zaudernd fuhr Nimrod fort, sich anzukleiden, wurde dann schneller, warf sich zuletzt den Rock über und stieg in die Schuhe. »Ich danke Ihnen. Sie haben einen Freund in mir, Agasian.«

Der andere nickte nur.

Nimrod verschwand in die Nacht hinter der Glaswand, ohne sich nach Klara umzuwenden. Sie war allein mit dem Fremden.

»Ich drehe mich um«, sagte er und tat es. »Ziehen Sie sich an.«

Klara stand starr. Die feuchte Hitze lähmte ihren Atem und trieb ihr Bäche von Schweiß aus den Poren. Als sie sich nach ihren Kleidern bücken wollte, begann sie unvermittelt zu weinen.

Der Mann wandte sich zu ihr zurück, zog seinen Mantel aus und hängte ihn ihr um die Schultern. Sein Rock war in kaum besserem Zustand, er sah aus, als wäre er in einem Schweinekoben lang hingeschlagen. Sorgsam zog er den Mantel vor ihren Brüsten zurecht. Klara schluchzte laut auf, und von den gläsernen Wänden schien ein vielfaches Echo widerzuhallen.

»Ich will nicht hier weg«, rief sie. »Ich habe nichts, nur das hier. Alle haben jemanden, der sich für ihn die Beine ausreißt, sogar das türkische Dienstmädchen, nur um mich kümmert sich kein Mensch. Mein Vater hat mir keine Zeile geschrieben, er weiß nicht einmal, ob ich noch lebe, und selbst wenn nicht, wäre es ihm egal. Dieser Grieche, der Vater von Theri, hat zu Adrianas Mann gesagt, er soll sie immer behüten, und was hat mein Vater zu meinem Mann gesagt? *Viel Vergnügen!* Das war das Letzte, was ich ihn habe sagen hören, und er hat es nicht mir, sondern Peter gesagt.«

Sie musste nach Luft ringen, hörte ihre Lungen keuchen.

Längst kümmerte sie nicht mehr, ob etwas, das sie sagte, sie retten würde. Die Worte quollen aus ihr wie Blut aus einer Platzwunde. »Peter hat mich hierhergebracht, aber hat er mich schon einmal gefragt, wie es mir geht? Ihn interessiert viel mehr, dass ein türkisches Dienstmädchen auf Glasschüsseln spielt, und wenn das arme Ding zu weinen anfängt, stürzen alle los, um sie zu trösten. Kiki, für die ich mich eingesetzt habe, Theri natürlich, der gute Geist des Hauses, und Edmond und Adriana, die für ihre Schwiegertochter keinen Blick übrig haben. Ich habe mir eingebildet, wenigstens Lance wäre auf meiner Seite, Lance, der gesagt hat, ich soll einen Ort suchen, an dem wir allein sein können wie im Sommer. Ich dachte, hier wäre es perfekt, es wäre ein bisschen wie auf der Insel.«

»Uzunada?«

Klara nickte. »Ich habe mich so gefreut, ich dachte, in dem ganzen Geschrei um diese Kriegserklärung könnten wir unbemerkt verschwinden, aber was tut Lance? Nimmt die kleine Heulsuse in die Arme und sagt zu mir: Siehst du nicht, dass die arme Didem mich braucht?«

Sacht zog der Mann sie an sich und hielt ihre Schultern, während das Weinen sie schüttelte. »Nicht im Glashaus«, sagte er, als das heftigste Schluchzen verebbte.

»Was?«

Sie hob den Kopf. Er hatte die Brille abgenommen, die ihn europäisch und zivilisiert gemacht hatte, und sah jetzt vollends orientalisch aus. »Hier im Glashaus werfen Sie besser nicht mit Steinen. Vielleicht beschimpfen Sie Didem also nicht ausgerechnet als Heulsuse.«

Ehe sie sich wundern konnte, musste sie lachen. Dann wurde ihr bewusst, dass ihre Brüste an seiner Brust lagen und dass sie unter seinem Mantel nackt war. Erschrocken blickte sie zu ihm auf. Sein Gesicht war seltsam zart, der Schnitt anders als alles Vertraute, der Mund zu groß und die Augen noch größer. Sie waren schwarz und glänzend wie das Haar, die scharf gezeichneten Brauen, die wie getuschten Wimpern.

Klara machte sich los und wich zurück. »Ich bin nicht nur ein Flittchen, sondern auch eine alberne Gans, richtig? Darauf, Nimrod zu schonen, hätten Sie sich eingelassen, aber jetzt, wo ich Idiotin Ihnen auch noch das mit Lance gestanden habe, dürfen Sie nicht länger schweigend zusehen. Nur zu. Übergeben Sie mich meinen Henkern. Wenn ich mein Fett wegbekomme, werden sich alle ins Fäustchen lachen, und wenn ich zurück nach Berlin geschickt werde, wird niemand mich vermissen.«

»Madame Delacloche«, sagte er. »Klara.«

»Aber was ist denn besser an dem, was Sie mit Xenia treiben?«, schrie sie los. »Was ist besser an dem, was all die Moralapostel treiben? Nimrod hat gesagt: Das hier ist ein verdammtes Karussell, das nie aufhört, um sich selbst zu kreisen. Dass Krieg ist, schert keinen. Solange weiter auf Tantchen Floras Glasharmonika gespielt wird und Häppchen herumgereicht werden, will von solchen Unliebsamkeiten keiner etwas hören. Deshalb bin ich mit Nimrod hierhergegangen. Weil von uns beiden keiner etwas hören wollte. Aber er wollte auch von mir nichts hören. Er hat mir von seinen Massakern erzählt, von den Bildern, die ihn verfolgen, weshalb er ohne Licht nicht schlafen kann, von abgerissenen Köpfen und zerstückelten arabischen Kindern. Er ist besessen von diesen Massakern – überall sieht er welche, und in dem Krieg, der jetzt kommt, gibt's neue, sagt er, das zerbröckelnde Reich ist eine Pandora-Büchse, die das Übelste im Menschen befreit.«

»Das scheint mir allzu schwarz gemalt«, sagte der Mann. »Trotzdem glaube ich zu verstehen, was er meint.«

»Ich aber nicht!«, rief Klara. »Ich bin fremd, für mich ist das ein Buch mit sieben Siegeln, das er mir um die Ohren klatscht. Und am Ende erzählt er mir dann von seiner wunderbaren

Theri, die für all das zu zart und zu gut ist und daran kaputtgehen würde.«

»Also hat er es stattdessen Ihnen erzählt.«

Den neuen Tränenschwall, der sich Bahn brechen wollte, kämpfte sie nieder. »Ja, das hat er. Ob ich dran kaputtgehe, schert ihn nicht, denn ich bin ja nicht zart und gut. Nach dem, was *ich* zu erzählen habe, hat er nicht gefragt. Niemand fragt. Und Sie können jetzt zu Ihrer Xenia gehen und ihr auftischen, dass ich nicht nur so schlecht bin, wie sie glaubt, sondern noch viel schlechter. Sicher bekommen Sie ein Küsschen, weil Sie sich so brav geschlagen haben, Sie mutiger Ritter im Kampf gegen nackte Flittchen.«

Was war nur in sie gefahren? Warum peitschte sie den Mann noch auf, statt zu versuchen, ihn zu besänftigen? Klara bekam keine Luft mehr, ihre Nase war völlig verstopft. Er hielt ihr sein Taschentuch hin, das nicht sauberer war als der Rest von ihm. »Nehmen Sie schon. Etwas Besseres kann ich Ihnen nicht bieten.«

Sie ekelte sich. Der getrocknete Dreck auf der Seide war bräunlich.

»Es ist Blut«, sagte er. »Nichts Abscheuliches, nur Blut von einer Frau mit sieben Kindern, an der ich heute Nachmittag den falschen Eingriff vorgenommen habe. Sie ist gestorben. Vor den Augen ihres Sohnes, weil ich nicht den Mumm hatte, zu tun, was nötig war. Glauben Sie wirklich, mir stünde der Sinn danach, mich über irgendjemanden moralisch zu erheben?«

Klara war so überrumpelt, dass sie nach dem Taschentuch griff, ohne noch einmal hinzusehen. Sie schnäuzte sich, dass es ihr in den Ohren rauschte, danach bekam sie zumindest wieder Luft. Der Mann, den sie als Xenias Marionette abgetan hatte, erschien jetzt einschüchternd und bedrohlich. Sie musste sich überwinden: »Sagen Sie mir, was Sie vorhaben, ich bitte Sie. Lassen Sie mich wenigstens nicht im Dunkeln tappen.«

»Habe ich das nicht gesagt?« Vorhin hatte sie flüchtig gehofft, er könnte weniger gnadenlos im Urteil sein als die Übrigen. Jetzt aber hob er eine pechschwarze Augenbraue und wirkte hochmütiger als sie alle zusammen. »Ich treffe mich mit Nimrod und werde mich bemühen, mir sein Schweigen zu sichern. Ich rede mit Xenia, die im Übrigen meine Patientin ist und der Sie mit dem, was Sie ihr unterstellen, Unrecht tun. Wenn es weitere Mitwisser gibt, sagen Sie mir, um wen es sich handelt. Zwar kann ich nicht versprechen, dass ich etwas erreiche, aber ich kann es zumindest versuchen. Dass Herr Romain sich mit minderwertigem Plebs wie mir auf ein Gespräch einlässt, bezweifle ich allerdings.«

So wie er da stand, die Schultern zurückgenommen, den Kopf hoch erhoben, hielt er sich für alles andere als minderwertig. Er kam Klara vor wie Tuncay, unnahbar und erfüllt von einer Empörung, die mit ihr und ihrem kleinen Leben nichts zu tun hatte. »Ich glaube, ich verstehe Sie noch immer nicht«, sagte sie. »Warum sollten ausgerechnet Sie mir helfen wollen?«

Statt einer Antwort sah er sie lange an. Klara wand sich unter seinem Blick, vermochte aber nicht, ihm auszuweichen. Seine schwarzen Augen waren blutunterlaufen. »Weil jemand mich gebeten hat, Ihr Bruder zu sein«, sagte er. »Jemand, dem ich weit mehr als nur diesen Gefallen schulde.«

»Und wer soll das sein?«

»Ihr Vater«, sagte der Fremde. »Vielleicht ist er keiner, der gern Briefe schreibt, und vielleicht weiß er sich nicht gewandt auszudrücken, aber dass Sie ihm gleichgültig sind, ist nicht wahr. Er will, dass Sie es nie so hart haben, wie er es hatte, und er hat mich gebeten, mich um Sie zu kümmern. Ich nahm an, dem sei Genüge getan, indem ich ab und an ein Auge auf Sie habe. Jetzt ist mir klar, wie schäbig ich mit seiner Bitte umgegangen bin. Er hat zu mir gesagt: ›Lass meine Klara nicht im Stich, so wie du deine Schwester nicht im Stich gelassen hättest.‹«

»Sie haben eine Schwester? Jeder hat irgendwen, mit dem er Muscheln auf Sandburgen gedrückt und nachts Höhlen aus Bettdecken gebaut hat, nur ich hatte nicht einmal einen Hund.«

»Meine Schwester ist gestorben«, sagte er. »Sie haben jetzt mich.«

Klara zuckte zusammen. Kein Wort fiel ihr ein, als spräche er eine Sprache, in der sie ihm nicht antworten konnte.

Unbeirrt sah er sie an. »Mit Sandburgen und Höhlen fehlt mir die Übung. Aber wenn Sie mir die Namen der Mitwisser nennen, bemühe ich mich, ihre Diskretion zu erreichen.«

Noch immer war Klara, als hätte sie verlernt, die Sprache zu sprechen, die er sprach.

»Nur bei Herrn Romain habe ich, wie gesagt, wenig Hoffnung.«

Klara begriff, als er *Herr* sagte, nicht *Monsieur*. Die Sprache war Deutsch. »Weshalb sollte Lance mich verraten?«, fragte sie. »Er verriete sich damit doch selbst.«

»Sind Sie sicher, dass das nicht genau die Absicht ist, die ihn treibt?«, fragte er. Als Klara wiederum schwieg, zuckte er die Schultern. »Sie kennen ihn besser als ich. Seien Sie auf der Hut, darum bitte ich Sie. Wie steht es mit Tuncay?«

»Wie kommen Sie auf Tuncay?«

»Er ist mir auf dem Weg hierher begegnet. Als er mich ansprach, kam es mir vor, als wisse er mehr, als er sollte.«

»Mir ist es auch schon so vorgekommen«, rief Klara. »Aber ich habe keine Ahnung, woher er sein Wissen hat.«

»Das habe ich mich bei ihm schon des Öfteren gefragt«, erwiderte der Fremde. »Er wird ständig irgendwo abgestellt wie ein Gehstock oder ein Regenschirm und hält sich dann vermutlich bei Verstand, indem er wie ein Schwamm aufsaugt, was um ihn herum geschieht. Und er mag Ihren Mann sehr gern. Ich denke, er wünscht sich, ihn zu beschützen.«

»Vor seiner Ehefrau?«

»Davor, verletzt zu werden.«

Klara senkte den Kopf, starrte auf die Steinfliesen, wo zwischen verstreuter Erde ihre Kleider lagen. »Fangen Sie schon an«, sagte sie. »Erzählen Sie mir, was für ein reizender Mensch mein Mann ist und was für eine herzlose Teufelin ich bin.«

»Was hätte Ihr Mann davon?«, fragte er. »Ich war gut in der Schule. Ich habe ständig über das, was wir lernen sollten, nachgedacht. Irgendwann haben die anderen Jungen mich verprügelt, weil sie es satthatten, dass die Lehrer ihnen ständig vorhielten, wie gut ich war und wie viel ich denke.«

»Ich glaube, ich hätte mitgeprügelt«, sagte Klara.

»Ich glaube, ich auch«, sagte er. »Ich versuche, mit Tuncay zu sprechen. Er hat nichts für mich übrig, aber wir verfolgen in dieser Sache die gleichen Interessen. Ich denke nicht, dass es Probleme geben wird. Wenn etwas Ihnen Sorgen bereitet, kommen Sie zu mir.« Er legte ihr eine Karte in die Hand, die mit gänzlich unlesbaren Zeichen bedruckt war. Als er bemerkte, wie sie darauf starrte, drehte er die Karte um, sodass die lateinische Schrift sichtbar wurde. Seinen Namen, vor dem zwei Doktortitel standen, konnte sie dennoch kaum entziffern. »Ich weiß nicht, wie man das ausspricht. Ihren Namen meine ich. Wie soll ich Sie nennen?«

»Ihr Vater nennt mich Sedan«, sagte er. »Geht das?«

»Das ist irgendeine Schlacht, von der ein scheußliches Gemälde in seinem Herrenzimmer an der Wand hängt.«

»Ja«, sagte er, »vermutlich. Aber es ist ja nur wichtig, dass ich weiß, Sie meinen mich.«

Mit einem Finger fuhr sie an seinem Namenszug entlang und buchstabierte ihn. »Sevan. Was bedeutet das?«

»Das tut nichts zur Sache.«

»Sie verachten mich, nicht wahr? Sie sind sich zu fein, einer wie mir Ihren Namen zu erklären. Sie werden mir nicht sagen, warum Sie Deutsch sprechen, und Sie wünschten, ich wäre nie hergekommen und hätte Ihnen nicht all diese Probleme aufgehalst.«

»Nein«, sagte er. »Ich wünschte, Sie würden Peter und Eleftheria nicht wehtun. Ich spreche Deutsch, weil Ihr Vater dafür bezahlt hat, dass ich es lerne, und was mein Name bedeutet, weiß ich selbst nicht. Es ist vermutlich nicht mehr als der Name eines Sees auf der russischen Seite des Ararat. Nur meine Mutter hat behauptet, es bedeute: *Das Leben schenkt uns süßes Wasser.*«

Klara steckte die Karte ein und bemerkte, dass sie sie in die Tasche seines eigenen Mantels geschoben hatte. »Sie brauchen mir nicht zu helfen, nur weil Sie meinem Vater etwas schulden. Dass Sie mich mögen, kann mein Vater schließlich nicht erzwingen.«

»Ihr Vater will, dass ich Ihr Bruder bin. Seinen Bruder muss man nicht mögen. Meine verfluchen den Tag ihrer Geburt, sooft ich meinen Besuch ankündige.«

Wie zuvor entfuhr ihr ein Lachen, ehe sie sich wundern konnte. Und ehe sie feststellen konnte, dass sie daran nichts komisch fand.

»Als Ihr Bruder befehle ich Ihnen jetzt, sich anzuziehen«, sagte er. »Und dann bringe ich Sie ins Haus. Wir sagen, Ihnen ist im Garten übel geworden, ich bin ein bisschen mit Ihnen spazieren gegangen, bis Sie sich besser fühlten, und Sie müssen sich in den nächsten Tagen schonen. Ich bin Arzt. Mir glaubt man so etwas.«

Klara klaubte ihre Kleider vom Boden und brauchte endlos, um ein einziges Stück anzulegen. Als endlich alles irgendwie befestigt war, gab sie ihm den verwüsteten Mantel wieder. »Ich wollte so gern, dass alle mich mögen«, sagte sie.

Er nahm sie beim Arm und zog sie aus der Tür. Draußen schien die Kälte nach der stickigen Hitze schneidend, und die Wolken zogen schnell vorbei. »Ich auch«, sagte er. »Deshalb bin ich Arzt geworden. Ich dachte, einen Arzt müsste jeder mögen.«

»Jedenfalls braucht ihn jeder. Mich braucht niemand.«

»Vielleicht müssten Sie jemandem erlauben, Sie zu brauchen«, sagte er. »Aber ich will Ihnen keine weisen Ratschläge zu Dingen geben, von denen ich selbst nichts verstehe. Es ist wie mit Kairos' Wolke. Man denkt wieder und wieder darüber nach, aber im Grunde wissen wir eben nicht, warum sie für den einen anhält und für den anderen nicht.«

»Diese verdammte Wolkengeschichte«, murmelte Klara. »Seit wir uns zum ersten Mal begegnet sind, wollte ich von Peter wissen, was es damit auf sich hat, aber er hat es mir nie erzählt.«

»Sie kennen sie nicht? Sie wohnen in Smyrna und wissen nicht, warum hier in dieser Bucht eine Stadt wie eine unvergessliche Liebe steht und Smyrna heißt?«

»Nein, ich weiß das nicht«, fuhr sie ihn an. »Mir erzählt es ja keiner. Erzählen *Sie* es mir.«

Sie hatten das Haus fast erreicht. Er blieb stehen, drehte sich zu ihr, und seine Züge wurden weicher. »Nein, nicht ich. Bitte fragen Sie Ihren Mann danach, Klara. Vielleicht kann Kairos' Wolke eine Brücke sein, auf der Sie wieder zueinanderfinden.«

»Wir waren ja nie beieinander – ist es nicht seltsam, dass man seinen Friseur besser kennt als den Mann, dem man zusagt, das ganze Leben mit ihm zu verbringen?«

»Sie haben doch noch Jahre Zeit, einander kennenzulernen. Versuchen Sie es, darum bitte ich Sie. Und jetzt muss ich gehen. Ich werde noch endlos unterwegs sein und weiß nicht, ob ich in den nächsten Tagen in den Krieg auf den Balkan muss.«

»In den Krieg?«, rief Klara. »Aber Sie haben doch versprochen, Sie helfen mir!«

»Ich helfe Ihnen«, sagte er. »Ich lasse Sie nicht noch einmal im Stich. Sollten Sie nichts von mir hören, betrachten Sie die Angelegenheit als erledigt. Und wenn Sie mich brauchen, kommen Sie ins armenische Hospital, die Adresse steht auf der Karte.«

»Aber Sie gehen doch in den Krieg!«

»Möglich ist es, aber nicht gewiss. Das Verrückteste an diesem Krieg ist wohl, dass niemand sicher ist, wo er dabei hingehört, und zudem steht noch nicht fest, wie der Großwesir mit der Kriegserklärung umgeht. Wenn ich jedoch wirklich als Feldarzt gebraucht werde, stelle ich sicher, dass im Notfall jemand da ist, der Ihnen zur Seite steht.«

DRITTER TEIL

Smyrna
Winter 1912/13

»Hast du dich ermattet
verflogen?
Ach, warum weinst du,
Nachtigall?«

Yunus Emre, türkischer Dichter
des 13. Jahrhunderts

16

Die Länder des Balkanbundes mochten sich darüber einig sein, dass sie die europäischen Gebiete von den Tälern des Flusses Vardar in Mazedonien quer durch Thrakien bis vor die Tore Istanbuls dem Osmanischen Reich entreißen und anschließend unter sich aufteilen wollten. Aber sie bildeten keine Heereseinheit, die gemeinsam vorging. Fest stand für sie, dass die Länder nicht osmanisch bleiben durften, nicht jedoch, wer hinterher welchen Teil erhalten sollte.

Ohne Absprache gingen offenbar alle vier Regierungen davon aus, dass ein jeder behalten würde, was er erobert hatte. Demzufolge stürzten sich ihre Armeen auf die strategisch bedeutenden Regionen, griffen an wichtigen Fronten an und zwangen die Osmanen, ihre Streitkräfte zu zerstückeln. Ein beträchtliches Aufgebot war sofort nach der Kriegserklärung nach Osten bewegt worden, um in den transkaukasischen Vilâyets die gebirgige Grenze zu Russland zu bewachen. Die verbliebenen Truppen mussten auf die vier Kampfgebiete aufgegliedert werden, die die Bündnisstaaten eröffnet hatten.

Die Bulgaren, um deren Truppenstärke niemand wusste,

rückten nach Thrakien vor und belagerten Edirne, die Griechen kämpften um Epirus im Südwesten des Balkans, und das kleine Montenegro, das den Krieg begonnen hatte, besetzte die Stadt Skodhra im albanischen Siedlungsgebiet. Die Serben, die im Ruf standen, sich wie Wölfe ins Fleisch des Gegners zu verbeißen, pflügten durch Mazedonien und nahmen eine Stadt nach der anderen ein.

Dass noch ein fünftes Land in der Mitte lag wie ein Knochen zwischen wilden Hunden, schien niemand wahrzunehmen. Tuncay wusste selbst nicht viel darüber, der *Tanin,* die Zeitung des Komitees für Einheit und Fortschritt, hatte selten darüber geschrieben, und seit dem Herbst war das Blatt verboten. Immerhin aber war sein Name – Albanien – ein paarmal gefallen. Wie die übrigen hatte Albanien seine Unabhängigkeit gefordert, hatte sich jedoch als zu schwach erwiesen und sich schließlich ins Reich wieder eingliedern lassen. Jetzt gehörte es zu den Gebieten, die die Länder des Balkanbundes zwischen sich wie ein erlegtes Wild zerteilen wollten. Der am heftigsten umkämpfte Zankapfel war eine von Gebirge umgebene Senke namens Kosovo, das die Serben als Wurzel ihrer Geschichte betrachteten. Sie waren entschlossen, sie zu gewinnen, obgleich in dem Gebiet weit mehr albanische Muslime als serbische Christen lebten.

Tuncays Division, die *Smyrna Redif Division* genannt wurde und der Ostarmee angehörte, wurde zur Verteidigung der epirischen Hauptstadt Yania entsandt und war angewiesen, sie zu halten, was immer es kostete. Würde Yania fallen, würden die griechischen Truppen ungehindert auf die Hafenstadt Selânik marschieren, die strategisch von unschätzbarem Wert war.

Der Winter war ungewöhnlich kalt, in den Nächten überfror der Boden, und bei Tage schmolz das Eis und ließ knöcheltiefen Schlamm zurück. Die Ausrüstung der Ostarmee war nach dem Krieg gegen Italien in kläglichem Zustand und auf die Verhältnisse nicht eingerichtet. Rundumerneuerungen, die die Jungtürken seit Jahren betrieben hatten, waren nicht einmal im Ansatz abgeschlossen. Es fehlte an Zelten, Decken, warmer Kleidung, und Tuncays Kompanie, die Nimrod Delacloche unterstand, wurde bei Zuteilungen stets als letzte bedacht.

Der Grund dafür war ein offenes Geheimnis: Mit Ausnahme von Tuncay, der wie in Libyen dem *Yüzbasi* als Offiziersbursche diente, setzte die Kompanie sich nicht aus *Mehmetçik* zusammen, *kleinen Mehmets,* wie die braven muslimischen Infanterieleute geradezu liebevoll genannt wurden. Sie bestand aus christlichen Untertanen Smyrnas und wurde von einem Christen befehligt.

Auf die Christen in der ohnehin dezimierten Armee zu verzichten, wagte die militärische Führung nicht, und christliche Offiziere, die wie Nimrod Teile ihrer Ausbildung im europäischen Ausland absolviert hatten, waren Gold wert. Aber man traute ihnen nicht. Wurden sie bei der Ausgabe von Schnürsenkeln und Flickzeug bereits benachteiligt, so galt dies umso mehr noch für Waffen und Munition. Die muslimischen Kompanien der Linieninfanterie waren mit den neuen, aus Deutschland erworbenen Repetiergewehren des Systems M88 und Bajonetten aus Solinger Stahl ausgestattet worden, die Artillerie mit Maschinengewehren und Feldhaubitzen. Tuncays Kompanie hingegen hatte mit veralteten Schwarzpulverbüchsen aus dem Arsenal in Istanbul vorliebnehmen müssen.

Immerhin aber hatten die Männer Waffen erhalten, mit denen sie im Kampf ihren Teil leisten konnten. Tuncay jedoch war nur ein Offiziersbursche, ein *emir eri,* der sich für keinen Kampfeinsatz bereithielt, sondern Stiefel putzte.

Er schämte sich. Und er war allein.

Die Männer in den übrigen vier Kompanien, die mit seiner in Marsch gesetzt worden waren, machten aus ihrer Verachtung für ihn keinen Hehl. Als Tuncay einem *Mülazim* der Artillerie anbot, ihm einen Bagagewagen zu fahren, nachdem der Fahrer bei einem Scharmützel verwundet worden war, versetzte der ihm einen Stoß vor die Brust und bellte ihm ins Gesicht: »Hau ab, kriech deinen Christenfreunden in den Hintern. Meinen setze ich in kein Gefährt, das du steuerst, und wenn der Tod mir auf den Fersen wäre.«

Die zehn Männer in Tuncays Zug waren Armenier, Aramäer und ein *rayah*-Grieche, Giorgios Kantakouzenos, Nimrods künftiger Schwager – sämtlich Christen, die von ihm Abstand hielten. Sie riefen ihm keine Spottnamen nach und spannten keine Fallstricke, über die er stolpern musste, aber beim Marschieren in Dreierreihen drängten sich die zwei, die zum Dienst mit ihm verdonnert waren, aneinander, damit sie nicht in Gefahr gerieten, ihn zu streifen. Als wäre er als Einziger befallen von Flöhen, Milben und Krätze – Ungeziefer, das alle Soldaten plagte, doch die Christen am stärksten, weil sie sich nicht gern wuschen.

Tuncay hätte froh sein sollen, dass sie ihm nicht nahe kamen, doch die Herabsetzung schmerzte, als liefe er durch eine Gasse und erhielte bei jedem Schritt einen Stockhieb auf den Rücken. Deutsche Militärberater hatten den osmanischen Stabsoffizieren diese Maßnahme zur Disziplinierung anempfohlen:

Uns in Preußen ist dieses Zaubermittel leider seit hundert Jahren verboten, doch für Euren rückständigen Haufen sollte es Wunder wirken. Eure Bastonade ist als Strafe viel zu milde, weil nur die Fußsohlen wehtun, nicht der Stolz.

Wofür aber wurde er bestraft? Er war kein schlechter Soldat, nicht einmal in einem Krieg, der aus endlosem Marschieren ohne Kampfhandlung bestand. Gehorsam war keine seiner Stärken, doch das machte ihn noch nicht zum Rebellen: »Du bist keiner, der sich duckt, weil er vor Strafen Angst hat«, hatte sein Vater gesagt. »Demütigung macht dich nicht zahmer, aber du fügst dich, sobald du einsiehst, was richtig ist. Das ist nichts

Schlechtes, *sevgilim*. Es fordert von denen, die dir Befehle erteilen, nur, dass sie sich Mühe geben.«

In Libyen hatte der *Binbasi,* der dem Bataillon vorstand, sich Mühe gegeben. Vor Tripolitanien, während der letzten Angriffe, ehe sie den Rückzug antraten, war ihre Einheit auf einen traurigen Rest zusammengeschrumpft. Also hatte er Tuncay eine alte türkische Mauser gegeben und ihn in die Deckungsgruppe eines Stoßtrupps eingeteilt. In diesem Gefecht war zum ersten Mal ein Schrapnell neben ihm explodiert. Er hatte zum ersten Mal den Donnerschlag gehört, der die Ohren betäubte, hatte die aufbrandenden Flammen gespürt, als würden sie ihm den Flaum auf der Haut versengen, und vor Schrecken im Laufen Schüsse abgegeben. Weder ans Töten noch ans Sterben hatte er dabei gedacht, nur ans Weiterlaufen.

Einen Mann seiner Gruppe, der schräg vor ihm getroffen wurde und mit einem Schrei zur Seite prallte, zerrte er wieder hoch und schleppte ihn bis zum Laufgraben mit, hievte ihn über Sandsäcke und niedergetretenen Stacheldraht, bis die Hände von Kameraden ihm zu Hilfe kamen. Den Verletzten zogen sie in die Deckung des Grabens, Tuncay hingegen fiel kopfüber hinunter und verlor das Bewusstsein.

Der *Binbasi* hatte sich im Zurückweichen in denselben Laufgraben gerettet. Er saß bei ihm, als Tuncay zu sich kam und zu seinem Erstaunen bemerkte, dass er Schmerzen hatte und verbunden worden war. Ein Granatsplitter hatte ihm die Flanke aufgerissen, aber er war stark und jung und die Verletzung nicht allzu tief. Das Gesicht des *Binbasi* war das Erste gewesen, was er gesehen hatte, sobald die Nebel sich lichteten.

»Du hast deinen Kameraden gerettet, obwohl du schwerer verletzt worden bist als er«, hatte der *Binbasi* gesagt. »Ein Mann mit solchem Mut ist mir zu schade, um christlichen Krämersöhnchen die Uniformen auszubürsten. Das hier ist die Armee deines Landes, Mutlus Sohn Tuncay. Ich frage mich, ob du wohl den Wunsch hättest, dir etwas anzueignen, das deinem Land von Nutzen wäre. Wenn ja, dann könnte ich dich lernen lassen, wie man ein Automobil fährt. In diesem Krieg lassen wir uns noch von Gäulen und Kamelen durch die Gegend schaukeln, aber schon den nächsten mögen die neuen Kampfwagen, die wir von den Deutschen kaufen, entscheiden. Dazu braucht es jemanden, der sie fahren kann.«

Der *Binbasi* hatte mit Nimrod gesprochen, und kurz darauf hatte Tuncay seinen Lehrgang begonnen. Kaum hatte er sich am Steuer niedergesetzt und die Kraft des Motors gespürt, die unter seinen Händen vibrierte, war seine Leidenschaft für Automobile erwacht. Er hätte sie nicht nur fahren, sondern in Einzelteile zerlegen, sie verbessern und neu entwickeln wollen. Für sein Land. Für jeden Krieg, der nach diesem entschieden wurde.

»Aus dir könnte ein mehr als ordentlicher Mechaniker werden«, hatte der *Binbasi* gesagt. »Dazu taugt nichts so gut wie der Krieg: Er zeigt, in wem ein Talent schlummert, und verschafft ihm Gelegenheiten, es zu entfalten.«

Er hatte Tuncay versprochen, sich für ihn zu verwenden, doch auf dem Rückzug war er bei einem Geplänkel mit italienischer Nachhut gefallen. Tuncay putzte von Neuem Stiefel und bürstete Uniformen aus, marschierte neben Nimrod Delacloches Fuchsstute her und tat so, als merke er nicht, wie seine Kameraden den Abstand zwischen sich und ihm vergrößerten.

Beim Essen saß er allein. Die anderen teilten sich in Gruppen, aber mit ihm begann niemand ein Gespräch. Es wollte auch niemand das Zelt mit ihm teilen, und da an Zelten ohnehin Mangel herrschte, schlug Tuncay sein Lager in Unterständen oder im Schutz der Wagen auf. Frühmorgens fand er oft seine Ausrüstung beschädigt, Schnürsenkel zerschnitten, Knöpfe von Jacke und Hosen gerissen. Einmal kehrte er von einem Einsatz mit Nimrod *Yüzbasi* spät und bis auf die Knochen erschöpft ins Lager zurück und musste feststellen, dass seine Decken mit

Wasser übergossen worden und in der Nachtkälte steif gefroren waren.

Wie die Taten zuvor hatte er auch diese nicht melden wollen. Es hatte keinen Sinn, er wusste nicht einmal, welcher der beiden Seiten seine Peiniger angehörten und wer ihm gegen sie beigestanden hätte. Hasan *Bey*, der neue *Binbasi*, der das Bataillon befehligte, machte aus seinem Christenhass keinen Hehl und hätte sicher mit diebischer Freude eine Bestrafung an einem von ihnen vollstreckt. Tuncay aber war ihm noch widerlicher als die Christen selbst, ein Verräter an der eigenen Art. Er hätte ihn nicht einmal angehört.

Nimrod dagegen hätte vermutlich dafür gesorgt, dass die Schuldigen gefunden und zur Rechenschaft gezogen wurden, aber seine Glaubensbrüder bei ihm anzuschwärzen, erschien Tuncay undenkbar. Er wäre sich vorgekommen wie das winselnde Kriechtier, das sie in ihm sahen. Wie der Verräter. Die Scham, die ihn quälte, war auch ohne das schwer zu ertragen.

Er hätte kein Wort darüber verlieren wollen, doch an jenem Morgen, vor der Dämmerung, war Peter ins Lager der Mannschaft gekommen. Er führte den Zug, versah damit eine Stellung, für die ein Unteroffizier, ein *Onbasi*, genügt hätte, obwohl auch er die Militärschule mit einem Offizierspatent verlassen hatte. Tuncay hatte vor Müdigkeit zitternd neben den unbrauchbaren Decken gekauert.

»Großer Gott!« Peter, der in Schal und Mantel eingehüllt war, hockte sich neben ihn und befühlte das Eis auf dem Schlafzeug. »Wer ist das gewesen? Warum tun sie dir das an?« Er stellte die Feldlaterne zwischen sie, und ehe Tuncay sich besinnen konnte, hatte er die Hände um das angewärmte Glas gelegt.

»Um unseretwillen, ich weiß«, sagte Peter. »Ich hätte dir so gern behilflich sein wollen, doch stattdessen mache ich alles noch härter für dich.«

»Daran sind Sie nicht schuld, *Mülazim*«, sagte Tuncay.

»Ein *Mülazim* ist ein Leutnant, die rechte Hand eines Kompanieführers«, erwiderte Peter traurig. »Soll mein Bruder sich vielleicht auf mich als seine rechte Hand verlassen? Nein, Tuncay, da taugt beispielsweise Theris Bruder Giorgios viel mehr, obwohl ihm die Offiziersausbildung fehlt. Ich bringe es über einen Zug mit zehn Mann nicht hinaus, und selbst den habe ich ja nicht im Griff, denn sonst würde ich nicht erlauben, dass dir derart übel mitgespielt wird.«

Er zog seinen weichen, gefütterten Mantel aus und legte ihn Tuncay um die Schultern. Für gewöhnlich war Mitleid nicht leichter erträglich als Verachtung, doch was von Peter kam, war zu aufrichtig, um zu verletzen, und der Mantel war ein Segen.

»Nenn mich bei meinem Namen, Tuncay, nicht bei einem Titel, der mir nicht zukommt. Ich bin Peter aus Smyrna, Bournabad, wir beide kennen uns doch länger, als wir erwachsen sind. Damals, als mein Vater dich anwarb, war es mir unangenehm, einen fast gleichaltrigen Jungen um mich zu haben, der mich umsorgen musste, als wäre ich ein wichtiger Mann. Dann aber, als wir in Konstantinopel waren und ich mich nicht zurechtfinden konnte, war ich froh, dich bei mir zu haben. Das bin ich auch jetzt. Ich wünschte, wir hätten hier einen *hamam*, um es uns gut gehen und die müden Glieder mit dem Schaumbeutel seifen zu lassen wie damals in Pera.«

Tuncay erwiderte nichts, doch als Peter seinen Blick suchte, wich er ihm nicht aus.

»Jetzt sind wir in der Fremde«, fuhr Peter fort. »Wie so oft finde ich mich nicht zurecht, aber solange ich dich und meinen Bruder habe, ist auch in der Fremde ein Stück Zuhause. Manchmal fühle ich mich fast wie auf Uzunada und wünschte, wir könnten eine deiner *nargiles* mit Honig und Aprikosen rauchen und beduselt in den Himmel starren.«

»Etwas Ähnliches hat Ihr Bruder auch gesagt«, murmelte

Tuncay mehr zu sich selbst als zu Peter. »Im Frühling, als er mich nach Libyen mitnehmen wollte.«

»Nimrod?« Peter lächelte. »Ich hätte nicht gedacht, dass es ihm auch so ergeht, dass er einen von uns brauchen könnte. Er wirkt immer so souverän, immer Herr der Dinge, nicht nur hier, beim Militär, das ganz seine Sphäre ist, sondern noch mehr bei …«

Es gehörte zu Peters Eigenheiten, sich beim Reden zu unterbrechen, wenn ihn das, was zu sagen blieb, verlegen machte. Tuncay fühlte sich ihm dabei nahe, auch wenn er nie eingestanden hätte, dass ihm manches genauso schwer über die Lippen ging.

»Bei Frauen«, beendete er den Satz, ohne Peter anzusehen.

»Merci mille fois«, sagte Peter. Er war der Einzige, der im Gespräch mit Tuncay manchmal ins Französische fiel, wie die übrigen Soldaten untereinander ins Griechische, Armenische oder ins Ladino der sephardischen Juden. »Das war es, was ich habe sagen wollen. Wenn ich Nimrod mit Theri sehe, seine Art, mit ihr zu flirten, ihr zu schmeicheln, sie in die Arme zu nehmen – dann wünschte ich, ich könnte meiner Klara das Gleiche bieten. Ein solches Feuerwerk, solch einen Wirbel, den eine Frau wie sie verdient hat. Verstehst du mich?« Noch verlegener lachte er auf. Dann zog er seinen Mantel vor Tuncays Brust zusammen, damit er ihn fester umhüllte. »*Pardonnez-moi mille fois*. Du hast andere Sorgen, und ich rede Unsinn.«

»Nein.«

»Sehnst du dich manchmal nach Kadife?«, fragte Peter. »In den Nächten, wenn du nicht schlafen kannst, weil du denkst: Wer weiß, vielleicht ist morgen der Tag, an dem wir kämpfen müssen, und vielleicht bin ich einer von denen, die nicht zurückkommen? Es ist so seltsam. Krieg bedeutet so vieles. Eintreten für dein Land. Eintreten für die Art von Leben, das deine Familie seit Jahrhunderten geführt hat und das du weiterführen willst. Auf den Tisch hauen, ein Mann sein, sich nichts gefallen lassen. Wenn man dann loszieht, lernt man, dass Krieg Schlafen in Gräben bedeutet, Essen aus Blechkanistern, Weiterlaufen mit Blasen an den Füßen und Wasser in den Stiefeln. Das zu lernen, ist hart und unbequem, aber es hat auch etwas von Abenteuer, und manchmal sonnt man sich dabei in seiner Männlichkeit. Nur dass er Töten und Sterben bedeutet, ich glaube, das lässt sich nicht lernen – oder hast du es gelernt?«

Die Sonne ging auf. Das Eis schmolz auf Tuncays Decken, und sein Körper in Peters Mantel begann sich aus der Starre zu lösen. Er dachte nach. Über beide Fragen. Die erste hätte einfach sein sollen, doch als sie sich schwierig zeigte, versuchte er, an den Vorstoß in Tripolitanien zu denken, und gab Antwort auf die zweite: »Wenn man den Befehl erhält und hinaus ins Feld läuft, fühlt es sich an, als wäre man unsterblich. Die Kameraden können sterben, um die hat man Angst, und denen, die stürzen, muss man helfen, weil man selbst der Unsterbliche ist. Dass man genauso verwundbar ist, dass es einen genauso hätte erwischen können, weiß man erst wieder, wenn man blutend im Graben liegt. Wäre es anders, ich glaube, kaum einer würde es über den Wall schaffen.«

Tuncay blickte auf. Die Luft war diesig und grau, doch im matten Tageslicht sah er, dass Peter so müde sein musste wie er selbst. »Danke, dass du mir das erzählt hast«, sagte Peter. »Jede Nacht, seit wir unterwegs sind, hatte ich Angst, es könnte so weit sein. Ich könnte dort hinausmüssen, in dieses Donnern, Brüllen, Brennen und Schlachten, von dem mein Bruder mir nur fünf Worte erzählen muss, damit ich mir die Ohren zuhalte. Ich müsste das Gewehr hochreißen und zielen und wüsste: Wenn ich nicht töte, tötet jemand mich. Und dabei ist die ganze Zeit diese Stimme in mir: *Du stirbst und hast Klara noch nichts gegeben. Du wolltest ihr ein Kind schenken, du wolltest sie glücklich machen, du wolltest ihr beweisen, wie sehr du sie liebst.*«

Im grauenden Morgen erwachten rund um sie Geräusche – Soldaten, die sich aus Zelten schleppten, Pferde, die schnaubten und im Boden scharrten.

Peter wartete vergeblich auf Tuncays Antwort, dann fragte er: »Dir geht es nicht so? Nein, sicher nicht. Du tust für Kadife alles, du brauchst ihr sonst nichts zu beweisen. Selbst wenn du sterben würdest – sie wüsste, sie wurde geliebt. Für Klara tut alles mein Vater. Klara wohnt in Smyrnas feinstem Privathaus, umgeben von Dienern, die angewiesen sind, sie zu verwöhnen, Kadife dagegen muss sich in der Küche anderer Leute verdingen und hat kaum einen Augenblick für sich. Aber wenn beide gefragt werden – wer weiß. Vielleicht ist es am Ende deine Kadife, die mehr Glück abbekommt als meine Klara.«

Tuncay wusste, er musste etwas sagen. »Warum sollte Kadife glücklicher sein als Ihre Frau?«, presste er sich ab.

»Es war nur ein Gedanke.« Abrupt straffte Peter den Rücken, und seine Miene hellte sich auf. »Hör zu, Tuncay. Wenn wir aus diesem Krieg zurückkommen, werden Nimrod und Theri heiraten. Für meine Familie, besonders für meine Mutter, wird es der schönste Tag sein, und ich möchte gern, dass ihr beide, du und Kadife, auch heiratet. Es wird dir guttun. Wenn ein Mann eine Frau hat, so wie ich meine Klara habe, eine Frau, die er lieben kann, und dann bald noch ein Kind, dann hat er etwas, um heil zu bleiben in einer Welt, die aussieht, als wäre sie dabei, kaputtzugehen. Wirst du mir diesen Wunsch erfüllen, Tuncay?«

»Ich bedaure, *Efendi*. Das wird nicht möglich sein.«

»Warum nicht? Ich komme dafür auf. Es würde mir viel bedeuten. Es würde mich durch diesen Krieg bringen.«

»Wir werden sehen«, wich Tuncay aus, zog die *tespih* aus der Hose und ließ die Perlen durch die gerade wieder beweglichen Finger gleiten.

»Ich sehe dir so gern zu, wenn du das machst«, sagte Peter. »Ich habe es gern, dass wir Pausen einlegen, wenn ihr eure Gebete verrichtet. Ich habe es gern, dass wir den Ruf des Muezzins hören, wann immer wir durch eine muslimische Stadt kommen, weil es mich an meine Stadt Smyrna erinnert. Ich kann mir nicht vorstellen, in einem Land zu leben, in dem kein Mensch mehr vor aller Augen und Ohren etwas tut, das ihm heilig ist. Wenn das verloren ist, wüsste ich nicht mehr, wofür ich kämpfen sollte.«

Als Tuncay noch immer nichts sagte, stand er auf, nahm aber seinen Mantel nicht wieder an sich. Hinter den Zelten war der Bagagewagen mit der Feldküche aufgefahren, und aus Koch- und Kaffeekessel begann es zu dampfen. Peter wies auf die Schwaden. »Ich halte dich nicht mehr länger davon ab, dir dein Frühstück zu holen. Dafür, dass der Mann gefunden wird, der dich mit seinem bösen Streich hätte umbringen können, werde ich sorgen.«

»Bitte nicht«, sagte Tuncay und starrte auf den Dampf von der Feldküche.

»Bist du dir sicher?«

Tuncay nickte und stand ebenfalls auf. Peter trat noch näher und legte den Arm um ihn. »Ich glaube, ich verstehe dich«, sagte er. »Ich werde mir Mühe geben, besser aufzupassen. Leider bin ich mit schlechten Nachrichten gekommen. Die Division zieht nicht länger auf Yania, sondern geradewegs auf Thessaloniki, das jetzt sowohl von griechischer als von bulgarischer Seite unter Beschuss steht.«

Tuncay horchte auf. Wenn Griechen und Bulgaren Selânik angriffen, würde dort jeder Mann gebraucht werden. Selânik musste gehalten werden – fiel es, so mochte auch das uneinnehmbare Edirne fallen, und im nächsten Atemzug würden die feindlichen Truppen auf Istanbul marschieren. Der *Binbasi,* der das verhindern musste, würde nicht umhinkommen, Tuncay einem Stoßtrupp zuzuteilen.

Im Namen Gottes, des Erbarmers, des Barmherzigen, ich werde mich nicht übel schlagen, versprach er sich selbst. *Ich werde für mein Land geben, was mein Vater gegeben hat, und hinterher werde ich ein Geschäft eröffnen und für meine Familie sorgen, wie er für uns gesorgt hat. Für Kadife, für Didem, für die Mutter. Ohne dass Peter Delacloche für meine Hochzeit bezahlen muss.*

»Das ist nicht alles«, sagte Peter. »Unsere Kompanie geht nicht mit. Wir machen kehrt und marschieren in den Kosovo als Verstärkung für unsere Truppen in Priština, das von serbischen Einheiten attackiert worden ist.«

»Priština«, wiederholte Tuncay, der den Namen der Stadt wohl gehört hatte, sie aber nirgendwo zu platzieren wusste. Sie sahen noch immer in dieselbe Richtung, nach dem Dampf aus den Kesseln auf dem Bagagewagen, vor dem die Soldaten jetzt begannen, Schlangen zu bilden.

»Die Serben erheben Anspruch auf die Stadt, und die Albaner, die darin wohnen, haben erst kürzlich versucht, ihre Unabhängigkeit zu erkämpfen.« Peter strich Tuncay über das Schulterblatt, sodass er die Wolle des Mantels noch wärmer auf sich spürte. »Aber es ist noch immer eine osmanische Stadt und darf nicht kampflos aufgegeben werden. Geh und lass dir heißen Kaffee geben, du hast ihn wahrlich verdient. Wenn du gefrühstückt hast, komm bitte nach drüben, vor Nimrods Zelt, wo neue Ausrüstung ausgegeben wird.«

Eine Waffe, dachte Tuncay.

»Ihr erhaltet jeder einen Feldspaten«, sagte Peter. »Bajonette und Schusswaffen werden, sofern sie entbehrlich sind, für den Marsch auf Thessaloniki benötigt. Ich weiß, das ist eine bittere Entscheidung, aber eine, die wir wohl verstehen müssen.«

Aus Peters Sprache, die niemandem wehtun wollte, übersetzt hieß das: Die christliche Kompanie wurde entwaffnet. An der Befreiung der Hafenstadt durfte sie nicht teilnehmen, sondern wurde ins Hinterland geschickt, um vor irgendeinem Priština Gräben auszuheben.

17

Der Kosovo war eine zwischen Gebirge gebettete Ebene um die Mäanderbänder von Flüssen. Der Name bedeutete *Amsel,* und Amselfeld hieß auch das ausgedehnte Becken um die Stadt Priština, auf das Tuncays Kompanie zumarschierte. Auf dem Amselfeld hatten fünfhundert Jahre zuvor Serben den einrückenden Osmanen eine erbitterte Schlacht geliefert, bei der die Oberhäupter beider Staaten zu Tode kamen. Die Osmanen hatten letztendlich die Oberhand behalten und über neuen Schlachten diese eine bald vergessen. Für die Serben hingegen war der Mythos, der sich um die Kämpfe auf dem Amselfeld entspann, zur Grundlage ihres Stolzes als Nation geworden.

Peter, der solche Geschichten überall auflas, erzählte sie Tuncay, während sie sich in Nebel und Dämmerung den Fluss entlang in Richtung Priština schleppten. Wie die übrigen Offiziere hätte er das Recht gehabt, seinen Zug zu Pferd anzuführen, doch stattdessen bestritt er beinahe den gesamten Marsch, indem er seinen Grauschimmel am Zügel führte und zu Fuß neben Tuncay herging.

Die Reihen olivgrün gekleideter Männer, die Feldspaten schulterten, erschienen nicht länger wie die Infanterie eines selbstbewussten Großreichs, sondern wie Strafgefangene auf dem Weg zum Arbeitsdienst, fand Tuncay. Der Erbe der Delacloches in seinem sauberen Offiziersmantel wirkte unter ihnen fehl am Platz. Er behauptete aber, er ginge lieber zu Fuß, da er weder ein geübter noch ein begeisterter Reiter sei.

»So langsam musst du dir denken, ich bin in gar nichts begeistert und geübt.«

Tuncay dachte nichts dergleichen.

»Außerdem ist es schön, unterwegs mit dir zu reden«, sagte Peter und erzählte Tuncay von der Schlacht auf dem Amselfeld, dem Kosovo-Mythos, der daraus erwachsen war: Der serbische Zar Lazar, der ebenso wie der osmanische Sultan Murat in der Schlacht sein Leben gelassen hatte, war von der serbischen Kirche zum Märtyrer erhoben worden, weil er auf dem Amselfeld in Wahrheit nicht sein Land gegen ein anderes, sondern das Christentum gegen den vorwärts drängenden Islam verteidigt habe.

»Aber er hat es doch gar nicht verteidigt«, sagte Tuncay.

»In den Augen der Serben schon. Dem Mythos nach hat er den Tod freiwillig auf sich genommen und sein Reich auf der Erde geopfert, um das strahlende Königreich des Himmels zu erobern. Ich habe mir so etwas schon als Junge in der Sonntagsschule nie vorstellen können. Ist das Leben, das wir auf Erden führen, nicht viel zu schön, um uns ein anderes zu wünschen? Ich habe es mir immer so zurechtgelegt: Smyrna ist mein Erdenleben, und Uzunada mit dem Haus der Granatäpfel ist mein Paradies. Wenn wir nach Uzunada kommen, vom Landungssteg über den Strand laufen und sehen, wie uns die Frauen von der Terrasse zuwinken, sind alle glücklich, aber irgendwann wollen wir doch auch wieder nach Smyrna zurück, es würde ja niemand für immer auf der Insel bleiben.«

Eine Weile versank er in Schweigen, dann nahm er abrupt den Faden wieder auf und erzählte weiter von dem Mythos der Serben, von dem Mädchen, das auf dem verwüsteten Schlachtfeld nach ihrem Verlobten sucht und Verwundeten aus einem goldenen Krug Wein zu trinken gibt, bis sie erfahren muss, dass ihr Bräutigam unter den Gefallenen ist.

»Die Kleider für die Hochzeit, die er ihr vor dem Aufbruch geschenkt hat, wird sie nun nie tragen.« Peters Stimme klang, als hätte er diese Leute persönlich gekannt. »Und selbst ein grüner Zweig, den sie berührt, verwelkt an ihrer Bitternis. In Serbien werden diese Lieder noch immer gesungen, sie halten das verstreute Volk zusammen, und Zar Lazar wird als Verteidiger der Christenheit verehrt. Den Krieg, den sie jetzt führen, betrachten sie als Rache für seinen Tod. Diesmal soll das Christentum auf Erden siegen und den Islam aus dem Kosovo austreiben wie die Wucherer aus Jerusalems Tempel.«

»Nach fünfhundert Jahren?«

Peter nickte. »Ist es nicht seltsam, dass diese Legenden so viel mehr Kraft entwickeln als die Wirklichkeit, in der wir leben?« Mit einer Armbewegung beschrieb er die Hänge, an denen sich Wälder, kahl geerntete Weingärten und Fernweiden mit letztem noch nicht ins Tal getriebenen Vieh abwechselten. »Dieses Land wird seit Jahrhunderten von Albanern bewohnt, die sich zwischen den verbliebenen Christen ihre Dörfer gebaut haben, samt ihrer Moscheen, ihrer Kaffeehäuser, ihrer Ringkampfarenen und ihrer *hamams*. Sie haben das Land bestellt, sie haben hier Wiegen für ihre Kinder gezimmert und die Särge für ihre Toten in die Erde gesenkt. Haben sie weniger recht, es ihre Heimat zu nennen, als die, die es nie gesehen haben und nur ihre fünfhundert Jahre alte Legende kennen? Es ist so schwierig zu entscheiden, Tuncay, so schwierig. Sag mir, was du dazu denkst.«

Tuncay war müde und trug schwer an seinem Tornister. Seine Blicke jagten die Berge hinauf, die selbst in Schnee und Nebel runder und lieblicher wirkten als die Landschaft, die ihm vertraut war, und er fühlte sich geplagt von allzu vielen Bildern und Gedanken. *Wenn auf diesem Land nicht gekämpft würde,* hämmerte es in ihm, *wenn ein fremdes Volk nicht meinem Volk den Krieg erklärt hätte, hätte ich es nie gesehen, ich wüsste kaum, dass es existiert.* Diese Zeit war so schnelllebig, sie veränderte sich ständig und verlangte, dass man zu etwas ganz Neuem eine Meinung hatte. Tuncay wollte dem nachkommen. Er war ein Mann, stark und jung, verantwortlich für ein Haus voller Frauen. Er wollte nicht zaudern wie Peter, sondern Stellung beziehen und seiner Familie eine Zukunft sichern. Dennoch hallten Peters Worte ihm wie ein Echo im Kopf: Das alles war so schwierig zu entscheiden.

Sie marschierten ein Stück weiter, ohne zu reden, kämpften mit dem sumpfigen Boden des Flussufers, dem eisigen Wasser, das durch das brüchige Leder von Tuncays Stiefeln drang. Das Schweigen war lastend. Tuncays Vater hatte zu ihm gesagt: »Ein geselliger Mann, der gern ins Badehaus geht und gern *tavla* im Café spielt, kann mit so gut wie jedem Mann ein Gespräch führen. Aber schweigen, *sevgilim* – wenn du mit einem Mann schweigen kannst, dann weißt du, du hast einen Freund. Einen Bruder, den du selbst gewählt hast.«

Tuncay hatte keinen Bruder und auch keinen Freund. Er hätte mit dem Gedanken, einen levantinischen Kaufhauserben als seinen Freund zu betrachten, nicht einmal gespielt, und er wünschte sich, Peter Delacloche würde auf sein Pferd steigen und aufhören, ihn in quälendes Schweigen zu zwingen. Trotzdem hätte er, wenn er sich einen Bruder hätte wählen müssen, keinen anderen als Peter nennen können.

Ich möchte, dass es einfach ist, dachte Tuncay. *Ich möchte auf klare und einfache Weise für mein Volk und meinen Glauben kämpfen wie die Serben mit ihrer Legende für das ihre. Aber wie soll ich mich dafür stark und hart machen, wenn mir kein Mann näher ist als ein levantinischer Christ und ich keine Legende kenne, die mein Volk auf solche Weise zusammenhält?*

Peter blieb stehen und blickte auf die Kette der Weinberge. Wäre er ein gewöhnlicher Soldat gewesen, hätte der Mann hinter ihm ihn mit Püffen, Tritten und Schimpfworten dazu getrieben, weiterzugehen. Da er aber der Zugführer war und zudem der Bruder des *Yüzbasi*, der mit ihm wie mit einem Stellvertreter sein Zelt teilte, blieb der Mann hinter ihm ebenfalls stehen und bekam dann die Püffe, Tritte und Schimpfworte des nächsthinteren ab.

»Nimm diese Rebstöcke zum Beispiel«, sagte Peter. »Seit Hunderten von Jahren werden sie von den *Bektaşilik* in ihren *tekken* gehegt und gepflegt. Der Form halber hat die Hohe Pforte in Konstantinopel es ihnen untersagt, aber Konstantinopel ist weit weg. Einmal soll die Regierung des *Vilâyet* einen Beamten in eine der *tekken* der *Bektaşilik* entsandt haben, um deren Scheich zur Rede zu stellen. ›Wozu baut ihr hier all den Wein an?‹, soll er gefragt haben, worauf der Scheich zur Antwort gab: ›Verehrter Herr, wir essen gern pralle, süße Trauben.‹ – ›So viele Trauben könnt ihr ja wohl kaum essen‹, empörte sich der Beamte. ›Wagt ihr es etwa, die Gabe Allahs auf den Abfall zu werfen?‹ – ›Aber nicht doch‹, erwiderte der Scheich. ›Was wir nicht essen können, pressen wir in Fässer, und was Allah uns daraus bereitet, liegt in Seiner Hand.‹«

Möglichst unauffällig zog Tuncay Peter weiter, damit nicht noch mehr Männer aufeinanderprallten. Solche Geschichten über die Derwische, die in *tekken* – Zentren der Sufi-Bruderschaft – lebten und als geistreich und zungenfertig galten, kursierten auch auf dem Kadifekale. Die *Bektaşilik* bildeten einen der größten Orden, bekannt dafür, dass sie tranken und Schweinefleisch aßen wie Christen und Aleviten. Sie unterhielten *tekken* in Anatolien, doch vor allem waren sie auf dem Balkan verbreitet, und Tuncay hatte eine solche *tekke* nie gesehen.

Vielleicht würde er hier eine sehen. Von den *Bektaşilik* hieß es, dass sie in frommer Einfalt lebten, ihre Armut liebten, um den Reichtum Gottes zu preisen, und kein höheres Bestreben kannten, als Gott bei seinen schönsten Namen anzurufen. Das Wort *tekke* bedeutete Zuflucht. Vielleicht würde er beim Anblick einer solchen Zuflucht Gott wieder spüren, der ihm näher als seine Halsschlagader hätte sein sollen und der ihm doch fern schien, wie von allzu viel Lärm aus seinem Leben gedrängt.

»Kann man denn wirklich diese Leute von dem Land, das sie geprägt haben, vertreiben?«, fragte Peter. »Die serbischen Nationalisten fordern, sie sollen nach Hause gehen, hinüber in unser Anatolien, aber ihr Zuhause ist doch hier. Und wo sollen sie bei uns hin? Sie haben keine Häuser, keine Höfe, nichts.«

»Wir werden die Christen aus Anatolien vertreiben müssen und ihnen deren Häuser geben«, sagte Tuncay und sah geradeaus, vorbei am Hinterkopf des Mannes, der vor ihm ging. Eine zweite Marschkolonne, nicht kleiner, sondern eher größer als ihre, kam ihnen das neblige Flusstal entlang entgegen, ein fetter, sich langsam wälzender Wurm, aus dessen Leib sich von Zeit zu Zeit durch die Nebel Umrisse von Menschen, Tieren und Fuhrwerken schälten.

»Ich verstehe deinen Zorn«, sagte Peter. »Es sind nicht meine, sondern deine Glaubensbrüder, denen alles geraubt werden soll. Ich verstehe auch, dass unsere Heeresleitung sich in diesem Kampf nicht auf bewaffnete christliche Truppen verlassen will und dass ein ausgebildeter Pilot wie Nimrod nicht den Luftstreitkräften zugeteilt wird, sondern eine Division von Spatenstechern durch die Landschaft führt. Aber Menschen auszusortieren wie Spreu von Weizen, macht doch nichts besser. Wo soll das enden? Die Griechen sagen, Städte wie Smyrna gehören ihnen, weil vor zweitausend Jahren Griechen sie gegründet haben. Wie weit wollen wir zurückgehen, wie viele Jahrhunderte Geschichte auslöschen und die Welt neu teilen, bis der Aufschrei nach Gerechtigkeit überall verstummt?«

Tuncay sagte nichts, sondern versuchte, mit seinen scharfen Augen auszumachen, was für Leute es waren, die ihnen durch den Nebel an der Flussbank entgegenkamen. Im rasch schwindenden Licht waren kaum mehr als Silhouetten zu erkennen, doch so schwankend und schleppend, wie die Menschenmasse sich voranquälte, konnte es sich schwerlich um gegnerische Truppen handeln. Dann gerieten die Reihen in jähe Unruhe, und ihr Tempo kam fast ganz zum Erliegen.

»Wir hätten dich nicht mitnehmen dürfen«, redete Peter, der nichts zu bemerken schien, weiter. »Du bist Türke. In einer anderen Kompanie hättest du kämpfen und dich auszeichnen können. Es wäre dein Recht gewesen – aber ich wollte dich nicht verlieren, Tuncay. Solange wir zusammen sind, glaube ich daran, dass wir über dem ganzen Aufruhr doch Osmanen und Smyrnioten bleiben.«

Truppen auf dem Rückzug, dachte Tuncay. *Sie führen Verletzte mit sich, vermutlich auch Tote.* Er sah kein einziges Pferd, dafür umso mehr Ochsen, die hoch beladene Wagen zogen. Kein Kriegsgerät war erkennbar, stattdessen kam es ihm vor, als gingen in dem Tross Frauen mit, die Tücher um die Köpfe trugen. Zu beiden Seiten bewegten sich Wolken aus kleinen Gestalten, nicht größer als Kinder.

Der Befehl zum Halten von der Spitze der Kompanie ertönte in dem Moment, als die Führer der anderen Kolonne ihrer gewahr wurde. Sofort brach Panik aus. Geschrei und Geheule erfüllte die Luft, und auf dem zu schmalen, verschlammten Weg versuchten die vordersten mit schnalzenden Peitschen, ihre Zugtiere zu wenden.

Nimrod ritt im Galopp den Zug entlang und riss den Fuchs hart im Maul, um ihn vor Peter zum Stehen zu bringen. Dessen

Schimmel bäumte sich. Tuncay musste sich vorbeidrängen, um dem Tier in die Zügel zu greifen, ehe sie Peter entglitten.

»Zum Teufel, Peter, kannst du auf deinen Gaul nicht aufpassen?«

In Wahrheit hätte Nimrod aufpassen und nicht so dicht heranreiten sollen. Die Spannung unter den Männern übertrug sich auf die Pferde. Tuncay hielt die Zügel dicht beim Mundstück fest und lehnte flüchtig das Gesicht an die Nase des Pferdes, um es zu beruhigen.

»Lass Tuncay aufsitzen«, sagte Nimrod zu Peter. »Ich brauche ein paar Männer, die mit mir den Leuten entgegenreiten.«

Peter nickte und bemühte sich, den keilenden Schimmel festzuhalten, damit Tuncay sich in den Sattel hieven konnte. Beim Heer hatte er auf Nimrods Betreiben die Grundzüge des Reitens gelernt, und er mochte es gern. Er spürte gern Kraft unter sich, wenn auch Autos ihm lieber waren.

»Was sind das für Leute?«, fragte Peter.

Sehr viel vorsichtiger als zuvor lenkte Nimrod sein Pferd neben den Schimmel und gab Tuncay einen in ein Tuch eingeschlagenen Gegenstand. »Steck die ein. Du wirst sie gegen die da vorn nicht brauchen, aber ich hätte sie dir längst geben wollen.«

Tuncay nahm die Zügel in eine Hand und schlug das Tuch auf.

»Es ist nur eine alte Borchardt«, beschrieb Nimrod die Pistole, deren Lauf über Tuncays Finger hinausragte. »In Deutschland benutzt die kein Mensch mehr, seit sie die Luger haben, weil sie zu schwer ist und nicht gut in der Hand liegt, aber etwas anderes ist zurzeit nicht aufzutreiben. Ich fand, du müsstest zumindest etwas haben, um dich notfalls zur Wehr zu setzen. Wer weiß, was kommt. Das hier ist Guerillaland.«

»Aber die Guerilla sind doch Albaner und auf unserer Seite.«

»*Manche* von ihnen sind Albaner«, versetzte Nimrod. »Die

weitaus größere Gruppe dürften serbische und bulgarische *Tschetniks* sein, die diese Berge besser kennen als ihre Betten und inzwischen dem Kommando der serbischen Armee unterstehen.«

Tuncay schob die Pistole in seinen Hosenbund und zog die Jacke darüber. Er würde ein Holster brauchen. Und er beschloss in diesem Augenblick, sich von der Waffe nicht mehr zu trennen. Falls Nimrod sie zurückverlangte, würde er behaupten, sie sei ihm verloren gegangen.

»Ich weiß noch immer nicht, wer diese Leute sind, aber Guerilla sind sie nicht«, bemerkte Peter. Die Menschenmenge war in Auflösung begriffen. Die Wagen ließen sich in Schlamm und Panik nicht wenden, ein Gefährt blockierte das andere, und die aufgetürmte Ladung fiel herunter. Frauen schrien, Tiere scheuten. »Eher sieht es aus, als wäre ein ganzes Dorf unterwegs.«

»Ich fürchte, es ist ein ganzes Dorf unterwegs«, sagte Nimrod. »Zumindest das, was davon übrig ist. Wir müssen herausfinden, wo die her sind, wie weit die Serben vorgestoßen sind, und wir müssen den ganzen Haufen aus dem Weg bekommen, ohne allzu viel Schaden anzurichten.«

Für mehr Palaver war keine Zeit. Nimrod beorderte Peter, an die Spitze der Kompanie vorzurücken, wo er seinem *Mülazim* das Kommando überlassen hatte. Dann ritten sie los. Vorn schlossen sich ihnen zwei der *Çavuş* an, Unteroffiziere, die Einsätze als Leibgardisten gewohnt waren und die Gewehre im Anschlag hielten. Ohne Pause ritten sie zu viert weiter.

»Nicht schießen!«, brüllte Nimrod auf Türkisch. »Wir kommen als Freunde.«

Ob die Leute das glauben würden, sobald sie die osmanischen Feldzeichen erkannten, blieb fraglich. Priština gehörte zu den Städten, die sich nach kurzem Scharmützel einverstanden erklärt hatten, osmanisch zu bleiben, doch das musste nicht für die verstreuten albanischen Dörfer gelten. Es war nicht einmal sicher, ob in der Schar überhaupt jemand Türkisch verstand.

In jedem Fall feuerten sie nicht auf die Ankömmlinge. Sie hätten nicht feuern können, denn sie hatten keine Waffen. Bis auf ein paar Alte und Verwundete konnte Tuncay keine Männer entdecken, nur ein Meer von Frauen und Kindern mit Karren, Tragen und ein paar Eseln und Ochsenkarren. Eine Phalanx aus ein paar älteren Jungen und Greisen sowie einem Einbeinigen stellte sich mit Knüppeln und Spaten ihrem Trupp entgegen.

»Wir sind Freunde«, wiederholte Nimrod. »Woher kommt ihr, und wohin seid ihr unterwegs?«

Der Einbeinige, der einen schmutzigen Kopfverband trug, brüllte etwas auf Albanisch. Einer der Jungen fiel ein, und zwischen ihm und einem Alten entbrannte ein Streit, in den rasch alle sich einmischten. Nur der Einbeinige stand reglos und hielt seine Spitzhacke Nimrods tänzelndem Fuchs vor den Kopf.

Eine der Frauen, die ein Kind auf der Hüfte trug und ein weiteres an der Hand mit sich zerrte, drängte sich zwischen die Streitenden. Mit ein paar gebellten Befehlen brachte sie sie zum Schweigen und übergab das kleinere Kind einem Jungen, der nicht älter als fünfzehn sein konnte. Ihre Aussprache war weniger verschliffen als die der Männer, sodass Tuncay eine Vielzahl von Worten heraushörte, die dem Türkischen ähnlich klangen. Er hatte auch in Smyrna schon gegisches Albanisch gehört, auf dem Kadifekale, wo es einen Straßenhändler gab, der Gebäckteile aus Kichererbsen verkaufte, die er *qiqra* nannte. Immerhin glaubte er genügend Worte zu verstehen, um zu erfassen, was die Frau von den Männern wollte: sie zur Ruhe bewegen, dass sie der osmanischen Vorhut freundlich begegnen sollten, weil sie deren Hilfe brauchten. Mehrmals stellte sie ihnen dieselbe Frage: »Wollt ihr, dass wir alle hier sterben, sollen wir alle hier zugrunde gehen?«

»*Hanimim*«, sprach Tuncay sie an, obwohl ihm ein derart eigenmächtiger Vorstoß nicht zustand. »Verstehen Sie mich? Sprechen Sie ein wenig Türkisch?«

Sie wandte sich ihm zu. Ihr Gesicht war verdreckt, eine Wange aufgeschürft, und er hätte beim besten Willen ihr Alter nicht schätzen können. In dem dunklen, von schwarzem Stoff umrahmten Gesicht flackerte der Blick aus verblüffend hellen Augen.

»Wir kommen von Skënderaj«, sagte sie in kantigem, aber gut verständlichem Türkisch. »Unser Dorf ist niedergebrannt.«

»Niedergebrannt?«

Die Frau nickte. »Wir haben nichts zu essen. Ihr müsst uns helfen.«

Tuncay sah über die Menge hinweg und stellte fest, dass außer den wenigen Zugtieren kein Vieh vorhanden war. Die Leute hatten offenbar all ihre Habe – Matratzen, Spinde, Stühle mit drei Beinen – auf die Karren geladen, doch er entdeckte keine Säcke oder Körbe mit Proviant. In Trauben drängten Kinder heran, stierten mit weiten Augen zu den Reitern hoch.

Die Frau bemerkte seinen Blick. »Sie haben uns alle Ziegen genommen, unsere Schafe und Hühner«, sagte sie. »Alle Vorräte auch.«

»Die serbische Armee?«, fragte Tuncay.

»*Scheitane.*« Die Frau spuckte aus.

»Wo sind eure Männer?«

Sie starrte ihm hart in die Augen und vollführte mit der Rechten die Geste des Halsabschneidens. Dann fiel ihr Blick auf Nimrod. »Wer ist der da bei dir? Ein Serbe?«

Tuncay schüttelte den Kopf. »Osmane. Mein Kommandant ist Christ, aber ihr habt von ihm nichts zu befürchten.«

Sie wich einen Schritt zurück, stieß und zerrte die Kinder mit sich, blieb dann aber stehen und straffte den Rücken. Tuncay sah, wie viel Mühe es sie kostete. Ein Ärmel ihres schwarzen

Kleides triefte vor Nässe, und die Hand, die daraus hervorragte, war mit Blut beschmiert. »Ich bin Fatime«, sagte sie, »Tochter von Hamit, Imam von Skënderaj. Die Soldaten der *Kuffar* haben meinem Vater erst den Bart, dann Ohren und Nase abgeschnitten, sie haben ihn in den Dreck zu den Hühnern gestoßen und dann das Hühnerhaus in Brand gesteckt. Mit den *Kuffar,* die Gott zerschmettern wird, werde ich nicht sprechen. Du bist nicht auch einer von denen, auf die Gott niederfahren wird, oder doch?«

»Ich bin Tuncay, Sohn von Mutlu, dem Schuhmacher, aus Izmir«, sagte Tuncay, dem übel war. Er hatte an diesem Tag noch nichts gegessen und fühlte sich, als könnte er nie wieder etwas essen, nie wieder sich an den Tisch seiner Mutter setzen, die ihm wie zufällig über den Kopf strich, während sie den *güveç*, den Tontopf, vor ihn hinstellte, in dem sie ihr kümmelduftendes Lamm zubereitete.

Glücklicherweise war Nimrod klug genug, die Frau nicht anzusprechen. »Frag sie, wohin sie unterwegs sind«, befahl er Tuncay auf Französisch. »Und frag sie auch, wie viele Leute sie bei sich haben. Wir geben ihnen allen heute Abend eine Mahlzeit, wir werden auch sehen, was an Decken entbehrlich ist, und Ismail kann sich ein paar von den Verwundeten anschauen. Mehr ist nicht machbar. So beschissen das ist. Bring ihr das bei und sag ihr, danach muss sie ihre Leute aus dem Weg schaffen, wir können nicht die komplette Division über den Hang führen. Bekommst du das hin?«

Tuncay nickte.

»Was für eine Sprache war das?«, fragte die Frau, die Fatime hieß und zugesehen hatte, wie ihr Vater verstümmelt und verbrannt worden war.

»Französisch«, sagte Tuncay.

»Die Franzosen sind auf der Seite der Serben«, sagte die Frau. »Wenn die Russen den Serben zu Hilfe kommen, kommen die

Franzosen den Russen zu Hilfe, und wir werden wie Mistkäfer unter ihren eisernen Wagen zerquetscht.«

»Der *Yüzbasi* ist kein Franzose«, sagte Tuncay. »Französisch sprechen viele Leute in Smyrna ... ich meine, in Izmir. Sie sind trotzdem gute Untertanen des Sultans, gute Kämpfer, gute Leute. Der *Yüzbasi* lässt ausrichten, dass wir euch heute Abend eine Mahlzeit geben. Wie viele seid ihr? Es wird für alle etwas da sein.«

»Wenig mehr als dreihundert.« Die Frau drehte den Kopf und sah über die Schulter auf ihre Landsleute, die sich in winzigen Schritten näher heranwagten.

»Danke.« Tuncay bemühte sich, seine Stimme ruhig zu halten. »Wir werden euch ein paar von unseren Decken mitgeben, und unser Sanitätsoffizier wird eure Verwundeten versorgen. Wohin seid ihr unterwegs?«

Sie wandte sich wieder ihm zu und wies mit einem Nicken an ihm vorbei. »Nach Südosten. Stambolli.«

»Wohin?«, fragte Nimrod.

»Istanbul«, antwortete Tuncay. »Konstantinopel.« Dass Stambolli der Name sein musste, bei dem Albaner die Hauptstadt nannten, war nicht schwer zu erraten.

»Verfluchte Scheiße, das habe ich befürchtet«, sagte Nimrod. »Der Weg ist mörderisch für diesen Haufen aus heulenden Kindern, und vermutlich machen unterwegs die Bulgaren sie platt. Aber wo sollen die armen Schweine sonst hin? Konstantinopel räumt besser jedes öffentliche Gebäude, damit nicht ein halbes Volk vor den Kameras ausländischer Reporter erfriert.«

»Die Leute haben doch gar keine Kraft mehr«, sagte Tuncay. »Wie sollen sie ohne Vorräte bis nach Konstantinopel kommen, wo ihnen das bisschen, das ihnen geblieben ist, sofort gestohlen wird?«

»Die Ochsen schlachten«, sagte Nimrod. »Alles zurücklassen, was nicht von Verkaufswert ist. Du hast recht. Diese traurige

Schar hat im höchsten Fall noch die Kraft, sich ins nächste Dorf zu schleppen, aber das nützt ihnen nichts, denn das nächste Dorf wird genauso überrollt wie das ihre. Wer soll diese Feuer speienden Serben denn aufhalten, vielleicht wir mit unseren Klappspaten?« Sein Lachen war gallebitter. »An allen Rändern, die vom Moloch des Reiches wegbrechen, wird jetzt mit eisernem Besen ausgekehrt. Ich habe das Gleiche in Libyen gesehen, und du kannst mir glauben: Es hat kein hübsches Gesicht. Die Leute tun das Richtige. Wer sich bis Konstantinopel schleppen kann, hat eine Chance, zu überleben, und wer unterwegs stirbt, tut es wenigstens nicht kampflos.«

Tuncay wandte sich wieder der Frau zu. »Wir geben euch, was wir erübrigen können«, sagte er. »Ihr lasst alles zurück, was euch aufhält, führt eure Tiere mit, um sie zu schlachten, und gebt den Weg frei, damit wir weiterziehen und euer Dorf befreien können.«

»An unserm Dorf ist nichts mehr zu befreien«, sagte die Frau.

»Wir tun unser Möglichstes«, murmelte Tuncay und kam sich erbärmlich vor. »*Inschallah.*«

Die Frau sagte nichts mehr, doch sie machte sich widerspruchslos daran, Tuncays Anweisungen zu übersetzen und ihre Leute für Aufgaben einzuteilen. Tuncay und die Übrigen ritten zurück zur Kompanie, um dafür zu sorgen, dass die Flüchtlinge zu essen bekamen. Da klar war, dass sie an diesem Abend ihren Marsch nicht mehr fortsetzen konnten, schlugen sie mit den Flüchtlingen zusammen ein Lager auf, bildeten einen Ring um sie, auch wenn sie sie gegen einen Ansturm voll bewaffneter serbischer Einheiten keinen Atemzug lang hätten verteidigen können. Ihr Singsang aus Heulen, Weinen und Beten war nicht zur Ruhe zu bringen, Verwundete starben während der Nacht, und niemand bekam viel Schlaf.

Im Morgengrauen zogen alle weiter: die Kompanie am Fluss entlang nach Norden und der Treck der Überlebenden von

Skënderaj über den beschwerlicheren Weg am Hang nach Südosten, auf Istanbul zu.

Nach einer Stunde Marsch setzte Schneeregen ein, und nach einer weiteren kam die Ruine des Dorfes in Sicht. Tuncay war es, als hätte er den Blick unverwandt auf den Horizont gerichtet, bis durch die Fäden des Niederschlags eine Reihe von niedrigen Rauchsäulen auftauchte. Ehe der Befehl erfolgen konnte, das Dorf zu umrunden, sagte er zu Peter: »Ich möchte dorthin gehen. Sehen, ob noch jemand zu retten ist oder ob Tote zu waschen und zu begraben sind.«

»Natürlich musst du das tun«, sagte Peter. »Lass mich mit Nimrod sprechen. Ich möchte mit dir kommen.«

Er bestieg den Schimmel, ritt zur Spitze vor, und kurz darauf brach ein Spähtrupp ins Dorf auf, während der Rest der Kompanie sich Planen und Mäntel über die Köpfe zog und eine Rast einlegte. Dem Trupp aus acht Männern, vier Reitern und vier zu Fuß, gehörten nicht nur Tuncay und Peter, sondern auch Nimrod und dazu Giorgios Kantakouzenos an.

Was Tuncay gesehen hatte, waren die ersten Häuser des Dorfes, das sich bis zu dem Überfall um den mit Wein bewachsenen Bergrücken geschmiegt haben musste. Oberhalb der Weingärten befand sich ein Plateau, auf dem ein Komplex von Gebäuden lichterloh brannte. Trotz des Schneeregens loderten die Flammen so wild, dass Tuncay sie bis ins Tal knistern hörte. Ein Turm stürzte krachend ein, und der schwarze Rauch, der die Reste verschlang, biss Tuncay in die Augen.

»Was ist das?«

»Die *Bektaşilik-tekke,* in der ich auf einer Erkundungsreise durch dieses Land mit so viel Wein und *raki rrushi* bewirtet worden bin, dass ich drei Tage lang Kopfschmerzen hatte«, warf Nimrod ihm hin. »Ein heiliger Ort, an dem eine kleine Schar unbewaffneter Einsiedler friedvoll und unermüdlich die Namen ihres Gottes rezitiert hat. Sieh nicht hin, Tuncay, vergiss es, wir haben keine Zeit. Sehen wir nach, ob von den armen Teufeln im Dorf noch einer einen Funken Leben in sich hat, und dann machen wir, dass wir weiterkommen. Ich würde gern zu unseren bewaffneten Truppen aufschließen, ehe uns die, die das hier angerichtet haben, in die Finger kriegen. Waffen im Anschlag. Auf einen Hinterhalt habe ich erst recht keine Lust.«

Die Hälfte der Männer blieb mit den Pferden zurück, die übrigen begaben sich zögernden Schrittes in das Dorf, das keines mehr war. Hier hatte der Schneeregen die Feuer so gut wie gelöscht, oder die Flammen hatten sich satt gebrannt. Von den Häusern und Stallungen, Geschäften, Schulen, Gebetshäusern waren nur noch Haufen aus Asche, verkohltem Holz, geschwärzten Steinen und geplatztem Glas übrig, darin ein paar Trümmer, die erkennen ließen, was sie gewesen waren: eine Stuhllehne, ein halbes Bett, ein verbogener, sonst unzerstörter Leuchter. Grabsteine waren umgestoßen, die ledernen Überreste von Büchern auf eine Art Scheiterhaufen geworfen worden.

Dazwischen lagen die Toten. Rümpfe ohne Köpfe, Gesichter ohne Nasen und Augen, abgerissene Gliedmaßen, Säuglinge mit bis zur Unkenntlichkeit zerschmetterten Schädeln. Kahl geschorene Mädchen, deren Körper so gut wie intakt wirkten, mit entblößten Unterleibern und gespreizten Beinen. Ismail, der als Sanitätsoffizier diente, im Zivilleben jedoch keineswegs Arzt, sondern nur Apotheker war, übergab sich, ehe er begann, die am wenigsten geschändeten Toten notdürftig zu untersuchen. Seine Bemühungen waren fruchtlos. Dass in diesem Grauen niemand mehr am Leben war, ließ sich mit ein paar Blicken feststellen. Neben den Menschen lagen Knochen, Fell und Federn, die von ihren Tieren übrig geblieben waren.

Tuncay übergab sich nicht. Seine Kehle war wie mit einem Eisenring verschlossen. Er stolperte ziellos umher. Eine Zeit lang tat er nichts, starrte nur, rührte niemanden an. Dann kam er zu einem Geschäft, von dem noch drei Wände bis in Schulterhöhe standen, nur die vordere war gänzlich niedergebrannt. Der Raum dahinter war so winzig wie der von Metin, dem Teehändler im Herzen des Kadifekale. Nicht mehr als Wandregale, ein Kocher, ein Ladentisch samt Waage und Gewichten passten hinein, und dann hatte im Stehen gerade noch Metin selbst Platz, der nur den Arm mit dem Tablett ausstrecken musste, um den Vorübergehenden Gläser mit süßem, trübem Tee anzubieten.

Genauso war es hier auch, nur waren die Theke und die Reste der Regale heruntergerissen, Tee und Datteln und Feigen, die durch den beißenden Qualm hindurch noch dufteten, auf dem Boden verstreut. Der Teehändler, der die verbeulte Waage mit beiden Armen umschlungen hielt, hatte im Liegen keinen Platz im Laden, sondern ragte von der Hüfte abwärts auf die Straße, so wie daheim Metins Arm mit dem Tablett. Auf dem Kopf trug er eine *plisi,* eine verdreckte weiße Filzkappe, und sein *fustan,* der gefältelte Rock der albanischen Männer, war in Fetzen über seinen Bauch hochgeschlagen. Sonst trug er nichts. Beine und Lenden waren entblößt, und wo das gewesen war, was ihn zum Mann gemacht hatte, war nichts mehr. Nur eine Masse aus Blut und zerquetschtem Fleisch.

Tuncays Hände ballten sich zu Fäusten, und ein Ansturm aus Gefühlen, von denen er keines hätte benennen können, drohte ihn zu übermannen. Unter größter Anstrengung zwang er sich zur Besinnung. Er schnallte seinen Tornister ab, kniete bei dem Leichnam nieder und wühlte in seinen Sachen, bis er sein Hemd zum Wechseln, seine Feldflasche und den Flanelllappen fand, den er zum Waschen benutzte.

»Im Namen Gottes, des Barmherzigen, des Erbarmers«, murmelte er, ließ aus der Flasche Wasser auf seinen Lappen träufeln und wusch dem Toten Gesicht und Brust, rieb ihm ein wenig Blut von den Beinen. Mehr war nicht möglich. Er strich den zerrissenen Rock mit aller Sorgfalt herunter und wickelte ihn um die geschändeten Lenden. Dabei erlaubte er sich nicht, den Blick abzuwenden, sondern hielt ihn starr auf den Blutfleck gerichtet, der sich langsam auf dem weißen Stoff ausbreitete.

Dann zog er dem Toten das Hemd an, das seine Mutter genäht hatte, was schwierig war, weil der Körper schon zu versteifen begann. Noch schwieriger war, ihm die Lider über den Augen zu schließen, in denen das namenlose Entsetzen wie eingebrannt stand. Anschließend erhob sich Tuncay und zwängte sich zwischen die verkohlte Wand und den Toten, bis er auf dessen Brusthöhe stand, wie es für das Totengebet vorgeschrieben war. In der Enge musste er sich auf Zehenspitzen stellen, um nicht auf den Toten zu treten. Er wiederholte die *Basmala,* »Im Namen Gottes, des Erbarmers, des Barmherzigen«, und rezitierte die sieben Verse der *al-Fatiha,* der ersten Sure des *Koran.* Dann sprach er mit äußerster Mühe ein Dank- und ein Bittgebet aus ein paar dürren Worten.

Zu den sechs Pflichten, die ein Muslim einem Glaubensbruder schuldete, gehörte es, dass er seinem Begräbniszug folgte. Hier musste Tuncay allein das Begräbnis sein, und hätte er allen Gemetzelten denselben Dienst erweisen wollen, hätten serbische Truppen ihn erwischt. Zudem verließen ihn die Kräfte. Der eine musste für alle genügen, die als Märtyrer gestorben waren und denen Allah Staub und Blut von den Gesichtern wischen würde.

Ob er daran glaubte, hatte er sich nie gefragt, und er verbot sich, es ausgerechnet jetzt zu tun.

Tuncay zwang sich weiterzugehen. Am Ende der Siedlung, wo die Dorfstraße einen Anger mit einem Brunnen bildete, sah er Peter vor einer zerstückelten Frau am Boden knien. Er wiegte den Oberkörper vor und zurück und schluchzte laut wie ein Kind. Hinter ihm stand sein Bruder und versetzte ihm leichte Tritte. »Was hast du denn geglaubt? Dass es im Krieg zugeht wie bei einem von euren Sandspielen vor dem *Nar Evi?* Jetzt hör schon auf, wie ein Klageweib zu heulen, damit hilfst du doch niemandem mehr.«

»Doch«, schrie ihn Tuncay trotz des eisernen Rings um seine Kehle an. »Die Gefährten des Propheten haben geweint. Es war der Beweis dafür, dass ihre Herzen noch am Leben waren.« Dabei fragte er sich: *Wie machen das die Leute, dass sie so einfach weinen können, und ich kann es nicht? Ist mein Herz tot?*

»Schon gut«, sagte Nimrod. »Deine Prophetengefährten sollen weinen, so viel sie wollen, aber wir müssen hier weg. Wenn wir nicht enden wollen wie die hier, müssen wir auf dem schnellsten Weg zu unseren Truppen in Priština.«

»Wie weit ist das noch von Skënderaj?«

»Bis heute Abend sollten wir es schaffen«, antwortete Nimrod. »Aber das hier ist nicht Skënderaj.«

Als er Tuncays Verwirrung bemerkte, fuhr er fort: »Es ist eines von den unzähligen Dörfern, die dem Erdboden gleichgemacht und vergessen werden. In diesem verfluchten Land wird kein Albaner am Leben bleiben, und in diesem verfluchten Reich sind die Albaner beileibe nicht das letzte Volk, das über die Klinge springen wird. Es ist wie ein verfluchter Smyrna-Teppich, dieses Reich, verstehst du? Das ganze Gewebe ist so miteinander verfilzt, dass du den Teppich nicht auftrennen kannst, ohne die verdammten Fäden zu zerreißen.«

Peter weinte laut auf. »Sie ist nicht älter als Klara«, rief er. »Und dort auf den Abfall haben sie ihr Kind hingeworfen, einen kleinen Jungen, wie Klara und ich ihn uns wünschen, und ihren Mann haben sie gezwungen, das mit anzusehen!«

Tuncay sah sich um und entdeckte den an den Brunnen gefesselten Toten. Die Hand, die sie ihm abgeschnitten hatten, steckte in seinem Mund.

»Ist ja schon gut«, sagte Nimrod noch einmal und tätschelte unbeholfen Peters Schulter, ehe er sich wieder an Tuncay wandte: »Hilfst du mir, ihn nach vorn zu den Pferden zu schaffen?«

Tuncay nickte.

Nimrod gab ihm einen Schlag auf den Rücken, dann bückten sie sich gleichzeitig, um Peter unter den Achseln zu fassen und ihm in die Höhe zu helfen.

»Ob mein Wort noch mehr als einen Para wert ist, weiß ich nicht«, sagte Nimrod, während sie mit dem schluchzenden Peter zwischen sich den Weg durch die Toten zurückgingen. »Aber du kannst sicher sein, dass ich dich für jede Beförderung vorschlagen werde, die das Reich zu vergeben hat.«

Seiner Aussprache und seinem Atem merkte Tuncay an, dass er getrunken hatte, doch er fällte darüber kein Urteil. »Das ist nicht nötig, *Yüzbasi*«, sagte er, und der Hass in seinem Mund schmeckte faulig wie Gift, das ihm durch den Körper zu strömen begann. »Ich habe ja nichts für euch getan.«

»Doch, das hast du«, sagte Nimrod. »Und es war das letzte Mal, nicht wahr? Du hast die Christen satt, du glaubst nicht länger daran, dass deine Leute und meine sich einen Staat teilen können. Wenn wir nach Priština kommen, überstelle ich dich einer regulären Infanterieeinheit.«

»Danke, *Yüzbasi*.«

»Nichts zu danken«, sagte Nimrod. »Daheim in unserem ahnungslos lächelnden Smyrna wird uns kein Mensch verstehen. Mich versteht schon lange keiner mehr, es ist, als liefe der Tod hinter mir her, und am Abend will ich nicht einschlafen, um am Morgen nicht feststellen zu müssen, dass die Leere in der Welt noch dieselbe ist. Warst du je verliebt, Tuncay? Die finstere Schleiereule, die deine Leute für dich ausgesucht haben – verzehrst du dich so nach ihr, dass du vergisst, wer du bist?«

Tuncay dachte an Kadife, zumindest gab er sich alle Mühe, doch sein Hirn sträubte sich, es weigerte sich, das Bild von Kadife über das des toten Albaners zu projizieren. Welche Rolle spielte das alles? Selbst dass Nimrod seinen eigenen Bruder mit dessen Frau betrog, spielte keine Rolle mehr.

»Meine Braut geht Sie nichts an«, sagte er. »Dass Sie mir überstellt sind, gibt Ihnen nicht das Recht, abfällig von ihr zu sprechen.«

Peter, der schwer auf ihren Armen hing, schluchzte laut. Nimrod hieb ihn in die Rippen, um ihn zu sich zu bringen, ehe sie die Kameraden mit den Pferden erreichten. »Ich entschuldige mich«, sagte er zu Tuncay. »Fragen wollte ich: Weißt du, wie ein Mann die Eiseskälte von so viel Tod aushalten soll und zugleich die Leidenschaft, die ihn von innen verbrennt?«

»Nein«, sagte Tuncay.

»Na schön«, erwiderte Nimrod. »Du willst mit mir nicht reden, aber täusch dich nicht. Wir, die wir das hier gesehen haben, werden uns immer näherstehen als irgendwem sonst. Selbst wenn wir uns hassen und nie wieder ein Wort wechseln.«

Das tut nichts zur Sache, dachte Tuncay. *Wir mögen uns nahestehen, aber wir stehen nicht auf derselben Seite.*

»Wenn ich als bis ins Mark verdorbener Krieger es je wagen sollte, die hochedle Tochter der Kantakouzenos zu ehelichen«, begann Nimrod noch einmal, »darf das kleine Vögelchen mit dem großen Schnabel dann auf meiner Hochzeit singen?«

Tuncay gab keine Antwort mehr, sondern half Peter, sich aufzurichten und sich das Gesicht zu säubern. Im Schneeregen warteten die Kameraden mit den Pferden. Dass der Regen dichter geworden war, hatte er nicht bemerkt.

18

Wenn der Krieg etwas Gutes hatte, dann war es die Tatsache, dass Klaras Gefängniswärterinnen zumindest zeitweise abgelenkt waren und sich um anderes sorgten als ihre Moral. Die Horde der Delacloche-Frauen samt ihrer unzähligen Freundinnen kümmerte sich um allerlei wohltätige Belange, bei denen Xenia sich grenzenlos wichtigmachte. Emsig sammelten sie Wollsachen für frierende christliche Soldaten und Geld für deren Familien, sie gaben ihre ewigen Musikabende und Bridgerunden, um *den Geist von Smyrna hochzuhalten,* und luden Kriegerwitwen zu Teekränzchen ein.

Bei all diesen Unternehmungen gestattete der Rest der Frauen Xenia, den Ton anzugeben, aber andere Bemühungen um Bedürftige verliefen weniger einträchtig. Im armenischen Hospital, zu dessen Gunsten die Sippe irgendeine Stiftung unterhielt, wurden ein Krankensaal und Räume des Altenheims für Flüchtlinge vom Balkan eingerichtet, und Xenia versuchte mit verbissener Energie, dagegen anzugehen.

»Diese Leute sind Muselmanen, noch dazu Analphabeten, denen man in keiner zivilisierten Sprache das Geringste erklären kann. Sie sind von den Schollen verscheucht worden, auf denen sie seit ein paar hundert Jahren zu Unrecht hocken, dafür hassen sie sämtliche Christen, und Armenier kommen für sie gleich nach dem Teufel. Wenn man sie lässt, zünden sie uns allen die Dächer über den Köpfen an, und ich verstehe nicht, wie ein kluger Mann wie Sevan so töricht sein kann, dem Tür und Tor zu öffnen.«

»Aber wo sollen die Leute denn hin?«, versuchte Theri, der ewige Versöhnungsengel, sie zu beschwichtigen. »Wir haben Winter, es regnet praktisch seit Anfang Dezember, wir können doch nicht Frauen und Kinder auf der Straße zugrunde gehen lassen.«

»Karrt sie meinetwegen auf den Pagos, wo sie unter ihresgleichen sind«, trumpfte Xenia auf. »Steckt sie in die Hirsa-Moschee, in all die anderen verdammten Moscheen, ihre *hamams, madrasas*, was weiß ich. Wenn unser Gouverneur sie so gern hier haben will, dann soll er auch zusehen, dass er sie in ihren eigenen Institutionen unterbekommt.«

»Die Moscheen sind überfüllt«, sagte Theri. »Der schöne *hamam*, den Peter so gern mag, *Tarihi Karataş Hoşgör*, ist geschlossen, weil selbst die Dampfräume für die Unterbringung von Flüchtlingsfamilien gebraucht werden.«

Sie wollte sichtlich noch weitersprechen, aber Xenia schnitt ihr das Wort ab: »Was haben solche Massen von Albanern überhaupt hier in Smyrna zu suchen?«

»Es sind nicht nur Albaner«, antwortete Theri. »Sondern vertriebene Muslime vom gesamten Balkan. Viel mehr als zu uns strömen täglich nach Konstantinopel, wo sie bereits in Hauseingängen und auf offener Straße kampieren. Die neue Regierung wird dem Ansturm nicht Herr. Wir haben erst Februar, Xenia. Ehe es Frühling wird, sind diese Menschen in Gefahr zu erfrieren, und die Zeitungen schreiben, sie kommen mit Scharen von Kindern.«

»Und warum bleiben sie nicht, wo sie sind?«, versetzte Xenia. »Sie müssen das Land abgeben, das sie sich unrechtmäßig angeeignet haben, sie werden umgesiedelt, aber was ist dagegen zu sagen? Ein Mensch mit Fleiß und Anstand, der nichts Übles im Sinn hat, würde seiner Familie ein neues Leben aufbauen, statt in der Fremde anderen auf der Tasche zu liegen.«

Theri räusperte sich, ehe sie zu einer Antwort ansetzte: »Es ist Krieg, und wir sind zu weit weg, um beurteilen zu können, was wirklich auf dem Balkan geschieht«, sagte sie. »Als Konsul Horton zu Silvester hier war, hat er mir einen Artikel in der *New York Times* gezeigt. Darin stand, die serbische Armee hinterlasse hinter sich einen Blutstrom, stecke Dörfer in Brand und richte Männer, Frauen und Kinder in bizarren Vergeltungsakten hin. Natürlich weiß ich nicht, wie viel davon wahr ist, aber wenn Menschen um ihr Leben fürchten müssen, ist es ja wohl nicht zu viel verlangt, dass wir, die wir es sicher und behaglich haben, ihnen ein wenig Platz abtreten.«

»Wer dich reden hört, könnte glauben, du wolltest dieses Volk mitsamt seinen barbarischen Bräuchen unter dein eigenes Dach einladen. Glaubst du, dass dich das zu einem guten Menschen macht, Theri? Du weißt nichts über diese Leute, du sprichst ihre Sprache nicht, und wenn sie sich in ihrem maßlosen Hass vergessen, bist du nicht in der Lage, jemanden zu schützen. Hast du wirklich das Recht, andere Menschen in Gefahr zu bringen, um dich edel zu fühlen?«

Die alte Thea saß in dem Erker, der über den Garten ragte, und stichelte halbblind an einer verknoteten Nadelarbeit. Das war auch etwas, was sie seit Beginn des Balkankriegs alle unentwegt taten: sticken, stricken und häkeln, obwohl keine von ihnen mehr zustande brachte als Klara seinerzeit in Madame Cariberts Handarbeitsstunde. Als Xenia schwer atmend ihre Tirade beendete, blickte Thea von dem Nadelwerk auf. »So war das schon immer mit den Mädchen, die nicht hübsch waren«, nuschelte sie. »Da wird geschwatzt, was das Zeug hält, als könnte man einen fahlen Teint, eine Hakennase oder dünnes Haar wegschwatzen. Bei so vielen Enkeltöchtern, wie ich sie habe, war es ja unvermeidlich, dass eine von der Schwatzhaftigkeit befallen wird.«

Xenia, die mit vor Erregung geröteten Wangen bei der Anrichte stand, wurde totenbleich. »Wie ekelhaft du sein kannst«, stieß sie hervor. »Und keiner von euch allen macht dazu den Mund auf. Manchmal möchte man nicht glauben, dass ihr mehr Erziehung genossen habt als die Horden von albanischen Hinterwäldlern.«

»Ach Xenia, *chérie*, ist es denn wirklich notwendig, hysterisch zu werden?« Thea hatte sich wieder der Nadel zugewandt, die sich nicht durch den Stoff in ihrem Rahmen stechen lassen wollte. »Du musst dich doch nicht sorgen. Bei einem Mädchen mit deiner Mitgift fragt keiner, ob sie hübsche Augen hat, und wenn du aufhörst, dich wie eine wilde Hornisse um die Belange von Armeniern zu kümmern, legt sich irgendwann auch das Gerede, unser reizender armenischer Freund hätte etwas an dir vollzogen, für das er als Arzt und braver Christ mehr als nur einen Klaps auf die Finger verdient.«

Xenia schoss herum und ließ ihre zierliche Tasse fallen, die am Boden zerschellte. »Was soll das heißen?«

»Na, was wohl?« Thea hob die Brauen. »Wenn so lange herumgetuschelt wird und ein Mädchen aus bester Familie unverheiratet bleibt, geht es immer darum, dass eine helfende Hand ein kleines Kindchen, das niemand brauchen konnte, in ein kleines Engelchen verwandelt hat.«

Xenia schnappte nach Luft und ruderte mit leeren Händen, während das Hausmädchen mit Schaufel und Handfeger um ihre Füße kroch und die Scherben auffegte. Um ein Haar hätte sie Klara leidgetan.

Iris Romain, Lances exquisit zurechtgemachte Mutter,

schnaufte lang gezogen durch die Nase, während Harriet, Thibault Delacloches Frau, das Gesicht über ihre Handarbeit senkte, als litte sie unter schwerer Kurzsichtigkeit. Adriana lachte erschrocken auf. »Jetzt ist es dann wieder genug, ja, *Giagia?* Warum lehnst du dich nicht ein bisschen zurück und trinkst deinen Tee?«

»Weil der mir nicht schmeckt«, erwiderte Thea. »Und weil ich kein Kleinkind bin, dem du den einflößen musst.«

Theri trat zu Xenia und wollte ihr den Arm um die Schultern legen, aber Xenia, in deren Augen Tränen blitzten, stieß sie beiseite. Noch ein paar Momente lang herrschte Schweigen, dann legte sich allmählich die Aufregung, und das Gespräch wandte sich wieder den Flüchtlingen zu. Aus dem von Griechenland eingenommenen Thessaloniki würden neue Flüchtlingswellen herüberschwappen. Noch mehr Sorge bereiteten dem Delacloche-Clan jedoch die Griechen, die in Panik aus Smyrna flüchteten, obwohl Gouverneur Rahmi *Bey*, der noch öfter als sonst zu Besuch kam, versicherte, er würde die griechischen Bewohner seiner Stadt vor jedweden Racheakten schützen.

Harriet Delacloche, die wie ihr Mann ständig über irgendetwas nörgelte, beklagte sich, sie habe ein türkisches Hausmädchen aufnehmen müssen, weil ihre Griechin Hals über Kopf in Richtung Norden geflohen sei.

»Deswegen lass dir mal keine grauen Haare wachsen«, sagte Adriana. »Wir sind mit unserem türkischen Personal nicht weniger zufrieden als mit dem anderen.«

»Das ist eine Untertreibung«, bemühte sich Xenia um eine Spitze, ohne jedoch verbergen zu können, dass sie noch immer außer Fassung war. »Bei uns avancieren türkische Dienstmädchen binnen Tagen zu Haustöchtern.«

Damit meinte sie Didem, die mit Kiki zusammenklebte wie ein Paar siamesischer Zwillinge und zu keinerlei Arbeit angehalten wurde. In Peters Abwesenheit überschlugen sich die anderen Männer darin, sich um ihre musikalische Förderung zu kümmern, und bis auf Xenia schien jeder sie sofort ins Herz zu schließen. Klara musste zugeben, dass die Türkin mit dem wenig schönen Gesicht und der zu großen Nase etwas an sich hatte, dem man sich schwer entziehen konnte, auch wenn sie nicht wusste, worin es bestand. Nur dass es ihr selbst fehlte, wusste sie. Trotz all der hochfliegenden Hoffnung, mit der sie vor zehn Monaten hergekommen war, hatte sie außer Kiki kein einziges Mitglied der Familie für sich gewinnen können.

In der Not, in der sie sich befand, besaß sie keinen Vertrauten.

Lance und Nimrod zählten nicht, denn was sie mit den beiden verband, war keine Sympathie. Zudem war Nimrod nicht da, er war nicht einmal an Weihnachten nach Hause gekommen, und Lance war schier unmöglich zu erreichen. Angeblich war er, der doch den langen Sommer über nichts als seinem Vergnügen nachgegangen war, im Geschäft seines Vaters unabkömmlich. Klara wollte ihn dort noch einmal aufsuchen, sobald der Tee abgeräumt war. Sie musste endlich mit jemandem sprechen und brauchte Beistand, sonst würde sie den Verstand verlieren.

Längst hatte sie sich um ihren Aufbruch kümmern, einen Spaziergang ankündigen wollen, an dem in der allgemeinen Erregung niemand Anstoß nehmen würde. Seit Theas Bemerkung überschlugen sich in ihrem Kopf jedoch die Gedanken. Der armenische Arzt, den ihr Vater darauf angesetzt hatte, sich um sie zu kümmern, hatte tatsächlich eine verbotene Abtreibung vorgenommen – und zwar ausgerechnet an Xenia Delacloche.

Der Kindsvater konnte niemand anders als der Armenier selbst sein, denn während sich wohl ein Mann hätte finden lassen, der Xenia um ihrer Mitgift willen ehelichte, hätte sich gewiss keiner außer ihm zum Schäferstündchen mit ihr unter eine Zypresse gelegt. Er war also durchaus nicht über jeden Vorwurf erhaben, wie er nachts im Treibhaus behauptet hatte. Das machte ihn erpressbar. Zudem war er in der Lage, ein unerwünschtes Kind zu beseitigen, und er hatte keine Skrupel, es zu tun.

Der Armenier war nicht in den Krieg gezogen, weil der Klinikleiter erkrankt war und ihm die Leitung übertragen hatte. Glücklicherweise verbreitete Xenia sich über das armenische Hospital ohne Unterlass, sodass Klara im Bilde war. Am Morgen nach jener widerwärtigen Nacht hatte sie beschlossen, keinesfalls so tief zu sinken, den Mann tatsächlich um Hilfe zu bitten. Einen von ihrem Vater gekauften Bruder brauchte sie genauso wenig wie einen gekauften Ehemann, hatte sie geglaubt, doch seither hatte ihre Lage sich auf dramatische Weise verschlimmert.

Sie würde etwas unternehmen müssen. Obwohl sie so gut wie nichts von diesen Dingen verstand, war ihr doch vage bewusst, dass ihr die Zeit davonlief. Sie würde mit Lance sprechen, sie hoffte noch immer darauf, dass er Rat wusste, doch für den Fall, dass alle Stricke rissen, blieb das Geheimnis des armenischen Arztes in ihrem Hinterkopf.

Die Teestunde schien endlich beendet zu sein. Adriana stand auf und ging hinüber zu Theri, der sie zärtlich das Haar aus dem Gesicht strich. »Vassili fährt mich in die Stadt, ich will den armen Kyriakos wenigstens kurz in die Arme schließen. Jeden Tag dränge ich deinen Onkel Edmond, ihn zum Abendessen mitzubringen, aber du weißt ja, wie leicht dein Onkel sich abwimmeln lässt. Willst du mitfahren?«

Klara sandte ihr eine stumme Verwünschung. Der *arme Kyriakos* war Theris Vater, der seit Kriegsausbruch Probleme mit seinen Geschäften hatte. Wie wohl alle Griechen in Smyrna hatte er türkische Kunden verloren, obwohl Adriana beharrlich beteuerte, er solle sich darüber keine grauen Haare wachsen lassen, ihr Edmond werde das ausgleichen. Da die Mitglieder dieser Familie selbst bei der Arbeit wie Honigwaben aneinanderklebten, befand sich das auf Zierrat und Kleinmöbel spezialisierte Geschäft der Kantakouzenos links neben dem Warenhaus der Delacloches, und auf der rechten Seite betrieb Jacques Romain seinen Weinhandel. Den Kutscher Vassili hatte Klara selbst in Anspruch nehmen wollen. Stattdessen würde sie mit der Bahn fahren müssen und beim Versuch, Lance zu sprechen, womöglich Theri in die Arme laufen.

Zu ihrer Erleichterung bemühte sich Theri jedoch, Adriana von ihrem Vorhaben abzubringen: »Ich weiß ja, du meinst es gut, aber Vater wäre jetzt lieber allein. Er hat mich gebeten, mit Andreas und Michalis über Nacht bei euch zu bleiben und darauf zu achten, dass du auch hierbleibst.«

»Aber ich bin doch seine Schwester!«, rief Adriana. »Ich war immer bei ihm, auch damals, nach dem Tod deiner armen Mutter, und er war bei mir, in all unseren Höhen und Tiefen. Wir haben durch dick und dünn zueinander gehalten, und wenn es ihm so elend geht wie jetzt, muss ich erst recht bei ihm sein.«

»Das weiß ich doch«, erwiderte Theri. »Wenn er irgendeinen Menschen bei sich haben wollte, wärst es du, doch in diesem Fall will er es eben allein durchstehen. Es geht ja um keinen Herzenskummer, den er gewiss mit dir teilen würde, sondern um geschäftliche Sorgen.«

»Die er nicht haben muss!«, rief Adriana. »Gerade das will ich ihm doch versichern: Was mein ist, ist auch sein, und Edmond hat mir versprochen, dass er die Großkunden allesamt aus Kyriakos' Beständen beliefert. Er verkauft an Türken ja sogar mehr als zuvor, seit die Dummköpfe ihre griechischen Zulieferer boykottieren, also kann er Kyriakos das, was ihm verloren geht, diskret wieder zuschanzen.«

Adriana rieb sich über die Stirn und riss die Augen auf. »Das alles ist sowieso nichts als scheußlich«, ereiferte sie sich. »Stell dir vor, neulich haben irgendwelche Unruhestifter ein Schild mit der Aufschrift *Kauft nicht beim Verräter* vor das Schaufenster von Iannis Gimenis genagelt, sodass jeder, der vom Pier in die Rue Franque kam, es sehen musste. Aber Edmond hat es entfernen lassen, ehe der arme Kyriakos es überhaupt zu sehen bekam, und er hat einen Mann angeheuert, der Iannis Gimenis' Geschäft in Zukunft bewacht. Ich meine, wo soll man in Smyrna denn sonst seine Schreibwaren kaufen, wenn nicht bei Iannis Gimenis?«

»Und solche Leute lasst ihr in Scharen in unsere Stadt einfallen!« Keine der beiden hatte bemerkt, dass sich Xenia wie ein Raubtier auf der Jagd herangepirscht hatte. »Männer wie die legen es darauf an, eurem Volk die Lebensgrundlage zu zerstören, aber ihr plärrt, wenn deren Kinder keinen Rahm auf ihre Milch bekommen.«

»Ach, mein Pfläumchen«, bemerkte Adriana. »Sich in die Gespräche anderer Leute einzumischen, ist nicht fein, schon gar nicht, wenn man nur die Hälfte von dem, was gesprochen wurde, begriffen hat. Theri und mir ging es nicht um Politik, über die unter diesem Dach schon viel zu viel schwadroniert wird, sondern um deinen Onkel Kyriakos, dem es nicht gut geht und den ich deshalb heute noch besuchen und hierherlotsen will, ins Haus seiner Schwester, das ihm wohltun wird.«

»Und in dem seine Tochter gern ein Heim für fanatische Muslime vom Balkan eröffnen würde«, begann Xenia, aber Theri ließ sie nicht weitersprechen.

»Schluss damit!«, rief sie schärfer, als Klara es von ihr kannte. Im selben Atemzug sah sie, dass Theri abgespannt wirkte, dass ihr Haar nicht frisch frisiert war und ihr Gesicht nicht aussah wie einem Pariser Damenmagazin entsprungen. »Ich möchte von dieser Hetze jetzt nichts mehr hören«, sagte Theri, »weder von der einen noch von der anderen Seite, denn nichts davon passt in unsere Stadt. Die Leute, die Schaufenster vernageln und zu Boykotten aufrufen, sind vereinzelte Fanatiker, nicht gewöhnliche Bürger von Smyrna. Ist vielleicht etwas Fanatisches an Rahmi *Bey?*«

»Wer weiß. Dass er sich gern unseren Gin schmecken lässt, heißt schließlich nicht, dass er im Zweifelsfall für uns den Kopf hinhalten würde.«

»Jetzt reicht es wirklich, Xenia. Rahmi *Bey* ist unser Freund, er gehört zu unserem Kreis von wunderbaren Menschen wie Konsul Horton, Konsul Heathcote-Smith, Doktor Agasian, Erzbischof Chrysostomos und Père Matthieu. Seinen Kopf muss niemand hinhalten, und die Flüchtlinge, die herkommen, sind vor allem Frauen, Kinder und Greise. Die rufen zu keinem Boykott auf, denen ist nämlich überhaupt nichts geblieben, mit dem sie etwas kaufen oder boykottieren könnten.«

»Da hast du ganz recht, *koritsi.«* Wieder hob Adriana die Hand und strich Theri das Haar aus dem Gesicht. »Es passt nicht zum Geist von Smyrna, notleidende Menschen im Stich zu lassen, und was meinen liebsten Bruder Kyriakos betrifft …«

»Was deinen liebsten Bruder Kyriakos betrifft, sei bitte diskret wie dein Mann Edmond«, sagte Theri und küsste Adriana auf die Wange. »Das bedeutet auch, zu respektieren, wenn er mit einer geschäftlichen Angelegenheit allein fertigwerden will und sich davon gekränkt fühlt, dass seine kleine Schwester ihm aushelfen muss. Fahr nicht in die Stadt. Gib *Papakis* ein bisschen Zeit, dann wird er sich wieder zu deinen Abendessen blicken lassen – er kann doch genauso wenig lange ohne dich auskommen wie du ohne ihn.«

Klara hatte genug gehört. Sie drehte sich um und ging, wollte hinüber in die Remise laufen, wo der Kutscher Vassili sich bereithielt. Kaum betrat sie jedoch die Halle, schlug auf der anderen Seite mit einem Knall eine Tür zu, und aus dem Gang zum Musikzimmer stürmte Kiki. »Klara, Klara, Gott sei Dank, dass du kommst!«, rief sie und warf sich Klara in die Arme. Didem, die ihr langsam gefolgt war, blieb im Durchgang stehen.

»Sie sind alle so gemein!«, rief Kiki und warf den Kopf zurück, dass ihre langen Locken sich lösten und ihr bis in die Taille über den Rücken fielen. Ihr liebliches herzförmiges Gesicht war ein Bild reinster Empörung. »Du bist die Einzige, die mich versteht, du musst mir helfen. Die anderen tun so, als wären sie auf meiner Seite, aber in Wahrheit kuschen sie und tun, was die Hexe Xenia sagt.«

Zwischen der ältesten und der jüngsten Delacloche hatte es zunehmend Spannungen gegeben, seit ein Großteil der Männer an die Kriegsfronten verschwunden war. Es gab weniger Bälle und blaue Stunden, dafür Wohltätigkeitsveranstaltungen, an denen nur Frauen teilnahmen. Kiki langweilte sich, und Xenia warf ihr Frivolität vor. Dass aber eine die andere mit einem Schimpfnamen belegte, das hätte Klara sich nicht vorstellen können.

»Jetzt beruhige dich erst mal. Was ist denn passiert?«

»Ach Klara. Ach Klariki.« Als die jüngere den Kopf an ihre Schulter sacken ließ, empfand Klara eine ungekannte Woge von Zärtlichkeit. *Sie könnte meine Schwester sein.* Kiki war ein süßes, selbstsüchtiges Kind, als Hilfe bei einem ernsthaften Problem, wie es Klara quälte, ganz und gar nicht geeignet, aber ihre vertrauensvolle Art erfüllte sie mit Wärme.

»Stell dir vor«, rief Kiki, »Aron hat sich gerade von uns verabschiedet, weil ihm gekündigt worden ist. Er darf uns nicht mehr unterrichten, stattdessen kommt wieder irgendeine alte Jungfer, die bestimmt noch grässlicher ist als Mademoiselle Roucan.«

Der Streit um den Musikunterricht wurde im Haus allmählich zur Farce. Bis Weihnachten hatte Kiki die ältliche Französin so lange tyrannisiert, bis diese das Handtuch warf, und hatte anschließend mit viel Gebettel, ein wenig Erpressung und ein paar Tränen erreicht, dass ihre Mutter Xenias Proteste ignorierte und den jüdischen Pianisten ins Haus bestellte. Seither bildeten die Musikstunden den Höhepunkt von Kikis Tageslauf, auch wenn man sie allein an dem gläsernen Instrument nie üben hörte. Offenbar hatte nun allerdings wieder Xenia die Oberhand gewonnen und Aron de Lemos des Hauses verwiesen.

Aber warum?

Nur weil sie irgendeinen Unsinn über die Triebhaftigkeit jüdischer Männer glaubte? Klara war dem jungen Mann mehrmals begegnet, sie fand ihn höchst angenehm im Umgang, charmant und ausnehmend höflich. In Wahrheit konnte Xenia vermutlich nicht ertragen, dass andere sich miteinander vergnügten, weil ihr selbst dergleichen gänzlich abging. Die Vorstellung von ihrer ehebrecherischen Liebschaft, die sogar zu einer Schwangerschaft geführt hatte, war atemberaubend, und die Versuchung, Kiki davon zu erzählen, fast übermächtig.

»Aber ich mache das nicht mit!«, zeterte Kiki weiter. »Wenn Aron nicht mehr herkommen darf, laufe ich weg und besuche ihn in Güzelyali!«

»Nun mal halblang.« Trotz ihrer eigenen quälenden Sorgen musste Klara lachen. »Kyrene Delacloche, die in der Wohnung eines Junggesellen im jüdischen Viertel erwischt wird, könnte diesen Junggesellen in arge Schwierigkeiten bringen. Das möchtest du nicht, oder doch?«

»Ich möchte Aron sehen«, beharrte Kiki trotzig wie ein viel jüngeres Kind. »Ich möchte mit Aron lachen, reden, neue Tänze lernen, nicht im Faltenrock bei Xenias Kränzchen für alte Schachteln hocken. Aron will mich auch sehen. Dass er dabei Schwierigkeiten bekommen könnte, hält ihn nicht ab.«

»Aber ebendeshalb darfst du ihn doch nicht in Gefahr bringen«, ertönte die dunkle, weit tragende Stimme der Türkin, die noch immer im Durchgang stand. »Er könnte alle seine Schüler verlieren, seine Möglichkeiten, in Smyrna aufzutreten, das Einkommen, von dem er lebt.«

»Bist du jetzt auch noch gegen mich?« Kiki löste sich von

Klara und schwang zu Didem herum. »Haben die Spießer dich auf ihre Seite gezerrt? Als Nächstes wirst du mir wohl auch erzählen, ich müsste unbedingt mit der Schlafmütze Frederic Whitall tanzen und mich in ein, zwei Jahren mit ihm verloben, nur weil das in Smyrna nun einmal so ist, dass in jeder Generation eine Delacloche einen Whitall heiratet oder umgekehrt.«

»Nein, das erzähle ich dir nicht, und ich bin auf deiner Seite«, sagte Didem. »Ich dachte, das müsstest du wissen, weil wir doch Freunde sind, Kiki«, sagte Didem. »Du tust mir so leid, ich wünschte, ich könnte etwas tun, um dir zu helfen. Aber Aron ist auch unser Freund, und ich weiß, dass du eigentlich nichts tun willst, das ihm schaden könnte.«

»Ach was!«, rief Klara. »Aron nimmt das in Kauf, Aron ist kein solcher Spießer und Feigling wie ihr.«

»Ich hoffe, niemand von uns ist ein Spießer und Feigling.« Aron de Lemos war hinter Didem aus dem Zwielicht des Ganges getreten und legte der Türkin die Hände auf die Schultern. Wie immer bot er einen erfreulichen Anblick, trug ein auf schicke Weise abgewetztes Tweedjackett über einem Hemd mit offenem Kragen und einem lose geschlungenen Tuch. Er lächelte und grüßte Klara mit einer kleinen Verneigung. »Dennoch darf ich natürlich keineswegs erlauben, dass Sie sich meinetwegen in einen Skandal verwickeln, Fräulein Kyrene. Wenn meine Dienste nicht mehr benötigt werden, werde ich mich damit abfinden müssen, sosehr es mich schmerzt.«

»Fräulein Kyrene«, äffte Kiki ihn nach. »Seit wann predigst du so förmlich um den heißen Brei herum, waren wir nicht eben noch bei Kiki und Aron? Und weshalb hat eigentlich Xenia zu entscheiden, wessen Dienste benötigt werden und welche nicht? Wenn sie meinen jüdischen Musiklehrer feuert, feuere ich ihren armenischen Arzt.«

Den Gedanken hatte Klara auch gehegt, aber Didem fuhr

auf: »Nicht doch, Kiki! Doktor Agasian ist so liebenswert, und er kann für all das hier überhaupt nichts.«

»Ich hätt's ja auch nicht fertiggebracht«, erwiderte Kiki und ließ den Kopf hängen. »Aber Aron ist auch liebenswert, wir sind alle liebenswert, nur die ekelhafte Xenia ist es nicht. Ich will nicht mehr, dass die meine Schwester ist. Lieber will ich dich und Klara als Schwestern, und auf das eine könnt ihr Gift nehmen: Wären meine Brüder hier, Peter und Nimrod, hätten sie nie und nimmer erlaubt, dass Xenia in diesem Haus das Zepter schwingt. Ach Klara, kannst du dem lieben Petraki nicht schreiben? Wenn er erfährt, was Xenia sich aus purer Bosheit einfallen lässt, um mich unglücklich zu machen, wird er es ihr ganz bestimmt verbieten.«

Klara hätte alles andere lieber getan, als an Peter zu schreiben. Die Feldpostkarten, die von ihm kamen, stopfte sie nach raschem Überfliegen in die Schublade. Dennoch hätte sie der armen Kiki gern geholfen, und der Gedanke, Xenia eins auszuwischen, war allzu verlockend. »Die Offiziere im Feld belasten wir mit unseren kleinen häuslichen Angelegenheiten besser nicht«, sagte sie und klang wie die Frau, die sie hätte sein wollen – Madame Delacloche, Hausherrin, Dame von Welt. »Wenn deine Schwester entschieden hat, dir die Musikstunden zu kündigen, wirst du dich damit abfinden müssen, und dass du Monsieur de Lemos in seiner Wohnung besuchst, können wir dir selbstverständlich nicht gestatten. Aber ich wüsste nicht, was dagegen spräche, dass ihr euch auch weiterhin hier im Haus trefft.«

Sie richtete mit einem Griff ihr Haar, wie sie es bei Iris Romain gesehen hatte, und wandte sich an den Pianisten. »Monsieur de Lemos, ich bedaure zutiefst, dass meine Schwägerin in dieser Weise entschieden hat, aber Sie werden verstehen, dass ich keinen Streit darum zu provozieren wünsche. Könnten Sie sich daher vorstellen, statt Kiki künftig mir Unterricht zu erteilen? Sonderliche Begabung habe ich nie an den Tag gelegt, doch ich bin eine große Bewunderin Ihres Spiels und würde mich gern ein wenig an der Glasharmonika versuchen.«

Tatsächlich war ihr das Geisterinstrument ein Gräuel, und die ewigen Musikdarbietungen langweilten sie, doch der Spaß war es wert. Zudem würde sie ja nicht wirklich auf den Glasschüsseln herumklimpern müssen, sondern nur Kiki Deckung geben.

Die fiel ihr um den Hals. »Du bist die Beste, Klara, die Allerallerbeste. Du bist meine Lieblings-Klara, und das kannst du mir glauben – du wirst es auch bleiben.«

»Ich habe doch gar nichts getan! Und Monsieur de Lemos hat noch nicht einmal gesagt, ob er mich als Schülerin akzeptiert.«

Aron de Lemos verschränkte die Hände im Rücken und verneigte sich tief. »Mit dem größten Vergnügen, *Madame*. Ich kann es kaum erwarten.«

»Wie nett Sie sind«, fiel die schöne Stimme der Türkin ein. »Die Leute bei uns auf dem Berg nennen dieses Haus *Büyük Ev,* das Große Haus, aber ich nenne es das Haus der netten Menschen. Immer wenn ich denke, netter geht es nicht mehr, kommt jemand, der noch netter ist, und Sie, glaube ich, sind die Netteste von allen, Klara *Hanim.*«

Wärme schoss Klara durch den Körper, eine Welle, die sie sprachlos machte. Gleich darauf wurde die Tür des Salons aufgeschoben, und Theri erschien.

»Was ist denn hier los?«, fragte sie. »Ein Familienrat in der Halle?«

Du stiehlst mir nicht die Show, durchfuhr es Klara. *Nicht wie üblich du.*

Kiki ließ sie los und baute sich vor Theri auf. »Klara hilft mir. Ich hatte gedacht, du würdest mir helfen, du warst doch immer meine Liebste auf der Welt. Aber du wolltest es dir ja mit Xenia nicht verderben, und jetzt ist Klara meine Liebste.«

Durch den Trotz klangen Tränen der Enttäuschung, die Klara verstand, auch wenn die Sache mit dem Musiklehrer ansonsten eine Albernheit sein mochte. Sie wandte sich Theri zu. »Ich habe mir erlaubt, Monsieur de Lemos als meinen Musiklehrer zu engagieren. Keine Sorge, ich bezahle das aus meinem eigenen Vermögen, über das mein Vater mir freie Verfügung erteilt hat, und werde nicht das Budget der Familie belasten. Mein lieber Mann hat wiederholt geäußert, er wäre erfreut, wenn ich hier in Smyrna ein Interesse hätte, mit dem ich mir die Zeit vertreiben könnte, und mit der Glasharmonika liebäugele ich seit Langem.«

Nicht nur diese letzte Bemerkung war gelogen, sondern auch die Behauptung über das eigene Vermögen. In Wahrheit hatte ihr Vater die gesamte Mitgift beim Bankhaus Bleichröder auf Peter überschreiben lassen, und Klara besaß über keinen Pfennig oder Para Verfügungsgewalt. Aber darum sollte Kiki sich kümmern, oder Aron de Lemos würde ihr das Geld stunden müssen, bis Peter zurückkam.

»Dass Kiki nicht mehr von Monsieur de Lemos unterrichtet wird, bedaure ich, aber ihr werdet gewiss gute Gründe haben«, sagte sie zu Theri. »Ich hoffe, ich darf sie jedoch einladen, meinem eigenen Unterricht zuweilen beizuwohnen und mir ein wenig zu helfen. Meine Einladung erstreckt sich natürlich auch auf Didem, die ja nicht zur Familie gehört und der ich daher sicher weiterhin Unterricht bei Monsieur de Lemos ermöglichen darf.«

Zuzusehen, wie Theris Gesichtsmuskeln zuckten, während sie darum kämpfte, die Fassung wiederzuerlangen, war unbezahlbar. »Warum solltest du das nicht dürfen?«, fragte sie schließlich mit spitzen Lippen. »Wenn du es so wünschst, wüsste ich nichts, was dagegen spricht, dass auch für Kiki der

Unterricht fortgesetzt wird. Xenia könnt ihr mir überlassen, ich werde ihr die Sache erklären.«

Kiki umarmte Klara noch einmal, dann durchquerte sie den großen Raum, packte Didem und begann mit ihr zu tanzen. Sie war wahrhaftig noch ein Kind, vermochte sich wie ein Kind zu freuen, und Klara wünschte sich, sie hätte ihre Sorgen vergessen und auch solche Ausgelassenheit empfinden können.

19

Sobald der kleine Tumult sich aufgelöst hatte, holte Klara ihren Mantel, gab Vassili Bescheid und fuhr kurz darauf im geschlossenen Wagen durch die einsetzende Dämmerung. In einer Straße nach der anderen wurden Laternen angezündet, Menschen kehrten von Geschäften und Besorgungen heim und machten unterwegs in einem der Cafés halt, um Bekannte zu treffen. In der Rue Franque war der Verkehr aus Wagen, Passanten und Lasttieren so dicht, dass es mit der Kutsche kein Vorwärtskommen mehr gab. Klara ließ Vassili anhalten. »Warten Sie nicht«, sagte sie zu ihm.

»Aber wie wollen Sie nach Hause kommen, *Madame?*«, wandte der Grieche ein. »Ich muss darauf doch achten.«

»Sie müssen gar nichts«, beschied ihn Klara. »Fahren Sie zurück nach Bournabad. Ich werde nach Hause gebracht.«

Etwas in ihr träumte von einem Lance, der darauf bestand, sich zu ihr zu bekennen. Der mit ihr zurück zum Großen Haus fuhr, um den Delacloches zu erklären: »Klara und ich, wir lieben uns. Unsere Gefühle sind zu mächtig, um noch länger gegen sie anzukämpfen.«

Schon während sie sich den Klang der Worte ausmalte, wurde ihr klar, dass sie in Hildes Dienstmädchenromane gehörten, nicht aber in den Mund von Lance Romain. Und wenn doch – hätte sie das wirklich gewollt, ihr Leben aufgeben, ihre Stellung als Frau des Erben, ihren Platz im Großen Haus? Und was sollte geschehen, sobald die starken Worte verklungen waren? In Berlin wäre eine Scheidung ein Skandal gewesen, eine Wiederverheiratung mit einem Mann von Stand schwerlich möglich. Die meisten Herren versteckten ihre Geliebten unter der Bettdecke, richteten ihnen irgendwo ein Liebesnest ein, wo sie sie ab und an zu ihrem Vergnügen besuchten, während die Frauen vor sich hin welkten.

Das will ich nicht!, begehrte es in Klara auf. Sie sprang aus dem Wagen und mischte sich in das Treiben auf der Rue Franque. Für gewöhnlich fühlte sie sich besser, sobald der Trubel sie aufsog, die Wolke exotischer Düfte ihr in die Nase stieg und die ersten eleganten Schaufenster in Sicht kamen. Das Gewirr von Stimmen und Sprachen – die Rufe der Händler, die *simit* und Kürbiskerne anpriesen, und die der Kameltreiber, deren Tiere hoch beladen durch die Gasse schaukelten – war ihre Lieblingsmusik.

Heute aber schienen sich alle Elemente des Klangteppichs zu einer einzigen Stimme zu vereinen, die Klara ins Ohr raunte: *Du gehörst nicht dazu. Du hast alles verspielt. Durch diese Straße, von Geschäft zu Geschäft, wirst du nie wieder ziehen, Pakete voller hübscher, nutzloser Dinge kaufen, die dir ein Bursche hinterherträgt, und vor dem Schaufenster von Albinioni von Fotografien träumen, die du selbst gern machen würdest. Du wirst nie wieder genießen, wie dir das Wasser im Mund zusammenläuft, und in dich hineinstopfen, wonach immer es dich gelüstet.*

Die Gerüche machten ihr Hunger, doch statt sich wie sonst in ihrer Lieblings-Confiserie *lokum, baklava und* Marzipanpralinen in eine hübsch bedruckte Schachtel packen zu lassen oder in einer der kleinen *ouzeris* in den Seitenstraßen einzukehren und einen Teller der köstlichen gebratenen Sardinen zu bestellen, kaufte sie dem nächsten Straßenverkäufer zwei Sesamringe ab und aß sie lustlos auf. Die Befriedigung, die sich sonst zumindest flüchtig einstellte, blieb aus. Sich mit Essen zu trösten, war immer ihr Zaubermittel gewesen. Tag für Tag kostete es mehr Anstrengung, ihre Taille zu schnüren, damit sie in ihre Kleider passte.

Wenn der kleine Bauch, der sich zwischen ihren Hüftknochen vorwölben wollte, überhaupt vom Essen kam! Der Gedanke verursachte ihr Übelkeit. War es möglich, dass das Verhängnis in ihr schon dermaßen real war, dass man es sehen konnte, fühlen, dass es womöglich bald begann, sich zu bewegen? Klara begann zu rennen, schlug Haken, stieß Passanten beiseite. Sie rannte den ganzen Weg bis vor das Eingangsportal des *Magasin Delacloche,* wo sie schwer atmend stehen blieb. Aus den hohen Fenstern fiel glitzerndes Licht. Die beiden Portiers, die in ihren eleganten grün-goldenen Livreen mit den verschlungenen Buchstaben *MD* bei den zwei Säulen standen, blickten diskret beiseite, bis sie sich halbwegs gefasst hatte.

»Madame Delacloche«, sprach einer der beiden sie in stark akzentuiertem Französisch an. »Wie kann ich Ihnen behilflich sein?«

Uzunada, schoss es Klara im selben Augenblick durch den Kopf. *Wenn ich keine Lösung finde, wenn sich das Unglück nicht aus der Welt schaffen lässt, komme ich nie mehr auf die Insel, nie mehr ins Haus der Granatäpfel.* »Ich will zu Lance Romain«, entfuhr es ihr ohne jede Vorsicht und Form.

»Monsieur Romain junior? Leider wird das nicht gehen. Die Herren sind in einer Unterredung.«

»Das spielt keine Rolle«, versetzte Klara. »Ich muss ihn sprechen, und es kann nicht warten. Holen Sie ihn her.«

»Sehr wohl, *Madame.*«

Der Portier konferierte mit seinem Kollegen auf Griechisch, dann schritt er steif wie ein Soldat zu dem Nebengebäude, in dem Lances Vater seinen Handel mit importierten Weinen und Spirituosen betrieb. Es dauerte nicht lange, bis er mit Lance zurückkam. Der hatte nicht wie üblich etwas elegant Verwildertes an sich, sondern war höchst ordentlich frisiert, pomadisiert und gekleidet. Dem zum Trotz versetzte seine Schönheit Klara einen Stich. Der Anzug saß auf seinem Leib wie angegossen, der wohlgeformte Mund mit den vollen roten Lippen war zu einem Lächeln geöffnet, und die Augen glänzten. Ihr Kopf machte ein Bild, eine Fotografie, die Albinioni in seinem Schaufenster hätte ausstellen können: *Lance Romain. Ein Abbild von Schönheit und Vollkommenheit, wie es sie unter Menschen kaum je gab.*

Alle Schönheit war das Elend nicht wert, in das sie sich um seinetwillen gestürzt hatte, aber wer konnte es einem Mädchen verdenken, dass sie ihr verfallen war?

»Guten Abend, Klara. Sie wollten mich in einer dringenden Angelegenheit sprechen? Sie muss wahrhaftig äußerst dringend sein, wenn Sie mich deswegen aus einer Sitzung der Direktion holen lassen.«

»Wie sprichst du denn mit mir?«, rief Klara.

Erste Schaulustige blieben stehen, reckten neugierig die Köpfe, und im Handumdrehen bildete sich ein Pulk. Ein Zug junger Männer, die türkisch beschriftete Transparente hochhielten, musste zur Seite schwenken und die Menschentraube umrunden.

»Komm hier weg.« Lance packte Klara am Handgelenk und zerrte sie hinter sich her. Ohne sich nach ihr umzudrehen, eilte er mit ihr die Straße hinunter, schob sich durchs Gedränge und bog endlich in eine der Seitenstraßen ein, die ins jüdische Viertel führten. Sie liefen noch ein gutes Stück weiter durch ein Gewirr von Gassen, ehe Lance in einem Toreingang, der in einen menschenleeren Hof führte, stehen blieb. »Bist du von allen guten Geistern verlassen? Hättest du zumindest die Güte, mir zu sagen, wie ich meinem Vater, deinem Schwiegervater und dem Rest der Sippe diesen Überfall erklären soll?«

»Was hätte ich denn sonst tun sollen? Ich habe dir Nachrichten geschickt, ich habe versucht, dich im *Sporting Club* abzufangen, ich bin sogar zu eurem Haus nach Cordelio gefahren, aber du warst ja nirgendwo aufzufinden.«

»Willst du das wirklich?«, fragte er und sah sie durchdringend an.

»Was?«

»Dass ich dir sage, was du tun sollst, wenn ein Mann sich von dir nicht auffinden lässt?«

Klara war verwirrt, verstand nicht, wie die Frage gemeint war.

»Du solltest aufhören, ihm hinterherzulaufen.« Lances Blick bohrte sich in ihren. »Du solltest dir klarmachen, dass dem Objekt der Begierde zurzeit nicht der Sinn nach dir steht, dass du ihm mit deinem Anbiedern auf die Nerven gehst. Von so viel Bedürftigkeit fühlt sich ein Mann bedrängt, also nimmt er die Beine in die Hand und sucht das Weite. Wenn du dich hingegen rar machst – wer weiß, vielleicht erwacht ja sein Interesse an dir von Neuem. Nimm Eleftheria zum Beispiel, die Prinzessin mit der kalten Schulter. Immer wieder lässt sie den armen Nimrod abblitzen, und genau deshalb ist er verrückt nach ihr.«

»Nimrod?«, fragte Klara perplex. »Nimrod Delacloche soll verrückt nach Theri Kantakouzenou sein? Da wüsste ich dir aber ganz anderes zu berichten.«

»Das kann ich mir denken, aber ich will es nicht hören. Du musst noch viel lernen, mein Schatz.«

»Theri lässt Nimrod nicht abblitzen, sie interessiert sich einfach überhaupt nicht für Männer«, rief Klara. »Alles, was sie interessiert, sind ihre Verwandten, Adriana und ihr Vater, der sich Sorgen macht, weil ein paar Türken nichts mehr von ihm kaufen. Dabei gäbe es gar keinen Grund zur Aufregung, weil ja Edmond alles ausgleicht. Außerdem hätte ich gedacht, diese kleine Kugel von einem Mann, die unentwegt in Gelächter ausbricht, wäre gar nicht in der Lage, sich Sorgen zu machen.«

»Du hast eine reizende Art, Menschen zu beschreiben«, bemerkte Lance. »Genau das hat mir anfangs an dir solchen Spaß gemacht. Und der unentwegt lachende Kantakouzenos macht sich also ernstlich Sorgen um sein Geschäft? Obwohl die wirklich wichtigen Kunden sich gar nicht erlauben können, ihn zu schneiden, solange sein Schwager hinter ihm steht und er sich nichts zuschulden kommen lässt?«

»Was soll er sich denn zuschulden kommen lassen?« Klara wünschte, sie hätte das Gespräch über Kantakouzenos gar nicht angefangen. Ihre eigenen Belange drängten sie quälend, und hier stand sie und palaverte wieder einmal über einen der unzähligen Verwandten.

Lance gab nicht gleich Antwort, sondern rieb sich mit zwei Fingern die Schläfe und überlegte. Ganz langsam überzog sich sein Gesicht mit einem geradezu verträumten Lächeln, das seine Züge noch schöner machte. »Das ist eine ziemlich gute Frage«, lobte er Klara. »Und du meinst also, das ist es, was die stolze Eleftheria in die Knie zwingt? Die Sorge, die sich ihr Herr *Papaki* macht?«

»Stolz sah sie kein bisschen aus, sondern so, als hätte sie seit Tagen nicht geschlafen.« *So wie ich,* dachte Klara. *Warum hört er nicht auf, nach Theri zu fragen, und fragt endlich nach mir?*

»Um auf die Frage zurückzukommen, was er sich womöglich hat zuschulden kommen lassen«, sprach Lance vor sich hin. »Solange ihm nichts weiter anzuhängen ist als seine Herkunft als *rayah*-Grieche, wird ihn nicht nur sein Schwager stützen, sondern auch Rahmi *Bey*. Mein eigener Vater ist weit übler dran. Solange aus Frankreich nichts geliefert wird, hat er auch nichts zu verkaufen, und dem guten Onkel Edmond lag ja schon immer der Grieche mehr am Herzen als der Franzose.

Wenn aber der lustige Grieche nun hinter seiner Clownsmaske die *Megali Idea* vertreten und einem Bund geheimer Verschwörer angehören würde, sähe die Sache böser aus. Sowohl der Herr Gouverneur als auch der Herr Schwager müssten ihm den Rücken kehren und ihre Hände in Unschuld waschen.«

»Was soll das heißen, *Megali Idea?*«

Lance lachte. »Zeitunglesen ist nicht deine Sache, was, Schätzchen? *Megali Idea* bedeutet große Idee und ist die Bewegung von diesem Venizelos, der Griechenland in den Grenzen byzantinischer Größe wiederherstellen will. Stell dir das einmal vor – all diese hübschen, reichen Küstenstädte Anatoliens werden von der Steuerliste unserer Hohen Pforte gestrichen und kommen heim ins alte Griechenland. Rahmi *Beys* Made im Speck, sein Hätschelkind Smyrna natürlich eingeschlossen.«

»Das ist doch aber Unsinn.«

»Das wäre es wohl. Venizelos schwingt Reden wie ein veritabler Spinner, nur ist der Spinner eben zufällig Präsident von Griechenland. Und er bekommt Schützenhilfe von David Lloyd George, dem britischen Schatzkanzler, der ihn anhimmelt wie eine liebestolle Jungfer. Das macht den Unsinn heikel. Unser Freund Rahmi *Bey* beispielsweise ist nicht amüsiert. Er findet Griechen, die sich zu Geheimbünden zusammenschließen, undankbar, wo er sich doch für seine geliebten griechischen Untertanen die Beine ausreißt, und Undankbarkeit kann unser Freund Rahmi *Bey* ganz und gar nicht leiden.«

Klara war zu müde und zu erregt, um Lances Erklärungen viel Bedeutung beizumessen. Auch wenn irgendein britisches Regierungsmitglied für einen größenwahnsinnigen Griechen schwärmte, blieben die Briten ja wohl Verbündete der Osmanen. Sie bauten ihnen sogar zwei dieser *Fürchte-nichts*-Schiffe, die größer waren als ihre eigenen. Zudem fand Klara es von je her schwierig, zu durchblicken, was die verschlungenen Wege, die die Politik ging, mit ihrem Leben zu tun haben sollten.

Kyriakos Kantakouzenou hatte mit Politik nichts am Hut. Genau das sagte sie Lance: »Theris Vater würde sich im Leben nicht die Mühe machen, in solch einen Geheimbund einzutreten. Er hat nur drei Interessen, für die er derartigen Aufwand treiben würde – seine Schwester, seine übrigen Verwandten und ihre ständigen Gelage.«

Wieder lachte Lance in einer Weise, die Klara enervierend fand. »Alle Achtung, Schätzchen. Mit ein bisschen Lerneifer hättest du das Zeug zu einer wundervollen Intrigantin.« Er gab ihr einen Kuss, nur auf die Wange und so harmlos, wie wenn Peter sie auf die Stirn küsste, doch bei Lance brachte es all ihre Sinne in Wallung. »Hier ist deine erste Lektion: Es kommt eher selten darauf an, was ein Mensch tut. Sondern auf das, was die entscheidenden Leute *glauben,* dass er tut. Hast du das verstanden?«

Klara verstand überhaupt nichts. Stattdessen fror sie, wünschte sich, er würde sie in seine Arme ziehen und ihr versichern, dass ihr nichts geschehen konnte. Aber das war nie seine Art gewesen, er war fordernd, nicht schützend, hart, nicht zart, und bis vor Kurzem hatte sie gerade das am meisten an ihm geliebt.

Lance klopfte ihr auf die Wange. »Ich gebe zu, vorhin war ich reichlich verärgert, weil du mich mit deinem Zirkus gestört hast, aber inzwischen hat es den Anschein, als müsste ich mich bei dir bedanken. Na komm. Du siehst ja aus wie ein verfrorenes Rättchen. Vorn bei der portugiesischen Synagoge ist eine prachtvolle, miese Kaschemme, in der uns kein Mensch kennt. Ich gebe dir ein Glas Feigenschnaps aus.«

Sie gingen die dunkle Gasse hinunter. Lance schlenderte so vergnügt einher, als hätte er gern dazu gepfiffen. Die Kaschemme war in der Tat mies, ein finsteres Gewölbe, das nach den süßen Aromen der *nargile* und den scharfen von Schnaps roch. Unter anderen Umständen hätte Klara den Ort himmlisch gefunden, aber heute war sie nur froh, dass sie nicht länger fror und endlich reden konnte. Viel zu lange hatten sich die Worte in ihrem Innern gestaut, sie konnten nicht mehr warten, sondern brachen hervor, kaum dass der Wirt die Schnapsgläser vor sie hingestellt hatte: »Lance, du musst mir helfen. Ich bekomme ein Kind.«

»Du bekommst *was?*« Mehrmals ließ er seinen Blick an ihr auf- und abwandern. Dann trank er sein Glas leer. Und dann lachte er. »Ach Schätzchen, warum ist mir das eigentlich nicht aufgefallen? Vorhin habe ich schon kurz gedacht, dass du einen Watschelgang wie eine Ente bekommen hast. Weiß unser Peterle denn schon von seinem Glück? Sicher hüpft er mit dem Feldpostbrief einmal quer über den Balkan vor Freude.«

»Ich hab's nicht von Peter!«, schrie sie ihn an, damit er zu lachen aufhörte. »Ich hab's von dir!«

»Soso«, sagte er und hörte nicht auf zu lachen. »Und wer sagt das? Versuch nicht, mir einzureden, du hättest den braven Ehegemahl nicht rangelassen. Du vergisst, bei der ehrenwerten Familie Delacloche wird alles geteilt. Auch die schmachtenden Blicke, mit denen Cousin Peter von seinen Abenteuern im ehelichen Bett berichtet.«

»Das ist nicht wahr!«

»Nein, keine Sorge.« Lance lachte wieder. »Ins Detail geht unser Klosterschüler niemals, er haucht nur mit rollenden Augen deinen Namen und ein paar schmachtende Worte. Mach dir nichts draus. Ich selbst bin verschwiegen wie ein Grab, und Cousin Nimrod hält schon aus Eigennutz den Mund. Schließlich möchte er es sich mit der holden Eleftheria, die ihm ohnehin schon die Hölle heiß macht, nicht völlig verderben.«

»Wie kommst du auf Nimrod?«, fuhr Klara auf.

»Na komm.« Spöttisch hob er die Brauen. »Die Jungfrau Maria brauchst du bei mir nicht zu spielen, ein Mann wie ich bemerkt, wenn er eine angebissene Frucht vernascht. Zu dritt sind wir mindestens in unserem fröhlichen Kreis der Väter, aber wie heißt es so schön: Wo drei satt werden, ist auch für ein paar mehr noch Platz.«

»Hör auf!«, schrie Klara.

»Schrei leiser«, sagte Lance.

»Du bist widerlich.«

»Tatsächlich? Du glaubst nicht, wie oft ich das schon gehört habe.«

»Lance, das hier ist kein Spaß – es ist bitterer Ernst. Ich habe ein Kind im Bauch, ich habe alles getan, um es wegzubekommen, aber es geht nicht weg, und jetzt weiß ich mir keinen Rat mehr. Ich kann nicht schlafen, nicht klar denken, ich werde vor Angst verrückt.«

»Armes Schätzchen.« Lance hob sein leeres Glas und trank ihr zu. »Wie schade, dass ich nur für Spaß zu haben bin und mir aus Ernst so gar nichts mache. Aber warum regst du dich überhaupt auf? Das Ganze lässt sich doch auf einfachstem Weg lösen: Du schickst dem lieben Peterle ein Feldbrieflein, berichtest von kommenden Vaterfreuden, und der liebe Peter wird der glücklichste Mann im ganzen traurigen Rest-Reich sein.«

Ungläubig starrte Klara den Mann an, mit dem sie die heftigste Leidenschaft ihres Lebens geteilt hatte. »Aber das kann ich doch nicht tun!«, rief sie. »Wenn das Kind ein Junge ist, wird er das Unternehmen erben, das Große Haus, das *Nar Evi* ...«

Lance grinste. »Natürlich: das *Nar Evi,* das darf auf keinen Fall vergessen werden. Aber so arg ist das doch nicht. Wenn du's nicht auch noch mit Vassili, dem Kutscher, getrieben hast, bleibt immerhin alles fein säuberlich in der Familie.«

Ehe sie sich versah, hatte sie ausgeholt und ihm quer über sein schönes, gleichgültiges Gesicht geschlagen. Nicht weniger schnell sprang Lance auf und schlug zurück. Nicht einmal, sondern zweimal, dreimal, unzählige Male und mit einer Härte, die

Klara vor Schmerz aufschreien ließ. Ehe der erste Schlag traf, machten ihre Augen ein Foto von dem fremden, zur Fratze verzerrten Gesicht, und es war das genaue Gegenstück zu dem ersten Bild, das sie vor dem Warenhaus gemacht hatte. Seine Stimme war schrill und überschlug sich: »Bist du von Sinnen, du dämliches Flittchen? Ich warne dich, wag das nie wieder, oder ich verprügle dich, bis du deinen Namen nicht mehr weißt.«

Er packte sie beim Haar, riss ihren Kopf hoch und schlug wieder zu, links und rechts, bis beide Bilder erloschen und ihr schwarz vor Augen wurde.

Von ein paar milden Kinderstrafen abgesehen, war Klara nie geschlagen worden, und gewiss hatte nie ein Mensch ihr mit derart hemmungslosem Zorn Schmerz zugefügt. Nach dem ersten Hagel von Schlägen kam zum Schmerz die Angst, er würde nicht aufhören, sondern immer weiter zuschlagen, bis in ihrem Gesicht, in ihrem Kopf etwas kaputtging, das nicht mehr in Ordnung zu bringen wäre. Nässe lief ihr aus Augen, Nase und Mund, und sie hätte ihn nicht einmal anflehen können, aufzuhören. Immer wieder riss er ihren Kopf hoch und schlug zu, bis aus der Tiefe des Raumes ein Retter auftauchte und ihm Einhalt gebot.

»Jetzt ist es genug«, sagte der Mann, der Lance am Arm festhielt. »Wenn deine Frau Prügel braucht, geh mit ihr nach Hause, macht es in euren vier Wänden ab. Hier wollen die Leute ihre Ruhe beim Rauchen.«

Lance ließ Klara los, und der Mann ließ Lance los und trollte sich. Klara sackte auf die Bank, hörte sich jämmerlich heulen und wischte sich Tränen, Rotz und Blut vom Gesicht. Lance stand noch immer vor ihr aufgebaut, den Kopf rot vor Zorn. »Lass dir das eine Lehre sein«, sagte er. »Das nächste Mal bekommst du's mit der Peitsche, das geht nicht so glimpflich ab.«

Klara wusste nicht, woher sie die Kraft nahm, sich zu erheben und halb blind vor Schmerzen aus der Kaschemme zu schwanken. Ob eine Frau, die so verprügelt worden war, noch Stolz übrig haben konnte, wusste sie nicht. Doch sie wusste, dass sie es diesem Rest von Stolz schuldig war.

»Falls du versuchen solltest, irgendwem Schauergeschichten über mich und dein Balg zu erzählen«, rief er ihr hinterher und war wieder sein altes, spöttisches Selbst. »Nicht was einer getan hat, zählt, sondern was die entscheidenden Leute von ihm glauben.«

Was das bedeutete, wusste sie: Er würde leugnen, dass er mit dem Kind etwas zu tun hatte, doch ohnehin hätte sie ihn um keinen Preis noch einmal um Hilfe gebeten. Wenn sie dies hier überstand, würde sie ihn meiden, dafür sorgen, dass sie nie wieder allein in seine Nähe geriet. Im Innern spürte sie unter Schmerz und Demütigung ihren Lebenswillen. Sie war die Braut mit den geschenkten Schuhen, die mit dem schmutzigen Schleier, die auf ihrer Hochzeit lachte, um jetzt nur noch Grund zum Weinen zu haben. Sie hatte alles verdorben, doch sie würde nicht sterben.

Sie stolperte hinaus auf die dunkle Straße und befahl sich, nicht zu denken, nur weiterzugehen. Zwischen Häusern zeigte sich ein schwacher Lichtschein, auf den bewegte sie sich zu. Smyrna war eine helle Stadt, eine Stadt, die die ganze Nacht hindurch wach blieb, und wenn sie lange genug lief, würde sie auf Menschen treffen. In ihrem Kopf dröhnte noch immer das Klatschen der Schläge, und ein einziger Wunsch trieb sie voran: nach Hause zu gelangen, in ihr hübsches Schlafzimmer, wo sie sich unter den sauber duftenden Decken verkriechen, schlafen und alles vergessen konnte.

20

Geliebte Theri,
es ist nicht nur das erste Mal, dass ich Dich auf diese Weise ansprече. Es ist auch das erste Mal, dass ich überhaupt einen Menschen auf diese Weise anspreche.
Wenn ich mir vorstelle, wie Du jetzt vor mir sitzen würdest, Dein schönes, starkes, stets glänzendes Haar wie ein Rahmen um Dein klares, kluges, strenges Gesicht, und wie Du mich fragen würdest, warum ich dies nie zuvor Dir gegenüber zum Ausdruck gebracht habe, dann würde ich lange nachdenken müssen und mich um die Antwort winden.
Warum fällt es mir so schwer, das schönste Gefühl, das ein Mensch für einen Mitmenschen hegen kann, in Worte zu fassen, wo ich mit all den wüstesten, abscheulichsten Gefühlen, die ein Mensch für seine Mitmenschen aus sich herausspeit, doch tagtäglich umgehe, ohne mit der Wimper zu zucken?
Warum, Theri, warum nur?
Ich weiß es nicht. Ich weiß nur, dass ich in all der Zeit ein Feigling war, ein Mann, der mutig genug ist, aus einem Schützengraben hinaus ins Feld zu stürmen, um seinesglei-

chen zu töten oder selbst getötet zu werden, aber nicht mutig genug, an der Hand der kostbarsten Frau hinaus in die Zukunft zu schreiten, um zu leben und Leben weiterzuschenken. Und ich weiß, geliebte Theri, meine Braut, dass ich es so nicht länger haben will. Wer zu viel Tod gesehen hat, erträgt im Leben keinen Aufschub mehr. Deshalb bitte ich Dich, meine Schöne, Stolze, Geliebte, Eleftheria Kantakouzenou, Tochter von Kyriakos und Erifili – wenn ich diesen Krieg, dessen Friedensschluss schmählich sein wird, überlebe und noch als ein Mann nach Hause komme, der sich dir anbieten kann, lass uns nicht mehr warten. Geliebte Theri, werde in diesem Frühling meine Frau.
Sehr demütig heute, trotz großer Worte kleinlaut vor der Ehre, die Du ihm erweist.
Dein Nimrod

Theri legte den Brief zurück auf das Schreibpult, das Adriana ihr in der verglasten Loggia vor der Bibliothek eingerichtet hatte, damit sie einen Platz für ihre Korrespondenz hatte, solange sie im Großen Haus logierte. Der Aufenthalt mochte sich hinziehen. Ihr Vater wollte weder sie noch die zwei jüngeren Brüder um sich haben und lehnte es auch weiterhin ab, Adriana zu sehen, die darunter unsagbar litt. In den Handelszentren der Stadt machten Gerüchte die Runde. An Hauswänden waren Parolen entdeckt worden und in Wohnungen von Verdächtigen Namenslisten. Angeblich gab es eine Wiederbelebung der *Filiki Eteria,* der geheimen griechischen Freiheitsbewegung, die vor knapp hundert Jahren die Unabhängigkeit Griechenlands erkämpft hatte. Jetzt hieß es, die neu erwachte Kraft würde sich in den Dienst von Venizelos' *Megali Idea* stellen, die das Herz des Osmanischen Reiches einschließlich der Hauptstadt Konstantinopel als griechisches Eigentum deklarierte.

Wer Theris Vater kannte, wusste, dass er mit solchem Gedankengut nichts im Sinn hatte. Er liebte Smyrna, ihre laute, aus unzähligen Quellen gespeiste Vielfalt war der Boden, auf dem ein Mann von seinem Naturell gedieh. Für die türkische Lebensart besaß er eine tiefe Liebe, betrachtete seinen türkischen Friseur als einen Künstler und Freund und ging mit Geschäftspartnern in das türkische *Café Iskander*, denn »so glasklar und aufrichtig ist der *raki* sonst nirgendwo in der Stadt«.

Nach dem Putsch, bei dem im Januar nationalistische Kräfte innerhalb der Jungtürken die Regierungsgewalt zurückerobert hatten, war Rahmi *Bey* eigens ins Haus der Kantakouzenos gekommen, hatte Theris Vater den Arm um die Schultern gelegt und versichert, dass Bürger wie er nicht das Geringste zu befürchten hätten. »Mit meinem eigenen Leib würde ich meine Griechen und Armenier verteidigen, wer meine Griechen und Armenier aus meiner Stadt holen will, der tut es nur über den Leichnam von Rahmi *Bey*«, beteuerte der Gouverneur. »Mein Smyrna, so sage ich den hohen Herren in Istanbul, ist eine Stadt für Neugierige, und wer nicht neugierig ist auf das, was an seinem Menschenbruder anders ist als an ihm selbst, der hat in Smyrna nichts verloren. So ist meine Stadt, und so bleibt sie. Das ist meine Lebensaufgabe, Kyriakos, Sie dürfen sich da ganz auf mich verlassen.«

Theris Vater war ein Mensch, der sich gerne auf alles Mögliche verließ – auf sein Glück, seine robuste Natur, seine Freunde, seinen Geschäftssinn und vor allem auf das Netz seiner Familie. Sein Leben hatte ihn gelehrt, dass er keinen Grund hatte, irgendwem zu misstrauen, weil seine Welt ihm freundlich gesinnt war, so wie auch er ihr über alle Maßen freundlich gesinnt war.

Dass jemand ihm etwas dauerhaft übel nahm, dass nicht alle Verletzungen über einem Glas *raki* im *Café Iskander* zu heilen waren, überstieg seinen Horizont. Als sehr junges Mädchen hatte Theri ihm in ihrem Schmerz, der sich in Zorn verwandelte, vorgeworfen, dass er seiner Frau das Herz gebrochen hätte, aber er hatte nicht einmal im Ansatz verstanden, wofür sie ihn angriff. Er führte das Leben, das auch sein Vater geführt hatte, sorgte für seine Familie, verwöhnte sie, liebte seine Frau und überhäufte sie mit Geschenken. Aus seiner Sicht gab es nichts, das er sich hatte zuschulden kommen lassen.

Theri griff wieder nach Nimrods Brief, den sie auf den ungeöffneten Rest der Post gelegt hatte. Sie war sich manchmal vorgekommen wie eine Figur in einem ihrer geliebten Henry-James-Romane, die Onkel Edmond vollständig in seiner Bibliothek versammelt hatte – verstrickt in alte Schuldzuweisungen, in Schmerzen früher Jahre, und aus diesen Gründen hatte sie Nimrods Werben nicht an sich heranlassen können. Was er schrieb, entsprach ja streng genommen nicht der Wahrheit. Theri musste lächeln. Er erklärte ihr in dem Brief nicht zum ersten Mal seine Liebe, sondern hatte es schon einmal getan: auf Didems erstem Musikabend im *Nar Evi,* als er verwundet aus Libyen gekommen war.

Er hatte getrunken, sein Überschwang hatte Theri Angst gemacht, und sie hätte ihn fragen wollen: *Dass du sagst, du liebst mich – bedeutet das, dass du mich nie zu einer unter vielen machen, mich herabsetzen und kränken wirst, wie es meiner Mutter geschehen ist?* Heute aber, mit seinem Liebesbrief in der Hand, fand sie ihn anrührend und sich selbst eiskalt. Er hatte sich vor ihr verletzlich gezeigt, wie sie es umgekehrt nie vor ihm gewagt hätte – wie hatte sie ihn so gefühllos zurückweisen können für etwas, das nicht er, sondern ihr Vater getan hatte, das alle Männer taten?

Sie hätte ihm erklären wollen, dass sie nicht wie ihre Eltern, wie alle Männer und Frauen leben konnte, dass sie sich eine Liebe wie aus einem Henry-James-Roman wünschte – intensiv, ausschließlich, erfüllt von Respekt und beständigem Ringen um die Nähe des andern. Dass Nimrod sich trotz ihrer Zurückweisung noch einmal ganz geöffnet und ihr diesen Brief geschrieben hatte, bewies, dass er dasselbe wollte: eine moderne, innige Ehe, in der die Partner mehr als Gatten und eines Tages Eltern waren. Freunde. Vor einem Leben mit einem Menschen, der nicht ihr Freund war, hätte Theri mörderische Angst gehabt.

Ihre Finger schlossen sich um den Rand des Briefes. Sie würde Nimrod nicht noch einmal den Betrug ihres Vaters und ihre törichte Angst anlasten, sondern ihm als Antwort schreiben:»›Agapi mou, *gib in jedem Augenblick auf Dich acht und komm heil und gesund nach Hause. Wenn Du eintriffst, will ich aus dem Haus der Granatapfelbäume hinunter zum Strand laufen, dorthin, wo wir als Kinder im seichten Wasser gespielt haben und wo ich Dich lieber mochte als alle anderen. Wenn Du diesmal die Arme ausbreitest, will ich mich hineinwerfen. Und wenn der Krieg vorbei ist, will ich so bald wie möglich Deine Frau werden.*«

Bei dem Gedanken, einen Mann – ihren künftigen Mann – *agapi mou,* mein Liebling, zu nennen, wie sie sonst Kiki oder ihre kleinen Brüder nannte, spürte sie ihr Herz.

Auch ihren Vater wollte sie nicht weiter mit solcher Härte verurteilen. Er gehörte einer anderen Zeit an, und dass er jetzt selbst solche Schwäche zeigte, stimmte sie weich. Edmond glich die Verluste ihres Vaters durch Verkäufe über das *Magasin* aus, es bestand gewiss kein Grund zur Verzweiflung, doch ihr Vater fühlte sich in seiner Ehre gekränkt. Vielleicht hätte sie ihm jetzt erklären können, dass ihre Mutter sich ähnlich gekränkt gefühlt hatte – ein Mann, der in seinem Geschäft nicht genügte, und eine Frau, die ihrem Mann nicht genügte. Aber sie brauchte es ihm nicht mehr zu erklären. Was sie und Nimrod taten, wie sie und Nimrod ihre Ehe gestalten würden, hatte mit ihrem Vater nichts zu tun. *Nimrod, ich liebe dich,* sprach Theri sich in Gedanken vor. Dann legte sie den Brief zurück und griff nach dem nächsten, ungeöffneten im Stapel.

»*Koritsi mou?*« Adriana schob sich in die Tür. »Hast du alles, was du brauchst, soll das Mädchen dir etwas bringen?«

Theri drehte sich um und erschrak. Adriana war das weibliche Ebenbild ihres Vaters – immer heiter, zärtlich, von einer Art ewiger Jugend umgeben und darauf vertrauend, dass alle Welt ihr wohlgesinnt war. Jetzt schien sie mit jedem Tag zu altern. *Kein Wunder,* durchfuhr es Theri, *sie hat beide Söhne und ihren Neffen im Krieg.* War es nicht verrückt, dass sie alle so selten daran dachten, geschweige denn Angst verspürten? Männer zogen in Kriege, das war der Lauf der Geschichte, und Offiziere wie Peter und Nimrod würden heil zurückkehren und auch Giorgios und den undankbaren Tuncay schützen.

Doch was verlieh ihnen eine solche Gewissheit? An diesem Krieg war etwas anders als an allen vorhergehenden, die Furcht in der Stadt war spürbar, und Adriana hatte zudem eine Erfahrung gemacht, die sie alle nicht teilten: Sie hatte in einem Krieg ihren Vater verloren. Theri wurde kalt, und unwillkürlich griff ihre Hand nach dem Brief. Neben dem Portal des Gouverneurspalastes waren Listen mit den Namen von Gefallenen und Vermissten angeschlagen. Sie wusste davon, weil Kadife dorthin rannte, wann immer sie Gelegenheit hatte, in die Stadt zu fahren, doch es war ihr selbst nie mehr als vage in den Sinn gekommen, diese Listen könnten etwas mit ihr und ihrer Familie zu tun haben.

Im Gegenteil, sie hatte Kadife sogar zum Scherz gescholten, um das Mädchen zu beruhigen: »Deinem streitbaren Verlobten wird schon nichts geschehen. Wäre ich Befehlshaber der Balkanarmeen, würde ich mich jedenfalls mit jedem anderen eher anlegen als mit diesem vernagelten Kampfhahn.«

»Nein danke, ich brauche nichts«, sagte sie zu Adriana. »Aber bleib doch – Nimrod hat mir geschrieben. Es geht ihm gut. Es geht ihnen allen gut. Wenn es etwas gäbe, das uns Sorgen machen müsste, hätte er es erwähnt.«

»Ich mache mir keine Sorgen um Nimrod.« Adriana betrat das Zimmer und stellte das kleine Tablett, das sie trug, auf einem der Lesetische ab. »Nimrod ist für die Gefahr geschaffen, er wird mit ihr fertig, und wenn er ohne sie leben müsste, würde er uns allen die Nerven rauben, wie er es als kleiner Junge getan hat.«

Theri lachte. »So schlimm war Nimrod nicht.«

Adriana blickte auf. »Du hast ihn gern, nicht wahr? So richtig gern? Natürlich hat dein Vater Kyriakos deinen Onkel Edmond als Mann für mich ausgesucht und dabei vor allem auf den Stand und den Lebensstil geachtet, den er mir bieten würde, aber er hätte mich nie einem Mann gegeben, den ich nicht gemocht hätte. Ich mochte deinen Onkel vom ersten Tag an gern. Und auch dich würde keiner von uns je zu einer Heirat zwingen, die dich nicht glücklich macht – nicht einmal zu der mit unserem eigenen Sohn.«

»Wie kommst du denn darauf?«, fragte Theri. »Solche Fragen hast du mir noch nie gestellt, und natürlich habe ich Nimrod gern.« *Ich hatte ihn immer gern,* dachte sie. *Bei unseren Kinderspielen fand ich ihn schneidig, und ich mochte wohl auch das ein wenig Dunkle, das Geheimnisvolle, das ihn umgab, weil mir die Vorstellung gefiel, ich allein würde eines Tages Einblick in seine Geheimnisse erhalten.*

»Ich weiß selbst nicht«, sagte Adriana. Auf dem Tablett stand ihr wunderschöner, mit emaillierten Mosaiksteinen besetzter Weinkrug, den Theris Vater ihr mit den passenden Bechern zur Hochzeit geschenkt hatte. Er war so klein, dass sein Bauch in ihre zwei Hände passte, sie benutzte ihn, wenn sie sich tagsüber mit dem einen oder anderen zu einem Becher Wein zusammensetzen wollte, und ließ niemanden vom Personal ihn anfassen.

Jetzt nahm sie ihn auf und schenkte dunkelgoldenen Likörwein in die beiden Becher. »Diese Sorge um deinen Vater macht mich im Kopf ganz wirr, weißt du? Und dann musste ich auch einmal *Giagia* Thea und ihren unsäglichen Lebensweisheiten entkommen. Hättest du einen Augenblick Zeit für mich, würdest du meinen *Jeneradi,* der so üppig nach Honig schmeckt, mit mir teilen? Es wird jetzt lange keinen mehr geben, aus Griechenland kommt ja kein Nachschub, also ist es geradezu unsere Pflicht, ihn zu genießen. Und mit dir zu sprechen, tut mir immer so gut.«

Theri wollte den Brief beiseitelegen. Dann aber entschied sie sich, ihn mitzunehmen, ging zu Adriana und umarmte sie. »Du weißt, ich liebe deinen *Jeneradi.* Ich liebe dich.« Sie fasste sich ein Herz: »Und ich liebe Nimrod. In seinem Brief hat er mich gebeten, nicht länger zu warten, sondern die Hochzeit anzuberaumen, sobald er nach Hause kommt.«

Adrianas Miene hellte sich auf. »Und du, mein Mädchen? Bist du glücklich dabei, geht es dir, wie es einem Mädchen gehen sollte, das sich auf den schönsten Tag seines Lebens freut?«

Theri überlegte. Sie dachte an die Kindertage auf Uzunada, an den frühen Morgen, wenn sie ihre Schritte bis zum Saum des Meeres gezählt hatte, an die schweren Äste voller sich langsam rötender Granatäpfel, die sich über die Terrasse neigten, an Abende, die unter Reden, Träumen und Lachen in Nächte übergingen, und an den Duft von Citronella, um die Mückenschwärme fernzuhalten. Wie konnte ein Tag schöner sein als diese? *Wir müssen unendlich dankbar sein für unser schönes Leben,* dachte sie, *wir müssen uns jeden Tag daran erinnern, wie viel Glück wir haben.*

Zu Adriana sagte sie: »Ja, ich bin glücklich. Sag, meinst du, es wäre wohl möglich, auf Uzunada zu heiraten? Du und Onkel Edmond, wärt ihr damit einverstanden? Und glaubst du, Nimrod wäre es auch?«

Sie setzten sich an das Tischchen und tranken von dem übersüßen Wein. »Nimrod wird nicht gefragt, ein Bräutigam hat am Hochzeitstag die Wünsche seiner Braut zu erfüllen, sonst nichts«, sagte Adriana. »Und dein Onkel und ich tun, was immer dir Freude macht, denn unsere Freude ist es, dass unser zweiter Sohn ein solcher Glückspilz ist. Umso mehr, als der arme Petraki es so gar nicht glücklich getroffen hat. Aber was wird dein Vater sagen, Süßes? Er wird dich aus seinem Haus heraus verheiraten und deine *prika* ausstellen wollen, wie es einem griechischen Vater zukommt.«

Theri zögerte. Adrianas Einwand ließ sich nicht von der Hand weisen. Auf die Präsentation der *prika,* der Aussteuer, vor sämtlichen Gästen, die dabei tagelang mit Tanzmusik, Wein und Tafeln, die sich unter Speisen bogen, bewirtet wurden, würde ihr Vater nicht verzichten wollen. Ihre Familien freuten sich auf die Hochzeit schon so lange, es wäre nicht recht gewesen, ihnen Wünsche abzuschlagen, und für sie machte es ja letztlich keinen Unterschied: Sie würde kurz nach der Hochzeit nach Uzunada kommen wie in jedem Jahr, sie würde immer wieder nach Uzunada kommen und brauchte nicht auf diesen einen Anlass zu bestehen.

»Ich denke, du hast recht«, sagte sie zu Adriana. »Für *Papaki* wäre es auf Uzunada nicht dasselbe, und hier bei euch in Saint-Jean, mit Père Matthieu, wird es genau richtig sein.«

»Meinst du wirklich?« Adriana wirkte sehr erleichtert. »Ich möchte auf keinen Fall, dass du deine Hochzeit nicht genießt, wie es dir zukommt, aber gerade jetzt, wo es ihm doch so elend ergeht und ich solche Sorge um ihn habe, würde ich meinem Bruder Kyriakos nicht gern das Gefühl geben, er hätte an der Hochzeit seines liebsten kleinen Mädchens keinen Anteil.«

»Das möchte ich auch nicht«, sagte Theri. »Wir machen es so, dass jeder sich freut. Wenn der Krieg und die Sorgen vorbei sind, brauchen wir alle etwas Freude.«

»Ich habe dich so lieb«, sagte Adriana. »Nicht nur weil du die Tochter meines liebsten Bruders und meiner armen Freundin

Erifili bist, sondern weil du so ein feiner Mensch bist, der niemals jemandem wehtun will.«

Theri überlegte und stellte fest, dass das zutraf. Der Wunsch, jemandem wehzutun, war ihr fremd, sie verstand ihn auch bei anderen nicht, sondern liebte Harmonie, wie die Gold- und Brauntöne des Weinkrugs, die Honigfarbe des Weines und der Messingglanz des Tabletts sie miteinander bildeten. Der einzige Mensch, dem sie ein bisschen Schmerz gegönnt hätte, war Tuncay, aber mehr als eine Ohrfeige für Impertinenz hatte sie nicht einmal ihm zugedacht.

Adriana legte die Hand über ihre. »Dir darf auch nie jemand wehtun, *koritsi mou.* Du sollst das schönste Leben haben und die glücklichste Ehe, so wie ich. Nichts wünsche ich mir so sehr.«

»Meinst du nicht, du solltest das lieber deinen Töchtern wünschen?«, entfuhr es Theri. »Ich habe das alles ja schon, oder zumindest werde ich es bald haben, meine wundervolle Familie und meinen Mann, der mir wundervolle Briefe schreibt.«

»Du *bist* meine Tochter«, erwiderte Adriana. »Zumindest für mich bist du es, und um meine Kiki ist mir nicht bange. Die ist eine, die Talent zum Glück hat, der das Leben wie von selbst den Kuchen mit den süßesten Datteln hinstellt, und die nichts allzu schwernimmt – genau wie ihre Mutter.«

Theri musste lachen. »Ich denke, damit liegst du richtig.«

»Und mit dem jungen Frederic hat sie es ja auch bestens getroffen. Der ist eine Wohltat fürs Herz wie fürs Auge, die Familie könnte nicht besser sein, und die beiden waren schon als Wickelkinder ein Herz und eine Seele.«

Theri stimmte ihr zu. Kiki mochte Frederic Whitall als langweilig abtun, sie war ja auch fast noch ein Kind, doch die beiden verstanden sich prächtig und gaben ein reizendes Paar ab. »Ich dachte eher an Xenia«, meinte sie.

»Ach Xenia.« Adriana seufzte. »Ja, ja, ja, meiner Xenia, dem ärmsten Pfläumchen, wünsche ich natürlich auch, dass sie mal ein Stück vom Glückskuchen abbekommt, aber weißt du was? Manche Menschen sind im Grunde nur glücklich, wenn sie einen Grund finden, unglücklich zu sein. Ich hatte eine Tante, *Theia* Despina, die war genauso. Auf Gesellschaften musste man ihr auf die Finger sehen, weil sie sonst ihren Likör in den Spucknapf kippte, nur um behaupten zu können, von allen Gästen habe der Bedienstete ausgerechnet sie übersehen und ihr nichts serviert.«

Theri musste noch einmal lachen, weil sie bei der Schilderung Xenia vor sich zu sehen glaubte. Dennoch war es nicht gerecht. Es beschrieb Xenia höchstens zu einem Teil, während der andere ignoriert wurde, als wäre er nicht existent: Jener andere Teil, der davon träumte, den klugen Sevan Agasian zu heiraten und mit ihm eine Gedankenwelt zu teilen, wie Theri es sich mit Nimrod erhoffte. Zudem blieb fraglich, aus welchen Gründen ein Mensch zu einer Tante Despina wurde.

»Warum sagt ihr eigentlich *Giagia* Thea und anderen, die danach fragen, nicht offen, dass Xenia krank war und operiert werden musste?«, fragte Theri. »Ich weiß, es schickt sich nicht, über derlei Dinge zu sprechen, ich finde es selbst nicht angenehm, aber dass Xenia mit dem Stigma herumlaufen muss, sie hätte sich ein Kind der Sünde entfernen lassen, macht für sie doch jede Hoffnung auf eine Heirat zunichte.«

»Ja, ja, ja, das ist eine dumme Sache, aber was könnte man daran nun noch ändern?« Adriana schüttelte den Kopf, sichtlich nicht gewillt, noch länger über Xenia zu sprechen. »Wie sagt mein Bruder Kyriakos immer? *Wer glaubt, Staub würde sich legen, indem man mehr davon aufwirbelt, der war noch nie in der Wüste*. Leider gilt das derzeit für keinen so sehr wie für ihn selbst, der es wahrlich nicht verdient hat. Glaub mir, Xenia sonnt sich darin, aber mein armer Kyriakos? Alles, was er je wollte, war, mit seiner Familie glücklich zu sein.«

»Der Staub wird sich schon wieder legen«, versuchte Theri, sie zu beruhigen, obwohl sie sich selbst sorgte. »Rahmi *Bey* hat doch versprochen, türkische Geschäftsleute gezielt anzusprechen und darauf hinzuweisen, dass mein Bruder Giorgios die Uniform des Reiches trägt.«

»Das hat dein Onkel Edmond auch getan.« Jäh schlug Adrianas Stimmung um. Sie klang verzweifelt. »Aber es nützt nichts, *koritsi,* im Gegenteil, es wird immer schlimmer. Da kannst du zum Himmel schreien, dass alles haarsträubender Unsinn ist, dir hört kein Mensch mehr zu. Jedes Mal, wenn du mit dem Fuß aufstampfst, wird die Staubwolke größer. Rahmi *Bey* stellt sich plötzlich auf den Standpunkt, er könne Kyriakos nicht länger schützen, und das Furchtbarste ist: Dein Onkel Edmond würde dasselbe tun, wenn ich ihm nicht angedroht hätte, dass ich an dem Tag, an dem er Kyriakos im Stich lässt, die Scheidung verlange.«

»Das ist nicht dein Ernst.«

»Doch, das ist es. Edmond weiß, wen er geheiratet hat: eine Kantakouzenou, für die ihre Familie über alles geht. Ich habe zu ihm gesagt, dieses Gerücht, mein Bruder gehöre einem Geheimbund an, der Attentate auf unsere türkischen Freunde und Nachbarn verübt, ist aus irgendeinem dunklen Winkel gekommen, und auf einmal taucht es überall auf. Aber ist das ein Grund, dass ein vernünftiger Mann wie Edmond Delacloche es glauben muss?«

»Das kann ja wohl niemand, der meinen Vater kennt, glauben!«, rief Theri.

»Ja, ja, ja, genau das sage ich doch.« Adriana schlug die Hände über dem Kopf zusammen. »Und dein Onkel Edmond sagt es auch. Er hat mir nur allen Ernstes erklären wollen, wenn er weiter Waren von Kyriakos vertreibt, würden auch ihm die türkischen Kunden davonlaufen. Dann laufen sie dir eben davon!, habe ich ihn angeschrien. Wenn du Kunden zu Diensten sein willst, die meinen Bruder Kyriakos derart schmähen, kannst du nicht der Mann sein, den ich dreißig Jahre lang in dir gesehen habe.«

Du bist zu hart, wollte Theri dazwischenrufen, aber sie wusste, sie hätte dasselbe von Nimrod verlangen wollen: *Wenn du mich liebst, riskiere alles für mich. Stell nichts über uns und erwarte dies auch von mir.*

»Dieses Gerücht«, sagte sie, »woher kommt das überhaupt? Es muss doch jeder in Smyrna wissen, dass es lächerlich ist, von meinem Vater so etwas zu denken. Ich wette, all die Kunden, die ihn jetzt nicht mehr kennen wollen, haben sich noch im letzten Herbst mit Freuden an seinen Tisch gesetzt.«

»Darauf kannst du nicht nur wetten«, entgegnete Adriana finster. »Darauf kannst du Gift nehmen. Es sind seine eigenen Freunde, die sich gegen ihn kehren. Du weißt nicht, wie weh ihm das tut. Und mir nicht weniger.«

»Aber das darfst du nicht Onkel Edmond ankreiden.«

»Nein«, sagte Adriana. »Das ist so wunderbar daran, den richtigen Mann geheiratet zu haben – du kannst dich auf ihn verlassen. Gerade deshalb denke ich, dass ein Heiratsvormund, ein Vater oder Bruder eine bessere Wahl trifft als ein junges Mädchen, das keinerlei Erfahrung hat. Oder auch ein junger Mann, wenn man an den armen Petraki denkt. Edmond kennt meine Welt, weil er derselben entstammt, er weiß, dass in unserer Welt kein Mensch seine Familie verrät, und er hat mich nicht gezwungen, zwischen ihm und der meinen zu wählen. Stattdessen hat er Rahmi *Bey* für heute Abend herbestellt, um die Angelegenheit zu bereden, und vor allem deshalb habe ich mit dir sprechen wollen.«

»Vor allem *weshalb?*«

»Ach, mein Mädchen. Du weißt, ich bin krank vor Sorge. Kyriakos versetzt mich seit Wochen, ignoriert meine Einladungen, als wären wir nie Bruder und Schwester gewesen, also habe ich ihm in meiner Verzweiflung jetzt eine Einladung in unsere Loge senden lassen. *Rigoletto.* Das war vor fünfundvierzig Jahren unser erster gemeinsamer Opernbesuch, ich weiß, dass er mir das nicht abschlagen kann.«

»Heute Abend?«

Adriana nickte. »Ich habe ihm eine Nachricht gesandt, ich käme ihn mit dem Wagen abholen, und wie erhofft hat er bis jetzt nicht abgesagt. Aber wie soll ich denn nun gehen, wo doch Rahmi *Bey* zu diesem dringenden Gespräch kommt? Edmond mag glauben, er wird allein damit fertig, aber wenn das der Fall wäre, hätte Kyriakos ja nicht noch immer zu leiden. Nein, *koritsi,* ich kann heute Abend nicht in die Oper gehen, sondern muss hierbleiben und hören, was zwischen den Herren geredet wird. Das ist die eine Seite. Die andere ist, dass ich Kyriakos seit Wochen nicht mehr umarmt habe. Dass ich ihm nicht gesagt habe, was kein Mann, sondern nur eine liebende Frau sagen kann: Du bist ein wunderbarer Mensch, ein großer Bürger, Geschäftsmann und Familienvater, was immer ein teuflischer Mensch dir einreden will.«

Kurzes Schweigen erlaubte eine Atempause. Sehr fein drang durch die nur angelehnte Tür das Spiel der Glasharmonika aus dem nebenan gelegenen Musikzimmer, ein kleines Stück von Tschaikowsky, der *Tanz der Zuckerfee,* das Theri ins Gedächtnis rief, wie Didem den Klang des Instruments beschrieben hatte: *Als zerbreche ein gläsernes Herz.*

Das von Tante Flora, das vor so vielen Jahren zerbrochen war, war in seinem ständigen, gläsernen Schlag noch immer da.

»Da deine liebe Mutter nicht mehr lebt, wüsste ich außer mir nur eine, der Kyriakos zuhören würde«, sagte Adriana. »*Koritsi mou,* meinst du, du könntest …«

»Das ist doch keine Frage«, erwiderte Theri. »Sprich du hier mit Onkel Edmond und Rahmi *Bey*, und ich gehe mit *Papaki* in die Oper.«

»Du bist ein Segen, mein Mädchen, unser aller Segen. Hab tausend Dank. Du wirst Kyriakos auch gleich von dir und Nimrod erzählen, nicht wahr, wirst ihm sagen, dass er mit den Planungen beginnen kann? Das wird ihn aufmuntern, ich weiß doch, wie stolz er darauf ist, dass sein kleines Mädchen die schönste *prika* und die größte Mitgift von ganz Smyrna bekommt. Als dein Bruder Giorgios das Geld für ein Offizierspatent von ihm wollte, hat er ihn glatt abblitzen lassen. ›Die Sporen als Offizier kannst du dir selbst verdienen‹, hat er gesagt. ›Was ich mit meiner Hände Arbeit ansparen kann, geht in die Mitgift deiner Schwester.‹ Hast du das gewusst?«

»Ja, ich weiß davon«, sagte Theri. »Und es ist mir alles andere als angenehm.«

Adriana lachte. »Zumal Nimrod dich ja nicht um deiner Mitgift willen heiratet und es dir hier bei uns an nichts fehlen wird. Aber so ist eben Kyriakos – ein wahrer griechischer Familienvater. Als ich ihm anbot, Edmond könne für Giorgios' Patent aufkommen, hat er gesagt: ›Ich nehme gern all deine Liebe, *adelfaki mou,* aber keinen Para von deinem Geld. Für meine Familie komme ich auf und niemand sonst.‹«

»Ja, das ist *Papaki.*«

Ihre Blicke trafen sich.

»Jetzt tu deiner künftigen Schwiegermutter schon den Gefallen und lies ihr ein bisschen aus diesem Zauberbrief vor, den ihr Sohn dir geschrieben hat«, sagte Adriana. »Nur ein paar Zeilen, auch wenn man so etwas nicht tut. Ich sag's ja niemandem weiter.«

Theri wollte ablehnen, kam sich wie eine Verräterin an Nimrod vor. Dann besann sie sich anders. Der Brief war wie ein Streicheln auf dem Herzen gewesen, und Adrianas Herz hatte ein Streicheln nötig. Sie würde nicht mehr als ein paar Zeilen lesen, den schönen Antrag, der ihrer Tante versichern würde, dass sie und Nimrod beieinander in guten Händen waren.

»Also schön.« Sie lächelte Adriana zu und begann zu lesen: *»Deshalb bitte ich dich, meine Schöne, Stolze, Geliebte, Eleftheria Kantakouzenou, Tochter von Kyriakos und Erifili, wenn ich diesen Krieg«* – das mit dem schmählichen Friedensschluss ließ sie aus – *»überlebe und noch als ein Mann nach Hause komme, der dir seine Hand reichen und sich dir anbieten kann, lass uns nicht mehr warten. Geliebte Theri, werde in diesem Frühling meine Frau.«*

Beim letzten Wort schwang die Tür auf und knallte donnernd gegen die Wand. »Was fällt dir jetzt schon wieder ein? An Türen horchen – schreckst du eigentlich vor nichts zurück?«

Im Eingang stand Xenia mit wutverzerrtem Gesicht und hielt die schreckstarre Klara wie ein ungezogenes Kind am Genick gepackt. Instinktiv wandte Theri sich ab. Seit Klara vor drei Tagen bei Nacht und in erbärmlichem Zustand nach Hause gebracht worden war, hatte sie sie nur mit Überwindung ansehen können. Ihr Gesicht war entsetzlich zugerichtet: die Augen fast völlig zugeschwollen, die Lippen aufgeplatzt, von einem Schneidezahn ein Stück abgebrochen und die Wangen aufgeschürft. Von dem herausfordernden Reiz, den ihre Züge ausgestrahlt hatten, war nichts mehr zu erkennen, ihre Kleidung war verschmutzt, die Frisur völlig zerrauft.

Sie hatte erzählt, sie habe Einkäufe gemacht, sei auf dem Heimweg gestürzt und habe für kurze Zeit das Bewusstsein verloren. Dagegen sprach vieles: die Gegend, in der sie gefunden worden war, dass sie den Kutscher Vassili nach Hause geschickt hatte und dass sie überhaupt keine Einkäufe bei sich gehabt, angeblich aber auch keine verloren hatte.

Noch weniger in die Geschichte passten die Verletzungen selbst, und sie waren es, die Theri nicht anschauen konnte. Sie riefen eine Erinnerung in ihr wach, an die sie nicht zu rühren wünschte und die sie mit aller Kraft unterdrückte, sooft sie an die Oberfläche drängte.

Sie unterdrückte sie auch jetzt. Der bohrende Verdacht besaß ja keine Grundlage, es konnte nicht sein, was ihre Fantasie ihr vorgaukelte. Zurzeit regnete es oft, die Straßen waren glatt, warum sollte eine junge Frau, die es immer eilig hatte, da nicht stürzen und sich das Gesicht aufschlagen?

Seit dem Vorfall war Klara verändert. So keck, wie sie bisher innerhalb der Hausgemeinschaft ihren Platz behauptet hatte, so still schlich sie jetzt umher, ließ sich nur zu den Mahlzeiten blicken und saß vornübergebeugt vor ihrem Teller, als friere sie trotz der flackernden Kaminfeuer. Alle Vorschläge, den Arzt zu holen, wehrte sie jedoch mit großer Heftigkeit ab.

»Ich bin nur gekommen, um euch wissen zu lassen, dass Gaia weg ist«, keifte Xenia. »Und wen finde ich hier? Diese sogenannte Dame aus sogenanntem gutem Haus, die an Türen lauscht, wie keines von den Dienstmädchen es wagen würde.«

»Ja, ja, ja, Pfläumchen, aber jetzt lass deine Beute trotzdem los, sonst brichst du ihr das Genick«, sagte Adriana. »Und was soll das heißen: Gaia ist weg? Wo ist sie denn hin, fehlt etwas für das Abendessen mit dem Gouverneur? Sie hätte doch Vassili schicken können.«

»Vassili ist auch weg«, sagte Xenia. »Sie haben Bahnkarten gekauft und wollen sich nach Griechenland durchschlagen, weil sie sich hier ihres Lebens nicht mehr sicher fühlen. Wenn du mehr darüber wissen willst, sprich mit dem Personal. Uns, ihre Herrschaft, beizeiten ins Bild zu setzen, hielt ja keiner der beiden für nötig.«

»Lieber Himmel – und was wird nun mit dem Gouverneur?«

»Gaia hat das Abendessen so weit vorbereitet, dass die Türkin allein damit zurechtkommen dürfte«, erwiderte Xenia. »Aber wer ab morgen in diesem Haus dafür sorgt, dass Essen auf dem Tisch steht, darfst du mich nicht fragen.«

Während Theri und Adriana noch versuchten, die Nachricht zu verdauen, wetterte Xenia weiter: »Ich kann mich darum nicht auch noch kümmern, ich habe genug damit zu tun, zu entscheiden, was mit dieser Person hier geschehen soll. Sie belauscht uns. In Zeiten, in denen kein Nachbar mehr dem anderen traut, dürfen wir uns im eigenen Haus nicht mehr sicher fühlen, weil wir unter uns eine Spionin haben.«

»Jetzt übertreib nicht«, begann Theri. Sie wollte kein Drama daraus machen, doch der Gedanke, dass Klara belauscht hatte, wie sie aus Nimrods Brief vorlas, war ihr zutiefst zuwider.

»Übertreibung nennst du das?«, platzte Xenia los. »Dieses kleine Biest wird uns jetzt auf der Stelle sagen, was sie gehört hat und was für miese Intrigen sie im Sinn hat, oder sie wird mich kennenlernen.«

»Dich kenne ich schon zur Genüge«, schrie Klara zurück. »Ich bin froh, wenn ich bis an mein Lebensende von dir nichts mehr hören muss.«

Erschrocken blickte Theri auf. Klara, die eben noch wie ein nasser Welpe in Xenias Griff gehangen hatte, riss sich los und starrte der Größeren zornentbrannt entgegen. Die Verletzungen in ihrem Gesicht schillerten von brandrot bis tiefviolett. »Ich werde dir sagen, was ich vorhatte, du Alleswisserin. Nicht weil du mir drohst, sondern weil ich will, dass ihr alle es hört. Ich bin gekommen, weil ich gehofft hatte, ich könnte vielleicht mit einer von euch reden, es ging mir schlecht, und ich fand das ewige Alleinsein in diesem Haus nicht mehr zum Aushalten. Es ist doch meine Familie, habe ich gedacht, es wird ja wohl möglich sein, mit einer von ihnen ein paar freundliche Worte zu wechseln.«

Sie rang nach Luft. Zwischen ihre keuchenden Atemzüge fiel das Perlen der Glasharmonika, die kleinen Sprünge des gläsernen Herzens.

»Aber als ich dann mit angehört habe, wie ihr euch gegenseitig zu Mustern der Tugend und eure Männer zu Glückspilzen erklärt habt, habe ich endgültig begriffen, dass ich zu dieser

Sippe der Wunderfrauen nie gehören werde. Ich bin nur geblieben, weil ich mir nach der ganzen Selbstbeweihräucherung diesen lächerlichen Sermon von Nimrod nicht entgehen lassen konnte.«

Sie warf den Kopf in den Nacken. *»Hach, Theri, meine schöne Geliebte«*, höhnte sie. *»Reich mir die Hand, ich liebe immer nur dich,* da wird der holden Braut blümerant, und die holde Schwiegermutter heult vor Rührung gleich mit. Nur der holde Bräutigam heult nicht. Der schmiert ein paar billige Plattitüden aufs Papier und träumt dabei von der ach so grässlichen Frau seines Bruders. Und wenn ihr Vornehmtuer auch alle über mich die Nase rümpft – für Nimrod bin ich vornehm genug. Der hat im Bett nämlich nicht gern ein kaltes Madonnenstandbild, sondern lieber eine Frau mit warmem Blut.«

21

Adriana hatte nicht gewollt, dass Theri in die Stadt fuhr. »Du weißt doch gar nicht, wo dir der Kopf steht, *koritsi mou,* mein armes Mädchen, setz dich erst einmal hin, trink ein Glas und beruhige dich«, hatte sie Theri in einem fort beschworen, dabei war die vollkommen ruhig gewesen. Ruhig und kalt. Es waren die anderen, die wie aufgescheucht herumliefen. Adriana, die die Hände zusammenschlug und stöhnte: »In einer halben Stunde kommt der Gouverneur!« Und Xenia, die Klara verfolgen wollte, sich dann aber anders besann und in die Bibliothek zurückstürmte.

Klara war Hals über Kopf aus dem Haus gerannt. Nur Theri stand still an ihrem Platz und starrte auf den Brief, der ihr aus der Hand geglitten und auf den Tisch gefallen war.

»Diese Klara ist ein kaltes Mädchen«, hatte Adriana gesagt. »Ich habe das gleich gedacht: Wieso hat ausgerechnet mein Petraki, dieser liebe Junge, sich ein so kaltes Mädchen aus einem so kalten Land ausgesucht? Die ganze Familie ist so kalt, dass es einen schaudert – die eigene Mutter vergießt auf der Hochzeit keine Träne, der Vater tut nichts, als mit seinem Geld zu protzen, und ihre Tochter, die sie jahrelang nicht wiedersehen werden, begleiten sie vor der Hochzeitsreise nicht einmal an den Wagen. So eine passt nicht zu uns. Kalt und missgünstig ist sie, hat niemanden gern und kann es nicht ertragen, wenn andere glücklich sind.«

Ich, hatte Theri gedacht, *ich bin die, die kalt ist.* Klara mit ihrem Gebrüll war ihr eher hitzig vorgekommen, und Nimrod empfand offenbar ebenso.

»Du darfst nicht auf das hören, was diese Person von sich gibt, um dir wehzutun.« Adriana hatte versucht, Theri in die Arme zu ziehen. »Ein Kind bekommt sie auch nicht. *Maman,* hat mein Petraki zu mir gesagt, ehe er in dem Haufen von Soldaten in den Zug gestiegen ist, *Maman,* wer weiß, wenn ich zurückkomme, wird es für Klara und mich vielleicht Zeit sein, die Kinderstube herzurichten. Dabei haben seine Augen geleuchtet, aber sieh dir das kalte Stück doch an. Die bekommt kein Kind für meinen Petraki, und jetzt hat sie Angst, dass du eines von Nimrod bekommst, weil du warm und voll Leben bist, und sie ist wie ein vertrockneter Zweig.«

Der vertrocknete Zweig bin ich, dachte Theri. *Ich sitze auf Terrassen herum und lese in Henry-James-Romanen von der Liebe. Aber ich kann darauf nicht spielen, so wenig wie eine Ziege auf der Glasharmonika. Klara, die immerhin eines Mannes Frau und eines anderen Mannes Geliebte geworden ist, versteht davon hundertmal mehr als ich.*

Dann zwang sie sich, nicht mehr daran zu denken. Sie straffte den Rücken, griff sich mit beiden Händen ins Haar, um es zu richten, und sagte zu Adriana: »Ich ziehe mich jetzt um und fahre nach Buca, um meinen Vater für die Oper abzuholen. Da Vassili ja wohl nicht mehr hier ist, nähme ich gern den *Stanhope,* den ich selbst fahren kann.«

»Das ist dir doch jetzt nicht zuzumuten!«, rief Adriana und packte sie am Arm. Dann aber stöhnte sie auf. »O mein Gott, o mein Gott, was soll ich nur machen? Kyriakos wartet auf mich, und obendrein kommt gleich der Gouverneur.«

Sie hatte Theri gehen lassen, weil ihr wenig anderes übrig blieb. Theri lenkte den Einspänner durch die abendlichen Gassen und wunderte sich, dass ihre Hände so ruhig und stetig die Zügel führten. Sie fuhr eine große Schleife über Pasaport, weil etwas in ihr danach verlangte, das zu sehen: die Lichter von Smyrna, die durch den seltsam klaren Abend glommen und sich auf dem schwarzen Meer wie zersprungene Sterne brachen. Das Theater, das im Innern dem Palais Garnier in Paris nachempfunden war und dessen Foyer sehr warm sein würde, sehr hell und angefüllt mit Menschen, die schwatzten, sich begrüßten, sich auf die Vorstellung freuten. Wagen hielten davor und entließen Herren in Abendanzügen und Zylindern und Damen in strahlenden Lieblingsroben, die neuen knisternd, als würden noch Nadeln aus der Schneiderei darin stecken, die von der letzten Saison aufgeputzt, bis sie fast speckig glänzten.

Ein Teil von ihr verlangte danach, zu sehen, dass ihre Welt noch dieselbe war, unberührt von der Tatsache, dass Nimrod Delacloche Theri Kantakouzenou Honig um den Mund schmierte, während er sie mit seiner Schwägerin betrog.

Unberührt von der Tatsache, dass Theri Kantakouzenou von der Liebe in Romanen träumte, aber einem Mann aus Fleisch und Blut nicht genügen konnte.

Wie ihre Mutter ihrem Mann nicht hatte genügen können.

Theri lenkte das Pferd die lange Promenade hinunter, am glitzernden *Café Carousel* und Gustave Eiffels kühnem, der Zukunft gewidmetem Pier vorbei und dann in die Seitenstraße, die zum Gouverneurspalast und dem Uhrenturm führte. Rund um die *sadirvane,* die Reinigungsbrunnen, die zu Ehren des türkischen Anteils von Smyrna das Fundament des Wahrzeichens bildeten, tummelten sich Straßenhändler und Kunden zwischen nach Abfällen pickenden Tauben. Aus der Koranschule bei der kleinen Moschee strömten sauber gekleidete Jungen, und vor dem Portal des Gouverneurspalastes drängten sich Frauen, die angstvoll die Listen der Gefallenen nach den Namen ihrer Liebsten absuchten.

Ein Schwarm von Balkanflüchtlingen, wie er inzwischen zum Straßenbild gehörte, Halbwüchsige mit ausgezehrten Gesichtern, Frauen, die in Tücher gewickelte Kleinkinder auf den Hüften trugen, hielt sich abseits an der Mauer des Gebäudes. Kam jemand vorbei, der nach Geld aussah, stieß die ganze Horde vor, streckte bettelnd die Hände aus und verstellte ihm den Weg. *Wenn wir so leben müssten,* dachte Theri, *wenn wir in Jubel ausbrechen würden, weil jemand uns einen Para hinwirft, auf den wir uns stürzen müssen, ehe jemand ihn uns wegschnappt, würde uns dann noch kümmern, wer mit wem in welchen Betten liegt?*

Mich *würde es kümmern,* befand sie nicht ohne Erstaunen. *Es wäre der Rest von Würde, den ich mir nicht nehmen lassen könnte, ohne mich selbst zu verlieren.* Der Abend war kalt und noch immer ungewöhnlich klar, der Himmel wie aus schwarzem Glas, überflutet von Sternen.

Ich bin so kalt, ich friere nicht einmal, dachte Theri. *Ich verlasse meinen Verlobten, weil er mich betrügt, aber ich habe seinen Namen nicht ein einziges Mal auf diesen Listen gesucht.* Sie wendete das Pferd und fuhr in die Straße nach Buca ein. Nach dem Umweg würde sie zu spät kommen, aber ihr Vater war keiner, der auf Pünktlichkeit pochte. Sie bog in die vertraute Straße ein, die stille Allee, in der sie aufgewachsen war, sah ihr Elternhaus und bemerkte, dass etwas anders war als sonst. Was es war, bemerkte sie erst, als sie den Wagen vor dem Gartentor anhielt. Die Häuser in diesem Teil der Stadt waren nicht so groß wie in Bournabad, nicht so weit von der Straße zurückgesetzt und von Parkanlagen umgeben, aber es waren dennoch vornehme Häuser, deren Führung Personal erforderte – Häuser, in denen um diese Zeit noch jemand wach war und Arbeit verrichtete.

Aus allen Häusern fiel Licht auf die Straße. Nur das Haus ihres Vaters lag im Dunkeln.

Theri sprang vom Wagen. Sie drückte auf die Türklingel, läutete Sturm, rief den Namen von Alexis, dem Hausdiener, und war sich doch beklemmend gewiss, dass auf ihr Läuten und ihre Rufe niemand antworten würde. Sie behielt recht. Niemand kam, um ihr mit dem Pferd zu helfen, kein Licht flammte auf, an keinem Fenster erschien das lächelnde Gesicht ihres Vaters. Leblos erhob sich das Haus, verriet durch kein Geräusch, dass sich Menschen darin bewegten. Kurz darauf stellte Theri fest, dass das Tor nicht verriegelt war.

Sie schob es auf und ging den Gartenweg entlang zur Treppe. Ohne dass sie es wollte, verlangsamte sich ihr Schritt, je näher sie dem Haus kam. Auf dem Absatz blieb sie stehen, zögerte von Neuem und ergriff endlich den Türklopfer, drei Pferdeköpfe aus Bronze, vor denen sie als kleines Mädchen staunend gestanden hatte, während ihr Vater ihr von den Rossen des Poseidon erzählt hatte, den Schaumkronen, die über den Kamm der Welle hinweggaloppierten.

Der Klopfer glitt ihr aus der Hand und prallte auf das Holz der Tür. Lastende Stille verriet ihr, dass Klopfen sinnlos war. Hätte er sich im Haus befunden, wäre Alexis längst herbeigeeilt, um das Pferd zu versorgen. Vermutlich war er fort wie Vassili und Gaia, vermutlich war auch das Hausmädchen fort – würde es in Smyrna bald kein griechisches Personal mehr geben? Und wo war ihr Vater? Theri versuchte, sich selbst zu überzeugen, dass er zum Theater gefahren sein müsse, um dort wie die anderen Herren aus seinem Wagen zu steigen, den Zylinder zu lüften und auf Adriana zu warten.

Ich bin doch sonst eine so gute Selbstbetrügerin, ich habe mir eingeredet, dass Nimrod mich liebt. Warum glaube ich mir jetzt nicht? Warum kehre ich nicht um, ehe das Pferd mir mit dem Wagen davonläuft, und fahre zurück zum Theater auf dem Pier?

Sie glaubte sich nicht, weil es nicht der Art entsprach, wie *rayah*-Griechen lebten. Wenn zwei Kantakouzenos miteinander ausgingen, trafen sie sich in einem ihrer Häuser, tranken Kaffee oder ein Glas Likör zusammen, aßen Süßigkeiten, tauschten Freundlichkeiten und den neuesten Klatsch aus. War es Zeit zu gehen, wurde der Rest Kaffee ausgeschenkt, noch dieses oder jenes Thema angeschnitten und dann der Diener beauftragt, Galoschen und Mäntel zu holen. Niemand kam pünktlich, aber jeder doch immer beizeiten. »Warum die Eile?«, pflegte ihr Vater zu fragen. »Der Tod wartet auf uns alle in Samarra.«

Da fahr ich nie hin, hatte Theri als Kind beschlossen. Samarra war eine uralte Stadt unweit Bagdad, eine Pilgerstätte, ein reicher Kalifensitz, aber Theri hatte sie sich immer als ein *sukh* vorgestellt mit den dunkelsten Gängen, und in einem von ihnen lauerte der Tod. Azrael mit der Haube und den schwarzen Flügeln, der die Namen seiner Opfer von der Liste strich.

Theri wollte nie nach Samarra, und sie wollte jetzt nicht in das Haus, in dem sie ihr Leben lang gewohnt hatte. Ihr Vater wäre der Letzte gewesen, der viel zu früh in ein Theater fuhr, um seine Herzensschwester zu treffen, die selbst nirgendwo zu früh auftauchte. In der Kälte brach Theri der Schweiß aus, und ihr Herz schlug gegen die Rippen, wie um sich aus einem Käfig zu befreien. Als sie sich endlich zwang, die Hand auf die Klinke zu senken, bestätigte sich, was sie längst wusste: Die Haustür war so wenig verschlossen wie das Tor des Gartens.

Theri betrat den dunklen Windfang und tastete sich an der Wand entlang durch die Halle. Ihre Hand brachte Bilder ins Schwanken, die gerahmten Fotografien sämtlicher Familienmitglieder, die ihr Vater bei Albinioni in der Rue Franque hatte machen lassen. Im Dunkeln erkannte Theri weiße Kleider und helle Flecken von Gesichtern, strahlende Menschen bei Sommerpicknicks, Namenstagen, Hochzeiten. Ein Porträt von Giorgios in Uniform, eines von ihr selbst im Kleid einer Brautjungfer.

Bilder von ihrem Leben, an denen es sie auf einmal erschreckte, dass sie länger da sein würden als sie selbst.

Sie ging weiter, ohne Licht zu machen. Wo konnte ihr Vater sein, wenn er sich allein in seinem Haus aufhielt? Es kam so selten vor – er war keiner, der sich mit Zeitungen ins Herrenzimmer zurückzog oder stundenlang Geschäftsberichte studierte. Es verlangte ihn immerfort nach Gesellschaft, und auch sein Erfolg als Kaufmann gründete darauf, dass er so gern mit Menschen umging. Vielleicht traf ihn deshalb der Boykott der türkischen Kunden umso härter. Sein Charme, seine Herzlichkeit, seine Gabe, mit jedem zu reden, waren sein Handwerkszeug. In seiner Welt gab es kein Problem, das sich nicht durch ein Gespräch bei einem Glas Wein vom Tisch räumen ließ. Was aber blieb ihm zu tun, wenn niemand das, was er zu sagen hatte, auch nur anhörte?

Im Netz ihrer Gedanken gefangen, war Theri die Treppe hinaufgestiegen. Wie von selbst bewegte sie sich auf ihr Schlafzimmer zu. Das Zimmer war vollgestopft mit Möbeln und Zierrat, weil ihr Vater jedes Stück, das ihm gefiel, nach Hause tragen und seiner Tochter schenken musste, und weil Theri nicht das Herz besaß, etwas wegzugeben. Sie mochte es, wie es war: kein stilistisches Meisterwerk, aber ein Sammelsurium der Erinnerungen, die von elterlicher Liebe kündeten. Auf ihrem Bett saß noch immer ein Bär mit flauschigem Fell, freundlichen Augen und beweglichen Armen und Beinen, den ihr Vater ihr zum Namenstag geschenkt hatte, als sie zwölf Jahre alt gewesen war.

»Für Puppen bist du jetzt zu groß«, hatte er gesagt und ihr zugezwinkert. »Aber mein kleines Mädchen bleibst du für immer.«

Sehnsucht überkam sie, als sie die Tür zu ihrem Zimmer aufschob. Die Vorhänge waren nicht zugezogen. Im Mondlicht sah sie den Bären, den ihr Vater eigens aus Deutschland hatte schicken lassen, auf ihrem Kopfkissen sitzen. Davor lag quer über das Bett gestreckt ein dunkler Umriss, in dem sie mit einem Herzschlag Verzögerung den Körper eines Menschen erkannte. Der Kopf ruhte im Schoß des Bären, das Gesicht war darin vergraben.

Theri schrie nicht.

Auf dem blau-weißen Überwurf prangte ein Fleck, breitete sich um Kopf und Oberkörper weiter aus. Sie trat vor das Bett und fasste den Körper bei der Schulter, um ihn umzudrehen. Es schien monströs, das zu tun, jemand hätte kommen und sie davon abhalten müssen, aber sie hatte überhaupt keine Wahl, nicht einmal Zeit, zu überlegen. Ihr Vater war ein schwerer Mann, und es kostete Theri alle Kraft, ihn auf den Rücken zu drehen. Sein Leib war warm, noch wie lebendig. An seinem Blut, das überall war, beschmierte sie sich den Mantel.

Er hatte sich die Kehle durchgeschnitten. Das Messer war ihm aus der Hand gerutscht und lag halb auf dem Bären, ein Briefumschlag, der daneben lag, war zur Hälfte vom Blut durchtränkt. Auf der anderen Hälfte war ein Teil des Schriftzugs noch lesbar, doch es war hier nicht hell genug.

Theri nahm den triefenden Umschlag und trug ihn ans Fenster, direkt in den Lichtkegel des Mondscheins. Die paar erkennbaren Buchstaben genügten, um den Rest zu ergänzen:

Für Adriana. Meine geliebte Schwester.

Sie riss den Umschlag auf, zerfetzte dabei das ebenfalls durchtränkte Blatt. Auch hier genügte die Hälfte der wenigen Zeilen, um den Inhalt im Ganzen zu erfassen:

»*Es ist alles verloren,* agapi mou, *jeder Para, das Haus, alles. Ich lasse meine Söhne ohne Erbe und meine Theri, mein kleines Mädchen, ohne Mitgift zurück. Ich habe alle enttäuscht, die arme Erifili und sogar Dich. Nur geliebt habe ich Dich immer. Dein Bruder, der Versager – Kyriakos.*«

Ich bin so kalt, dachte Theri. *Ein eiskaltes Madonnenstandbild, das die Briefe anderer Leute liest, anderer Leute Blut an den Fin-*

gern hat und nichts dabei empfindet. Dann erst sackten ihr die Knie weg. Das Letzte, was sie spürte, war die Härte des Parketts, auf das sie mit der Schulter aufschlug.

22

Dem Himmel sei Dank für diese Stadt, dem Himmel sei Dank für dieses Café.« Onkel Bedros hob sein Glas, nickte Sevan zu und trank. »Wenn man es nicht besser wüsste, könnte man glatt glauben, dieses Reich wäre noch, was es einmal war, oder könnte es zumindest wieder werden. Trinken wir auf die Vergangenheit, die golden war, auch wenn nicht alles glänzte.«

Er hatte recht: Im *Café Iskander* trafen sich nach wie vor Armenier und Türken, Griechen und Araber, Levantiner und Juden, um zusammen an den wackligen Tischen zu sitzen und nichts zu sich zu nehmen als *raki,* Kaffee und eine Schale mit Kürbiskernen. Frauen war das Café nicht verboten, aber weil niemand eine Frau hierhergebracht hätte, blieben die Männer unter sich und genossen ein Privileg, das es mit Frauen nicht gab: reden zu dürfen, ohne jedes Wort abzuwägen, und sich schweigend gegenüberzusitzen, wenn ihnen nicht nach Reden war. Über ihnen rauschten die Ventilatoren, und von ihrem Tisch aus überblickten sie die Promenade von Pasaport und das Meer, in dessen schwarze Oberfläche der Regen kleine Krater schlug.

»Ein Staat, der wird, was er war, könnte mit dem Rest der Welt nicht mithalten«, sagte Sevan. »Trinken wir auf die Zukunft, die golden werden und glänzen kann, wenn wir an sie glauben.«

Für gewöhnlich trank er mittags nie, schon gar keinen *raki,* und für gewöhnlich machte er auch keine Mittagspause. Heute aber hatte er sich den Nachmittag freigenommen, obwohl die Arbeit im Hospital wie eine Flutwelle war, die die verbliebenen Ärzte schon frühmorgens überrollte. Der Onkel kam nur noch selten zu Besuch, und dies war sein letzter Tag in der Stadt. Er war alt geworden, der Weg mit dem Maultierkarren war beschwerlich, und die wenigen Geschäfte, die er in Smyrna noch tätigte, lohnten die Reise nicht. Der Türke, der seinen Feigenkäse an die Frauen mit den großen Hüten verkauft hatte, nahm ihm nichts mehr ab, und Ferdinand Reinecke hatte sich aus dem Geschäftsleben zurückgezogen.

Morgen früh würde Onkel Bedros sich wieder auf den Heimweg machen. Sevan hatte es genossen, ihn bei sich zu haben, und wünschte, er hätte sich mehr Zeit für ihn nehmen können.

Der Onkel war nicht der Einzige, für den er mehr Zeit benötigt hätte. Zwischen ihnen, verschwindend klein auf ihrem Hocker, saß Aghavni und schlürfte durch einen Strohhalm gelbliches *scherbett.* Auf seine Bitte hatte Bedros sie ihm hergebracht, auch wenn er keinen Hehl daraus machte, dass der Umgang mit ihr ihm nicht geheuer war. Aghavni sprach noch immer kein Wort, aber sie lauschte und verzog das Gesicht, wenn sie bestimmte Worte erkannte.

»Du bist ein Traumtänzer, Sevan, bist immer einer gewesen.« Bedros gab ihm einen Klaps auf die Hand. »Ich bin alt, ich habe mein bisschen Geld durchgebracht und nie anderswo gewohnt als in Bardisag, Anatolien. Aber ein Mann wie du, dem alle Möglichkeiten offenstehen, sollte seine Sachen packen und machen, dass er von hier wegkommt. Hast du nicht erzählt, dieser Arzt aus Wien hätte dir geschrieben?«

Sevan nickte. Es hatte ihn berührt, dass Professor Schauta sich an ihn erinnerte und seine Fachartikel zur Chirurgie der weiblichen Fortpflanzungsorgane gelesen hatte. Noch mehr berührte es ihn, dass der Professor sich um ihn sorgte. Ismail Enver, der als Drahtzieher den Putsch im Januar betrieben hatte, mit einer Nichte des Sultans verlobt war und den Titel *Pascha* trug, galt als erbitterter Nationalist. Schauta hatte geschrieben, er verfolge die Entwicklung mit Furcht, zumal Enver *Pascha* militärisch Anschluss an das Deutsche Reich und Österreich-Ungarn suche und damit die ältere Bindung an Großbritannien gefährde.

»*Von den Briten dürften Sie erwarten, dass sie zumindest ein Auge auf die Einhaltung grundlegendster Rechte für Ihr Volk haben. Wenn sich Herr Enver, der ja wohl Kriegsminister werden wird, dieser Aufsicht allerdings entledigt, nähme ich an Ihrer Stelle nichts mehr als garantiert an, nicht einmal die Sicherheit von Leib und Leben. Dass ich Sie gern hierbehalten hätte, ist Ihnen bekannt. Obwohl ich mich derzeit auf meinen Ruhestand vorbereite, möchte ich, dass Sie wissen: An der Frauenklinik der Universität von Wien wäre auch unter meinem Nachfolger ein Platz für Sie frei.*«

»Und?«, fragte Bedros. »Was ist? Denkst du darüber nach?«

»Nein«, antwortete Sevan und tauschte einen Blick mit Aghavni, die ihm gurrend zulachte. »Smyrna ist mein Zuhause, ich liebe das Leben, das ich hier führe, mein Haus, meine Arbeit, alles. Smyrna ist die Stadt, an die ich glaube.«

»Smyrna ist die Stadt, die ich liebe«, versetzte Bedros. »Ich habe sie mein Leben lang angehimmelt wie eine Schöne im Badehaus, aber eine osmanische Stadt bleibt sie trotzdem, oder nicht?«

»Das Osmanische Reich ist die Zukunft, an die ich glaube«, gab Sevan zurück. »Dass sich eine Idee wie der Nationalismus in der derzeitigen Weltlage wie ein Rettungsseil im Erdbeben anfühlt, ist unvermeidlich. Aber sobald die Erdschichten sich glätten, sobald erkennbar wird, dass es in Wahrheit um die Rechte benachteiligter Klassen geht, darum, ob wir arm oder reich, nicht ob wir armenisch oder türkisch sind, wird das Rettungsseil nicht länger benötigt. Enver *Pascha* mag mit seinen Ideen vom alltürkischen Staat um Sympathien werben, aber auf lange Sicht muss selbst er begreifen, dass es der Zusammenhalt vieler Völker ist, der die Stärke des Reiches ausmacht.«

»Und das, was du da redest, glaubst du dir selbst?«

»Warum sollte ich nicht? Wenn es je wieder einen Krieg gewinnen will, braucht das Reich all seine Untertanen. Enver weiß das, andernfalls hätte er längst angestrebt, den Wehrdienst für Nicht-Muslime abzuschaffen. Und wenn wir Frieden halten und uns den Herausforderungen der neuen Zeit stellen wollen, brauchen wir einander erst recht.«

»Ach Gott, Sevan! Und was meinst du, was dein Enver und seine Spießgesellen tun, wenn sie dich schwärmen hören? Dir einen Orden verleihen? Dieser Krieg ist nicht der erste, der verloren wird, wohl aber der übelste. Wenn jetzt Frieden geschlossen wird, bleibt deinem Reich, das einmal vor den Toren Wiens stand, in Europa kein Besitz mehr. Meinst du ernsthaft, für solche Schmach bräuchte das jungtürkische Triumvirat keinen Sündenbock?«

»Sie haben immerhin keinen Heißsporn aus ihren Reihen als Großwesir eingesetzt«, erwiderte Sevan, »sondern Mahmut Sevket *Pascha,* einen gemäßigten, besonnenen Mann. Und Großbritannien wird das Reich nicht fallen lassen, nur weil Enver erneut in Deutschland militärische Beratung sucht. In Europa herrscht Frieden. Würde man in London anderes befürchten, würde man uns wohl kaum die beiden *Dreadnoughts* verkaufen.«

»Wie du meinst.« Bedros schüttete ein wenig von seinem

raki in seinen noch dampfenden Kaffee. Der Zischlaut ließ Aghavni aufblicken. Konzentriert sah sie den Kreisen zu, die die sich mischenden Flüssigkeiten bildeten. Gleich darauf setzte der vielstimmige Gesang der Muezzine ein, die zum *Asr*, dem Gebet des Nachmittags, riefen. Der Wirt des *Iskander* ging nach vorn und öffnete die Tür, ehe er sich zum Gebet in das Zimmer hinter dem Schankraum begab. Mehrere Gäste eilten aus dem Café, ließen Gläser, Mäntel und Taschen ohne Misstrauen zurück.

Bedros und Sevan schoben ihre Gläser in die Tischmitte, um zu zeigen, dass sie den Alkohol während des Gebets nicht anrühren würden. *Smyrna ist so klug,* dachte Sevan wie ein Verliebter, *diese Stadt findet für all diese Fragen, die anderswo Kriege entfachen, kleine Lösungen, die niemandem Mühe machen.* Während des Fastenmonats Ramadan hielten Smyrnas Christen und Juden ihre Picknicks in den Höfen ihrer Häuser ab, damit ihre muslimischen Nachbarn ihnen nicht beim Essen zusehen mussten.

»Wärst du als Türke zur Welt gekommen, hättest du auch so einer werden können«, sagte Bedros. »Ein Muezzin. Die nehmen dafür gern blinde Olme wie dich, weil so einer nicht mit Stielaugen von seinem Turm in die Gemächer der Frauen glotzen kann. Du allerdings hättest gut daran getan, dich etwas umzuschauen, aber du hast ja deine Augen nur zum Schmachten. Also hast du eine genommen, die wie Gift für dich ist.«

»Bedros!«

»Schon gut.« Sevans Hand bekam einen weiteren Klaps. »Ich bin herumgekommen im Leben, ich weiß, wie ein Mann aussieht, der krank vor Liebe ist.«

So fühlte sich Sevan. Krank vor Liebe. Vor allem deshalb hatte er sich den Nachmittag freigenommen, obwohl im Hospital jede Hand gebraucht wurde: Er wollte die verbleibenden Stunden mit Rhipsime verbringen, ein letztes Mal versuchen, sie umzustimmen. Falls es ihm nicht gelang, würde sie in der Frühe mit Bedros nach Bardisag fahren. »Hier finde ich keine Nacht mehr Schlaf«, hatte sie ihm hingeworfen. »Wenn ich in dieser Stadt bleibe, kommt mein Sohn am Ende schwachsinnig zur Welt wie die Tochter. Falls wir nicht vorher alle totgeschlagen werden oder am nächsten Laternenpfahl aufgehängt.«

Eine Gruppe Randalierer hatte ihnen einen Stein ins Fenster geworfen, ins Vorderzimmer, dorthin, wo Sevan oft mit Aghavni auf Knien rutschte und spielte. Er war nicht weniger erschrocken als sie. Er hatte sie nur gefragt, was sie so sicher machte, dass die Täter Türken waren. »Junge Leute, die sich mit ein paar Kumpanen betrinken, gab es immer und überall, *im ser*. Wenn du willst, mache ich eine Meldung bei der Polizei. In Smyrna kannst du wenigstens sicher sein, dass der Sache nachgegangen wird.«

Sevan war ja nicht wirklich so blind, wie Rhipsime und Bedros ihm vorwarfen. Er bemerkte sehr wohl, dass sein Land sich krümmte wie ein von Pfeilen getroffener Menschenleib, dass es mit sämtlichen Gliedern um sich schlug. Er war nicht blind für die Flüchtlingsströme, nicht für die Schmierereien an Häuserwänden, nicht für die Schlägereien, die aus nichtigem Anlass losbrachen. Aber er war auch nicht taub für die Versicherungen, die Männer wie Rahmi *Bey* abgaben. Zeiten des Umbruchs waren Zeiten von Tumulten. Der Gouverneur bat alle, Ruhe zu bewahren, und versprach, sein Schiff Smyrna durch die Stürme zu steuern, ohne dass ihm Passagiere über Bord gingen.

Das hatte Sevan Rhipsime zu erklären versucht: »Ich will mit dir in Smyrna bleiben, weil wir hier sicherer sind als irgendwo sonst im Reich. Smyrna ist ein internationaler Hafen voller Diplomaten, voller ausländischer Schiffe, und vor den Augen der Welt wird niemand wagen, gegen geltendes Recht zu verstoßen. Zudem hat Smyrna einen Gouverneur, der umsichtig ist und sich durchzusetzen weiß.«

Rhipsime aber hatte nichts davon hören wollen. Sie verlangte, dass Sevan mit ihr nach Bardisag ging, sie warf ihm vor, seine Besessenheit von Smyrna und von seiner Arbeit wären ihm wichtiger als die Sicherheit seiner Frau und seines ungeborenen Kindes. Zu guter Letzt beschuldigte sie ihn, in Wahrheit ginge es ihm gar nicht um Smyrna, sondern um seine Geliebte, von der er sich nicht einmal für ein paar Monate trennen wollte.

Xenia Delacloche. Wenn sie an diesem Punkt angelangt war, war alles weitere Reden sinnlos. Sevan hatte begonnen, zu lügen, um das Thema zu umgehen. Als er den Delacloches seine Aufwartung machte, um sein Beileid zu dem unfasslichen Todesfall auszusprechen, erzählte er Rhipsime, er müsse einer Besprechung beiwohnen, und schämte sich, weil es sie beide entwürdigte.

Letztendlich wurde beschlossen, Bedros solle Rhipsime bis nach der Entbindung mit nach Bardisag nehmen. Sie würde im Haus ihres Vaters wohnen, wo Sevan sie abholen würde, sofern der Krieg zu Ende und Ruhe eingekehrt war. Es machte ihn traurig. Bis zur Entbindung waren es noch gut vier Monate. Er würde Rhipsime vermissen, er würde Aghavni vermissen, er hatte Angst vor der Stille in seinem Haus. Zehn Jahre lang war es um ihn still gewesen, selbst wenn Brüder und Vettern, Mitschüler und Kommilitonen lärmten. Totenstill.

Zudem sorgte er sich, dass Aghavni, die noch immer kein Wort sprach, mit allzu viel Strenge behandelt würde. Er sah zu ihr hinüber, beobachtete das Mienenspiel auf ihrem kleinen Gesicht, während sie mit dem Strohhalm in den Tropfen an der Glaswand malte, und glaubte, ihre klugen Gedanken zu lesen. Sie musste das süßeste Geschöpf auf der Welt sein mit ihren tintenschwarzen Brauen, die sich in höchster Konzentration furchten, und mit der Perlmuttstirn, die sich runzelte. Rhipsime aber hatte ihre Tochter als Idiotin abgeschrieben und schämte sich für sie.

Sie warf es ihm vor. Dass sie jahrelang keinen Sohn empfangen hatte, war seine Schuld, und dass ihre Tochter nicht sprechen konnte, dass ihnen Unbekannte Steine ins Fenster warfen und dass das Königreich Armenien noch immer nicht neu errichtet war. Sooft er ihr von den Menschen jeglicher Volkszugehörigkeit erzählte, die ihm täglich mit Freundlichkeit begegneten, sooft er sie aufforderte, doch mehr außer Haus zu gehen, sich von der Vielfalt der Stadt verzaubern zu lassen, fiel sie ihm ins Wort und schrie ihn an, sie lege keinen Wert darauf, mit seiner Geliebten zu verkehren. Gewiss würde ihr Gespräch heute nicht anders als die unzähligen Male davor verlaufen, doch er musste es zumindest versuchen. Wenn sie nach Bardisag wollte, sollte sie eben nach Bardisag, aber sie durfte nicht gehen, ohne seine Liebe mitzunehmen, seine Umarmung, seine Sehnsucht, die mit ihr reisen würde.

»Ich hätte dir gleich sagen können, dass du dich mit dieser Frau übernimmst«, sagte Onkel Bedros. »Aber das nützt dir ja jetzt nichts mehr. Hinterher ist es immer leicht, den Schlaueren zu geben.«

»Was meinst du? Weshalb übernehme ich mich mit Rhipsime?«

»Nun, eine Prinzessin ist jede gute armenische Frau, daran ist nichts auszusetzen«, antwortete Bedros. »Aber es gibt welche, die sind Prinzessinnen in der kleinsten Hütte, so eine war deine Mutter, und das Leben mit einer wie ihr macht einen Mann zum König. Und dann gibt es welche, für deren Prinzessinnentum ist selbst ein Palast zu klein. Bei denen wirst du immer ein Bettler bleiben, egal, wie sehr du dich krummlegst und welche Reichtümer du scheffelst.«

Sevan erschrak ein wenig, weil er etwas von Rhipsime und sich darin erkannte. »Ist nicht jeder Mann vor seiner Frau ein Bettler?«, fragte er. »Zumindest von Zeit zu Zeit?«

»Was meinst du, warum ich nie geheiratet habe?«, erwiderte

Bedros. »Hätte ich es getan, hätte es eine wie deine Mutter Shoushan – Gott umarme sie in seiner Höhe – sein müssen, eine, die mich zum König macht. Dasselbe hätte ich dir auch gewünscht. Du bist beileibe kein Niemand, du hast etwas erreicht, bist überall angesehen. Es geht mir gegen den Strich, dass deine Frau und ihr Vater, der sich für einen auferstandenen armenischen Prinzen hält, dich zum Bettler herabwürdigen. Sosehr du dich abstrampelst, Sevan, du wirst der Sahuni-Tochter nie gut genug sein.«

Sevan wollte etwas erwidern, obwohl ihm nichts einfiel, das er nicht schon hundertmal gesagt hatte. In diesem Augenblick kehrten jedoch die türkischen Männer vom Gebet zurück, und in ihrem Gefolge entdeckte Sevan den Laufburschen des Hospitals.

»Doktor Agasian!«, rief er gehetzt. »Doktor Beyleryan schickt mich – Sie sollen sofort ins Hospital kommen.«

Beyleryan, Sevans Sportkamerad von *Garatash Vardanyan,* war wie er vom Frontdienst freigestellt worden, um den Hospitalbetrieb am Laufen zu halten. Einer der Krankensäle war Verwundeten vorbehalten, die Langzeitpflege benötigten, Amputierten, Entstellten, Männern, die vor jedem Geräusch unter die Betten flohen, und solchen, die zum Sterben nach Hause geschafft worden waren. In dem zweiten wie auch im Altenheim kampierten Flüchtlinge vom Balkan, von denen viele in noch jammervollerem Zustand waren: Kinder mit erfrorenen Gliedmaßen, Verletzte, die Folterungen überlebt hatten, halb verhungerte Schwangere, junge Mädchen, denen Gewalt angetan worden war.

Sie zu behandeln war schwierig, nicht nur, weil sie in solchen Scharen kamen, sondern auch, weil die meisten von ihnen kaum türkisch sprachen und vor jedem Christen, der sich ihnen näherte, in Panik ausbrachen. Sevan hatte schon gelogen und sich als Muslim ausgegeben, um Menschen medizinisch versorgen zu können, und während Schwester Nerine sich schockiert abgewandt hatte, wusste er von Beyleryan, dass er ihn verstand.

Er wusste auch, dass er den ein wenig jüngeren Kollegen enttäuscht hatte, als er damals eingeknickt war und sich von der rettenden Kranioklasis hatte abbringen lassen. Tage später hatte er Beyleryan ein Gespräch darüber abverlangt: »Sehen Sie, Soghomon, Sie halten mich für einen Feigling, und vermutlich wünschten Sie, Sie bräuchten mit mir nicht mehr zu arbeiten. Aber ich muss damit leben, dass durch meine Feigheit ein Mensch gestorben ist, dass eine Schar Kinder ohne Mutter aufwächst. Vielleicht macht mich das zu einem besseren Arzt. Sie können mir glauben, dass ich Gülnaz' Andenken nicht schänden werde, indem ich mir eine solche Feigheit ein zweites Mal gestatte.«

Kurz darauf war Mobilmachung angeordnet worden, Doktor Margaryan hatte einen Schlaganfall erlitten, von dem er sich nicht mehr erholte, und Sevan und Beyleryan waren als einzige voll ausgebildete Ärzte im Hospital verblieben. Da beide Krankensäle belegt waren, mussten sie ihre Patienten in Lagerräumen, Untersuchungszimmern und auf Gängen unterbringen, und Medikamente wie Verbandsmaterialien wurden mit jeder Kriegswoche knapper. Beyleryan hatte Zeit gebraucht, doch während sie sich gemeinsam nach der Decke streckten und um das Nötigste für die Kranken kämpften, fassten sie ein Vertrauen zueinander, das sich beständig festigte.

Dass Beyleryan ihn holen ließ, so wie er seinerseits Beyleryan holen ließ, wenn es sich nicht vermeiden ließ, kam häufig vor. Sevan bekam deswegen Streit mit Rhipsime, ging aber trotzdem, weil solche Einsätze zu seinem Beruf gehörten. Einmal hatte er die Nerven verloren und sie angeherrscht: »Wenn ich kein Arzt wäre, wäre ich überhaupt nie hier, sondern im Kosovo an der Front. Ich gehe, um Menschen zu behandeln, die andernfalls sterben würden, und du unterstellst mir, ich triebe mich mit einer Geliebten herum. Das tut weh, Rhipsime. Ist es deine Absicht, mir wehzutun, findest du, ich habe das verdient?«

Er hatte sich am nächsten Morgen entschuldigt, und zu Beyleryan hatte er gesagt: »Es muss Tage geben, an denen wir beide unabkömmlich sind. Wenn Sie auf keinen Fall gerufen werden wollen, sagen Sie es mir, und ich lasse Sie nicht holen. Will ich nicht weg, handhaben wir es umgekehrt genauso.«

Beyleryan hatte die Regelung ein paarmal in Anspruch genommen, Sevan tat es heute zum ersten Mal. All sein Bemühen, die Hand nach Rhipsime auszustrecken, wäre vergeblich, wenn er mittendrin ins Hospital müsste. Deshalb schüttelte er den Kopf, sobald der Bursche näher kam. »Heute nicht, Zareh. Ich habe Doktor Beyleryan gesagt, dass ich heute nicht abkömmlich bin.«

Zareh blieb stehen und rang nach Atem, als wäre er den ganzen Weg vom Hospital gerannt. »Doktor Beyleryan hat gesagt, Sie hätten ihn instruiert, Sie in diesem Fall sofort zu verständigen.«

Also ging es um Klara Reinecke. Er hatte ihr versprochen, wann immer sie Hilfe bräuchte, wäre jemand da, an den sie sich wenden konnte. Diesen Menschen hatte er in Soghomon Beyleryan gefunden.

»Die junge Madame Delacloche will Sie sprechen«, bestätigte Zareh seine Befürchtung. »Sie ist in besorgniserregendem Zustand, sagt Doktor Beyleryan, aber sie weigert sich, mit jemand anderem zu sprechen als mit Ihnen. Obendrein hat sie dem Doktor auch noch untersagt, ihre Familie zu verständigen.«

Sevan fühlte sich, als würde an seinen beiden Armen jemand zerren, bis er in der Mitte zerriss. Er musste an Ferdinand Reinecke denken, der in diesem Kaffeehaus gesessen und ihn gelobt hatte, weil das Geräusch der Ventilatoren ihm aufgefallen war. Er hatte keine Wahl. Die Entscheidung war längst gefallen. »Ich komme«, sagte er. »Danke, Zareh.«

Er stand auf und wandte sich an Bedros: »Es tut mir leid, Onkel. Du weißt nicht, wie sehr.«

Bedros stand ebenfalls auf und klopfte ihm auf den Rücken. »Doch, ich glaube, das weiß ich, auch wenn ich kein Arzt bin. Ein schwerer Fall?«

Sevan nickte. »Bringst du Aghavni für mich nach Hause und sagst Rhipsime Bescheid? Es ist möglich, dass sie ihren Zorn an dir auslässt, dann nimm es ihr nicht übel, darum bitte ich dich.«

»Ist schon gut«, sagte Bedros. »Gib ein bisschen auf dich acht, mein Kleiner. Du bist ein gewissenhafter Mann, du musst aufpassen, dass du dir das Herz nicht brichst.«

Seinen *Kleinen* hatte ihn seit Jahren niemand mehr genannt. Er beugte sich zu Aghavni, die mit blanken Augen zu ihm aufsah. »Du gehst mit Onkel Bedros nach Hause, ja? Und morgen fährst du mit deiner *Mayrik* nach Bardisag, um den Großvater und all die Onkel zu besuchen, die sich gewaltig freuen werden, dich zu sehen.«

Er wünschte, das entspräche der Wahrheit und seine süße Tochter würde mit Freuden empfangen und mit Liebe überschüttet werden. *Mit kleinen Blättern will ich dich zudecken,* dachte er, nahm ihre Hände und küsste sie. »Ich werde dich sehr vermissen, *sireli,* aber ich hoffe, du wirst deine Ferien auf dem Land genießen.«

Er nahm die Brille ab, und sie rieb ihre Wange an seiner.

»Die ist wie du, was?« Bedros' Lachen klang befangen. »Sitzt stumm da, so wie du blind dagesessen hast, aber was in deinem Kopf vorgegangen ist, hat kein Mensch gewusst. Sehe ich dich noch, ehe es morgen auf Fahrt geht, oder wirst du die ganze Nacht gebraucht?«

»Ich weiß es nicht«, gestand Sevan. »Falls ich bleiben muss, sehen wir uns im Sommer wieder, wenn Frieden ist und ich Rhipsime mit den Kindern abhole. Hab Dank für deinen Besuch. Und Bedros…«

»Was ist noch?«

»Ich will, dass du weißt, in meinem Haus bist du immer willkommen, wie es mein Vater wäre, wenn er noch lebte. Falls du dir Sorgen machst, falls es dir in Bardisag nicht gut geht, falls du Angst bekommst, es könnte noch einmal etwas geschehen wie damals …«

»Scht.« Bedros schüttelte den Kopf und tippte sich mit dem Finger auf die Lippen. »Nicht darüber reden. Wird schon so schlimm nicht kommen.«

»Wenn doch, lasse ich dich holen.« Er küsste dem Onkel die Hände, verneigte sich und ging mit Zareh.

23

Das Hospital kam Klara vor wie eine Kiste, in die jemand alles hineingestopft hatte, bis sie sich nicht mehr schließen ließ. Nur waren in diese Kiste Menschen gestopft worden, so viele, wie nur irgend hineinpassten. Es summte vor Menschen und stank nach ihnen, und Klara, die das Bedürfnis hatte, sich vor Menschen zu verbarrikadieren, hätte auf dem Absatz kehrtmachen wollen.

Diese Möglichkeit bestand jedoch nicht: Sobald sie auf dem Schemel saß, den der verhuschte junge Arzt ihr in die Loge des Pförtners gerückt hatte, hätte sie vor Schwäche nicht wieder aufstehen können. Sie hatte sich aus dem Hotel gestohlen, weil sie kein Geld besaß, um die Rechnung zu begleichen, von der Schweinerei in ihrem Zimmer ganz zu schweigen. Früher oder später würde jemand sie erkennen und zu den Delacloches zurückschleifen, die wie Geier über sie herfallen würden. Vor Angst sah sie überall Schatten, hörte Xenias zischendes Wispern, fuhr bei jedem Geräusch herum. Und immer weiter wuchs das Problem in ihrem Leib, schritt die Zeit voran und war ihr ärgster Feind.

Sie hatte den Arzt, der aussah, als wäre er nicht älter als Kiki, bestürmen müssen, sie in Ruhe zu lassen, bis der Mann kam, den ihr Vater Sedan nannte und den er bezahlte, damit er ihr wie ein Bruder half. Sie hatte nie einen Bruder gehabt, doch die Brüder und Schwestern der Delacloches, die ganzen Onkel und Tanten, Cousinen und Schwager taten alles füreinander. Krümmte man einem von ihnen ein Haar, so hatte man alle gegen sich, sogar die, die sich vielleicht zuvor zerstritten hatten. Sie selbst war kein Mitglied dieser Familie, sie war der *größte gemeinsame Feind*, und ihre eigenen Angehörigen scherten sich nicht. Ihr Vater hatte einen Fremden beauftragt, damit er selbst ihr nicht helfen musste. Würde der Fremde sich gegen die Horde der Geier an ihre Seite stellen?

Warum sollte er? Er kannte sie nicht einmal. Sie hatte ihm eine Nacht lang seinen verdreckten Anzug vollgeheult und sich derart in Selbstmitleid gesuhlt, dass ihr bei der Erinnerung daran schlecht wurde. Er wusste, dass sie ein Flittchen war, das mit Verwandten ihres Mannes schlief, sonst nichts.

Und was gäbe es da sonst noch zu wissen?, fuhr sie sich an. *Du bist nichts und niemand, weißt und kannst nichts, hast keinen Menschen auf der Welt, der dich vermisst. Du hast dir den Schleier beschmutzt, du bringst Unglück über jeden. Von den zwei Männern, die du begehrt hast, hat der eine einer anderen Frau seine Liebe erklärt, und der zweite hat dich bewusstlos geprügelt, zu einem Haufen Dreck, den man im Rinnstein liegen lässt.*

Sie hatte sich mit einem Mann eingelassen, der wahnsinnig war, und trug womöglich sein Kind im Bauch, sie hatte einen Mann, der im Krieg stand, betrogen und einem anderen sein Leben zerstört. Ansonsten gab es von ihr nichts zu wissen. Sie hatte so verzweifelt nach etwas gesucht, das sie sein konnte, etwas, das sie weder in der vor Leere hallenden Villa ihrer Eltern noch unter den höheren Töchtern im Pensionat gefunden hatte, doch sie suchte auch hier vergeblich danach. Dass niemand sie fragte, wer sie war, war kein Wunder, denn darauf gab es keine Antwort.

Als sie das alles begriffen hatte, in einem schäbigen Hotelzimmer, nach einer Flasche schlechten Weins, hatte sie nach der Nagelschere in ihrem Necessaire gegriffen und wahrhaftig getan, was sie jetzt nicht mehr glauben konnte: sich vernichten wollen, sich bestrafen, diesen unbändigen Lebenswillen auslöschen. Mit der Spitze der Schere hatte sie auf ihre Handgelenke eingehackt, auf die Stellen, an denen ihr Blut pochte.

Sie musste würgen, ohne dass etwas herauskam, und ihr leerer Magen schmerzte. Ehe sie sich noch einmal durch die wüsten Erinnerungsbilder hetzte, wurde die Tür der engen Loge aufgeschoben, und der Mann tauchte auf.

Er hieß nicht Sedan. Sein Name bedeutete: *Das Leben schenkt uns süßes Wasser.*

»Bleiben Sie sitzen«, sagte er in ihrer eigenen Sprache, als sie versuchte, sich in die Höhe zu stemmen. Mit dem nächsten Schritt war er bei ihr, drückte sie nieder und legte schützend die Arme um sie. Dann sagte er es noch einmal: »Bleib sitzen, Klara.«

Im Gewächshaus ihres Schwiegervaters war sie in haltloses Schluchzen ausgebrochen. In der Pförtnerloge des armenischen Hospitals brach aus ihr ein haltloser Schwall von Worten. »Ich bekomme ein Kind!«, rief sie. »Sedan, hilf mir, hilf mir, hilf mir! In mir wächst ein Monstrum, das Kind von einem Monstrum, ich habe versucht, es totzumachen, aber es lässt sich nicht totmachen, also habe ich versucht, mich totzumachen, aber ich …«

Ihre Stimme brach. Sie hob mit größter Mühe die Hände, und er ging vor ihr auf die Knie und umfasste ihre Gelenke. Sie hatte sie sich mit Streifen vom Bettlaken umwickelt, als sie in dem Hotelzimmer wieder zu sich gekommen war – vollkommen entkräftet, gepeinigt von Schmerzen, die ihren Kopf zu zersprengen drohten. Ihre Zunge war ausgetrocknet, und überall war Blut, auf dem Bett, auf ihren Kleidern, auf ihrer Haut. Ihre Gelenke brannten, dass sie aufschrie, sobald nur ein Betttuch sie streifte. Das Blut sickerte weiter. Es kostete sie eine volle Nacht und den größten Teil des folgenden Tages, die Streifen von den Laken zu reißen und die Wunden, die sie sich gehackt hatte, halbwegs zu umwickeln.

Blutverkrustet hingen die Binden herunter. Der Mann hielt ihre Gelenke in den Händen, beinahe ohne ihr wehzutun. »O mein Gott, Klara«, sagte er. »Warum nur?«

Er hieß Sevan. *Das Leben schenkt uns süßes Wasser.*

»Weil niemand mir hilft. Weil niemand mich braucht. Weil mich niemand liebt.«

»O mein Gott«, wiederholte er und sah dabei auf seinen Knien aus, als würde er beten. Dann gab er ihre Gelenke frei und umarmte sie. »Ich helfe dir«, sagte er. »Du bist jung, du steckst voller Kraft, du musst doch leben.«

»Ich kann nur zerstören, sonst nichts. Ich bin für niemanden gut, niemand sehnt sich nach mir, nicht einmal ich selbst.«

Eine Stille entstand, in der die Geräusche der Menschen weit zurückgedrängt schienen. In der Stille wiegte er sie. »Ich schon, Klara«, sagte er, »ich bin dein Bruder, hast du das vergessen?«

»Ich habe keinen Bruder.«

Er hielt sie fester. »Du hast mich. Ich helfe dir. Ich tue, was immer du willst.«

Mit den Wunden an den Gelenken konnte sie ihn nicht umarmen. Sie lehnte den Kopf an seine Schulter, und er streichelte ihr Haar. »Hilf mir, Sevan, oder ich kann nicht mehr weiterleben. Bitte hilf.«

»Aber ja doch. Ich helfe dir. Du bist jetzt nicht mehr allein.«

»Ich habe alles kaputt gemacht. Diesen edlen Menschen, die nie etwas Falsches tun, habe ich ihre heile Welt in Trümmer geschlagen. Wenn du hörst, was ich getan habe, wirst du dich vor mir ekeln. Ich ekle mich selbst vor mir. Ich ertrage mich nicht.«

»Ach was«, sagte er und streichelte sie weiter. »Menschen zetteln Kriege an und ekeln sich nicht, sondern heften sich Orden an die Brust. Was immer du getan hast, wird sich richten lassen, es ist ja niemand gestorben daran.«

»Aber die Delacloches!«, rief sie. »Du liebst doch die Delacloches, die ganze Welt liebt sie.«

»Jemanden zu lieben, heißt ja nicht, ihn für unfehlbar zu halten.«

Sie starrte ihn an. Ohne zu überlegen, hob sie die Hände, nahm ihm die Brille ab und sah in seine schwarzen, blutunterlaufenen Augen.

»Nicht zu lange bitte«, sagte er nach einer Weile. »Ich bekomme sonst furchtbare Angst.«

»Wann bekommst du Angst?«

»Wenn ich nicht klarsehe.« Er lächelte, als hätte die furchtbare Angst schon begonnen. Auf seine Oberlippe traten Schweißperlen.

»Siehst du mich noch?«, fragte Klara. »Siehst du die schlechte, hässliche Frau mit dem zerschlagenen Gesicht, mit der niemand zu tun haben will?«

»Die Frau sehe ich. Aber ich sehe nichts Schlechtes und Hässliches an ihr.«

»Auf der Straße haben sie einen Bogen um mich gemacht und ihren Kindern die Augen zugehalten. Das mit meinem Gesicht hat mein Liebhaber getan. Lance Romain, von dem ich mir eingebildet habe, ich würde ihm etwas bedeuten. Der andere, Nimrod, hat sich mit mir vergnügt, ehe er einer Besseren seine Liebe erklärt hat. Jetzt würde mich keiner von beiden mehr anfassen, und du würdest es auch nicht tun, wenn mein Vater dich nicht dafür bezahlen würde.«

»Dein Vater bezahlt mich nicht«, sagte er. »Er hat mich um einen Gefallen gebeten. Was ich tue, entscheide ich allein.«

»Ich kann das nicht glauben«, rief Klara, »ich kann an nichts mehr glauben, an kein einziges Wort, das ein Mensch mir sagt. Wenn mein Vater dich nicht bezahlt und wenn du erfährst, was ich getan habe, wirst du dich umdrehen und gehen, ohne mir zu helfen.«

»Stell mich auf die Probe«, sagte er. »Gib mir meine Brille zurück und erzähl es mir.«

»Die Brille gebe ich dir nicht!«, versuchte sie, trotz der Schwäche zu schreien. »Du wirst schon lernen, wie schlecht ich bin, ich bin zu dir so schlecht wie zu allen anderen.«

Er schluckte so hart, dass die Muskeln in seinen Wangen zuckten. Dann schloss er die Augen. »Erzähl es mir trotzdem«, sagte er.

Und sie erzählte es ihm. Jede Einzelheit. Von ihrer Enttäuschung in der Hochzeitsnacht, von der Leere, dem Gefühl, durch Paris zu laufen und ohne eine Kamera Fotografien zu machen, die sie zurechtrücken musste, ehe sie sie Sidonie von Schweda hätte schicken können. Von Lances Ausbruch, dem rasenden Fremden, der auf sie eingeprügelt hatte, von dem Gedanken an das Kind in ihr, der ihr die Kehle zuschnürte, und endlich von ihrem Verrat an Nimrod und der allseits geliebten Theri. So wie sie im Gewächshaus geweint hatte, so redete sie auch. Ohne Pause, zwischendurch nach Atem schnappend, bis alles gesagt war. Hatte man einmal angefangen, ging es leicht: Er wusste schon so vieles von ihr, dass kein Schrecken noch etwas zerstören konnte.

»Nun ekelst du dich also doch«, sagte sie. »Aber helfen musst du mir trotzdem, denn wenn du mir nicht hilfst, bin ich ganz allein.«

Er hatte sie losgelassen und die Hände im Rücken verschränkt. Jetzt beugte er sich nieder und küsste sie auf den

Mund. »Ich ekle mich nicht«, sagte er. »Du warst einsam. Ich will nicht, dass du je wieder einsam bist.«

Klara kämpfte sich auf die Füße, packte ihn bei den Schultern und konnte sich mit den zerschundenen Gelenken doch nicht festhalten. Stattdessen glitt sie ab und taumelte. Sie wusste nicht, wie sie weiterleben sollte, hatte für kein einziges ihrer Probleme eine Lösung und wünschte sich doch einen Herzschlag lang nichts als seinen Mund noch einmal auf ihrem. Sie dachte an die Männer, die sie geliebt hatte, auch wenn das Wort lächerlich falsch klang, an Peter, an Lance, an Nimrod, und konnte sich bei keinem mehr an einen Kuss erinnern, an die Berührung von Lippen.

Ihre waren aufgesprungen und trocken. Seine waren fest und glatt und schmeckten nach Pfefferminz.

Ehe sie fiel, fing er sie auf. Hielt sie in seinen Armen fest. »Hab nicht mehr solche Angst, dein armes Herz flattert sich noch zu Tode.« Seine Stimme war rau. »Wir bekommen das hin. *Vochinge.* Es wird wieder gut.«

Mit der rauen Stimme und in fremder Sprache begann er, ein Lied zu singen, ganz leise und so, als wäre sie bei ihm sicher, als könnte er tatsächlich dafür sorgen, dass alles wieder gut würde. Dass Menschen einander vorsangen, Eltern ihren Kindern, Männern den Frauen, die sie liebten, wusste Klara natürlich. Es stand in Büchern, und manch einer erzählte davon, doch sie hätte sich nicht vorstellen können, dass jemand es tatsächlich tat.

Jetzt tat es jemand. Für sie.

Sie wollte sich fallen lassen, an nichts mehr denken, ihren Kopf unter seinem vergraben und alles vergessen, ihre ganze in Trümmer zerschlagene Welt. Dann aber spürte sie sein Herz an ihrer Wange hämmern, und etwas fiel ihr ein. Sie tastete nach ihrer Manteltasche und fingerte seine Brille heraus. *Hab nicht mehr solche Angst,* hatte er zu ihr gesagt. Er sollte auch keine mehr haben müssen. Ehe sie ihm zitternd die Brille auf die schmale Nase schob, sog ihr Blick jeden Zug seines Gesichts auf und machte ohne Kamera eine Fotografie. Die erste von einem Menschen.

Die erste, an der sie nichts hätte zurechtrücken wollen, um sie Sidonie von Schweda zu schicken. Sie hätte sie Sidonie sowieso nicht geschickt. Sie gehörte ihr allein.

»Wir können hier nicht bleiben«, sagte er an ihrem Ohr. »Ich muss mich um deine Verletzungen kümmern, und dann muss ich dich irgendwohin bringen, wo du dich ausruhen kannst.«

»Auf die Insel!«, entfuhr es Klara. »Meinst du, das geht?«

»Alles geht, was du willst.«

»Dann bring mich dorthin«, sagte sie und presste sich an ihn. »Nach Uzunada. Ins *Nar Evi.*«

VIERTER TEIL

Smyrna
Juni 1914

»Leidest du denn, weil dein
Freund dir fehlt?
Ach, warum weinst du,
Nachtigall?«

Yunus Emre, türkischer Dichter
des 13. Jahrhunderts

24

Der Duft war betörend und konnte nie und nirgendwo so sein wie im frühen Sommer auf der Insel. Salz vom Meer, reife Süße von Rosen, bittere Orangen, Feigen, Aprikosen, Granatäpfel, die ganze Fülle des orientalischen Obstgartens, die jedoch noch jung war, im Wachsen begriffen, ihr Aroma noch nicht überwältigend. Etwas, nach dem man suchen musste wie nach einem Geheimnis. Klara betrachtete ihre Füße, die sich nackt in den warmen Sand gruben. In ein paar Wochen, wenn sie alle hierherkamen, um wie üblich den Sommer im *Nar Evi* zu verbringen, würde der Sand zu heiß sein, um ohne Schuhe darauf stillzustehen. Dann würden sie den Strand hinunterrennen, bis hinein in die seichten Wellen, um sich abzukühlen.

»Klariki! Wo bleibst du denn?«

Das war Kiki. Klara drehte sich um. Das junge Mädchen mit dem schimmernd roten Haar stand unter der von Pfeilern gehaltenen Terrasse und winkte. Hinterm Haus, in dem Teil des Gartens, der *Feuergarten* genannt wurde, weil alles darin in flammenden Farben blühte, tummelten sich Gäste, die an diesem Wochenende im Frühsommer nach Uzunada gekommen waren, um Edmonds sechzigsten Geburtstag zu feiern. Klara war mit Didem, Kiki, Aron und der Köchin Kadife schon seit einer Woche hier. Angeblich waren sie vorausgefahren, um alles vorzubereiten, in Wahrheit jedoch, weil Klara herkam, wann immer sie konnte.

Sie wäre gern allein gewesen, hätte die Zeit nutzen wollen, um von etwas, das vorbei war, Abschied zu nehmen und etwas Neues mit guter Miene willkommen zu heißen. Kiki aber hatte sich wie üblich die Gelegenheit nicht entgehen lassen, sie mitsamt ihrem Gefolge zu begleiten, und die Anhänglichkeit der Kleinen, wie sie Kiki noch immer nannte, wog die verpasste Gelegenheit auf.

Es war schön, Menschen zu mögen. Es war schön, von ihnen gemocht zu werden, auch dann, wenn sie einem auf die Nerven gingen. »Ich komme gleich!«, rief sie. »Hab noch einen Moment Geduld.«

»Hab ich nicht!«, rief Kiki zurück und stürmte los. »Ist das eine Krankheit, Geduld? Dann bleib mir damit vom Hals.«

Klara entfuhr ein Laut zwischen Lachen und Seufzen. In einem Impuls griff sie nach der Boxkamera, die sie an einem Lederriemen um den Hals trug, und wandte sich wieder dem Meer zu. Sie blickte durch den Sucher, richtete ihn auf die silbrige Linie zwischen dem leuchtenden Blau des Himmels und dem bald schwarzen Blau des Meeres und verstellte die Schärfe. Das Spiel mit den Einstellungen war der größte Zauber: Aus dem, was sie sah, wurde das, was sie sehen wollte. Eine schwache Kontur verwischte sie so weit, dass man mit ein wenig Vorstellungskraft ein Boot darin erkennen konnte, das in Nebel tauchte und verschwand, obwohl das Meer seidig glatt und der Tag wolkenlos klar war.

Nein, eine vereinzelte, tief hängende Wolke war über dem Horizont zu entdecken. Klara fühlte sich lächeln und drückte auf den Auslöser. *Ein Bild von dir, Liebling. Auch wenn ich die Einzige bin, die dich sieht.*

In der Zwischenzeit hatte Kiki sie erreicht und warf sie beinahe um. »Hör mal, kann dein ewiges Geknipse nicht warten? Ich muss mit dir sprechen. Außerdem kommt dein Peter nicht schneller, nur weil du stundenlang aufs Meer starrst und ihn herbeibeschwörst.«

»Ich bin ja schon fertig.« Klara legte den Arm um sie. Peter, sein Vater und die Mehrzahl der übrigen Männer hatten die Ankunft der Morgenzeitungen aus Konstantinopel abwarten wollen, ehe sie sich auf den Weg nach Uzunada machten. Seit dem Vertrag, der im letzten August in London geschlossen worden war, herrschte Frieden, doch auf dem Balkan, im Chaos von Völkern und neu gegründeten Staaten kehrte keine Ruhe ein. Viele dieser Ereignisse, so hatte Peter ihr erklärt, waren für das Geschäftsleben von Bedeutung, weshalb es ratsam war, stets über neueste Entwicklungen informiert zu sein.

Klara fiel es schwer, die verflochtenen Beziehungen, Verträge und Konflikte zu durchblicken, doch sie hörte nicht länger weg, wenn jemand sich Mühe gab, sie ihr zu erläutern. Das Wichtigste hatte sie begriffen: Die Ereignisse betrafen ihre Welt, und um die zu bewahren, würde sie alles geben, was sie hatte.

Sie stieß Kiki den Ellenbogen in die Seite. »Worum geht es denn?«

Kiki zog ein Gesicht, als wollte sie die Zähne fletschen. »Worum soll es schon gehen, wenn man vor Wut platzen könnte? Um meine zauberhafte Schwester Xenia. Wieso kann eigentlich Sevan Agasian nicht kommen und sie uns vom Hals halten, damit sie uns das schöne Wochenende nicht verdirbt?«

»Doktor Agasian wird im Hospital gebraucht«, erwiderte Klara. »Außerdem solltest du aufhören, über die beiden zu plappern, als hätten sie ein Verhältnis. Sie haben keines, und mit deinem Gerede schadest du nicht nur Xenia, sondern Doktor Agasian noch mehr.«

»Ich weiß ja«, murmelte Kiki. »Ich an seiner Stelle hätte von der zänkischen Hexe auch die Finger gelassen – am Ende hätte sie ihm seine niedlichen Kamelaugen ausgekratzt. Aber wenn er da ist, ist sie wenigstens abgelenkt, sie flattert wie eine aufgescheuchte Palmtaube um ihn herum, und wir haben unsere Ruhe vor ihr.«

»Ich dachte, sie wäre abgelenkt genug damit, allen Gästen ihre Vorträge über Frauenrechte zu halten.«

»Den Unsinn will ja niemand hören«, erwiderte Kiki. »Wieso regt sie sich eigentlich dermaßen darüber auf, dass Muslime vier Frauen heiraten dürfen? Wenn Christen es auch dürften, würde sich vielleicht einer erbarmen und sie nehmen – Doktor Agasian sicher, er ist doch so lieb und kann keinem etwas abschlagen.«

»Du bist gehässig«, wies Klara sie schärfer als beabsichtigt zurecht. »Dafür, dass Xenia nicht verheiratet ist, kann sie nichts, und in ihrer Haut würde keine von uns gerne stecken.«

»Du hast gut reden«, versetzte Kiki. »Dich lässt sie links liegen, weil selbst unser Friedensengel Peter ihr aufs Dach steigen würde, wenn sie auf dich einhackt. Aber mir macht sie mein Leben kaputt.«

»Findest du nicht, dass du übertreibst?«

»Nein, das finde ich überhaupt nicht!« Kikis Ton ließ Klara aufhorchen. Die Zankereien zwischen den Schwestern, die sich zumeist um Kikis allzu moderne Garderobe, ihren offenherzigen Umgang mit Männern und die zu enge Freundschaft mit Didem und dem Musiklehrer drehten, waren ein fester Bestandteil des Haushalts. Dies hier klang jedoch anders als Kikis übliche Beschwerden, die zumeist in Geläster und Gekicher endeten.

Es klang ernst. Klara, die begonnen hatte, zum Haus zu

schlendern, drehte sich zu der Jüngeren um. »Was ist los, Kleine?«

»Was los ist?« Kikis Augen blitzten. »Xenia läuft im Feuergarten herum und erzählt jedem, dass Vater heute Abend, wenn alle versammelt sind, meine Verlobung mit Frederic Whitall bekannt geben wird.«

Als Klara genauer hinsah, erkannte sie, dass das Glitzern in Kikis Augen von Tränen stammte. »Ist das so schlimm?«, fragte sie. »Hast du mir nicht erzählt, dass Frederic Whitall der beste Schiebetänzer von ganz Smyrna ist?«

»Na und?« Kikis Stimme klang gepresst. »Ich tanze gern mit ihm – ist das vielleicht ein Grund, ihn zu heiraten?«

»Es mag schlechtere geben«, sagte Klara und hätte den Satz im selben Atemzug zurücknehmen wollen. Der beste Tangotänzer, den sie je erlebt hatte, war Lance Romain gewesen, und den heiraten zu müssen, hätte sie keiner Frau auf der Welt gewünscht. Sie hatte immer gern getanzt, aber wie gern, das hatte sie erst begriffen, als die Wunden, die Lance ihr geschlagen hatte, verheilt waren.

»Das ist nicht wahr«, stieß Kiki hervor. »Du kannst doch nicht reden wie diese Spießer. Gegen die sind muslimische Väter, über die Xenia sich aufregt, geradezu modern. Die Jungtürken haben immerhin das Heiratsalter für Mädchen auf siebzehn heraufgesetzt. Ich bin noch keine siebzehn! Und den Mann, den sie liebt, dürfte Didem eher heiraten als ich.«

»Welchen Mann liebt denn Didem?«, fragte Klara verwirrt.

»Ach, gar keinen, Didem hat nur ihre Musik im Kopf, das weißt du doch. Aber weißt du auch, dass ihr Bruder ihr am liebsten verbieten würde, zu uns ins Haus zu kommen, mit mir befreundet zu sein und bei Aron zu studieren? Für ihn ist das alles Teufelszeug, Sünde und Schande in einem – aber weil er Didem lieb hat und weil er nicht aushalten kann, wenn sie weint, lässt er sie bei uns sein. Kannst du dir so etwas vielleicht von Xenia vorstellen? Oder auch nur von Theri, die von klein auf meine Allerliebste war und gesagt hat, sie hat mich so lieb, als wäre ich ihr eigenes Schwesterchen?«

»Sie hat Furchtbares erlebt«, murmelte Klara und wandte sich ab. Sobald die Rede auf Theri kam, fand sie es schwierig, einem Gegenüber in die Augen zu sehen, ganz zu schweigen von Theri selbst. Die Wogen waren geglättet worden, ihr Geständnis in der Tür der Bibliothek wurde abgetan als haltloser Ausbruch eines verstörten Mädchens, das fern von seiner Familie lebte und verrückt war vor Angst um ihren Mann an der Front. Zu ihrem Glück hatten andere Ereignisse dieses in den Hintergrund gedrängt. Dem ersten Balkankrieg war ein zweiter gefolgt, und als aller Krieg vorüber war, hatte der Staub sich gelegt. Peter war nach Hause gekommen, er hatte Klara gebraucht, und nichts anderes zählte. Sie war ins Große Haus zurückgekehrt, die Familie hatte sie nicht anders behandelt als vorher, und der Vorfall wurde mit keinem Wort erwähnt.

Nur die Verlobung von Theri und Nimrod wurde in aller Stille gelöst, während Smyrnas Oberschicht anderweitig beschäftigt war.

Ich habe ihr Leben zerstört, durchfuhr es Klara, sooft ihr ins Auge sprang, dass Theri Kantakouzenou, die mit ihren jüngeren Brüdern jetzt ganz bei den Delacloches wohnte, nur noch ein Schatten ihrer selbst war, dass all das Statueske, Stolze, Perfekte verschwunden war. Sie konnte sich hundertmal sagen, dass sie an dem grauenhaften Tod von Theris Vater keine Schuld trug, und tausendmal, dass Theri Nimrod hätte vergeben können – es nützte ihr nichts. Auch am Tod von Theris Bruder trug sie keine Schuld. Dennoch vermochte sie das bleiche, wie erloschene Gesicht der Griechin nicht anzusehen, ohne mit Worten auf sich einzuknüppeln: *Herzlichen Glückwunsch, Klara Reinecke. Das ist dein Werk, und du hast den Mann, um den es ging, nicht einmal geliebt.*

»Dass Theri Furchtbares erlebt hat, weiß ich selbst«, rief Kikis verweinte Stimme sie in die Gegenwart zurück. »Aber ist das ein Grund, mir ebenso Furchtbares zu wünschen? Ich hatte Onkel Kyriakos doch selbst lieb, er war mein Lieblingsonkel, obwohl Onkel Ulysses auch solch ein Zuckerstück von einem Onkel ist. Und Giorgios war für mich wie mein eigener Bruder. Hier auf der Insel muss ich dauernd weinen, weil ich daran denke, dass er nie wieder Riesenkrake mit mir spielt und mich ins Wasser schmeißt.«

Klara zog sie an sich. Giorgios Kantakouzenos war in ihrem ersten Sommer auf der Insel nur einer aus einer Schar hübscher Jungen gewesen, die sie umschwärmten und für die Missachtung der Frauen entschädigten. Sosehr sie sich auch anstrengte, sie konnte sich sein Gesicht kaum ins Gedächtnis rufen. Vielleicht hatte sie gerade deshalb geweint, als sie erfuhr, dass sein Name auf der Liste am Portal des Gouverneurspalastes gestanden hatte: weil es so traurig war, dass man mit einem, mit dem man hätte sprechen können, nicht gesprochen hatte.

Dass er gestorben war, von einer feindlichen Granate zerfetzt, während er mit einem Spaten einen Graben ausgehoben hatte, machte den Krieg zur Wirklichkeit. An dem Tag, als die Nachricht eintraf, lernte Klara, was es bedeutete, um einen anderen Menschen Angst zu haben, nicht um sich selbst. Sie hatte die Fingernägel in die Schultern ihres Liebsten gegraben und ihn angeschrien: »Tu, was du willst, lass mich hier ohne dich sitzen, aber sag nie wieder, du könntest in den Krieg gehen.«

Anschließend hatte sie die Drohung ausgestoßen, von der sie wusste, dass er sie kaum ertrug. Ein Halbsatz genügte: »Wenn du je eine Uniform anziehst wie Giorgios Kantakouzenos und mit johlenden Horden in einen Zug steigst, dann …«

»Nein, das nicht!« Er hatte sich die Hände auf die Ohren gepresst und ihr die Worte von den Lippen geküsst. »Das darfst du nie wieder tun. Du darfst daran nicht einmal denken.«

»Klara«, sagte Kiki, »du schüttelst dich ja! Woran denkst du denn?«

»An nichts«, sagte Klara. »Nur daran, dass du dich nicht so aufregen solltest. Deine Familie liebt dich. Wenn sie glauben würden, du würdest mit Frederic Whitall nicht glücklich werden, hätten sie ihn nicht für dich ausgesucht.«

»Glücklich werden?« Kiki riss sich los. »Wie kann ein Mädchen mit einem Mann glücklich werden, wenn sie einen anderen liebt?«

Klara fuhr zusammen. Es hatte Tage gegeben, an denen hatte sie sich dieselbe Frage gestellt.

»Hast du mir zugehört, Klara?«

»Ja, natürlich. Und welchen anderen liebst du?«

»Ich kann nicht glauben, dass du das nicht weißt!«, rief Kiki. »Aron natürlich. Schon vom ersten Tag an. Wen sonst?«

Erleichtert musste Klara lachen. Es ging also doch um nichts Ernstes, nur um das ewige Gezänk wegen des Musiklehrers. »Deinen geliebten Aron kannst du sicher auch nach der Hochzeit behalten«, sagte sie. »Die meisten Männer freuen sich doch, wenn ihre Frauen musikalisch etwas darbieten können. Außerdem sollst du deinen Frederic ja gar nicht gleich heiraten. Es wird lediglich eure Verlobung verkündet. Peter und ich zum Beispiel waren bald zwei Jahre verlobt.«

»Das ist mir egal. Frederic und ich werden nicht einmal zwei Tage verlobt sein, weil ich ihn nicht will, hast du das nicht verstanden? Du musst mir helfen, Klara. Wenn du nicht verhinderst, dass mein Vater diese Verlobung bekannt gibt, sorge ich für einen Skandal. Ich schreie einfach in den Saal, dass ich mich schon hundert Männern hingegeben habe und dass ein ordentlicher Sohn der Whitalls mich unmöglich heiraten kann.«

»Das wirst du nicht tun«, sagte Klara. Dass sie vor anderthalb Jahren die Vorstellung zum Totlachen gefunden und Kiki noch aufgestachelt hätte, war jetzt schwer zu glauben. »Du weißt nicht, wie es ist, wenn einem ein solcher Ruf anhängt. Es könnte dich nicht nur der Sohn der Whitalls nicht mehr heiraten, sondern überhaupt kein ordentlicher Mann.«

»Aron ist es egal«, trumpfte Kiki auf.

Klara hatte über ihren Kopf hinweg aufs Meer geblickt. Während Kiki weitersprach, entdeckte sie das Boot, das geradewegs auf die Insel zusteuerte, die *Cythère,* der Stolz ihres Schwiegervaters.

»Jetzt sag mir doch endlich, was du unternehmen wirst!« Kiki packte sie am Brustlatz des Kleides und rüttelte sie. »Und erzähl mir nicht, Frederic wäre doch ein Schatz und die Familie bräuchte endlich wieder eine Nachricht zum Freuen. Den Sermon habe ich nämlich heute schon zu hören bekommen, und ich kann euch dazu nur sagen: Ich habe keinen Krieg mit irgendwelchen Leuten auf dem Balkan angefangen. Ich habe Onkel Kyriakos' Geschäft nicht zerstört, ich hab auch nicht herumerzählt, er würde in finsteren Klüngeln verkehren, sodass Papa und Rahmi *Bey* ihn nicht länger unterstützen konnten. Ich bin nur ein Mädchen, das sein Leben genießen will. Freunde haben. Feste feiern. Und einen süßen Mann heiraten, mit dem es Spaß macht, zusammen zu sein.«

»Nun gib schon Ruhe.« Klara hielt Kiki den Mund zu. »Was sich auf lange Sicht tun lässt, müssen wir uns überlegen, aber für heute Abend kann ich dir aushelfen. Die gute Nachricht, die die Familie braucht, die habe nämlich ich.«

»Was soll das heißen, die hast du?« Wie erwartet vergaß Kiki ihren Kummer und hüpfte von einem Bein aufs andere. »O Klara, du musst es mir sagen – was für eine Nachricht ist denn das?«

»Du hättest Philippa getauft werden sollen.« Klara lachte. »Zappel-Philippa. Trotzdem wirst du dich in Geduld fassen müssen, denn ich gehe jetzt zum Pier und warte auf meinen

Mann. Und du, liebste Zappel-Kyrene, bist ein Engel und lässt uns beide einen Augenblick allein.«

»Wie romantisch.« Kiki verzog das Gesicht. »Dabei hätte ich gedacht, das mit dir und meinem Bruder Peter ist eher profan.«

»Das hätte ich in deinem Alter auch gedacht«, konterte Klara. »Aber es ist nicht alles profan, nur weil es in keinen Roman für Dienstmädchen passt und weil keiner dabei vor Leidenschaft stirbt.«

Kikis Naturell war robust und humorvoll. Klara ging, ohne sich Sorgen zu machen. Wenn sie diesen Frederic nicht heiraten wollte, würde sich gewiss einer finden, den sie lieber mochte. Sie war jedermanns Liebling, keiner wollte, dass sie unglücklich war. Bei nächster Gelegenheit würde Klara mit Peter sprechen, aber heute hatte etwas anderes Vorrang.

Sie blieb hinter den blühenden Stauden der Uferböschung stehen und sah den Männern aus dem Dorf zu, die sich als Bootsknechte verdingten und die *Cythère* an dem kurzen Steg vertäuten. Es waren lauter Türken. Vor zwei Jahren waren es lauter Griechen gewesen, obwohl Klara die beiden Sprachen damals kaum hatte auseinanderhalten können. Inzwischen hatten die meisten griechischen Einwohner, die bei ihrer Hochzeit mit selbst gebrauten und gebackenen Geschenken vor der Tür gestanden hatten, Uzunada verlassen. Im letzten Sommer hatten sie ihre Boote mit ihrer beweglichen Habe beladen und waren fluchtartig aufgebrochen, um die Insel Midilli zu erreichen, die seit Kurzem Lesbos hieß und unter griechischer Herrschaft stand.

Edmond Delacloche hatte dafür gesorgt, dass die türkischen Wachsoldaten sie unbehelligt ziehen ließen, dass ihre Häuser versiegelt wurden und ihr Vieh versorgt war. »Wenn sie zurückkehren, sollen sie ihren Besitz schließlich so vorfinden, wie sie ihn verlassen haben«, hatte er gesagt.

Jetzt redeten er und seine Söhne noch ein wenig mit den Bootsleuten, während ein weiterer Passagier der Jacht Klara bereits hinter den Stauden entdeckt hatte. Sevan. Ihr Herz zuckte. Er winkte ihr zu und setzte Aghavni zu Boden. Zwar hatte er ihr geschrieben, er werde sich nicht freimachen können, aber jetzt war er da. Durch den Sand kam er auf sie zu. Es war ein so herrlicher Abend, der wilde Oregano duftete, und die Sonne ging noch lange nicht unter. Die übrigen Männer, selbst Edmond, hatten Westen und Jacketts abgelegt und trugen nur ihre Hemden, die im leichten Wind flatterten. Das gehörte zu den Schönheiten des Insellebens, die Freiheit, Konventionen zurückzulassen und den Zwängen der Zivilisation zu entfliehen.

Sevan hingegen trug seinen zugeknöpften Dreiteiler mit gestärkter Hemdbrust und Stehkragen. Klara musste lachen. Aghavni sah aus, als spitze sie die Ohren, jauchzte auf und fegte wie eine Kanonenkugel an ihrem Vater vorbei. »Klara, Klara! Schau mal, wir sind doch zu dir gekommen. Und weil du gedacht hast, wir kommen nicht, ist es eine Überraschung, und du freust dich noch mehr, hab ich recht?«

Sie war erst vier, aber sie sprach in ordentlich geformten Sätzen wie kaum ein älteres Kind. Es konnte unmöglich jemanden geben, der darüber nicht lachen musste. Klara hatte sich noch nie etwas aus Kindern gemacht, sie hatte nie in Kinderwagen gespäht und nicht einmal gern mit Puppen gespielt, aber Aghavni war unwiderstehlich. Sie sah selbst aus wie eine Puppe, winzig klein, mit einem porzellanweiß modellierten Gesicht und schwarzen, wie gedrechselten Locken bis zur Taille, aber sie konnte so altklug daherschwatzen, dass Großmutter Thea erblasst wäre. Und sie liebte Klara – einfach so, ohne Grund.

In dem Frühling des vergangenen Jahres hatte Sevan sie mit auf die Insel gebracht, sooft er selbst kam. Seine Frau war im Zorn abgereist und hatte das sich windende Kind, das die ganze Straße zusammenbrüllte, bei ihrem Hausmädchen zurückgelassen. In den ersten Wochen, in denen es ihnen beiden elend ergangen war, hatte das Kind sie aufrecht gehalten. Sie hatten für die Kleine sorgen müssen, also hatten sie auch für sich selbst gesorgt. Aghavni hatte kein Wort gesprochen. Manchmal war es Klara vorgekommen, als hätten sie Stunden damit verbracht, zu dritt stumm beieinanderzusitzen.

Dann wieder hatten sie geredet. Erst Klara und Sevan, und eines Tages hatte auch das Kind damit angefangen, in ganzen Sätzen zu sprechen wie eine Erwachsene. Auf Französisch und in der dunkel rollenden armenischen Sprache, in deren Fremdheit sich Klara verliebte. »Mir ist es immer so vorgekommen«, hatte Sevan gesagt. »Als würde sie alles hören und die Worte nur sammeln, bis sie sie richtig zusammensetzen konnte.«

Ein andermal hatte er gesagt: »Ich weiß, es klingt albern. Aber für mich ist es, als hätte sie mir den Verstand gerettet.«

Für Klara klang es nicht albern. Das winzige Püppchen, das plapperte, als lese es aus einem Buch vor, hatte ihnen gezeigt, dass das Leben wieder ins Lot kommen würde, dass es sich lohnte, zu kämpfen und gesund zu werden.

Jetzt warf Aghavni sich in ihre Arme. Klara konnte gerade noch die Kamera in Sicherheit bringen und auf ihren Rücken schieben, schon hing das Kind wie ein Äffchen an ihr und blickte mit wie polierten Augen zu ihr auf. Ihr Anblick berührte Klara so tief, dass sich ihr Herz zusammenzog. Sie hatte unzählige Bilder von Aghavni geschossen und trug das schönste davon immer bei sich.

Wie seltsam es sich doch mit Ähnlichkeiten innerhalb von Familien verhielt! Aghavni war Sevan wie aus dem Gesicht geschnitten, doch was an dem Mann hinter Brillengläsern verborgen lag und höchstens auf den zweiten Blick auffiel, war an Aghavni herzzerreißend hübsch. Als Klara dem gänzlich uneitlen Sevan gesagt hatte, Aghavni müsse das hübscheste Kind von ganz Smyrna sein, hatte er geradezu kokett erwidert: »Ich weiß.«

All diese Erinnerungsfunken brachten sie noch immer zum Lachen. Sie konnte sich nicht erinnern, je viel gelacht zu haben. Gekichert ja. Aber nicht gelacht.

Mit Sevan ging Lachen und Weinen gleichzeitig. Immerzu.

»Wir können nur bis morgen früh bleiben«, sagte Aghavni, die an ihren Armen baumelte. »Ist das nicht schade? *Hayrik* braucht mich im Krankenhaus, ich muss bei den Patienten helfen, damit *Hayrik* nicht alles durcheinanderbringt, und hinterher müssen wir weit weg aufs Land fahren und die *Mayrik* und das Brüderchen abholen. Bist du darüber sehr traurig, Klara? Ganz furchtbar, furchtbar traurig?«

»Ganz furchtbar, furchtbar nicht«, antwortete Klara. »Aber ziemlich traurig schon.«

»Wer weiß«, sagte Aghavni. »Wenn ich *Hayrik* sehr schön anbettle, kann er vielleicht nicht Nein sagen und erlaubt, dass ich hierbleibe. Hier bei dir im Granatapfelhaus. Dann könnten wir uns wieder unter dem Dach verkriechen und uns im Gewitter Geschichten erzählen.«

»Dein *Hayrik* erlaubt dir gar nichts, da kannst du betteln, so viel du willst.« Sevan stand vor ihr, stemmte gespielt verärgert die Hände in die Hüften und lächelte Klara an. Sie dachte ihm einen Kuss zu. Wenn er schwitzte, krauste sich sein schwarzes Haar zu Löckchen. Die Linien um seine Augen verrieten ihr, dass etwas ihm Sorgen machte, doch als sie in ihren Blick eine Frage legte, schüttelte er den Kopf.

Behutsam löste er sein Äffchen Aghavni von Klaras Armen und stellte sie auf den Boden. »Na los. Sei der Westwind und lauf. Schau nach, wer alles schon da ist und in wie vielen Farben es *lokum* gibt.«

»Aber hinterher bettle ich weiter.«

»Ich hätte nicht gewagt, auf das Gegenteil zu hoffen.«

Die Kleine flitzte davon. Sevans besorgtes Lächeln beunruhigte Klara.

»Was ist los?«, fragte sie.

»Nichts, mach dir keine Gedanken«, sagte er. »Auf dem Balkan hat es wieder ein Attentat gegeben, doch soweit wir in Erfahrung bringen konnten, ist die Lage unter Kontrolle.«

»Auf dem Balkan?«

Er nickte. »In Sarajevo.«

»Wo ist das?«

»In einem Land namens Bosnien, das Österreich-Ungarn vor ein paar Jahren annektiert hat. Es ist eines dieser Gebiete, die jahrhundertelang dem Osmanischen Reich angehörten und von denen nun niemand weiß, wem sie von Rechts wegen gehören sollen. In Serbien ist man allgemein der Auffassung, das Land müsste dem serbischen Königreich zugeschlagen werden. Es ist heute *Vidovdan* in Serbien, der höchste Feiertag, an dem die Leute der Schlacht vom Amselfeld gedenken, bei der Prinz Lazar, ihr Nationalheld, ums Leben kam. Im besten Fall war es unklug, ausgerechnet heute den österreichischen Thronfolger auf Besuch nach Sarajevo zu schicken, im schlimmsten Fall eine Provokation.«

»Was ist passiert?«, fragte Klara. »Ist diesem Thronfolger etwas zugestoßen?«

»Er ist samt seiner Frau im offenen Wagen erschossen worden.« Sevans Stimme klang, als schleppe sie bei jedem Wort etwas mit. »Der Täter soll ein serbischer Terrorist sein.«

»Oh, Sevan!« Vielleicht hing es mit dem zusammen, was in ihrem Körper geschah. Seit ein paar Wochen konnte Klara das Wort Tod nicht hören, ohne dass ihr Tränen in die Augen stiegen. »Und was wird nun daraus?«

»Kein Lauffeuer, hoffe ich.« Sie sah, wie er instinktiv die Hand nach ihrem Gesicht ausstreckte, lächelte ihm hastig zu und schüttelte den Kopf. Er ließ die Hand wieder sinken. »Es gibt keinen Grund, sich verrückt zu machen. Der Vorfall ist traurig und zieht natürlich eine diplomatische Krise nach sich.

Aber wenn alle Beteiligten einen kühlen Kopf bewahren, wird sich die Lage gewiss rasch beruhigen.«

»Und wenn nicht?«

Ihre Blicke trafen sich. »Wenn nicht«, sagte Sevan langsam, »gibt es einen Krieg, in den wir uns diesmal nicht werden ziehen lassen.«

»Mit Österreich haben wir kein Bündnis?« Es fiel Klara so schwer, sich auf Zeitungsartikel zu konzentrieren und diesem Flechtwerk aus Ländern und Beziehungen einen Sinn abzugewinnen. Sie wollte nicht länger das ignorante Ding hinter Pensionatsmauern sein, wollte am Puls der Welt ihren Finger haben, doch sie verstand Bilder so viel besser als Buchstaben. Gab es in den Zeitungen Fotos, so übte der Sachverhalt eine Wirkung auf sie aus und blieb ihr im Gedächtnis, während die trockenen Spalten aus Schriftreihen ihr vor den Augen zerliefen und allzu schnell vergessen waren.

»Nein, an Österreich bindet uns nichts«, beruhigte er sie. »Es sieht wirklich so aus, als würden wir uns an Großbritannien halten. In ein paar Wochen reist Kapitän Raouf *Bey* mit seiner Mannschaft nach Newcastle, um die *Sultan Osman* zu übernehmen, die erste der *Dreadnoughts*. Das besiegelt den Bund und stellt uns auf die richtige Seite. Die Briten sind erprobte Diplomaten, entscheiden mit dem Verstand und neigen nicht zu Überreaktionen.«

»Ich will nicht noch einen Krieg, Sevan. Nicht ausgerechnet jetzt.«

»Nein«, sagte er, »und es gibt ja auch keinen. Das Reich wird klüger sein, als sich einen weiteren imperialistischen Konflikt aufdrängen zu lassen, für den seine Lebensweise nicht gemacht ist und in dem es bluten und verlieren muss.«

»Peter hält noch einen Krieg nicht aus.«

»Klara«, sagte er und nahm ihre Hände bei den Gelenken, wie er sie einen Frühling lang gehalten hatte. »Es wird wegen dieses Vorfalls, an dem das Reich gar nicht beteiligt ist, keinen Krieg geben, und selbst wenn es einen gäbe, könnte Peter als Levantiner in Smyrna bleiben.«

»Er ist Untertan des Reiches.«

»Ich bin sicher, der französische Konsul würde ihn dennoch als einen der seinen schützen.«

»Und dich?«

Ein Jahr zuvor war der gemäßigte Großwesir Mahmut Sevket *Pascha*, den Sevan geschätzt hatte, ebenfalls einem Attentat zum Opfer gefallen, und in diesem Winter war Enver *Pascha*, der als Nationalist galt, zum Kriegsminister ernannt worden. Gerüchte, es ginge den Armeniern im Reich nun ebenso an den Kragen wie den Griechen, vernahm Klara jetzt, wo die türkische Sprache sich ihr allmählich erschloss, in allen Gassen und Winkeln. Als sie mit Sevan darüber hatte sprechen wollen, hatte er ihre Sorge abgetan: *»Wo Völker zusammenleben, wird es immer eine Minderheit geben, die dagegen aufbegehrt. Denen spielen wir in die Hände, wenn wir sie als Mehrheit wahrnehmen, und nicht die friedlichen Nachbarn, mit denen wir seit Jahrhunderten leben.«*

Jetzt tat er das, was sie fürchtete, wiederum ab. »Ich bin gekommen, um von dir zu sprechen, nicht von mir.«

Klara gab nach. Sie war zu froh, ihn zu sehen, um mit ihm zu streiten. »Ja, warum bist du überhaupt gekommen? Ich dachte, du könntest dich nicht freimachen.«

»Konnte ich auch nicht. Aber ich hatte keine Ruhe. Ich musste mich unbedingt selbst überzeugen, wie es dir geht.«

Sie hatte ihm einen Brief geschrieben. Etwas in ihr hatte wider jede Vernunft gehofft: *Wenn ich ihm schreibe, was mit mir los ist, kommt er her.*

Sie wollte nichts Falsches, sagte sie sich. Nur sich noch einmal von ihm verabschieden, wie sie sich im vergangenen Frühsommer monatelang voneinander verabschiedet hatten. Irgendwann hatten sie angefangen, sich zu veralbern: *»Wir sind* *vernünftig und sehen uns nicht mehr. Wir müssen uns nur noch einmal verabschieden.«*

Es war ein kleiner Betrug. Nur ein winzig kleiner. Er konnte niemandem wehtun.

»Es geht mir gut«, sagte Klara. »Geradezu blendend. Ich könnte den ganzen Tag alles Essbare von den Bäumen reißen und in mich hineinstopfen.«

»Man sieht es dir an.«

»Was willst du damit sagen?« Sie lachte, obwohl das Kompliment in seinem Ton, in seinen Augen unverkennbar war. »Findest du mich zu dick?«

»Ich finde dich schön«, sagte er. »Und es ist schön, dich zu sehen. Komm ins Hospital, wenn du wieder in Smyrna bist, dann untersuche ich dich. Nur zur Vorsicht.«

»Gern. Auch wenn ich sicher bin, dass alles bestens ist.«

»Und hier?«, fragte er und legte eine Hand auf sein Herz.

Sie sah ihm in die Augen, starrte ihn an, bis er die Brille abnahm und ihr erlaubte, noch tiefer zu ihm vorzudringen. »Es geht mir gut«, sagte sie noch einmal. »Du musst dir keine Sorgen machen. Geht es dir auch gut, Sevan?«

Er nickte. »Ich habe vorhin an dich gedacht.«

»Und ich an dich. Da war eine einzelne Wolke.«

»Bei mir auch.«

Sie sahen sich wieder an und mussten prusten.

»Irgendeine Wolke findet sich immer, nicht wahr?«

»Zumindest finden wir immer eine.«

Er sah den Riemen an ihrem Hals. »Hast du bei dem schönen Licht Bilder gemacht?«

»Nur eines«, sagte sie. »Ein gutes, glaub ich.«

»Ich würde deine Bilder gern wieder einmal sehen«, sagte er. »Neulich habe ich mich gefragt, ob du sie nicht ausstellen könntest. Im *Sporting Club* zum Beispiel. Es haben schon ortsansässige Künstler dort ausgestellt, und wenn du willst, könnte ich mich bemühen …« Er unterbrach sich. Die Tage, in denen er sich um alles, was sie betraf, bemüht hatte, waren vorbei. »Verzeih. Du wirst ja bald ein Motiv haben, das auf sämtlichen Kaminsimsen der Delacloches ausgestellt wird.«

Sie hätte ihm sagen wollen, dass das nichts änderte, dass ihre Kamera eine Kapsel war, in der sie sich selbst bewahrte, damit sie sich nicht noch einmal verloren ging. Sie hätte ihn nach seiner Chronik fragen wollen, wie er sie nach ihren Bildern fragte, aber nichts davon war klug. Stattdessen hob sie die Hand und berührte seine Wange. »Es gibt nichts zu verzeihen, Sevan. Gar nichts.«

In seinen Augen glomm ein Funke auf und verlosch. »Ich wünsche dir und deinem Mann alles Gute«, sagte er. »Das Beste.«

»Ich dir auch. Aghavni hat gesagt, du holst deine Frau und deinen Sohn nach Smyrna zurück?«

»Ja, morgen. Sicher tut es uns gut, nicht mehr ständig hin und her zu reisen.«

»Ich wünsche dir auch alles Gute«, sagte Klara noch einmal, und jedes Wort lag im Mund wie ein Pfropfen, der ausgespuckt werden musste. »Dir und deiner Frau. Das Beste.« Gleich darauf hörte sie Schritte und sah über seine Schulter hinweg, wie die Männer den Strand heraufkamen, Peter und Nimrod mit ihrem Vater vorneweg und Tuncay mit dem Gepäck hinterdrein. Der Türke hatte sich in der Folge von Kriegen ausgezeichnet und war befördert worden, doch er besaß kein Offizierspatent und wollte sich von Peter keines schenken lassen.

»Der *Ferik* schlägt ihn für einen Lehrgang nicht vor, obwohl er es tausendmal verdient hätte«, hatte Peter erzählt. »Es heißt, er wäre für eine militärische Laufbahn zu schwierig zu lenken, doch in Wahrheit wird ihm wohl ein Strick daraus gedreht, dass er unter mir und Nimrod gedient hat.«

Klara fand Tuncay mehr als nur schwierig zu lenken und

konnte den *Ferik,* den General der Division, verstehen. Doch es gehörte zu dem Peter, den sie nach einem Jahr Krieg zurückbekommen hatte, sich am Elend der ganzen Welt die Schuld zuzusprechen.

»Und dann muss er auch noch zu uns zurückkriechen und seinen Posten bei uns wieder aufnehmen«, hatte er weiter von Tuncay berichtet. »Sosehr er uns hasst, sosehr es seinen Stolz verletzt – seiner Familie würde er es an nichts fehlen lassen. Und etwas anderes bekommt er nicht. Die Stadt ist ja voll von muslimischen Flüchtlingen, die händeringend nach Arbeit suchen.«

Was für einen Grund Tuncay hatte, die Delacloches zu hassen, war Klara ein Rätsel, doch dass er es tat, stand außer Frage. Mit finsterer Miene schleppte er Koffer und Taschen hinter seiner Herrschaft her und blickte nicht auf, um irgendwen zu grüßen. Seine Verlobte konnte einem leidtun. Er lachte nie, lächelte sie nie an, kommandierte sie wie seine Dienerin herum. Einmal drehte Peter sich um, und auch wenn Klara nicht hörte, was er zu dem Türken sagte, war sie sicher, dass er ihm etwas von der Last abnehmen wollte. Tuncay aber wies ihn wie üblich unwirsch und unverschämt ab.

Klara wandte sich an Sevan: »Sag, könntest du wohl Nimrod kurz ablenken? Und seinen Vater gleich mit? Ich wäre gern für ein paar Minuten mit Peter allein.«

Sie ging Nimrod auch sonst aus dem Weg, wo sie konnte, und Sevan wusste das. »Natürlich müsst ihr allein sein«, sagte er und wollte schon loslaufen, um die beiden aufzuhalten, blieb aber nach einem Schritt noch einmal stehen. »Auch wenn nichts wieder heil wird, Klara«, sagte er, »wird es doch auf eine neue Art gut. Das hast du verdient, und ich glaube daran.«

Klara glaubte es auch. Selbst wenn es wehtat. Sevan warf ihr ein verrutschtes Lächeln zu und ging. Weiter unten am Strand verwickelte er Nimrod und Edmond in ein Gespräch und schickte Peter zu ihr.

25

Den Peter, der Klara mit einer Fülle herzlicher Plattitüden begrüßt und wie ein freundlicher Onkel auf die Stirn geküsst hätte, gab es nicht mehr. Manche Männer, die vom Balkan zurückgekommen waren, hatten ein Bein dort gelassen oder einen Arm, die saßen jetzt als Bettler auf den Piers und zu Füßen des Uhrenturms. Peter hatte seine Heiterkeit dort gelassen, seine bemerkenswerte Gewissheit, es sei ganz in Ordnung, nichts Besonderes zu sein, nur Peter, der niemandem übelwollte. Seit der Hochzeitsreise hatte sein schnorchelnder, kleinkindhafter Schlaf Klara zur Weißglut gebracht, seit dem Krieg aber wälzte er sich von einer Seite zur anderen, stand oft auf und hatte ihr mehrfach schon angeboten, ihr ein eigenes Schlafzimmer einzurichten.

»Es nützt ja keinem, wenn ich auch dich noch wach halte, Liebes.«

Ein eigenes Schlafzimmer war eine himmlische Vorstellung, und doch lehnte Klara ab. »Ich will bei dir sein. Ich bin deine Frau.«

Sie war es ihm schuldig. Auch wenn sie sich immer wieder

sagte, dass sie für das, was er im Krieg erlebt hatte, nichts konnte, blieb ihr das Gefühl, sie habe einen Mann, der ihr nichts als Freundlichkeit entgegengebracht hatte, zerstört. Sie war seine Frau. Sie hätte ihn stärken müssen, ihm die Art von Selbstvertrauen verleihen, von der sie jetzt wusste, dass es einzig dem Wissen entstammte, geliebt und gewollt zu werden, als der Mensch, der man war.

Hätte sie Peter gegeben, womit sie selbst im Übermaß beschenkt worden war, hätte er die Kriegserlebnisse überstanden wie die anderen Männer auch. So wie sie selbst das Erlebte überstanden hatte: zwar mit Narben, die ein aufmerksamer Beobachter in ihrem Gesicht ausmachen konnte, zwar geprägt und verändert, doch ebenso entschlossen, sich wieder aufzurichten, und das, was übrig war, anzupacken.

»Vielleicht lehrt uns die Geschichte von Kairos und seiner Wolke in Wahrheit etwas ganz anderes als das, was wir anfangs denken«, hatte Sevan gesagt. »Dass das Leben weitergeht, auch wenn wir die große Chance verpasst haben. In der Zeit, in der sie an der Trauer um ihre Liebe zu vergehen glaubte, hat die Königin der Amazonen eine Stadt gebaut.«

Peter war wie die Bettler vor dem Gouverneurspalast: ein gelähmter Mann, der zum Städtebau weder Antrieb noch Mut besaß. Bei allem, was er zuvor von selbst unternommen hatte, musste jetzt Klara ihn an die Hand nehmen:

»Dein Vater fährt ins Warenhaus, Peter. Warum begleitest du ihn nicht, ich bin sicher, er kann deine Hilfe gebrauchen.«

»Didem macht so große Fortschritte. Willst du ihr nicht wieder einmal eine Soiree geben, damit wir alle sie hören können?«

»Deiner Mutter würde eine Abwechslung guttun. Meinst du, du könntest sie nächste Woche in ihre Loge im Theater ausführen?«

Meist kostete es keine Mühe, ihn zu überreden. Er war nachgiebig wie ein Schwamm und sichtlich froh, wenn jemand ihm sagte, was er tun sollte. In der Liebe allerdings war diese Nachgiebigkeit fatal. Es genügte nicht, ihn mit munteren Worten dazu aufzufordern. Nicht nur war solch ein Versuch an Peinlichkeit kaum zu überbieten, er blieb zudem ohne Erfolg. Peter, der seine eheliche Pflicht früher so gemütlich erledigt hatte, wie er zum Frühstück in seinen Toast mit Bergamotten-Marmelade biss, hatte die Fähigkeit dazu verloren. Er war wie die Männer um den Uhrenturm, nur dass Betteln seine Not nicht linderte.

Wochenlang hatte Klara ihnen beiden Ruhe gegönnt, sich selbst so wie ihm. Sie hätte es dabei belassen können. Es war das, was ihr Körper wollte: still im Dunkeln liegen, unangetastet bleiben, die Erinnerung bewahren. Sie kam sich viel älter vor, als sie war, und sie war überzeugt, das, was sie an Liebe erlebt hatte, würde für den Rest ihres Lebens genügen. Aber sie wusste, dass sie es sich damit zu einfach machte. Die Aufgabe, die sich ihr hinter der Tür ihres Schlafzimmers stellte, war Teil der Schuld, die sie abzutragen hatte. Wenn sie sich davor drückte, war ihr Opfer sinnlos.

Dass auf diesem Feld Reden nicht genügte, begriff sie. Was ihr selbst ihren Körper zurückgegeben hatte, waren keine Worte gewesen, sondern Zärtlichkeit.

Sie dachte nicht gern daran zurück. Gequält hatten sie sich beide, und in den schlimmsten Nächten hatte Peter geweint. »Es geht nicht, Liebes, es geht doch nicht mehr. Wie ungerecht das ist – warum nur bist ausgerechnet du an einen Mann gefesselt, der in allem ein Versager ist?«

Gewiss ging es ihm nicht einmal besser, als Klaras Bemühungen schließlich Erfolg hatten und sie den beschwerlichen Akt miteinander vollzogen. *»Du bist so gut zu mir«,* stöhnte er, als er fertig war, und nicht: *»Ich bin so glücklich.«* Was aber zählte, war der Lohn der Quälerei, und den würde sie ihm jetzt überreichen. Es war das eine, das ihm helfen würde, dessen war sie sicher. So sicher, dass sie sogar darum gebetet hatte, obwohl sie kaum wusste, zu wem.

»Klara, Liebes.« Lang und ein wenig gebeugt stand er vor ihr. »Wie nett von dir, uns hier abzuholen.«

»Ich hole nicht euch ab, sondern dich«, sagte Klara. »Ich habe ein Geschenk für dich.«

»Ein Geschenk? Aber Geburtstag hat doch mein Vater.«

»Dein Vater bekommt seine Geschenke heute Abend«, sagte Klara. »Deines kann nicht mehr warten. Komm mit.« Sie hakte sich bei ihm ein und wollte ihn ein Stück vom Haus wegführen.

»Nur noch einen Augenblick«, bat er. »Ich möchte noch einmal versuchen, Tuncay meinen Koffer abzunehmen. Wir haben Geschäftsbücher mitgebracht, um morgen zu arbeiten, und der Arme muss sie schleppen.«

»Er wird schon nicht daran sterben.«

»Er hat es schwer«, sagte Peter, fügte sich aber und ließ sich mitziehen. »Die Frauen trauen ihm nicht über den Weg, weil sie glauben, er gehöre zu denen, die damals Gerüchte über Onkel Kyriakos in die Welt gesetzt haben. Dabei war er nicht einmal hier, aber solche Einwände hört Mutter sich gar nicht erst an. Es heißt, die Hetze gegen griechische Kaufleute habe innerhalb der Armee begonnen, also muss es Tuncay gewesen sein, der damit angefangen hat.«

»Er verhält sich nicht gerade so, als würde er die Vorwürfe ausräumen wollen«, sagte Klara. Dann verstummte sie. Es traf zu, Tuncay musterte jeden Griechen, als wollte er ihm an die Gurgel gehen, und er las den *Tanin,* die Zeitschrift des Komitees für Einheit und Fortschritt, die einen Staat allein für Türken forderte. Derjenige, der das böse Gerücht auf die Spitze getrieben hatte, sodass selbst Edmond und Rahmi *Bey* sich von Kantakouzenos hatten abwenden müssen, war jedoch nicht Tuncay gewesen. Etwas nagte in Klaras Hinterkopf – eine Ahnung, an die sie besser nicht rührte.

»Ich weiß, du magst ihn nicht«, sagte Peter. »Ich wünschte, ich könnte dich umstimmen.«

»Für mich gibt es nun einmal nicht viel an ihm zu mögen«, erwiderte Klara. »Er ist übellaunig, und sein respektloses Betragen würde kein anderer Dienstherr dulden. Manchmal trägt man ihm etwas auf und bekommt nicht einmal eine Antwort.«

In Wahrheit waren es Xenia und Theri, die sich an Tuncays Betragen störten, während Klara schon im Pensionat ein Herz für aufsässige Dienstboten gehabt hatte. Ihre Abneigung gegen den Türken hatte andere Gründe: Zum einen hatte er sie monatelang wie ein Wachhund beobachtet. Auch wenn Sevan sicher war, Tuncay würde schweigen, war der Gedanke beklemmend, dass er allzu viel über eine Klara wusste, die sie gern vergessen hätte.

Zudem war und blieb er ein Nationalist. Er gehörte zu denen, die forderten, das Osmanische Reich müsse von den Minderheiten, die es bei nächster Gelegenheit an seine Feinde verraten würden, befreit werden wie von einer Insektenplage. Von Griechen und Armeniern. *Von Sevan.*

Wie konnte irgendwer etwas derart Absurdes fordern? Sevan *war* das Osmanische Reich, er *war* die Stadt Smyrna. Seit er Klara die Welt, die er seine Heimat nannte, gezeigt hatte, seine Geschichten erzählt, seine Lieder gesungen, seine Düfte und Klänge heraufbeschworen, sehnte sie sich danach, ein Teil davon zu sein. »Wenn diese Welt untergeht, gehe ich mit ihr unter«, hatte er mit einem Lächeln gesagt. »Ich bin schlimmer als eine alte Zypresse, deren morsche Wurzeln sich nicht umpflanzen lassen. In Wien war es schön, aber ich bin vor Heimweh trübsinnig geworden und allen Leuten auf die Nerven gegangen.«

So leise, wie Sevan war, konnte er unmöglich irgendwem auf die Nerven gehen. Wie konnte er irgendwen stören, was nahm er Leuten wie Tuncay weg? Klara drückte Peters Arm. »Ich glaube dir, dass Tuncay unter Männern, zumal unter Kriegskameraden, ganz anders ist«, sagte sie, bemüht um einen versöhnlichen Ton.

»Nein«, sagte Peter, »das ist er nicht. Im Gegenteil. An ihn kommt niemand mehr heran. In der Einheit wurde ihm um unseretwillen das Leben zur Hölle gemacht, aber mit seiner Unzugänglichkeit hat er sich die Lage noch weiter erschwert.«

»Das ist dann ja wohl seine Schuld und nicht deine. Du bist nicht für ihn verantwortlich, Peter.«

»Doch, das bin ich«, erwiderte er. »Ich bin nur nicht gut darin, Verantwortung zu tragen. Weißt du, was mein Vater getan hat, als alle Teppichweber in der Fabrik ohne Beschäftigung waren, weil kein Material mehr geliefert wurde? Er hat sie an die Hänge um Smyrna fahren und Blumenzwiebeln ausgraben lassen, die er dann Onkel Ulysses für seinen Garten geschenkt hat. Die Menschen, die bei ihm in Lohn und Brot stehen, lässt er nicht im Stich. Ich wünschte, ich könnte in solcher Weise für Tuncay sorgen.«

»Du sorgst doch für ihn. Soweit ich weiß, hat er Lohn und Brot genug, seine Verlobte ist zur Köchin aufgestiegen, obwohl ihr Pericles ständig zu Hilfe kommen muss, und seine Schwester wird von uns allen geliebt.«

Peter blieb stehen und drehte Klara zu sich. »Danke, Liebes«, sagte er. »Danke, dass du dich in meine Familie so sehr eingefunden hast, obwohl ich nicht da war, um dir zu helfen. Ich bin sicher, du hättest dein Herz auch für Tuncay geöffnet, wenn du ihm vor dem Krieg begegnet wärst.«

Ich bin ihm vor dem Krieg begegnet, dachte Klara mit Unbehagen, aber sie sagte nichts.

Peter sprach weiter: »Den Tuncay, der mit mir in Konstantinopel war, als wir beide halbe Kinder waren, der mit mir in den *hamam* ging, wo wir uns wie zwei Paschas fühlten, der mir beibrachte, *nargile* zu rauchen, und auf einem Tabak bestand, der mit frischen Aprikosen versetzt war, diesen Tuncay, der voller

Träume und Ziele steckte und mir im Waffengerassel den Verstand gerettet hat, den erkenne ich nicht mehr. Ich hätte ihm helfen sollen im Kosovo. Es waren seine Glaubensbrüder, nicht meine, die dort gemetzelt wurden, aber ich war zu schwach. Wie so oft hat stattdessen er mir helfen müssen, obwohl sein Schmerz um so vieles größer war.«

»Peter«, sagte Klara, hielt ihn an den Armen fest und sah ihm in die Augen. Ein Bild stieg auf von jener Ballnacht in Berlin im künstlichen Schnee, von diesem langen Menschen mit dem Champagnerkühler in den Armen. »Ich habe nicht mit dir allein sein wollen, um über Schmerzen und Sorgen zu sprechen, auch wenn dieses Attentat auf dem Balkan keine schöne Nachricht ist…«

»Kosovo«, fiel er ein. »Sarajevo mag in Bosnien liegen, aber im Grunde geht es doch wieder um den Kosovo. Dieser Kosovo ist wie eine riesige vereiterte Wunde im Herzen von Europa. Wenn man sie anfasst, wird ein Erdteil vor Schmerzen blind. Die Serben feiern heute den Gedenktag, an dem diese Wunde ihnen geschlagen worden ist, es ist ihr höchster Feiertag, und gerade da besichtigt der österreichische Thronfolger ein Manöver in einer Stadt, die Serbien für sich beansprucht? Es ist grausam, Menschen auf offener Straße zu erschießen, aber ist es nicht auch grausam, ein unterdrücktes Volk bis aufs Blut zu reizen? Ach Klara, Liebes, ich glaube, unsere Welt ist voll von solchen Wunden. Warum geht der Mensch mit dem Menschen nur so grausam um?«

Klara reckte sich auf die Zehenspitzen. Als ihre Gesichter einander so nahe waren, dass sein Atem das ihre traf, sagte sie: »Ich bin schwanger, Peter. In meinem Bauch wächst dein Kind.«

Den Peter, der ihr den Bauch getätschelt und neckend gefragt hatte, ob wohl schon *etwas Kleines* darin stecke, gab es nicht mehr. Aber den Peter, der wie ein Fisch nach Luft schnappte, gab es, den, der sie festhielt und wieder losließ, den, der nach

Minuten noch immer kein vernünftiges Wort herausgebracht hatte.

Den Peter, der vor Glück bleich wurde, gab es, der sie endlich in die Arme nahm, fast erdrückte und dabei »George, George, George« stammelte.

»Ich heiße Klara«, sagte Klara.

Mit Sevan hätte sie darüber gelacht und geweint. Peter lachte nicht, aber er weinte und berührte ihr Gesicht. »Gefiele dir denn der Name George? Wir könnten es natürlich auch französisch Georges aussprechen, aber George wie der König der Briten, die uns den Frieden garantieren, erschiene mir als ein besonderes Zeichen. Doch darüber sollst du entscheiden, mein Liebes, du bist schließlich die Mutter. Ich würde nur unseren Jungen gern nach meinem Cousin Giorgios benennen, wenn es dir recht ist – George Kyriakos. Meiner Mutter würde es viel bedeuten, weißt du?«

Mir wäre es nicht recht, dachte Klara. *Ich bin wie Sevan, ich möchte das Kind, das wir haben werden und an das ich mich erst gewöhnen muss, nach jemandem nennen, der lebt, nicht ihm das Gewicht von einem, der tot ist, aufbürden.* Aber da es Peter so wichtig schien, beschloss sie, sich damit abzufinden.

»Und wenn es ein Mädchen ist?«, fragte sie und sah Aghavni vor sich, eine Folge der Fotografien, die sie von Aghavni gemacht hatte. So süß wie Aghavni konnte allerdings kein anderes Mädchen sein, und so sehr wie Aghavni, die Sevans Kind war, würde sie auch kein anderes lieben können.

Macht nichts, schoss es ihr durch den Kopf, und zum ersten Mal schlossen ihre Hände sich über ihrem Bauch. *Wenn ich dich nicht lieben kann, wie ich dich lieben sollte, dann liebe ich dich eben ein bisschen,* versprach sie dem kleinen Menschen darin. *Ich liebe dich so gut, wie ich kann.* Vochinge. *Es wird schon gut gehen, wir zwei bekommen das hin. Ich kann dir nicht die beste Mutter der Welt sein, aber dafür brauchst du mir auch nicht das beste Kind der Welt zu sein. Und eine bessere Mutter als meine, die will ich dir sein, das verspreche ich dir.*

»Ein Mädchen?«, stammelte Peter, der sich mit der Möglichkeit, dass Kinder als Mädchen zur Welt kommen konnten, offenbar noch nicht befasst hatte. »Ja, wenn es ein Mädchen ist, ja was machen wir denn dann?«

»Georgia?«, fragte Klara.

»Georgia!« Peters Augen glänzten. »*Merci mille fois,* hab tausendmal Dank, mein Liebes. Du weißt nicht, wie viel du mir schenkst, und jetzt bin ich auch sicher, dass diese Sache mit den Serben in Ordnung kommt.«

Vor anderthalb Jahren hätte Klara gedacht: *Ich kann dein verdammtes Tausendmal* nicht mehr hören. Jetzt dachte sie: *Das ist es wert. Wenn es dich so sehr freut, ist es das Opfer wert.*

Peter legte den Arm um sie. Über die Stauden hinweg sahen sie auf das Meer, das ganz ruhig lag, schwarzblau mit weißgoldenen Sprenkeln. »Gehen wir zu den anderen?«, fragte er. »Teilen wir unsere Freude mit allen?«

Klara nickte. »Eine Bitte hätte ich noch.«

»Jede, mein Liebes. Wenn es etwas gibt, das ich für dich tun kann, wäre ich noch glücklicher, als ich es jetzt schon bin.«

»Es geht um Kiki«, sagte Klara. »Dein Vater wollte heute ihre Verlobung verkünden, und sie fühlt sich noch nicht so weit. Wo wir doch für heute schon eine so gute Nachricht haben – meinst du, die Verlobung könnte noch warten?«

»So bist du«, rief er fassunglos, »so ist meine Klara! Wenn man da draußen im Krieg ist, dann glaubt man nicht mehr daran, dass es so etwas gibt: eine Frau, die einen Wunsch frei hat und sich etwas für eine andere wünscht. Sorge dich nur nicht, mein Liebes, ich spreche darüber mit Vater. Sicher will er so wenig wie wir, dass Kiki in eine Ehe gedrängt wird, für die sie sich noch nicht bereit fühlt. Ich habe selbst gewählt – warum soll sie das nicht auch tun?«

Er hielt inne, sah sie an, als wollte er sie küssen, ließ es dann aber sein und ging weiter. »Wenn ich dich fragen würde, Klara, würdest du es mir sagen? Hast du dich selbst für mich entschieden, oder hat es dein Vater getan?«

»Ich selbst«, sagte Klara.

»Mein Liebes«, stammelte er. »Wenn ich dich nicht hätte – weißt du, dass ich dann glauben würde, ich hielte das, was Menschen sich antun, nicht mehr aus? Kiki soll selbst wählen dürfen, dafür werde ich mich einsetzen. In einer Welt wie der unseren braucht man das Wissen: Es gibt einen Menschen, der mich gewählt hat.«

Vom Feuergarten, der sich hinter blühenden Pelargonien in mannshohen Sträuchern verbarg, drangen Stimmen, Gelächter und das Klirren von Gläsern herüber. Was Peter sagte, klang hübsch, es hatte nur einen Haken: Wie konnte man jemanden wählen, den man gar nicht kannte? Wie konnte man sich von jemanden erwählt fühlen, der nichts von einem wusste?

Es ist egal, gebot sie sich Einhalt und nahm Peters Hand, um mit ihm den geschmückten Garten zu betreten. *Ich habe es einmal gehabt, und ich habe es bei mir wie eine meiner Fotografien: Es mag vorbei sein. Aber niemand nimmt es mir weg.*

26

Unter dem Dach des Hauses, in der Spitze, wo die Giebel sich trafen, befand sich ein winziges Zimmer. Nach Art der Delacloches war es wie die übrigen immer frisch hergerichtet. Während das Haus leer stand, kümmerte sich ein Paar aus dem Dorf darum, lüftete auch das Zimmer unter dem Dach und überzog das Bett, aber es wurde im Sommer zu heiß dort oben, und solange das Haus nicht von Gästen überquoll, wurde das Zimmerchen nicht genutzt.

In dieses Zimmer hatte Sevan Klara gebracht, als sie im März, vor bald anderthalb Jahren auf die Insel gekommen waren. Nichts von dem, was er tat, hatte er als Arzt, als Christ, als Mann von Ehre verantworten können, und doch hatte er es getan, weil es keine andere Möglichkeit gab. Im Hospital, in einem der letzten freien Räume, in dem sonst Arzneien angemischt wurden, hatte er die Nacht über mit Klara gewacht. »Mach mir das Kind weg«, hatte sie gebettelt, geheult und gebrüllt. »Nimm mir das Kind von dem Monstrum weg, oder ich bringe mich um.«

»Das kann ich nicht«, hatte er erwidert. »Ich bin Arzt, ich

tue alles, um dir zu helfen, aber ich kann kein gesundes Kind töten.«

»Und mich?«, hatte sie ihn angeschrien. »Und mich?«

Je weiter die Nacht voranschritt, je tiefer sie sich beide verstrickten, desto klarer wurde ihm, dass es für sie keine Lösung gab, wenn sie das Kind behielt. Er war sicher, dass sich mit den Frauen der Delacloches über einen Weg reden lassen würde, den Skandal zu vertuschen. Sie hatten Entsetzliches zu verkraften, sie würden nicht wollen, dass Peter, wenn er aus dem Krieg kam, von einer Familie in Trümmern erwartet wurde. Solange die angebliche Affäre keine Folgen hatte, ließ sie sich kleinreden als den verzweifelten Ausbruch eines jungen Mädchens, das einsam war und sich nach Aufmerksamkeit sehnte.

Und war es nicht so gewesen?

Er hatte Klara in den Armen gewiegt, hatte ihre frisch verbundenen Handgelenke gehalten, damit sie nicht um sich schlug und sich die Wunden wieder aufriss, und hatte geglaubt, ihre Einsamkeit am eigenen Leib zu spüren.

Ich lass dich nicht los, hatte er ihr geschworen. Gedanken an Rhipsime, die ihm nicht verzeihen würde, an Bedros, von dem er nicht Abschied nehmen konnte, an Aghavni, die noch nie länger als einen Tag von ihm getrennt gewesen war, hatten in dieser Nacht kein Gewicht. Nur Klara zählte. Klara, die leben musste.

»Mach mir das Kind weg. Dass das Kind von ihm in mir ist, macht mich verrückt vor Angst.«

Sevan verstand sie. Ihr Gesicht war zugerichtet, als hätte Lance Romain sie umbringen wollen. Ihr zu erklären, sie könne nicht sicher sein, dass er der Vater war, half nicht, denn genauso wenig konnte sie sicher sein, dass er es nicht war. Und wenn sie das Kind bekam, wenn er sie zwang, den Schrecken über Monate auszuhalten? Wo sollte sie hin? Wo sollte das Kind hin? Durfte sie Peter Delacloche einreden, sie hätte es von ihm?

Das war moralisch nicht haltbar. Aber wenn nicht – was sollte aus Klara werden?

»Ich kann das nicht tun«, beschwor er sie wieder.

»Du hast es doch bei Xenia getan!«, schrie sie. »Als es dein eigenes war, hast du es gekonnt, aber mir hilfst du nicht?«

Er war einigermaßen erschrocken. Die arme Xenia schleppte an einer Last, die schwer genug war auch ohne ein solches Stigma. Er erklärte es Klara. Sie verstand und brach in haltloses Wimmern aus. Wie Gülnaz, fand er. Kurz vor dem Ende. So als hätte sie sich aufgegeben.

»Klara, Klara.« Er rüttelte sie. »Komm doch zu dir, beruhige dich.«

Sie wimmerte weiter, hing wie ein lebloser Sack in seinen Armen. »Du warst meine einzige Hoffnung. Wenn du es nicht machst, weiß ich nicht mehr weiter.«

Entsetzt sah er zu, wie sie versuchte, sich von der Pritsche, die er für sie ausgeklappt hatte, in die Höhe zu stemmen.

»Herr des Himmels, wo willst du denn hin?«

»Irgendwohin. Wen kümmert das?«

»Mich.«

Sie hörte ihn nicht. Mit letzten Kräften hatte sie den völlig ausgelaugten Körper zum Stehen gezwungen. Er streckte die Hand aus, um sie zu stützen, doch sie stieß ihn weg und brach zusammen, prallte auf die Pritsche und glitt daran ab auf den Boden. Ein bisschen Blut lief über die Kacheln, er sah nicht, woher. Die Uhr an der Wand zeigte drei Uhr morgens. Sevan, der selbst vor Müdigkeit schlotterte, fiel auf die Knie, hob Klara auf und wiegte sie.

»Ich mache es«, versprach er. »Hab keine Angst mehr. Ich mache es.«

Er musste es auf der Stelle tun, solange im Hospital noch halbwegs Nachtruhe herrschte, danach sofort die Kürette und die übrigen Instrumente reinigen und so schnell wie möglich mit Klara verschwinden. Wenn sie erwischt wurden, war ihrer beider Leben zu Ende. Er würde Beyleryan einen Brief schreiben, einen Krankheitsfall in der Familie erfinden, versprechen, in ein paar Tagen zurück zu sein. Bis die Uhr vier zeigte, hatte er sich erfolgreich eingeredet, dass es keine andere Wahl gab. Es war wie bei Gülnaz: Er konnte nur eines der beiden Leben schützen, das ungeborene oder das, was schon auf der Welt war.

Er hatte ihr Äther gegeben, obwohl sie so gut wie bewusstlos war. Dann hatte er mit der Kürette seine Arbeit getan. Die Müdigkeit machte ihn benommen, andernfalls hätte er wohl mitten im Eingriff aufgegeben. Sobald die Operation beendet war und der kleine Rest Mensch in seinen Händen lag, erwachte er wie aus einer Trance und erfasste, dass es die falsche Entscheidung gewesen war. Er hätte schreien wollen, sich auf die Knie werfen und Gott anflehen, die Zeit zurückzudrehen. Er wollte kämpfen, Klara überzeugen, sie notfalls zu ihren Eltern nach Deutschland bringen. Nur nicht aufgeben, nur nicht das Falsche tun, nur das Kind nicht töten.

Vielleicht würde sie nie wieder eines bekommen.

Als Klara zu sich kam, erging es ihr wie ihm. Sie hatten das Falsche getan, und sie waren mit der Schuld allein. Eine Stunde lang klammerten sie sich aneinander und wussten nichts zu sagen.

Dann mussten sie fort, ehe Beyleryan und die Schwestern der Morgenschicht kamen. Sevan versorgte Klaras Blutung, riss sich los und schloss sie in der Arzneikammer ein. Eine der Schwestern beauftragte er, die Tür zu bewachen, unter keinen Umständen jemanden zu der Patientin zu lassen.

Er nahm sich einen Mietwagen, ließ den Fahrer in wildem Tempo nach Bournabad jagen und hatte das Glück, Adriana Delacloche allein anzutreffen. Vergraben in Trauer, hörte sie sich die haarsträubende Geschichte, die er ihr auftischte, kaum an, sondern gab ihm ohne Umstände die Schlüssel für das *Nar*

Evi. »Sie gehören zur Familie, Doktor. Wenn das Haus Ihnen hilft, nutzen Sie es. Von uns braucht es ja keiner – wer weiß, ob es je wieder einer brauchen wird.«

Er würde später noch einmal mit ihr sprechen, alles halbwegs geraderücken müssen, doch das hatte Zeit, bis er wieder bei Sinnen war. Als er sich dann zu seinem Haus fahren ließ, um sich Kleidung zum Wechseln zu holen, fand er Aghavni heulend und allein mit dem Hausmädchen vor. Rhipsime war mit Bedros abgereist. Er nahm sein Kind und das nötigste Gepäck mit, holte Klara aus dem Hospital und fuhr mit dem weinenden Kind und der wimmernden Frau zum Pier, wo er einen privaten Schiffer auftrieb, der bereit war, sie überzusetzen.

So kamen sie auf die Insel.

Als wäre es ein Sakrileg, das gesamte Haus zu benutzen, schickten sie das Hausmeisterpaar zurück ins Dorf und richteten sich in dem Dachzimmer ein. Es war noch Winter, der Raum war nicht beheizt, und die Erinnerung an das Geschehene ließ sie ohnehin schaudern. Sevan sammelte sämtliche Decken zusammen, die er finden konnte, warf sie aufs Bett, und sie verkrochen sich zu dritt darunter. Es war ihr Glück, dass sie vor Müdigkeit nicht denken konnten, dass der Schlaf sie sofort übermannte und sie vierundzwanzig Stunden lang nicht viel mehr taten als schlafen.

Am nächsten Tag kehrte die Wirklichkeit zurück. Sie mussten Aghavni versorgen, nach Klaras Blutung sehen, Lebensmittel einkaufen, reden, trinken, weinen. In der folgenden Nacht fanden sie keinen Schlaf und begannen, sich Geschichten zu erzählen. Als Aghavni schließlich doch einschlief, erzählte er Klara die Geschichte von Kairos, der seine Wolke anhielt, weil er die schöne Königin der Amazonen liebte.

»Sie machte mit ihrem Volk von kriegerischen Frauen Rast in der Bucht, ritt auf ihrem Rappen den Strand entlang, und Kairos sah sie und konnte sich nicht wieder lösen. Ein Blick auf sie veränderte alles. Er wollte nicht länger die Zeit hüten, die immer eiligen Gelegenheiten, die niemand versäumen darf.«

»Was wollte er denn sonst?«

»Bleiben. Ein Sterblicher werden und Smyrna lieben.«

»Und ist er geblieben?«

»So einfach war das nicht. Er hatte im Kreis der Götter seinen Platz, und so ohne Weiteres durfte er ihn nicht verlassen. Also erzählte er den anderen Göttern von seiner Sehnsucht. Sie waren vom Anbeginn der Welt seine Freunde gewesen, und er war sicher, er würde bei ihnen Gehör finden. Aber die Götter verschlossen vor seinen Bitten ihre Ohren. Die Aufgabe, die er versah, erforderte, dass er kreuz und quer über den Himmel jagte, von einem Ort zum anderen, ohne jemals innezuhalten. Die anderen scheuten davor zurück, von ihnen wollte keiner seine Stelle einnehmen. Die Götter liegen ja gern auf dem Rücken und essen süße, pralle Trauben.«

Sie hatten zu diesem Zeitpunkt schon viele Stunden zusammen geweint, verkrochen sich unter den Decken, in der Dunkelheit des Zimmers, an dessen Fensterluke ein Sturm tobte. Dies war das erste Mal, dass sie zusammen lachten. Sevan lag selbst auf dem Rücken, in seinem rechten Arm schlief Aghavni, und zu seiner Linken lag Klara. Zwischen ihnen stand eine Schale mit Sultaninen, die er Klara gebracht hatte, weil sie dringend etwas zu sich nehmen musste und er hoffte, sie würde die kleinen Trockenbeeren herunterbekommen. Sie hatte noch keine gegessen, aber als er ihr das mit den faulen Göttern erzählte, griff sie flugs danach und schob ihm eine in den Mund.

Er brachte ebenso wenig etwas herunter wie sie, doch ihre Blicke trafen sich. Ihre Gesichter waren vom Weinen geschwollen, und er hatte sich am Morgen kaum so weit herrichten können, um im Dorf auf den Markt zu gehen. Dennoch brachte etwas sie dazu, die Münder zu verziehen und zaghaft zu lachen.

Sevan fühlte sich schuldig. *Das Kind, das du umgebracht hast, bleibt tot.* Dann aber sah er Klara an, die beim Weinen lachte, und spürte, dass auch er lachte, dass er es komisch finden konnte, wie ein griechischer Gott auf dem Rücken Trauben zu essen, obwohl alles in ihm traurig war. Die Sultanine lag honigsüß in seinem Mund. Vielleicht war dies schon der Augenblick, in dem sie begriffen, dass das möglich war: Mit einer schweren Schuld zu leben, die nie leichter werden durfte, und dennoch das Leben zu lieben – womöglich mehr als zuvor.

Seine Mutter fiel ihm ein, und das verzagte Lachen erstarb. Als er nach Bardisag gekommen war und erfahren hatte, dass sie tot war, hatte er sich dafür gehasst, dass er das Leben nicht hasste.

Klara stellte die Schüssel mit den Sultaninen auf den Boden und schloss die Arme um ihn. Zuvor hatte er sie stundenlang so gehalten, aber einen Mann hielt niemand so. Höchstens einen Jungen, solange er eine Mutter hatte, der es nichts ausmachte, dass ihr Junge dumm war. Die ihren dummen Jungen wiegte und ihm vorsang:

»Mit kleinen Blättern will ich dich zudecken.
Und die wilde Hirschkuh gibt dir ihre Milch.
Aber sie hat kein Herz, die Hirschkuh,
Und ihre Milch ist dünn.
Die Sonne ist dein Vater,
Und der Mond ist deine Mutter, mein Söhnchen,
Deine Wiege sind die Zweige der Bäume.
Schlaf, schlaf, mein Herz.«

»Das ist schön«, sagte Klara.

»Was?«

»Das, was du gesungen hast. Auch wenn ich kein Wort von deiner Sprache verstehe.«

»Ich dachte, ich singe es nur in meinem Kopf«, hörte er sich müde krächzen und spürte, wie seine Lippen sich verzogen. Klara strich ihm eine Haarsträhne, die ihn kitzelte, zur Seite, legte ihre nasse Wange an seine, und sie schliefen ein.

Als sie erwachten, erst er und dann sie, war der Sturm vorüber, und die Nacht war schwarz. Sevan zog die Decken über Aghavni, die tief und friedlich atmete. Dann sah er auf das Gesicht der noch schlafenden Klara, auf die Schönheit, die sich unter Wunden und Schwellungen vergeblich zu verbergen suchte, und dachte: *Sie hält mich wie meine Mutter. Aber sie ist nicht meine Mutter. Ich will sie haben, und nichts ist so verboten und verwerflich wie das.*

Doch, dachte er im nächsten Atemzug. *Wir haben ein Kind getötet, nicht größer als ein Finger meiner Hand. Zu glauben, wir könnten etwas tun, das verwerflicher wäre, ist lächerlich.*

Klara öffnete die Augen und sah ihm lange ins Gesicht, ohne etwas zu sagen. Dann hob sie die Hand mit dem verbundenen Gelenk bis kurz vor seine Wange und zog sie wieder zurück. »Wenn dein Haar nass ist, kraust es sich zu Locken«, sagte sie. »Wenn du mein Bruder wärst, wäre es leicht.«

Der Regen setzte von Neuem ein und begann, gegen das gläserne Dreieck des Fensters zu prasseln. Sie bat ihn, die Geschichte weiterzuerzählen. »In deiner Geschichte ist Sommer, nicht wahr?«

»Ja. Die Amazone Smyrna ritt in einem Leinenhemd und mit bloßen Beinen den Strand entlang, und der Sand war warm genug, um darin einzuschlafen.«

»Erzähl weiter.« Sie klapperte ein bisschen mit den Zähnen und rollte sich in seinem Arm zurecht. »Ich will mir so gern vorstellen, dass es irgendwann wieder Sommer wird.«

»Kairos hatte vielleicht nie einen Sommer erlebt«, sagte Sevan. »Er musste ja immer sofort wieder weiter. Aber mit Smyrna wollte er einen Sommer erleben. Er sah sie den Strand entlangreiten und dabei Sand aufwirbeln, er sah ihr Haar wehen und ihren schlanken Hals freigeben und dachte: Ich möchte spüren, wie warm die Haut an diesem Hals ist. Ich möchte mit ihr ins Wasser laufen und zusehen, wie der Schaum auf diesen Schenkeln trocknet.«

Klara lachte. »Warum bist du denn Arzt geworden? Ich glaube, in Wahrheit bist du ein Dichter. Du solltest ein Buch schreiben, Sevan.«

Hitze schoss ihm ins Gesicht. »Ich schreibe eine Chronik. Nur eine Spielerei. Für Aghavni, wenn sie es irgendwann lesen will, und vielleicht für ihre Kinder.«

»Was schreibst du denn darin? Die Geschichte von Kairos und der halb nackten Smyrna?«

»Die auch.« Er lachte verlegen. »Ich trage zusammen, was ich finde über das Leben in Smyrna und über das Leben meiner Familie, solange sie im Osmanischen Reich nachzuweisen ist.«

»Wie lange ist das?«

»Sicher weiß ich es nicht. Ich müsste mehr Zeit auf Recherchen verwenden, müsste nach Konstantinopel fahren und Archive durchforsten. Aber ich mache es eben nur so zum Vergnügen. Die ältesten Spuren, die ich gefunden habe, stammen aus dem siebzehnten Jahrhundert.«

»Das ist unglaublich!«, rief sie und dämpfte gleich darauf die Stimme, weil Aghavni sich rührte. »Ich bewundere dich, weil du so etwas herausfinden und es aufschreiben kannst.«

»Es ist nichts Besonderes. Ich dachte nur, für Aghavni wäre es schön, später einmal nachzulesen, woher sie stammt und was ihre Familie erlebt hat.«

»Ich wünschte, ich könnte das auch«, sagte Klara. »Ich kann gar nichts, und mir fällt auch nichts ein, das ich lernen könnte. Manchmal bin ich nachts neben Peter aufgewacht, und mein Herz hat gerast, dass ich Angst hatte, es platzt, weil ich daran denken musste, dass nichts übrig bleibt, wenn ich sterbe.« Sie schloss die Augen. »Vielleicht hätte ich nicht so viel Böses getan, wenn ich etwas Gutes wüsste, das ich tun könnte. Vor meiner Hochzeit haben mir all die jungen Männer von ihren Interessen erzählt, und ich habe gedacht: Warum fragen die mich nie nach meinen? Doch dann habe ich mich erschrocken, weil mir einfiel: Wenn einer fragen würde, ich wüsste ja keine Antwort.«

Ich schon, dachte Sevan und stellte fest, dass er sie über alle Maßen interessant fand, faszinierend, fesselnd, dass er ihr zusehen wollte, ihr ohne Ende Fragen stellen.

»Du musst es ausprobieren«, sagte er. »Du hattest bisher dazu doch noch gar keine Zeit.«

Sie überlegte. »Deine Geschichte interessiert mich. Ich sehe dabei Bilder. Die kleine Bucht mit dem gelben Strand, der unter der Terrasse beginnt. Wenn man dort hinuntergeht, beginnt es nach Meer zu duften, nach Edmonds Blumen und dem wilden Majoran, der hier in Büscheln wächst. Ich hätte gern ein Bild davon, eines, das so gut ist, dass ich den Geruch in der Nase hätte, wenn ich es ansehe.«

»Ich glaube, ich habe ihn jetzt auch in der Nase«, sagte Sevan. »Und ich sehe das Bild, das du beschreibst.«

»Und ich hätte auch gern das Bild, das dein Gott Kairos gesehen hat«, rief sie. »Das schwarze Pferd und das Mädchen mit den nackten Beinen, das ihm den Kopf verdreht. Wie sah sie denn aus? Groß und wie ein Standbild, mit schwarzen Haaren wie Theri?«

»Kleiner, glaube ich. Mit kräftigen Beinen vom Reiten und vom Herumtoben im Meer und mit wilden Haaren, als hätte eine Honigwabe vergessen, sich zu kämmen.«

Sie schlug nach ihm, lachte und steckte ihn damit an. »Honigwaben kämmen sich nicht, und so albern wie du kann doch kein Arzt sein.«

»Einen Arzt hat die schöne Smyrna aber gebraucht.« Er flüsterte, damit Aghavni nicht aufwachte. »Sie hatte nur eine Brust.«

»Warum denn das?«

»Alle Amazonen hatten nur eine. Die andere wurde ihnen abgenommen, damit sie ihren Bogen besser spannen konnten.«

»Ob sie sie wohl immer vermisst hat? So wie Xenia … O mein Gott, verzeih, das hätte ich nicht sagen dürfen.«

»Doch«, sagte er. »Ich denke schon. So wie Xenia.«

»Es ist so merkwürdig«, sagte sie. »Ich wollte das Kind nicht haben, ich habe mit einer Stricknadel in mich hineingestochen, damit es weggeht, und ich kann ja nicht vermissen, was ich gar nicht kannte. Aber ich werde jetzt immer wissen, dass etwas von mir fehlt.«

Das sind wir ihm schuldig, dachte Sevan. *Dass wir immer wissen, es fehlt.*

Er dachte sich Küsse aus, die er ihr auf Augen und Mund geben wollte. Dann erzählte er ihr die Geschichte von Kairos auf der Wolke und der Amazone Smyrna zu Ende:

»Die Götter verweigerten Kairos seinen Wunsch, aber er ließ ihnen keine Ruhe. Weil er vor Sehnsucht krank war, konnte er seine Wolke nicht mehr in gewohnter Schnelligkeit über den Himmel treiben, und die Menschen, die doch die Beine in die Hand nehmen sollten, um ihre Gelegenheit beim Schopf zu packen, hatten auf einmal viel zu viel Zeit. Kairos lag auf seiner Wolke wie ein verendender Delfin. Ziemlich bald sahen die übrigen Götter ein: Es konnte so nicht weitergehen.«

»Sevan«, unterbrach sie, »wie sollten die Menschen das machen, ihre Gelegenheit beim Schopf packen?«

»Es gibt ein Relief von Kairos ohne Haar am Hinterkopf«, antwortete Sevan. »Davon handelt die Geschichte – davon, dass ein Mensch zugreifen und das Haar am Scheitel erwischen muss, denn hinten ist keines mehr, und die Gelegenheit entgleitet.«

Klara starrte auf seine Brust. Wie schon seit Tagen lag er in

Hemd und Hosen auf dem Bett. Jetzt bemerkte er, dass das Hemd aufklaffte und den Blick auf Haut und schwarzes Haar freigab. »Erzähl weiter«, flüsterte sie.

»Die Götter hielten eine Beratung ab«, sagte Sevan mit belegter Stimme. »Nach langem Hin und Her kamen sie zu dem Schluss, Kairos ein Angebot zu machen: Er würde ein einziges Mal seine Wolke anhalten und als ein sterblicher Mann auf die Erde hinabsteigen dürfen, um die Liebe der schöne Smyrna zu gewinnen. Einen Tag und eine Nacht könne er mit ihr verbringen. Würde sie ihn während dieser Zeit beim Haar packen, um ihn bei sich zu behalten, so hätte sich sein Wunsch erfüllt: Er würde ein Mensch bleiben, von seiner Amazone Kinder bekommen, mit ihr alt werden und eines Tages mit ihr sterben. Würde sie sein Haar aber nicht ergreifen, so hätte er sich damit abzufinden, dass sie seine Liebe nicht erwiderte. In dem Fall sollte er auf seinen Platz zurückkehren und seine Wolke auf ewig weitertreiben.«

»O nein!«, rief Klara so laut, dass sich Aghavni im Schlaf zusammenkrümmte. »Warum weiß ich, dass diese Geschichte nicht gut ausgeht, und warum bin ich so traurig darüber, obwohl es nur uralter erfundener Unsinn ist?«

»Weil die, die ihn erfunden haben, vermutlich einen Grund dazu hatten«, sagte Sevan. »Einen, der kein Unsinn war.«

Sie streckte die Hand aus und griff in das Haar auf seiner Brust. Während er weitererzählte, hielt sie sich dort so fest, dass es schmerzte, und ließ nicht mehr los, bis die Geschichte zu Ende war.

»Um es ihm schwerer zu machen, belegten die Götter den Kairos mit einer Bedingung: Er durfte Smyrna nichts von seinem Haar erzählen. Genauer gesagt: Er durfte kein einziges Wort zu ihr sprechen. Als sie am folgenden Morgen auf ihrem Rappen über den Strand ritt, sah sie also diesen Mann, der wie vom Himmel gefallen im Sand lag, und als sie ihn ansprach, gab er ihr keine Antwort. Alles, was er hatte, um ihr seine Liebe zu erklären, war eine Perlenkette, die er aus Flocken seiner Wolke gemacht hatte. Während er dort oben gesessen und auf Smyrna hinuntergesehen hatte, hatte er davon geträumt, wie diese Kette sich um ihren Hals schmiegte. Sie aber legte sich zu ihm und sagte: Auch wenn du mir nichts geschenkt hättest, hätte ich dich geliebt.«

»So schnell?«

»Sonst würde ja die Geschichte zu lang. Er war eben Kairos, der Hüter der Gelegenheiten, und sie hat gespürt, dass ihre Gelegenheit gekommen war. Aber was sie hätte tun müssen, um ihn festzuhalten, wusste sie nicht. Sie hatte ihn lieb, sie wollte ihm kein Haar krümmen, also streichelte sie zärtlich seinen Hinterkopf, während sie sich den Tag und die Nacht hindurch liebten. Und der arme Kairos muss Höllenqualen ausgestanden haben, weil er so verzweifelt darauf wartete, dass sie sein Haar beim Scheitel ergriff.«

»Armer Kairos.« Klara hielt Sevans Haar fest.

»O ja. Armer Kairos.«

»Er musste am Morgen zurück?«

Sevan nickte.

»Arme, arme Smyrna.«

Wieder nickte Sevan. »Vierzig Tage lang lag sie am Strand und wollte sterben. Als sie am einundvierzigsten noch immer nicht gestorben war, stand sie auf und begann, eine Stadt zu bauen, die sich um das Meer an der Bucht schmiegte wie ihre Perlenkette um ihren Hals.«

Am nächsten Abend verließen sie das erste Mal gemeinsam das Haus. Die Sicht war klar, der Frühling nicht mehr weit, und sie gingen bis nach vorn an den Bootssteg, um Smyrna zu sehen, die mit all ihren Lichtern im blauen Dunkel lag wie eine Perlenkette um einen schönen Hals.

»Hat sie ein Kind von ihm bekommen?«, fragte Klara.

»Ja. Einen Sohn. Angeblich stammen alle Smyrnioten von ihm ab.«

»Und das schreibst du in deine Chronik?«

»Es war das Erste, was ich geschrieben habe«, sagte er. »Findest du das sehr albern?«

»Nein«, sagte sie. »Ich bin neidisch. Auf dich, der seine Chronik schreibt, und auf Smyrna, die ihre Stadt gebaut hat. Wie hieß ihr Sohn?«

»Das ist nicht bekannt«, antwortete Sevan. »Manche der griechischen Schriftsteller bringen allerdings Smyrna, die Amazone, und Myrrha, die Mutter des Adonis, zusammen. Vielleicht hat er also Adonis geheißen und war der schönste Mann der Welt? Es könnte passen, weil bei uns ja den Sommer über all die flammend roten Adonisrosen blühen.«

»Und diese Amazonen, die Smyrna gebaut haben sollen – die waren Griechinnen? Warum sagen die Türken dann, das Land gehöre ihnen?«

»Solche Fragen stellt Eleftherios Venizelos auch«, sagte Sevan. »Aber woher der Mythos von den Amazonen wirklich gekommen ist, wissen wir nicht. Vielleicht stammt er aus der Ukraine, vielleicht aus Libyen – das ist nämlich das Problem, wenn man die Welt in ihren ältesten Grenzen aufteilen will: Man tut so, als wäre es einfach, zu wissen, woher Menschen kamen, und so, als hätten sie sich dort, wo sie sich trafen, immer nur bekämpft, nie geliebt, nie gemischt.«

Klara zupfte an seinem Arm. Es wurde zu kalt, um noch zu bleiben, und er musste Aghavni schlafen legen. Auf dem Heimweg erzählte er ihr von den erstaunlichen Zeugnissen vergangener Jahrtausende, die in den letzten Jahrzehnten in Anatolien gefunden worden waren, von Hattusa, der Stadt der Hethiter, und von dem Deutschen Carl Humann, der in Smyrna gelebt und den Altar von Pergamon entdeckt hatte. »König Eumenes, der dieses Kunstwerk bauen ließ, mag Grieche gewesen sein«, sagte er, »aber seine Frau war je zur Hälfte Perserin und Mazedonierin. Andere dieser Stätten künden von Völkern, die vom Erdboden verschwunden sind, ohne dass wir etwas von ihnen wissen.«

»Geh mit mir ins Haus«, sagte Klara. »Bei dem Gedanken, dass ein ganzes Volk verschwinden könnte, wird mir kalt.«

Sevan wäre mit ihr überall hingegangen. Er wollte nur, dass sie bei ihm war. Als sie sich umdrehten, hoben in ihrem Rücken die Nachtigallenmännchen an, mit ihren Trillern und Doppeltönen um die Liebe der Weibchen zu singen. Ihr Gesang war so schön, dass man sie die Ärzte unter den Vögeln nannte, weil sie Kranken die Schmerzen und Sterbenden den Tod erleichterten.

Dass er in die Stadt zurückmusste, war eine Qual, doch er wurde im Hospital gebraucht und musste für Klara die Dinge mit den Delacloches regeln. Aghavni blieb auf der Insel. Sie war gern bei Klara, und Klara erklärte, die Kleine sei ihr ein Trost. Sevan sah die beiden gern zusammen, und als er fort war, dachte er gern daran, dass sie beieinander waren.

Bei den Delacloches trat er als Vertrauensmann von Klaras Vater auf und erklärte Adriana, Klara bereue ihren Fehler zutiefst, schäme sich und wünsche sich eine Zeit des Abstands, um in sich zu gehen. Hinterher wolle sie die Familie bitten, sie wieder aufzunehmen. Die unsägliche Lüge von der Affäre habe sie natürlich nur erfunden, um nach Aufmerksamkeit zu heischen, kein Wort daran sei wahr.

Dass Adriana ihm glaubte, wagte er keinen Augenblick lang zu hoffen. Wenn sie jedoch ihren Sohn und ihre Nichte nicht mitten in Trauer und Krieg in einen Skandal hetzen wollte, hatte sie kaum eine Wahl, als seine Lüge hinzunehmen.

Sevan war krank vor Sehnsucht wie Kairos. Er arbeitete die längsten Schichten und dachte dabei an nichts als den Tag, an dem er auf die Insel zurückkehren würde. Soghomon Beyleryan erzählte er, er müsse so oft wie möglich nach Bardisag, um seine schwangere Frau zu besuchen. Immer schon war er ein erbärmlicher Lügner gewesen. Seine Brüder und Cousins hatten sich durch Lügen Prügel erspart, er dagegen hatte sich das Doppelte eingehandelt. Jetzt schien sein ganzes Leben eine Lüge zu sein. Er verriet alles und jeden und handelte sich keine Prügel, sondern die süßeste Belohnung dafür ein.

Als er zurück nach Uzunada kam, lief ihm Klara den Strand hinunter entgegen. Er hatte ihr die Kamera mitgebracht, eine *Kodak Brownie,* die mit dem Slogan *You press the button, we do the rest!* warb. In dem verblüffend kleinen Kasten befand sich ein Rollfilm, auf dem sich Bilder festhalten ließen. Sobald der Film gefüllt war, brauchte Sevan nur das Gerät mit aufs Festland zu nehmen und bei der fotografischen Handlung in der Rue Franque abzugeben, um eine Woche später einen Stapel Abzüge zu erhalten.

Wie so oft war er begeistert von dem, was moderne Technik vermochte, wie schnell die Entwicklung voranschritt und was für Möglichkeiten sich auftaten. Einmal mehr dachte er, wie sinnlos es doch war, sich über Nationalitäten und Grenzen zu zerfleischen, wenn Menschen in Wettstreit und Zusammenarbeit solche Errungenschaften hervorbrachten.

Klara war überwältigt. Sevan bezweifelte, je einen Menschen gesehen zu haben, der sich derart freute. »Aber du kannst doch mir keine Kamera schenken!«, rief sie. »Du kannst doch nicht ausgerechnet mir schenken, was ich unbedingt will!«

Sie wiegte den kleinen, mit Leder bespannten Kasten in den Händen. »Und dabei habe ich nicht einmal gewusst, dass ich sie will«, murmelte sie. »Ich habe gar nicht darüber nachgedacht. Das, was ich wollte, war immer das, was ich nicht haben konnte.«

»Was wolltest du denn?«

»Einen Bruder«, sagte Klara. »Einen Hund.« Sie begann, ihm von den Weihnachtsfesten im Haus ihrer Eltern zu erzählen, von dem Baum, unter dem all die unerwünschten Geschenke lagen, brach dann aber ab, presste sich die Kamera an die Wange und weinte. Aghavni spielte im Sand, und sie saßen Seite an Seite, legten die Arme umeinander und ließen das Meer ihre Schuhspitzen lecken.

Sevan küsste ihr Haar. »Dein Vater wollte dir ja mich zum Bruder schenken. Ich habe mich nur nicht sonderlich gut in der Rolle gemacht. Willst du, dass ich mich stattdessen als Hund versuche?«

»Ich will dich«, sagte Klara. »Nicht als Bruder und nicht als Hund. Ich weiß, du wirst mir gleich sagen, dass ich dich nicht haben darf. Aber ich will dich trotzdem.« Sie griff in sein Haar und hielt es fest.

»Wir dürfen uns nicht haben«, sagte Sevan. »Aber ich will dich auch.«

An diesem Abend trug er eines der Kinderbetten für Aghavni nach oben, damit sie das große Bett für sich allein hatten. In der Nacht zogen sie einander die Kleider aus und schliefen wie verschmolzen. Lieben konnten sie sich nicht. Klara war im Innern verwundet, die Verletzung brauchte Zeit zum Heilen, das bewahrte sie davor, auch den letzten Schritt noch zu gehen. Wenn sie sich jedoch einredeten, ihre Tat würde dadurch zu einer Art Kavaliersdelikt, betrogen sie sich selbst. Sich ohne Schutz, ohne Hemmung zu halten, so viel eigene Haut wie nur möglich an die Haut eines anderen Menschen zu pressen, war Lust und Rausch und Sünde. Geborgenheit auch. Aber das machte es nicht harmloser.

Sevan hatte Rhipsime nie nackt gesehen. Unzählige Kranke, unzählige Gebärende, unzählige Tote, aber nie eine Frau, die er liebte. Klaras Schönheit raubte ihm buchstäblich den Atem, und er entdeckte immer Neues an ihr, immer Schöneres, immer mehr, das er nie wieder hergeben wollte.

Sie legte die Hände auf seine Brust und strich über seinen Bauch, ließ dann die Hände auseinander, auf seine Hüften gleiten. »Weißt du, was ich nicht glauben kann, Sevan? Dass du mir in einem Rudel von Männern nicht aufgefallen wärst. Dass ich nie über dich gedacht hätte: Ach Gott, da geht der Sohn von dieser Smyrna, der schönste Mann der Welt, sondern höchstens: der kleine Mann mit der Brille – weiß jemand, zu wem der gehört?«

Im Licht der Öllampe, das weich war und Aghavni nicht weckte, sah Sevan an sich herunter.

»Was bin ich für eine Idiotin!«, rief Klara. »Ich habe dir ein Kompliment machen wollen, aber was dabei herausgekommen ist, klingt wie eine Beleidigung. Bitte sei nicht beleidigt, Sevan, bitte lach über mich.«

»Ich bin nicht beleidigt«, sagte Sevan, der noch immer staunend auf seinen flachen Bauch und die vorstehenden Hüftknochen starrte, als sähe er diesen Körper, in dem er sein Leben lang steckte, zum ersten Mal. »Mir hat nur noch nie eine Frau ein Kompliment gemacht.«

In einer anderen Nacht bat sie ihn, sich auf den Bauch zu legen und stillzuhalten, und als er sich sträubte, packte sie mit beiden Händen sein Haar und zerrte daran, wie um ihn umzudrehen. »Jetzt mach schon. Hast du etwa Angst?«

»Ja«, gestand Sevan.

Sie ließ sein Haar los und küsste ihn auf den Mundwinkel. »Musst du nicht. Ich will dich nur anschauen. Ich tu dir nicht weh.«

Davor, dass sie ihn ansah, hatte er bei Weitem mehr Angst als davor, dass sie ihm wehtun könnte, aber das sagte er ihr nicht, sondern drehte sich um und lag starr.

Sie betrachtete ihn mit den Händen. Mit zwei Fingern strich sie seinen Schenkel hinauf und wirkte dabei geradezu andächtig. »Dein Schenkel ist steinhart«, sagte sie. Ihre Finger wanderten höher, und ein kleines Lachen entfuhr ihr. »Und dein Hintern erst recht. Woher bekommt ein Mann, der so viel Zeit mit Denken verbringt, an Beinen und Hintern so harte Muskeln?«

Vor Verlegenheit vergrub er sein Gesicht im Kissen. »Ich laufe gern«, murmelte er. »Seit ich in Smyrna wohne, bin ich Mitglied in einem armenischen Athletik-Club.«

»Das ist nicht dein Ernst.« Sie lachte schallend auf. »Läufst du bei Wettbewerben? Sevan, dann komme ich und sehe dir zu. Ich fand solche Sportveranstaltungen immer sterbenslangweilig, aber dich in diesem komischen weißen Anzug, der wie verschossene Unterwäsche aussieht, das kann ich mir nicht entgehen lassen.«

»Kannst du doch«, brummte er in das Kissen. »Wenn du dort auftauchst, laufe ich keinen Schritt, sondern verstecke mich.«

»Jetzt sei keine solche Diva.« Sie gab ihm einen Klaps auf die Hinterbacken, dann legte sie sich auf ihn und küsste seinen Nacken. »Ich habe das nicht gewusst, dass man so mit einem Mann spielen und albern kann wie ein Kind und dabei wild auf ihn sein wie eine Frau. Es ist so schön. Du musst mir erlauben, zu kommen und dich laufen zu sehen. Ich verspreche dir, ich werde nicht lachen und dich nicht in Verlegenheit bringen – aber ich muss alles sehen und erfahren, was zu dir gehört.«

Sevan hob den Kopf aus dem Kissen, drehte sich unter ihr um und umarmte sie. »Ich habe es auch nicht gewusst. Und ich finde es auch schön. Du darfst kommen und mir beim Laufen zusehen, und wenn ich dich lachen höre, werde ich mich freuen. Nur vielleicht das Rennen verlieren.«

Sie küsste ihn auf die brennenden Augen. »Wenn du da in weißer Unterhose herumhampelst, sehe ich überhaupt keinen anderen. Also kannst auch nur du gewinnen.«

Sie waren glücklich. Aghavni begann zu sprechen, und Klara hielt mit der Kamera fest, was ihre scharfen Augen auf der Insel fanden. Sevan erzählte ihr Geschichten, weil sie nach immer neuen verlangte, die Märchen seiner Mutter von Arewamanuk, der versuchte, die Sonne zu erschießen, und dafür ihr Licht nicht mehr ertragen konnte, und von den Kawtaren, den Schicksalsspinnerinnen, die Königssöhne in schlafende Steine verwandelten, bis die Träne eines liebenden Mädchens sie weckte.

»Ach Gott, mein versteinertes Dornröschen«, hatte Klara gesagt und ihn geküsst. »Bei der Tränenflut, die schon auf dich niederging, schläfst du nie wieder ein.«

Sie selbst erzählte Geschichten in Bildern. Als die ersten Abzüge eintrafen und sie sich gemeinsam darüberbeugten, konnten sie kaum fassen, dass so etwas möglich war. Es war ihre eigene Geschichte, die von Klara und Sevan, und sie würde noch da sein, wenn sie es nicht mehr waren.

Der Frühling kam mit Nachtgewittern, die den Himmel brandhell erleuchteten, und am Morgen spross aus jeder Spalte der Insel Leben. Aus den Zweigen der Granatapfelbäume platzten blutrote Knospen, die sich zu handtellergroßen Blüten auffalteten, das Werbelied der Zikaden setzte ein, als wäre es nie verstummt, auf warmem Stein sonnten sich wieder Eidechsen, und in die Wipfel der Zypressen zogen schwarze Störche.

So war es auch für Klara und Sevan: Der Winter, die Dunkelheit fielen von ihnen ab, in der erstarkenden Sonne begannen sie zu gesunden, und mit jedem Stück Kraft, das sie zurückgewannen, wurde ihnen bewusster: Wenn sie gesund waren, wenn sie einander nicht mehr brauchten, um sich zurück ins Leben zu tasten, mussten sie sich trennen.

Solange sie sich aneinander festhielten, um zu lernen, mit dem Geschehenen weiterzuleben, hatten sie einen Grund, sich ihr verbotenes Spiel, das kein Spiel war, zu erlauben. Sobald sie aber einen Fuß vor die Tür setzten und spürten, dass sie stark genug waren, allein zu gehen, mussten sie die Hände öffnen, um einander loszulassen.

Sie hatten Schuld auf sich geladen, und wenn sie den Glauben daran behalten wollten, dass sie rechtschaffene Menschen waren, die in einem Augenblick von Schwäche gefehlt hatten, durften sie sich nicht von Neuem schuldig machen. Er war mit Rhipsime Sahuni verheiratet, dem schönsten Mädchen von Bardisag, die es hundertmal besser hätte treffen können und dennoch sein Werben erhört hatte. Die Männer ihres Geschlechts kämpften für ein freies Armenien, ihr Vater und ihre Brüder gehörten der Huntschak-Partei an, und Rhipsime hatte sich einen Mann gewünscht, der ebenso todesmutig für die Befreiung seines Volkes eintrat.

Stattdessen hatte sie Sevan Agasian bekommen. Einen schmalen, blassen, nicht sonderlich mutigen Mann, der ein Völkergemisch, das sich ständig neu zusammenraufen musste, einem ordentlich begrenzten Königreich vorzog. Sie hatte hingenommen, dass dieser Mann sie nach Smyrna verschleppte, der am buntesten durchmischten Stadt des Reiches. Die Menschen, die er mochte, waren ihr zuwider, und sie erlebte mit ihm kein Glück. Dennoch hatte sie ihm ein Kind geschenkt, das er über alles liebte, und trug ein zweites im Leib. Wenn Sevan sich all dies vor Augen hielt, kam es ihm monströs vor, dass er sie betrog. Der Mann, für den er sich gehalten hatte, wäre dazu nicht in der Lage gewesen.

Klara ihrerseits war verheiratet mit Peter Delacloche, der vermutlich in seinem Leben noch nie einem Menschen etwas Böses angetan hatte. Er stand im Krieg, konnte in diesem Augenblick, in dem Sevan seine Frau in den Armen hielt, verwundet, gefangen genommen oder getötet werden. Peter liebte Klara. Bei seinem Junggesellenabschied, den er auf den Dachterrassen des *Sporting Club* für alle Männer, die er kannte, gegeben hatte, war dieser zurückhaltende Mann auf einen Stuhl gestiegen und hatte auf Promenade und Meer hinausgerufen: »Ich heirate Klara Reinecke! Ich bin der glücklichste Mann von ganz Smyrna!«

Peter Delacloche und seine Familie waren gut zu Sevan gewesen, sie hatten ihn ohne Vorbehalte als Freund in ihren Kreis aufgenommen, hatten ihm Türen geöffnet und Wege geebnet. Der Mann, für den er sich gehalten hatte, betrog keine Freunde. Er hätte sein Leben jederzeit wie ein Buch offenlegen können und sich für nichts, das darin stand, schämen müssen.

Die zwei, die sie jetzt waren, Klara und Sevan, Hand in Hand, die Finger so fest verflochten, dass die Gelenke knackten, die schämten sich. Aber das machte das Loslassen nicht leichter.

Manchmal, wenn sie beide bei der Vorstellung, einander zu verlieren, der Mut verließ, wenn sie sich verzweifelt hielten und gegen Gott und die Welt hätten anstürmen wollen, versuchten sie, Liebe als Rechtfertigung zu verwenden:

»Ich habe doch noch nie geliebt!«, rief Klara. »Wie ungerecht ist denn das? Ich wache im Paradies auf, sehe mich einmal um und werde schon wieder rausgeworfen? Ich hab keinen verdammten Apfel gegessen, und ich hätte Peter nicht geheiratet, wenn ich gewusst hätte, dass es das ist, worum es geht – das mit dir.«

»Es ist ja nicht das«, versuchte Sevan es leise und ohne Überzeugung. »Nicht nur.«

»Doch!«, schrie sie los. »Ich hätte gewartet, wenn ich das gewusst hätte, wenn statt all dem Gerede von Stellung und Stand und den Dienstmädchenromanen von Hilde jemand mir erzählt hätte, dass es um einen dünnen Mann mit Brille, Brauen wie Unkraut und zu vielen krausen Haaren geht, der so leise spricht, dass ich schon spitze Ohren habe, der mir Schlaflieder in unverständlichem Kauderwelsch vorsingt und mir eine Kamera schenkt, wo andere mit Klunkern und Pralinenschachteln stünden.«

»Klara?«

»Was ist denn, du Idiot, der verzichten will, obwohl es gar nichts geben kann, das das wert wäre, nichts, nichts, nichts!«

»Was sind Klunker?«

Sie ließ sich in seine Arme fallen. »Armbänder. Brillantringe.

Perlenketten. Zeug, das man jeder Frau schenken kann, nicht nur mir. Weißt du, was so schlimm ist, Sevan? Dass ich ohne dich noch einsamer sein werde als vorher, weil ich jetzt weiß, wie es ist, wenn ein Mensch mich kennt.«

»Nein, so wird es nicht sein«, sagte er. »Jetzt, wo einer uns gekannt hat, wo wir uns selbst kennen, was spricht dagegen, es mit Rhipsime und Peter zu versuchen und geduldig zu sein?«

»Sieh dich vor«, warnte sie. »Du hast schon einmal für zu viel Denken Prügel bezogen.«

»Für zu wenig Denken auch.« Es war die erste warme Nacht. Sie hatten Aghavni schlafen gelegt und waren auf die Terrasse gegangen, über der schwere Zweige mit den duftenden Blüten der Granatäpfel hingen. Klara trug ein billiges grünes Kittelkleid, das er im Dorf für sie gekauft hatte. Ihr Haar fiel über die Schultern, und sie war so schön, dass sie immer vor einem sternenübersäten Himmelsgewölbe hätte sitzen sollen wie eine Königin unter der Kuppel ihres Palastes.

»Klara«, sagte er. »Die Menschen, als die wir uns kennen, tun so etwas nicht. Sie machen Fehler, sogar so schwere, dass daran ein Kind gestorben ist, aber wenn sie ihre Fehler erkannt haben, machen sie damit nicht weiter. Wir sind es nicht nur den anderen schuldig, sondern uns. Weil wir uns kennen, weil wir wissen, dass wir anständige Menschen sind, müssen wir es auch sein.«

»Warum klingt alles, was du sagst, so verdreht und richtig zugleich?«

Er lachte. »Ich weiß auch nicht. Vielleicht denke ich zu viel im Kreis.«

Sie sprang auf. Ihr Gesicht war nass von Tränen. »Tanz mit mir. Ich gebe dich nicht her, ehe ich nicht mit dir getanzt habe.«

»Ich kann nicht tanzen.«

»Was du nicht sagst. Sei unbesorgt, schöner Freund. Das habe ich mir gedacht.«

Sie zeigte ihm, wie man es machte. Erst ohne Musik, in der duftenden, schwirrenden, wispernden Nacht. Dann gingen sie hinunter in den kleinen Salon, wo ein fast neues Grammophon stand, und suchten sehr lange nach einer Platte. Sevan fand es schön. Er war recht musikalisch, sein Körper war gut in Form, und Klara, die sich in seinen Armen bewegte, kam ihm vor wie eine Meerfrau, die ihren Leib mit den Wellen wiegte.

»Du tanzt wundervoll.«

»Unter den Blinden ist die Einäugige Königin.«

»Stelle ich mich so grässlich an?«

»Ja«, sagte sie und küsste ihn, während sie weitertanzten. »Du stellst dich grässlich an, und eine Frau, die trotzdem nicht aufhören will, mit dir zu tanzen, muss dich wie eine Verrückte lieben.«

Sie hatte ihm gesagt, sie wolle noch ein wenig auf der Insel bleiben, und er hatte geplant, nach diesem Besuch nicht mehr wiederzukommen. Dann aber kam er doch noch einmal, um Abschied zu nehmen. Und noch einmal. Und noch einmal. In London wurde ein Vertrag über den schwierigen Frieden auf dem Balkan geschlossen, und mit der Division aus Smyrna wurde Peter zurückerwartet, also nahmen sie noch ein weiteres letztes Mal Abschied. Gleich darauf brach ein neuer Krieg aus, weil die Balkanländer sich nicht einigen konnten, wie die gewonnenen Gebiete verteilt werden sollten. Die Division samt Peter wurde nicht demobilisiert, kehrte nicht nach Smyrna zurück, und Sevan fuhr noch einmal nach Uzunada, um von Klara Abschied zu nehmen.

Dann wurde Krikor geboren. Bedros schickte Sevan ein Telegramm, er musste von einem Tag auf den anderen nach Bardisag aufbrechen, und diesmal nahm er Aghavni mit und brachte sie in seinem Haus bei dem Hausmädchen unter. Klara schrieb er einen Brief, um sich zum letzten Mal zu verabschieden. *»Ich werde dich immer haben, auch wenn ich dich nicht mehr habe«*, schrieb er. »*Um deinetwillen will ich mich jeden Tag daran erinnern, dass das Leben schön ist und dass es Sünde und Dummheit zugleich ist, es sich zu vergiften.*«

27

In Bardisag bemerkte Sevan mit Erschrecken, wie fremd er sich fühlte. In der ganzen Ortschaft herrschte ein Klima der Angst, vor dem er am liebsten gleich wieder geflohen wäre. Viele Leute, die er gekannt hatte, waren nicht mehr da, andere lagerten ihre Habe von Planen bedeckt auf Karren und lebten in leeren Häusern. Die Leute schwiegen mehr, als sie sprachen, und huschten in Straßen und Geschäften aneinander vorbei, wie man es tut, wenn ein Gewitter erwartet wird und man noch beizeiten nach Hause will. Ihn beäugten sie lauernd und voll Argwohn, als hätte er ein Mal an sich, das ihn als Angehörigen einer feindlichen Art auswies.

Bedros wiegte den Kopf, als er ihn empfing. »Gut, dass du ohnehin blind wie ein Olm bist«, sagte er. »So entsteht nicht allzu viel Schaden, wenn die Sahuni-Tochter dir die Augen auskratzt.«

Sein Schwiegervater begrüßte ihn nicht. »Mit einem Lumpen setze ich mich nicht zum Tee«, sagte er. »Und wenn du hundertmal im Ausland studiert hast, Arzt bist und einen englischen Anzug trägst. Ein Mann, der seine Frau im Stich lässt, wie er sein eigenes Volk im Stich lässt, bleibt ein Lump, ob er sich Veilchenpomade ins Haar schmiert oder Dung.«

Samyel, Rhipsimes ältester Bruder, drängte sich vorbei, um mit einem Paket das Haus zu verlassen, und spuckte vor Sevan aus.

Sevan ließ beide stehen und ging zu Rhipsime, die auf den Diwan gebettet in der Stube lag. Die Kränkungen, mit denen Vartan Sahuni ihn über die Jahre bedacht hatte, hatten ihm immer wehgetan. Er war jetzt stark genug, sich das einzugestehen, aber auch stark genug, um zu wissen: Er war nicht auf der Welt, um Vartan Sahuni zu gefallen.

Rhipsime hielt ihrer beider Sohn im Arm, den sie nun endlich nach einem armenischen Heiligen benannt hatte, und erlaubte Sevan nicht, ihn hochzunehmen und auf der Welt zu begrüßen. »Du hättest bei uns sein und die Tür zur Feier seiner Geburt mit Zweigen schmücken müssen. Aber du wolltest lieber in deiner Hurenstadt und bei deiner Geliebten sein, also hast du dieses Recht, das jeder armenische Vater hat, verwirkt.«

Wie traurig das ist, dachte Sevan. Es hatte ihn verletzt, wenn sie ihn zu Unrecht als Ehebrecher beschimpft hatte, und jetzt, wo sie es zu Recht tat, fühlte etwas in ihm sich noch immer verletzt. Er schämte sich auch, aber wichtiger war ihm, dass etwas zwischen ihnen sich besserte, dass aus all dem etwas Gutes entstand, nicht weniger Liebe, sondern mehr.

»Rhipsime«, sagte er, denn er wollte sie nicht länger beim Kosenamen ansprechen, »ich weiß, ich bin nicht der Mann, den du gewollt hast. Ich bin auch nicht der Mann, den du lieben kannst, und es tut mir leid, dass deine Wahl dich unglücklich macht. Trotzdem wünsche ich, dass du mir Respekt entgegenbringst, so wie ich auch dir Respekt entgegenbringe. Wir wissen nicht, ob etwas anderes zwischen uns wachsen kann, aber solange wir uns gegenseitig mit Respekt begegnen, können wir ein gutes Leben miteinander führen.«

»Respekt«, höhnte sie und warf den Kopf zurück, auf dem eine Haube ihr Haar verbarg. »Respekt erwartest du von mir, wo meine Familie dich für einen feigen Schwächling hält, der sein Volk für ein paar Para verraten würde? Den Respekt seiner Frau muss ein Mann sich verdienen, und du tust das Gegenteil, für dich wird dein Sohn sich eines Tages schämen müssen.«

Sevan blieb ruhig. *Nein,* dachte er und beschloss, sich nie wieder wie ein kleiner Junge zu fühlen, dem Eva-Maria Gardebusch die Brille wegnahm und Ohrfeigen gab. »Ich bin anderer Meinung«, sagte er. »Ich finde, ein Mensch verdient Respekt dafür, dass er ein Teil der Schöpfung ist und sich nach Kräften bemüht, ein würdiges Leben zu führen. Aber ich will mich nicht mit dir streiten.«

»Du willst dich nie streiten!«, schrie sie ihn an. Der kleine Heilige in ihrem Arm weinte flüchtig auf und schlief weiter. »Du bist selbst dafür zu feige, du bist kein Herr in deinem Haus, sondern hast Angst vor deiner eigenen Frau.«

»Das mag sein«, sagte Sevan. »Ich reise morgen früh ab und würde gern dich und unseren Sohn mit nach Hause nehmen. Aber ich will mich auch darüber nicht streiten und mich nicht als Herr in meinem Haus erweisen, indem ich meine Frau zu etwas zwinge, das sie nicht will.«

Er beugte sich nieder, küsste das winzige Gesicht seines Sohnes, das ihm so süß und vollkommen erschien wie damals das von Aghavni, doch diesmal verboten und weit von ihm entfernt. »Danke für den schönen Sohn, den du mir geschenkt hast. Gott segne dich und die Arbeit deiner Hände.« Er beugte sich zu ihr, doch statt ihr Gesicht zu küssen, küsste er die Luft darüber, weil es ihm kränkender als eine Ohrfeige vorkam, von jemandem einen Kuss zu bekommen, von dem man keinen wollte.

Sie starrte ihn an. Das Zimmer war stickig wie tagelang nicht gelüftet. Sevan nahm die Brille ab, um sich die Augen zu reiben. Als er sie wieder aufsetzte, sah er, dass sie weinte.

»Ach Rhipsime.«

Als sie den freien Arm nach ihm ausstreckte und aufschluchzte, hielt er sie wie damals, nach Aghavnis Geburt, und sie tat ihm unendlich leid. »Warum bist du denn so?«, weinte sie. »Warum kannst du denn nicht anders sein? Ich hätte dich lieb, wenn du anders wärst, Sevan, ich hätte dich nicht genommen, wenn ich dich nicht lieb gehabt hätte.«

Etwas in ihm drehte sich um und war scharf wie eine Klinge.

»Der Vater war so sehr dagegen, er wollte, dass ich Gabriel nehme, einen von den Unseren, einen guten Huntschakisten. Nein, habe ich gesagt, ich will Sevan Agasian, den ich lieb habe und der euch eines Tages beweisen wird, was in ihm steckt.«

Die Klinge wurde schärfer. Sevan hatte Mühe, sich nicht vornüberzukrümmen. »Es tut mir so leid, Rhipsime. Bitte glaub mir, dass ich der Mann, den du wolltest, gern gewesen wäre.«

»Warum kannst du es denn nicht sein? Ich spreche mit Vater, ich weiß, dass du das Zeug hast, mehr als manch anderer.«

Das alles kam ihm so entsetzlich traurig und absurd vor, dass er Mühe hatte, weder zu lachen noch zu weinen. Jahrelang hatte er sich nach einem Wort der Anerkennung von ihr gesehnt, hatte sich angebiedert und erniedrigt, und jetzt, wo er es nicht mehr brauchte, bekam er ein Lob, weil sie ihm das Zeug zum Mörder zutraute.

Er widerstand dem Wunsch, ihr Haar zu streicheln, und zog ihr die verrutschte Haube glatt. »Weil ich anders bin«, sagte er. »Weil ich anders denke. Vielleicht bin ich wirklich feige, aber wenn ich kämpfen müsste, dann darum, dieses Reich zu erhalten. Menschen leben zu lassen, wo sie seit Generationen leben, und an Tischen friedlich über Rechte zu verhandeln.«

»So geht es nicht länger«, sagte sie. »Begreifst du das nicht? Vater und Hayk und Samyel verteilen keine Flugblätter mehr, sondern sammeln Waffen. Sie waren in Rumänien auf einer Konferenz, sie haben beschlossen, dass die Zeit des zahmen Wartens vorbei ist. Der Löwe Armenien muss zubeißen. Es gibt eine Liste mit Todesurteilen, und ganz oben stehen die Namen des Triumvirats.«

Das Triumvirat – Enver *Pascha*, Talat *Pascha* und Cemal *Pascha* – waren die Männer, die in Wahrheit die Macht im Staat innehatten, während der von ihren Gnaden ernannte Großwesir Said Halim mehr oder minder als Galionsfigur fungierte. Die drei gehörten dem radikalen, nationalistischen Flügel des Komitees für Einheit und Fortschritt an, und als Minister für Krieg, für das Innere und für Marine hatten sie die Regierung in Konstantinopel zu einer Art Diktatur ausgebaut.

»Ich glaube, du solltest mir so etwas nicht sagen«, fiel er Rhipsime ins Wort. »Wenn es der Wahrheit entspricht, wenn dein Vater und deine Brüder an Attentatsplänen gegen die jungtürkische Führung beteiligt sind, machst du besser all deinen Einfluss auf sie geltend, um sie davon abzubringen.«

»Und warum?«, fuhr sie auf, die Augen schreckgeweitet. »Ist es etwa wahr, was sie sagen, bist du ein Freund dieser Leute?«

»Nein«, sagte Sevan. »Ich bin nicht ihr Freund, sondern tief besorgt, weil sie dem Land nicht guttun. Aber noch besorgter bin ich, wenn Gruppierungen geheime Waffenlager anlegen und Listen führen, um Menschen zu lynchen. Damit helfen sie niemandem, Rhipsime, sondern heizen eine Stimmung an, die im Handumdrehen überkochen kann. Wir leben nicht mehr in finsteren Zeiten, sondern im zwanzigsten Jahrhundert. Wir haben eigene Presseorgane, eigene Parteien und zudem Briten, Franzosen und Amerikaner im Land, die der friedlichen Umwälzung des Reiches ihre Unterstützung nicht verweigern werden.«

Sie krallte die Finger in seinen Arm. »Von deinen Briten, Franzosen und all denen habe ich noch keinen hier gesehen, und warum sollten die sich um uns kümmern? Mein Vater sagt, wenn wir uns nicht selbst wehren, sind wir verloren.«

»Mit Übertreibung und Angstmache löscht man kein Feuer, sondern facht es noch an.«

»Übertreibung?«, rief sie. »Angstmache? Bei allen Heiligen, diese Leute, die die Partei auf die Todesliste gesetzt hat, haben deine Mutter umgebracht! Glaubst du, du und dein Onkel, ihr schafft das aus der Welt, indem ihr es verschweigt?«

Sevan musste sich von ihr lösen, er bekam ganz plötzlich in dem stickigen Raum keine Luft mehr. Er stemmte sich hoch und ging ein paar Schritte neben dem Bett auf und ab. Als er sich endlich durchrang, ihr zu antworten, schien ihm die Brust noch immer zu eng, um gleichmäßig zu atmen.

»Was damals passiert ist, wissen wir nicht«, sagte er. »Es gab einen Überfall, Männer sind in unser Haus eingedrungen, und meine Mutter, die in den Wehen lag, ist mit ihrem Kind dabei gestorben. Ja, es ist möglich, dass der Angriff mit den Pogromen gegen Armenier im Zusammenhang stand, die zu dieser Zeit im Reich vorgekommen sind. Es ist aber genauso möglich, dass die Täter umherziehende Banditen waren, wie sie diese Gegend von jeher plagen. Wir werden es nie erfahren, Rhipsime. Wenn es aber Hass war, der sie getötet hat, dürfen wir uns davon nicht anstecken lassen, oder es werden immer noch mehr Menschen sterben, die so wenig dafür können wie sie.«

Er wandte sich ab. Über den Tod seiner Mutter hatte er in zwanzig Jahren kein Wort verloren. Vielleicht hätte er auch jetzt kein Wort herausgebracht, hätte nicht Klara ihn in einer Nacht unter dem Dach des Granatapfelhauses gebeten, ihr zu sagen, was das Lied mit der Hirschkuh bedeutete. Er hatte begonnen, es ihr zu übersetzen, und hatte wieder abbrechen müssen. Sie hatte ihn gehalten, gestreichelt, ihm auf die klopfende Schläfe Küsse gegeben, bis er die Kraft fand, ihr von seiner Mutter zu erzählen.

Von den Handschuhen hatte er ihr erzählt und dass er als kleiner Junge, als Herr Kann-nicht, der nicht einmal lesen lernte, gedacht hatte: *Ich darf doch nicht dumm bleiben, ich muss doch reich werden und meiner Mutter Handschuhe kaufen.* Er hätte an seinem Schweigen festhalten können, aber er wollte Klara seine Mutter nicht verschweigen. Hätte seine Mutter gelebt, hätte er ihr Klara vorstellen wollen: *Das ist Klara, Mutter, die mich so liebt wie du. Ohne dich war ich einsam. Aber das ist nun vorbei.*

Rhipsime rief ihn zurück. »Mit Reden ändert man nichts! Nur mit Taten. Samyel bleibt nicht hier, die Partei schickt ihn nach Konstantinopel. Du könntest mit ihm gehen. Beweisen, dass dir zu trauen ist.«

»Nein«, sagte Sevan. »Ich bin Arzt, mein Platz ist in Smyrna. Zudem glaube ich daran, dass unsere Zukunft darin liegt, die Welt durch Reden zu ändern, nicht durch Taten. Durch den Versuch, uns zu verständigen, nicht uns auszulöschen. Und nach dem, was dein Bruder in Konstantinopel vorhat, frage ich dich besser nicht, denn sonst sähe ich mich womöglich verpflichtet, meinen eigenen Schwager bei der Polizei zu melden.«

»Du weißt ja nicht, was du sagst!«, schrie sie ihn an. Der kleine Krikor brach in klägliches Weinen aus, und Rhipsime schickte Sevan aus dem Zimmer, damit sie ihn stillen konnte. Dann rief sie erneut nach ihm. Sie legte den Jungen, der wieder eingeschlafen war, neben sich in den Korb. »Komm zu mir, Sevan.«

Er setzte sich von Neuem an ihre Seite auf den Diwan, sie riss ihn an sich und schüttelte ihn. »Du darfst so nicht reden«, raunte sie ihm ins Ohr. »Weißt du nicht, dass die Huntschak-Partei Männer wie dich, Armenier, die sich mit unseren Feinden verbrüdern, als Spione und Verräter auf ihre Listen setzt?«

»Ich habe keine Feinde«, sagte Sevan. »Wenn jemand mich dafür zum Verräter erklärt, werde ich damit leben müssen. Ich habe das Recht auf meiner Seite, Rhipsime. Ich lasse mir keine Angst machen.«

»Aber ich habe Angst!«, rief sie. »Jeder in diesem Ort hat Angst, jeder packt seine Sachen, wer immer kann, geht fort.«

»Und wohin?«

Rhipsime zuckte die Schultern. »Russland.«

»Über den Kaukasus?«

»Oder Griechenland.«

»Griechenland hat schon für die griechischen Flüchtlinge nicht genug Platz«, sagte Sevan. »Willst du da hin?«

Rhipsime schüttelte den Kopf. »Ich will, dass sie uns unser Land wiedergeben. Aber ich habe solche Angst.«

»Wovor?«

»Davor, dass sie mir antun, was sie deiner Mutter angetan haben. Ich habe Angst, sie tun mir an, was keiner aussprechen kann, und hinterher bringen sie mich und meinen Jungen um.«

Sevan zwang sich, zu schlucken und die Ruhe zu bewahren. »Gut«, sagte er, »dann komm mit mir nach Smyrna. In einer Stadt voller Diplomaten und Wachmannschaften wirst du wohl kaum Angst vor Übergriffen von Freischärlern haben. Ja, man hat uns einen Stein ins Fenster geworfen, und niemand kann garantieren, dass solche Dinge nicht wieder vorkommen. Es ist Krieg, die Gemüter sind aufgeheizt. Rahmi *Bey* hat jedoch versichert, jeder Bürger seiner Stadt stehe unter seinem Schutz ...«

»Der ist dein Gott, dieser Rahmi *Bey*«, fuhr sie ihn an. »Hast du vergessen, dass der selbst ein muslimischer Türke ist?«

»Muslimischer Türke ist er«, sagte Sevan, »satanischer Dämon nicht.« Er stand auf und wusste, dass er verloren hatte. Sie würde nicht mit ihm nach Smyrna kommen, sie würde nicht mit ihm um einen Weg zueinander ringen, und ihm tat das Herz um sie beide und um ihre Kinder weh. Mit aller Zärtlichkeit streichelte er ihr Gesicht, zog die Decke zurecht und küsste ihre Hände. »Gib gut auf dich und auf unseren Jungen acht.

Ich komme dich bald wieder besuchen und bringe Aghavni mit.«

Als er schweren Herzens in sein Haus zurückkehrte, fand er einen Brief von Klara:

»*Bitte komm auf die Insel. Nicht um mich zu sehen. Sondern um dich noch einmal zu verabschieden.*«

Er fuhr, und sie stand in dem grünen Kleid am Strand, das Haar offen, die Füße nackt, den Riemen der Kamera um den Hals. »Ich kann nicht mehr als eine Stunde bleiben.« Fast flehte er sie an.

Sie nickte. »Es fallen mir, während ich allein bin, nur noch immer Dinge ein, die ich dir unbedingt sagen will.«

Er lächelte. »Sag sie mir.«

»Weißt du, dass ich mich nie gern mochte?«, fragte sie. »Ich war ekelhaft und zu niemandem nett. Ich habe mir so sehr gewünscht, so wie Theri oder Didem zu sein, die jeder mögen muss, doch statt mir Mühe zu geben, war ich immer noch ekelhafter, sodass unmöglich jemand mich mögen konnte.«

»Tatsächlich nicht?«, fragte Sevan. »Ich fand es ganz leicht.«

»Du«, sagte Klara und sah ihn an. »Ja, du. Ich finde es jetzt auch leicht, Sevan. Seit du mich mochtest, mag ich mich selbst.«

»Ich glaube, mir geht es so ähnlich«, sagte Sevan.

»Wie können wir das denn hergeben?«, rief sie.

»Wir geben es ja nicht her«, erwiderte er. »Ich mag dich für immer, Klara.«

Wenig später kamen die Frauen und Kinder der Delacloches nach Uzunada, dazu Ulysses und sein geliebter Koch Pericles. Vielleicht hatte Adriana tatsächlich nicht hergewollt, nicht ohne ihren Bruder, mit dem sie unter tief hängenden Pinienzweigen gepicknickt hatte, aber letzten Endes siegte die Gewohnheit: Sie kamen ja immer hierher. In jedem Sommer. Wenn die Männer, die nicht an der Front waren, sie besuchten, blieb Edmond länger als sonst, um seiner Frau beizustehen. Zaghaft entstand ein neuer Alltag, in den Klara anfangs scheu, dann zunehmend sicherer hineinwuchs. Sevan kam häufig, um ihr zur Seite zu stehen, und als er spürte, dass sie seine Hilfe immer weniger benötigte, kam er seltener, sosehr er sich sehnte.

Im August wurde endlich ein Waffenstillstand auf dem Balkan vereinbart, dem eine Reihe schwieriger Friedensschlüsse folgten. Die Region blieb ein Pulverfass, auf dem niemand zufrieden war, und in alle Richtungen zogen Ströme von Flüchtlingen. Ulysses Delacloche kaufte Pericles einen Mops. »Ich wollte ihm seinen sehnlichsten Wunsch erfüllen«, erklärte er. »Damit er nicht fortgeht wie Gaia, sondern weiß, dass ich ohne ihn verloren wäre.«

Dann endlich kamen die Truppen nach Hause. Einhunderttausend Mann waren auf dem Balkan gestorben, und auch die Delacloches hatten mit dem jungen Giorgios ihren Tribut gezahlt, doch weitere Opfer waren ihnen erspart geblieben. Peter allerdings war wie im Innern zerbrochen. Ohne erkennbaren Anlass begann er bei Tisch oder im Garten zu zittern und zu weinen und ließ niemanden zu sich. Sevan hatte dergleichen bereits bei Patienten im Hospital gesehen. Überall in der Stadt liefen Männer mit diesen Symptomen herum, und niemand wusste ein Gegenmittel: Sie waren weder krank noch verwundet und doch nicht fähig, ihr Leben zu führen.

Er fuhr nicht mehr nach Uzunada, und Klara schrieb ihm keine Briefe. Sie hatten anderes zu tun.

Seit bald einem Jahr war er nicht mehr hier gewesen und hatte auch diese Einladung ablehnen wollen. Als dann aber doch noch einmal ein Brief von Klara gekommen war, hatte er nicht widerstehen können. Das Opfer, das sie gebracht hatten, erschien ihm auch jetzt noch atemberaubend, doch das Wissen, das Richtige getan zu haben, verlieh der Traurigkeit Sinn.

»Diesmal bitte ich dich nicht, auf die Insel zu kommen, um noch einmal Abschied zu nehmen, sondern weil ich dir erzählen will, dass uns verziehen worden ist. Ich bekomme ein Kind, Sevan. Peter und ich bekommen ein Kind!«

Er war mit Aghavni gekommen, die sich unbändig freute. Seit dem Tod von Kyriakos hatten die Delacloches kein Fest gefeiert, doch jetzt war es, als holten sie sich das Leben zurück. Der feuerfarbene Garten war mit Girlanden und Lampions geschmückt, und vom Buffet im Schatten des Hauses mischten sich die Aromen von Knoblauch und Kümmel, Rosenwasser, Muskat und Zimt. Kinder tollten zwischen den Beinen von Erwachsenen, Schmuck glitzerte, Kristallgläser klirrten, und als Peter mit Klara an der Hand zwischen den Palmen hervortrat, schien ein letzter Bann zu brechen. *Der Bann von Krieg und Tod und Feindschaft unter Nachbarn,* dachte Sevan. Smyrnas Geist hatte sich als stärker erwiesen und war ins Haus der Granatäpfel zurückgekehrt.

»Liebe Familie, liebe Freunde«, begann Peter. »Meine Frau Klara und ich haben Ihnen allen eine Mitteilung zu machen. Eine große Freude natürlich vor allem für uns, jedoch hoffentlich auch ein Grund für Sie alle, sich mit zu freuen.«

»Gott sei Dank«, stöhnte Harriet Delacloche, die mit Iris Romain und den Whitall-Damen in Sevans Nähe stand und Kanapees verzehrte. »Da ist wohl nur Nachwuchs unterwegs, was ja auch höchste Zeit wurde. Bei jedem, der sich heute hinstellt und etwas ankündigt, fürchte ich, die Österreicher hätten über dieser Sache in Sarajevo den Kopf verloren und wir stünden schon wieder mit irgendwem im Krieg.«

»Selbst wenn das mit dem Kopf der Fall wäre, was hätten wir damit zu tun?«, versetzte Iris. »Nicht Österreich-Ungarn, sondern Frankreich wäre die Macht, auf die es im Zweifel für uns ankäme.«

»Und warum dieses, meine Liebe? Weil dein hübscher Lance

womöglich eingezogen würde und sich die Schuhe schmutzig machen müsste, wenn Frankreich jemandem den Krieg erklärte? Das würde dein Bruder Edmond doch wohl zu verhindern wissen, oder etwa nicht?«

»Ich wüsste nicht, was Edmond dabei auszurichten hätte«, entgegnete Iris spitz. »Dafür, dass mir mein Sohn nicht in einen Krieg verschleppt wird, weiß ich schon selbst zu sorgen, besten Dank.«

So wie Iris Romain *mein Sohn* sagte, beherrschte es niemand sonst. Vermutlich hatte es ähnlich geklungen, wenn der Archäologe Carl Humann *Altar von Pergamon* gesagt hatte oder Vartan Sahunis Ahnen *Freies Königreich Armenien.*

Iris musste unterbrechen, weil Peter seine Ankündigung beendet hatte und die Gäste in Applaus ausbrachen. Der Kreis der Damen hob die Gläser und prostete den werdenden Eltern zu. Falls eine von ihnen eine gehässige Bemerkung über Klara und die nie ganz verstummten Gerüchte hätte fallen lassen wollen, nahm Peters Gesicht, auf dem endlich wieder das vertraute Strahlen lag, ihr den Wind aus den Segeln.

Peter zog Klara an sich. Ihr Blick traf den von Sevan. Der nahm die Brille ab, obwohl er ohne sie nur verschwommen sah. *Ich bin so stolz auf dich,* dachte er in ihre Richtung. *Du warst ein verwirrtes Mädchen auf der Suche nach einem Ort, an den es gehören konnte. Jetzt bist du eine Amazonenkönigin und baust deine Stadt.*

Und wer bist du selbst?, verspottete er sich. *Gott Kairos, der Hüter der Gelegenheiten?*

Die Rolle war ihm zu groß. Er konnte nie etwas anderes sein als Sevan Agasian, der eine Brille brauchte, um die Welt zu bestaunen, und der aus diesem Staunen nie herauskam.

»Wie nett für Adriana«, bemerkte Harriet Delacloche. »Man musste nachgerade Sorge haben, dass sie in Melancholie verfällt. Mein Schwager Edmond tut mir dabei leid. Jeder andere Mann wäre nächtelang in seinen Club entflohen, aber Edmond hat seine Adriana umsorgt wie ein rohes Ei.«

»Neidisch?« Iris Romain hob die Brauen.

»Nicht im Mindesten«, versetzte Harriet Delacloche, die sogar auf die Schatten der Eidechsen an der Wand neidisch war. »Ich gönne es nur dem armen Edmond, ein wenig von seiner Last abzulegen, wenn Adriana nun Großmutter wird. Meinem Thibault hätte ich solch einen Zirkus um meine Verwandten gar nicht erst zumuten dürfen. Diese Griechinnen sind eben doch anders als wir, haben diesen Hang zur Melodramatik, zur Maßlosigkeit ...«

»Damit meinst du ja wohl nicht Adriana«, unterbrach sie Iris Romain. »Adriana ist meine Schwägerin, nicht anders als du, sie ist ein Mitglied dieser Familie.«

»Schon gut, schon gut.« Harriet Delacloche griff auf einem Tablett, das ein Diener ihr herreichte, in eine Schale mit bitteren Oliven und Salzmandeln. »Ich habe ja nichts dagegen gesagt, Adriana und ich gehen im Haus der anderen mehr ein und aus als du. Ich habe lediglich dezent ein wenig Mitleid mit meinem Schwager geäußert, der ein Jahr lang in einem Palast der Trauer leben musste. Es ging dabei ja durchaus nicht nur um die bedauerliche Tragödie um Kyriakos, sondern mindestens genauso um das aufgelöste Verlöbnis, in das Adriana sich regelrecht hineingesteigert hatte.«

Die Whitall-Damen tauschten pikierte Blicke wie meist, wenn Harriet ihrem Herzen allzu unverhohlen Luft machte. »Darüber sollte doch wirklich nach all der Zeit nicht mehr geredet werden«, murmelte Liberty, die Frau des Familienoberhauptes. »Die ärmste Theri. Hat es doch schwer genug getroffen ...«

Wie auf ein Signal senkten alle Damen bis auf Iris Romain betroffen die Köpfe. »Ach Gott, ja. Die ärmste Theri.«

»Wie bitter, wenn erfreuliche junge Menschen für die Fehler ihrer Eltern zahlen müssen«, murmelte Liberty Whitall, sobald sie es wagte, wieder aufzublicken. »Ich kann von Glück sagen, dass unser Frederic und die junge Kyrene sorglos in ihr Eheleben werden aufbrechen dürfen. Um aber auf die Frage mit Frankreich zurückzukommen …«

»Ach ja, die Frage mit Frankreich«, unterbrach Harriet Delacloche. »Iris wollte uns erklären, warum in dieser unappetitlichen Affäre in Sarajevo nicht Österreich, sondern ausgerechnet Frankreich für uns von Bedeutung ist.«

»Sehr einfach«, erwiderte Iris. »Weil der Partner, an den wir uns weiterhin halten werden, Britannien heißt, ob das dem kindischen Schwärmer Lloyd George nun schmeckt oder nicht. Die Briten unterhalten kein Bündnis mit Österreich, wären also nicht verpflichtet, sich an einer Strafaktion gegen Serbien zu beteiligen. Auf der anderen Seite allerdings steht Russland, das den Serben Schutz zugesagt hat. Würde dieser Schutz nötig, hätten wir es mit einer Art Dominospiel zu tun, denn dann wäre Frankreich als Verbündeter Russlands im Zugzwang.«

»Und der Dominostein dahinter wären die Briten, das dritte Glied der *Triple Entente*«, bemerkte Clarisse, die unverheiratete jüngste Whitall-Schwester.

»Sehr richtig.« Iris Romain nippte an ihrem Kelch. »Und hinter denen wiederum stünde das Reich. Aber das alles ist natürlich müßig. Die Serben werden sich kniefällig entschuldigen müssen, und damit ist die Sache erledigt. Weshalb sollte eine der Großmächte sich daran die Hände schmutzig machen?«

Falls eine der Damen noch etwas einwenden wollte, so musste das warten. Die Glasharmonika wurde auf die Seitenterrasse getragen, und Didem ließ sich daran nieder: seltsam herb, seltsam schön, in rotem Kleid und einem Schleier aus durchbrochener Spitze. Mit einer Wucht, als würde ein Kabinett voller Gläser gesprengt, senkte das junge Mädchen die Hände auf das Instrument. Sie war tatsächlich unglaublich begabt. Ob sie sang oder spielte, ihre Musik hatte etwas Absolutes, das jeden Vergleich auslöschte. Begleitet wurde sie nur von zwei Geigern, die sich hinter ihr platzierten. Die ins Herz zielenden Moll-Akkorde der Eröffnung führten in einen schmelzenden, sehr langsamen Tanz, der *Boston Waltz* hieß und als Sensation der Saison galt.

Im schwindenden Abendlicht flammten rote und goldene Lampions auf, als schwirrten Glühwürmchen rund um die Tanzfläche. Ein Paar nach dem anderen wagte sich in den Kegel aus Licht und Klang, und mit einer Spur von Wehmut sah Sevan ihnen zu. Diese neue Art des Walzertanzens hätte einem verliebten Mann so viel mehr gelegen als die rasanten Vierteldrehungen, die Klara ihm auf der Terrasse beigebracht hatte. Der *Boston Waltz* war schwer und lasziv, ließ den Paaren endlos Zeit, sich aneinanderzuschmiegen und Arm in Arm, Leib an Leib die Zeit in die Schranken zu weisen.

Didems Töne schillerten wie Tropfen aus Kristall, während die Läufe der Geigen zerflossen. Hinter ihr, die Hüfte ans Instrument gelehnt, stand Lance Romain und blätterte ungewohnt zahm und dienstbar die Noten um. Edmond tanzte mit Adriana, die um ihr Trauerkleid eine gemusterte Stola trug. Aron de Lemos, der Zaubermeister, dessen Körper aus Musik zu bestehen schien, tanzte mit der entzückenden Kiki, und Pericles hielt seinen Mops in den Armen, während Ulysses an seiner Seite sternenäugig den Tanzenden zusah. Klara zog Peter auf die Tanzfläche und schüttelte lächelnd den Kopf, als er sich sträuben wollte.

Es war Sommer. Es war Frieden. Wie sie alle lebte Sevan in einer Stadt, die ein Paradies war, seine Kinder wuchsen hier auf und würden wundervolle Freunde haben. Es gab keinen Grund zur Klage, nicht einmal um die Wolke, die er in den Armen gehalten hatte, um sie schließlich freizugeben und ziehen zu lassen. Er war reich wie ein Sultan.

Sevan gönnte sich ein Seufzen und sah sich nach Aghavni um. Wenn sie morgen in aller Frühe aufbrechen wollten, wurde es Zeit zum Schlafengehen.

28

Seit dem Tod ihres Vaters litt Theri unter Migräne. Besonders wenn Menschen erregt durcheinandersprachen, setzten unvermittelt stechende Kopfschmerzen ein. Es folgte die Übelkeit erregende Aura, ein grünlicher Lichtring um die Augen, und dann ging nichts mehr, und sie musste sich zurückziehen. Sie kam sich albern vor im Vergleich mit Kranken oder Kriegsversehrten, doch in dem Zustand wurde ihr jedes Gespräch zur Qual.

Im *Nar Evi,* in ihrem *Nar Evi,* war es schlimmer als in der Stadt. Es war ohnehin nicht mehr ihr *Nar Evi.* In diesem Sommer schien es das *Nar Evi* von Klara, die darin umherging, als hätte sie schon immer hier gelebt und für das Haus gesorgt. Wie zufällig stellte sie Dinge um, breitete hier einen bunten, aus persischer Wolle geknüpften Teppich über einen Beistelltisch, ordnete dort ein paar Hände voll Datteln und bräunlicher Blumen in Tonschalen und veränderte so allmählich das Antlitz des Hauses, zeigte, dass nicht länger die alte, sondern *die junge Madame Delacloche* darin herrschte.

Sie machte es gut, und es war ihr Recht, Zeiten änderten sich, das Alte wich dem Neuen. Wer wie Theri am Alten hätte festhalten wollen, der zeigte damit, dass er kein Neues hatte. Dass Xenia demonstrativ zurückstellte, was Klara arrangiert hatte, nützte nichts. Es war so bedeutungslos, dass Klara nicht einmal ein Wort darüber verlor. Sie zog herum, machte ihre Fotos, und ehe Xenia es sich versah, hatte sie da oder dort wieder etwas umgestellt und dem Haus ihren Stempel aufgedrückt.

Nicht nur Adriana ließ sie gewähren, sondern ebenso *Giagia* Thea. Als Xenia sie darauf ansprach, gab sie gleichmütig zurück: »Keiner Frau gefällt, was ihre Nachfolgerin aus ihrem Haus macht. Glaubst du, ich fand nicht geschmacklos, was deine Mutter zurechtstoppelte? Finde dich ab, *chérie.* Eines Tages bist du in dem Haus, das du regiert hast, nur noch großzügig geduldet. Das hat eine Frau zu schlucken, so wie ein Mann es schlucken muss, dass Kunden den Direktor verlangen und seinen Sohn damit meinen.«

Dagegen war nichts zu sagen. In absehbarer Zeit würde Klara hier als Hausherrin regieren, aber die alte *Giagia* vergaß, dass weder Xenia noch Theri je ein Haus ihr Eigen nennen würden.

Theri stolperte, ließ sich aufs Bett fallen und hielt sich den Kopf. In ihre Nase stieg der inzwischen vertraute Geruch von Blut, der Schmerz sandte Blitze durch ihr Gehirn, und die Gedanken zersprangen zu Splittern. Sie hatte mit den anderen auf der Terrasse warten wollen, bis Tuncay zurückkam, der zum Zeitungholen an den Steg geschickt worden war. An manchen Tagen druckten die großen Zeitungen drei Extraausgaben hintereinander. Gewiss würde die Aufregung über kurz oder lang zum Erliegen kommen, aber bis dahin fühlte es sich wie ein Sakrileg an, die Entwicklung, die die Männer von der Insel fernhielt, nicht mit angehaltenem Atem zu verfolgen.

Der traurige Mord in dem fernen Land Bosnien hatte einen Rattenschwanz an Ereignissen nach sich gezogen, der mit jedem Tag anschwoll. Seit einem Monat verhandelten die Mächte

Europas, schickten Drohungen, Ultimaten und Angebote von einer Hauptstadt zur andern. Diplomaten saßen rund um die Uhr an Verhandlungstischen, Telefonleitungen liefen heiß, und auf den Klapptischen von Zugabteilen wurden Armeen verschoben.

Clifford Heathcote-Smith, der britische Konsul, der die Geselligkeit Smyrnas so sehr liebte, hatte sich bei sämtlichen Einladungen dieses Sommers entschuldigen müssen. Großbritannien hatte sich den beteiligten Parteien als Vermittler angeboten und deutlich gemacht, dass es sich die Vermeidung eines Krieges etwas kosten lassen würde. Letzten Endes waren die Bemühungen im Sand verlaufen. Österreich hatte Serbien ein schier unerfüllbares Ultimatum gestellt, Serbien hatte es bis auf ein Detail, um einen Rest Würde zu bewahren, erfüllt, aber Österreich hatte nur das Detail gesehen und den Rest verworfen.

Vermutlich war das Ultimatum nur zu diesem Zweck aufgesetzt worden. Vor zwei Tagen hatte der Riese in Wien dem Zwerg in Belgrad den Krieg erklärt.

Theri presste sich die Hände an die Schläfen. Der Schmerz in ihrem Kopf hatte zu viel von einer Hölle, um einen anderen Gedanken zuzulassen. Der Krieg würde nicht nach Smyrna kommen. Die Briten hatten durchblicken lassen, dass sie ihre Hände in Unschuld waschen und zu Hause bleiben würden, falls die übrigen Mächte sich nicht abhalten ließen. Die *Triple Entente* war schließlich kein formales Bündnis, und der Wink mit dem Zaunpfahl galt den Partnern Russland und Frankreich, die dementsprechend berieten, sich ebenfalls herauszuhalten.

Der Krieg würde sich auf die zwei Länder beschränken, die er anging. Und das Osmanische Reich würde diesmal auf der richtigen Seite stehen, auf der kühlen, vernünftigen Seite, die stählerne Schiffe baute, um Kriegstreiber einzuschüchtern, statt halbe Kinder auf Schlachtfelder zu schicken.

Halbe Kinder wie Giorgios, deren große Schwestern ihnen den Hintern gewischt und Zinnsoldaten für sie aufgebaut hatten und die jetzt nicht wussten, wie ihre Brüder gestorben waren. Im vergangenen Sommer war die Tochter der amerikanischen Nachbarn ans Tor gekommen, hatte lachend Giorgios' Namen gerufen und nicht einmal gewusst, dass es Krieg gegeben hatte.

Einmal hatte Theri Peter gebeten, ihr von Giorgios' Tod zu erzählen, doch er hatte erklärt, er sei nicht dabei gewesen – »Man hat Glück, wenn man nicht dabei ist, Theri.« Sie hatte ihn gebeten, Nimrod zu fragen, und kam mit ähnlicher Antwort zurück: Auch er sei nicht dabei gewesen, Giorgios habe Gräben ausgehoben, das sei alles, was sich sagen ließe, und sie, Theri, solle froh sein, wenn sie nicht wisse, wie ein Mann infolge eines Granatentreffers starb.

Theri hatte noch zwei Brüder übrig. Als ihre Mutter noch gelebt hatte, war sie oft mit allen dreien losgezogen, um ihnen beim Fischen nach Egeln zu helfen, und ihre Mutter hatte an der Haustür gestanden und ihnen hinterhergerufen: »Ich verlasse mich auf dich, mein Mädchen. Pass auf die Kleinen auf.«

Hätte ihre Mutter sie jetzt nach ihrem ältesten Sohn gefragt, hätte Theri ihr nicht einmal erzählen können, wie er gestorben war. Und wenn sie sie nach den Zwillingen gefragt hätte? Welche Antwort hätte Theri ihr gegeben? *Kein Grund zur Sorge?*

Kein Grund zur Sorge, beschwor sich Theri. *Kein Grund zur Sorge,* wiederholten die Frauen, die auf der Insel versammelt waren, so oft wie der Muezzin seinen Gebetsruf. Aber daran glauben konnte nur, wer annahm, dass nichts je so schlimm kam wie erwartet. Theri hingegen hatte das Gegenteil erlebt.

Auch wenn sie behaupteten, es gäbe keinen Grund zur Sorge, fanden die Frauen sich täglich auf der Terrasse ein, um auf die Zeitungen zu warten. Kadife stand mit im Rücken verschränkten Armen an der Brüstung. Wenn ihre Migräne ihr Zeit dazu ließ, erteilte Theri ihr Anweisungen, weil laufen und beschäftigt sein leichter sein musste, als still auszuharren. Kadife hatte womöglich mehr Angst vor einem weiteren Krieg als sie alle zusammen. Sie hatte sich den Gift verspritzenden Tuncay nicht als Ehemann ausgesucht, aber sie hatte ihre Zukunft an ihn gehängt.

Manchmal – einen Herzschlag lang – wünschte sich Theri, sie hätte denken können wie Kadife: Solange der Verlobte nicht umkam, solange es eine Hochzeit gab und danach das Leben, für das sie erzogen worden war, würde sie alles andere – Unterdrückung, Erniedrigung, andere Frauen – hinnehmen.

Theri hatte so nicht denken können. Statt etwas hinzunehmen, hatte sie die Leere gewählt und konnte jetzt vor Schmerz nicht einmal warten, bis Tuncay mit den Zeitungen eintraf.

»Kommst du zurecht, *koritsi?*« Adriana war aufgesprungen. »Ich komme mit dir, wenn du willst.«

»Nein, es geht schon«, hatte Theri erwidert. In ihr Zimmer hätte sie Adriana ohnehin nicht gelassen. Sie ließ niemanden dorthin, verwandelte einen Rückzugsort in eine vernagelte Festung. »Ich brauche nur ein wenig Ruhe.« Sie hatte Adriana zugenickt. »Warte du nur auf die Zeitungen.«

In früheren Sommern hatten die Frauen es genossen, auf der Insel ohne Zeitung ihre Tage zu vertrödeln. Henry James zu lesen. Vor sich hin zu träumen, bis der Tag sich der Nacht ergab, die Nachtigallen zu singen und die Glühwürmchen, die bei Tag wie lästige Insekten aussahen, zu leuchten begannen – beide aus Sehnsucht nach einem Gefährten, der sich lieben ließ. Theri hatte diese vertrödelten Sommer so sehr genossen, dass Xenia sie eine Parasitin gescholten hatte, deren Lebenssinn in nichts anderem als schläfrigem Müßiggang bestand.

Vielleicht war es so gewesen. Aber was für ein Schaden wäre dadurch angerichtet worden, und wozu hätte eine junge Frau ihres Standes sonst getaugt? Frauen wie Xenia und die Türkin

Halide Edib, die Schulen inspizierte und Reden hielt, mochten hochfliegende Träume haben, und Theri bewunderte ihre Energie. Sie selbst aber hatte sich nie in einer anderen Rolle gesehen als in der, die ihre Mutter, ihre Tante, ihre Groß- und Urgroßmütter ausfüllten: Sie würde heiraten, Kinder bekommen und dafür sorgen, dass die Menschen in ihrer Obhut geliebt und gehütet wurden.

Jetzt würde sie keine Kinder und niemanden zum Hüten haben.

Vielleicht war es besser so, und sie war für die Wirklichkeit zu verzärtelt. Sie machte ein Drama aus Kopfschmerzen, igelte sich in ihrem Schlafzimmer ein und presste das Gesicht ins blutverkrustete Fell eines Plüschbären. Sie machte ein noch größeres Drama aus dem, was alle Männer taten, egal ob Christen, Juden, Freidenker: Affären haben. Andere Frauen interessanter finden als die langweilige Verlobte, die daheim von Kindern und Büchern träumte. Muslime durften die interessantere Frau sogar heiraten – eine für Haus und Nachwuchs und eine für Liebe und Leidenschaft. Zumindest solange die für die Leidenschaft nicht schon verheiratet war wie im Fall von Klara.

Aber Nimrods Affäre mit Klara hatte ja gar nicht stattgefunden. Jeder sagte das. Klara hatte sich das alles ausgedacht, weil sie einsam und unglücklich gewesen war, und jetzt, wo sie Peter bei sich hatte und ein Kind von ihm bekam, dachte sie sich keine gehässigen Geschichten mehr aus, sondern schien von innen zu leuchten. Sie trug keine frivolen Kleider mehr, keine Badeanzüge, über die Xenia sich tagelang ereifert hatte, sondern kleidete sich wie eine Ehefrau aus Bournabad, wenn auch ein wenig eigen, eins mit sich selbst. Sie kümmerte sich um Kiki und Didem, sprach mit Kadife über Menüfolgen und half, in den Häusern geflüchteter Dorfbewohner nach dem Rechten zu sehen.

Der Sturm im Wasserglas war vorüber. Nur eine Hochzeit

gab es nicht, und niemand versuchte, Theri umzustimmen. Am wenigsten Nimrod. In dem Jahr seit seiner Heimkehr waren sie einander aus dem Weg gegangen, und nach Uzunada kam er so gut wie nie. Stattdessen war er oft wochenlang in Konstantinopel, um an der dortigen Flugschule sein Training aufzufrischen. Dass ihre Namen – *Theri und Nimrod* – jahrelang in einem Atemzug genannt worden waren, erschien bereits nicht mehr wahr.

Wenn Theri einen Raum betrat, verstummten die Gespräche. Die *arme Theri* habe so viel durchgemacht, hörte sie verebbende Stimmen tuscheln. Auf die *arme Theri* müsse man Rücksicht nehmen. Die Einzige, die über den gerade noch abgewendeten Skandal hätte reden wollen, war Xenia: »Ich betrachte Nimrod nicht mehr als meinen Bruder. Und was das Weibsbild betrifft – wenn sie es noch einmal wagt, einem Mitglied dieser Familie zu schaden, wird sie dafür bezahlen. Und zwar so teuer, dass sie sich aus der Gosse, in die sie dann fällt, nie mehr herauswinden kann.«

Wer sie hörte, schlug beide Hände vor den Mund und zischte: »Lieber Himmel, sei doch still, bevor ein Unglück geschieht!« Edmond, ihr Vater, der sonst kaum je das Wort an sie gerichtet hatte, hatte sie angefahren, wie seine Kinder es nicht von ihm kannten: Sie solle den Mund halten, oder er werde sie des Zimmers verweisen. Theri selbst hatte Haken geschlagen, um ihr zu entfliehen, bis Xenia es aufgegeben und sich wieder Sevan Agasians Hospital und ihrer Stiftung zugewandt hatte. Der armenische Arzt mit der entzückenden Tochter kam in diesem Sommer viel zu selten. Er hatte noch ein Söhnchen bekommen. Theri gönnte es ihm, sie gönnte diesem feinen Mann alles Glück der Welt. Ihr Kopf schmerzte zum Zerspringen. Sie klammerte sich an den Bären, das verkrustete Fell kratzte an ihrer Wange.

An der Tür klopfte es.

»Nein!«, rief sie.

Bestimmt Adriana. Aber in ihr Zimmer, diesen Schrein für eine verlorene Zeit, durfte niemand. Theri schob den Riegel vor, sobald sie die Tür hinter sich geschlossen hatte.

»Mir ist nicht wohl, ich ruhe mich ein bisschen aus.«

Die Tür wurde aufgeschoben. Offenbar hatte sie über ihrem Kopfschmerz den Riegel vergessen. »Dass es dir nicht gut geht, haben mir die Frauen schon erzählt. Ich dachte, ich sehe nach dir, erkundige mich, ob du etwas brauchst.«

»Ich brauche nichts!« Schon gar nicht Lance. Trotz der Schmerzen, die ihr Brechreiz verursachten, setzte Theri sich auf. »Nur ein bisschen Ruhe.«

Er trug einen hellen Leinenanzug und hielt seinen flachen Strohhut in der Hand. Wegen der Schmerzen war Theris Blickfeld verschwommen, doch sie erkannte, dass er unter dem Hut eine Zeitung in der Hand hielt. *Le Matin* vermutlich. »Du siehst elend aus«, sagte er.

»So schlimm ist es nicht.« Der Versuch, zu lächeln, misslang. »Lasst mich einfach ein paar Stunden allein, dann bin ich bis zum Dinner wohlauf wie ein Fisch im Wasser.«

Statt ihrer Bitte zu folgen, setzte er sich zu ihr aufs Bett. Theri spürte, wie ihre Nackenmuskeln sich versteiften, was den Schmerz in neue Höhen trieb. »Lance, ich bitte dich …«

»Ich wollte sowieso mit dir sprechen«, sagte er. »Ich habe auf eine Gelegenheit gewartet, aber das Rudel lässt dich ja nie allein.« Er legte Hut und Zeitung neben sich und bemerkte Theris Blick. »Peters Türke hat die Zeitungen gebracht. Es gibt schlechte Nachrichten. Ich dachte, du erfährst sie besser von mir als von irgendwem anders.«

Nach dem Grund für diese seltsame Annahme mochte Theri nicht fragen.

»Sankt Petersburg hat Mobilmachung befohlen«, sagte Lance. Theri erschrak. Für gewöhnlich sprach er nicht von Politik, und wenn doch, dann klang es wie Geplänkel über seine Wetten auf Galopper.

»Ich dachte, Frankreich wollte auf Russland einwirken, damit es sich heraushält?«

»Und Deutschland auf Österreich«, erwiderte Lance. »Wie zu erwarten war, ist das fehlgeschlagen. Auf beiden Seiten.«

»Was soll das heißen?«

»Dass der deutsche Kaiser ebenfalls mobilmacht.«

»Der deutsche Kaiser.« Zwischen den Schmerzblitzen versuchte Theri zusammenzurechnen, wie viele Länder an dem, was sich offenbar doch zum Krieg auswuchs, bereits beteiligt waren. »Es sind so viele«, entfuhr es ihr.

»Es werden noch mehr«, sagte Lance.

»Aber die Briten haben doch erklärt …«

»Vergiss die Briten. Die Entscheidung lag immer in Deutschland, und dort ist sie gefallen.«

»Das hat aber mit uns nichts zu tun«, sagte Theri und bemerkte, dass sie sich anhörte wie eine Grammophonplatte mit einem Sprung. Es war der Satz, den seit vier Wochen jeder gebetsmühlenartig wiederholte wie ein alter Türke, der seine *tespih* in den Fingern drehte.

Sie hatte eine spöttische Bemerkung erwartet. Aus Lances Mund klang alles spöttisch, selbst eine Beileidsbekundung oder ein Segenswunsch. Dass ihm nichts heilig war, dass er an gar nichts hing, war ihr schon unheimlich gewesen, als sie Kinder waren. Als er jetzt jedoch sprach, war seine Stimme ernst. »Wenn es mit *uns* nichts zu tun hat, womit du wohl das Osmanische Reich meinst – warum wird dann ein Deutscher, dieser Liman von Sanders, zum Marschall der Osmanischen Armee erhoben?«

»Er ist als Berater hier. Er hilft, die Armee neu zu organisieren.« Irgendwer, vermutlich Peter, hatte das erzählt. In früheren Jahren hatte Nimrod mehr als einmal seiner Bewunderung für die Deutschen Ausdruck verliehen, weil sie strategisch zu denken verstanden und ihrem Heer aufzwangen, was sie wollten. Osmanische Herrscher hingegen konnten ihre Truppen unterteilen in nutzlose Schwächlinge und hochgezüchtete Eliteeinheiten, die ihnen auf der Nase herumtanzten, bis sie wie Janitscharen und *Sipahi* gewaltsam aufgelöst wurden.

»Theri«, sagte Lance noch immer ernst. »Wenn das Osmanische Reich sich an Großbritannien und seine *Triple Entente* hält, wie ja in diesem Haus jeder annimmt – warum werden Liman von Sanders und seine deutschen Berater dann nicht ausgewiesen? Das Gegenteil ist doch der Fall. Enver *Pascha* hat sich seinen Busenfreund Hans Humann ins Land geholt, und das sicher nicht, um in Kindheitserinnerungen zu schwelgen. Der Mann ist kein Museumswärter wie sein Vater, sondern ein hoher Marineoffizier. Und auch wenn er sich offiziell ohne Funktion in Konstantinopel aufhält, versieht er faktisch die Aufgaben eines Militärattachés.«

»Ich wusste nicht, dass du dich für Politik interessierst«, sagte Theri, die sich fühlte, als werde ihr das Hirn zwischen den Schläfen zusammengequetscht.

»Ich interessiere mich nicht für Politik«, sagte Lance. »Ich interessiere mich für dich.«

Die Blitze, die durch das gequetschte Hirn schossen, verdichteten sich. Der Blutgeruch, der längst verflogen sein müsste, drehte Theri den Magen um. Sie würgte von Neuem. Schnell wie eine Eidechse bückte sich Lance zu ihr herab und umschlang ihre Schultern. »Theri! Was ist mit dir? Lass mich dir helfen!«

Theri bäumte sich auf und stieß ihn mit einer Wucht zurück, die sie sich nicht zugetraut hätte. Dann sackte sie auf die Kissen zurück. »Es ist schon gut, Lance. Nur Migräne. Vielen Dank für deine Mühe.«

Lance saß wieder still, stützte das Kinn in eine Hand und betrachtete sie. »Die Deutschen geben für diese Militärberatung ein Vermögen aus«, sagte er. »Das tun sie nicht, damit der Staat, dem sie auf die Füße helfen, sich im Kriegsfall nonchalant heraushalten kann.«

»Dasselbe könntest du über die Briten sagen, die uns die *Dreadnoughts* verkaufen«, versuchte Theri gegenzuhalten.

»Ich höre immer *uns*«, sagte Lance. »Ich weiß, du bist jahrelang davon ausgegangen, durch eine Heirat Levantinerin und Osmanin zu werden, doch wie es jetzt steht, bist du keines von beiden.«

»Ich bin osmanische Untertanin! Mein Bruder ist für das Reich gestorben.«

»Ich weiß das, Theri. Du aber weißt, dass es so einfach nicht ist. Im Zweifelsfall betrachtet keines der beiden Länder den Clan der Kantakouzenos als den seinen: Für die Osmanen seid ihr Griechen und potenzielle Verräter. Für die Griechen seid ihr Osmanen, die gegen sie zu Feld gezogen sind und für deren Schutz sie sich kein Bein ausreißen werden. Das ist der eigentliche Grund, weshalb ich zu dir komme: Ich sorge mich um dich.«

Sie lachte auf, obwohl es höllisch wehtat. »Ich dachte, das kannst du gar nicht – dich um jemanden sorgen.«

Er lachte nicht mit. »Nicht um jemanden. Aber um dich.«

»Warum ausgerechnet um mich?«

»Weil du anders bist«, sagte Lance. »Anders als die Horde da unten mit ihren Küsschen und Stimmchen, die vor lauter Liebe quietschen. Wir stehen über ihnen, ich und du. Lichtjahre weit.«

Sie wollte noch einmal auflachen, sein Gerede, das ihr Angst machte, weglachen, aber ihre Kehle gab nichts her. Er beugte sich über sie. Sie hätte sich zur Seite winden und aufspringen wollen, doch er stützte seine Hände auf ihre Schultern, auf die Sehnen über den Schlüsselbeinen, und fixierte sie damit auf dem Bett. Es tat so weh, dass sie aufschrie.

Lance lockerte seinen Griff, sodass Theri zu Atem kam. Seine Hände nahm er aber nicht weg. »Mein Vater ist ein echter in Frankreich geborener Franzose«, sagte er. »Meine Eltern und ich erhalten vollgültige französische Papiere, wir sind auf osmanische Inlandspässe nicht angewiesen. Als Frau eines französischen Staatsbürgers wärst du geschützt, egal was passiert. Du könntest im Notfall sogar deine Sippe schützen. Wenn Frankreich uns ausschifft, wird es die Brüder einer Französin kaum zurücklassen.«

»Lance, das ist doch lächerlich!« Vor Verblüffung vergaß sie ihre Angst. »Meinst du im Ernst, du und ich … könnten heiraten?«

»Warum sollte ich das nicht im Ernst meinen?«

»Weil es Unsinn ist. Genau wie das andere, was du gesagt hast. Weshalb sollten du und ich über den anderen stehen? Wir sind doch eine Familie – und wen interessiert das überhaupt?«

»Mich«, sagte er. »Ich habe nie etwas so ernst gemeint. Eine schlechte Partie bin ich wohl nicht einmal im Vergleich mit Nimrod Delacloche. Im Gegenteil. Wenn die Hohe Pforte die Kapitulationen streicht, dürfte es mit all dem hier in Windeseile bergab gehen. Mein Vater aber hat seinen Hauptfirmensitz in Paris. Anders als die anderen hier stünde ich nicht mit leeren Händen da.«

»Aber das ist doch kein Grund, um zu heiraten!«

»Der Grund ist ein anderer. Ich liebe dich.«

Er senkte den Kopf und presste seinen Mund auf ihren. Theri zappelte mit Armen und Beinen, befreite sich schließlich und stieß ihn weg. »Hast du den Verstand verloren?«

Im nächsten Augenblick bekam sie eine Ohrfeige, die ihr Atem und Sinne raubte. Als sie zu sich kam, war in ihrem Ohr ein scharfer, schriller Ton. Lances Gesicht und der Raum vor ihren Augen drehten sich wie rasend um sich selbst.

»Tu das nie wieder, Theri«, sagte er sanft und verstärkte den

Druck auf ihre Schultersehnen. »Ich will dir nicht wehtun müssen. Menschen brauchen es, dass man ihnen wehtut, aber bei dir macht es mir keinen Spaß.«

Seine Stimme drang durch den schrillen Ton in ihrem Ohr. Er klang wie ein Kind, ein kleiner Junge, der quengelte, bis er bekam, was er wollte. Verschwommen sah sie das zerschlagene Gesicht von Eleni vor sich, Adrianas Küchenmädchen, das ihm zum Spaß eins auf die Finger gegeben hatte, als er vom Teig ihrer *galaktoboureko* naschen wollte. Er hatte den Haken genommen, mit dem Eleni das Feuer schürte, ein Kind von acht Jahren, und er hatte zugeschlagen, bis sie es schafften, ihn von ihr wegzuzerren.

Er war wie besessen gewesen, und genauso hatte Klaras Gesicht ausgesehen: zerschlagen von einem Besessenen. In Theris Kopf fand eine Explosion nach der andern statt. Sie wollte schreien, brachte aber nicht mehr heraus als ein Stöhnen.

»Ich habe dich immer gewollt«, sagte er. »Schon Jahre ehe Nimrod, der Idiot, ins Spiel kam. Er hat zu dir nie gepasst. Was meinst du wohl, warum er sich mit dem dummen kleinen Flittchen eingelassen hat? Weil er einer Frau wie dir nicht das Wasser reichen kann, weil er sich neben dir mickrig und hässlich fühlt, ein Gnom mit zu kurzem Schwanz.«

Lance warf den Kopf zurück und lachte, dann stützte er sich wieder auf ihre Schultern. Sein Gesicht kam näher. Theri fühlte ihren Körper erstarren, dann verschloss sein Mund von Neuem den ihren. Das Würgen in ihrem Hals wurde übermächtig, aber sie bekam keine Luft, sie würde an dem Würgen ersticken.

Wie durch Nebelschwaden glaubte sie zu sehen, dass die Tür aufflog und eine dunkle Gestalt ins Zimmer schoss. Im nächsten Augenblick wurde Lance von ihr heruntergezerrt und erhielt einen Schlag, dass er gegen die Wand prallte. Theri wimmerte vor Erleichterung und tastete nach ihren geschundenen Schultern.

»Verschwinden Sie! Fassen Sie sie ja nicht noch einmal an.«

»Was geht denn dich das an? Was glaubst du eigentlich, wer du bist?«

»Das tut nichts zur Sache. Raus.«

Der zweite Schlag hörte sich geradezu sanft an. Wie ein Ploppen. Lance wollte zurückschlagen, doch sein Gegner hielt ihm mit der Rechten beide Handgelenke fest und ohrfeigte ihn mit der Linken.

»Das wirst du bereuen.«

»Mag sein. Sie verschwinden jetzt, oder ich hole Monsieur Delacloche.«

»Glaubst du, dass das, was du da stammelst, Französisch ist?«, höhnte Lance. »Bildest du dir jetzt etwa ein, du wärst ein Herr, weil ihr Muselmänner die Stadt überschwemmt und in der Überzahl seid? Das macht keine Herren aus Bücklingen, die nicht wissen, wie man einen Anzug trägt, und das Gesindel, das euch da hereinschwappt, kann nicht einmal seinen Namen schreiben.«

Der andere packte ihn im Nacken und zwang ihn in Richtung Tür. Unter seinem Griff vollführte Lance mechanische Schritte wie eine Gliederpuppe und wurde mit einem heftigen Stoß aus dem Zimmer befördert. Die Tür fiel zu, und das Knirschen des Riegels sandte eine Welle der Erlösung durch Theris Körper.

Der Mann drehte sich zu ihr um. Er war groß, schlank, gebaut wie ein Männerbildnis der griechischen Klassik, ein schöner Olympionike. Es war ihr nie zuvor aufgefallen. Sie brauchte keine Angst mehr zu haben, nicht jetzt, nicht solange er da war. Lance hatte keine Chance gegen ihn. *Danke,* wollte sie sagen, doch im selben Atemzug schien alles zu zerfließen und den letzten Rest Kraft davonzuschwemmen. Tränen wallten ihr in die Augen und verstärkten das Wüten der Schmerzen in ihrem Kopf.

»Sind Sie verletzt, *Mademoiselle?* Soll ich jemanden holen?«

»Nein, auf keinen Fall.« Sie hielt sich den Kopf, jedes Wort war eine Qual. »Bitte sagen Sie niemandem etwas davon. Die Familie hat schon so viel zu verkraften ...«

Er nickte und wandte sich wieder zur Tür. »Sehr wohl.«

»Gehen Sie nicht!« Sie sprach, ohne zu denken. »Bitte bleiben Sie hier. Nur noch einen Moment.«

Alles überrollte sie. Schmerz und Angst und Tränen. Er kam zu ihr, hob etwas vom Boden auf, das aus dem Bett gefallen war, und legte es ihr in den Arm. Ihren Bären. Das Spielzeug, das ihr Vater ihr geschenkt hatte und auf dem er gestorben war. Theri drückte ihn an sich, weinte auf und bezahlte mit einer neuen Schmerzattacke. Wieder musste sie würgen, und zu ihrem Entsetzen quoll aus ihrer Kehle ein Brei aus halb verdauten Speisen.

Tuncay stand auf, holte ihren Krug vom Waschtisch und wusch ihr mit unbeholfenen Händen das Gesicht. Mit einem Tuch reinigte er den Bären und die Decke, trug alles fort und kam zu ihr zurück.

Theris Kopf stand in Flammen. Nur das Weinen ebbte ab.

»Was hat er Ihnen getan? Brauchen Sie einen Arzt?«

Sie konnte den Kopf nicht schütteln. »Nur Migräne. Er war widerlich, aber er hat mich nicht verletzt.«

»Kopfschmerzen?«

Nicken konnte sie auch nicht.

Tuncay stand auf, ging zum Fenster und schloss die Läden. Die Dunkelheit wirkte wie Balsam. Sie hätte gern gelacht, weil es so lächerlich typisch für sie war, auf etwas derart Einfaches nicht zu kommen.

»Ich weiß etwas, das dagegen hilft«, sagte er. »Ich hole es Ihnen. Aus der Küche.«

»Nein!«, rief sie. »Bitte lassen Sie mich nicht allein.«

»Ich gehe nur in die Küche. Sie brauchen etwas für Ihren Kopf.«

Theri riss sich zusammen und setzte sich auf. »Dann komme ich mit.«

Er wirkte skeptisch, und Theri schwankte beim Versuch, sich aufzurichten. Nach kurzem Zögern reichte er ihr seinen Arm. Auf ihn gestützt schleppte sie sich aus dem Zimmer, die Galerie entlang und die Stufen hinunter. Zu ihrem Glück begegnete ihnen niemand, sie saßen wohl alle noch auf der Terrasse über die Zeitungen mit den verstörenden Nachrichten gebeugt. Theri atmete auf. Sie hätte keinem von ihnen eine Frage beantworten oder ihm auch nur in die Augen sehen wollen.

Unter der Treppe, wo sich Küche, Kammern und die Quartiere der Dienstboten befanden, war es kühl und still, und das Licht war gedämpft. Die große Küche war erfüllt vom Aroma von Nelken, bittersüßen Orangen und schmelzendem Zucker. Vor dem Herd stand Kadife und rührte im Kupferkessel Sirup an, in dem sie *incir tatlisi,* mit Pistazien und Walnüssen gefüllte Feigen, zum Dessert backen würde. Mit wachsamem Blick ließ sie Gewürze einrieseln, Schale, die sie von Orangen gerieben hatte, Kardamom und Vanille, und das alles wirkte so heimelig, so unzerstörbar, dass Theris Herzschlag sich beruhigte. Sie gab Tuncay frei und lehnte sich an einen der Schränke.

Kadife drehte sich um und sah ihren Verlobten. Ihr Mund war von einem Schleier bedeckt, doch das Lächeln erstreckte sich bis zu ihren Augen. Tuncay erwiderte es nicht. Theri erinnerte sich, dass sie ihn auch früher selten lächeln gesehen hatte, doch seit er vom Balkan zurück war, überhaupt nicht mehr. »Kadife«, sagte er auf Türkisch, »lass uns kurz allein. Ich brauche den Herd, um Kaffee zu machen.«

»Soll ich ihn für dich machen?«

»Nein.«

Sie nahm die Feigen vom Feuer und stellte eine kupferne *cezve* auf. Dann schob sie ihm die Mühle aus glänzendem Messing hin, deutete in Theris Richtung einen Knicks an und verließ die Küche. Tuncay füllte Bohnen in die Mühle und begann mit kräftigen Bewegungen, den Kaffee zu mahlen, der sofort seinen Duft entfaltete. Er stand breitbeinig und hielt die Schultern gerade. Sein Hemd rutschte ihm vom Handgelenk und entblößte den Unterarm, an dem schlanke Muskeln sich spannten.

Wie gebannt sah Theri ihm zu. Sie hatte nie zuvor einen Mann gesehen, der mit Küchenutensilien hantierte, und Tuncay, der seine Verlobte wie eine niedere Arbeitskraft herumkommandierte, war der Letzte, von dem sie es erwartet hätte. Aus einem Krug füllte er Wasser in die *cezve* und mischte es mit dem gemahlenen Kaffee, ehe er das Gefäß zurück aufs Feuer stellte.

»Sie hätten mit Ihrer Braut nicht so grob sein dürfen«, sagte Theri.

Über die Schulter blickte er sich nach ihr um. »Ich dachte, so elend, wie es Ihnen geht, würden Sie nicht gern noch jemanden um sich haben.«

»Aber Sie hätten Kadife zumindest liebevoll begrüßen können.«

Er drehte sich nicht noch einmal um, sondern blickte konzentriert in die Flüssigkeit, die allmählich Schaum bildete. »Das möchte ich nicht«, sagte er stolz. »Wenn ich liebevoll zu Kadife bin, geht es keine Fremden etwas an.«

»Sie haben recht«, sagte Theri. »Weshalb maße ausgerechnet ich mir an, Sie zu tadeln? Ich glaube, ich habe mich noch nicht einmal bei Ihnen bedankt.«

»Das brauchen Sie nicht.« Er nahm die *cezve* vom Feuer, ehe sie überschäumte, sah zu, wie der Schaum sich senkte, und stellte sie wieder zurück. »Ihr Cousin bezahlt mich.«

»Aber nicht dafür, dass Sie Erbrochenes aufwischen und alte Jungfern trösten, die die Kontrolle über ihr Leben verloren haben. Im Übrigen hat Lance unrecht. Ihr Französisch ist ausgezeichnet. Wo haben Sie es gelernt?«

Er zuckte die Schultern und nahm den schäumenden Topf ein zweites Mal vom Feuer. *Was für einen schönen Menschenschlag dieser Landstrich hervorbringt,* dachte Theri. Selbst sein Haar fiel in den kräftigen Wellen, die die Bildhauer der hohen Klassik, Phidias und Poliklet, ihren Idealen männlicher Schönheit nachgestaltet hatten. Die Würze des Kaffees, den er wieder auf das Feuer stellte, duftete jetzt überwältigend.

»Das wird köstlich, was Sie da machen«, sagte Theri. »Ich hätte nicht gedacht, dass Sie Kaffee kochen können – ich kann es nicht.«

»Ich habe ja keine Diener«, sagte er, langte in einen Korb mit Obst und fischte zwei Bergamotten heraus, die er mit schnellen Schnitten teilte.

»Natürlich nicht. Entschuldigen Sie.« Obwohl sie wusste, dass seine Familie auf dem Kadifekale und nicht in rosigen Verhältnissen lebte, war er ihr immer verwöhnt vorgekommen, so als hätte er Frauen, die ihn rastlos umsorgten, ihm Kummerfalten von der Stirn fächelten und Tücher vorhielten, wenn er nieste.

»Meine Mutter hat mir jahrelang Kaffee gekocht«, sagte er, als lese er ihre Gedanken. »Jetzt ist sie oft müde, und es geht ihr nicht gut, also mache ich ihr welchen.«

So einfach war das. Ein Mann, den sie für herrisch und selbstsüchtig gehalten hatte, erledigte Frauenarbeit, weil er seine Mutter liebte. Gleich darauf entfuhr ihr ein Schrei. »Um Gottes willen, was machen Sie denn da?« In der bloßen Hand drückte er eine der halbierten Bergamotten über der *cezve* aus, dass der Saft in den Kaffee tropfte, den er mit so viel Sorgfalt zubereitet hatte.

Welche Ströme von Saft er mit seiner Faust der Frucht abpresste, war unglaublich. Dann warf er die flachgequetschte Schale beiseite und griff nach einer weiteren Hälfte. Erst als deren Saft in das Gefäß rann, blickte er sich nach Theri um und hob die Brauen in die Stirn. Auf der Stelle wirkte er nicht mehr finster, sondern so jung, wie er vermutlich war. »Sie müssen das trinken. Saft von Zitrusfrüchten und schwarzer Kaffee. Es hilft.«

Zaghaft verzog Theri den Mund. »Wollen Sie mich umbringen?«

Tuncay war mit dem Ausdrücken der Früchte fertig und leerte den ungenießbaren Inhalt der *cezve* in eine Mokkatasse. Dabei sah er immer noch Theri an, als hätte er ihre Frage nicht verstanden. Seine Augen – cognacfarben, nahezu dreieckig – hätten in einen Henry-James-Roman gepasst. Verunsichert hielt er ihr die Tasse entgegen.

Theri überwand sich. Wenn die deutsche Kriegserklärung, der Migräneanfall und Lances Heiratsantrag ihr nicht den Garaus gemacht hatten, würde auch Kaffee mit Bergamottensaft keine Chance haben. Sie holte tapfer Luft und nahm ihm die Tasse ab. Es roch merkwürdig, aber nicht abstoßend. Der Geschmack war nicht angenehm, und von der Säure zog sich ihr Gaumen zusammen, doch es musste weit Schlimmeres geben.

Verblüffend war, wie schnell das Getränk das Tosen in ihrem Kopf beruhigte. Aus Krieg, der das Hirn zerfetzte und die Schläfen zu sprengen drohte, wurde Schluck für Schluck ein gewöhnlicher Kopfschmerz, dem ein leichtes Schmerzmittel abhelfen würde. Jäh fühlte Theri sich so müde, dass sie sich an der Schrankwand aufrecht halten musste. Müde und dankbar. Sie würde hinauf in ihr Zimmer gehen, den Riegel vorschieben und schlafen können, bis ihr Leben wieder aussah, als ließe es sich bewältigen.

»Warum sind Sie so nett zu mir?«, fragte sie. »Ich muss gestehen, ich habe ziemlich unfreundliche Dinge über Sie gedacht.«

»Was Sie denken, geht mich nichts an.« Tuncay senkte den Blick auf einen Flecken auf dem Herd. »Und nett bin ich nicht.

Ich habe Ihnen nur einen Kaffee gemacht, wie meine Mutter ihn mir macht. Weil ich auch diese Kopfschmerzen habe. Manchmal.«

»Ich habe sie, seit mein Vater gestorben ist«, sagte Theri und fragte sich, warum sie ihm das erzählte.

Abrupt blickte er auf und starrte sie aus seinen cognacfarbenen Augen an. »Ich auch.«

»Ich dachte, Ihr Vater wäre gestorben, als Sie ein Kind waren!«, rief Theri.

»Ich war sieben«, sagte Tuncay.

»Sie haben diese Schmerzen, seit Sie sieben Jahre alt sind?« Theri stellte die Tasse ab und ging zu ihm. Erst als ihre ausgestreckten Hände vor seinem Gesicht innehielten, fragte sie sich, was sie damit vorgehabt hatte. Verlegen trat sie einen Schritt zurück und ließ die Hände sinken. »Sie müssen es Peter sagen, Sie können mit solchen Schmerzen nicht arbeiten. Versprechen Sie mir, dass Sie sich das nächste Mal hinlegen und sich nicht damit herumquälen.«

Er senkte den Kopf.

»Wir sind Ihre Dienstherren, Tuncay. Nicht Ihre Peiniger.«

»Es war nicht so schlimm«, stieß er hervor und klang so gequält, dass ihre Hände sich von Neuem nach seinem Gesicht streckten.

»Es *ist* schlimm«, sagte sie und strich durch das Haar, das ihm über die Schläfe fiel. »Was hat es noch schlimmer gemacht?«

Er erschrak, zog den Kopf weg und sah sie verstört an. »Jemand, der mich verflucht hat.«

Perplex lachte Theri auf. »Das ist nicht Ihr Ernst.«

Sein Blick flackerte, und um seinen Mund zuckten Muskeln. Er sah aus wie angekettet, ohne Fluchtweg, panisch vor Angst.

Welches Recht hatte sie, ihn als rückständig und abergläubisch zu verlachen? War ihr Schrein mit dem blutbeschmierten

Bären etwa moderner und vernünftiger? »Bitte entschuldigen Sie«, sagte sie. »Wer war das, Tuncay? Wer hat Sie verflucht und warum?«

»Eine Albanerin. Im Kosovo. Weil sie gedacht hat, ich …«

Er brach ab. Fassungslos sah Theri, wie seine Lippen sich aufeinanderpressten und Tränen über sein Gesicht liefen. »Ich würde Sie gern in die Arme nehmen«, sagte sie. »Aber ich möchte nichts tun, das Sie nicht wollen.«

Er zuckte zusammen, rieb sich mit dem Handrücken über die Augen. »Sie hat gedacht, ich bin gekommen, um mich an ihr zu vergehen«, sagte er. »So wie vielleicht zehn oder zwanzig vor mir. Christen. Sie war sicher, ich bin auch einer. Ich habe sie angeschrien, dass ich zu denen nicht gehöre, dass sie meine Mutter sein könnte und dass ich ihr helfen will, aber sie hat mich nicht verstanden. Sie hat mich verflucht, und als sie fertig war, ist sie gestorben.«

Ehe Theri auf etwas sinnen konnte, das als Antwort taugte, straffte er den Rücken. »Ich hätte Ihnen das nicht erzählen dürfen.«

Sie sah ihn sich an. Er verschränkte die Arme vor der Brust, war aber machtlos dagegen, dass sein Blick noch immer flatterte. »Doch«, sagte Theri. »Ich will, dass Sie mir noch etwas erzählen.«

»Was?«

»Wie mein Bruder Giorgios gestorben ist.«

29

Wenn sie Zeit brauchte, um allein zu sein, verließ Klara die Bucht vor dem *Nar Evi* und wanderte den Strand entlang, die ganze Smyrna zugewandte Seite der Insel hinunter. Dort, wo die Stadt außer Sicht geriet, wurde der Streifen Sand schmaler, und über ihm erhob sich eine Kette von etwa dreimal mannshohen Felsen.

Jemand, vermutlich der Besitzer des verfallenen Hauses, das darüber aufragte, hatte in einen der Felsen eine Treppe schlagen lassen. Wenn Klara die unebenen Stufen betrachtete, die jetzt von Moosen überwachsen waren, konnte sie sich die Familie vorstellen, die morgens früh aus dem Haus lief und mit Handtüchern und Sonnenschirmen die Treppe hinunter zum Strand stürmte, um zu baden und einen sorglosen Tag in der Sonne zu verbringen.

Sie brachte ihre Kamera mit und machte Bilder, die eine Ahnung von der Geschichte des Hauses einfangen sollten: Von dem Ball, zu dem hierher eingeladen worden war, von den Gäs-ten, die lachend und champagnerselig hinaus auf die Terrasse getanzt waren, von den geflüsterten Liebesworten hinter Bäumen und von der plötzlichen Stille und Dunkelheit, als der Ball vorüber war. Die hohe Augustsonne ließ Spinnweben in einem zerbrochenen Fensterrahmen schillern wie Halsgeschmeide. Im Sucher war das filigrane Gespinst aus Fäden nur noch zu erahnen wie der im Sand verschwindende Abdruck einer verlorenen Zeit.

Sie war mit Sevan hergekommen: Er, um in dem verwilderten Garten seine Chronik zu schreiben, und sie, um herumzustromern und nach Motiven zu suchen. Beide, um etwas festzuhalten. Und um sich dazwischen zu küssen.

Das Haus, dessen Dachstuhl eingebrochen war und dessen Garten die Natur zurückforderte, musste einmal einladend gewesen sein wie das *Nar Evi.* Über den verwitterten Brettern der Veranda hing noch ein Fetzen rot-weißer Markise. Warum war es verlassen worden, und wohin war die Familie gegangen? *Eine Familie wie unsere,* dachte Klara, die sich zwischen gelb leuchtenden Königskerzen und duftenden Kräutern ins Gras setzte. *Mit ihren Vergnügen, ihren Skandalen, ihren Dummheiten und Sorgen, ihrem großen, großen Glück und ihrer verschwiegenen Verzweiflung.* Der Ort übte einen seltsamen Zauber auf sie aus. Zu erkennen, dass all dies, was so lebendig und laut gewesen war, erstarren und verstummen konnte, erfüllte sie mit Traurigkeit, aber der Traurigkeit Raum zu geben, tat ihr gut.

Ihre Familie würde nicht erstarren und schon gar nicht verstummen. Obwohl Klara sich noch immer nicht vorstellen konnte, wie es sein würde, für ein Kind zu sorgen, stand das Kind bereits im Mittelpunkt allen Denkens. Es brachte Hoffnung und Auftrieb, nicht nur für Peter, der geradezu närrisch war und bei jedem Besuch auf der Insel neues Spielzeug anschleppte, sondern ebenso für Adriana, auch wenn es nicht Theris Kind war. Und für die anderen. Kiki und Didem freuten sich hüpfend und quiekend, als wären sie nicht sechzehn oder siebzehn, sondern höchstens sieben.

»Ich habe mir nie viel aus Kindern gemacht«, hatte die alte Thea gesagt. »Aber ohne kommt man ja nun einmal nicht weiter, und es ist doch erholsam, etwas anderes zum Reden zu haben als von morgens bis abends: Gibt's Krieg oder gibt's keinen?«

Klara machte sich nichts vor: Die Frauen waren nicht froher als zuvor, sie als Mitglied ihrer Familie zu betrachten. Aber seit sie sich selbst als eines betrachtete und daran keinen Zweifel ließ, war ihre Zugehörigkeit stillschweigend zur Tatsache geworden. Seinen Bruder müsse man nicht mögen, hatte Sevan gesagt. Familie blieb immer Familie. Sie hatte jetzt eine. Das Kind schuf ein Band.

Klara legte die Hände auf ihren Bauch, der sich nun schon deutlich wölbte und ihr grünes Kleid spannte. Kiki hatte sie gestern Abend geneckt: »In deinem ersten Jahr hast du dich vollgestopft wie Ladon, die Schlange mit den hundert Köpfen, und bist trotzdem keine dicke Matrone geworden. Und jetzt, wo du kaum noch isst, gehst du auf wie *pide*-Teig.«

Beides war übertrieben, wie bei Kiki üblich. Klara ging nicht auf wie der Teig, dem viel Hefe zugesetzt wurde, sondern hatte nichts als den kleinen, kugeligen Bauch, der aus dem ansonsten unveränderten Körper ragte. Genauso wenig traf zu, dass sie kaum noch aß. Sie brauchte lediglich nicht mehr haltlos Essen hinunterzuschlingen, um Leere und Einsamkeit auszuhalten. Stattdessen ging sie den Strand entlang zu dem verlassenen Haus mit der Felsentreppe, wenn sie sich einsam fühlte. Hier draußen, umgeben vom Gesang der Grillen und Grasmücken, konnte sie unmöglich einsam sein. Hier war alles erfüllt von Sevan.

Die Geschichten, die er ihr erzählt hatte, wohnten hier: Im hohen Gras, im Harzduft der Pinien, im geisterhaften Huschen der Eidechsen. Das Plätschern, mit dem die kleinen Wellen auf den Strand trafen, rief Bilder der Amazonen wach, die in ihren Booten über dieses Meer gekommen waren, nachdem sie von den Athener Griechen besiegt worden waren. Hier hatten sie ein neues Zuhause gefunden, doch nicht um ihr kriegerisches Leben weiterzuführen, sondern um lieben zu lernen und sich zu ergeben.

Als Sevan ihr diesen Vorspann zu der Geschichte von Smyrna und Kairos erzählt hatte, hatte Klara gelacht und ihm einen Nasenstüber versetzt.

»So etwas können sich auch nur Männer ausdenken. Wie banal, der reinste Dienstmädchenroman – die wilden Kriegerinnen, die sich zu handzahmen Weibchen mausern, weil ein unwiderstehlicher Kerl vorbeikommt.«

»Ich sage nichts.«

»Warum nicht?«

»Alles, was ich sagen könnte, wäre noch viel banaler.«

»Sag's trotzdem.«

»Ich hätte ja auch ein wilder Krieger sein sollen. Aber ich bin nur ein handzahmes Männchen, weil ein unwiderstehliches Mädchen vorbeigekommen ist.«

»Ojemine! An dir ist ja ein Autor von Dienstmädchenromanen verloren gegangen.«

Lachen und Weinen mit Sevan. Die Fotografie von ihm im Gras, das ihm bis ans Kinn reichte, mit seiner Chronik auf den Knien, in die er mit seinem verbeulten Füllfederhalter schrieb, wobei ihm die Brille die Nase herunterrutschte, war ihr die Liebste, die sie je gemacht hatte. Klara stand auf und hob die Kamera ans Auge. Als sie das Objektiv auf den hohlen Stamm der ausgebrannten Pinie richtete und dahinter der Streifen Strand und das Meer aufblitzten, sah sie ihn und sich dort stehen, eine Ahnung von ihnen in den Schatten wie die Geschichte des verfallenen Hauses in den Spinnwebfäden.

»Klara?«

»Na, was plagt dich denn wieder, mein Herr Süßholzraspler?«

»Was ist ein Dienstmädchenroman?«

Ach Sevan. Sie hatte seinen Kopf zu sich gezogen und in sein Ohr geflüstert: *»Einer wie unserer. Nur mit einem glücklichen Ende.«*

Klara drückte auf den Auslöser. Ihr Ende *war* ja glücklich, auch wenn es wehtat: Sie würden sich immer haben, sich immer beistehen, damit sie ihre Aufgaben meistern und damit sie es gut machen würden. Sevan hatte seine Frau und seinen Sohn nach Smyrna zurückgeholt, und Klara würde bald auch einen Sohn haben oder vielleicht eine Tochter wie Aghavni. Sie hatte ihre Bilder, lernte täglich etwas Neues. Sie hatte ihr Zuhause.

Das britische Kabinett hatte noch einmal erklärt, man sehe keinen Anlass, Truppen auf den Kontinent zu entsenden, und die Briten waren ihre Verbündeten. Kapitän Raouf *Bey* war mit fünfhundert Marinesoldaten aufgebrochen, um in Newcastle die beiden *Fürchte-nichts*-Schiffe abzuholen, die *Sultan Osman* und die *Reşadiye.* Für Großbritannien und damit für das Osmanische Reich würde es keinen Krieg geben.

Für Smyrna schon gar nicht. Und noch weniger für Uzunada.

Wenn sie im nächsten Sommer auf die Insel kamen, würde sie mit ihrem Kind auf den Armen auf der Terrasse stehen. Ihr Kind würde hier aufwachsen, im Sand des Strandes laufen lernen, sich an endlose Sommer auf der Insel erinnern.

Klara hängte sich den Riemen der Kamera um, stieg über zerbrochene Zaunpfähle und ging bis an den Rand des Felsens, wo die Treppe in die Tiefe führte. Sie wollte das von der Hitze diesige Licht nutzen und noch ein letztes Bild von den überwachsenen Stufen machen, die sich im Felsen verloren. Dann würde sie nach Hause gehen. Kiki hatte ihr beim Frühstück zugewispert, dass sie sie dringend sprechen müsse. Ohne Zweifel ging es wieder um Aron de Lemos, um etwas, das die Mädchen ausgeheckt und in das sie den engelsgeduldigen Musiklehrer hineingezogen hatten.

»Was hast du ihr erzählt?«

Klaras Schrei erstickte ihr im Hals. Sie fuhr herum und sah Lance, der keine drei Schritte hinter ihr stand. »Nein.« Ihre Stimme war ein Flüstern. Sie war seit damals nicht mehr mit ihm allein gewesen, hatte mit der Zeit gelernt, sich nicht mehr vor ihm zu fürchten, doch jetzt waren mit einem Schlag alle Bilder wieder da.

Und mit ihnen die Angst.

»Na los, raus damit, Flittchen: Was hast du Eleftheria Kantakouzenou über mich erzählt? Dass ich das Böse schlechthin bin? Der Satan mit dem Engelsgesicht? Hast du dich über mich ereifert wie die waidwunde Unschuld und dabei tunlichst verschwiegen, wie du gelechzt und um mehr gebettelt hast, wenn ich es dir besorgt habe? Das ist es doch, was eine wie du braucht. Einen Mann, der es ihr macht, und einen, der ihr Prügel verpasst. Alle Frauen brauchen das, alle außer Theri, und jetzt will ich wissen, was du ihr eingeredet hast, damit ausgerechnet sie auf eine Schlampe wie dich hört.«

Er trug kein Jackett, die Hemdsärmel waren aufgekrempelt, der Krawattenknoten gelockert. Aus der Hosentasche nahm er seine mit Brillantsplittern besetzte Spitze, mit der man eine Zigarette aus dem Etui fischen konnte, ohne sie mit den Fingern zu berühren. Klara hatte gekichert, als er ihr damit Asche auf den Bauch gestippt hatte – damals unter der Zypresse mit den drei Kronen und später in seines Vaters Boot. Das war nicht mehr wahr. Es durfte nicht mehr wahr sein.

Lance steckte die Zigarette an und blies Rauch aus gespitzten Lippen. Sein Hals glänzte schweißnass.

»Ich habe ihr nichts erzählt. Theri und ich, wir reden nicht miteinander.«

»Das kann ich mir denken. Theri ist ja nicht dumm, nicht so dumm wie der Rest. Und genau deshalb will ich wissen, womit du sie dazu gebracht hast, sich dein Gewäsch anzuhören.« Unvermittelt machte er einen Schritt auf sie zu und blies ihr den

Rauch ins Gesicht. Klara wollte zurückweichen und bemerkte im letzten Moment, dass ihr Fuß schon über der Felskante schwang.

Nur mit Mühe fand sie ihr Gleichgewicht wieder. »Bitte lass mich vorbei, Lance. Ich muss nach Hause, Kiki und Didem warten mit dem Musiklehrer auf mich.«

»Ach wirklich? Dabei bist du doch unmusikalisch wie eine Betelnuss.« Das Absurdeste war, dass man in den Pausen, die er beim Sprechen einlegte, die Grillen zirpen hörte. »Nur keine Sorge. Dich vermisst kein Mensch. Ich habe der kleinen Türkin nämlich gesteckt, dass du heute verhindert bist und dir ihr Geklimper mit Glasscherben leider nicht anhören kannst, und die kleine Türkin glaubt mir aufs Wort. Die kleine Türkin mag mich nämlich gern und ist überzeugt, dass ich auf ihrer Seite stehe.«

»Um Didem geht es doch gar nicht.« Klaras Herz raste, und es kam ihr vor, als rase auch das Herz des Kindes in ihrem Bauch. »Es war Kiki, die mich sprechen wollte, und all die anderen, Adriana, Harriet – wir planen da nämlich eine Soiree, damit der Gouverneur mal ein wenig auf andere Gedanken kommt …«

»Und der Kaiser von China, der Papst in Rom und obendrein Marineminister Churchill, der *Dreadnoughts* verkauft, ohne sie auszuliefern?« Lance warf den Kopf in den Nacken und blies Rauch in den Himmel. »Ich fürchte, all die Herrschaften, die so sehnlichst auf eine kleine Schlampe aus Deutschland warten, haben heute Besseres zu tun. Dein Herr Kaiser, der sicher auch zu deinem Stelldichein kommen wollte, ist nämlich in Belgien einmarschiert.«

In Belgien. Fieberhaft überlegte Klara, was das zu bedeuten hatte. War es möglich, dass Lance gekommen war, um ihr das zu erzählen, dass er überhaupt nichts Übles im Sinn hatte?

Das war Augenwischerei. Er war Lance Romain, er hatte

immer Übles im Sinn. Wenn ihr das bisher nicht klar gewesen war, so begriff sie es jetzt. Er öffnete die Zigarettenspitze, schnippte die Kippe weg und kam noch näher, so nah, dass er Klaras rasenden Herzschlag und den ihres Kindes spüren musste. *George,* dachte sie zusammenhanglos. *Mein Kind heißt George.*

»Ich kann sehen, wie es in diesem Köpfchen rattert.« Lance tippte ihr mit dem Finger an den Haaransatz. »Das traurige kleine Gehirn überlegt sich jetzt nämlich, ob es den Namen Belgien schon einmal gehört hat, ob das wohl ein Parfüm ist, das man sich in den Schritt spritzt, oder ob es von Bedeutung ist. Ich helfe dir aus der Patsche, Schätzchen. Belgien ist das neutrale kleine Land, das deine Freunde, die Briten, zur heiligen Kuh erhoben haben. Solange die Souveränität Belgiens gewahrt bleibt, wollte Onkel Tom sich am hässlichen Krieg nicht die Handschuhe beschmutzen. Tja, da hat sich Onkel Tom wohl verrechnet. Und die werte Versammlung auf unserer Insel der Seligen mit ihm.«

»Heißt das, es gibt doch Krieg? Wir gehen mit den Briten?«

»Vielleicht hätten wir das ja gern getan, aber die Briten scheinen auf unsere Begleitung keinen Wert zu legen. Die zwei hübschen Schiffe, für die patriotische Weiblein ihre Haare verkauft haben, hat Churchill jedenfalls konfisziert. Unser Raouf *Bey* muss ohne *Dreadnoughts* nach Hause fahren. Peinlich, peinlich.«

»Und was soll nun werden?«, rief Klara. »Etwas muss sich mit all den Diplomaten doch tun lassen, es darf nicht sein, dass Peter wieder an eine Front muss.«

»Versuch bloß nicht, mir vorzuspielen, dich interessiert neuerdings unser Peterle.« Lances Ton schlug um. Von dem fast mädchenhaften Gekicher war nichts mehr zu hören. »Wir reden doch von dem Peter, den du mit halb Smyrna zum Hahnrei gemacht hast, oder nicht? Es mag ja Leute geben, die dieses Geplapper niedlich finden, aber ich habe es jetzt satt. Ich will wissen, was du Theri eingeflüstert hast. Hast du ihr erzählt, dass ich dir eine Tracht Prügel verpasst habe, und hast du auf Teufel komm raus übertrieben? Na schön. Wie es dir gefällt. Dieses Spiel können nämlich zwei spielen.«

»Lance, ich habe Theri überhaupt nichts erzählt, ich habe nicht einmal mit ihr gesprochen …«

Ein Schlag über den Mund brachte sie zum Schweigen. Klara hatte Mühe, nicht hintüberzuschwanken. Sie ballte die Fäuste. *Sevan,* hallte es ihr durch den Kopf. *Peter. George.* Um diese drei ging es, diese drei durfte sie nicht enttäuschen, musste die Ruhe bewahren, sich und ihr Kind aus der Falle befreien.

Statt sie noch einmal zu schlagen, schien er sich ein wenig zurückzuziehen. »Na schön«, sagte er noch einmal. »Drehen wir den Spieß also um. Ehe eure reizende kleine Soiree stattfindet, ist sicher noch Zeit, der Familie mitzuteilen, dass es sich bei dem sehnlichst erwarteten Neumitglied mitnichten um den Stammhalter des lieben Peterle handelt. Aber was ist schon dabei? Es bleibt ja alles in der Familie. Wenn der gute Nimrod seinen Samen gestiftet hat, bleibt das Erbgut gleich, und Väter hat man schließlich nie genug, schon gar nicht im Krieg, wo sie so leicht verloren gehen.«

»Lance, nein!« Klara schrie. »Das mit Nimrod ist vorbei, es ist alles vorbei, für mich gibt es nur noch Peter.«

»Wie herzig. Und du glaubst, deshalb müsstest du ungeschoren davonkommen? Ich bin der faule Apfel in eurem Obstgarten, aber du bist eine makellose Zuckerkirsche?«

»Ich weiß, wie abscheulich das ist, was ich getan habe.«

»Tatsächlich? Und findest du nicht, dann sollte es auch der liebe Peter wissen?«

»Er hält es nicht aus«, rief Klara. »Das Kind ist von ihm, und er braucht es so sehr. Seit das Kind unterwegs ist, geht es ihm endlich besser – du darfst nicht zu ihm gehen und das alles kaputt machen.«

»Ich darf nicht?« Er ließ eine Braue zucken. »Ich denke, es ist sogar meine Pflicht als treuer Cousin, den lieben Peter zu informieren, dass noch weitere Erzeuger infrage kommen. Geschätzte Freunde der Familie zum Beispiel, die alle Welt für Heilige der Armenischen Kirche hält …«

»Hör auf!« Blindlings sprang Klara vor und schlug mit den Fäusten auf ihn ein. »Das ziehst du nicht auch noch in den Dreck, du, der alles nur benutzt, um anderen wehzutun!«

Für den Bruchteil eines Herzschlags, so wie wenn sie auf den Auslöser drückte und ein Bild machte, sah sie Lances Gesicht. Er hob beide Hände und stieß sie zurück. Als wäre alle Zeit verlangsamt, spürte sie, wie sie nach hinten taumelte. Erst einen Schritt, dann einen zweiten, den sie nicht aufhalten konnte, und für den dritten war kein Boden mehr da, um ihren Fuß aufzusetzen.

Die Kamera, die am Riemen um ihren Hals hing, schlug ihr auf die Brust. Ihr Schrei gellte durch Wellenplätschern und Grillenzirpen, und sein Echo hallte ihr in den Ohren, bis sie nichts mehr hörte.

FÜNFTER TEIL

Gallipoli
April 1915

»Liegt deine Stadt denn in den
Fesseln des Feindes?
Ach, warum weinst du,
Nachtigall?«

Yunus Emre, türkischer Dichter
des 13. Jahrhunderts

30

Gaba Tepe, Gallipoli, 20. April 1915

Geehrte Mademoiselle Kantakouzenou,
ich danke Ihnen für Ihren Brief und für Ihr Angebot, ich könnte Ihnen auch schreiben, damit ich nicht alles in mir verschließen muss.
Sie hätten mir nicht schreiben sollen, aber das wissen Sie selbst. Ich sollte Ihnen auch nicht schreiben, wir wissen beide, dass wir nichts Kluges tun, aber was ich nicht weiß, ist, ob ich ans Klugsein von Menschen noch glaube. Sie haben geschrieben: Vielleicht schützt es uns vor dem Zerbrechen, wenn wir das, was uns zu überrollen droht, mit einem anderen Menschen betrachten, bei dem wir uns rückversichern können, dass wir nicht im Begriff sind, verrückt zu werden. Ich habe über diesen Satz von Ihnen sehr lange nachgedacht, obwohl im Lärm hier das Denken nicht guttut. Sie schreiben auch, Sie möchten in all dem Irrsinn an Erinnerungen festhalten, an Augenblicken, in denen es nach Kaffee und dem Öl von Bergamotten roch, in denen man verlegen lächelte und in de-

nen es still war. Sie möchten auch mir die Möglichkeit zu diesem Festhalten geben. Ich gestehe, beim ersten Lesen habe ich gedacht, dass Sie es sind, die den Verstand verliert, und beim zweiten, dass Sie verwöhnt sind und nicht im Geringsten ahnen, dass sich über uns die Welt in Stücke sprengt. Später aber dachte ich: Ja, vielleicht haben Sie recht, vielleicht möchte ich das tun – mich im Krieg erinnern, dass einmal kein Krieg war.

Ich möchte jetzt dazu nichts weiter schreiben. Ich weiß es noch nicht. Ich weiß nicht mehr viel. Denken Sie noch daran, wie unentwegt darüber geredet wurde, dass nur die Briten und ihre Entente *als Verbündete uns noch einmal in einen Krieg ziehen könnten? Nun sind es die Deutschen und ihre Mittelmächte, Liman von Sanders befehligt als* Müschir *unsere Fünfte Armee, während wir auf die Briten als unsere Feinde warten, und mir erscheint es, als sei die Frage all das Gerede nicht wert gewesen, als hätten es die einen wie die andern sein können.*

Aber das wird Sie kaum interessieren.

Dafür, dass Sie meine Schwester und meine Braut in Ihrem Haus behalten, muss ich Ihnen wohl danken, obwohl es mir anders lieb gewesen wäre. Ich habe zugelassen, dass meine Schwester ihrem Volk entfremdet wird, und nun habe ich keine Ahnung, was aus ihr werden soll. Also habe ich dankbar zu sein, dass sie in Ihrem Haus vorerst in Sicherheit ist, aber Sie werden ja wissen: Ich bin kein dankbarer Mensch.

Immerhin danke ich Ihnen dafür, dass Sie Kadife und Didem Gelegenheit geben, nach meiner Mutter zu sehen, und dass Sie berichten, ihr ginge es gut. In keinem Fall dürfen Sie jedoch Ihren Plan, meine Mutter selbst zu besuchen, in die Tat umsetzen. Meine Mutter mag auf dem Papier nicht älter sein als Ihre Tante, aber sie ist eine alte Frau, die auf einem Berg lebt und ihresgleichen hasst, weil Griechen ihr den Mann ge-

tötet haben. Schreiben Sie mir nicht zurück: Das ist ungerecht, Tuncay, *denn das wäre sinnlos. Die Gerechtigkeit, die Sie sich leisten können, und die, die meine Mutter und ich uns leisten können, sind nicht dasselbe.*
Sie fragen mich nach Ihren Brüdern, worin Sie Mülazim *Delacloche mit einbeziehen, Sie wollen wissen, ob es der Wahrheit entspricht, dass wir es hier im Gegensatz zur Kaukasus-Front gut getroffen haben. Über militärische Belange darf ich Ihnen jedoch keine Auskunft geben. Sie möchten als gute Nachricht werten, dass es von den Dardanellen seit März keine Todesmeldungen gibt, und ich denke, wenn Sie dazu in der Lage sind, sollten Sie es tun. Ich kann Ihnen nur sagen, dass Ihre Brüder gesund sind und dass Ihr Vetter, der* Mülazim, *wohlbehalten bei seiner Einheit eingetroffen ist. Des Weiteren, dass wir derzeit nicht unter Beschuss stehen, dass wir als Verstärkung rückverlegt wurden und dass unsere Hauptaufgabe in der Errichtung von Befestigungsanlagen besteht. Die Bitte, Ihre Brüder im Auge zu behalten, zeigt, dass Sie vom Leben, wie wir es hier führen, nichts verstehen. Der Bitte kann ich nicht nachkommen. Sie könnten im Zweifelsfall meine Schwester auch nicht schützen.*
Ich kann Ihnen auch nichts zu den Gerüchten sagen, die Sie über Vergeltungsmaßnahmen an Armeniern gehört haben, und ich bitte Sie, mir solche Fragen nicht mehr zu stellen. Dass die Armenier keine Feinde Ihres Volkes sind, liegt nahe, aber Feinde meines *Volkes sind sie, und wenn sie im Kaukasus unseren Truppen in den Rücken gefallen sind, um den russischen Kriegsgegner zu stärken, müssen sie dafür bestraft werden. Es ist unter Türken ein großer Hass auf dieses Volk, mehr als auf das Ihre, und ein solcher Hass entsteht ja nicht ohne Gründe.*
Belassen wir es dabei und meiden diese Themen in Zukunft zwischen uns. Dass wir einander schreiben, ist ohnehin, als

liefen wir durch ein Minenfeld, und warum wir es trotzdem tun, könnten wir uns wohl nicht erklären. Vielleicht wirklich nur um dieses Erinnerns willen: Weil wir uns kannten, als kein Krieg war, auch wenn wir uns ja im Grunde nicht kannten und auch jetzt nicht kennen. Fühlen Sie sich nicht verpflichtet, mir zu antworten, wenn Sie es nicht tun, wird es mich nicht wundern. Ich hoffe, mein Brief findet Sie wohlauf, und des Weiteren hoffe ich, ich habe keine allzu taktlosen Fehler begangen. Ich bin kein Briefeschreiber.
Ergebenst grüßt Sie:
Onbasi Tuncay, Sohn von Mutlu,
39. Feldartillerieregiment,
19. Division unter Albay Mustafa Kemal,
5. Armee

31

An der Tür läutete es. Für gewöhnlich ging Sevan öffnen, weil er das Hausmädchen nicht gern für etwas bemühte, das er leicht selbst tun konnte. Heute aber fühlte er sich zu erschöpft dazu.

Er blieb im Lehnstuhl in seiner *cumba* sitzen, vor sich auf dem Teetisch Papiere aus dem Archiv der Kirche Sankt Stepanos, die er für seine Chronik hatte auswerten wollen, zwei Zeitungen, auch wenn kaum noch welche, die er lesen wollte, in die Stadt gelangten, und ein geschliffenes Glas mit Cognac. Es gab in Smyrna keinen mehr zu kaufen, doch die Flasche war ein Geschenk, sie stammte aus dem Vorrat der Delacloches. Die Gewohnheit, vor dem Abendessen ein alkoholisches Getränk zu sich zu nehmen, war europäisch, nicht armenisch, und Sevan machte sich wenig aus Alkohol, doch er mochte das Funkeln im Glas, den Duft, die Lebensart, die damit einherging.

Seit all dies in seiner Stadt bedroht und angefeindet war, schenkte er sich nach der Arbeit ein Glas ein, ob er es trank oder nicht. Wenn er sich nicht gerade erschöpft bis auf die Knochen fühlte, lachte er darüber, weil die Leute, die ihn für lenkbar und umgänglich hielten, diesen Trotz von ihm nicht kannten.

Klara kannte ihn. Sie hatte ihm mehr als einmal dafür ihr Kissen über den Kopf gezogen: »Du kommst daher wie der vernünftige Herr Doktor, mit dem man über alles reden kann, aber wenn du nicht willst, dann willst du nicht. Dann kriegt man ein gottverdammtes Mittelgebirge eher bewegt als dich.«

Inzwischen musste das auch Rhipsime begriffen haben, die seit Stunden ihre zornige Kraft daransetzte, das *gottverdammte Mittelgebirge* zu bewegen. Hätte ihre Erziehung ihr gestattet, ihm etwas über den Kopf zu ziehen, wäre es kein Kissen, sondern der Schürhaken gewesen, den das Mädchen an den Kamin gelehnt hatte.

»Wenn du das tust, wenn du mich und deine Kinder in solch einer Gefahr sitzen lässt, sind wir geschiedene Leute.«

»Nein, Rhipsime, das sind wir nicht. Falls du dich von mir scheiden lassen willst, müssen wir mit dem *Abegha* der Kirche, die dir so viel bedeutet, sprechen und ihn bitten, unsere Ehe nach dem Prinzip der Barmherzigkeit aufzulösen.«

»Und das wagst du, mir ins Gesicht zu werfen? Solche Schande mutest du der Frau zu, die dir deinen Sohn geschenkt hat?«

»Nein«, hatte Sevan mit wachsender Ermüdung erwidert, »nicht ich werfe dir etwas ins Gesicht, Rhipsime, und nicht ich habe dir mit der Scheidung gedroht. Ich könnte dich lediglich nicht zwingen, mit mir verheiratet zu bleiben, wenn du das nicht mehr willst, das ist Ausdruck meines Respekts für dich wie für mich.«

»Für dich, für dich, für dich«, hatte sie ihn angeschrien. »Du legst dich zu einer anderen Frau wie ein Türke, und als wäre das nicht Schande genug, ziehst du für die andere in einen Krieg.«

Auf Sevans Zunge lag die Frage: Und was ist das Schlimmste daran? Wenn die sogenannte *Andere* Armenierin wäre und wenn ich für sie alles um mich niedermähen würde wie David von Sassoun, würdest du den Rest dann stillschweigend hinnehmen, weil ein armenischer Held keinen Tadel verdient?

»Ich bin Arzt«, hatte er stattdessen gesagt. »Mein Land ist im Krieg und braucht Sanitätsoffiziere. Ich gehe, um Verwundete zu versorgen, nicht um Schlachten zu entscheiden, wozu ich mit meinen halbblinden Augen gar nicht taugen würde.«

»Arzt bist du am armenischen Hospital!«

»Meine Aufgaben hier kann Yeznigh Margaryan eine Zeit lang übernehmen«, sagte Sevan. »Einen schwerkranken Siebzigjährigen wirst du aber wohl kaum an die Front schicken wollen.«

»Und was ist mit mir?«, schrie sie. »Mit deinen Kindern? Die überlässt du hier ihrem Schicksal?«

Eines der Kinder, der kleine Krikor, hatte in der Kinderstube zu weinen begonnen, und Aghavni kam herübergelaufen. »*Hayrik, Hayrik,* so wie die *Mayrik* schreit, kann Krikor nicht schlafen und ich mein Buch nicht anschauen. Was ist denn passiert, brennt unser schönes Haus?«

»O ja, das wird es bald tun, aber deinen Vater kümmert das nicht!« Rhipsime war herumgefahren wie eine Schlange.

»Es ist jetzt genug.« Sevan war aufgestanden und mit Aghavni hinübergegangen, hatte Krikor, der ein ungewöhnlich süßes Kind war, aber kein Wort sprach, aus seinem Bettchen gehoben und sich bemüht, beide Kinder zu beruhigen. »Nein, unser Haus brennt nicht, die *Mayrik* ist nur ein wenig traurig, weil ich eine Zeit lang verreisen muss.«

»Du musst ja nicht verreisen«, sagte Aghavni. »Du musst in den Krieg und stirbst wie der Vater von Wartuhi Shabazian.«

»Nein, ich sterbe nicht.« Er hatte die Arme um sie gelegt. Sie zu belügen, war ihm unmöglich, aber er fühlte sich nicht wie ein Lügner. Hierbleiben konnte er nicht – nicht, während in allen Straßen Menschen sich ereiferten, an der Kaukasus-Front hätten armenische Einheiten sich dem russischen Feind angeschlossen und sich schuldig am Tod von Tausenden von Osmanen gemacht. Nicht, während Unzählige verwundet wurden und Ärzte überall fehlten. Dass er dabei sterben könnte wie der Vater von Aghavnis Freundin, der in einem waffenlosen Arbeitsbataillon an der Ostfront umgekommen war, schien ihm nicht vorstellbar.

Natürlich ging das den meisten der jungen Männer so, die jubelnd in Züge stiegen, obwohl sie kaum ahnten, wie dieser eigentümliche Krieg über Nacht vor ihrer Tür gelandet war. Der eigene Tod blieb unvorstellbar, und das war gut so, denn wie hätten die Männer sonst mit der Angst fertigwerden sollen? Als Lazarettarzt würde Sevan jedoch hinter der Front, in der Etappe, tätig und somit kaum gefährdet sein. Zudem durfte er hoffen, nicht nach Russland, sondern an die Dardanellen geschickt zu werden, wo Nimrod Delacloches Einheit lag und wohin auch Peter vor ein paar Wochen aufgebrochen war.

Der Krieg war beileibe nicht so rasch zu Ende gewesen, wie die Führungen sämtlicher Beteiligter vorausgesagt hatten. Vielleicht war er unumgänglich, um die Gleichgewichte in der Welt neu auszutarieren, doch viel länger konnte er nicht mehr dauern. Die Mächte verbrannten ihre Ressourcen, an der Westfront war völliger Stillstand eingetreten, ein Schwitzkasten, in dem die Gegner sich umklammerten und den sie nicht mehr lange durchhalten würden. Die *Entente* hoffte, durch Erfolge am Schwarzen Meer die Erstarrung aufzubrechen, doch auch hier würden beide Seiten begreifen müssen, dass sie ihre Kräfte nutzlos verausgabten.

Sevan gab sich Mühe, etwas davon Aghavni zu erklären, die ihm jedoch keinen Glauben schenkte. Das ewige Streiten war Gift für ihren wachen Geist. Zumindest Krikor ließ sich in den Schlaf wiegen. Sevan küsste Aghavni und kehrte zu Rhipsime zurück.

Und alles begann von vorn – der ermüdende, sinnlose Kreislauf aus Drohungen, Vorwürfen und Klagen. Wenn er ginge, würde sie die Kinder nehmen und nach Bardisag fahren, obwohl dort niemand auf sie wartete. Ihr Vater und ihre Brüder waren von ihrer Partei nach Konstantinopel entsandt worden. Sevan wollte nicht, dass sie ging. Wenn wirklich Gefahr bestand, war seine Familie nirgendwo so sicher wie in Smyrna. Die meisten Diplomaten – einschließlich des betrübten Sir Heathcote-Smith – waren abgezogen worden, aber die Amerikaner waren noch da, es wimmelte weiterhin von Ausländern, und Rahmi *Bey* wurde nicht müde, zu versichern, dass sämtliche Bürger Smyrnas unter seinem Schutz stünden.

Wenn Rhipsime aber reisen wollte, konnte Sevan sie nicht aufhalten. Ihr Vater mochte seiner Familie seinen Willen mit der Peitsche eingeprügelt haben, er aber taugte dazu nicht. Dass jemand auf die Geschöpfe, die er in schwarzen Nächten in den Armen halten wollte, eine Peitsche sausen ließ, schien ihm vollkommen absurd. Auch wenn es ihm kaum weniger grausam vorkam, einander unaufhörlich zu kränken und misszuverstehen. Als es an der Tür klingelte, war er heilfroh, einerlei, wer davor stand. Kurz darauf kam das Hausmädchen. »Ein Gast für Sie, gnädiger Herr. Fräulein Delacloche. Sie sagt, es ist dringend.«

»Die Person hat die Dreistigkeit, sich hier blicken zu lassen? In dem Heim deiner Familie?« Rhipsime sprang auf. »Bietest du mir deshalb die Scheidung an, weil deine Geliebte sich schon bereit macht, meinen Platz einzunehmen?«

»Bei allen Himmeln, hör auf zu schreien!« Sevan stand ebenfalls auf. »Du schadest den Kindern, du schadest uns allen. Ich habe nicht gewollt, dass du so leidest, Rhipsime, ich habe das Gegenteil gewollt, aber ich kann dir kein Mann sein, der ich nicht bin.«

»Wirf diese Frau aus meinem Haus.«

»Ich sehe nach, was sie will«, sagte er und ging.

Xenia stand im Vorderzimmer. Als er eintrat, schoss sie auf ihn zu und packte ihn bei den Schultern. »Sevan. Gott sei Dank.«

»Wofür?« Noch einer Frau, die außer sich war, fühlte er sich an diesem Abend nicht gewachsen. Er war bereits gemustert, hatte sich morgen früh bei der Kommission zu melden und würde umgehend in Marsch gesetzt werden. Die letzten Stunden hätte er gern friedlich über seiner Chronik verbracht und Abschied von seinen schlafenden Kindern genommen.

»Dafür dass du lebst und noch ein freier Mann bist.« Xenia atmete heftig. »Sevan, du musst hier weg. Du musst so schnell und so weit wie möglich aus diesem verfluchten Land weg.«

Sie würde immer Mitleid in ihm wecken, und er hasste es, unhöflich zu sein, doch er war es leid, sich wie ein Spielzeug behandeln zu lassen. Brüsk streifte er ihre Hände ab. »Ich habe nicht viel Zeit, Xenia. Sagen Sie mir, weshalb Sie hier sind, aber kommen Sie bitte erst zur Ruhe und fassen Sie mich nicht an.«

»Hast du mich nicht verstanden? Es ergehen Befehle, alle Armenier aus ihren Häusern zu holen und aus den Städten und Dörfern zu deportieren. Seit die Briten in Gallipoli gelandet sind und sich bereit machen, auf Konstantinopel zu marschieren, sind die Türken entschlossen, dein Volk vor dem ihren in den Abgrund zu reißen. Sie schicken irreguläre Truppen, Barbaren, die Frauen und Kinder mit Peitschen vorantreiben und schreien, in diesem Land dürfe es nur noch Türken geben.«

»Und woher stammen diese Informationen?«

Er hatte sie selbst schon gehört. Man hörte sie immer häufiger. Sorgen machte er sich um Rhipsimes Verwandte in Istanbul, weil in den Zeitungen von Verhaftungswellen gegen Huntschakisten die Rede war. Journalisten des *Asadamard* sollten ebenfalls festgenommen worden sein, darunter Rupen Sevag, ein Lyriker, dessen Liebesgedichte Sevan für Klara übersetzt hatte. Um seine Familie sorgte er sich nicht. Er war Arzt, kein politischer Aktivist, er würde morgen seinen Dienst in der osmanischen Armee antreten.

»Sie stammen von überall«, sagte Xenia. »Die Lieferanten, die Kunden, jeder, der von draußen kommt, hat unterwegs davon gehört oder es mit eigenen Augen gesehen. Es liegen Leichen an den Straßen, Sevan, es treiben Köpfe von Kindern in den Flüssen.«

»Gerüchte«, sagte Sevan. »Gräuelgeschichten, die sich nicht überprüfen lassen. So etwas zu verbreiten, ist nie nützlich, Xenia, erst recht nicht, wenn die Luft ohnehin schon voll Blei ist. Es versetzt Menschen in Panik und hetzt sie gegeneinander auf.«

»Herrgott, das ist mir gleichgültig! Dein Leben steht auf dem Spiel.« Sie wollte wieder nach ihm greifen, aber er wich ihr aus. »Ich weiß, dein Gewissen erlaubt dir nicht, deine Frau zu verlassen, und ich habe dich dafür geachtet. Jetzt aber kannst du keine Rücksicht mehr nehmen. Wenn deine Frau nicht weg will, musst du ohne sie gehen. Ich bin Ausländerin, mich kann niemand an der Ausreise hindern, und ich gehe mit dir, wohin du willst. Nur weg von hier.«

»Ich gehe morgen in der Tat von hier weg«, sagte Sevan, ohne zu erwähnen, dass sie gefährdeter wäre als er, wenn sie darauf bestünde, sich zur Ausländerin zu erklären und Rahmi *Beys* sicheren Hafen zu verlassen. »Ich habe mich zum Sanitätskorps gemeldet und werde so schnell wie möglich an die Front verlegt.«

»Sag mir, dass das nicht wahr ist.«

»Ich sage Ihnen, dass es wahr ist«, erwiderte er. »Wenn ich eine osmanische Uniform trage, wird sich wohl kaum jemand an mir oder meiner Familie vergreifen.«

»Warum tust du das?«, fragte sie. »Warum kämpfst du in

ihrem Krieg, den sie längst verloren haben – für ihr Land, das dein Volk hasst, das euch aus seinem Fleisch herausschneiden will wie … wie das Krebsgeschwür aus meinem Bauch?«

»Vielleicht erscheinen wir alle einander im Augenblick so«, murmelte Sevan. »Wie ein Geschwür, wie der Auslöser einer Krankheit. Wir fühlen uns elend, finden uns nicht mehr zurecht, und dafür muss jemand der Sündenbock sein.«

»Allerdings! Enver *Pascha* erklärt das armenische Volk zum Sündenbock für seine horrende Niederlage im Kaukasus, und er wird noch Schlimmeres tun, wenn Konstantinopel fällt.«

»Er wird sich beruhigen«, erwiderte Sevan, der den Fall von Konstantinopel für unmöglich hielt. »Sobald das Kriegsgeschehen sich beruhigt, sobald die Fronten geklärt sind. Es ist ja nicht das erste Mal, dass sich die Welt verändert, und bisher hat die Menschheit immer überlebt. Ich muss Sie jetzt bitten, mein Haus zu verlassen. Ich breche morgen früh auf und habe noch zu tun.«

Mit schmalen Augen betrachtete sie ihn, begriff aber offenbar, dass sie verloren hatte. »Ich bin noch aus einem anderen Grund hier«, sagte sie schließlich resigniert. »Klara hat darum gebeten, dich zu holen. Es geht ihr nicht gut. Sie will, dass ein Arzt sie untersucht.«

Klara. Es war die eine Bitte, die er nicht zurückweisen konnte. Er hatte es ihr versprochen, hatte das Versprechen an dem Krankenbett, aus dem sie sich mühsam hochgekämpft hatte, erneuert: *Wenn du mich brauchst, bin ich da.*

Er holte seine Tasche und ging mit ihr, sein Herz pochte in schnellen, harten Schlägen. Obwohl ihm von Xenias Art, ihren Einspänner zu lenken, sonst Hören und Sehen verging, hätte er sie heute drängen wollen, Tempo zuzulegen. Klara hatte sich von dem Unfall am Felsenstrand nie richtig erholt. Obwohl die äußeren Verletzungen heilten, schien ihr Körper ihr zerbrochen wie die kleine *Brownie*-Kamera. Es war das Kind, dessen Verlust sie nicht verkraftete, das Gefühl, bestraft worden zu sein für das, was sie beide getan hatten.

In ihren Wochen auf der Insel hatten sie ohne Ende geredet, einander anvertraut, was sie nie jemandem erzählt hatten, und Sevan hatte geglaubt, alles von ihr zu wissen, wie sie alles von ihm wusste. Aber das war anmaßend. Kein Mensch wusste alles von einem anderen. Als er nach Klaras Unfall vom Festland zu ihr gerufen worden war, hatte sie ihm von den geschenkten Schuhen auf ihrer Hochzeit erzählt, von dem mit Harz beschmierten Schleier und dem Lachen, das Weinen nach sich ziehen würde.

»Ich bringe allen Unglück, Sevan. Alle Männer, die mit mir getanzt haben, müssen sterben – o mein Gott, warum habe ich nur auch dich gezwungen, mit mir zu tanzen?«

Er hatte zu lachen versucht, aber das Lachen war ihm im Hals stecken geblieben. »Lieber Himmel, das kann doch nicht dein Ernst sein! Du bist mein modernes, gewitztes Mädchen, das sich kein X für ein U vormachen lässt – es ist doch nicht möglich, dass du dich von solchen Ammenmärchen einfangen lässt.«

Rhipsime hätte an solche Dinge geglaubt, sie hängte überall Tücher auf, um geheime Kräfte zu beschwören, aber Klara?

Man wusste nie alles von einem Menschen. Sie an ihrer Schuld verzweifeln zu sehen, brach ihm das Herz. Er nahm sie in die Arme. »Klara, dass ein Mensch einem anderen Böses antut, ist schlimm genug, auch ohne dass wir daraus abstruse Gesetzmäßigkeiten ableiten. Du bist doch Fotografin. Schmutz auf dem Schleier, Lachen in geschenkten Schuhen, das sind Momentaufnahmen, die vorbei sind, wenn du nicht schnell genug auf den Auslöser drückst. Sie haben keine Folgen.«

Zumindest hatte er sie damit dazu bewegt, um etwas so Harmloses wie die Kamera zu weinen. Als er das nächste Mal kam, brachte er ihr eine neue mit und dazu einen Welpen, einen Akbaş mit sahnefarbenem Fell, der riesengroß werden und sie mit seinem eigenen Leben beschützen würde. Stumm vor Freude hatte sie den kleinen Hund, der sich nicht festhalten ließ, mit unter die Decke nehmen wollen, doch vom Gefühl der Schuld konnte Sevan sie nicht befreien. Mit geschenkten Schuhen, verbotenem Lachen und verschmutzten Schleiern hatte diese Schuld nichts zu tun.

Darüber, dass es am Tod des Kindes einen wirklichen Schuldigen gab, wurde nie wieder geredet. Klara nannte das Geschehnis *den Unfall* und gab Sevan stillschweigend zu verstehen, dass sie sich von ihm dasselbe wünschte. Die Geschichte, die sie erzählte, wurde weitergetragen, ob jemand sie glaubte oder nicht: Klara hatte beim Fotografieren nicht aufgepasst, war ausgeglitten und die steile Treppe hinuntergestürzt, wo einer der Schiffer sie ohnmächtig aufgefunden hatte. Rechtzeitig, ehe sie in der Hitze ausgetrocknet wäre, nur leider zu spät für das Kind. Kein Wort von Lance Romain. Kein Wort, das dem Schlag, der Peter getroffen hatte, die völlige Vernichtung hinzufügte.

Darin bestand die Schuld, die Sevan Klara nicht nehmen konnte: Sie war es, die Lance Romain Tür und Tor geöffnet hatte. Was immer daraus erfolgte, schrieb sie sich selbst zu, ohne als mildernden Umstand zu werten, dass sie allein, in der Fremde und gerade achtzehn Jahre alt gewesen war.

Am Tag des Unfalls war die Nachricht von der Beschlagnahme der beiden *Dreadnoughts* eingetroffen, die jede Hoffnung auf ein Osmanisches Reich im Schutz Großbritanniens zerschlagen hatte. Die Deutschen hatten nicht gezögert, sondern Kairos' Wolke beim Schopf gepackt und den Osmanen zwei vergleichbare Kriegsschiffe als Ersatz kredenzt. Zwei Monate später stand das Reich an der Seite der Achsenmächte im Krieg. Nimrod meldete sich sofort, obgleich seine Hoffnung, als Pilot eingesetzt zu werden, sich erneut zerschlug. Peter, den der Tod des viel zu früh geborenen Kindes zurück in seine Finsternis gestoßen hatte, wollte sich ihm anschließen. Nur weil Klara sich aufs Betteln verlegte, ließ er sich bewegen, seinen Aufbruch zu verschieben, bis ihre Gesundheit wiederhergestellt war.

Ende Februar war er gegangen. Den Levantinern waren die Kapitulationen gestrichen worden, und nach den Niederlagen im Kaukasus griff die Hohe Pforte Rahmi *Bey* dafür an, dass er feindliche Staatsbürger nicht aus Smyrna auswies. In dieser Lage dürfe er sich vor dem Einsatz nicht drücken, hatte Peter erklärt, es sei wichtiger denn je, dass die Delacloche-Söhne sich als gute Osmanen erwiesen. Klara aber kannte die Wahrheit: »Er taugt nicht für den Krieg. Der letzte hat ihn ausgehöhlt wie einen morschen Baum. Hätte ich sein Kind bekommen, hätte er in seinem Leben wieder Sinn gesehen, und ich hätte ihn halten können.«

»Das weißt du nicht, Klara.«

»O doch. Er hätte einen Menschen gehabt, der ihn braucht. Peter spielt den Idioten, aber glaubst du etwa, dass er einer ist?«

»Nicht im Geringsten. Ich kenne ihn als bedächtig und klug.« Peter war es gewesen, der die Einwilligung zur Operation seiner Schwester gegeben hatte, ohne Zeit mit der Konsultation seines Vaters zu verlieren. Er hatte ihr Leben gerettet, ohne jemandem ein Wort davon zu sagen.

»Du kennst ihn richtig«, sagte Klara, »du, der Klugheit und Bedächtigkeit zu schätzen weiß, anders als ein dummes Huhn wie ich. Weißt du, was er mich gestern Nacht gefragt hat? ›Meinst du, ich wüsste nicht, dass ein Mann wie ich dich nicht glücklich machen kann, Klara? Weder in Berlin noch in Paris und schon gar nicht hier hättest du mich vermisst, wenn ich nicht da gewesen wäre.‹«

Sie hatte so sehr geweint, dass Sevan sie wieder in die Arme nahm. »Das ist alles, was er sich je gewünscht hat«, rief sie, »einen Menschen glücklich zu machen, von einem Menschen gebraucht und vermisst zu werden, und das habe ich ihm nicht geben können. Dabei ist es doch nicht wahr, Sevan. Wenn er jetzt geht, werde ich ihn entsetzlich vermissen. Ich habe ihn lieb, Sevan, du musst mir das glauben, ich habe ihn von Herzen lieb!«

»Ich brauche dir das nicht zu glauben«, hatte Sevan gesagt. »Ich weiß es.« Das aber nützte nichts. Es war Peter, der es hätte wissen müssen, Peter, der ging, um sein Leben zu riskieren, weil er glaubte, auf ihn käme es niemandem an.

»Weißt du, was ich zu ihm sagen möchte? *Merci mille fois.*«

»Sag es.«

»Er hört es nicht, Sevan. Seit ich George verloren habe, hört er nichts mehr.«

Sevan ertappte sich dabei, dass er die Hände ineinanderkrampfte. Was war geschehen, dass Klara so spät am Abend nach ihm schicken ließ? Sie waren sich einig gewesen, nur im äußersten Notfall beieinander Zuflucht zu suchen. Hatte sie eine Hiobsbotschaft erhalten – die, die sie am meisten fürchtete? Wenn aber Peter etwas zugestoßen war, hätte Xenia es ihm gesagt. Sevan zwang sich zu tiefen Atemzügen, um seinen Herzschlag zu beruhigen.

»Manchmal wünschte ich, ich wäre diejenige, die auf Uzunada eine Felsentreppe hinuntergestürzt ist«, schnellte Xenias Stimme in seine Gedanken.

Der Wagen rollte durch die beginnende Nacht, die stiller und dunkler war, als man Frühlingsnächte in Smyrna kannte. Von der Promenade her drangen jedoch Lichter und Stimmen, und in der blauen Luft flimmerte die Süße, die versprach, dass der Sommer bevorstand. Die Smyrnioten ließen sich von ihren Piers nicht vertreiben. Tagsüber wurden Befestigungen vor der Stadt von britischen Schiffen beschossen, und die Einwohner versammelten sich in den Cafés, als gäbe es ein Feuerwerk zu bestaunen. Rahmi *Bey* lud den amerikanischen Konsul Horton auf die Terrasse des *Sporting Clubs* ein und trank *raki* statt seines geliebten *Gin Sling*.

»Wissen Sie, was mir aufgefallen ist, Exzellenz?«, hatte er Berichten nach gefragt. »Unsere britischen Freunde hören immer um fünf Uhr auf, uns zu beschießen, weil sie dann ihren Tee einnehmen. Es ist ihr Nationalgetränk.« Er hatte sein Glas mit *raki* erhoben. »Trinken wir Ihnen mit dem unseren zu.«

Das Leben war voller Charme. Dass ein paar Stunden von hier Männer in Gräben zitterten, weil dies die letzte Nacht ihres Lebens sein konnte, war nicht zu fassen. Dass Xenia sich wünschte, sie wäre an Klaras Stelle die Treppe hinuntergestürzt, war es ebenso. »Wie können Sie so etwas sagen?«, wies er sie zurecht. »Ihre Schwägerin hat ihr Kind verloren.«

»Ich habe alle meine Kinder verloren«, gab Xenia zurück. »Warst du um mich je so besorgt? Ich sage dir, dass die Regierung dieses Landes dein ganzes Volk bedroht, und du tust es ab. Ich sage dir, dass es Klara nicht gut geht, und du erbleichst, als wäre dir der Tod in Samarra begegnet. Was liegt dir an ihr?«

Nichts, wollte er hastig erwidern, *ich habe im Auftrag ihres Vaters ein Auge auf sie.* Doch er sagte: »Ich mag sie gern.«

»Nimmst du mich auf den Arm? Ausgerechnet ein Mann wie du will ein törichtes, rücksichtsloses Ding gern haben, das glaubt, die ganze Welt kreist um ihren Nabel?«

»Und sie schaut ihr beim Kreisen zu.« Trotz der Beklommenheit kämpfte Sevan gegen ein Lächeln. »Die Augen voll Neugier, die Hände ausgestreckt, um alles beim Schopf zu packen, das vorüberfliegt.«

Xenia warf ihm einen Blick zu, der Eva-Maria Gardebusch alle Ehre gemacht hätte. *Und dafür mag ich Klara,* dachte er trotzig. *Dass sie mich nie behandelt wie einen dummen Jungen, der tüchtig zurechtgestutzt gehört.*

Sie erreichten die Alleen von Bournabad, die Reihen der Parkanlagen und Villen. Aus dem Großen Haus, das sonst hell erleuchtet gewesen war, fiel jetzt gedämpftes Licht durch zwei Fenster. Sevan sprang noch im Fahren von der Kutsche und eilte nach drinnen, ohne auf Xenia zu warten. Er nahm sich kaum Zeit, die Frauen der Familie zu begrüßen, die im kleinen Salon beisammensaßen, sondern stürzte die Treppe hinauf. Auf Klaras »Herein« fiel er regelrecht mit der Tür in den Raum.

Der kleine Hund, der längst nicht mehr klein war, schlüpfte wie ein Pfeil unter den Decken hervor, schoss auf ihn zu und sprang an ihm hoch. »Kairos«, rief Klara leise und ohne Nachdruck. »Es tut mir leid. Ich weiß, ich sollte ihn besser erziehen, aber dafür bin ich wohl einfach zu froh, dass er bei mir ist.«

In dem Zimmer, in das eine komplette Wohnung gepasst hätte, in dem Bett, das für zwei, die sich liebten, viel zu groß war, wirkte sie winzig und verloren. Sie hatte sich Kissen in den Rücken gestopft, damit sie halbwegs aufrecht sitzen konnte, ihr Haar war wirr und ihr Gesicht aschfahl.

»Was ist mit dir?«, platzte er heraus. »Hast du Blut verloren, sind die Schmerzen wiedergekommen?« Da war die geheime, nagende Befürchtung, über die er mit ihr nicht hatte sprechen wollen: Nach einer so schweren Fehlgeburt, bei der eine Ruptur der Gebärmutter vermutet werden musste, war davon auszugehen, dass irreversible Schäden zurückblieben.

Er hatte es hart gefunden, Xenia zu sagen, dass sie nie ein Kind haben würde, doch es Klara zu sagen, würde er nicht über sich bringen. Klara war Leben. Auch wenn sie behauptete, sich nichts aus Kindern zu machen, zog sie alle an. Selbst Aghavni, die Unnahbare. Wohl weil sie kein Aufhebens um sie machte, sondern war wie Ahmed Kedi Adam, der Katzenfütterer vom Kadifekale, der seine Fischabfälle verstreute und die Katzen sein ließ, wie sie wollten. Oder wie der kindliche Muezzin von Hisar, dem alles zustrebte, weil er den *Adhan* rief, als bete er ihn nur für sich selbst.

Der schon viel zu große Hund Kairos hievte sich wieder auf ihr Bett und kroch unter die Decken.

»Meine Klara.«

Er hatte das nicht sagen und auch nicht mehr denken wollen. Und doch wollte er ihr zu verstehen geben: *Ob du ein Kind bekommst oder nicht, du bist die schönste Erfindung des Himmels, du bist zäh und stark wie die Libanonzedern, süß wie die Kakipflaumen, die die Götter vom Ebenholz pflücken, und wenn es dich nicht mehr gäbe, wäre ich wie Arewamanuk, der das Licht der Sonne nicht mehr erträgt.*

Sie sah ihn an und furchte die Brauen. »Was sind denn das für Manieren, Herr Doktor Agasian? Sie stürzen ins Schlafzimmer einer Dame und wünschen ihr nicht einmal guten Abend?« Und dann lachte sie so laut und ungehemmt, wie er es lieben gelernt hatte, und streckte die Arme nach ihm aus.

32

Bournabad, Smyrna, 21. Mai 1915

Es ist ungerecht, Tuncay.
(Ich habe Ihren Vater nicht umgebracht und Sie nicht meinen. Es ist komplizierter, auch wenn wir es – gerade wenn wir leiden – gern einfach hätten. Ich denke aber, wir haben keine Wahl, als es uns unaufhörlich vor Augen zu halten, auch wenn Beschuldigen leichter wäre. Andernfalls, glaube ich, hört der Krieg in uns nicht mehr auf.)
Sie sind in meinen Gedanken,

Ihre Eleftheria Kantakouzenou. Theri, wenn Sie mögen.

33

Es war eines jener Bilder, von denen Klara sich wünschte, sie hätte es mit der Kamera festgehalten:

Adriana hatte die Hände in den Schoß gelegt und aus dem Fenster gesehen, in den Garten, der gewiss zum ersten Mal, seit sie in diesem Haus wohnte, für den Frühling nicht vorbereitet war. Es war noch recht kühl, niemand ließ sich das Frühstück auf der Veranda servieren, aber in einer der nächsten Nächte würde die Temperatur umschlagen, und am darauffolgenden Morgen würde es so warm sein, dass man an einen Strand laufen wollte, bis das schaumige, salzige Wasser einem um die Fesseln spülte.

Als Klara hier angekommen war, hatte sie nicht glauben können, dass es eine solche Wärme gab, eine, die nicht auf der Haut liegen blieb, sondern ganz in einen Menschen hineinkroch.

Der Garten sah ein wenig zerrupft aus, die Hecken waren nicht beschnitten und die blühenden Stauden, die im Winter erfroren waren, nicht ersetzt worden. Kairos, ihr Hund, der ihr längst bis weit über das Knie reichte, stand an der Mauer und bellte hinüber zu Tisiphone, dem Mops des Kochs, der aus

Onkel Ulysses' Garten zurückkläffte. Um diese Gärten hatte Klara, die sich einfach nicht abgewöhnen konnte, an Türen zu lauschen, zum ersten Mal einen Streit zwischen den Brüdern erlebt.

»Der Wegfall der Kapitulationen ist kein Grund zur Panik, aber ein Umstand, dem wir uns anzupassen haben«, hatte Edmond den beiden anderen erklärt. »Wenn wir beizeiten an dem sparen, was nicht unbedingt notwendig ist, dürften wir von schmerzlicheren Sparmaßnahmen verschont bleiben.«

»Macht ihr nur«, hatte Thibault erwidert, »mich betrifft das nicht, ich spare an dem, was nicht notwendig ist, schon mein Leben lang.«

Ulysses dagegen, dem Peter nachgeschlagen sein musste, weil er sich nie anders als heiter und freundlich zeigte, hatte aufbegehrt: »Falls du damit auf unseren Garten anspielst, muss ich dir leider widersprechen, Edmond. Pericles und ich unterhalten keine Jacht, wir unterhalten kein Sommerhaus auf Uzunada, wir unterhalten nicht einmal eine Schar reizender Kinder. Der Garten ist der einzige Luxus, den wir uns leisten, denn dass wir Wert auf eine gepflegte Tafel legen, wirst du ja wohl kaum ins Feld führen wollen. Würdest du uns zwingen, das Budget für die Bestellung unseres Gartens zu kürzen, wäre dies für uns in der Tat eine schmerzliche Sparmaßnahme, mit der du uns bitte verschonen willst.«

»Dein Garten soll ja nicht eingeebnet, sondern lediglich eine Saison lang mit weniger Aufwand gepflegt werden«, versuchte es Edmond von Neuem. »Fünf Gärtner statt fünfundzwanzig – ich bitte dich. Wir hätten in einer Notlage immerhin auch Iris zu bedenken.«

»Wieso eigentlich Iris?«, bemerkte Thibault. »Sie ist bei ihrer Hochzeit mehr als großzügig ausgezahlt worden, oder etwa nicht?«

Klara begann, die Verhältnisse zu durchschauen: Edmond

war der Haupterbe, aber Ulysses und Thibault waren Teilhaber, und nur solange sich nicht beide gegen eine Entscheidung verbündeten, konnte er schalten und walten, wie er wollte, und seiner Schwester mehr zuschanzen, als ihr dem Testament nach zustand. Die Interessen der Brüder verliefen für gewöhnlich konträr, doch in diesem Fall hätte der Nörgler Thibault leicht entdecken können, dass sein ewiges Gefühl, zu kurz zu kommen, und Ulysses' Freude an Verschwendung zur Allianz taugten. Ehe er das Risiko einging, gestand Edmond Ulysses den üblichen Betrag für seinen Garten zu und sparte stattdessen noch mehr als geplant an seinem eigenen.

In den hatte Adriana an diesem Abend hinausgesehen, als wäre die vernachlässigte Anlage ein Spiegelbild ihrer Seele, und Klara hätte sie fotografieren wollen. »Womöglich hat das seinen Sinn«, hatte sie tieftraurig gesagt. »Überall ist doch jetzt die Rede davon, dass eine Ära zu Ende geht, und vielleicht zeigt sich das darin, dass in einer Familie nicht mehr geheiratet wird und keine Kinder zur Welt kommen. Sicher ist es leichter, sein Heim zu verlieren, wenn man es für keine Generation mehr erhalten muss.«

Theas Kopf schoss in die Höhe. »Wenn ich dabei etwas zu sagen hätte, ließe ich die Welt gelegentlich untergehen, damit das ewige Geschwafel darüber wenigstens einen Grund hat«, blaffte sie.

»Aber recht hat Adriana doch«, trumpfte Harriet auf. »Zu unserer Zeit hat man sich verlobt und als Nächstes das *Kraemer* für den Hochzeitsempfang gebucht. Heutzutage lassen wir den jungen Leuten die Wahl, und vor lauter Wahl weiß keiner mehr, was er will. Verlobungen dauern Jahre, bis das Ganze im Sand verläuft.«

»Das liegt daran, dass unsere Gesellschaftsschicht nicht genug Männer an vorderster Front hat«, kam es scharf von Theri, die bisher über irgendwelchen Briefen gebrütet hatte. »Bei den

Leuten vom Kadifekale ist das Gegenteil der Fall: Die jungen Männer tun alles, um Heimaturlaub zu erhalten, damit sie ihre Verlobten heiraten können, ehe sie als Kanonenfutter verheizt werden.«

Der Laut, den Iris von sich gab, hatte etwas von einem Pfiff durch die Zähne. »*Kadifekale*. Man höre und staune! Ich denke nicht, dass mir diese Bezeichnung in meinem Elternhaus schon einmal zu Ohren gekommen ist.«

»Meine Güte, Mädchen!«, rief Harriet. »Welchen Grund hättest denn du, dich auf dem Pagos herumzutreiben? Meinen Töchtern verbiete ich solche Eskapaden, es ist viel zu gefährlich, obwohl Veronica, Mabel und Juliette nicht einmal Griechinnen sind. Schon mit Griechen verwandt zu sein, könnte diesen Leuten als Grund für einen Überfall herhalten, so aufgepeitscht, wie sie darüber sind, dass Griechenland auf britischer Seite steht.«

»Du bist nicht mit mir verwandt, Harriet«, versetzte Theri. »Und Griechenland ist in den Krieg gar nicht eingetreten.«

»Nicht? Aber es hieß doch, David Lloyd George habe Venizelos Smyrna als Preis versprochen, wenn er hilft, das Osmanische Reich zu besiegen.«

»Es hieß so manches«, erwiderte Theri. »Aber was immer David Lloyd George Eleftherios Venizelos versprochen hat – der griechische König ist ein Cousin des deutschen Kaisers und hat angeordnet, dass Griechenland neutral bleibt.«

»Himmelherrgott, das ist das Schlimmste an diesem Krieg.« Harriet stöhnte. »Dieses Durcheinander. Finden die, die ihn führen, sich überhaupt noch darin zurecht, wissen die noch, wer zu wem gehört? Das weiß man ja nicht einmal in der eigenen Familie – wenn man es sich richtig überlegt, könnten Iris' Lance und Adrianas Jungen sich auf gegnerischen Seiten gegenüberstehen.«

»Mein Sohn riskiert sein Leben auf niemandes Seite, darauf

kannst du Gift nehmen«, fauchte Iris, aber Harriet war noch immer mit Theri beschäftigt.

»Im Übrigen habe ich dich armes Ding mit der im Sand verlaufenen Verlobung gar nicht gemeint«, sagte sie. »Sondern Kiki und Freddy Whitall. Sein Gutes mag es ja haben, dass das zu nichts geführt hat, denn andernfalls wüssten selbst die Eheleute im Brautbett nicht, mit welcher Partei sie es halten sollten: Kikis Brüder kämpfen für das Osmanische Reich, und im Garten der Whitalls flattert die britische Fahne. Verrückt, das alles.«

»Dann ist ganz Smyrna verrückt«, sagte Theri. »Und zwar schon so lange, wie es steht. Dabei fällt mir ein: Wen meinst du eigentlich mit *diese Leute,* denen angeblich jeder Anlass recht ist, um junge Mädchen anzugreifen? Unsere türkischen Nachbarn?«

»Natürlich nicht Rahmi *Bey!*« Harriet hob die Hände. »Obwohl der Mensch wahnsinnig genug ist, wenn es stimmt, dass er allein hinüber zu dem britischen Zerstörer gefahren ist, um mit dem Kommandanten zu Abend zu speisen. Auch nicht die reizenden Makridis oder Ahmed Feizi mit den hübschen Seidenstoffen, sondern nur die Horden, die wie Hühner in Käfigstapeln auf dem Pagos hausen. Denen ist derzeit alles zuzutrauen. Frag doch Xenia, die hat gehört, dass einem armenischen Arzneihändler der Kopf abgehauen und auf einem Spieß über den Basar getragen worden ist.«

»Ich bin froh, wenn ich Xenia nicht fragen muss und mir das, was sie wieder irgendwo gehört hat, erspart bleibt«, sagte Theri.

Klara war auch froh, dass Xenia nicht da war, weil das Gespräch sonst in Geschrei ausgeartet wäre. Die Vorstellung von dem abgeschlagenen Kopf eines Armeniers war auch so zu viel für ihren Magen. Sie hätte weiter bei dem Bild von der in den Garten blickenden Adriana verharren wollen, hätte das Bild *Abschied* nennen wollen und dann etwas bekannt geben. Anschließend hätte sie zugesehen, wie die Momentaufnahme in eine andere überging, die *Neubeginn* hätte heißen können.

Aber bekannt geben durfte sie nichts, ehe sie sich nicht vergewissert hatte. Und jetzt war der Zauber der Bilder sowieso dahin, weil sie einen Kopf auf einem Spieß vor sich sah und zwei Fäuste ihr den Magen zusammenpressten. Seit sie mit der Kamera unterwegs war, sah sie immerfort Bilder, doch seit Neuestem nahm es überhand. Sie wollte Sevan bei sich haben. Sofort. Als sie versuchte, aufzustehen, schwankte sie und musste sich an der Stuhllehne festhalten.

Im nächsten Atemzug fiel ihr auf, dass das Geräusch verstummt war, das man in diesem Haus immer erst bemerkte, wenn es aufhörte: das Klimpern der Glasharmonika. Gleich darauf flog die Tür zum hinteren Gang auf und Kiki erschien. »Kann ich dich sprechen, Klara? Es ist jetzt wirklich wichtig.«

Das war es bei Kiki immer. Wie so oft hatte Klara ein schlechtes Gewissen, weil sie sich mehr um die Kleine hätte kümmern müssen, selbst wenn der Streit um den Musiklehrer im Vergleich mit anderem banal erschien. Im Augenblick fiel es ihr jedoch schwer genug, sich auf den Füßen zu halten. Die Antwort, die sie herausbrachte, geriet zu schwach, um gehört zu werden.

Ein Kopf nach dem anderen drehte sich nach ihr um.

»Gesund wird sie wohl nicht mehr«, stellte Thea fest. »Dabei wurde in meiner Jugend behauptet, diese Preußinnen wären robust wie Urpferde und gebärfreudig wie Steppenziesel, damit könnte man nichts falsch machen.«

»*Giagia!*« Adriana sandte ihrer Schwiegermutter ein Kopfschütteln, ehe sie sich an Klara wandte. »Du siehst schlecht aus. Setz dich hin. Sollten wir nach dem Arzt schicken?«

Ehe Klara zu einer Erwiderung kam, flog die Tür auf der anderen Seite, zur Halle hin, auf. Xenia trat ein, und Kairos, der mit ihr aus dem Garten kam, flitzte an ihr vorbei, um an Klara hochzuspringen. Er war noch kein schwerer, ausgewachsener Hütehund, doch seine Wucht reichte aus, um sie umzuwerfen. Der Aufprall tat kaum weh, sie war nur völlig benommen.

»Guter Gott«, hörte sie Harriet rufen, dann folgte das Getrappel von Füßen, als die Frauen sich um sie scharten.

»Ich hole Sevan Agasian«, sagte Xenia atemlos. »Ich muss sowieso zu ihm, ich bin nur gekommen, um euch von den Gräueln zu berichten, die der Lieferant aus Karaburun gesehen hat, damit ihr endlich die zwei Türkinnen aus diesem Haus schafft.«

»Darüber gibt es mit mir kein Reden, was immer der Lieferant aus Karaburun gesehen hat.« Theri, durch das, was Klara ihr angetan hatte, nur mehr ein Schatten ihrer selbst, klang auf einmal wie die Herrin des Hauses. »Entweder Didem und Kadife bleiben hier, oder ich gehe mit ihnen.«

»Ich auch!«, rief Kiki.

Theri beachtete sie nicht. »Vielleicht solltest du Sevan selbst fragen, ob er der Ansicht ist, du erweist dem armenischen Volk einen Dienst, indem du zwei junge Mädchen, deren Ernährer an der Front ist, auf die Straße setzt. Vor allem solltest du ihn erst einmal holen. Wie du siehst, ist Eile geboten und der Zeitpunkt schlecht zum Diskutieren.«

Nach kurzem Widerspruch sah Xenia ein, dass sie bei niemandem Boden gewinnen konnte, und machte sich auf den Weg. Klara hatte Mühe, die Frauen zu überzeugen, dass sie in der Lage war, selbst nach oben zu gehen und im Bett auf den Arzt zu warten. Die Versuchung, eine Andeutung fallen zu lassen, war groß, doch sie war entschlossen, erst Sevan zu befragen. Nachdem sie sich im Bad übergeben hatte, fühlte sie sich besser, zumindest solange sie nicht an bebrillte, schwarzlockige Köpfe auf Spießen dachte. Sie kroch mit Kairos ins Bett und wartete.

Sevan zu sehen war wie immer: Ihr Herz schien eine kleine zuckende Bewegung zu vollführen, als erwache es und erinnere sich an sich selbst. Sie wollte weinen und lachen und konnte sich nicht entscheiden. *Guten Abend, kleiner Mann mit Brille. Wie alt bist du überhaupt? Noch nicht ganz dreißig, oder? Du wirst an den Schläfen schon grau. Liegt das daran, dass armenische Drahtwolle wie die auf deinem Kopf schneller ausbleicht, oder wirst du zu sehr gebeutelt? Du siehst aus, als könntest du eine Umarmung gebrauchen, eine, in der du ein paar Stunden schlafen dürftest.*

Seine Angst platzte geradezu aus ihm heraus. Mit ihm zu spielen, ihn auch nur eine Sekunde lang hinzuhalten, war grausam, und sie bereute es sofort. »Was sind denn das für Manieren, Herr Doktor Agasian? Sie stürzen ins Schlafzimmer einer Dame und wünschen ihr nicht einmal guten Abend?«

Sie öffnete die Arme und gleich darauf hatte sie ihn bei sich. »Das ist aber unvernünftig«, sagte sie. »Dein kleines Herz hämmert wie zum Zerspringen.« Sie hatten sich auf keinen Kuss geeinigt, aber ein Streifen mit den Lippen, nicht über den Mund, nur über den Pulsschlag an der Schläfe, durfte nicht zu streng verurteilt werden. Nicht im Krieg, nicht als Ausnahme. »Du musst keine Angst haben, Sevan. Ich habe dich rufen lassen, weil ich glaube, dass ich wieder ein Kind bekomme, und dich fragen wollte, ob du das für möglich hältst.«

Als sie sein fassungsloses Gesicht sah, gab sie ihm noch einen Kuss, der keiner war. »Mir geht es gut. Bitte mach dir keine Sorgen und sei mir nicht böse, weil ich dich hingehalten habe.«

»Das geht in Ordnung.« Sein Lächeln hatte etwas Zerknautschtes. »Wenn bei dir wirklich alles gut ist, geht das in Ordnung.«

»Und mit dir?«, fragte sie. »Ich hab um dich auch Angst, weißt du? Du gehst nicht auf den Pagos, oder? Harriet sagt, sie schlagen Armeniern dort die Köpfe ab.«

»Bitte hör damit auf.« Er nahm die Brille ab und vergrub das Gesicht in ihren Decken.

»Ist es nicht wahr?«

»Es ist Krieg. Dass es zu Ausschreitungen kommt, lässt sich nicht vermeiden, und auf dem Pagos leiden Menschen Hunger. Aber dies hier ist Smyrna. Und wir haben Rahmi *Bey.*«

»Stimmt es, dass er sich zu dem britischen Zerstörer hat übersetzen lassen, der direkt vor der Stadt in der Bucht liegt?«, fragte Klara. »Ist er verrückt?«

Sevan blickte wieder auf. »Das kommt auf die Sichtweise an. Wenn du mich fragst, tut Rahmi das geistig Gesündeste, was er tun kann: Er geht davon aus, dass bei jeglichem Konflikt zwischen Menschen zunächst der Versuch sinnvoll ist, ihn durch ein Gespräch beizulegen. Dass es keine Menschen gibt, mit denen man *per se* nicht sprechen kann.«

»Doch. Dich.« Klara lachte und boxte ihn auf die Schulter. »So gestelzt, wie du dich ausdrückst, wie soll dich da einer verstehen? Und was wollte unser geistig gesunder Gouverneur jetzt bei dem Kommandanten von diesem Zerstörer? Zu Abend essen? Ich denke, die Briten können nicht kochen.«

»Die Deutschen sind doch viel schlimmer.« Wenn er grinste, verliebte sie sich in ihn. So sehr, dass sie es im Mund, im Herzen und zwischen ihren Beinen spürte. »Was er von Admiral Peirse wollte, nachdem er das Abendessen überlebt hat, ist geheim. Eine Art Waffenstillstand vereinbaren? Peirses Schiffe beschießen die Forts, aber Smyrna nicht, und Smyrnas Forts beschränken sich auf Verteidigung. Warum sollen zwei vernünftige Männer das nicht bereden können? Peirse ist vor dem Krieg selbst hier zu Gast gewesen, er weiß, welche Bedeutung Smyrna zukommt.«

»Welche denn, mein Herr Wanderprediger?«

»Städte wie Smyrna sind die Zukunft. Sie müssen es sein. In Belgien haben deutsche Truppen Giftgas eingesetzt, um Scharen von Menschen auf einen Schlag zu vernichten. Über den Dardanellen kreisen Flugzeuge, die Bomben auf Dörfer werfen könnten. Was soll daraus werden? Wenn wir uns mit all den

Waffen, die die moderne Wissenschaft liefern kann, nicht samt und sonders auslöschen wollen, müssen Städte wie Smyrna zeigen, dass es möglich ist, eng zusammenzuleben. Eines Tages könnte die Welt voller Städte wie Smyrna sein.«

»Und voller Dienstmädchenromane von Sevan Agasian.«

Sie lachten sich an. Ihr Lachen und seines umarmten sich, lösten sich voneinander und verkrochen sich wieder. »Sprich nicht darüber«, sagte Sevan. »Wenn die Hohe Pforte dem Gouverneur nachweisen könnte, dass er private Verhandlungen mit dem Feind führt, ließe sich das zu Hochverrat erklären, und Rahmi *Bey* ist Enver *Pascha* ohnehin ein Dorn im Auge.«

»Ist irgendwer diesem Enver *Pascha* eigentlich kein Dorn im Auge?«

»Hans Humann«, antwortete Sevan. »Sein Freund seit Kindertagen. Er ist der Sohn von Carl Humann, dem Entdecker des Altars von Pergamon, von dem ich dir erzählt habe. Wenn Enver tatsächlich nach Smyrna kommt, um Rahmi ins Gebet zu nehmen, wird Humann ihn gewiss begleiten. Das käme uns zugute. Er ist in Smyrna geboren und wird seiner Geburtsstadt sicher nicht schaden wollen.«

»Und das ist auch geheim?«, fragte Klara. »Wenn das alles aber so fürchterlich geheim ist, weshalb weißt dann du davon?«

»Ach«, sagte Sevan, »beim Arzt geht es doch ärger zu als beim Barbier, da schwatzen die Leute, was immer ihnen einfällt. Und zu mir kommen Frauen. Denen fällt beim Schwatzen mehr ein als Männern.«

Sie gab ihm einen Klaps auf die Wange und schaffte es nicht, die Hand wieder wegzuziehen. Unter der Handfläche spürte sie, wie sein Gesicht sich verzog, ertastete das schmale Lächeln, das sie von der Insel kannte, von den Momenten, in denen er die Lider halb geschlossen hatte und glücklich gewesen war. »Ich glaube, das weiß gar keiner, wie rotzfrech du sein kannst.«

»Nein. Das traue ich mich nur bei dir. Und jetzt untersuche

ich dich, damit wir wissen, ob es sich demnächst noch jemand traut.« Behutsam zog er ihre Hand von seinem Gesicht und setzte sich auf. »Weißt du, wie weit du bist? Ich meine …«

»Ja, das weiß ich«, half sie ihm aus der Verlegenheit, die Frau, die er liebte, fragen zu müssen, wann sie mit ihrem Mann geschlafen hatte. »Es kommt nur eine einzige Nacht infrage, die, bevor Peter an die Front gegangen ist.« Sie schlug die Decken zurück und schob den Hund, der sich herangerobbt hatte, auf Peters Betthälfte. »Ehe du anfängst – sagst du mir etwas ohne alle Beschönigung? Als mein Freund, nicht nur als mein Arzt?«

Sevan nickte. Er wusste, was sie umtrieb, denn es trieb auch ihn um. »Bei dem Unfall ist deine Gebärmutter verletzt worden. Das erhöht die Gefahr einer weiteren Fehlgeburt.«

»Und das von damals? Erhöht es auch die Gefahr?«

»Ja, das tut es«, sagte er. »Ich habe mir alle Mühe gegeben, aber ich war müde und durcheinander, ich hatte Angst und kaum Zeit. Es ist möglich, dass ich dich bei dem Eingriff verletzt habe. Es ist sogar möglich, dass du George andernfalls bei dem Unfall nicht verloren hättest.«

Er war der Einzige, der ihr Kind noch George nannte. Sie sandte ihm einen Kuss mit den Augen. »Falls du damit erklären willst, dass du dir die Schuld aufladen möchtest, ist das abgelehnt, Sevan.«

Verloren zuckte er die Schultern. »Nur ein bisschen davon. Wir teilen, ja?« Dann streifte er einen Handschuh über und begann, ihren Bauch abzutasten. Er war ihr Arzt, seine Finger waren nicht nackt, und doch hätte sie sich zurücklehnen, die Augen schließen und sich hingeben wollen. »Selbst wenn das alles so ist, heißt das nicht, dass du dieses Kind nicht gesund auf die Welt bringen kannst«, sagte er. »Nur dass du Ruhe und Schonung brauchst, womöglich ein paar Wochen lang liegen und zur Geburt einen guten Arzt bei dir haben musst.«

»Dann hatte ich also recht?« Die Welle, die durch ihren Körper schoss, glich keiner Empfindung, die sie kannte. Sie hatte ihr erstes Kind gehasst, hatte das zweite um ihres Mannes willen gewollt, aber dieses dritte löste unbändige Freude in ihr aus. Sie würde ein Kind haben. Dieses dritte Kind würde sie haben, es würde die nächste Generation sein, für die ihr Heim erhalten werden musste.

»Ja«, sagte Sevan. »Du hattest recht, du bekommst ein Kind.«

»Das mit der Ruhe ist kein Problem«, rief sie. »Ich bleibe auf Uzunada, bis es da ist. Nach Uzunada kann ich doch fahren, oder? Die Dampfschifflinie ist eingestellt, die *Cythère* ist beschlagnahmt worden, und Adriana sagt, wegen der britischen Schiffe in der Bucht können wir in diesem Sommer nicht ins *Nar Evi*. Wenn ich aber einen privaten Schiffer finde, macht der britische Admiral mir keine Schwierigkeiten? Rahmi *Bey* hat das mit ihm geregelt?«

Sevan lachte. »Vielleicht nicht im Einzelnen. Aber ja, es gehen auch wieder Versorgungsschiffe nach drüben. Fahr nicht allein, lass Edmond dich begleiten, und falls jemand von der britischen Besatzung sich blicken lässt, tu nicht allzu laut kund, wie hübsch dein Dialekt klingt.«

Klara nahm eins der Kissen, holte damit aus und ließ es sinken. »Ich habe dich sehr lieb, Sevan. Weißt du, was so verquer klingt, dass man es nicht begreifen kann, obwohl es wahr ist? Wenn ich dich nicht so lieb hätte, dann hätte ich dich trotzdem lieb.«

Er zog die Hand aus ihr heraus und blickte zwischen ihren Beinen zu ihr auf. »Ich denke, ich begreife es: Wenn ich nicht ich wäre, müsste ich dein Bruder sein. Oder wenigstens dein Hund.«

»Geht nicht.«

»Weiß ich. Sieh zu, dass du auf der Insel gut versorgt bist. Nimm nicht nur die beiden kichernden Mädchen mit, sondern am besten auch noch Kadife, die darauf achtet, dass ihr alle ordentlich esst.«

»Bei mir braucht darauf niemand zu achten.«

»Doch.«

»Dabei fällt mir ein«, sagte Klara, »Theri hat zu Xenia gesagt, sie solle dich fragen, ob es dem armenischen Volk dient, wenn Didem und Kadife aus dem Haus geworfen werden.«

»Was für eine absurde Frage! Tuncay ist an der Front, genau wie viele armenische Männer. Zu all der Angst, die sie haben – sollen sie sich auch noch darum sorgen müssen, dass ihre Schwestern und Bräute schutzlos auf der Straße sitzen? Die Delacloches haben mir seit Jahren unermüdlich erklärt, ich gehöre zu ihrer Familie. Ich dachte, sie würden mit Tuncay und den Seinen das Gleiche tun.«

Er streifte den Handschuh ab, verstaute die Instrumente in seiner verbeulten Tasche und deckte Klara und den Hund wieder zu.

»Tuncay spricht nicht ganz so freundlich über dich, oder?«

Mit seinen schlanken Fingern schloss er die Schnallen der Tasche. »Tuncay hatte nicht das Glück, deinem Vater zu begegnen. Vielleicht wäre er sonst Mechaniker oder Dolmetscher geworden, und es ginge ihm gut. Wer nicht gedemütigt wird, muss nicht hassen.«

»So einfach?«

»Nein.« Noch einmal lachten sie sich an.

»Schreib deinem Mann, dass er Vater wird«, sagte Sevan. »Tu es noch heute, und dann mach das Licht aus und versuch zu schlafen. In den nächsten Tagen schicke ich Soghomon Beyleryan vorbei, der dich bis zur Geburt betreuen wird. Du kennst ihn ja schon. Er ist mein Sportkamerad bei *Garatash Vardanyan.*«

»Ich weiß, wer er ist. Sein Hintern macht in weißer Unterhose mehr her als deiner.«

Sie wollte lachen, doch der Schreck in seinem Gesicht hielt sie ab. »Nicht doch, Sevan.« Sie legte ihm die Hände an die Wangen. »Du weißt, ich bin ein Biest, ich muss immerzu dumme Sprüche von mir geben, um zu verbergen, dass kein Mann mir so gefällt wie du. Auch wenn das nicht sein darf. Es ist eben so.«

Er kam ihr scheu vor. Sie sah, dass er schlecht rasiert war und Schatten unter den Augen hatte. »Entschuldige«, sagte er. »Ich hätte mich nicht für so eitel gehalten. Und in Anbetracht der Umstände auch nicht für so albern.«

»Das bekommt dir ganz gut«, sagte Klara. »Nicht einmal du kannst dir von morgens bis abends nur wichtige Dinge in den Kopf stopfen. Und eine Frau, die bald wie eine Ente herumwatscheln wird, lässt sich dein bisschen Eifersucht auch gern gefallen.«

Sevan stöhnte. Klara nahm seine Hand und schrieb mit einem Finger verbotene Worte in die Handfläche. »Davon abgesehen«, sagte sie. »Ich weiß, das ist viel verlangt, aber ich wünsche mir, dass du mich bis zur Geburt betreust. Kannst du auch das noch für mich tun? Es würde mir mit der Angst helfen.«

Er stand auf, ging zum Fenster, wandte ihr den Rücken zu. »Ich würde es gern tun«, sagte er. »Aber ich kann nicht. Ich bin morgen nicht mehr da, Klara. Ich gehe an die Front.«

»Das darfst du nicht!« Ihr war vor Furcht eiskalt. In der amerikanischen Zeitung hatte gestanden, in Gallipoli starben bei einem einzigen Angriff dreitausend Mann. Sie sagte ihm die Worte, die sie sich auf der Insel gesagt hatten, bei einem ihrer letzten Abschiede: »Ich kann lernen, ohne dich zu leben. Aber nicht in einer Welt, in der du nicht mehr bist.«

»In der Welt bleibe ich ja.« Er starrte in die Nacht, sah vermutlich nicht mehr als sein Spiegelbild in Schwarz. »Ich werde in der Etappe eingesetzt. Bitte streite nicht mit mir, ich ertrage heute keine Vorwürfe mehr. Es gibt ja Entscheidungen, die man nicht umstoßen kann, sosehr es wehtut, wenn daran gerüttelt wird.«

Liebe war grausam und in dem, was sie verlangte, unmäßig. Recht hatte er umso mehr. »Kommst du wirklich zurück?«

»Ja, wirklich.«

»Wirst du nach Gallipoli geschickt?«

»Es sieht so aus. Ich hoffe es.«

»Gut. Dann komm her, damit ich dir einen Kuss für meinen Mann mitgeben kann. Ich schreibe ihm nicht, denn meine Briefe sind schrecklich, sondern du sagst ihm persönlich, dass er im Oktober ein Kind haben wird. Er mag dich so gern.«

»Ich ihn auch.«

»Nun komm schon her.«

Er kam mit hängendem Kopf zu ihr und kniete sich vor das Bett. Sie umschloss sein Gesicht mit den Händen und küsste ihn weich auf den Mund. Es war ein kleiner Betrug. Nur ein winzig kleiner. »Kann ich noch etwas für dich tun?«

»Du musst dich schonen und hast genug damit zu tun, alles in die Wege zu leiten.«

»Es würde mir helfen, Sevan.«

»Wirklich, Klara? Du nähmst mir eine große Last ab. Meine Frau will mit den Kindern nach Bardisag, und ich will um jeden Preis, dass sie hierbleibt. Ich habe auch einen alten Onkel, der noch in Bardisag ist, es ist der, der mich damals deinem Vater vorgestellt hat. Ich will ihn hierherholen. Ich weiß, das ist alles unmöglich zu bewerkstelligen, aber wenn du es versuchen könntest …«

»Es ist also doch wahr«, fiel sie ihm hart ins Wort.

»Was ist wahr?«

»Die Gerüchte darüber, dass türkische Freischärler armenische Dörfer überfallen und Menschen misshandeln. Erzähl mir jetzt keinen Dienstmädchenroman und auch kein Märchen von Wolken. Ich muss wissen, was los ist.«

Er sah sie an, sagte nichts, und sie war froh, dass er nicht log. Sobald er fort war, würde sie sich noch einmal übergeben müssen, und wenn er sich nicht beeilte, würde sie es über seinem Anzug aus englischem Tuch tun. »Gib mir die Adresse von deinem Onkel. Und eine Nachricht für deine Frau, damit sie mich empfängt. Ich tue, was ich kann, aber dafür tust du auch etwas für mich.«

Er nickte.

»Du vergisst keinen Augenblick lang, dass ich sterbe, wenn du nicht zurückkommst. Dass du daran schuld sein wirst und dass ich dich dafür hasse.«

»Du würdest mich doch nicht hassen.«

»Sei dir nur nicht zu sicher.« Sie stieß ihn zart mit beiden Händen vor die Brust. »Und jetzt zieh Leine. Wenn du nicht bei drei aus dem Zimmer bist, dann halte ich dich fest.«

34

Vor Krithia, Gallipoli, Nacht des 5. Juni 1915

Ich kann nicht Theri zu Ihnen sagen.
Ich dürfte Ihnen gar nicht schreiben, und wenn doch, dürfte ich nur von Nachtigallen erzählen, die hier seit Mitternacht singen, und nicht erwähnen, dass mir ihr Gesang wie das Heulen von Wölfen vorkommt. Ein Kamerad hat die winzigen gelben Eier aus einem Nachtigallengelege gestohlen und gekocht, weil ihm vor Hunger die Luft vor den Augen waberte. Es war widerlich. Ich habe an die toten Kinder im Kosovo denken müssen, die, die aus den Leibern ihrer Mütter herausgerissen wurden.
Werfen Sie meinen Brief weg. Lesen Sie nicht weiter. Es geht nur mehr um Hunger, Dreck, Schlamm, zerstückelte Kinder, Tod. Auf den Boden unserer Schützengräben streuen wir Scherben aus Glas und Metall, damit der Feind, falls er die Gräben einnimmt, sich verletzt. Wenn es regnet, kommt der Schlamm, und wir vergessen, dass darunter die Scherben liegen, und verletzen uns selbst. Einer, Mehmet, hat eine Blut-

vergiftung bekommen und ist daran gestorben. Er hieß gar nicht Mehmet. Wir nennen uns alle hier Mehmet, weil es nicht lohnt, sich Namen zu merken. Wir sind Mehmets, und die Feinde sind Tommies, das genügt.

Die Feinde, die Tommies, das sind die da drüben in den Gräben, zweihundert Schritte von unseren entfernt. Die sind nicht nur Briten, sondern auch Franzosen und welche vom ANZAC, von irgendeinem anderen Ende der Welt, doch das spielt keine Rolle. Die einen sehen so verhungert aus wie die anderen, und ihre Uniformen sind mit Schlamm beschmiert, sodass kaum zu erkennen ist, wer zu wem gehört. Einer der britischen Generäle hat neulich auf einen seiner eigenen Haufen feuern lassen, weil er dachte, es wäre einer von unseren. Als er es bemerkt hat, war es zu spät, und er hat eine zweite Welle zum Angriff befehligen müssen, raus aus dem Graben, über den Wall aus Säcken, *denn die erste war ja niedergemäht.*

Bei uns ist es genauso. Wir werden kommandiert von Mustafa Kemal, der uns gesagt hat: Ich befehle euch nicht, anzugreifen. Ich befehle euch, zu sterben. Wenn ihr sterbt, kommen Neue und nehmen eure Plätze ein.

Deshalb sieht man das Gras nicht mehr, das auf den zweihundert Schritt Land zwischen uns und den Tommies wächst. Weil da die Toten liegen. Die Toten von Welle zwei und drei liegen über denen von Welle eins, und die Hitze bläst sie auf wie Ballons. Der Gestank hilft ein bisschen gegen den Hunger, doch nie lange. Viel zu essen hat niemand, aber manche, die aus den Dörfern in der Nähe stammen, haben Väter, die ihnen Körbe mit Essen bringen, Honig, helva, *Joghurt und Hühnereier, und das müssen sie mit allen teilen, denn sonst würden sie selbst aufgefressen. Das gibt dann ein Fest in den Schlammlöchern von Gallipoli, aber der Brocken vom Festessen, den jeder abbekommt, lässt sich aus dem Napf nicht zum Mund bringen, weil sich sofort fette, grün schillernde Fliegen*

von den Toten draufsetzen, bis man das Essen nicht mehr sieht. Also müssen wir mit den Mündern direkt aus unseren Näpfen essen wie Vieh aus Trögen. Die anderen haben Blechnäpfe. Ich habe einen emaillierten, den meine Mutter mir auf dem Basar vom Kadifekale gekauft hat.
Gestern haben wir zum dritten Mal von Tagesanbruch an um das Dorf Krithia gekämpft. Die Tommies wollten damit den Durchbruch erzielen, um dessentwillen sie hergekommen sind, erst mit ihren Schlachtschiffen, die auf unsere Seeminen aufgelaufen und in pechschwarzen Rauchwolken aufgegangen sind, und dann, im April, mit den Truppentransportern voller Männer, die sie in zusammengebundenen Booten an Land gesetzt haben. Auf den Höhen über den Stränden haben wir gewartet und sie abgeschossen, einen nach dem anderen, wie sie mit ihren Tornistern und Sonnenhüten aus den Booten geklettert sind.
Werfen Sie meinen Brief weg. Lesen Sie nicht weiter. Vielleicht bleibt er ja in der Zensur hängen, weil wir vom Krieg nichts schreiben dürfen, nur von helva *und Nachtigallen, aber wenn ich über den Wall hinwegschaue, auf den stinkenden Teppich aus Toten, dann denke ich: Hat in unserem Land wirklich jemand Zeit, Briefe zu öffnen und nach ein paar unerlaubten Sätzen zu durchsuchen?*
Ich will Ihnen nichts mehr schreiben. Ich schreibe die ganze Nacht und verschwende das Öl in meiner Lampe. Ich bin verflucht. Meine Kopfschmerzen bringen mich um.
Sie sind ja klug und lesen die Zeitung, Sie wissen, warum die Tommies hier einen Durchbruch erzielen wollten, warum sie für ein Dorf von ein paar Eselstreibern Männer vom anderen Ende der Welt zum Sterben holen, nicht wahr? Es geht um die Meerenge, um die Dardanellen, die Europa von Asien trennen. Mustafa Kemal sagt: In Europa steht der Kampf stockstill, die Tommies kauern in ihren Gräben, und unsere deut-

schen Verbündeten räuchern sie mit Giftgas aus. Also brauchen sie einen anderen Ort, um den Krieg zu gewinnen, und der andere Ort sind wir. Brechen sie durch unsere Reihen, ist der Zugang zum Schwarzen Meer frei und sie können ihren russischen Verbündeten zu Hilfe kommen. Sie können auf unsere Hauptstadt marschieren und uns als Kriegsgegner ausschalten, damit Deutschland seinen Verbündeten verliert. Sie wissen das alles. Ich weiß es nicht mehr, auch wenn Mustafa Kemal es uns erklärt. Der Mann, der sich das alles ausgedacht hat, heißt Winston Churchill, und der, der den Befehl darüber innehat, heißt Ian Hamilton. Die Namen muss man sich merken: Enver Pascha, *Winston Churchill, Mustafa Kemal, Ian Hamilton. Die anderen heißen Mehmets und Tommies. Die anderen sterben.*

Gestern also haben wir zum dritten Mal um das Dorf, das den Tommies den Durchbruch bringen sollte, gekämpft, Welle um Welle, bis wir über die Sackwälle niemanden mehr nach draußen schicken konnten, weil auf dem Teppich aus Toten keiner mehr hätte treten können. Jetzt liegen die da in der Nachthitze wie die Ballons. Ein Viertel von uns, ein Viertel von den Tommies, alles zusammen vielleicht zehntausend, denke ich. Dafür, dass man nicht dort liegt, sondern noch lebt, soll man dankbar sein, aber meine Kopfschmerzen bringen mich um. Das kommt von dem Gestank, hat einer gesagt, aber ich weiß ja, woher es in Wahrheit kommt.

Ihre Brüder leben auch noch. Peter lebt noch und wird nicht Mehmet genannt. Nimrod fliegt ein Aufklärungsflugzeug, weil der Mehmet, der es vorher flog, an einem Mückenstich gestorben ist. Wir haben ja hier kaum Ärzte, dafür Militärkapellen mit Tubas und Hörnern, die zu jedem Angriff spielen.

Werfen Sie meinen Brief weg.

Schreiben Sie mir nicht mehr.

Ihr Mehmet. Mutlus Sohn Tuncay

35

Der Bahnhof Alsancak quoll über vor Menschen, ein Meer grüner, dunkler und weißer Uniformen. Vor dem Krieg hatte man sich im Café hinter den Fahrkartenschaltern einen Kaffee kaufen und dabei mit einem Blick aus dem Fenster von der Stadt Abschied nehmen können. Heute hingegen stauten sich so viele Wartende zwischen den Tischen des Cafés, dass kein Ausschank möglich war. Die Luft war raucherfüllt, der Lärm ohrenbetäubend.

Sevan hatte den Zug nach Balikesir zu nehmen, um von dort in einem Transporter des Sanitätskorps nach *Çanakkale* verbracht zu werden. Keine zwei Wochen lang war er auf dem Fort von Sanjak Kale im Nötigsten unterwiesen worden. Für den Rest musste seine kümmerliche militärische Grundausbildung reichen. Entscheidend war seine Befähigung als Arzt. Im Rang eines *Asteğmen* – Unterleutnants – wurde er in ein Etappenlazarett nach Gallipoli entsandt. In der eierschalenweißen Sommeruniform, die an kämpfende Truppen nicht mehr ausgegeben wurde, kam er sich einigermaßen lächerlich vor, so als hätte er sich ausstaffiert, um Klara zu imponieren.

Klara hätte gelacht, wie sie über seinen Sportdress lachte. Aber Klara war nicht da, so wenig wie Rhipsime. Es waren überhaupt kaum Frauen auf dem Bahnhof, um von in Marsch gesetzten Soldaten Abschied zu nehmen. Sie hätten keinen Platz gehabt, schon gar nicht an den Fenstern der Züge, aus denen sich ihre Männer, Söhne, Brüder lehnten. Vielleicht hatten sie die Abschiede inzwischen auch satt. Der Krieg dauerte bereits acht Monate.

Sevan besaß eine Fahrkarte, die ihn als Inhaber eines Sitzplatzes auswies, aber diesen einzufordern, wäre vergebliche Liebesmüh gewesen. In das Abteil, das für sechs Passagiere gedacht war, quetschte sich die doppelte Anzahl Soldaten, und wer saß, der saß. Die Übrigen, darunter Sevan, der zum Drängeln nicht die Konstitution besaß, hielten sich an den Haltegriffen fest, obwohl sie in der Enge nicht hätten stürzen können. Die Hoffnung, auf dem Weg an der Chronik zu arbeiten, mit der Sevan in der Gegenwart angelangt war und in die er die Kriegsereignisse hätte eintragen wollen, hatte sich damit erledigt.

Eine Zeit lang versuchte er, zumindest im Kopf eine Passage zu verfassen. Er hatte sich angewöhnt, jeden Artikel mit der Anrede *Geliebte Aghavni* zu beginnen und in zwei Sprachen abzufassen, in der linken Spalte französisch und in der rechten armenisch. Sein Gewissen mahnte ihn, er hätte *Geliebter Krikor* dazuschreiben sollen, aber es fiel ihm noch schwer. Durch die Trennungen und die Entschlossenheit, mit der Rhipsimes Familie den kleinen Jungen für sich vereinnahmte, war Krikor ihm fremd.

Zwischen Sohn und Mutter mochte Sevan sich nicht drängen – was immer man Rhipsime vorwarf, sie liebte Krikor über alles, obwohl er, wie damals Aghavni, nicht sprach. So wie Sevans Mutter ihn geliebt hatte, obwohl er als dumm galt, eine Liebe, die er noch immer spürte und die es ihm leicht machte, das Leben zu lieben. Er wünschte Krikor dasselbe und würde später, wenn das Leben der Familie in ruhigeres Fahrwasser geriet, mit seinem Sohn Freundschaft schließen und seinen Namen in der Chronik hinzufügen.

Die Absicht, einen Text zu entwerfen, musste er bald ebenso aufgeben wie seinen Sitzplatz. Es war zu laut, alles redete und rauchte durcheinander. Sevan machte es wenig aus, er wünschte sich nur, von dem, was ihm Sorgen machte, abgelenkt zu sein. Klara hatte ihm noch nach Sanjak Kale ein rasch hingekritzeltes Billett gesandt: Wie erwartet hatte Rhipsime sich nicht überzeugen lassen, unter Rahmi *Beys* Schutz in Smyrna zu bleiben, sondern war nach Bardisag abgereist. Sevan hatte mehr Angst, als er sich eingestehen wollte, auch wenn er hoffte, dass ihr Status als Frau eines osmanischen Offiziers Rhipsime schützen würde.

Der Gouverneur selbst hatte ihn gewarnt: »Solange Sie in meiner Stadt Ihre Arbeit versehen, hat Ihre Familie nichts zu fürchten. Verlassen Sie aber mein Hoheitsgebiet, kann ich nicht viel tun.«

»Das heißt, es gibt diese Übergriffe wirklich?«

»Mein Freund«, Rahmi Bey hatte ihm auf die Schulter geklopft, »dass ich Ihnen dazu nichts sagen kann, wissen Sie selbst. Ich bin nicht das Orakel von Delphi, aber in Zeytun organisieren Huntschakisten Aufstände, und Van ist an die Russen gefallen, mit zweitausend muslimischen Toten. Sie können sich vorstellen, wie so etwas die Leute aufbringt. Belassen Sie Ihre Familie in Smyrna, damit sind Sie auf der sicheren Seite.«

Sevan schaffte es nicht, sich das vorzustellen. Pogrome gegen Volksgruppen gehörten ins europäische Mittelalter, während sein Land doch der Zukunft zustrebte und sich nach dem Elend dieses Krieges in einem neuen Bund zukunftsorientierter Staaten wiederfinden würde. Rhipsime und Krikor würden in Bardisag sicher sein, zumal ihr Vater und ihre Brüder nicht dort waren, um die Aufmerksamkeit auf sich zu ziehen. Was Aghavni betraf, so war sie gar nicht mitgefahren. Klaras Nachricht zufolge hatte sie sich an sie geklammert und beharrt, sie werde nicht mit der *Mayrik* reisen, sondern warten, bis ihr *Hayrik* nach Hause kam.

Erstaunlicherweise hatte Rhipsime dem stattgegeben. Klara hatte seine Tochter bei sich behalten, sie würde sie mit nach Uzunada nehmen, und sie würde auch einen Wagen schicken, um Onkel Bedros nach Smyrna zu holen. Mehr war für den Augenblick nicht zu machen. Wenn Sevan seiner Aufgabe, dem Einsatz in Gallipoli, gewachsen sein wollte, durfte er keine Kraft vergeuden, indem er sich um Dinge sorgte, an denen er nichts ändern konnte.

Stattdessen machte er sich mit den Mitreisenden bekannt, die sämtlich Marschbefehle nach Çanakkale hatten. Die Gespräche zwischen ihnen entwickelten sich lebhaft, überschwänglich, geradezu verbrüdernd, wie es zwischen Fremden üblich ist, wenn sie sich ungewöhnlich heftig nach der Nähe von Artgenossen sehnen. Die meisten Männer waren Türken, doch es waren auch ein griechisches Zwillingspaar, ein Neffe von Nesim Levi, dem jüdischen Bankier aus Kokaryali, und ein blutjunger Deutscher darunter, der sich in die deutsch-ottomanische Sanitätsmission gemeldet hatte. Der Deutsche hieß Friedrich Halberer, stammte aus einer Stadt namens Oldenburg und konnte sich vor Freude darüber kaum fassen, dass jemand seine Sprache sprach.

Er hatte eine Kamera bei sich, eine der großen, in die kein Rollfilm geschoben, sondern Platten eingelegt wurden. Anders als die Übrigen, die die Berichte aus Gallipoli zumindest befangen machten, sah er dem Krieg, in den er zog, als einem großen Abenteuer entgegen. »So bekommt unsereins doch was von der Welt zu sehen.« Ausdrücklich hatte er sich um den Einsatz im Osmanischen Reich, nicht in Flandern oder Frankreich, beworben und war selig, dass seinem Wunsch stattgegeben worden war. »Vom Orient träumt doch jeder.« Wie ein Verliebter ließ er die Augen rollen und leckte sich über die Lippen. »Die Basare, die Kuppeln, die Gewürze, so was muss man doch gesehen haben. Und dann erst die Harems, diese überirdisch schönen Frauen, die mit sieben Schleiern tanzen.«

Friedrich Halberer war enttäuscht, dass Sevan nie einen Harem von innen gesehen hatte, aber er war ein umgänglicher Bursche, der sich stattdessen auf ein Gespräch über Fotografie einließ. Voll Besitzerstolz zeigte er Sevan seine Kamera. »All mein Erspartes steckt darin. Mein Traum wäre es, Kriegsreporter zu werden, immer da zu sein, wo auf der Welt etwas los ist.«

»Und wenn es keine Kriege mehr gibt?«, fragte Sevan.

Der Deutsche lachte. »Ach, die wird's schon geben. So ein Krieg, der bringt die verstaubten Kisten doch ins Rollen.«

Einer der Türken packte fingerdünne *sucuk* und nach Knoblauch duftenden *mihaliç-Käse* aus seinem Tornister und schnitt sie in kleine Stücke für alle. Die griechischen Brüder reichten ihre Näpfe mit *giouvetsi*-Eintopf herum, und Friedrich Halberer förderte wie ein Zauberer eine Feldflasche zutage, in die er einen ganzen Liter *raki* gefüllt hatte. Sein Angebot fand begeisterten Zuspruch, auch bei den meisten Türken. »Mustafa Kemal soll ja ein regelrechter Säufer sein, und ist der ein Held, oder was?«, rief ein freundlicher Familienvater, der sich als Adnan vorgestellt hatte. »Den kriegen die Tommies nicht unter den Tisch getrunken, und von unserer Küste kriegen sie ihn auch nicht weg.«

Friedrich Halberer legte eine der Platten in seine Kamera ein und bat um ein Erinnerungsfoto von allen.

Dann hielt der Zug an.

»Was ist denn los?«, fragte Halberer. »Mitten auf der Strecke?«

Sevan übersetzte ins Türkische, worauf Adnan laut lachte.

»Du bist hier nicht in Deutschland, Jungchen. Bei uns hält alle naselang ein Zug, ohne dass er einen Grund dafür braucht.«

Lärm brach los und ließ alle verstummen. Schlagende Türen, polternde Schritte und Gebrüll. Die Tür ihres Abteils stand halb offen, damit sie überhaupt Luft bekamen, und Sevan reckte den Hals, um in den Gang zu spähen. Männer in dunklen Uniformen stürmten auf sie zu, vor sich Gewehre mit aufgepflanzten Bajonetten. Der vorderste war ein Hüne, der einen schwarzen *fez* trug. Donnernd stieß er die Tür ganz auf. »Passkontrolle.«

Der Mann hinter ihm, der kaum kleiner war, riss den Soldaten Pässe und Kennkarten aus den Händen. Sevan zog seine Papiere aus der Tasche der Uniformjacke und reichte sie dem Kontrolleur. Geschrei und Machtgehabe bereiteten ihm Unbehagen, doch andererseits taten ihm Menschen, die derlei nötig hatten, leid. Die kurze Schikane würde gleich vorbei sein und der Zug weiterfahren, weit konnte es ohnehin nicht mehr sein.

Der Mann warf einen Blick auf Sevans Inlandpass, dann hielt er ihn dem Größeren vors Gesicht. »Agasian. Huntschak. Dreck.«

Der spuckte auf das Papier und warf es weg. Viel schneller, als man es seinem massigen Körper zugetraut hätte, preschte er in das Abteil, drängte alle zur Seite und packte Sevan.

»Hehe, was soll denn das?«, hörte er Friedrich Halberer auf Deutsch rufen, dann wurde er auf den Gang gezerrt. Die Männer sprangen zurück, gaben ein Stück Boden frei. Darauf stieß der Mann Sevan mit einer einzigen Bewegung nieder. »Verräter. Armenisches Schwein. Zieh die Uniform meines Sultans aus.«

Schmerz bohrte sich ihm in die Schulter. Er versuchte, nach der geprellten Stelle zu tasten, aber der Mann hinter ihm trat ihm die Hand weg. Der nächste Tritt kam von vorn und traf ihn in den Bauch. Sevan stöhnte und hatte keinen Platz, sich zu krümmen. »Los, aufstehen. Die Uniform ausziehen sollst du.«

Sevan wollte sich aufrappeln, da traf ein dritter Tritt ihn zwischen die Beine. Der Schmerz war eine flüssige Feuersäule, die sich durch seinen Leib brannte. Sein Schrei war ein Heulen. Als seine Hände niedersausten, um den Schmerz, die Verletzung zu erfassen, folgten neue Tritte, immer an dieselbe Stelle, in die zerbrechlichen Organe, die von seiner Männlichkeit übrig waren.

»Schluss damit. Militärische Einsätze zu fotografieren, ist verboten.« Etwas Schweres traf Sevan am Kopf. Es war die Kamera, die einer der Männer dem Deutschen aus der Hand geschlagen hatte. »Aufstehen und ausziehen, habe ich gesagt.«

Sevan versuchte es, rappelte sich auf die Knie, doch ehe er sich ganz hochstemmen konnte, ließen die Schmerzen ihn wieder zu Boden gehen. Der Hüne beugte sich herunter, griff mit einer Hand in sein Haar und zerrte ihn in die Höhe. Sevan hörte sich winseln.

»Ausziehen«, wiederholte der Mann und musterte sein Gesicht. Sevans tastende Hände zitterten so heftig, dass er keine Chance hatte, auch nur einen Knopf der Uniformjacke zu öffnen.

»Schneller.«

Der Mann nahm ihm die Brille ab und verpasste ihm eine Ohrfeige, dass sein Kopf gegen die Abteiltür knallte. Vor seinen Augen zerplatzte das Bild in Funken. »Los, tritt da drauf.«

Sevan sah so gut wie nichts, doch er hörte, wie die Brille zu Boden fiel. Als er nichts tat, bekam er eine weitere Ohrfeige, und sein Kopf prallte gegen das Zugfenster. Von hinten traf ihn ein Hieb in die Nieren. Sein Körper krümmte sich, sein Fuß trat nach vorn, und unter seiner Sohle knirschte das Brillenglas. Es war, als zertrete er seine Welt, die er mit neun Jahren zum ersten Mal gesehen und die Smyrna geheißen hatte. Dann rissen die Männer ihm die Kleider vom Leib, zerrten ihn nackt aus dem Zug und warfen ihn auf einen Lastwagen, auf dem weitere Körper wie tot übereinanderlagen.

Sein Zeitgefühl hatte ihn verlassen. Ihm kam es vor, als würde die Fahrt nie enden, als vergingen Tage und Wochen, in denen er nichts spürt als Schmerz, Hitze, brennenden Durst und den Aufprall fremder Körper auf seinem. Stöhnen, Gestank und Dunkelheit. Von Zeit zu Zeit hielt der Wagen an, und die Uniformierten kamen zurück, um Tote von der Ladefläche zu stoßen und an die, die noch lebten, wahllos Prügel auszuteilen. Sevan spürte, wie ihm Blut aus dem Ohr lief. Wenn er sein Gehör verlor, würde er vollkommen hilflos sein.

Aber er verlor sein Gehör nicht. Nach Stunden oder Tagen hörte er, wie einer der gefangenen Armenier einen Soldaten fragte: »Wohin werden wir gebracht?«

Sevan machte sich auf den dumpfen Trommelwirbel neuer Schläge gefasst, doch stattdessen kam eine Antwort. »Çankiri«, sagte der Soldat fast freundlich. »Weit ist es nicht mehr. Eure Genossen von der Huntschak-Partei warten schon auf euch.«

Dass sie in eine Stadt einfuhren, merkte er daran, dass der Wagen enge Kurven nahm und sein Tempo drosselte. Çankiri lag irgendwo im Herzen von Anatolien, vielleicht dreihundert Meilen von Konstantinopel, weit mehr von Çanakkale und unendlich weit von Smyrna entfernt. Gleich darauf fuhren sie aus der Stadt wieder hinaus, der Wagen hielt an, und die Plane wurde heruntergezogen.

Grelles Licht blendete ihn und raubte ihm die ohnehin klägliche Sicht. Sevan blinzelte und rieb sich die Augen, bis er zumindest Umrisse erkennen konnte. Der Lastwagen schien in einem Innenhof zu stehen, umgeben von den grauen Mauern eines hufeisenförmigen Gebäudes. Der Hof war weit. In der Mitte reihte sich eine Anzahl dunkler, hoher Silhouetten. Um ihn herum gerieten die zerschundenen Körper in Bewegung. Denen, die nackt waren, warfen die Wachleute Kleidungsstücke hin.

Sevan hatte Schwierigkeiten, Hemd und Hosen aus rauem

dunklen Material anzuziehen. Als einer der anderen ihm zu helfen versuchte, sprang ein Wachmann hinzu und versetzte ihnen beiden drei klatschende Peitschenhiebe. *Nicht schreien,* dachte Sevan und hörte, wie er schrie. Er sah sich über den Hauklotz gebeugt im Hof seines Vaters, wo er mit der Peitsche geschlagen worden war, und dachte: *Das ganze Leben als Mann müht man sich, alles richtig zu machen und diesem Verprügeltwerden der Kindheit zu entgehen.* Aber das war sinnlos. Das Ding, das irgendwer Würde genannt hatte und das Sevan an Menschen liebte, ließ sich nicht bewahren.

Die Peitsche schnitt noch einmal in sein Fleisch und machte aus ihm einen wimmernden Klumpen. Zwischen den Nebeln aus Schmerz begriff er: Sein Vater hatte ihn geschlagen, um ihn zu bestrafen, und er hatte schon damals rufen wollen: *Du machst etwas in mir kaputt, das nicht wiederkommt!* Die hier schlugen ihn, um ihn auszulöschen. Wie Leute Mücken erschlugen: Sie zerquetschten sie an der Wand.

Mit Schlägen wurden sie vom Wagen getrieben, ein Haufen ausgetrockneter, gekrümmter Greise. Die Wächter ließen ihre Peitschen schnalzen, lachten und scheuchten ihre Opfer tiefer in den Hof, auf die dunklen Silhouetten zu. Als sie davorstanden, erfolgte der Befehl zum Anhalten. »Euer Empfangskomitee, wie versprochen«, rief der Kommandant. »Zwanzig von euch haben wir in Istanbul erledigt, aber die da wollten euch gern begrüßen.«

Die dunklen Silhouetten waren Gerüste aus jeweils drei Holzbalken, sechs oder acht oder zehn in einer Reihe. Dort, wo die Balken zusammentrafen und eine Spitze bildeten, war ein Strick befestigt, an dem etwas baumelte. Sevan wusste, dass es menschliche Körper waren, Leichen von Huntschakisten oder solchen, die dafür gehalten worden waren. Dem Wissen zum Trotz musste er ewig hinstarren, bis er in den Konturen Menschen erkannte. Immer einer am Hals aufgehängt, mit zur Seite geknicktem Kopf, und daneben einer, der an den Fußgelenken hing wie zur Bastonade. Bei denen wollte er sich nicht fragen, wie lange sie zum Sterben gebraucht hatten. Die Sonne würde alle bis zum Platzen auftreiben, der Gestank machte die Luft dick wie Schmiere.

»Die lassen wir euch noch ein Weilchen hängen«, sagte der Wachmann hinter ihm. »Bis wir die Galgen für euch brauchen. Morgen früh stellen wir euch vors Militärgericht, und wenn die Sonne untergeht, ist dieses Land von euch Ungeziefer befreit.«

36

Bournabad, Smyrna, 27. Juni 1915

Lieber Tuncay,
hören Sie auf mich, ich bitte Sie, nur das eine Mal: Ich habe mich hier erkundigt. Wenn Sie angeben, Ihre Verlobte sei schwanger von Ihnen, erhalten Sie unverzüglich Urlaub, um zu heiraten. Stellen Sie noch heute den Antrag, kommen Sie nach Hause und heiraten Sie Ihre Kadife. Lassen Sie mich wissen, wann Sie reisen, und ich hole Sie ab, von wo immer Sie wollen. Sie haben eine Pause nötig, Tuncay. Denken Sie diesmal nur an sich und an niemanden, der Sie brauchen könnte, auch nicht an Peter oder meine Brüder.
Ich mache mir Sorgen um Sie. Sie dürfen uns nicht zerbrechen.

Ihre Theri

37

Die Nachricht schlug ein wie ein Torpedo oder wie eine dieser Bomben aus der Luft, von denen behauptet wurde, sie könnten eine Straße in Schutt und Asche legen. Mit einem Schlag waren Klaras Pläne nichtig, spielte das, worum sie seit Wochen rang, keine Rolle mehr.

Adriana und selbst Edmond waren dagegen, dass Klara nach Uzunada fuhr, sie aber sehnte sich mit wachsender Dringlichkeit nicht nur nach der Abgeschiedenheit, sondern nach dem, was das Haus der Granatäpfel für sie barg. Früher hatte sie sich aus Furcht vor Einsamkeit in jegliche Gesellschaft gestürzt. Jetzt hingegen verlangte sie nach einer Pause an dem Ort, an dem ihre Erinnerungen waren, als könnte sie dort mit Sevan allein sein.

Das Leben war anstrengend geworden. Klara war von ihrem Körper gewohnt, dass er tat, was sie ihm abforderte, ohne dass es sie besondere Mühe kostete. Jetzt versagte ihr dieser Körper den Dienst. Sie war ständig müde, konnte ihren Alltag nur in kleinen Schritten bewältigen, und jeder ein wenig stärkere Geruch bereitete ihr Übelkeit. Hinzu kamen Nachrichten in Zeitungen, Gerüchte, Spekulationen, Ängste und Albträume, die sie aus dem Schlaf rissen und nicht wieder einschlafen ließen.

Dabei schien es, als werde sie, das nutzlose fünfte Rad am Wagen, auf einmal überall gebraucht. Sie hatte Sevans gebrechlichen Onkel im Haus, der unentwegt von Bedrohungen sprechen wollte, die ihr den Magen umdrehten. Sie hatte sich um Aghavni zu kümmern, die ein kluges, stolzes, selbstständiges Mädchen war, doch noch keine sechs Jahre alt und fern von ihrer Familie. Sosehr die Kleine sich mühte, die Angst um ihren Vater in sich zu verschließen, sobald sie mit Klara allein war, brach sie aus ihr hervor. »Kommt mein *Hayrik* wieder, Klara? Und wenn nicht, wo ist er dann? Weiß er da noch, wer ich bin?«

Um Aghavnis willen so sehr wie für sich selbst wollte Klara nach Uzunada, wo sie beide sich gehen lassen könnten, unter ihren Dachgiebel kriechen und Geschichten von helleren Zeiten erzählen, bis diese dunkle vorüber war.

Aber da waren auch noch ihre Schwiegereltern, deren festgefügte Welt ins Wanken geriet und die an der Hoffnung in Klaras Bauch Halt suchten. Edmonds Geschäftsimperium, das von Generation zu Generation gewachsen war, verlor über Nacht die Grundlagen, auf denen Handel florierte: die Kapitulationen, günstige Vereinbarungen zu Zoll und Steuer, Zugang zu Waren aus aller Herren Länder. Und vor allem: ein Klima des Austauschs, ein Gewimmel wie auf dem Kemeralti-Basar, wo die Welt zur Drehscheibe wurde, von deren Angebot jeder nahm und ausprobierte. Jetzt fand sich Edmond in einem Land wieder, das seine Pforten verschloss, und die Menschen, die sich verunsichert darin duckten, kauften nicht mehr als das Nötigste.

Adriana, die unter dem Glas ihrer Schneekugelwelt glücklich gewesen war, hatte ihren Bruder verloren, und seither war ihre Schonzeit vorüber. Sie gehörte nicht länger zu den Auserwählten, die das Schicksal mit Samthandschuhen streichelte, sondern fürchtete um das Leben ihrer Söhne. Jeden Morgen fuhr sie zum Gouverneurspalast, um die Namensliste durchzusehen, und meist war es Klara, die sie begleitete. Die Schwiegertochter, die sie einst gern zum Teufel geschickt hätte, hielt ihr nun die Hand, während sie sich zitternd durch die einzelnen Spalten las, und entdeckte vor ihr, dass zwischen *Dağdelen* und *Ekrem* kein Delacloche stand und zwischen *Izzet* und *Korhan* kein Kantakouzenos.

»Komm, *Maman,* gehen wir nach Hause«, sagte Klara und führte die noch immer zitternde Adriana zum Wagen, der, umringt von Tauben und Straßenhändlern, beim Uhrenturm wartete.

»Ja, gehen wir nach Hause.« Adriana hängte sich schwer an ihren Arm. »Petraki und Nimrod geht es gut, denn sonst stünden sie ja auf der Liste, nicht wahr? Und Andreas und Michalis stehen auch nicht darauf.«

»Es geht ihnen gut. Sie standen im letzten Krieg nicht auf der Liste und sind nach Hause gekommen, und in diesem wird es genauso sein.« Dass seit dem Tod der Männer auf der Liste mindestens eine Woche mit weiteren Toten vergangen war, sagte sie ihr nicht. Adriana wusste es selbst, jeder wusste es, und es bestand keine Notwendigkeit, es auszusprechen.

»Was meinst du«, fragte Adriana, »ob Petraki wohl schon etwas von seinem Kleinen weiß?«

»Ganz sicher. Sevan Agasian ist doch hingefahren und hat es ihm gesagt.« Und sein Name stand auch nicht auf der Liste, kein Agasian zwischen *Abdullah* und *Alkay. Wenn du vor einer Woche noch gelebt hast, lebst du auch jetzt. Das braucht nicht logisch zu sein. Wir haben Krieg.*

»Sevan Agasian, ja.« Adriana nickte. »Dieser Mann ist so wohltuend. Wenn Doktor Agasian etwas in die Hand nimmt, kann man sich darauf verlassen, dass es erledigt wird.«

Adriana hatte außerdem hinzunehmen, dass ihre Freunde, die Pfeiler ihrer Welt, auf gepackten Koffern saßen. Die Whitalls beispielsweise. Als sie einmal vorsichtig bei ihrer Freundin Liberty anfragte, ob man über den Termin für die Verlobung nicht noch einmal reden sollte, erwiderte diese: »Meine Liebe, ich fürchte, es ist nicht der richtige Zeitpunkt, auch wenn uns die liebe Kyrene natürlich wie eh und je willkommen ist. Im Augenblick wissen David und ich jedoch nicht einmal, ob wir im nächsten Jahr in Smyrna noch ein Heim, geschweige denn ein Auskommen haben werden.«

Und als wäre das alles noch nicht genug, zog sich Thea mitten im mildesten Frühsommer einen Husten zu und spuckte Blutsprenkel auf ihre umklöppelten Taschentücher. Einen Arzt wollte sie nicht. »Wenn der zierliche armenische *Gentleman* nicht zu haben ist, warte ich eben, bis er wieder da ist. Bei einer so alten Scheherazade wie mir wird nicht gerade der Palast wackeln, wenn sie am Morgen keine Märchen mehr erzählt.«

Klara nahm an, dass Thea recht hatte: Davon, dass das älteste Mitglied einer Familie starb, ging die Welt in gewöhnlichen Zeiten nicht unter. Dies aber war keine gewöhnliche Zeit. Adriana rüttelte an Klaras Arm und bettelte: »Sag ihr, sie muss sich einen Arztbesuch gefallen lassen, sie kann nicht immer nur machen, was sie will. Sag ihr, sie hat kein Recht, jetzt zu sterben, wo wir nicht einmal genug junge Männer hier hätten, um ihren Sarg aus dem Haus zu tragen.«

Und wenn alles einmal den Atem anhielt, wenn eine Stille entstand, in der Klara hoffte, sie könne endlich die Reise nach Uzunada planen, platzte Kiki hinein mit ihrem unentwegten: *Ich muss mit dir reden, Klara. Es ist wirklich dringend.*

Dass es der falsche Moment war, um ihrer Mutter zu erklären, dass sie Frederic Whitall weder jetzt noch später heiraten wollte, dass Adriana jeden Funken Hoffnung zum Festhalten brauchte, begriff sie nicht. Klara fühlte sich schuldig, weil sie es an Kikis Stelle genauso wenig begriffen hätte. Die süße, verwöhnte Kleine – wie sollte ausgerechnet sie verstehen, dass es für die Dramen ihres Lebens im Augenblick keine freie Bühne gab?

Wenn Klara abends mit Kairos ins Bett fiel, fühlte sie sich so erschlagen, dass sie kein Glied mehr rühren konnte. Kairos war längst kein Hund mehr, er war ein sahnegelber, langfelliger Bär geworden, und das war gut so, weil Klara sich in den Nachtstunden an der Bärenschulter beschützt fühlte. Ihr Schlaf war dennoch zerquält. In der Nacht drängte hoch, wofür am Tag keine Zeit gewesen war.

Sie musste nach Uzunada, musste sich eine Atempause verschaffen, wenn auch nur für ein paar Wochen. Mit einiger Mühe hatte sie schließlich einen Schiffer gefunden, der sie übersetzen würde, sie hatte mit noch mehr Mühe Adrianas Einverständnis eingeholt und plante nun, Anfang Juli mit Kadife, Aghavni und Kairos aufzubrechen. Pericles konnte gut beide Haushalte versorgen, und die schwermütige Kadife, die um ihren Bräutigam bangte, mochte selbst zu ein wenig Erholung kommen. Klara und Aghavni waren anspruchslos: eine Etagere mit Sandwiches, ein Krug *scherbett*, eine Schale mit *lokum*, und sie wären zufrieden. Sevans reizender Onkel Bedros, der im Großen Haus verblieben war und den sie mitnehmen würden, war ebenfalls genügsam.

Klara fing an zu packen und dem Tag des Aufbruchs entgegenzufiebern. Dann kam die Nachricht. Wie eine Bombe, von der es hieß, sie fiele aus einem Zeppelin und verwandle eine Straße in Schutt. Am Morgen war Klara ins Hospital gefahren, um sich von Doktor Beyleryan untersuchen zu lassen, Termine für seine Besuche auf der Insel festzulegen und um über die ärztliche Betreuung von Onkel Bedros zu sprechen. Der Arzt, der so viel jünger und zappeliger wirkte als Sevan, erwartete sie vor dem Portal. »Madame Delacloche, wir haben eine schlechte Nachricht erhalten. Eine sehr schlechte.«

Er schnappte nach Luft und verhaspelte sich beim Reden.

Klaras Geist wehrte sich und vergeudete Zeit, ehe sie begriff. Sevan war nicht in Gallipoli gefallen, wie sie in schwarzen Nächten gefürchtet hatte, sondern war dort nie angekommen. Geheimpolizisten der *Jandarma* hatten ihn noch im Zug verhaftet und in einen entlegenen Winkel des Reiches verschleppt, in dem reihenweise armenische Intellektuelle verschwanden. Der Komponist Komitas, der in Berlin gelebt hatte. Rupen Sevag, der Dichter, dessen Liebeslied Sevan ihr übersetzt hatte. Künstler, Wissenschaftler, Ärzte. Parlamentsmitglieder der Huntschakisten, von denen zwanzig in Konstantinopel öffentlich aufgehängt worden waren.

»Nein, Doktor Beyleryan. Nein, nein, nein.«

»Rupen Sevag hat eine deutsche Frau«, erwiderte der junge Arzt. »Sie bettelt seit Wochen vergeblich bei sämtlichen Autoritäten um ein Lebenszeichen.«

Klara wusste nicht einmal, bei wem sie hätte betteln können. Nur dass sie Sevan nicht verloren geben würde. Niemals und um keinen Preis. *Wenn ich muss, kann ich ohne dich leben – aber in keiner Welt ohne dich.*

»Madame Delacloche«, sagte Beyleryan dumpf. »Im ganzen Reich sterben Armenier ohne Namen.«

»Was soll das heißen: ohne Namen?«

»Dass die Jungtürken planen, unser Volk zu vernichten. So als hätte es uns nie gegeben. In unser Hospital strömen täglich Menschen, die wissen wollen, was mit ihren Angehörigen in Zeytun, in Çankiri, in Adana geschehen ist, aber sie können es nicht herausfinden. Es ist, als hätten sie sich die Namen dieser Leute ausgedacht. Die, die sie umbringen, hacken sie in Stücke und werfen sie in die Flüsse. Die anderen treiben sie nach Syrien in die Wüste, bis sie zugrunde gehen und der Sand sie begräbt.«

»Das kann nicht sein. Wir sind doch nicht im Kino.«

»Nein«, sagte Beyleryan und sah weg. »Eben nicht.«

Klara fuhr nach Hause, wo die Frauen wie üblich versammelt

saßen. Xenia, die sich nicht einmal auf der Hochzeit herabgelassen hatte, Klara zu berühren, trat tränenüberströmt auf sie zu und packte sie bei den Armen. »Du musst etwas tun. Du *musst.*«

»Alles«, versprach Klara und befahl sich: *Du musst einen klaren Kopf bewahren, glasklar, glasscharf, oder Sevan stirbt.* »Aber was? Wer hört auf mich?«

»Du bist Deutsche! Wenn du ins Konsulat gehst und dort die Verbrechen publik machst, die die Türken an den Armeniern begehen, müssen sie handeln. Die Deutschen mögen sich mit diesen Barbaren vor einen Karren spannen lassen, aber sie sind immerhin eine christliche Nation. Vor den Augen der christlichen Welt können keine Massaker verübt werden, keine Kinder geschlachtet, keine intellektuelle Elite eines Kulturvolks vernichtet!«

»Ich fürchte, du irrst dich.« Theri stand auf. »Die Massaker an den Albanern im Kosovo und die an den Arabern in Libyen sind ebenso vor den Augen der christlichen Welt verübt worden, einschließlich geschlachteter Kinder, kastrierter Männer, geschändeter Frauen. Nur über intellektuelle Eliten und Kulturvölker kann ich mir kein Urteil erlauben. Ich nehme an, das ist Ermessenssache.«

»Willst du diese Mörder etwa verteidigen?«, schrie Xenia. »Weil irgendwer Muselmanen in Albanien umgebracht hat, sprichst du ihnen das Recht zu, in diesem Augenblick, während wir Zeit mit Debattieren vergeuden, Sevan zu Tode zu foltern?«

»Ich verteidige niemanden, und ich will ganz gewiss keine Zeit vergeuden«, erwiderte Theri ruhig. »Ich weise nur darauf hin, dass wir offensichtlich in einem Wolkenkuckucksheim gelebt haben und dass wir Sevan Agasian nicht helfen, wenn wir darin sitzen bleiben.«

»Und was sollen wir deiner Ansicht nach tun?«

»Das deutsche Konsulat wird es sich kaum mit seinen Verbündeten verderben, indem es sich in deren Angelegenheiten einmischt. Schon gar nicht jetzt, wo in Gallipoli mit einer neuen Offensive zu rechnen ist, der bisher größten überhaupt.«

Xenia fuhr herum, starrte ihre Cousine an und öffnete den Mund, um ihn gleich wieder zu schließen.

»Wenn wir überhaupt eine Chance haben wollen, dann über eine persönliche Verbindung auf höchster Ebene«, fuhr Theri fort.

»Und wer von uns hat die?«, rief Xenia.

»Enver *Pascha* ist in der Stadt«, antwortete Theri. »Der Mann, der zusammen mit Innenminister Talat vermutlich federführend hinter diesen Massakern steht.«

»Mit seinem Freund Hans Humann?«, fuhr Klara dazwischen. »Du hast recht, über ihn können wir etwas erreichen. Er ist hier geboren worden, hat dann aber in Berlin gelebt, so wie ich. Ich könnte mich ihm als Berlinerin vorstellen, die sich für die Arbeit seines Vaters interessiert. Sevan hat mir ohne Ende von diesem Altar vorgeschwärmt, der in Berlin ausgestellt ist, er hat ...«

Sie brach ab. Der gleiche Blick, mit dem Xenia eben Theri bedacht hatte, traf jetzt umso schärfer sie. Dass Theri über Truppenbewegungen in Gallipoli informiert war, mochte verwunderlich sein, doch das, was Klara preisgegeben hatte, stellte es in den Schatten. Xenia sagte nichts. Sie alle wussten, warum: Es ging um Sevans Leben, und sie brauchten einander. Eifersucht, Raserei und Rache würden warten müssen.

Sie berieten darüber, wie am schnellsten an Humann heranzukommen war, und beschlossen, nicht länger zu zögern. Klara wollte nach oben gehen, um sich umzuziehen, sich in eine deutschstämmige *Grande Dame* zu verwandeln, die sich um ihren Leibarzt sorgte. Dass in dem Moment Kiki durch den Gang fegte, wirkte wie eine Karikatur, einer dieser albernen Schwänke aus dem *Kafuklu*-Theater, die von ewiger Wiederholung lebten.

»Ich muss einen von euch sprechen.«

»Ich weiß, Kiki. Aber nicht jetzt.«

»Nicht dich!«, schrie Kiki. »Irgendeinen von euch, der überhaupt noch Ohren hat.«

»Nicht jetzt«, sagte Xenia und ging, um den Wagen zu holen. Theri lief ins Zimmer ihres Onkels, um das Telefon zu benutzen, und Klara wollte zur Treppe in der Halle. In ihrem Rücken hustete Thea. »Gerade passt es schlecht, *agapi*«, sagte Adriana zu Kiki. »Geh und spiel ein wenig auf deiner Glasharmonika, ja?«

»Verdammt noch mal!«, schrie Kiki so laut, dass Klara glaubte, die Kristalltropfen des Kronleuchters klirren zu hören. »Didem ist weg. Ich habe gewusst, dass irgendwann etwas passieren würde, ich habe es die ganze Zeit gewusst, aber von euch hört ja keiner auch nur drei Worte lang zu!«

38

Krithia, Gallipoli, 17. Juli 1915

Liebe Theri,
ich muss Sie um einen Gefallen bitten. Bitte sagen Sie Kadife, dass ich sie nicht heiraten kann. Nicht nur jetzt nicht. Gar nicht.
Haben Sie Dank.
Ihr Tuncay

39

Hans Humann und sein Freund Enver *Pascha*, der Kriegsminister des Reiches, fanden weder am von Smyrnas Völkergemisch frequentierten *Sporting Club* noch an dem bohemehaften *Café Carousel* Gefallen. Sie trafen sich zu einer informellen Zusammenkunft mit Rahmi *Bey* im Teesalon des Grandhotel *Huck*, ohne allerdings Tee zu trinken, was allzu englisch gewesen wäre. Stattdessen saß Enver, der eine grüne Uniform mit Schärpe und einer Unzahl von Orden trug, vor etwas, das wie Saft von Aprikosen aussah – eine Frucht, die Klara damals auf dem Schiff aus Triest nicht einmal gekannt hatte und von der Sevan behauptete, es sei die armenischste Frucht überhaupt.

Wenn ein armenischer Mann ein Mädchen in sich verliebt machen will, füttert er sie mit Aprikosen, denn etwas anderes wächst bei ihm nicht. Deshalb gilt die Aprikose bei uns als unfehlbares Aphrodisiakum.

Sevan, Sevan, Sevan.

Klara durfte die Lider nicht schließen, denn dann sahen seine ölschwarzen Augen sie aus der Leere an.

Sie wusste nicht, wie sie ein Wort herausbringen sollte. Aus dem Internierungslager in der Stadt, deren Namen sie sich nicht merken konnte, kamen Gerüchte über Todesurteile, die bereits vollstreckt worden waren. Rupen Sevags Frau hatte die deutsche Botschaft in Konstantinopel um Hilfe angefleht und einen Umschlag mit den Manschettenknöpfen ihres Mannes erhalten. Klara schüttelte sich. Wie sollte sie klar denken, wie einen rettenden Einfall haben, wenn Angst ihr die Gedanken in Stücke hackte?

Theri hatte keine Zeit gehabt, zu erklären, wie sie so rasch in Erfahrung gebracht hatte, wo Humann und Enver sich aufhielten. Es war Klara egal. In jedem Fall hatte sie erreicht, dass die beiden sie anhören würden. Der Gouverneur stellte sie als »drei reizende junge Damen aus meinem Freundeskreis« vor, die mit einem Anliegen von höchster Dringlichkeit kämen. Vor Hans Humann stand eine Tasse mit Sahnehaube, in der heiße Schokolade sein mochte, und Rahmi *Bey*, den Klara auf einmal furchtbar gern mochte, trank *raki*, den er sich mit einer Kirsche hatte servieren lassen wie vor dem Krieg seinen geliebten *Gin Sling*.

Ein Kellner flüsterte mit ihm und trug dann für Klara, Theri und Xenia Stühle herbei.

Vor den Bogenfenstern zog eine Prozession die Promenade hinunter. Auf weiß gewandete Messdiener, die Schwaden von Rauch aus Weihrauchglocken schwenkten, folgte ein Mann, der unter dem Gewicht eines Marienbildes so krumm ging wie dieser arme Gott Atlas, der die Welt zu schleppen hatte. All diese Geschichten kannte Klara von Sevan, er hatte sie ihr erzählt, und sie hatte ihm beschrieben, welche Bilder sie dazu sah. Hinter dem Atlas mit dem Marienbild schritt ganz in Schwarz, mit hoher Haube und weißem Bart, der Patriarch Chrysostomos, gefolgt von einem Zug griechischer Gläubiger. Im Gehen predigte er ununterbrochen und fuchtelte dabei mit seinen riesigen

Händen, wie um die Strafen der Hölle auf die sündige Stadt herabzubeschwören.

Er war ein Fanatiker, hatte Sevan erklärt. Einer, der fand, dass Smyrna eine griechische Stadt sei, auf die allein Griechen ein Recht hatten, so wie Enver fand, sie dürfe nur Türken gehören. »Was aus solchen wie uns beiden wird, ist ihnen allen egal«, hatte Sevan gesagt und dabei gelacht und Klara an sich gedrückt. »In ihrer ordentlichen Welt dürfte es uns am besten gar nicht geben.«

Als sie aus dem Wagen gesprungen waren, hatte Klara Theri gefragt, was die Prozession zu bedeuten habe. »Mariä Entschlafung«, hatte Theri geantwortet. »Bei uns schläft Maria ein, statt zum Himmel zu fahren, aber sonst ist so ziemlich alles wie bei den Katholiken auch.«

»Ich frage mich, warum Sie diesen Hokuspokus nicht verbieten lassen«, wandte Hans Humann, der die eingetroffenen Damen noch keines Blickes gewürdigt hatte, sich an Rahmi *Bey*. Er war sehr blond, sehr deutsch und hatte das schüttere Haar sehr sorgsam um sein von der Sonne gerötetes Gesicht drapiert. Er erinnerte Klara an diesen Heidenreich mit dem Schmiss aus ihres Vaters Loge in der Philharmonie. Wie lange war das her? Ein ganzes Leben?

»Weil es keinen Grund dazu gibt«, erwiderte Rahmi *Bey*. »Menschen sind glücklicher, wenn man sie den Hokuspokus aufführen lässt, der ihnen passt, und wenn sie glücklicher sind, streiten sie sich weniger mit ihren Nachbarn. Sagen Sie ehrlich, mein weit gereister Freund – kennen Sie auf der Welt eine Stadt, in der es sich glücklicher leben lässt als in Smyrna?«

»Ich bin nicht weit gereist, und ich bin nicht Ihr Freund«, erwiderte Humann. »Wissen Sie, was mich an Ihnen stört, Rahmi? Dass Sie sich das Leben so verteufelt einfach machen.«

»Mit dem *Scheitan* bin ich vorsichtig«, erwiderte Rahmi. »Aber warum sollte man sich irgendetwas schwerer machen, als es ist?«

»Darauf gebe ich Ihnen Antwort«, mischte sich die schneidende Stimme Envers ins Gespräch. »Deshalb sind wir nämlich hier. Sie sind aufgefordert worden, die Griechen aus Ihrer Glücksstadt auszuweisen, um Platz für muslimische Flüchtlinge aus Europa zu schaffen, wie es übrigens auch sämtliche umliegenden Ortschaften tun.«

»Ich weiß, dass sämtliche umliegenden Ortschaften es tun«, sagte Rahmi *Bey.* »Deshalb kommen deren Griechen ja zu mir.«

»Sie sollen nicht zu Ihnen, sondern dahin, wo sie hingehören«, herrschte Enver den Gouverneur an. »Nach Griechenland.«

»Das liegt nahe.« Rahmi *Bey* ließ sich nicht aus der Ruhe bringen. »Nur die Reise scheint mir ein bisschen weit für Leute, die vor Hunger umfallen, sobald sie bei uns aus dem Zug steigen. Neulich hatten wir eine, die liegen blieb. Sie hatte drei kleine Kinder bei sich, die hörten nicht auf, an ihr zu zupfen, weil sie dachten, ihre Mutter habe sich nur hingelegt, um ein Nickerchen zu machen.«

»Ich bin nicht hier, um mir Gräuelmärchen anzuhören, Mann!«

Sie sprachen alle drei türkisch, und Klara wunderte sich flüchtig, wie gut sie die Sprache inzwischen verstand. Sprechen konnte sie sie jedoch nicht, länger schweigen auch nicht. »Sie müssen uns helfen!«, rief sie auf Deutsch Hans Humann zu. »Es geht um meinen Arzt, Dr. Sevan Agasian. Er ist verhaftet worden, als er nach Gallipoli fuhr, um für sein Land zu kämpfen, er liebt dieses Land, und er hat keinem Menschen etwas angetan!«

Sie wusste sofort, dass sie alles falsch gemacht hatte. Ihr wurde noch übler, und Hans Humann sah sie an, als wisse er nicht, um welche Tierart es sich bei ihr handelte.

Theri stand auf, stellte sich hinter Klara und legte ihr die Hände auf die Schultern. Sie hatte ihr Haar nicht aufgesteckt.

Konnte noch eine andere Frau so herrliches schwarzes, taillenlanges Haar haben wie Theri Kantakouzenou? »Meine Schwägerin erwartet ein Kind, mein Bruder kämpft als Offizier in Gallipoli«, sagte sie ruhig und freundlich, doch mit dem gewissen Zittern in der Stimme, das Männer glauben ließ, sie sei ohne ihren Beistand hilflos. »Ich weiß, Sie sind im Begriff, Weltgeschichte zu schreiben, und dürfen sich nicht von privaten Kümmernissen aufhalten lassen, aber meine Schwägerin hat bereits zwei Kinder verloren. Dr. Agasian hat in Wien bei bedeutenden Medizinern studiert. Wenn er Klara nicht betreut, wird auch dieses Kind nicht lebend auf die Welt kommen.«

Den Blick, mit dem Humann Theri musterte, hatte Klara schon häufig gesehen. Es war der Blick, mit dem ein Westeuropäer eine Orientalin bedachte, das Begehren, das zwischen Faszination und Verachtung schwankte. Hielt er Theri für eine Türkin? Ihr Türkisch erschien Klara fließend, aber Enver würde sich nicht so leicht täuschen lassen.

»Ich bedaure«, sagte Humann endlich. »Aber wenn es sich bei Ihrem Arzt um einen Armenier handelt, sprechen Sie mit dem falschen Mann.«

»Dabei fällt mir ein«, wandte sich Rahmi an Enver. »Die Armenier, wo sollen die eigentlich hin? Nach Armenien? Mir ist, um ehrlich zu sein, nicht bekannt, dass es einen solchen Staat gibt.«

»Fordern Sie mich nicht heraus, Rahmi.« Envers *fez* hüpfte, aber daran war nichts Komisches. »Wir haben eine Vereinbarung, und die Armenierfrage ist nicht Ihre Angelegenheit, das habe ich Ihnen jetzt zum letzten Mal gesagt.«

»Sicher, Verehrtester.« Rahmi hob das Glas mit der Kirsche. »Mein Freund, der amerikanische Konsul, hatte nur neulich zwei Freunde zu Besuch, Journalisten, die aus Bagdad kamen und sich über die Geruchsbelästigung beklagten, weil so viele Leichen den Tigris hinuntertrieben.«

»Journalisten neutraler Länder haben nicht über die inneren Angelegenheiten des Reiches zu berichten.« Envers Gesicht lief dunkel an. »Andernfalls werden sie ausgewiesen. Mischen wir uns etwa in das ein, was die bei sich zu Hause mit ihren Negern, oder was sie dort haben, machen, mischen wir uns da vielleicht ein?«

Begütigend legte Hans Humann die Hand über die seines Freundes, ehe er sich an Theri wandte. »Auf privater Ebene habe ich durchaus Verständnis für Ihr Anliegen«, sagte er. »Aber auf staatsmännischer Ebene hat mein Freund Enver schlicht recht. Es herrscht Krieg, meine Dame. Die Armenier haben sich mit den Russen verschworen und werden dafür jetzt mehr oder minder ausgerottet. Das ist natürlich hart, aber es ist auch nützlich. Dass unser eigener Botschafter das Lamentieren darüber nicht lassen kann, erscheint mir unangemessen, wenn nicht sogar ärgerlich.«

»Aber Sevan Agasian hat sich mit keinem Russen verschworen!«, rief Xenia. »Er ist Arzt, Wissenschaftler, er könnte dieses verfluchte Land morgen verlassen und würde in Europa offene Türen einrennen.«

»Dann hätte er das besser tun sollen«, erwiderte Humann. »Wenn ich Ihnen einen Rat geben darf, meine Damen, ehe ich dann gern die begonnene Beratung fortsetzen würde: Vergeuden Sie Ihre Zeit nicht, sondern suchen Sie sich einen anderen Arzt. Ich empfehle Ihnen meinetwegen jemanden aus unserem Korps. Und falls keine medizinische Notwendigkeit, sondern romantische Gefühle die Grundlage dieses Überfalls bilden, gilt mein Rat umso mehr. Es soll ja Frauen geben, die für die düster umflorte, geradezu weibische Hübschheit dieser Rasse eine Schwäche hegen, aber …«

»So ist es nicht!« Klara sprang auf. »Sevan ist nicht hübsch, und Frauen haben für ihn keine Schwäche. Er ist ein kleiner Mann mit Brille, der niemandem auffällt und der niemanden stört. Wenn Sie ihn sehen, vergessen Sie ihn gleich wieder, aber wenn Sie ihn kennen, vergessen Sie ihn niemals mehr.«

Noch ein weiteres Wort und sie hätte sich über den Tisch erbrochen. Stattdessen rannte sie aus dem Saal, nach hinten hinaus, in irgendeinen engen Hof, in dem das Hotel seinen Abfall entsorgte. Sie würgte sich die Seele aus dem Leib, und dazu schmerzte ihr Bauch, dass sie ihn mit beiden Händen festhalten musste. Erst als nichts mehr kam und sie keuchend nach Atem rang, spürte sie die Hand auf ihrem Rücken.

Sie drehte sich um. Hinter ihr in der Tür stand Rahmi *Bey*. »Sie armes Mädchen«, sagte er. »Sie armes, armes Mädchen. Dass ich nichts für Sie und vor allem nichts für den zauberhaften Mr. Agasian tun kann, wird mir bis an mein Lebensende auf dem Gewissen lasten, wissen Sie das?«

»Sie müssen etwas tun. Bitte, Rahmi, Sevan verehrt Sie so sehr – Sie müssen ihm helfen.« Sie ließ sich von ihm in die Arme nehmen, drückte ihr mit Erbrochenem beschmiertes Gesicht ans Revers seines Smokings.

»Dort drinnen dürfen Sie jetzt kein Wort mehr dazu äußern«, sagte er. »Sie alle drei nicht. Versprechen Sie mir das. Nehmen Sie Ihre Gefährtinnen mit und gehen Sie nach Hause.«

»Aber wir können doch Sevan nicht sterben lassen!«

»Mein armes Mädchen, er ist doch längst gestorben. Und die beiden Herren würden Sie ohnehin nicht umstimmen, durch nichts, was Sie sagen. Sie schüren nur ihren Hass. Aus Ihrer Sicht sprechen Sie von einem Menschen, den zu töten es nicht den geringsten Grund gibt. Aber aus der Sicht von Enver *Pascha* und seinem ehrenwerten Freund aus Deutschland sprechen Sie von der Beulenpest. Und warum jemand sich sträuben sollte, diese auszurotten, verstehen sie gar nicht.«

»Und aus Ihrer Sicht?«, fragte Klara. Ihr Bauch schmerzte, und sie hatte das Gefühl, mit ihrem ganzen Gewicht an einem Strohhalm zu hängen.

»Meine Sicht zählt nicht«, antwortete der Gouverneur bedauernd. »Sie wissen, was ich tue. Ich erlaube keine Deportationen von Griechen aus meiner Stadt, ich erlaube keine Massaker an Armeniern, ich weise die Angehörigen feindlicher Nationen nicht aus, und ich lasse mir nicht verbieten, mit britischen Admiralen zu reden. Die Hohe Pforte hält still, auch wenn ihr die Zähne knirschen, weil man mich im Ausland mag. Ich bin ein wohlgelittener Clown. Im Gegenzug wird jedoch von mir erwartet, dass ich mich in nichts, was außerhalb von Smyrna vorgeht, einmische. Überschreite ich diese Grenze, bin ich über Nacht als Gouverneur abgesetzt, und meine Stadt fällt den Wölfen anheim.«

40

Bournabad, Smyrna, 22. August 1915

Lieber Tuncay,
eben trafen die Zeitungen mit Berichten von der Offensive der Alliierten in Gallipoli ein. Sie haben gesiegt, doch um den Preis wie vieler Leben? Viertausend in nur zwei Stunden, schreibt die New York Times, *aber ich bin nicht sicher, welche Rolle eine Zahl dabei spielen kann. In Gedanken bin ich bei Ihnen, was immer das bedeutet. Sie können doch keinen Funken Kraft mehr übrig haben.*
Das ist der Grund meines heutigen Schreibens, abgesehen davon, dass ich Ihnen immer schreiben will, dass mir als Grund genügt, Sie dort draußen nicht völlig allein zu wissen. Sie wollen keinen Heiratsurlaub beantragen, um sich eine Pause zu verschaffen, Sie wollen auch nicht, dass wir uns bei unseren Bekannten für Sie einsetzen, und ich sitze hier, sehe Sie vor mir, wie Sie mir Kaffee mit Bergamottensaft gemacht haben, und wünschte, ich könnte Sie ebenso erlösen. Deshalb habe ich mit Gouverneur Rahmi Bey gesprochen. Ich habe er-

kannt, dass Sie recht haben, Tuncay, dass es nicht der Gestank ist, nicht die furchtbaren Bedingungen, die Sie so sehr quälen, sondern der Fluch, der auf Ihnen liegt. Indem ich auf meine europäische Weise versuchte, Ihnen das auszureden, quälte ich Sie nur noch mehr.

Ich habe darum Gouverneur Rahmi Bey gefragt, was ein frommer muslimischer Mann tun kann, um sich von einem solchen Fluch zu erlösen, und er hat mir zur Antwort gegeben: Ein frommer Gläubiger wüsste, dass Allah der einzige Zufluchtsort ist. Wenn die Umstände es ihn haben vergessen lassen, müsste man ihn daran erinnern.

Ich möchte nun, dass Sie dies von mir annehmen und mich die Sure al-Falaq, *eine der zwei Suren des Zufluchtssuchens, über Sie sprechen lassen, um Allah zu bitten, Sie von dem Fluch zu entbinden. Es ist nicht, wie es sein sollte, ich bin des Arabischen nicht mächtig, und ich bin auch nicht die Richtige, aber es herrschen Krieg und Not. Ihr barmherziger Gott wird wissen, dass wir tun, was wir können. Fühlen Sie sich gehalten, Tuncay.*

Im Namen Allahs, des Allerbarmers, des Barmherzigen.
Ich nehme meine Zuflucht beim Herrn des Frühlichts
Vor dem Übel dessen, was er erschaffen hat,
Und vor dem Übel der Finsternis, wenn sie hereinbricht,
Vor den Weibern, die Zauberknoten ausblasen
Und vor dem Übel eines jeden Neiders.

Ihr barmherziger Gott sei bei Ihnen, er lasse Sie heute Nacht friedlich schlafen, und wenn es in einem Loch ist, das Sie sich selbst in die Erde haben graben müssen.

Ich umarme Sie.

Theri

41

Sie wird sich umbringen.« Kiki hatte haltlos geweint. »Ich habe einmal zu ihr gesagt, ich habe keine Ahnung, wie ich leben sollte, wenn ich Aron nicht mehr bei mir hätte, und sie hat geantwortet: Wenn ich Lance nicht mehr bei mir hätte, würde ich gar nicht mehr leben. Ich habe ihr erklären wollen, wie Lance ist, dass sie sich an ihn nicht hängen darf, weil er immer nur Spiele treibt, doch sie hat mich gar nicht verstanden. Ich wusste nicht mehr, was ich machen sollte, ich wollte mit einer von euch reden, aber von euch hatte doch nie jemand Zeit!«

Mit einer seltsamen, kühlen Ruhe, als wäre sie nicht sie selbst, hatte Klara das Puzzle zusammengesetzt. Didem liebte Lance. Sie tat es schon seit Jahren, und sie alle waren Idiotinnen oder Ignorantinnen, es nicht bemerkt zu haben. Lance war wie ein Dominospieler. Er hatte eine Zeit lang Spaß daran gehabt, eine Reihe Steine aufzustellen, und als ihm langweilig wurde, weil niemand seinem Treiben Aufmerksamkeit zollte, hatte er die Reihe umgestoßen. Vermutlich hatte er Didem ins Gesicht gelacht und gefragt, wie sie sich einbilden könne, er binde sich ein kleines Türkenflittchen vom Pagos ans Bein.

Didem aber liebte ihn. Und sie war Muslimin, sie musste davon ausgehen, dass ihre Familie sie verstoßen würde.

»Ist Didem schwanger?«, hatte Klara gefragt.

Die verheulte Kiki hatte genickt, und von ihnen allen war ausgerechnet Theri bleich geworden. »Ich kümmere mich darum.«

»Nein«, hatte Klara sich sagen hören. Durch ihren Bauch gingen in Abständen kleine Wellen von Schmerz, und sie wusste, wenn sie ihnen nicht durch Ruhe Einhalt gebot, würde das Kind tot geboren werden wie George. Im ersten Augenblick hatte sie geglaubt, das sei ihr gleichgültig, sie sei in einer Welt ohne Sevan nicht fähig, ein Kind aufzuziehen. Aber sie schuldete Peter dieses Kind. Sie schuldete dem Kind sein Leben, und sie schuldete es Sevan, dass sie ihm Aghavni hütete, bis sich ein Weg fand, sie ihrer Mutter zu übergeben.

Im Haus der Granatäpfel.

Was sie danach tat, wenn das Kind auf der Welt und Aghavni versorgt war, ging niemanden etwas an. Seit sie das erfasst hatte, war diese seltsame Ruhe über sie gekommen, als hätte eine andere die Zügel ihres Lebens übernommen, bis sie sich nicht länger zu beherrschen brauchte. »Nein«, sagte sie zu Theri und den anderen. »Um Didem kümmere ich mich. Und ich weiß, wo sie ist.«

»Wo denn?«, riefen mehrere gleichzeitig.

»Auf Uzunada. Im *Nar Evi.* Ich muss dort selbst hin, ich habe so gut wie fertig gepackt.«

Die anderen hatten protestiert, Theri hatte Klara zu Beyleryan ins Hospital schaffen wollen, aber Klara tat, was sie von Sevan gelernt hatte: Sie regte sich nicht auf und ließ sich auf nichts ein, sondern blieb stur bei dem, was sie gesagt hatte. Letzten Endes wollte niemand Zeit verlieren, also ließ man sie gewähren. Natürlich wollte Kiki mitfahren, aber das lehnte Theri ab und fuhr selbst. Da aufgrund der englischen Schiffe in der

Bucht zudem ein Mann als Begleitung notwendig schien und Edmond nicht zu erreichen war, wurde Onkel Ulysses herbeizitiert, und da der nirgendwohin ohne Pericles fuhr, war das Boot des Schiffers bis zum letzten Platz gefüllt. Zudem hatten sie Mühe, die zwei Hunde voneinander fernzuhalten.

Es war ein strahlend schöner Tag, flimmernd golden und blau, ohne eine einzige Wolke. Klara hatte gewusst, dass es ihr das Herz brechen würde, ohne Sevan – ohne Sevan irgendwo auf der Welt – auf die Insel zu kommen, aber das spielte keine Rolle. Wem in einer solchen Welt, zwischen Flüssen, in denen Leichen trieben, und Bahnhöfen, auf denen Mütter verhungerten, das Herz nicht brach, der hatte vermutlich nie eines gehabt.

Sie zogen alle zusammen zum Haus, Ulysses und Pericles mit Tisiphone voran, dahinter Theri, dann Klara mit Aghavni und Kairos und zuletzt Kadife, die wie unbeteiligt hinterdreintrottete. Für den Fall, dass ein Schrecken im Innern des Hauses auf sie wartete, bat Onkel Ulysses alle, im Schatten der Terrasse zu warten, während er die Räume inspizierte.

Pericles wollte ihm folgen, aber Ulysses legte ihm die Hände auf die Brust. »Du schon gar nicht. Du bist dazu viel zu zartbesaitet. Setz dich zu den Frauen, ruh dich aus. Sobald wir wieder daheim sind, mixe ich uns beiden einen schönen *Metropolitan* mit *Lillet Rouge.* Keine Widerrede. Ich mixe sie, nicht du.«

Klara fand ihn so tapfer, dass ihr die Tränen kamen.

»Das glaubt er ja wohl selbst nicht, dass ich ihn an meine letzte Flasche Bordeaux-Vermouth lasse«, knurrte Pericles. »Er kann gar nicht mixen. Nur panschen. Einen Cocktail zu mixen, das ist Kunst.«

Es dauerte nicht lange, bis Ulysses wieder herauskam. »Das arme Schäfchen ist am Leben«, verkündete er. »Und soweit ich es beurteilen kann, wird sie es auch bleiben. Ach Gott! Welcher Bursche kann denn so hübsch sein, dass er so etwas wert ist?«

Flüchtig legte er den Arm um Pericles. Sie hatten ihm nur das Nötigste erzählt: Didem habe sich mit einem Jungen aus dem Basar eingelassen, sei in ihrer Verzweiflung davongelaufen und habe sich auf dem Versorgungsschiff versteckt. Es hatte sie an denselben Ort gezogen wie Klara – dorthin, wo sie mit ihrem Liebsten glücklich gewesen war.

Und nun sind wir beide allein, durchfuhr es Klara. Aber Lance, der nichts als Zerstörung anrichtete, lebte weiter, Sevan dagegen, der über die Insel gegangen war wie ein Seliger durchs Paradies, würde nie mehr herkommen. *Müßige Gedanken,* schalt sie sich. *Keine Zeit dafür, keine Kraft.* Didem hatte Theas Schlafmittel genommen, und auch wenn Ulysses sicher war, dass die Dosis ihr Leben nicht gefährdete, holten sie sicherheitshalber den Arzt aus dem Dorf. In ein paar Tagen würde Doktor Beyleryan kommen, um Klara zu untersuchen, und konnte dann auch nach Didem sehen.

Didem lag zusammengerollt, als wäre sie selbst noch ein Baby, auf einem der schmalen Betten im Dienstbotenquartier. Ihr Gesicht war verschwitzt, das Haar zerrauft, die Atemzüge gingen. Klara hätte Lance umbringen wollen, all ihren Zorn, ihren Hass darauf verwenden, ihm die Gurgel zuzudrücken, aber damit war niemandem geholfen. Sie hatte Wichtigeres zu tun: Didem, Aghavni, ihr Baby, das war ihre Verantwortung.

Sie nahm dem Arzt, einem uralten Griechen in langem Gewand, das nasse Tuch aus den Händen und rieb Didem behutsam das Gesicht ab. Gemeinsam bekamen sie sie halbwegs wach, flößten ihr Wasser und schwarzen Kaffee ein, wuschen sie, bezogen das Bett frisch und ließen sie dann wieder schlafen. »Es wird wieder gut, Kleine. Du bist nicht allein.«

Klara hatte nie zuvor ein Bett bezogen. *Das ist mein Geschenk von Sevan,* stellte sie verwundert fest. Nicht die Fähigkeit, Betten zu beziehen. Aber die, Menschen zu lieben.

Theri half ihr, sich im *Nar Evi* einzurichten, während Kadife den Arzt zurück ins Dorf begleitete, um für ein einfaches Abendessen einzukaufen. Dazu, dass Klara auf der Kammer unter den Giebeln bestand, sagte Theri: »Hier oben herrscht im Sommer eine mörderische Hitze. Aber wenn du hier schlafen willst, wirst du wohl einen Grund haben, der wichtiger ist als Bequemlichkeit.«

Es war das erste Mal, dass sie allein waren, seit Klara Theris Leben zerstört hatte. »Es tut mir leid«, brach es aus ihr heraus.

»Was?«

Klara zuckte die Achseln.

Theri fuhr damit fort, Handtücher auf dem Waschtisch zu stapeln. »Bist du sicher, dass du zurechtkommst?«

Klara nickte. »Doktor Beyleryan kommt ja jede Woche.«

»Falls ihr Hilfe braucht, lass es ihn wissen. Und grüß Didem, sag ihr, sie soll sich um nichts sorgen. Mit ihrer Familie spreche ich, wenn auch nicht jetzt sofort.«

Das Bild des grimmigen, selbstgerechten Tuncay stieg vor Klara auf. »Mit ihrem Bruder zu reden, wird keinen Sinn haben. Und wenn er Didem verstoßen will, wird ihre Mutter sich nicht widersetzen dürfen, selbst wenn sie ihrer Tochter gern beistehen würde.«

»Ihr Bruder ist in Gallipoli«, sagte Theri und strich eines der weichen Handtücher mit der Handfläche glatt. »Er liebt seine Familie über alles, und ich glaube, ich kenne keinen Menschen, der so sehr darum kämpft, das Richtige zu tun.«

Sie hielten beide inne und sahen einander an. Dann rief Ulysses von unten, das Essen sei fertig, es gebe eine essbare *fassolatha,* frisches Brot, Oliven und Fischrogenpaste. Anschließend müsse man sich auf den Heimweg machen, da Adriana gewiss in Sorge sei. Von dem Essen brachte Klara kaum etwas herunter, aber die Schmerzen in ihrem Bauch beruhigten sich.

Mit Aghavni begleitete sie die anderen zum Boot und winkte ihnen nach, ehe sie ins Haus zurückkehrten. Als sie in ihrem zum Schlafen zu heißen Zimmer ins Bett gekrochen waren, fragte Aghavni wie schon einmal: »Kommt mein *Hayrik* wieder?«

Klara hatte die Frage erwartet. Sie war entschlossen gewesen, das Weiseste, Tröstlichste zu sagen, was es zu sagen gab, etwas, das Aghavni stärken und stützen würde und das ihres Vaters würdig war. Jetzt sagte sie nur: »Ich glaube nicht, kleine Taube.«

Sie hätte wenigstens ein *Aber* hinzufügen wollen, aber es gab doch kein *Aber*. Nach dem Tod kam nichts mehr, und Aghavni war nur ein kleines Mädchen, das ihren Beschützer, ihren Vater, ihren besten Freund verloren hatte. Ihre Augen, die groß und fast schwarz und trotzdem anders als die von Sevan waren, füllten sich mit Tränen. In Klara löste sich etwas. Sie nahm das Mädchen in die Arme, schmiegte den Rücken an das Fell des Hundes und weinte mit Aghavni, bis ihnen beiden die Kraft ausging.

Die Wirkung des Schlafmittels klang erst nach Tagen ab, sodass Didem sich nie länger als eine Stunde wach halten konnte. Das war ihr Glück. Aghavni und Klara trugen das Grammophon in ihr Zimmer und spielten ihr Musik vor. Zwischendurch redete Klara mit ihr, sprach vor sich hin, was immer ihr einfiel. »Es ist nichts Schlimmes daran, ein Kind zu bekommen, weißt du? Wir denken das nur. Aber man stirbt nicht daran. Ich weiß, das klingt viel zu einfach, aber so ist es. Das Leben zerbricht uns, aber wir können es auch wieder zusammensetzen, selbst wenn dann ein Sprung zu sehen ist oder ein Teil fehlt.«

Mir fehlt nicht ein Teil, dachte sie. *Mir fehlt mein Liebster, und all die an den Haaren herbeigezogenen Vergleiche hinken.*

»*Hanimefendi.*« Didem tastete nach ihrer Hand. »Sie müssen sich nicht die Mühe machen, mich zu trösten, wo Sie noch viel trauriger sind als ich.«

»Woran merkst du denn das?«

»Ich höre die Musik, die Stimmen machen«, sagte Didem.

»Ich kann gar nicht anders. Manchmal höre ich keine Worte, weil ich mich nur auf diese Musik konzentrieren kann. Wenn sie traurig ist, kann der Sprecher einen Witz erzählen, aber ich werde nichts daran lustig finden.«

So wie sie da lag, nur mühsam die Augen offen hielt, aber wie mit dem ganzen Körper lauschte, wollte Klara sie im Bild festhalten, also lief sie, um ihre Kamera zu holen. Als sie zurückkam und das Foto gemacht hatte, sagte sie zu Didem: »Du wirst immer deine Musik haben, Didem, etwas, das niemand dir wegnehmen kann. Du kommst durch. Dich hält etwas im Leben fest.«

Am nächsten Tag machte sie Bilder von Aghavni am Strand, und tags darauf kam Doktor Beyleryan, der feststellte, dass Didem von der Tablettenvergiftung keine Schäden davongetragen hatte. Ihr Kind würde etwa zur selben Zeit wie das von Klara zur Welt kommen, in gut zwei Monaten, wenn der Sommer vorbei war.

Mit Klara war er weniger zufrieden. »Sie hatten Wehen, ausgelöst durch den Schrecken. Ich denke, es ist an der Zeit, zu tun, was Sevan Ihnen geraten hat: Liegen Sie still und lassen Sie sich umsorgen, es ist der einzige Weg, das Kind zu halten.«

Es mochte öde für Klara sein und ihr zu viel Zeit zum Denken lassen, doch es war gut für Didem, die etwas zu tun bekam. Sie kämpfte sich aus dem Bett und half Kadife bei Klaras Versorgung, ging einkaufen, spielte mit Aghavni. Im Dorf fiel eine junge Frau, die einen dicken Bauch ohne Mann dazu hatte, nicht weiter auf. Die Männer waren im Krieg, und etliche würden nicht wiederkommen, die ganze Insel gehörte den Frauen. Vermutlich würde sich das später als Lösung anbieten: Didem konnte mit ihrem Kind auf der Insel bleiben und behaupten, sie sei eine der unzähligen Kriegerwitwen.

Klara bat Didem und Kadife, sie nicht länger *Hanimefendi* zu nennen, sondern bei ihrem Namen. »So wie wir hier zusammenwohnen, sind wir doch ein bisschen wie drei Schwestern – und obendrein haben wir Aghavni als unsere kleine Schwester.«

Didem freute sich darüber: »Ich hatte wirklich drei Schwestern, aber sie sind alle gestorben, als ich zu klein war, um sie kennenzulernen.«

»Warum?«

»Mein Vater war gestorben«, sagte Didem. »Und als die Schwestern krank wurden, hatte meine Mutter kein Geld für Medizin. Auf dem Kadifekale behält keine Frau alle Kinder, die sie geboren hat, bei sich, und das, was Sie neulich gesagt haben, Klara, das war doch richtig: Es ist nichts Schlimmes, ein Kind zu bekommen. Wenn eines stirbt, ist es schlimm. Mein Bruder Tuncay ist immer traurig, weil unsere kleinen Schwestern für ihn wie seine Kinder waren und weil er ihnen nicht helfen konnte.«

Klara hätte Tuncay immer als zornig beschrieben, aber der Unterschied mochte so groß nicht sein. Kadife, die auch immer traurig war, sagte weiter *Hanimefendi* zu Klara, und Klara rührte nicht mehr daran. *So etwas wie meine Schwester bist du trotzdem,* dachte sie. Sie waren zurückgebliebene Frauen in einem von Männern gemachten Krieg, und ob sie um einen Mann trauerten, der sie verlassen hatte, um einen, der ihnen als Ehemann aufgezwungen wurde, oder einen, der völlig sinnlos ermordet worden war, so hatten sie doch alle etwas miteinander gemein.

Die Granatäpfel reiften. Didem pflückte sie von der Terrasse und streute die Kerne über ein süßes Reisgericht mit Aprikosen und Nüssen, das *asure* oder *Noahs Dessert* hieß. »Es heißt so, weil es das Erste war, was Noah gegessen hat, als die Sintflut vorbei war und seine Arche trockenes Land erreichte«, erklärte sie.

»Aber das von Noah steht doch in der Bibel«, erwiderte Klara verwundert. »Ich dachte, bei euch Moslems gäbe es das gar nicht.«

Es war das erste Mal, seit sie auf der Insel waren, dass sie Didem lachen hörte. »Wissen Sie was, Klara? Genau dasselbe habe ich zu Aron gesagt, als er mir ein Stück beibrachte, das *Karneval der Tiere* heißt, und anfing, von den Tieren in Noahs Arche zu erzählen: *Ich dachte, bei Juden gäbe es das gar nicht.* Aber die Juden haben denselben Noah wie die Christen, und bei uns heißt er Nuh und hat seine eigene Sure. Ist das nicht verrückt? Wir denken, wir sind ganz anders, und dann haben wir schreckliche Angst voreinander, laufen weg oder schlagen uns tot. Aber in Wirklichkeit sind wir wie Leute auf einem Fest, die sich anders angezogen haben: Der eine hat einen schönen Frack an, und der andere, der in einem Kittel gekommen ist, fühlt sich fremd, obwohl unter dem Kittel genau dasselbe steckt.«

»Glaubst du das?«, fragte Klara. »Dass wir uns totschlagen, weil wir voreinander Angst haben?«

Didem nickte. »Ich hatte einen schönen Vogel mit einer blutroten Brust. Er hat herrlich gesungen, war klein und kein bisschen gefährlich, aber eines Tages hat meine Mutter vergessen, den Käfig zu schließen, und er ist davongeflogen. Ich habe ihn auf der Straße gefunden, wo die anderen Vögel ihn zerrissen hatten, Sperlingsvögel wie er, nur ohne rote Brust.«

Klara sah, dass sie mit den Tränen kämpfte, wechselte das Thema und sorgte für ein frühes Abendessen. In der Nacht aber wurde sie selbst von Neuem von Schmerz und Zorn übermannt: Wie klein und engherzig musste ein Mensch sein, um Angst vor Sevan zu haben? Und wenn er Angst hatte – warum lief er dann nicht weg, sondern nahm sich das Recht, einen anderen zu zerschlagen, ihn zu vernichten wie die Pest?

Wenn du von einer Straßenbahn überrollt worden oder an einer Krankheit gestorben wärst, mein Hans Guck-in-die-Luft, könnte ich vielleicht damit leben. Ich habe meine Kamera, ich habe deine Aghavni, die mich braucht. Wie aber soll ich damit leben, dass du auf eine Weise gestorben bist, an die ich nicht einmal denken kann, dass du zu Tode gequält worden bist und dass dein Körper, den ich in diesem Bett in den Armen hatte, zerbrochen und weggeworfen worden ist wie ein Ding ohne Wert?

Sie hatte sich vorgenommen, alle Bilder zu verbannen und alle Worte, die Bilder heraufbeschworen, doch in dieser Nacht überrollten sie sie. Sie wusste, eines Tages würde sie gehen und herausfinden müssen, wie der Mann, den sie liebte, gestorben war. Sie hatte es verschieben wollen, bis ihr Kind, Aghavni und Didem sie nicht mehr brauchten, aber jetzt kannten die Gedanken kein Halten mehr. Sie sah die Peitsche, die auf seinen schmalen Rücken niedersauste, die Augen, die blind nach Hilfe suchten, den Fluss, in den ein Fuß seinen leblosen Körper stieß.

Der Schmerz drohte, sie zu zerreißen, er war nicht nur im Kopf, er war überall. Der Hund begann zu winseln, und Klara rang darum, ihre Schreie zu ersticken. Neben ihr lag doch Aghavni und schlief, arme kleine Aghavni, deren Fragen sie nicht beantworten konnte und der sie nicht noch mehr Angst machen durfte.

Sie rollte sich zusammen und presste sich die Hand auf den Mund, damit sie nicht schrie. Es gelang nicht. Ihr Körper wehrte sich, bog sich wieder auseinander. Als sie im Licht der Nachttischlampe an sich heruntersah, erstarrte sie: Ihre Scham, ihre Schenkel, das ganze Bett war voll Blut.

Später erzählte ihr Didem, was geschehen war, weil Klara ein Stück Erinnerung fehlte: »Du hast das Vernünftige getan«, sagte sie, denn Klara erlaubte nicht länger, dass Didem sie siezte. »Du hast laut geschrien und immer lauter, bis ich dich gehört habe.«

»Bis in den Keller?«

»Meine Ohren sind so wie Beethovens fünfte Sinfonie«, sagte Didem. »Das ganze Werk kennt keiner, aber Da-da-da-daa funktioniert todsicher.«

Klara drückte ihre Hand. Sie war unmusikalisch, aber Da-da-

da-daa funktionierte sogar bei ihr. Didem hatte Kadife aufgeweckt, und zusammen waren sie zu Klara hinaufgerannt. Während Didem Aghavni in ein anderes Zimmer umbettete und den Hund mitnahm, stapelte Kadife sämtliche Kissen unter Klaras Unterleib, sodass das Kind nicht herausrutschte. Dann holte sie aus der Küche den Sirup, den sie aus Trauben, Zucker und Pistazienharz gekocht hatte, um *lokum* zuzubereiten. Dunkel erinnerte Klara sich, wie Kadife ihr Löffel um Löffel eingeflößt hatte.

Als ihr zu elend wurde, um vom Löffel zu essen, tauchte Kadife eine Fingerspitze in den Sirup und schob ihn Klara zwischen die Lippen. »Sie müssen das schlucken, *Hanimefendi,* immer weiter schlucken.«

»Ich heiße doch Klara und nicht Hanimefendi.«

»Ihre Sprache verstehe ich nicht, aber wenn Sie meine verstehen, dann schlucken Sie. Sie müssen heute Ihr Kind gebären, Sie brauchen all Ihre Kraft.«

»Heute noch? Aber das ist doch viel zu früh! Mein Kind kommt erst im Herbst, es stirbt, wenn es jetzt aus mir heraus muss.«

»*Inschallah*«, sagte Kadife. »Länger als ein paar Stunden kann ich das Kind nicht in Ihnen zurückhalten.«

»Morgen früh kommt Doktor Beyleryan.«

»Ja, morgen früh kommt der Doktor aus Smyrna«, sagte Kadife, »aber bis dahin bin nur ich da, und wir müssen mit dem wenigen zurechtkommen, was ich weiß.«

»Ich weiß gar nichts«, presste Klara unter Stöhnen heraus. »Woher weißt du so viel?«

»Auf dem Kadifekale kann keiner Französisch«, sagte Kadife. »Aber wir wissen, wie geboren und gestorben wird.«

Kadife lagerte ihr Becken noch höher und half ihr, tiefer zu atmen. Dann steckte sie ihr von Neuem den von Sirup tropfenden Finger in den Mund. »Sie brauchen Kraft, und Zucker wirkt schnell. Das Kind braucht auch Kraft. Selbst wenn es nur zum Sterben ist, so leicht, wie wir denken, ist Sterben ja nicht.«

Die Dämmerung kam, die im Sommer noch lange nicht den Tag bedeutete, und mit ihr die Erschöpfung. In Klaras Erinnerung fehlte ein weiteres Stück, und als sie danach wieder bei sich war, war der Arzt da. Zwei Ärzte, um genau zu sein. Aber sie sah nur einen. Sein Gesicht war verfärbt und verschwollen, die Haut aufgeplatzt, die Brille zu groß, und er roch nach Pfefferminz.

»Klara? Klara, du musst mich anhören. Ich setze jetzt eine Maske auf dein Gesicht, das ist nicht angenehm, aber du musst mit aller Kraft atmen. Du warst großartig, du hast den kleinen Kerl in dir festgehalten, aber jetzt muss ich einen Kaiserschnitt machen und ihn herausholen.«

»Kaiserschnitt?«

»Nicht sprechen«, sagte er, die Stimme flach und rau. »Versuch zu atmen, versuch dich fallen zu lassen. Wir können es schaffen, Klara, zusammen schaffen wir es.«

Klara atmete mit aller Anstrengung. Dämpfe wie von Schwefel wallten ihr in Mund und Nase, und ihr wurde entsetzlich übel, aber ehe sie sich übergeben konnte, schwand ihr das Bewusstsein. Zuletzt dachte sie: *Er ist jetzt wieder bei mir. Ob wir beide gestorben sind oder leben – zusammen können wir alles schaffen.*

Als sie aus tiefer Schwärze erwachte, war die Übelkeit verflogen. Von der Taille abwärts bis hinunter auf die Schenkel war ihr Unterleib ein einziger Schmerz, ein Brennen wie von einer Schürfwunde, die jedoch nicht entzündet war. Schmerz, der sich aushalten ließ. Der Raum war abgedunkelt, der Vorhang geschlossen. Nur auf dem Nachttisch brannte die Lampe, durch ein Tuch gedämpft. Sevan kniete am Boden, sein Kopf lag auf dem Bett, das Gesicht in der Decke vergraben. Seine Schulterblätter ragten auf wie Flügel und spannten den Hemdstoff. Rot verkrustete Wunden klafften an Nacken und Hinterkopf, das Haar war in Büscheln ausgerissen.

»Sevan.«

Er hob das Gesicht.

»Leben wir?«

»Du hast einen Jungen«, sagte er. »Einen kleinen Sohn.« Als er sich aufrichtete, sah sie, dass er zitterte. Er schaffte es nur mit Mühe, doch er schob den Korb vor dem Nachttisch näher heran.

Klara wandte den Kopf und spähte hinein.

Auch wenn sie kein Mädchen gewesen war, das in Kinderwagen lugte, hatte sie natürlich Babys gesehen, doch noch nie ein so kleines wie dieses. Das Köpfchen, das unter den Decken hervorschaute, war nicht größer als ein Apfel, das ganze Menschlein hätte sie in ihren zwei Händen bergen können.

»O mein Gott.« Auf dem Schädel wuchs farbloser Flaum, die Haut war durchscheinend, zeigte das Gespinst aus blauen, pulsierenden Adern. »Aber es ist doch zu früh!«

Sevan schwankte, hielt sich am Nachttisch fest. »Wir müssen ihn warm halten. Das ist hier oben zum Glück nicht schwer. Und wann immer er wach ist, müssen wir ihn zum Trinken bewegen. Gleich nach der Geburt hat er es ohne Hilfe geschafft, und wenn es nötig ist, können wir ihm im Dorf eine Amme suchen.«

Klara spürte ihre Brüste. Als sie darüber strich, glaubte sie, Steine zu tasten. »Nein«, sagte sie. »Ich will ihn hier. Bei mir.«

Zweifelnd wandte er ihr das zerschundene Gesicht zu und taumelte gegen die Wand. »Du musst dich ausruhen, Klara.«

»Wir ruhen zusammen aus. Er und ich und du. Wir halten uns fest und vergessen, was uns geschehen ist, wir werden zusammen gesund oder sterben.«

Er murmelte etwas Unverständliches, doch seine Sehnsucht

war unüberhörbar. »Komm zu mir«, bat sie ihn. »Ich muss euch bei mir haben, oder ich halte diesen Wahnsinn nicht aus.«

Unsicher beugte er sich nieder und hob das in Laken gewickelte Kind aus dem Korb. Seine grazilen Hände wirkten auf einmal wie Schaufeln. »Wenn du es kannst – für ihn wäre es gut. Der Duft nach Milch würde ihn hungrig machen, und er hätte keine Angst.«

Klara schlug die Decke zurück und klopfte auf den freien Platz. Sevan ging in die Knie und legte ihr das kleinste Menschenwesen, das sie je gesehen hatte, dicht an ihren Leib. Das kleinste Menschenwesen schmatzte im Schlaf, und Klara dachte: *O mein Gott, ich kann doch nicht zweimal so lieben, dafür ist doch mein Herz viel zu klein!*

»Wie soll er denn heißen?«

»Noah«, sagte Klara. »Und als Mittelnamen George, zur Erinnerung an seinen Bruder.«

»Das ist schön. Willkommen, Noah George Delacloche.«

Klara berührte Noahs Fingernagel, der klein wie ein Stecknadelkopf war. Seine Augen waren geschlossen, die Lider perlmuttfarben. »Du bist auch willkommen«, sagte sie zu Sevan und zog ihren Jungen näher zu sich heran. »Du sollst auch keine Angst mehr haben.«

Er schwankte, zitterte, zögerte. Sie rief ihn noch einmal, dann wagte er sich zu ihr, legte sich in allen Kleidern an den Rand des Bettes. *Ich warte auf dich,* dachte sie, ließ ihm Zeit und streckte dann die Hand über ihr Kind hinweg, um ihn zu streicheln. Erst die Hand, dann die Schulter, viel später mit zwei Fingerspitzen die Wange. Noah erwachte und gab kleine Laute wie ihr Hund als Welpe von sich. Sie wollte ihn sich an die Brust legen, schaffte es aber nicht und ließ Sevan helfen. Der kleine Blütenmund fühlte sich an wie ein Saugnapf, unerwartet kräftig. Süßer Schmerz schoss ihr bis in den Bauch.

»Wo ist denn Kairos?«

In seinem Gesicht zuckte etwas. Kein Lächeln, aber die Erinnerung daran. »Lieber Himmel, nicht auch noch Kairos. Er ist unten bei den Mädchen, und ich als Arzt sollte dieses Sammellager hier verbieten. Zu unhygienisch, zu anstrengend für dich.«

»Dich nicht bei mir zu haben, war anstrengend«, sagte Klara. »Ich dachte, ich gehe kaputt. Jetzt werde ich heil. Und was die Hygiene angeht, kannst du die Kleider von der Reise ja ausziehen.«

»Ich glaube, das kann ich nicht.«

Ihr kleiner Sohn war an ihrer Brust eingeschlafen. Über seinen Kopf hinweg zog sie Sevans Kopf zu sich und berührte seine Wange mit den Lippen. »Dann lass sie an. Mach es so, wie du willst. Du bist zu Hause, Sevan. Ich liebe dich.«

Es dauerte Tage, bis er seinen Körper ihrem Blick aussetzte, ein mit Haut bespanntes Skelett ohne Muskeln, bedeckt von Striemen und Blutergüssen, zerschunden von Fesseln, zerbissen von Insekten. Ihr kleiner, feiner, scheuer Mann, der bei unverhofften Geräuschen zusammenzuckte und sich entschuldigte, wenn er jemandes Arm streifte, war verprügelt worden, wie man mit keinem Verbrecher umging. Am härtesten kam es sie an, seine Fußsohlen anzusehen, über die sie damals, vor dem Krieg, gelacht hatte, weil sie so schmal und zart wie Füße von Kindern waren. *Wie Noahs Füße.* Wie konnte man einem Menschen die Füße zerschlagen, dass sie nie wieder aussehen würden wie an dem Tag, als seine Mutter ihn geboren hatte, heil und perfekt?

Was seiner Seele angetan worden war, war noch grausamer, das wochenlange Warten auf den Tod, auf das Hängen im Hof, wo er täglich die Leichen seiner Gefährten hatte abschneiden und auf einen Abfallhaufen werfen müssen. Er hatte länger gelebt als die anderen, weil er nicht wichtig genug gewesen war, und am Ende hatte Rahmi *Bey* ihn herausgeholt. Nicht auf offiziellen Wegen, die ihm versperrt waren, sondern unter der Hand, über diesen und jenen, den er kannte. »In meinem Kopf hämmert das«, sagte Sevan. »Diese Frage: Warum ich? Rupen Sevag, der Poet, ist tot, Siamanto ist tot, Daniel Waruschan ist tot – warum ausgerechnet ich nicht?«

Klara umarmte ihn, grub ihr Gesicht in sein Haar, das sie ihm kurz geschnitten hatte, damit es gleichmäßig nachwuchs. »Darum, Sevan. Einfach darum. Ich konnte dich nicht gehen lassen.«

»Ich mich auch nicht. Aber jetzt kann ich nicht glauben, dass ich lebe. Wenn ich einschlafe, werde ich gleich wieder wach, weil ich mich fürchte, tot zu sein.«

Sie hatte das schon bemerkt. Er fiel in ihren Armen in Schlaf und erwachte gleich darauf mit kaltem Schweiß auf der Haut. *Ich bringe es dir wieder bei,* dachte sie, *wenn du bei Kräften bist, gebe ich dir zu spüren, dass du lebst, ob der Himmel es erlaubt oder nicht. Der Himmel war leer, als wir vom Tod bedroht waren, er kann jetzt leer bleiben, denn für die Liebe brauchen wir ihn nicht.*

Wenn Enver *Pascha* von Rahmi *Beys* Husarenstück Wind bekam, konnte es das Aus für seine Zeit als Gouverneur bedeuten. Um sicherzugehen, sollte Sevan sich vorerst auf der Insel versteckt halten. Das war ein Glück, nicht nur weil Klara ihn auf diese Weise bei sich hatte, ihn halten und gesundlieben konnte, sondern auch, weil er nicht zusehen musste, wie dort draußen sein Volk starb.

Ein paar Monate Gnadenfrist. Spätsommer. Augen verschließen vor allem.

Sie rieb ihm die Haut mit teurem marokkanischem Öl ein, damit sie wieder geschmeidig wurde, und er spürte, wie kostbar er war. Seine Füße hielt sie wie die Füße ihres Kindes in den Händen und streichelte sie stundenlang, damit sie etwas fühlten. Wenn er nicht essen konnte, schnitt sie Aprikosen auf und schob ihm die Stücke zwischen die Lippen. Sie brauchten beide viel länger als erwartet, um auf die Beine zu kommen, konnten lange nicht mehr tun, als beieinanderliegen, weinen, schweigen, reden. Sich von Aghavni Gedichte vorlesen lassen und Noah versorgen, ihm ohne Worte das Lied von der Hirschkuh vorsummen. Der kleine Junge gedieh. Vielleicht würde er zarter und schwächer bleiben als andere Kinder, vielleicht würde er vor dem nächsten Krieg ausgemustert werden, aber das sollte Klara nur recht sein.

»Klara, so weh es mir tut, du solltest kein Kind mehr bekommen«, sagte Sevan. »Ich habe den Schnitt im letzten Augenblick gemacht. Du hättest verbluten können.«

»Mir tut es nicht weh«, sagte Klara. »Mir genügt es. Noch einen dritten Menschen lieben, wie ich euch beide liebe, um noch einen dritten Angst haben, das würde ich nicht aushalten.«

Als es ihnen besser ging, begannen sie, mit den Kindern und Kairos am Strand spazieren zu gehen und abends mit Didem Karten zu spielen. Einmal in der Woche kam Beyleryan mit der Post, aber nie um schlechte, sondern nur um gute Nachrichten zu bringen und um den Delacloches über Noah Bericht zu erstatten. Adriana und Edmond waren einmal mit Père Matthieu gekommen, der Noah taufte, doch sonst blieb die kleine Gruppe auf der Insel unter sich. Klara schrieb in der ganzen Zeit nur einen einzigen Brief: ein paar Zeilen an Peter in Gallipoli, um ihn wissen zu lassen, dass sein Wunsch in Erfüllung gegangen war.

Hätte er ihr jetzt gegenübergestanden, hätte sie ihm die Wahrheit sagen müssen: *Ich habe euch beide so lieb, dass ich keinen von euch verlassen kann, und inmitten von so viel Hass und Tod kann nicht Liebe der Fehler sein.*

Vom Krieg redeten sie kaum jemals. Einmal hatte Klara Sevan gefragt, ob Hoffnung bestünde, er würde zu Ende sein, wenn sie zurück auf das Festland kamen, und er hatte zur Antwort gegeben: »Vielleicht ist er das – aber ich weiß nicht, wem ich den Sieg wünschen soll. So wenig wie ich weiß, was aus diesem Land werden soll, wer auch immer gewinnt.«

Klara fragte nicht weiter. Dass er *dieses Land* gesagt hatte, nicht mehr *unser Land*, war ihr nicht entgangen.

Im Oktober brachte Didem eine Tochter zur Welt, die neben Noah wie eine Riesin wirkte und der sie den Namen Hasret – Sehnsucht – gab. Im Grunde war es so wie das wirre Gerede, das Klara in jener Nacht an Didems Krankenlager von sich gegeben hatte: Es war nichts Schlimmes, ein Kind zu bekommen. Schlimm war etwas anderes, und das war für den Augenblick weit weg.

Die Wärme aber ging. Die Tage wurden kürzer.

Anfang November brachte Beyleryan Sevan einen prallen Umschlag, der von der Front in Gallipoli kam und eine halbe Odyssee hinter sich hatte, weil er mehrmals falsch versendet worden war. Als Sevan den Absender erkannte, erbleichte er und wollte den Umschlag nicht öffnen. Klara nahm ihn ihm aus den Händen. »Friedrich Halberer. Wer ist das?«

»Ein Mann aus dem Zug«, sagte Sevan und sah zur Seite, aufs Wasser.

»Ich mache das für dich auf, ja? Wenn es schlimm ist, zeige ich es dir nicht.« Es waren die Seiten von Sevans Chronik. Zerknickt, manche eingerissen oder beschmutzt, aber vollständig lesbar. »Oh, Sevan, ist das nicht wunderbar? Du hast sie wieder, du kannst sie weiterschreiben.«

»Nein«, sagte Sevan, »ich glaube, das kann ich nicht. Auch wenn es unglaublich nett von Halberer ist, dass er sie aufgehoben hat.«

»Aber warum denn nicht?«, rief sie.

Er drehte sich zu ihr und lächelte sie leer und verloren an. »Es ist nicht wichtig, Klara. Ich bin jetzt hier, und ich liebe dich.«

Sie verstand, und ihr Herz begann dumpf zu hämmern. Er konnte die Chronik seines Volkes nicht weiterschreiben, weil sich das Ende nicht schreiben ließ. Sorgsam schob sie die Blätter zurück in den Umschlag und verstaute ihn in ihrer Kameratasche. Sie würde sie wegpacken, um Sevan nicht damit zu quälen, und die Bögen ordnen und glätten, wenn er es nicht sah.

Noch immer fragten sie einander, sooft sie in der Tiefe der Nacht aus dem Schlaf schreckten: »Leben wir?« Sie mussten dann rasch ein Licht einschalten, und wenn sie nicht wieder einschlafen konnten, legte Klara Noah in seinen Korb, und sie und Sevan hielten sich so fest, dass es wehtat und sie sich überall spürten. Einmal, es war schon Anfang Dezember, als ein Sturm die Zweige ans Fenster schlug und durch die schwarze Nacht heulte, genügte es nicht mehr. Da liebten sie sich. Gaben sich zu spüren, dass sie am Leben waren, und der Himmel hatte nichts damit zu tun.

Drei Tage später kam Beyleryan, ohne dass er erwartet wurde. Er sprang vom Boot, lief den Strand hinauf, sein Gesicht war grau. Sevan stand unter der Terrasse und machte Dehnübungen, um seinen Körper zu kräftigen. Aghavni, die das lustig fand, stand neben ihm und ahmte ihn nach. Beyleryan blieb in mehreren Schritten Abstand vor den beiden stehen.

»Sie müssen zurückkommen«, sagte er. »Jetzt gleich.«

»Mein Onkel?«

Beyleryan presste die Lippen zusammen und schüttelte den Kopf. »Ich kann Ihnen nicht sagen, wie leid es mir tut. Es hat einen Überfall gegeben in Bardisag. Der ganze Ort ist verbrannt.«

42

Eles Burnu, Gallipoli, 14. Januar 1916

Theri,
ich sende Ihnen diese drei Dinge.
Mustafa Kemal will jetzt, wo wir seit bald einem Jahr hier gekämpft und am Ende gewonnen haben, dafür sorgen, dass viele von uns eine Auszeichnung erhalten. Er hat auch mich dafür vorgeschlagen, weil ich bei einem Angriff während der großen Stürme im November gesehen habe, wie durch einen Granatenangriff einer unserer Gräben verschüttet wurde. Als ich nach dem Angriff versucht habe, den Graben auszuheben, haben vier der Männer noch gelebt. Drei davon waren Offiziere. Ich habe unserem siegreichen Albay *Mustafa Kemal gesagt, lieber als eine Auszeichnung wäre mir die Genehmigung, ein Päckchen in meine Geburtsstadt zu verschicken, und da er einwilligte, erhalten Sie diese Dinge.*
Ich habe sie vor vier Tagen, am Morgen des zehnten Januar gefunden. In dieser Nacht hörten wir keine Geräusche, und in der Frühe wollten wir wie üblich angreifen. Als wir den Befehl zum Sturm erhielten, stiegen wir mit unseren Gewehren

im Anschlag über die Wälle und erwarteten, das Knattern von Maschinengewehrfeuer und das Heulen von Granaten zu hören. In dieser Dämmerung blieb jedoch alles still. Ehe wir uns versahen, waren wir über die Länge der Ebene und bis an die Gräben der Feinde vorgerückt. Aus einem von ihnen ragte ein Gewehrlauf, doch als wir nachsahen, stellten wir fest, dass das Gewehr mit Draht auf dem Wall befestigt worden war. Wir suchten alles ab, um einen Hinterhalt auszuschließen, doch wir fanden niemanden. Unter den Männern brach ein unbeschreiblicher Jubel und Taumel aus. Es war zu Ende. Während der Nacht waren die Tommies evakuiert worden, und wir entdeckten bis hinunter zum Strand noch Fetzen von Tüchern, mit denen sie sich die Füße umwickelt haben mussten, damit wir sie nicht hörten und auf sie feuerten.

Ich habe nicht mitfeiern wollen und bin in den langen Gräben auf und ab gelaufen, ich weiß selbst nicht, warum. Es schien alles leer bis auf ein paar Abfälle von ihrem Essen, doch nach einiger Zeit habe ich die Kiste gefunden, die ein Tommy dort zurückgelassen hatte. Darin lag eines der Abzeichen, die sie an ihren Mützen trugen, ein Packen Spielkarten, wie Ihre Familie sie bei Bridge-Abenden verwendet, und eine kleine Feldflasche, noch halb gefüllt. Die Flüssigkeit darin ist Whisky, ich habe jemanden gefragt, der sich darauf versteht. Dazwischen steckte ein Stück Papier, aus einem Notizbuch gerissen, darauf hatte der Tommy mit ordentlichen Buchstaben geschrieben: For a good Turk. *Sie sprechen Englisch, nicht wahr? Ich spreche es nicht, aber ich habe in dem Jahr hier manches gehört und weiß, dass es* Für einen guten Türken *bedeutet.*

Ich fand, dass ich die Sachen nicht dort stehen lassen kann. Deshalb schicke ich sie Ihnen und weil ich mich anders nicht bei Ihnen bedanken kann.

Theri. Eleftheria. Ich weiß, dass Ihr Name Freiheit heißt.

Tuncay

LETZTER TEIL

Smyrna
Mai 1919

»Mein Herz verbrennt in
lodernden Flammen.
Ach, warum weinst du,
Nachtigall?«

Yunus Emre, türkischer Dichter
des 13. Jahrhunderts

43

Die Promenade, von Pasaport bis zu Gustave Eiffels Pier, war ein Meer aus blau-weißen Fahnen. Das vorderste der Schiffe, das so weit wie nur irgend möglich in Smyrnas flache Bucht eingefahren war, entließ seine Männer in Boote, die mit weiteren Fahnen geschmückt waren. Als die Boote näher kamen, begannen die Menschen, die dicht gedrängt am Ufer standen, ihre Fahnen zu schwenken. Eine Blaskapelle spielte den *Ymnos is tin Eleftherian, Hymne an die Freiheit,* die Nationalhymne Griechenlands:

An der gewaltigen Klinge deines Schwertes
Erkenne ich dich.
Ich erkenne dich an dem Blick,
Der mit Macht die Erde umfängt.

Theri war nie in Griechenland gewesen und hätte nicht gewusst, woran sie es hätte erkennen sollen. Der Jubel übertraf den von dem Herbsttag, an dem bekannt geworden war, dass der Krieg zu Ende war. Verloren, aber zu Ende. Die britischen und französischen Truppen waren in den christlichen Quartieren mit Erleichterung empfangen worden, und in den Häusern der Levantiner von Bournabad hatten sie nicht wie zwangseinquartierte Soldaten, sondern wie lang vermisste Freunde Aufnahme gefunden. Damals aber war Rahmi *Bey* noch hier gewesen.

Rahmi *Bey*, der seltsame Gouverneur, der zu seinem *fez* gern britische Anzüge trug, der *Gin Sling* und seine Stadt Smyrna liebte und ihr Gemisch aus Völkern bis zum Schluss beschützt hatte. Er hatte dafür gesorgt, dass zur Friedensfeier an muslimische wie an christliche Kinder Süßigkeiten verteilt wurden und dass unter den Fahnen in den Fenstern die türkische neben denen der siegreichen *Entente* hing. Rahmi *Bey* aber war nicht mehr da. Er war abgesetzt worden, in einen Topf geworfen mit der Schandregierung in Konstantinopel, gegen die er seine Stadt vier Jahre lang verteidigt hatte und die in einem deutschen U-Boot geflohen war. Rahmi *Bey* floh nicht, sondern schrieb seiner Stadt einen Abschiedsbrief. Unter den Feiernden auf der Promenade sah man keinen Türken.

Die Boote mit den griechischen Truppen kamen näher. Auf den Friedenskonferenzen in Paris war auf Betreiben des Briten Lloyd George beschlossen worden, dass das Osmanische Reich als Kriegsverlierer zwar Anatolien behalten durfte, dass das Gebiet um Smyrna jedoch von der griechischen Armee besetzt werden sollte. Griechenland, das schließlich doch noch an der Seite der *Entente* in den Krieg eingetreten war, bekam seine Belohnung, und *Türken,* so hieß es in der Erklärung, hätten in Pogromen und Massakern bewiesen, dass sie über Christen nicht regieren konnten.

Nach fünf Jahren unter griechischer Besatzung sollte entschieden werden, ob Smyrna endgültig Griechenland zugeschlagen wurde. Eine Stadt im türkischen Herzland. Würde der griechische Gouverneur jetzt die türkischen Einwohner vor Verfolgung schützen, wie sein Vorgänger es für alle christlichen getan hatte?

»Es lebe Venizelos!«, jubelten die Menschen vor dem Pier.

Xenia, am Geländer der Hochterrasse des *Sporting Club,* jubelte mit und schwenkte eines der Fähnchen, die an Kinder ausgegeben worden waren. Es war merkwürdig, sie so berauscht zu sehen, es bereitete Theri Unbehagen, aber im Grunde sollte sie froh sein, dass Xenia nach allem noch jubeln konnte. Auf ihr Betreiben hatte sich die Familie bereits um acht Uhr eingefunden, um die Anlandung mitzuerleben. Es war gut so – Zeit, die Düsternis hinter sich zu lassen und sich dem Leben wieder zuzuwenden. Warum sollte Smyrna unter den Griechen nicht gedeihen wie unter den Osmanen? Und selbst wenn sie der Besetzung mit einer Spur Skepsis entgegensah, so würde sie – Theri – heute dennoch allen Grund zum Feiern haben.

Die Soldaten in den Booten sahen in ihren Uniformen mit den kurzen Röcken und den Mützen mit Pompons wie Spielfiguren aus. Zwanzigtausend Mann sollten im Laufe des Tages angelandet werden. Hinzu kamen Artilleriegeschütze und Pferde, die die Promenade hinunter in ihre Quartiere geleitet werden würden. Weiter draußen lagen britische und französische Schlachtschiffe sowie ein Minenwerfer vor Anker, um das Unternehmen zu überwachen und einzugreifen, falls es zu Zwischenfällen kam. Was die Kommandanten in dem Fall allerdings unternehmen wollten, fragte sich Theri. In die Menge feuern? Auf Fähnchen schwenkende Greise und Kinder, die *helva* aus Papiertüten aßen?

Aber wie es aussah, würde ein Eingreifen nicht nötig sein. In der Nacht hatte Theri an ihrem Fenster gestanden und zum Pagos hinaufgeblickt, auf dem zum Zeichen des Protests Fackeln entzündet und Trommeln geschlagen wurden. Alles blieb friedlich, wie es geplant worden war, und jetzt, am Morgen, war von Protesten nichts zu spüren.

Stattdessen betrat Erzbischof Chrysostomos, umgeben von Messdienern, den Steg, wo das erste Boot mit Kolonel Zafeiriou und seinem Stab angelegt hatte. Der ehrfurchtgebietende Patriarch, vor dem die Kinder sich fürchteten, schien heute vor Erregung fast zu hampeln. Bedienstete breiteten zwischen ihm und dem Boot eine griechische Fahne aus, vor der er niederkniete, um sie inbrünstig zu küssen. Der erschöpft wirkende Kommandant, der mit seinen Männern hatte von Bord gehen wollen, wurde zurückgehalten, ehe er auf seine eigene Fahne trat.

Erzbischof Chrysostomos schien mit dem Küssen so schnell nicht aufhören zu wollen. *Er sieht aus, als wollte er mit der Fahne Liebe machen,* durchfuhr es Theri. Endlich erhob er sich, erlaubte, dass seine Geliebte davongetragen wurde, und begann die Truppen zu segnen.

Ich habe diesen Mann nie gemocht, dachte Theri. *Als ich meine Hochzeit mit Nimrod plante, war ich froh, dass nicht er es sein würde, der mich traute.*

»Tante Theri! Guck mal, jetzt kommen sie!« Das kleine Mädchen, das sie auf der Brüstung festhielt, begann zu zappeln, und Theri hatte Mühe, sie am Aufspringen zu hindern. Sie zeigte auf die Soldaten, die mit hüpfenden Pompons an den Mützen in die Promenade einbogen. »Es sind ja Mädchen, so wie ich, sie haben hübsche Röckchen an!«

»Ich glaube, es sind Jungs«, sagte ihr Gefährte, der in Klaras Arm brav stillsaß. »Soldaten sind immer Jungs, stimmt's, Aghavni?«

Die Neunjährige, die neben Klara an der Brüstung stand, wandte den Kopf. »Ob immer, weiß ich nicht«, sagte sie. »Aber die hier sind welche. Die meisten haben sich schlecht rasiert.«

Irgendwer hinter ihr lachte. Die kleine Armenierin war zweifellos das schönste Geschöpf auf der gesamten Terrasse, aber sie hatte keinen Hauch von Attitüde, war eine scharfe Beobachterin und sprach, wie ihr der Schnabel gewachsen war. Es tat gut, Kinder bei sich zu haben, wieder eine Familie mit einer jungen Generation zu sein. Veronica hatte die Trage mit ihrem Zwillingspaar ebenfalls auf die Brüstung gehoben, obwohl die im vergangenen Sommer geborenen Mädchen an dem Trubel zu ihren Füßen wenig Interesse zeigten. Die beiden hatten brandrotes Haar und waren ihrem Vater – Freddy Whitall, der das Warten auf Kiki schließlich sattbekommen hatte – wie aus dem Gesicht geschnitten.

Klaras Sohn Noah sah seinem Vater ebenfalls ähnlich, nur war er klein für sein Alter und zarter, als Peter es je gewesen sein konnte. Peters stilles, freundliches Wesen hatte er jedoch geerbt. Wenn die kleine Hasret ihn bei ihrem Gezappel anstieß, blieb er nachsichtig sitzen, als wäre er weit älter als dreieinhalb Jahre.

Er bekam keine Wutanfälle, nahm es ruhig hin, wenn er etwas nicht haben durfte, und zeigte auch Freude eher durch stummes Strahlen als durch Gefühlsausbrüche. Soweit Theri wusste, war Peter nur zweimal in seinem Leben vor Glück außer sich geraten: Einmal bei seinem Junggesellenabschied auf dieser Terrasse und das zweite Mal in einem Schützengraben in Gallipoli, als er erfahren hatte, dass er Vater war. Beide Male war Theri nicht dabei gewesen, und umso dankbarer war sie, dass es ihr erzählt worden war:

»Ich habe nicht gewusst, dass er so sein konnte, und ich bin froh, dass er einmal so war. Er las diesen kurzen Brief zu Ende, und dann war er mit einem Satz auf den Füßen und sprang durch den Graben, in dem wir aßen und die Post lasen, sprang über unsere Beine, die Ausrüstung und das Essensgeschirr und rief: ›Ich habe einen Jungen, ich bin Vater, ich habe einen Jungen!‹

Die meisten von uns waren nicht nett zu ihm. Obwohl er im Rang eines mittleren Offiziers stand, wurde er als Angehöriger der unbewaffneten Christeneinheit, die nur Gräben aushob und Stacheldraht spannte, verachtet. Aber an dem Tag, an dem er mit dem Brief in der Hand durch den Graben hüpfte und uns in die Ohren schrie, dass er einen Jungen hatte, gewann er Herzen, denn die meisten dieser Männer waren Väter, und wer kein Vater war, der wünschte sich, heil nach Hause zu kommen und einer zu werden.

»Ich lade alle ein, ihr seid alle meine Gäste«, rief er, und als der Graben ihm zu klein wurde, stieg er über den Wall, stieß die Leiter um und sprang weiter, über die Ebene und durch andere Gräben. Wir konnten von Glück sagen, dass die Offensiven vorüber waren und wir einen Tag Waffenruhe vereinbart hatten, um die Toten zu begraben, denn Peter Efendi *hörte nicht auf, mit dem Brief in der Hand herumzuhüpfen, und hätte es einen Angriff gegeben, so hätte er auch noch die Tommies eingeladen.«*

Die Nachricht von Noahs Geburt war im richtigen Augenblick gekommen. Die Männer, die Peter zum Umtrunk auf seinen Sohn einlud, hatten die August-Offensiven, die blutigsten Kämpfe von Gallipoli, hinter sich, und es musste ihnen wie ein Wunder vorgekommen sein, dass sie noch am Leben waren. Nimrod, dessen Flugzeug beschädigt worden war, hatte zu seiner Einheit zurückkehren müssen und war mit Peter, einem türkischen Hauptmann und zwanzig Soldaten bei einem Granatenangriff verschüttet worden. Tuncay, der gewusst hatte, dass seine einstigen Dienstherren sich in dem Graben befanden, hatte darauf bestanden, nach ihnen zu suchen, und hatte beide Delacloche-Brüder lebend befreit.

»Er hat zu mir gesagt: ›Wenn im Herbst mein Junge auf die Welt kommt, wirst du sein Pate.‹

›Ich bin doch kein Christ‹, habe ich gesagt, aber er hat nichts davon hören wollen.

›Das regle ich mit Père Matthieu‹, hat er gesagt. ›Ich sage einfach zu ihm: Ohne diesen Mann, Hochwürden, hätte mein Junge seinen Vater nie kennengelernt.‹«

Fünf Monate später, als die Schlacht von Gallipoli, die hunderttausend Leben gefordert hatte, zu Ende war, war Peter noch einmal aus einem der Gräben gestiegen, diesmal, um Zelte abzubauen und zum Transport zu verpacken. Nach sechzehn

Schritten war er auf eine Landmine getreten, vermutlich eine osmanische, die vergessen worden war. Er war nicht nach Hause gekommen, sondern lag wie alle Toten von Gallipoli – Mehmets und Tommies und ein einzelner Peter – auf der Halbinsel begraben.

Theri atmete durch und kitzelte Hasret, die es liebte, gekitzelt zu werden. Sie war froh, sich um das Mädchen kümmern zu können, denn Hasrets Lebensfreude, die sie von Didem geerbt hatte, machte jeder Trübsal den Garaus. Die meiste Zeit lebte Didem mit ihr auf der Insel, im *Nar Evi,* wo die kleine Gruppe die gesamten Kriegsjahre verbracht hatte. Als im Sommer 1916 britische Truppen die Insel besetzten, hatte Klara sich mit einer Axt vor die Tür gestellt und dem verdutzten britischen Kapitän erklärt, das Haus werde von evakuierten Frauen und Kindern bewohnt und er solle den Ruf seines Volkes nicht besudeln, indem er Frauen und Kindern das Dach über dem Kopf raube.

Amüsiert waren die Briten abgezogen, und in dem Jahr der Besatzung waren sie abends zum Bridgespielen gekommen.

Daran, dass nun ihr Gefährte, der kleine Noah, nicht mehr bei ihr wohnte, hatte Hasret sich noch nicht gewöhnt, und noch mehr litt Noah selbst, der ohne seine Freundin nichts unternehmen wollte. Klara fuhr so oft wie möglich mit ihm hinüber, und zu besonderen Anlässen, wie zu Weihnachten oder um die Osterdekoration in den griechischen Vierteln anzuschauen, holte sie Hasret nach Smyrna.

Xenia hatte sich dagegen ausgesprochen, sie für die Anlandung der griechischen Truppen zu sich zu holen. Sie fand es unpassend, »in dieser historischen Stunde ein türkisches Kind herumzutragen«, aber die anderen hatten sich durchgesetzt. Schließlich gehörte Hasret zur Familie, wenn es auch niemand wusste, und ohne seine Freundin hatte Noah auch keine Freude. Zudem würden sie alle nicht mehr lange bleiben, nur noch, bis die Truppen Gustave Eiffels Konak-Pier passierten, und dann nach Hause fahren, wo zu einem zwanglosen Beisammensein im Garten eingeladen worden war.

Nichts Besonderes. Cocktails, Sandwiches und Petits Fours, ein paar Tennisspiele und vielleicht später, wenn jemand Lust bekam, Musik vom Grammophon. Theri musste lächeln. Jemand würde Lust bekommen. Sie hatte noch nie zur Lobpreisung eines Gottes getanzt und brannte darauf, es auszuprobieren. Für sie war die heutige Einladung etwas *sehr* Besonderes. Es war die erste Gesellschaft seit Peters Tod vor drei Jahren und seit Onkel Edmonds Schlaganfall, der seitdem halbseitig gelähmt war. Ein Zeichen, dass das Leben ins Große Haus zurückkehrte, dass nach den dunklen nun wieder helle Ereignisse bevorstanden:

Hochzeiten und vielleicht bald Geburten.

Michalis, Theris Bruder, der den Krieg ebenso wie sein Zwilling Andreas überlebt hatte, würde sich heute mit Onkel Thibaults zweiter Tochter Mabel verloben. Mabels Eltern hatten den beiden vor der Stadt ein Gut gekauft, das sie zusammen bewirtschaften wollten, etwas Neues beginnen, das Leben und Zukunft versprach. Es war Zeit, die Feste zu feiern, wie sie fielen. Theri fühlte ihr Herz schlagen. Die von Michalis und Mabel würde nicht die einzige Hochzeit bleiben.

Wir sind so tollkühn. Wir sind übergeschnappt. Aber wenn wir uns aus den Trümmern des Krieges, der unsere Welt zerschmettert hat, herauskämpfen wollen, müssen wir genau so sein. Wir können nicht aufbauen, was zerstört ist. Wir müssen neue Wege gehen.

Theri war nie eine Pionierin gewesen, sondern eine, der das Neue Angst machte. Es gab aber Dinge, die so kostbar waren, dass die Angst klein wurde. So als würde man nach einem Edelstein tauchen, den man ja nicht aufgab, weil das Wasser kalt war, wenn man ihn auf dem Grund schon sehen konnte.

Nur dass Didem nicht dabei sein würde, bedauerte Theri. Sie hätte heute dazugehört, doch ihre Insel verließ sie nicht.

Sie wollte Lance nicht über den Weg laufen, und Theri konnte es ihr nicht verdenken. Wäre es nach ihr gegangen, hätte statt Didem Lance fortbleiben können, der wie eh und je über die Terrasse schlenderte wie durch sein Jagdrevier und gewiss nicht in Erwägung zog, das bezaubernde Kind in Theris Armen könnte seine Tochter sein.

Aber Lance war nach wie vor ein Teil der Familie, und an der hielten alle fest. Jetzt, wo die Zukunft im Ungewissen lag, brauchten sie den Boden, auf dem sie standen, mehr denn je. Also blieb Lance ungeschoren, und Hasret wurde als Kind einer verwitweten Dienstbotin präsentiert, um das die Delacloches sich kümmerten. Die Kleine zappelte noch immer auf der Brüstung herum und versuchte, aufzustehen. Die Kolonnen gleichgekleideter Soldaten, die eine Straße entlangzogen, konnten den unruhigen Geist einer Dreijährigen nicht lange fesseln. »Wollen wir tauschen?«, fragte Klara mitfühlend. »Dir müssen ja die Arme wehtun.«

»Ist schon gut«, sagte Theri. »Ich warte noch, bis die Spitze an der Konak-Mole vorbei ist, dann übergebe ich die kleine Krake an Adriana und mache mich auf die Suche nach meinem Gast.«

»Ach ja. Du bringst nachher einen Gast mit.«

Theri vernahm die Frage, die sich hinter den Worten verbarg, gab aber keine Antwort darauf. Stattdessen fing sich ihr Blick an der Spitze des Zuges, der auf der Höhe der türkischen Baracken plötzlich zum Stillstand kam.

»Theri«, sagte Klara. »Ich nehme nicht an, dass du das glaubhaft findest oder dass es dir überhaupt etwas bedeutet. Aber ich will es dir trotzdem sagen: Ich wünsche dir Glück. Ich wünsche dir, dass du bekommst, was ich dir damals weggenommen habe.«

»Du hast mir doch nichts weggenommen«, sagte Theri und ärgerte sich, weil ihre Stimme spitz klang.

»Doch«, sagte Klara. »Du und Nimrod, ihr habt zusammengepasst, und ihr hättet ein gutes Leben haben können.«

Wahrscheinlich hätten wir das, dachte Theri. *Wir entstammen derselben Gesellschaftsschicht und mögen dieselben Leute, wir wissen, wie man sich in unseren Kreisen bewegt, und spielen gern Tennis und Croquet. Wir tanzen hübsch zusammen und hätten hübsche Kinder bekommen, die geborgen aufgewachsen wären und ihren Platz in der Welt gekannt hätten. Wir hätten in wundervollen Häusern gelebt und wären irgendwann beim Sterben nicht allein gewesen.*

Dass Klara noch einmal davon anfing, überraschte Theri, dass sie zugab, was damals jeder bestritten hatte, noch mehr. »Es ist gut, wie es ist«, sagte sie und meinte jedes Wort. Es war gut.

In diesem Augenblick fiel der Schuss.

Woher er gekommen war, hatte Theri nicht sehen können, und auch nicht, ob jemand getroffen war. Im Handumdrehen brach Chaos aus. Schaulustige kreischten, flohen, zerrten ihre Kinder mit sich. Pferde scheuten, ein Wagen mit Ausrüstung kippte zur Seite und begrub Männer unter sich. Die griechische Truppenspitze befand sich noch immer vor den Baracken, in denen osmanische Soldaten untergebracht waren. Diese hatten zu Rahmi *Bey*s Zeiten den Ablauf des Hafengeschäfts kontrolliert. Es war alles recht lax zugegangen, und von den Soldaten in den Baracken hatte niemand viel Notiz genommen. Jetzt begannen griechische Soldaten auf die Gebäude zu feuern.

»Gebt's ihnen!«, schrie eine Frau, die wie eine Pallas Athene gewandet war und eine Fahne schwenkte. »Rache für unsere Landsleute, die sie im ganzen Land gemeuchelt haben!«

»Lang lebe Griechenland!«

»Lang lebe Venizelos!«

Salven von Schüssen übertönten das Geschrei.

Aghavni bemerkte, dass Noah zu weinen begann, und hob ihn von der Mauer. Theri tat das Gleiche mit Hasret, obwohl diese sich wehrte. Angstvoll versuchte sie, einen Blick auf die Fenster des *Café Iskander* zu erhaschen, doch die Menschenmenge versperrte ihr die Sicht. Endlich übernahm Kolonel Zafeiriou das Kommando und befahl, das Feuer einzustellen.

»Solange die Muselmanen da drin sind, ist man hier seines Lebens nicht mehr sicher«, hörte man wieder irgendwen schreien. »Dreht den Spieß endlich um, jagt die aus unserer Stadt.«

»Rauskommen! Mit erhobenen Händen!«, befahl Kolonel Zafeiriou.

Beklemmendes Schweigen senkte sich über die Menge, und die Kapelle hörte auf zu spielen. Dann wurde die Tür der vorderen Baracke aufgestoßen, und der erste türkische Soldat trat mit den Händen auf dem Kopf heraus. Gellendes Johlen setzte ein. Hintereinander verließen die Soldaten das Gebäude.

Die griechischen Soldaten hießen sie, sich in einer Reihe aufzustellen, wobei sie ihnen Püffe verpassten und ihnen die *feze* vom Kopf rissen. Die Menge grölte. Sobald die Reihe der Türken in Marsch gesetzt wurde, begannen die Zuschauer nach ihnen zu greifen, sie zu stoßen, ihnen an Bart und Haaren zu ziehen und schallend zu lachen.

Es war eine abscheuliche Demonstration der Macht über einen besiegten Gegner. Angewidert wollte Theri sich abwenden, da setzte einer der gedemütigten Männer sich zur Wehr. Von einem beleibten Kerl mit einer Schürze, vermutlich einem Schankwirt, bekam er im Vorbeigehen eine Ohrfeige, schoss herum und schlug zurück. Im nächsten Augenblick stießen zwei Griechen ihn nieder und drangen mit ihren Bajonetten auf ihn ein.

Theri stand wie erstarrt und konnte nicht fassen, was sie sah. Ein Mann hatte einem anderen eine Beleidigung zugefügt, und der hatte sich gewehrt. So etwas passierte in den Cafés und Kneipen der Innenstadt ständig, manchmal gab es Radau,

Stühle wurden zerschlagen und jemand rief die Polizei. Ab und an floss Blut, aber es standen nicht drei oder vier mit Waffen über einem, der am Boden lag. Als die Griechen mit ihren Gefangenen weiterzogen, blieb der Türke liegen.

»Er ist ja tot!«, rief Aghavni. »Klara, der Mann ist tot!«

Gleich darauf brach die Hölle los. Theri riss sich aus ihrer Starre und rannte hinunter auf die Straße. Wie zum Hohn, wie als geschmackloser Scherz erhob sich vom Kemeralti, von der Hisar-Moschee der Ruf des kindlichen Muezzin.

44

»Gott sei Dank, Theri! Wenn du nicht gleich aufgetaucht wärst, wäre ich gefahren, um nach dir zu suchen.« Kein Diener stand in der Tür, sondern Nimrod, der ihr ein Glas entgegenhielt.

Theri erschrak. Sie hatte Bewohner und Gäste hinter dem Haus vermutet, beim Tennisplatz, den Nimrod eigens hatte herrichten lassen. Einen Augenblick für sich, um zu sich zu kommen, das war es, worauf sie gehofft hatte. Dass sie dort nach draußen musste, ihr Gesicht zeigen, lächeln, daran führte kein Weg vorbei. Sie selbst hatte für die Gartenparty geworben, sie wollte, dass Michalis und Mabel einen schönen Rahmen für ihre Verlobung bekamen. Allen anderen sollte die Zusammenkunft versichern: Wir sind noch da, und unser Leben geht weiter.

Zudem gab es da noch ihren geheimen Plan, der ihr jetzt jedoch nicht mehr tollkühn und übermütig vorkam, sondern verstiegen und verrückt.

Sie fühlte sich am Boden zerstört. Was sie vier Jahre lang gepflegt hatte, um es voll Staunen wachsen zu sehen, schien mit einem Schlag zunichtegemacht. Natürlich verstand sie die Gründe, erkannte, dass es eine Idee des Wahnsinns gewesen war, aber das machte es nicht leichter.

Wieder verloren.

Sie hätte einen Moment gebraucht, um eine Maske aufzusetzen, woher auch immer sie die nehmen wollte. Jetzt aber stand Nimrod in der Vordertür, in den Händen zwei Kelche, in denen eine rote Flüssigkeit perlte. »Ist alles in Ordnung mit dir? Wirklich alles?«

Als sie stehen blieb, zog er sie sanft in den Windfang und schloss hinter ihr die Tür. Ebenso sanft drückte er ihr eines der Gläser in die Hand. »Es gibt wieder roten Krimsekt. Zumindest im Augenblick, das Land ist unter der Knute der Bolschewiken ja womöglich gebeutelter als unseres. Nutzen wir die paar Kisten dieser Kostbarkeit, die ich mit Jacques' Hilfe für uns ergattert habe, eine Reminiszenz an eine verlorene Zeit. Erinnerst du dich? Du mochtest ihn immer lieber als Champagner, weil er süßer war.«

Im Moment war Theri gleichgültig, ob sie Krimsekt bekam oder Fusel, der an Dienstboten verschenkt wurde. Wichtig war nur der Alkohol. Zum ersten Mal verstand sie Xenia, die das Betäubungsmittel, das ihr damals im Hospital verabreicht worden war, noch immer einnahm, wann immer sie es auftreiben konnte.

»Kann ich mit dir reden?« Nimrod legte ihr den Arm um die Schultern.

»Natürlich. Ist etwas passiert?«

»Nein, Theri. Oder doch, etwas schon, aber nichts Schlimmes. Gehen wir in mein Arbeitszimmer. Darf ich dir sagen, dass du in dem Kleid so schön bist, dass man mit den Augen hängen bleibt?«

Das Kleid war aus blassroter Seide. Sie wusste selbst, dass es schön war, deshalb hatte sie es für diesen Tag gekauft. Es war das erste Mal, dass sie von einem Stoff nicht gedacht hatte: *Ja, das ist ordentlich, es wird für den Anlass taugen,* sondern: *Ich muss das haben. Es ist wie für mich gemacht.*

Das Zimmer, das Nimrod sich als Arbeitszimmer gewählt hatte, war das Herrenzimmer seines Vaters gewesen, ein eher kleiner Raum mit Regalen voller wunderbarer Bildbände, einer Sitzgruppe für einen ausgewählten Kreis von Gästen und einem Blick über den Teil des Gartens, in dem jetzt weiß eingedeckte Tische aufgebaut waren und Menschen in heller Kleidung beisammenstanden.

Wäre Edmond nicht krank geworden, hätte er dieses Zimmer, das für den Rollstuhl zu eng war, nie aufgegeben. Wäre Peter nicht gestorben, hätte er es eines Tages geerbt. Nimrod bot ihr einen Lehnsessel, den sie nicht kannte, zum Sitzen an. An der Wand über ihr hingen kleinformatige abstrakte Stiche in Schwarz-Weiß.

»Ich habe mir viel Mühe gegeben«, sagte Nimrod unvermittelt. Sein Arm beschrieb den Raum. »Mit allem hier. Mit dem Geschäft, das veraltet geführt und somit reichlich abgewirtschaftet war. Mit neuen Importen, Vaters Jacht, die ich zurückgefordert habe, und dem Tennisplatz. Auch mit der Familie. Seit ich aus dem Krieg zurück bin, wollte ich beweisen, dass ich zu anderem tauge als zum Morden. Dass ich mehr sein kann als das *enfant terrible,* mit dem man vorliebnehmen muss, weil einem der brave, besonnene Peter geraubt worden ist.«

Theri trank Krimsekt und hatte Mühe, sich zu konzentrieren. »Ach Nimrod. Peter war mehr als brav und besonnen, und niemand kann ihn ersetzen. Ist das nicht das Schöne an Familien, dass kein Mitglied ersetzbar ist? Ich bin sicher, du machst deine Sache gut – dieses Zimmer ist sehr schön geworden.«

Er ging zum Servierwagen, stellte den Kelch ab und schenkte sich einen Whisky ein. »Das ist nicht so leicht«, sagte er. »Die Verantwortung zu tragen, nicht nur für Tausende von Menschen, die bei Delacloche & Compagnie in Lohn und Brot stehen, sondern vor allem für euch. Für die, die ich liebe.«

»Kann ich auch einen haben?«, entfuhr es Theri.

»Bitte was?«

»Einen Whisky.« Sie brauchte etwas, das ihre Nerven beruhigte, sah sich jedoch außerstande, das süße Luxusgetränk in ihrem Kelch herunterzubringen.

Er schenkte die Hälfte von dem, was er sich selbst eingegossen hatte, in ein Glas und brachte es ihr. »Ich möchte dies hier um jeden Preis zu einem Erfolg machen«, sagte er. »Du ahnst nicht, wie es war, diesen Krieg ausfechten zu müssen. Zu wissen: Du baust nichts auf. Du erringst nichts Gutes. Du machst nur kaputt, was Generationen vor dir geschaffen haben.«

Doch, dachte Theri. *Ich glaube, ich weiß das auf meine Weise.*

»Bitte sei mir nicht böse«, sagte sie. »Ich fühle mich nicht wohl, ich würde mich gern eine Stunde hinlegen. Wenn wir also kurz dein Problem besprechen könnten?«

In seiner Wange zuckte ein Muskel. »Bei dem Problem geht es um Kiki«, sagte er.

»Ja«, sagte Theri, »ja, darüber müssen wir reden.« Sie hätten das längst tun müssen. Im Strudel der Kriegsereignisse war die Kleine untergegangen. Sie hatte nicht nur den Beistand der Älteren verloren, sondern auch den ihrer Freundin, die von einem Tag auf den anderen auf die Insel verschwand. Irgendwann, mitten im Trubel, stand sie plötzlich mit dem Musiklehrer da und erklärte, sie wolle ihn heiraten.

Theri hatte sich Zeit nehmen und mit den Beteiligten reden wollen, obwohl all ihre Gedanken um Gallipoli kreisten. Dann aber war Klara mit Sevan Agasian und den Kindern aus Uzunada gekommen. Dem Mann, der Kerker, Folter und ein Todesurteil überlebt hatte, war fast die gesamte Familie bei einem der Massaker ums Leben gekommen: seine Brüder, die Schwägerinnen, Neffen, Nichten – und der kleine Sohn. Seine Frau hatte überlebt, doch dabei den Verstand verloren. *Eine Gnade für sie,* dachte Theri. Für den Mann aber war es eine Last, von der niemand sich vorstellen konnte, wie er sie trug.

Klara war mit ihm nach Bardisag gefahren, um zu begraben, was von dem Kind noch übrig war, und um die Frau nach Hause zu holen. Über die Beziehung der beiden sprach niemand, weil jeder froh war, dass der arme Mann nicht allein dastand. Theri half, wo sie konnte, betreute das Mädchen Aghavni und den kleinen Noah.

Sevan Agasian verkaufte sein Haus, auf das er so stolz gewesen war, und richtete im Pflegeheim seines Hospitals zwei Zimmer für sich und seine Familie ein: für seine Tochter, seinen bettlägerigen Onkel und seine dem Wahnsinn verfallene Frau. Auf diese Weise konnte er seinem Beruf nachgehen, die Überlebenden seines Volkes behandeln und für seine Familie da sein.

Als sich alles halbwegs eingespielt hatte, auch wenn das Wort wie Hohn klang, hatte sich Theri um Kiki kümmern wollen und fand vollendete Tatsachen vor: Aron de Lemos war fortgeschickt worden, und Kiki hatte sich in sich selbst zurückgezogen und wollte mit niemandem sprechen. *Das bekommen wir schon hin,* dachte Theri, *sie braucht nur Zeit und die Gewissheit, nicht vergessen worden zu sein.* Dann war Peter gestorben, Adriana zusammengebrochen, Edmond in einem Krampfanfall im *Magasin* gestürzt. Sie hatten Kiki tatsächlich vergessen. Genau wie Thea, die Theri eines Tages mit blutbesudelter Bluse in ihrem Stuhl fand. Sie entschuldigte sich, aber Thea winkte ab: »Wenn ich sterbe, werdet ihr es schon merken, sobald es anfängt zu stinken.«

Tatsächlich lebte sie immer noch, saß draußen in einem Liegestuhl und genoss die Sonne. Blut hustete sie auch weiterhin. Zuweilen hegte Theri den Verdacht, das sei eben ihre Art, den Zustand der Welt zu kommentieren.

Bei alledem hätte sich Theri noch um einen anderen Menschen kümmern wollen, doch während sie sich entkräftet darum bemühte, erlebte sie, dass dieser andere sich um sie kümmerte, dass er ihr keine Kraft abzog, sondern welche schenkte. Je länger dies anhielt, je mehr sie zuließ, dass es ihr wohltat, desto näher gelangte sie der Erkenntnis, dass ihr so etwas wie ein Wunder zugestoßen war.

Es war so stark gewesen, es hatte so sicher und beharrlich alle Zweifel ausgeräumt. Wie konnte das, was heute geschehen war, es besiegt haben?

»Theri? Hörst du mir überhaupt zu?«

Sie zuckte zusammen. »Entschuldige. Ich glaube, die Sache auf der Promenade hat mich mehr mitgenommen, als ich dachte.«

»Mich auch«, sagte Nimrod. »Vor allem nimmt mich mit, dass ich mich längst um Tuncay hätte kümmern sollen.«

»Um Tuncay?« Theris Hand schloss sich fester um das Whiskyglas.

»Er hat mein Leben gerettet. Mein Vater, der keinen klaren Satz mehr herausbringt, macht sich kaputt, weil er Rahmi *Bey* nicht helfen konnte, der uns das Geschäft bewahrt hat. Und ich? Wer weiß, wohin Tuncay aufgestiegen wäre, wenn er sich weniger um geächtete Christen geschert hätte. Er hasst uns, aber er ist hingegangen und hat uns aus der Hölle geholt. Ich müsste ihm etwas anbieten, eine Stellung, die ihn vor Repressalien schützt, vielleicht Geld, um aus Smyrna wegzugehen, Gott weiß was. Peter hat ihn so viel besser gekannt als ich.«

Theri ließ das Whiskyglas stehen und legte die Hand auf ihr Herz. »Tuncay ist stolz«, sagte sie. »Gib ihm keine Almosen. Gib ihm, was er sich verdient hat.«

Nimrod furchte die Brauen. Dann drehte er sich zum Fenster. »Ich werde darüber nachdenken. Um auf Kiki zurückzukommen …«

»Ja, wir wollten von Kiki sprechen.«

»Theri, ich habe einen Antrag für sie. Ich habe mich wie der König der Versager gefühlt, weil es mir nicht gelungen ist, für wenigstens eine meiner Schwestern eine gute Heirat zu arrangieren, einen eigenen Haushalt, Kinder, einen Mann, der ihr den Hof macht, wie eine Frau es sich wünscht …«

O ja, dachte Theri. *O ja.*

»Der Krieg hat die Auswahl nicht größer gemacht, und die Abfuhr, die sie Freddy Whitall erteilt hat, hat Kikis Ruf genauso geschadet wie das Gerede über diesen Musiklehrer. Auch wenn es mir oft auf der Zunge liegt, zu fragen: Kratzt das wirklich jemanden? Nach dem Gas in Ypres, nach Verdun, nach Gallipoli? Ist nicht alles, was zählt, dass man durch diesen verfluchten Graben voller Stacheldraht, der sich Leben nennt, nicht allein kriechen muss?«

»Ja«, sagte Theri. Mehr gab es dazu nicht zu sagen.

»Jetzt aber scheint es, dass sich das Blatt für Kiki doch noch wenden könnte. Erinnerst du dich an Vincent Breton?«

Theri überlegte. »Den Sohn der amerikanischen Nachbarn? Von der Insel?« Vage stieg das Gesicht eines Blondschopfs vor ihr auf, mit dem sie vor dem Krieg Badminton gespielt und gebadet hatten.

Nimrod nickte. »Sie haben in Smyrna ein Haus gekauft, nicht hier in Bournabad, aber unweit der *Rue Franque*, am Rand des Armenierviertels. Ein wenig neureich sind sie natürlich, aber wie gesagt – was zählt das schon? Die Familie ist ordentlich, und der Bursche ist unkompliziert. Ein netter Kerl.«

Genauso hatte Theri ihn auch in Erinnerung: unkompliziert, heiter, ein guter Sportler und Tänzer wie Kiki selbst. Ihre kleine Cousine, die so hübsch und liebesfähig war, würde nicht als alte Jungfer versauern, sondern Kinder haben, geliebt werden, ein Haus voller Leben führen. »Nimrod, das ist wundervoll«, sagte sie. »Weiß es Adriana? Sie muss sich doch auch freuen.«

Nimrod schüttelte den Kopf. »Ich habe erst mit dir sprechen wollen. Aber da du es auch für eine gute Idee hältst, bekommt Breton heute meine Zusage. Wir können es nachher bekannt geben. Zweimal junges Glück, etwas Besseres kann uns nach dem scheußlichen Vorfall von heute Morgen nicht passieren.«

»Ich freue mich für Kiki«, sagte Theri. »Ich freue mich für uns alle. Bevor wir feiern, würde ich mich nur gern ausruhen oder mir wenigstens einen Kaffee machen. Mir platzt der Kopf.«

»Den Kaffee macht dir die Köchin«, sagte Nimrod. »Vergiss nicht, dass dies inzwischen wieder ein kompletter Haushalt ist.«

Die neue Köchin war eine Griechin aus dem Umland. Kadife blieb bei Didem auf der Insel. Theri war froh darüber. Sie hatte kaum je mit der jungen Frau gesprochen, im Grunde nur einmal – in Tuncays Auftrag – länger. Eine einzige Frage aus diesem Gespräch brannte ihr im Gedächtnis: *»Warum sind Sie eigentlich so überzeugt, dass eine Frau einen Mann nicht lieben kann, nur weil ihre Eltern fanden, dass er gut zu ihr passt?«*

»Den Kaffee mache ich mir selbst«, sagte sie zu Nimrod und stand auf. »Ich verwende ein paar merkwürdige Zutaten und möchte die neue Köchin nicht gleich vergraulen.«

»Theri.« Das Wort traf sie im Rücken, als sie die Tür erreichte. »Das, was damals geschehen ist – du weißt nicht, wie sehr ich es bereue, wie oft ich mir wünsche, ich könnte die Zeit zurückdrehen.«

Zuerst wusste sie nicht, was er meinte. »Nimrod, das spielt keine Rolle mehr«, rief sie dann. »Quäl dich damit nicht, es ist so, wie du vorhin gesagt hast: Wen soll das noch interessieren, nach Gallipoli?«

In Wahrheit hatte es kaum etwas gegeben, was so wichtig war, nach Gallipoli. Die ernste, freiwillig vorgebrachte Erklärung eines Mannes, sich keine andere als sie zu wünschen, hatte Theri alles bedeutet. Nur nicht von Nimrod. Von Nimrod brauchte sie dergleichen längst nicht mehr.

»Ist das wahr, Theri? Kannst du mir verzeihen?«

»Aber ja. Vergiss es doch.«

Kaum war er hinter ihr, drehte er sie zu sich herum. »Ich habe dich immer geliebt, Theri. Auch wenn ich nach Klara verrückt war und sie unbedingt haben musste. Vielleicht weil sie Peter gehörte, weil ich mein Leben lang vor Eifersucht auf Peter brannte. Jetzt ist das vorbei, Theri. Damit ist es jetzt wirklich vorbei.«

»Kein Wunder«, rutschte es ihr heraus.

»Werde meine Frau, Theri. Lass es uns den anderen sagen, ehe wir die übrigen Verlobungen bekannt geben.«

Er senkte den Kopf, schloss zärtlich die Arme um sie und stöhnte auf, ehe er die Lippen auf ihre legte.

Mit erzwungener Ruhe befreite sie sich aus seiner Umarmung. »Ich gehe ein bisschen spazieren«, sagte sie. »Wir sehen uns später, ich muss irgendetwas gegen meine Kopfschmerzen tun. Und ich will dich nicht heiraten, Nimrod. Ich wollte es einmal, aber das war vor Gallipoli.«

45

Sie war nicht halb so ruhig, wie sie sich gab, sie war überhaupt nicht ruhig, in ihr tobte ein Sturm. Sie hätte die Straße hinunterrennen wollen in ihrem hübschen roten Kleid mit dem Zipfelrock, den man *Kriegskrinoline* nannte und der beim Laufen in die Höhe flog. Zum Glück kam sie nicht weit. Als sie das Tor öffnete, fand sie den Mann davor wie bestellt und nicht abgeholt.

Ihren Mann.

»O mein Gott, Tuncay! Du bist hierhergekommen, allein hierher?«

Sie hatten verabredet, sich im *Café Iskander* zu treffen. Frauen gingen dort nicht hin, aber es war auf der Promenade das letzte Kaffeehaus, in dem ein Türke sich willkommen fühlte. Außerdem kümmerte sich im *Iskander* niemand darum, was ein anderer tat. Sie hatten ein bisschen beisammensitzen und sich Mut machen wollen, um dann nach Bournabad aufzubrechen, wo sie ihn angekündigt hatte: *»Ich bringe einen Gast mit.«*

Gekommen war alles ganz anders. Ein türkischer Soldat war vor aller Augen von griechischen Soldaten getötet worden, und aus der Parade war ein Gemetzel geworden. Polizisten lösten die Versammlung auf, und Leute, die in die Cafés flüchteten, raunten von dreißig oder vierzig Toten. Die Soldaten der geschlagenen Osmanischen Armee wurden weiter die Straße hinuntergetrieben und dabei gezwungen, »Es lebe Venizelos« zu rufen und: »Es lebe Griechenland«.

Theri war die Promenade hinauf- und wieder hinuntergerannt, hatte in jedes Café gespäht, aber Tuncay hatte sie nicht gefunden. Er war gegangen. All die Mühe, die sie in den vergangenen vier Jahren füreinander aufgewendet hatten, war zunichte, weil ihm in grausamer Deutlichkeit vor Augen gehalten worden war, dass er recht gehabt hatte mit seinem Beharren: Er und sie, das war nicht machbar, die Quadratur des Kreises. Sie war Griechin, er war Türke. Man konnte Griechin und Levantiner sein oder Jude und Armenierin, aber man konnte nicht zwei Völkern angehören, die einander umbrachten.

Jeden Mord, angefangen bei denen an ihren Vätern, würden sie einander in die Schuhe schieben, ob sie wollten oder nicht. In jedem Streit über Geldausgaben, Abendessen, ungezogene Kinder würden die Ermordeten mitzureden haben. Hinter jedem freundschaftlichen Rüffel – »Rede kein dummes Zeug« – stand: *Dein Volk demütigt meines. Und du demütigst mich.*

»Das ist nicht auszuhalten«, hatte er gesagt. Oft genug.

»Sprich für dich, nicht für mich«, hatte Theri erwidert. »Hältst du es nicht aus? Gibst du uns auf, nicht weil wir schlecht füreinander, sondern weil wir dir zu schwierig sind?«

So einfach war es nicht. Es ließ sich nicht aus der Welt reden. Sie mussten es ausprobieren, sich herantasten, jede Klippe in Kreisen umschiffen. Drei Jahre in Briefen. Dann zwei Wochen Genesungsurlaub, nachdem er um ein Haar an einer Blutvergiftung gestorben war. In Mesopotamien, so weit weg von Smyrna, dass Theri nachts von Landkarten mit leeren Flecken träumte, auf denen sie sein Grab nicht finden konnte. Das Gute an Todesangst war: Sie machte Lebensangst kleiner. Um auszuprobieren, was Mutlus Sohn Tuncay ihr noch sein konnte, betrug sich die biedere Theri Kantakouzenou wie eine gewiefte Kokotte und mietete zum ersten Mal in ihrem Leben ein Hotelzimmer.

Sie holte ihn ab. Ließ einen Krug Wein und einen Krug Zitronenwasser, Kaffee und *sekerpare*-Kekse nach oben bringen, schloss alle Läden und die Tür. Es war wundervoll. Es war das größte Abenteuer ihres Lebens. Dort, in dem Zimmer mit der blauen Mosaiktapete, erklärte er ihr seine Treue. Er gab ihr, was sie so dringend gebraucht hatte, um die Angst, die von jeher an ihrer Wurzel nagte, zu überwinden.

Mit einer halben Bettbreite Abstand lagen sie einander gegenüber. Theri sprang wieder ins Auge, wie schön sie ihn fand, und er hätte alles von ihr haben können. Sie lag still und wartete. Aber er nahm sich nichts. Irgendwann sagte er es ihr: »Ich weiß nicht, wie man das macht.«

»Was soll das heißen, du weißt nicht, wie man das macht?«

Cognacfarbene Verführeraugen weiteten sich in Verzweiflung. »Ich will nichts falsch machen. Ich hätte jemanden fragen sollen, aber ich wusste nicht, wen.«

»Tuncay«, sagte sie, ließ den Blick über die Muskeln seiner Schenkel gleiten, über die schlanken Hüften, den kraftvollen Brustkorb, und konnte ihr Glück nicht fassen. »Du bist ein Soldat von fast dreißig, du siehst aus wie Adonis, dem der Olymp zu Füßen liegt, und du erzählst mir, du hast noch nie mit einer Frau geschlafen?«

»Nein.« Seine Stimme klang stolz und verletzt. »Ich bin ja nicht verheiratet, und wir sollen das nicht tun. Nach fremden Frauen sehen, sie berühren, mit ihnen allein sein, und wenn du jetzt über mich lachst, dann gehe ich und komme nicht zurück.«

»O nein!« Sie hatte ihn in die Arme genommen und seinen

Rücken gestreichelt, den heftigen Atem gespürt, während sie ihm ins Ohr sprach: »Tuncay, ich werde manchmal über dich lachen, weil das für mich nichts Kränkendes ist, sondern ein Teil meiner Freude an dir. Aber wenn ich bemerke, dass ich dich kränke, höre ich auf und versuche, es dir zu erklären. Wir bekommen das schon hin, wir müssen nur vorsichtig sein, und jetzt will ich nicht über dich lachen. Ich liebe dich, Tuncay. Ich liebe dich.«

Sie wollte es ihm immer wieder sagen. Nur kamen sie damit nicht weiter. Irgendwann bot sie ihm an: »Ich habe es ja auch noch nie gemacht, aber ich habe ziemlich viele Romane gelesen. Willst du, dass ich es versuche?«

Sie versuchten es zusammen, es war überhaupt nicht schwierig, und warum hätte es das auch sein sollen? Sie waren beide groß und schlank und schön, wie füreinander gemacht. Wenn sie sich in den Armen hielten, war es, als fügten sich Teile ineinander. An dem Morgen, an dem er an die Front zurückreisen musste, sagte er: »Ich weiß, was du denkst. Der ist ein Muslim, der ist anders.«

»Tuncay«, sagte Theri, »bitte sag nicht zu mir: Ich weiß, was du denkst, sondern frag mich. Ja, ich denke, dass du anders bist, aber nicht weil du Muslim bist, sondern weil du der einzige fromme Mann bist, den ich kenne. Dir ist alles heilig. Das ist ein bisschen lustig, ein bisschen schwierig und ein bisschen altmodisch, aber es passt zu mir, und ich finde es schön.«

Er lachte immer noch nicht. Er war ein todernster Mann, und sie liebte ihn. Sie hatte es ihr Leben lang gefürchtet, das große Gefühl, und jetzt war es da und tat nicht weh.

»Das mit dir ist mir auch heilig«, sagte er. »Du weißt, der Prophet gestattet uns, mehr als eine Frau zu nehmen, solange wir gerecht für alle sorgen können, aber ich kann nicht gerecht für mehr als eine sorgen, nicht für mehr als dich. Auch nicht, wenn ich reich wäre. Ich weiß nicht, ob ich dich je bitten könnte, meine Frau zu werden, denn ich möchte nicht aushalten müssen, dass du mich abweist. Aber wenn ich es könnte, nähme ich sonst keine. Nur dich.«

Theri fühlte sich, als wäre ihr eine Kostbarkeit in die Hände gelegt worden, die bei der kleinsten Ungeschicklichkeit zerbrechen konnte, und sie war entschlossen, sie zu hüten. Als er aus dem Krieg nach Hause gekommen war, hatten sie all das Glück darüber, dass er lebte, genutzt, um sich nahezukommen, um ehrlich zu sein.

»Ich finde es falsch, dass eure Väter ihren Töchtern erlauben, so zu sein wie du. Was kommt dabei heraus? So etwas, wie es meiner Schwester geschehen ist, die jetzt alleine ist mit ihrem Kind.«

»Ja«, sagte Theri. »Oder so etwas, wie es mir mit dir geschehen ist.«

»Und das ist eben falsch. Es verursacht Durcheinander – deine Familie, meine Familie, dein Volk und meines, deine Religion und meine –, lauter Fragen, auf die es keine Antwort gibt und die man auch nicht weglachen oder wegküssen kann, wie ihr es versucht.«

»Ich versuche das gar nicht«, sagte Theri. »Und ich habe auch keine Antwort. Aber ich bin eben in dieser Stadt aufgewachsen, in der das Schönste aus allen Kulturen sich mischt. Meine Familie hat mir nicht verboten, die Augen zu öffnen, und vielleicht macht es das immer schwierig: die Wahl zu haben.«

»Warum schicken euch eure Eltern auf teure Schulen, wenn ihr nicht klug wählt?«

»Habe ich das denn nicht getan? Der Mann in meinen Armen kann Kaffee gegen Migräne kochen, er hat sich ein Herz gefasst und mir erzählt, wie mein Bruder gestorben ist und wie Peter sich über seinen Sohn gefreut hat. Der Mann in meinen Armen trägt einen Zettel bei sich, auf dem steht: *Für einen guten Türken.* Er ist treu wie Gold. Soll ich mir wirklich einen anderen wünschen als dich, nur weil ich nicht weiß, was uns geschehen könnte?«

Sie hatte ihn überzeugt, den Versuch zu wagen. Am Morgen auf der Promenade, als ihr Volk das seine vor seinen Augen gedemütigt hatte, hatte sie gefürchtet, sie hätte im letzten Augenblick verloren. Aber jetzt war er hier.

»Wenn ich dort geblieben wäre, hätte ich jemanden umgebracht«, sagte er. »Deshalb bin ich gegangen. Es ist mir schwergefallen, hierherzukommen, Theri.«

»Das weiß ich. Ich werde es dir nie vergessen. Komm mit mir.«

Sie hielt ihm die Hand hin und sah ihn sich an. Er trug einen schwarzen europäischen Gesellschaftsanzug, der aussah, als wäre er für ihn erfunden worden, und vermutlich kam er sich darin wie ein Verräter vor. »Bist du dir sicher, dass wir das tun sollen? Wir wissen nicht einmal, wo wir leben können. Dies hier und mein Haus auf dem Kadifekale – das ist lächerlich.«

»Aber du lachst nicht. Ich werde mir vielleicht nicht abgewöhnen können, zum Kadifekale Pagos zu sagen, aber ich denke, dass ich mit dir dort leben kann.«

»Und wenn du angespuckt wirst? Wenn meine Mutter, mit der du das Haus teilst, nicht aus einem Topf mit dir isst, weil sie glaubt, dass du schmutzig bist? Theri, die Leute sind sehr wütend. Du weißt, wie Rahmi *Bey* die Griechen in dieser Stadt behandelt hat, und dass die Griechen jetzt uns behandeln wie heute am Konak, kann niemand hinnehmen.«

»Ich bin darüber so entsetzt wie du. Ich kann keine Türkin sein, aber bin ich als deine Braut nicht trotzdem Teil deines Volkes? Wenn ich ein Kind von dir bekomme, was ich mir sehnlichst wünsche, werde ich die Mutter eines Türken sein. Wer dein Volk kränkt, kränkt mich. Wäre es nicht umgekehrt genauso?«

Er hatte auf dem Pagos eine Werkstatt eröffnet, wo er Motoren reparierte. Dass sie dort leben würde, im Gestank von Maschinenöl, war tatsächlich unvorstellbar, aber es würde sich ein Mittelweg finden. Er war ein fleißiger, verlässlicher Mann, die Delacloches würden ihr eine Mitgift ausstellen, und Nimrod war ihm etwas schuldig. Wenn sie nur Tuncay nicht hergeben musste, würde alles sich fügen.

»Da ist noch etwas«, sagte er. »Ich dürfte darüber nicht sprechen, aber du musst es wissen. Mustafa Kemal sagt, die Türkei wird bei den Verhandlungen in Paris nicht respektiert, und dass es so ist, hast du heute gesehen. Haben die britischen Kreuzer sich gerührt? Unser Volk zählt nicht für sie. Wenn aber ein Volk nicht respektiert wird, muss es weiterkämpfen, um sich Respekt zu verschaffen.«

»Was soll das heißen?«

»Nichts. Mehr kann ich nicht sagen. Nur dass es um mein Volk geht, Theri. Dass ich mich nicht heraushalten kann.«

Theri wollte nicht weiterfragen, sie wollte dieses eine Mal nicht Bescheid wissen. In der Zeitung hatte sie Mustafa Kemals Bild gesehen, und sein Blick erinnerte sie an den von Erzbischof Chrysostomos. Sie hatte all diese Leute, die Hass predigten und Smyrna keine Ruhe ließen, satt. Wenn die Stadt heilen sollte, dann brauchte sie solche wie sie beide: Paare, die bewiesen, dass man etwas derart Verflochtenes nicht teilen konnte, ohne es zu zerstückeln. »Heute geht es nicht um Mustafa Kemal«, sagte sie. »Es geht nicht um die Türkei und Griechenland, sondern um dich und mich.«

Tuncay zögerte noch einen Atemzug lang, dann nahm er ihre Hand und ging mit ihr durch das Tor.

46

Guter Gott, Tuncay, das bist ja du!« Adriana hatte etwas von einem frisch beflaggten Schlachtschiff, als sie mit einem *scherbett*-Glas in der Hand auf die Ankömmlinge zustrebte. Die Party schien nicht recht in Gang zu kommen, es spielte auch niemand Tennis, aber Adriana hatte in ihr Element zurückgefunden. Liebevoll klopfte sie Tuncay die Wange. »Ich glaube, meine Augen werden schlechter. Als ihr eben am Haus vorbeigekommen seid, habe ich glatt gedacht, unsere Theri habe einen Herrn mitgebracht.«

Theri umklammerte Tuncays Hand. *Sei tapfer. Du bist kein kleiner verletzter Junge, sondern ein Mann, der geliebt wird und das aushalten kann. Wenn mich auf dem Kadifekale jemand anspuckt, weiß ich, es hat mit uns nichts zu tun. Du musst das auch wissen, ich bitte dich.*

»Theri hat mich eingeladen«, sagte Tuncay. »Ich hoffe, es ist Ihnen recht.«

»Und ob es mir recht ist, es ist entzückend.« Sie schenkte ihm ein geradezu flirtendes Lächeln. »Stellt euch vor, Doktor Agasian ist auch gekommen, zum ersten Mal seit dieser schrecklichen Tragödie, der arme Mann. Wäre jetzt noch Rahmi *Bey* da und der reizende Sir Clifford, und hätten wir meinen lieben Petraki noch bei uns, dann wäre es wie in den alten Zeiten.«

Warum sind wir nicht alle so wie sie?, fragte sich Theri. Für Adriana waren die durcheinanderwimmelnden Völker in ihrem Garten einfach Leute, die auf irgendeine Weise mit ihrer Familie verbunden waren. Ob im Gouverneurspalast ein Grieche oder Türke saß, interessierte sie nicht, wohl aber, ob er lieber *Gin Sling* oder Brandy trank, und wenn sie taktlos war, so war sie es zu ihren eigenen Kindern nicht minder.

»Ich denke, wir sollten ein wenig Musik machen, was meint ihr? Es stehen alle ein bisschen steif herum, wir sind das Geselligsein nicht mehr gewohnt.«

»Wir helfen dir«, sagte Theri und lächelte Tuncay im Gehen an. Er hatte darauf beharrt, er dürfe singen und tanzen nur zur Lobpreisung Gottes und hätte es Didem nie erlauben dürfen. Als Theri dagegenhielt, die ganze Stadt sei voller Muslime, die Musik genossen, erwiderte er allen Ernstes: »Denen werden nach dem Tod die Ohren mit Blei ausgegossen.«

Ehe sie sich hindern konnte, hatte Theri losprusten müssen, und zum ersten Mal sah sie, wie er kämpfte, wie er verlor und wie sein Gesicht sich verzog. Sie hatten sich geeinigt: »Ich will so gern mit dir tanzen. Nur ein einziges Mal. Ich kann es auch zum Lob Gottes tun, wenn du willst.«

»Das kannst du nicht.«

»Woher willst du das wissen? Wollen wir das zwischen uns vereinbaren? Wenn der eine sich etwas wünscht und der andere nicht, probieren wir ein einziges Mal, ob es geht?«

Jetzt sah er einfach aus wie ein junger Mann, der schreckliche Angst hatte, nicht weil irgendwer ihm Blei in die Ohren schütten würde, sondern weil er nicht tanzen konnte. Es war schwer, ihn nicht zu küssen, so schwer, dass sich anderes darüber vergessen ließ. Sie trugen den kleinen Tisch mit dem Grammophon auf die Veranda, aber als sie zu dritt aus der Tür traten, hielt Nimrod sie auf. »Lasst das stehen«, sagte er.

Theri roch den Alkohol in seinem Atem, doch das war albern, denn sie hatte Whisky getrunken wie er, und auf Partys trank jeder. Tuncay stellte den Tisch mit dem Grammophon ab.

»Was ist denn los?«, fragte Adriana.

»Ich denke nicht, dass das angemessen ist«, sagte Nimrod und wies mit dem Kopf auf das Grammophon.

»Aber wir wollten doch feiern!« Adriana klang wie ein enttäuschtes Kind. »Mein kleiner Junge, mein Michalis, und seine Mabel warten schon auf ihren Brauttanz.«

»Er ist nicht dein kleiner Junge«, sagte Nimrod. »Dein Junge ist tot, und der andere war dir nie recht. Ich werde die Verlobung wie geplant verkünden, ich werde auch Kikis Verlobung verkünden, da sich die Bretons die Mühe gemacht haben, sich einzufinden, aber auf die Geschmacklosigkeit von Musikgeplätscher verzichte ich. Der Krieg ist kaum vorbei. Mein Vater hat all deinen Launen nachgegeben, aber mit mir sieht es anders aus.«

»Wenn dein armer Vater seine Hand noch bewegen könnte, sollte er dich übers Knie legen, weil du so mit deiner Mutter sprichst«, sagte Adriana. »Und was erzählst du von Kiki? Die arme Kleine ist gar nicht heruntergekommen.«

»Dann hol sie«, herrschte Nimrod sie an. »Und zwar schnell.«

»Nein«, sagte Tuncay. »Nicht einmal in Ihrem eigenen Haus. So darf kein Mann mit seiner Mutter sprechen.«

»Ach Tuncay.« Nimrod drehte sich um, als hätte er ihn gerade erst bemerkt. Er sah müde aus. Aufgedunsen und älter, als er war.

Gallipoli im Gesicht, dachte Theri.

»Nett, dass du gekommen bist«, sagte Nimrod. »Ich hatte schon lange vor, dich einzuladen, damit wir einmal über deine Zukunft reden können. Der Zeitpunkt ist allerdings schlecht, und in die Angelegenheiten meiner Familie misch dich bitte nicht ein.«

»Sie haben mich nicht eingeladen«, sagte Tuncay. »Theri hat es getan, und ich bin wirklich gekommen, um über meine Zukunft zu reden.«

Zu ihrem Schrecken sah Theri, dass das geschah, was immer geschah, wenn sich irgendwo die winzigste Hoffnung auf ein Skandälchen regte, darauf, dass die Tochter eines anderen sich mit dem falschen Mann unter eine Zypresse mit drei Kronen legte: Von allen Seiten näherten sich Leute, versuchten unauffällig, lange Ohren zu machen, und gaben den Anschein von Unauffälligkeit auf, sobald sie merkten, dass sie in bester Gesellschaft waren.

»Ich bin jetzt Mechaniker«, sagte Tuncay. »So wie bei der Armee, wo ich gelernt habe, mit Motoren umzugehen. Es ist nichts Großes. Aber jetzt, wo kein Krieg mehr ist, schaffen sich immer mehr Leute Automobile an, und Mechaniker werden gebraucht.«

»Hast du getrunken?«, fragte Nimrod. »Du redest doch sonst nicht so viel. Hör mal, alter Junge, das ist eine feine Sache, die du da machst, und ich sollte dir ein bisschen unter die Arme greifen. Lass uns das ein andermal besprechen. Solange in der Stadt der Teufel los ist, kommst du besser nicht in mein Büro, aber wenn der Zirkus sich erst einmal gelegt hat, holen wir das nach. Jetzt entschuldige mich. Lass dir einen Drink geben, wage nur nicht, dich bei den Dienstboten herumzudrücken. Du bist heute unser Gast.«

Tuncay wartete höflich ab, ob Nimrod noch etwas hinzufügen wollte. Die Neugierigen waren inzwischen bis auf die Veranda vorgerückt. Ihnen würde kein Wort entgehen.

»Ich bedanke mich«, sagte Tuncay. »Ich möchte keinen Drink. Ich möchte auch nicht, dass Sie mir unter die Arme greifen, ich komme nicht in Ihr Büro und kompromittiere Sie nicht vor

Ihren Kunden. Sie haben auf der Seite des Verlierers gekämpft, und dass Sie diesen Fleck reinwaschen wollen, verstehe ich.«

O mein Gott, dachte Theri. *Glaubt mir irgendwer, dass dieser Mann klug ist, dass er seinen bildschönen Kopf für gewöhnlich zum Denken benutzt?*

»Ich bitte Sie um die Hand Ihres Mündels Eleftheria«, sagte Tuncay.

Adriana kreischte auf und schlug beide Hände vor den Mund. »Ach, um Gottes willen, *koritsi,* was ist denn da passiert? Dieser Krieg kann doch nicht noch mehr Verwirrung anrichten, einmal muss das doch ein Ende haben.«

Gemurmel drang in Theris Ohren. Die Party war ein voller Erfolg – das hier war besser als Tanzen und Tennis, köstlicher als *Petit Fours* und *Gin Slings.* Wer interessierte sich für Kriege und tote Türken, wenn es einen handfesten Skandal zu genießen gab?

»Niemand richtet etwas an«, sagte sie. »Tuncay und ich wollen heiraten. Wir sind beide ledig und nicht mehr jung, an uns hängt kein Erbteil und kein Geschäftsinteresse, und wir haben uns die Sache vier Jahre lang überlegt. Was gibt es also zu debattieren?«

»Dass du verrückt bist«, sagte Nimrod. »Er ist unverschämt, und du bist verrückt. Ist hier jemand, der diesen Kerl aus meinem Haus wirft, oder muss ich es selbst tun, wobei ich für nichts garantiere?«

»Worüber regst du dich denn so auf, Nimrod?«

Theri fuhr herum und sah unter all den Menschen, deren Beistand sie sich gewünscht hätte, ausgerechnet Lance aus dem Kreis treten. Er lächelte. Nicht mit Gallipoli im Gesicht, sondern wie ein Honigkuchen, von dem jeder sein Stück abbekommen wollte.

»Es war doch zu erwarten, dass das Beispiel um sich greift«, sagte er. »Von unseren Schusterstöchtern will offenbar keine bei ihrem Leisten bleiben. Deine Schwester machte mit ihrem Juden den Anfang, deine Schwägerin zieht den Erben der Delacloches im Lotterbett mit ihrem Armenier auf, und es war nur eine Frage der Zeit, bis die gute Theri uns beweisen würde, dass sie dem noch die Krone aufsetzen könnte.«

Das Schweigen, das folgte, währte keinen Herzschlag, und der Wutschrei, der es zerschnitt, kam nicht von einem Mann. Klara, die nicht im Ring der Gaffer, sondern mit Sevan und den Kindern bei den Dattelpalmen gestanden hatte, jagte quer durch den Garten und stürzte sich auf Lance. »Es ist jetzt genug!«, schrie sie. »Du ziehst alles in den Dreck, weil du denkst, dass es davon so klein wird, dass du es verstehen kannst, aber dazu fehlt dir das Herz!«

Blindlings, mit beiden Fäusten hieb sie auf ihn ein. Der einzige Mensch, den Klara je so außer sich gesehen hatte, war Lance selbst. Überrumpelt ging er zu Boden, stieß mit dem Kopf an die Steinkante und schrie. *Lass ihn tot sein,* blitzte es Theri durch den Schädel. Wie konnte sie so etwas denken, war sie von all der Gewalt schon völlig verroht?

Doch Lance war nicht tot, sondern setzte sich zur Wehr. Sevan eilte herbei, warf sich auf die Knie und versuchte, sie zu trennen. »Klara, Klara. Das hilft nicht, der Mann weiß doch nicht, was er sagt.«

Lances Faust streifte seine Wange, und seine Brille fiel zu Boden. Tuncay, der starr gestanden hatte, lief über die Veranda und sprang ihm zu Hilfe. Mit vereinten Kräften rissen der Türke und der Armenier Klara zu sich und stießen Lance zurück. Sevan schloss Klara in die Arme, und Tuncay stellte Lance auf die Füße wie einen Gegenstand. Dann hob er die Brille auf und gab sie Sevan, spuckte Lance vor die Füße und wandte sich ab.

Idiot, dachte Theri, lief zu ihm und zog ihn in die festeste Umarmung seines Lebens. »Es geht nicht«, sagte Tuncay, aber Theri ließ ihn nicht los.

»Wenn Tuncay gehen muss, gehe ich mit ihm«, sagte sie. »Ich will die Familie nicht verlieren, und Tuncay hat keine Entscheidung von mir verlangt, aber wenn ihr sie verlangt, werde ich sie treffen.«

»Es geht nicht«, sagte Tuncay noch einmal, aber so zärtlich, als wollte er sie mit jedem Wort streicheln. Er sah auf sie hinunter und strich ihr das Haar aus dem Gesicht. »Die Entscheidung kannst du gar nicht treffen, meine Liebste, für wie frei und modern du dich auch hältst. Wenn du deine Familie verlierst, hast du nur noch mich, und wenn mir etwas zustößt, bist du allein.«

»Und ob ihm etwas zustoßen wird«, kam es von Lance. »Für den Anfang eine Tracht Prügel und eine Nacht im Gefängnis der Kommandantur, denke ich. Lange behalten werden sie ihn aber kaum – nicht, wenn ich ihnen stecke, in welcher Organisation er seine Finger hat. Mit Attentätern machen sie kurzen Prozess. Wisst ihr eigentlich, dass Waffenlager der Besatzungsmächte überfallen und ausgeraubt werden? Wisst ihr, dass der illustre Mustafa Kemal die demobilisierten Truppen aufgefordert hat, sich im Innern Anatoliens zu sammeln und Guerillaeinheiten zum Bruch des Waffenstillstands zu bilden?«

»Was hat Tuncay damit zu tun?«, rief Theri, die das nur allzu genau wusste. Er hatte ihr nichts vorgemacht. *Es geht um mein Volk,* hatte er gesagt. *Ich kann mich nicht heraushalten.*

»Das erkläre ich dir gern«, erwiderte Lance. »Zumal dein Herzensfreund offenbar versäumt hat, dies selbst zu tun. Per Dekret der Siegermächte sind alle Angehörigen der Osmanischen Armee verpflichtet, ihre Waffen zu übergeben. Hast du deinen Sohn Allahs schon einmal gefragt, ob er dieser Pflicht nachgekommen ist?«

»Natürlich ist er ihr nachgekommen!« Vor Angst bekam Theri kaum Luft. »Nach der Kapitulation haben die Briten die Gewehre der Fünften Armee doch eingesammelt.«

»Die Gewehre, ja.« In Lances Stimme kehrte der vertraute Ton zurück, die leicht gelangweilte Häme. »Aber warum erkundigst du dich nicht, was er mit der Pistole gemacht hat, die der gute Nimrod ihm geschenkt hat? Ich könnte den guten Nimrod übel mit hineinreiten, wenn ich zur Polizei ginge, wisst ihr das? Natürlich würde sich niemand erdreisten, den Kopf des Hauses Delacloche in eine Gefängniszelle zu werfen. Aber die griechische Regierung könnte beschließen, den schönen Packen Verträge zu kündigen, den du mit ihnen ausgehandelt hast, noch ehe sie überhaupt hier waren, meinst du nicht auch, Nimrod?«

»Von diesen Verträgen profitierst du nicht weniger als ich!«

»Sicher«, antwortete Lance. »Nur mache ich mir nichts daraus, während du danach lechzt, endlich mit irgendetwas Erfolg zu haben.«

»Warum tun Sie das, Monsieur Romain?« Das war Sevan, noch immer so zivilisiert, als könne man mit Lance wie mit einem normalen Menschen reden. »Warum quälen Sie Ihre Familie, was hat Ihnen hier irgendwer getan? Dass Mademoiselle Kantakouzenou und Tuncay *Efendi* einander lieben, ist kein Verbrechen, und dass ein Mann gegen die Demütigung seines Landes protestiert, auch nicht, solange er es nicht handgreiflich tut.«

»Ach nein.« Lance drehte sich zu ihm um. »Sag mal, bist du nicht Armenier, mein Herr Doktor?«

»Ich bin Sevan«, sagte Sevan.

Lance hörte nicht hin. »Und das nennst du nicht handgreiflich? Das, was die Horden von dem da mit deinem Nest in den Bergen angestellt haben, dein kleines Söhnchen, das sie geröstet haben, und deine Frau, die sie so lange hergenommen haben, bis sie den Verstand verloren hat, sodass du sie jetzt nicht mehr hernehmen kannst? Aber das ist ja kein Grund zur Aufregung. Wir geben dir schließlich mit Freuden unser Klärchen als Ersatz.«

»Tuncay *Efendi* hat meiner Familie nichts getan.« Sevans Stimme zitterte, sein ganzer Körper zitterte von der Anstrengung, sich nicht hinreißen zu lassen. »Wir waren Nachbarn, unsere Väter haben hier zusammengelebt, und wie weit soll der Hass jetzt noch gehen? Bis in Smyrna kein Mensch mehr übrig ist? Hören Sie auf, Flächenbrände zu legen. Und lassen Sie Klara aus dem Spiel.«

Von irgendwoher tauchte Lances Vater auf, Onkel Jacques, der seinem Sohn kaum bis zur Schulter ging. Dass er ihn am Arm packte, wirkte wie eine Szene aus einer *Kavuklu*-Posse. »Du kommst jetzt mit mir. Man muss sich ja schämen für dich.«

Lance lachte und streifte die Hand seines Vaters ab. Von seiner Mutter Iris war nichts zu sehen.

Tuncay strich über Theris Haar, dann ließ er sie los und richtete sich zu voller Größe auf. »Es tut mir leid«, sagte er. »Ich hätte wissen müssen, dass ich damit nichts als Schaden anrichte. Lasten Sie das, was geschehen ist, nicht Eleftheria an, und achten Sie Ihre Frauen. Genießen Sie Ihre Partys. *Au revoir.*«

»Tuncay«, krächzte Theri, doch sie hatte nichts zu sagen. Sie wollte, dass er *ihr* etwas sagte – Lance rede Unsinn, sie wären alle nette Leute, die sich in den neuen Verhältnissen schon zurechtfinden würden, und er sei Mechaniker, kein Guerillakämpfer, ein friedlicher Freund der Familie, der das Recht hatte, sich um eine alte Jungfer von Cousine zu bewerben.

Aber das sagte er nicht. Natürlich nicht.

Er ging, um am Haus vorbei in den Vorgarten zu gelangen und das Grundstück durch das Tor zu verlassen. Ehe er hinter dem Gebäude verschwand, blieb er stehen und drehte sich nach ihr um. Über sein Gesicht liefen Tränen zum Zeichen, dass sein Herz lebendig war. »Danke für alles«, sagte er.

47

In jedem Jahr lebte Klara auf den Sommer auf der Insel hin, doch im Frühjahr 1922 tat sie es mehr denn je. Sie würde drei Monate lang Stille haben, kein Geschrei von Zeitungsjungen, keine Nachrichten, die sie nicht hören wollte, keine Kommandos, keine Angst vor dem Grauen hinter der nächsten Straßenecke. Sie würde nur Wärme haben, Sand unter bloßen Füßen, im Laub versteckte Früchte, die unmerklich reiften. Blaue Himmel wie Balsam, unter denen ihre Nerven sich erholen würden. Vor allem aber: Sie würde drei Monate lang die Kinder zu Hause haben, sie nicht morgens in den Schulen abgeben müssen, sondern in jedem Augenblick des Tages wissen, wo sie sich befanden.

Sie in die Arme nehmen, spüren, dass sie gesund waren, und sich daran beruhigen. Noah war nicht sehr gesund. Er würde immer ein kränkliches Kind bleiben, für das ein Hauslehrer in Betracht hätte gezogen werden müssen. Nimrod aber wollte nichts davon hören: »Wie soll der Junge eines Tages diese Welt ertragen, wenn du fortfährst, einen Weichling aus ihm zu machen?«

Klara hätte kontern wollen, dass ihr Sohn seine Welt hoffentlich eines Tages ertragen würde, ohne bereits zum Frühstück Cognac zu trinken, aber sie schluckte die Worte wie so viele zuvor. Stolz war ein Luxus, den sie sich nicht leisten konnte. Seit Edmond gestorben war, herrschte Nimrod im Haus uneingeschränkt. Er machte keinen Hehl daraus, dass er Klara nach Gutdünken alles nehmen konnte, was ihr Leben ausmachte.

»Ob wir miteinander auskommen, liegt bei dir«, hatte er gesagt. »Solange du den Ruf der Familie respektierst und dir nichts mehr zuschulden kommen lässt, sehe ich kein Problem. Sollten mir jedoch Bedenken kommen, was deinen moralischen Einfluss auf meinen Neffen betrifft, werden wir unser Arrangement ändern müssen.« Was das beinhaltete, behielt er für sich, ließ nur gelegentlich eine warnende Andeutung fallen.

Er konnte ihr verbieten, auf die Insel zu fahren und die Sommer dort zu verbringen, ihre langen Sommer, in denen noch immer die alte Süße lag, in denen sie mit der Kamera umherstreifen konnte und sich manchmal noch jung und sorglos fühlte. Sie brauchte die Sommer, weil sie wieder von Hoffnung erfüllt war, wenn sie in die Stadt zurückkam: Es würde irgendwann eine Art von Frieden geben, es würde weitergehen, es würden sich Lösungen finden. Das Leben war schön. *Voller Charme,* sagte Sevan. Solange sie ihre Sommer im *Nar Evi* hatte, würde sie nie daran zweifeln.

Das *Nar Evi* aber gehörte Nimrod, und manchmal, wenn ihm danach war, Klara zu bestrafen, deutete er an, er könne es verkaufen. Damit hätten nicht nur sie und die Kinder ihre Zuflucht verloren, sondern Didem ihr Zuhause. Die Türkin war ein Wunder an Wunschlosigkeit. Auf der Insel, die nun wieder in griechischer Hand war, sprach kaum ein Mensch mit ihr, aber sie hatte ihren Gesang, wenn auch die Glasharmonika im Großen Haus blieb, sie hatte Kadife und Klaras Besuche, und vor allem hatte sie Hasret.

Klara holte die Kleine meist am Sonntagabend mit dem Dampfschiff ab, damit sie die Wochentage mit Noah im Großen Haus verbringen und wie er zur Schule gehen konnte, und brachte sie freitags zurück. Wenn sie keine Zeit hatte, fuhr an ihrer Stelle Aghavni, die mit ihren zwölf Jahren verlässlich wie eine Erwachsene war. Sooft es möglich war, blieben sie alle dort, Aghavni, Hasret, Noah und Klara, und das Wochenende war ein Stück Paradies voller Frauen, Kinder und Kairos, dem Bärenhund. Didem stellte auf die Terrasse zwei große Windlichter aus blauer Keramik, in denen sie Citronellaöl verbrannten, und in deren Licht saßen sie halbe Nächte, redeten, lachten und spielten Karten.

Es gab noch eine höhere Sphäre des Paradieses, für die alle Worte sich abgenutzt hatten. Wenn er sich freimachen konnte für ein paar gestohlene Stunden, kam Sevan.

Er machte sich kaputt, rieb sich in endlosen Nachtschichten auf und versorgte nebenbei Rhipsime, die ihn nicht erkannte, aber dennoch beschimpfte, und seinen Onkel, der im Sterben lag, aber nicht starb. Klara hatte es aufgegeben, auf ihn einzuwirken. Er konnte nicht aufhören, sich zu bestrafen, und solange er ab und zu in ihren Armen Atem holte, solange sie ihm Kraft geben durfte, wie er ihr Kraft gab, würde sie ihn gewähren lassen.

Eines Tages, dachte Klara. Eines Tages würde alles anders werden. Es würde Frieden in ihrer Stadt sein, und Sevan würde lernen, sich zu vergeben, sie würden einen Weg finden, miteinander zu leben. Bis dahin hatten sie das *Nar Evi.* Solange sie Nimrod bei Laune hielt und er es ihr nicht nahm. Das aber war weder das Einzige noch das Schlimmste, das er ihr hätte antun können.

Er hätte ihr verbieten können, Hasret in seinem Haus zusammen mit Noah zu betreuen. Er hätte ihr verbieten können, Aghavni zu sich zu holen, um dem Mädchen ein halbwegs normales Leben zu ermöglichen und Sevan zu entlasten. Die Kinder waren ihr Glück, doch wenn er wollte, konnte er ihr sogar ihr eigenes Kind nehmen. Das Recht der Sorge lag beim Bruder des Vaters, und dass Mutter und Sohn von Geburt an unzertrennlich waren, zählte nicht. Einmal, als Nimrod eine ganze Flasche Cognac getrunken hatte, hatte er wie ein Irrer zu lachen begonnen und zu Klara gesagt: »Ich könnte dich zwingen, mich zu heiraten, weißt du das? Pass auf, dass ich es nicht eines Tages tue, nicht weil ich dich will, sondern weil du mich *nicht* willst.«

Es gab auch andere Tage, an denen er weniger trank und einsah, dass Klara daran, dass sein Leben zerbrochen war, keine Schuld trug. Sie hatten vor bald zehn Jahren miteinander eine Dummheit begangen, in deren Folge Theri ihn verlassen hatte, aber dass er nicht auf die Füße fand, hatte andere Gründe. Welche das waren, wusste Klara nicht. Ein übersteigerter Ehrgeiz, für den er nie ein geeignetes Ziel gefunden hatte, ein seltsamer Neid auf einen Bruder, der sich selbst genügt hatte.

Was es genau war, spielte keine Rolle. Es gab so viele, die im Schatten dieses Krieges an sich selbst zerbrachen, an Bildern, die sie nicht vergessen, Tragödien, die sie nicht begreifen, Verbrechen, die sie nicht vergeben konnten. *Hätte ich Sevan nicht gehabt, wäre ich auch zerbrochen,* dachte Klara. Es gab nur Menschlichkeit, um sich vor Unmenschlichkeit zu schützen, nur Wärme, um im Innern lebendig zu bleiben, nur Liebe, um sich im Grauen des Hasses nicht zu verlieren.

Wie mächtig der Hass war, wusste Klara besser, als sie es je hatte wissen wollen. Der Frieden hatte nicht länger als eine Handvoll Monate gedauert. Mustafa Kemal hatte die Bedingungen, die die Siegermächte dem Reich aufgezwungen hatten, nicht anerkannt, sondern sofort begonnen, Widerstand zu organisieren, Offiziere zu sammeln und verstreute Einheiten zu bewaffnen. Zwischen der neu erwachten nationalen Bewegung, die über spärliche Mittel verfügte, und den kriegsmüden, ausgebluteten Staaten der *Entente* musste es über kurz oder lang ein Einlenken geben, doch im Fall der Griechen schien jegliches Einlenken undenkbar. Sie hielten die Perle Smyrna besetzt und schickten sich an, von hier aus ihre *Megalo Idea* zu verwirklichen: die Eroberung Anatoliens, wo seit zweitausend Jahren Griechen wohnten.

Mustafa Kemal und seine Armee rannten mit allem Zorn dagegen an. Dörfer brannten. Tote verrotteten auf unbestellten Feldern. Kreuz und quer durch die Weite des Landes schleppten sich Flüchtlingsströme.

Wer hatte recht? Wem gehörte das Land? Klara kam es vor, wie wenn Noah und Hasret sich um einen Granatapfel stritten und jeder sie auf seine Seite ziehen wollte, indem er behauptete, er hätte ihn zuerst gehabt. Klara blieb nicht anderes übrig, als ihnen zu sagen: »Ich habe es nicht gesehen«, und dann auf die Terrasse zu laufen, um einen zweiten zu pflücken.

Granatäpfel gab es in Hülle und Fülle, aber den schönen Zankapfel Smyrna gab es nur einmal.

Und selbst der zweite Apfel war den Kindern nicht immer willkommen. Einmal beharrte Hasret darauf, der erste Apfel sei süßer, wenngleich von außen nichts darauf hinwies, ein andermal weinte Noah, weil er dem ersten Apfel einen Namen gegeben und ihn in sein Herz geschlossen hatte. Sie stritten nicht allzu häufig, aber wenn sie sich derart hineingesteigert hatten, wusste Klara sich keinen Rat. Eines Tages war Aghavni dabei, riss den umstrittenen Granatapfel unter allen vier Kinderhänden weg und warf ihn mit erstaunlicher Kraft an die Wand des Hauses. Dort zerplatzte er, Saft und Kerne rannen zu Boden, und auf dem hellen Putz blieb für immer ein Fleck.

Beide Kinder brachen in Tränen aus, und die Lektion, die Klara zu hart fand, hielt eine Weile vor: Wenn zwei nicht aufhören konnten zu streiten, bekam das begehrte Gut eben keiner. Ein paar Monate später hatten Hasret und Noah das tragische

Ende des Granatapfels allerdings vergessen und fanden etwas Neues, um sich darum zu zanken.

Bei nächster Gelegenheit fragte Klara Sevan: »Glaubst du, diese Sucht, zu streiten, steckt im Menschen? Kann der ständige Krieg nicht aufhören, weil wir etwas in uns haben, das uns dazu zwingt?«

»Nein«, sagte Sevan, der sonst über Antworten lange nachdachte, sofort. »Ich glaube daran, dass Menschen sich nach Frieden sehnen, dass sie lieber um die Wette laufen, als sich mit Giftgas zu bewerfen, und dass die Welt des zwanzigsten Jahrhunderts besser wird, wenn auch der Schrecken groß war und es nur in kleinen Schritten geht. So ein Schrecken ist ja auch heilsam.«

»Wie kannst du das denn?«, fragte Klara, die an den Schrecken des zerplatzten Granatapfels dachte. »Nach allem, was war, noch immer reden wie im Dienstmädchenroman?«

»Sehr einfach«, sagte Sevan. »Ich wohne in Smyrna. Sieh dich bei uns doch um – lauter nette Leute, die ihre Sesamkringel verkaufen wollen, und nur einer oder zwei dazwischen, denen das nicht passt.«

»Du machst es dir immer noch einfach.«

»Wie soll ich denn nicht? Diese ein oder zwei, denen wir nicht passen, machen es uns doch schwer genug.«

Diese ein oder zwei waren wie ein oder zwei, die die spanische Grippe hatten: Sie steckten rundum alle an. Es gab auch im Frühling 1922 noch Leute, die nur Sesamkringel verkaufen wollten, aber sie wagten sich nicht mehr weit hinaus, sondern überließen den anderen das Feld. Klara zählte die Tage bis zum Aufbruch auf die Insel. Bis dahin aber musste sie zweimal täglich mit den Kindern durch ganz Smyrna, um sie in drei verschiedenen Schulen abzuliefern.

Mit Noah wäre es am einfachsten gewesen, denn er besuchte das *American College* in Bournabad, das nur ein paar Straßenzüge vom Großen Haus entfernt lag. Die Schule wurde vom Konsulat betrieben, in das Rahmis Freund Horton zurückgekehrt war, und war ausgezeichnet. Noah lernte gern. Aber er blieb nicht gern ohne seine Mutter dort. Vor allem aber begann der Unterricht in der amerikanischen Schule eine Stunde später als in der Saint-Rhipsime-Schule für armenische Mädchen im Viertel Hajnoz, die Aghavni besuchte, und zwei Stunden später als an der von deutschen Ordensschwestern betriebenen Schule auf dem Pagos, die als einzige bereit gewesen war, Hasret aufzunehmen.

Es war diese Schule, bei der das Problem lag: Um sie zu erreichen, mussten sie durch den Basar, das Herz des türkischen Viertels, eine christlich-europäische Frau mit Kindern, von denen keines eindeutig türkisch war. Noah daheim zu lassen, kam nicht infrage: Der sonst so friedliche Junge bestand darauf, Hasret zur Schule zu begleiten, und da die anderen gingen, kam Aghavni auch mit. *Wir sind schlimmer als* tulumba talisi, dachte Klara. Sobald man uns aufeinanderlegt, kleben wir aneinander.

Ehe sie alle Kinder wieder abholte, besuchte sie auf einen Sprung Sevan im Hospital. Es machte ihn traurig, wenn sie ihm erzählte, wie ihre Angst vor diesem morgendlichen Weg wuchs, wann immer ein Sieg der griechischen Armee oder eine Repressalie der Besatzungstruppen gegen türkische Bürger bekannt wurde.

»Ich bin immer furchtbar gern dort hinaufgegangen«, sagte er. »Du bekommst nirgendwo süßere Datteln und weicheren *lokum,* es riecht nirgendwo stärker nach Kaffee und Kümmel, du siehst nirgendwo so viele Gesichter, die du beim nächsten Mal wiedererkennst, und wenn du etwas verloren hast, musst du dich im Kadifekale-Basar mit jemandem zum Tee setzen und ihm davon erzählen. Ich habe einmal meinen Hut verloren, ich habe es einem Mann erzählt, der mit seinen Füßen Holzlöffel schnitzt, und als ich in der nächsten Woche wiederkam, hatte er zehn gefundene Hüte für mich, alle verschieden, nur leider war meiner nicht darunter.«

»Manchmal gehst du mir auf die Nerven«, sagte Klara. »Zu den Zeiten deiner Hutsammlung befand sich in Smyrna noch nicht das Hauptquartier der griechischen Kleinasien-Armee, habe ich recht? Ich habe Angst um die Kinder, Sevan. Ich rieche dort oben keinen Kümmel und finde keine Hüte, ich spüre nur, wie die Luft vor Spannung flimmert. Am liebsten würde ich Hasret zu Hause lassen, aber sie liebt die Schule, und wenn Hasret nicht geht, will Noah auch nicht gehen. Und wenn Nimrod mitbekommt, dass Noah die Schule schwänzt, kann ich den Sommer auf der Insel vergessen.«

»Klara?«

»Was denn?«

»Ach«, sagte er. »Nichts. Du bist mein liebstes Weltwunder, und ich muss zurück zu meinem Patienten. Pass auf dich auf.«

»Du auch, mein Herr Ich-muss.«

»Ich bin doch der Herr Kann-nicht.«

»Nein, bist du nicht. Bis heute Abend, wenn ich Aghavni bringe.«

Sie ging allein über den Basmahane Boulevard, und etwas fiel ihr auf: Es war still. Smyrna war schon das ganze Jahr, seit die Kämpfe heftiger wurden und näher kamen, immer stiller geworden, aber die Stille an diesem Tag war anders. Es war, als stünde man vor dem *Nar Evi* und das Meer würde kein Geräusch machen. Man hätte Zikaden singen, Kinder toben und Kairos bellen hören können und dennoch den Ort als still und die Stille als falsch empfunden.

Sie holte Aghavni ab, die glücklich war, weil ihre Lehrerin zu ihr gesagt hatte, aus ihr könne in einer neuen Welt eine Physikerin werden. »Fräulein Sakayan darf uns das eigentlich nicht erzählen, weil sie von Türken nichts Gutes sagen darf, aber sie hat es trotzdem getan. Sie hat gesagt, Halide Edib hält Reden, damit in der neuen Welt Frauen alles werden können, was sie wollen.«

Halide Edib hielt vor allem Hetzreden, die mit Feuer und Schwert die Austreibung der christlichen Besatzer aus Smyrna forderten, und meinte mit den Frauen, die alles werden konnten, bestimmt keine neunmalklugen jungen Armenierinnen. Klara aber wollte Aghavni nicht die Freude verderben.

»Ich denke, ich möchte gern in der neuen Welt eine Physikerin sein«, sagte Aghavni stolz.

»Warum das denn?« Klara liebte das Mädchen so sehr, dass es wehtat, und hätte ihr alles zugetraut, aber sie hatte eine Dichterin in ihr vermutet oder eine Ärztin in den Fußstapfen ihres Vaters.

»Weil ich mit Gesetzen arbeiten will, die ich erforschen und begreifen kann«, sagte Aghavni. »Nicht mit Menschen.«

Sie gingen ein kurzes Stück durch den Kemeralti, und die seltsame Stille wurde dichter. Es waren auch nur wenige Läden geöffnet, niemand verkaufte Sesamkringel, und der Hof um den Karawanenbrunnen, der an die Moschee grenzte, war verrammelt und von Polizisten bewacht. Dennoch dachte Klara kurz daran, wie besonders Smyrna war und wie schwer es ihr fallen würde, es jemandem, der es nicht kannte, zu beschreiben: Man brach im Hajnoz auf, wo sich ein ordentlich verputztes Armenierhaus an das andere reihte, ging an der portugiesischen Synagoge vorbei, wo Männer mit Schläfenlocken sich vor Schriftenhandlungen trafen, und fand sich einen Straßenzug weiter im Schatten der Moschee wieder, wo Türken beim *tavla*-Spiel ihre Wasserpfeife rauchten.

Sie bog mit Aghavni um die Ecke, ging am Uhrenturm, dem Geschenk des abgesetzten deutschen Kaisers, vorbei und fand sich vor Gustave Eiffels Pier in der Welt der Levantiner wieder, die im *Carousel* ihre Cocktails schlürften oder sich bei Inzaghi, dem italienischen Friseur, ihre Haarpracht stutzen ließen. Vor den Militärbaracken lösten Griechenjungen in Röcken einander von der Wache ab. *Madame Caribert hätte ihre Geografieklasse herschicken sollen,* dachte Klara. *Sie hätte die ganze Welt im Kleinen gehabt.*

Aghavni klopfte auf die Kamera, die auf Klaras Hüfte baumelte. »Du schleppst immer den schweren Apparat mit. Aber in letzter Zeit hast du gar keine Bilder gemacht.«

»Du hast recht«, sagte Klara. »Gerade eben habe ich etliche gesehen, die ich hätte machen sollen. Ich werde mir wieder mehr Zeit dazu nehmen, und weißt du was? Ich bin noch nie auf die Idee gekommen, welche nach Berlin, zu meinen Eltern zu schicken.«

»Ich dachte, du kennst deine Eltern gar nicht richtig. Wie ich meine Mutter.«

»So ist es auch«, sagte Klara. »Wäre es aber nicht schön, wenn sie die Fotos herumzeigen würden und dann Leute in Berlin wüssten, wie Smyrna aussieht?«

Vor dem *Grandhotel Kraemer* warteten sie auf die Straßenbahn nach Bournabad. Von dort würden sie zu Fuß zu Noahs Schule laufen und dann mit ihm auf dem Bahnhof Bournabad in einen blitzenden Zug steigen, der sie an den Fuß des Pagos brachte. Die Hin- und Herfahrerei schien vergeudete Zeit, aber so war es nun einmal, wenn man wie *tulumba tatlisi* aneinanderklebte, und wäre die Angst nicht gewesen, hätte Klara diese Zeitverschwendung geliebt. Sie war nie mit ihrer Mutter durch eine Stadt geschlendert, um sich mit ihr darüber zu unterhalten, was ihre Lehrerin gesagt hatte und was sie in der neuen Welt vielleicht werden könnte.

Um die Straßenbahnhaltestelle standen nur zwei Zeitungsjungen, wo sich sonst zehn oder mehr um Kunden balgten, und die zwei riefen keine Schlagzeilen aus. Daraus war zu schließen, dass es keinen griechischen Sieg gegeben hatte und die Stimmung auf dem Pagos weniger angespannt sein würde. In Smyrna gab es noch immer Zeitungen verschiedener Couleur, und Klara spähte in eine jüdisch-französische, die der Mann neben ihr las, während die Bahn am Meer entlangzuckelte. Offenbar hatte Mustafa Kemals türkische Befreiungsarmee Höhen im Inland eingenommen und rückte in Richtung Ägäis vor. Von den berüchtigten irregulären Truppen war die Rede, die in den Bergen Hinterhalte schufen und skrupellos töteten, was sie erwischten: Mann, Frau, Kind, Greis oder Vieh.

Klara wandte sich ab. Wenn sie erst auf der Insel war, würde sie wochenlang keine Zeitungen anrühren.

Sie holten Noah ab, der von Aghavnis künftiger Laufbahn als Physikerin hören wollte, und zu dritt machten sie sich auf den Weg zu Hasrets Schule auf dem Pagos. Noah erzählte selten etwas von sich, sondern war ganz zufrieden, den Geschichten der beiden Mädchen zu lauschen. Klara sah ihn förmlich vor sich, wie er sich als Jüngling von zwanzig einer Angebeteten vorstellte: *Und hier haben Sie den Noah, der keine besonderen Interessen hat.*

Ich wünsche dir mehr Glück, als dein Vater hatte, mein liebster Peter Nummer zwei, dachte sie und küsste ihn im Laufen auf den Schopf. *Ein Mädchen, das besser zu schätzen weiß als ich, was für ein Geschenk du bist.*

Auf dem Pagos war es nicht still. Männer standen in dicht gedrängten Gruppen und redeten gestikulierend aufeinander ein. Klara hatte in ihren zehn Jahren in Smyrna brauchbares Türkisch gelernt, aber aus solchen sich überschlagenden Gesprächen schnappte sie noch immer nur Fetzen auf. Auch hier verkaufte heute niemand *simet,* Sesamkringel, von denen die Griechen neuerdings verlangten, dass sie als *koulouri* ausgewiesen wurden.

»Warum schaust du den Karren so an?«, fragte Aghavni.

»Weil's da sonst Sesamkringel gibt«, sagte Klara. »Und weil ich ganz gern einen gegessen hätte, aber wenn diese Streithammel es wichtiger finden, wie die Dinger heißen, statt mir einen zu verkaufen, behalte ich eben mein Geld.«

Noah war bald sieben, sah aber aus wie fünf und war ungewöhnlich schüchtern. Dennoch lief er an der Biegung, die der Basar nahm, immer voraus, weil er sich auf den Mann freute, der vor seiner Haustür Fischabfälle verstreute und damit die Katzen des Viertels anzog. Noah liebte Katzen. Das kleine Stück, das er vorauslief, schürte Klaras Angst, aber sie dachte auch an Nimrods Reden und wollte ihrem Sohn nicht den Mut nehmen.

»Klara«, sagte Aghavni. »Weil wir über die Sesamkringel gesprochen haben – ich habe an Tante Theri denken müssen.«

»Warum bringen dich denn Sesamkringel auf Theri?«

»Weil sie auf Türkisch *simit* und auf Griechisch *koulouri* heißen«, sagte Aghavni. »Ich mag Tante Theri gern, und sie tut mir leid.«

»Mir auch«, sagte Klara. Warum jemand sich in den verbissenen, uncharmanten Tuncay verliebte, war ihr ein Rätsel, aber wie diese Liebe gepackt und wie ein Glas an die Wand geschleudert worden war, wo sie in tausend Splitter zerschellte, hatte sich ihr ins Gedächtnis gegraben, als wäre es ihre eigene Liebe gewesen. Sie hätte Theri das gern gesagt: *Ich fühle mich dir nah,* aber den Mut hatte sie niemals aufgebracht, und an Theri war seither nicht mehr heranzukommen. Die griechische Verwaltung hatte eine Schule eröffnet, an der die Töchter von Diplomaten und Offizieren Unterricht erhalten sollten, und Theri lehrte dort Literatur. Zugleich half sie in einem Lager für griechische Flüchtlinge, die aus Dörfern, die die türkische Armee einnahm, in die Stadt strömten.

Sie wohnte im Großen Haus, aber sie war wie ein Geist, der vorüberhuschte, ehe man ihn ansprechen konnte. Dass Tuncay sich Mustafa Kemals Guerilla angeschlossen hatte, dass er einer von denen war, die in Felsspalten lauerten und griechische Truppentransporter in die Luft sprengten, war ein offenes Geheimnis. Wie viel Pech konnte eine Frau haben, noch dazu eine so schöne wie Theri, von der alle Welt neidvoll annahm, sie müsse wie ein Schmetterling durch ihr Leben flattern? Stattdessen hatte der erste Mann, den sie geliebt hatte, sie mit ihrer albernen, nicht halb so wertvollen Schwägerin betrogen, und der zweite erwies sich als Fanatiker, der ihr Volk mit allen Mitteln bekämpfte.

»Aghavni«, sagte Klara, »wollen wir beide zusammen Theri überreden, mit uns auf die Insel zu fahren? Sie ist früher so gern dort gewesen. Vielleicht tut es ihr gut.«

Aghavni nickte. »Früher waren wir so viele dort und haben immerzu Feste gefeiert.«

»Wir nehmen in diesem Jahr Theri mit und feiern wieder Feste«, versprach ihr Klara. Sie musste an Kiki denken. Wie schön wäre es gewesen, sie auch mitzunehmen. Sie hatte im letzten Jahr eine Tochter bekommen, und Didem wünschte sich so sehr, sie wiederzusehen. Aber Kiki sprach mit keiner der Delacloche-Frauen. Sie fühlte sich von ihnen verraten, und Klara hätte an ihrer Stelle genauso empfunden. Keine von ihnen hatte die Stimme erhoben, als Kiki mit einem Mann verheiratet worden war, den sie nicht wollte – sie waren alle zu sehr mit sich selbst beschäftigt gewesen.

Warum haben wir sie denn Aron de Lemos nicht nehmen lassen, den sie jahrelang lieb hatte und mit dem sie fröhlich war?

Ein Geräusch löschte alle Gedanken aus. Noahs Schrei. Klara schrie ebenfalls auf und rannte los, sah und spürte nicht, ob sie etwas umstieß und wen sie aus dem Weg drängte. Als sie in die Gasse, in die ihr Sohn gelaufen war, einbog, sah sie etwas ausgestreckt auf dem Boden liegen und schrie wieder. Jemand fing sie ein, ein Mann mit einem riesigen Schnurrbart. »Alles gut, *Hanim,* alles gut, Sie müssen das nicht ansehen, ist scheußlich, ganz scheußlich, und dem Armen hilft ja keiner mehr. Hier, wo er niedergemäht worden ist, soll er begraben liegen, in seinen blutbefleckten Kleidern, und Allah wird ihm den Staub vom Antlitz wischen.«

Unverwandt starrte Klara auf die Stelle, wo der Tote lag. Katzen umsprangen den Körper und den Kopf, der abgetrennt danebenlag, die Augen ausgestochen. Es war Ahmed Kedi Adam, der harmlose, verwirrte Alte, der seine Fischabfälle den Katzen hingestreut hatte.

»*Maman, Maman.*«

Klara löste sich aus den Armen des Mannes, der sie gestützt hatte, und zog ihren weinenden Sohn an sich. »Alles gut«, murmelte sie wie der Mann zuvor, »alles gut.«

»Unsere Schuld«, sagte der alte Mann mit dem Schnurrbart. »Weil wir ihn hier den kleinen Muezzin nennen, deshalb haben die Schlächter ihn umgebracht. Er konnte kein Wort Arabisch, er konnte nicht mal seinen Namen schreiben. Aber Allah wird für ihn da sein, *la ilaha illa llah.*«

Aghavni schloss zu ihr auf. Als niemand hinsah, holte Klara die Kamera hervor und machte hastig eine Fotografie von dem Toten auf der Straße. Es schien abartig, aber sie musste es tun. Dann legte sie den freien Arm um Aghavni und ging, beide Kinder fest an sich gedrückt, weiter bis zu Hasrets Schule. Sie holte das Mädchen ab, konnte nicht verhindern, dass Noah ihr schluchzend erzählte, was geschehen war, und schaffte es, alle drei wieder hinunter an den Fuß des Pagos zu bringen. In ihren Ohren hallte die unheimliche Stille, von der sie jetzt wusste, woher sie stammte. Sie hielt einen Mietwagen an und schärfte dem Fahrer ein, ihre Kinder sicher nach Hause zu bringen und nicht loszufahren, ehe sie im Haus in Empfang genommen worden waren.

»Aghavni«, sagte sie, »schlaf heute Nacht bei uns, ich sage deinem Vater Bescheid. Bleibt alle drei zusammen, lasst euch von der Köchin ein Abendessen aufs Zimmer bringen und esst auf dem Boden wie beim Picknick, wenn ihr mögt. Sagt ihr, sie soll euch geben, was ihr euch wünscht, ihr dürft es mit Kairos teilen, und es braucht auch nicht gesund zu sein.«

»Was machst du, *Maman*?« Noah weinte.

Klara küsste ihn. »Ich wünsche Onkel Sevan eine gute Nacht, dann komme ich zu euch.«

»Und erzählst du ihm vom Katzenmann?«

»Ja, mein Herz, ich erzähle es ihm. Dein Katzenmann wird nicht vergessen.«

Klara sah dem Wagen mit den Kindern hinterher, bis er verschwunden war, dann lief sie den Weg durch den Kemeralti zurück, durch den sie gekommen war. Das Tor zum Hof bei der Moschee stand jetzt einen Spalt weit offen, und in die beginnende Dunkelheit drangen Weinen und Wehklagen. In dem Hof spendeten Obstbäume Schatten, und ein mit blauen Mosaiken verzierter Brunnen lud Karawanen auf Rast zur Erfrischung ein. Es war ein sehr schöner Ort, und viele Gläubige, die aus der Hisar-Moschee kamen oder im Begriff waren, hineinzugehen, trafen sich dort auf einen Schwatz. Alles in Klara sträubte sich, das Tor zu öffnen, aber sie musste es tun und schob sich schließlich in den Hof.

Sie fand, was sie erwartet hatte. Der kindliche Muezzin, der den ganzen Tag nicht zum Gebet gerufen hatte, lag tot beim Brunnen, und Scharen von Männern umringten ihn. Klara hatte ihn nie zuvor zu Gesicht bekommen. Er war gar kein Kind, er hätte ja auch kaum zehn Jahre lang ein Kind bleiben können, er war ein Zwerg. In einem Männerkörper, nicht größer als der von Noah, hatte diese wunderschöne Stimme gesteckt. Der Hals war durchtrennt, die Augen ausgestochen. Wie zuvor machte Klara ein hastiges, unscharfes Bild, ohne dass jemand es bemerkte. Dann ließ sie die Männer mit ihm allein, auch wenn sie gern zu ihnen gegangen wäre, weil sie sich wie sie beraubt fühlte.

Sie ging weiter zum Hospital und bat Soghomon Beyleryan, Sevan zu holen. Es dauerte lange, weil er in einer Operation war, und als er endlich in die schöne Nacht hinaustrat, steckte er in einem blutbefleckten Kittel. Er nahm Klara in die Arme. Was geschehen war, wusste er bereits.

»Warum, Sevan? Warum der verdrehte Alte mit den Katzen?«

»Es sollte verletzen, wo es am meisten wehtut. Auslöschen, was heilig ist. Sie werden nach dem Muezzin gefragt haben, sie verstehen kaum Türkisch, und wahrscheinlich haben seine Nachbarn gelacht und ihnen Ahmed Kedi Adam gezeigt.«

»Das ist so traurig, Sevan.«

»Ja, mein Leben.«

»Sie wollten die Türken in unserer Stadt dafür bestrafen, dass Mustafa Kemals Armee vorgerückt ist und anderswo ein Gemetzel angerichtet hat? Und morgen bringt ein Türke einen Griechen um, um ihn für den Mord an Kedi Adam und dem kindlichen Muezzin zu bestrafen, und immer so weiter und weiter? Sag jetzt nicht, es wird besser, bitte nicht, denn ich glaube, dann schlage ich dich.«

»Nein«, sagte Sevan, »du schlägst mich nicht. Es wird besser. Irgendwann.«

Sie lehnte sich an ihn, ließ sich von seiner Wärme einhüllen. Er blies ihr seinen Atem ins Haar. »Ich muss dir das auch noch sagen, ich hatte vorhin nicht den Mut. Ich glaube nicht, dass Nimrod euch gestatten wird, in diesem Jahr den Sommer auf der Insel zu verbringen. Einzelne Tage gewiss. Aber nicht drei Monate.«

»Warum nicht?«, fuhr sie auf. Sie würde nicht durchhalten, wenn sie nicht auf die Insel kam, sie ertrug all die Gewalt nicht mehr.

»Es gehen jetzt ständig neue Gerüchte«, sagte Sevan. »Die türkische Armee scheint eine weitere Großoffensive zu planen. Es ist möglich, dass sie bald hier ist.«

»Und dann?«

Er zuckte die Schultern. »Das weiß niemand. Ich habe das

Hospital voller Menschen, die aus brennenden Dörfern geflohen sind. Die wenigsten wissen, wer ihnen die Häuser angezündet hat, Griechen oder Türken. Es wird sich alles beruhigen, es liegen ja die Schiffe der *Entente* zu unserem Schutz in der Bucht, nur mag es eben eine Zeit lang dauern. Ich denke, Nimrod wird die Familie hier haben wollen, bereit zur Abreise, falls es nötig ist.«

»Zur Abreise? Aber wohin denn?«

»Ich hätte gern auf alles Antworten für dich«, sagte Sevan, »aber darauf habe ich keine. Ich glaube, die, die eine haben, packen ihre Sachen, ich aber weiß nicht, wo ich leben sollte, wenn nicht hier.«

»Ich auch nicht!«, rief Klara trotzig. »Ich will hierbleiben. Bei dir. Ich will, dass die Kinder hier groß werden und in sechs verschiedenen Sprachen wissen, was Sesamkringel heißt.«

»Mein süßes *bokegh*«, sagte Sevan. »Ich liebe dich.«

»Was heißt das?«

»Sesamkringel.«

Sie hielten sich noch eine Weile, dann brachte er sie zum Tor. »Es kommt alles ins Lot. Grüß die Kinder. Der Sommer wird schön, trotz allem, ihr fahrt auf die Insel, sooft es geht.«

»Und du kommst auch?«

»Natürlich. Es werden noch mehr Kranke hergeschafft, und meinem Onkel geht es schlecht, er hat Angst vorm Sterben. Aber ich komme trotzdem. Ich komme, wann immer ich kann.«

»Gute Nacht, Sevan. Wir überstehen das, nicht wahr?«

»Aber ja. Wir sind Smyrna, wir überstehen alles.«

»Danke, dass es dich gibt«, sagte Klara. »Eines Tages möchte ich mit dir ein uraltes Paar sein, das sich in den Armen wiegt. Und manchmal kommen wir mir jetzt schon so vor.«

48

Der Tag begann heiß und vollkommen windstill, schwül, als sei es Mitte August und nicht schon Mitte September. Theris Kopf schmerzte. Sie hatte auch in dieser Nacht kaum ein Auge zugetan. Wenn es nicht der Lärm war, der sie wach hielt, dann waren es die Bilder, die sich aus dem Hirn nicht tilgen ließen.

Vier Tage zuvor war die siegreiche türkische Armee in Smyrna einmarschiert wie seinerzeit die Griechen. So wie damals Menschenscharen »Es lebe Venizelos!« gebrüllt hatten, so brüllten sie jetzt: »Es lebe Mustafa Kemal!« Dazwischen aber lagen drei Jahre eines Krieges, der dem Zerfleischen ineinander verbissener tollwütiger Hunde glich, keinem Konflikt unter Menschen. Die Stadt quoll über vor Flüchtlingen. In jeder Kirche drängten sie sich und hängten unbeholfen angefertigte französische, britische oder amerikanische Fahnen vor die Türen, in der Hoffnung, vor der Rache der Türken verschont zu bleiben. Die Franzosen bekamen den Löwenanteil ab, weil ihre Fahne am leichtesten herzustellen war. Jeder wollte in diesen Tagen alles, nur kein Grieche sein.

Dabei hatten die türkischen Befehlshaber während ihres Zuges über die Promenade bekannt gegeben, es habe kein Einwohner der Stadt Izmir etwas zu befürchten. Auch die Zeitungen verkündeten: Verhaftet und zur Rechenschaft gezogen würden nur Angehörige der griechischen Armee und ihre Kollaborateure, die an Verbrechen gegen die türkische Bevölkerung beteiligt waren. Waffen und anderes kriegswichtiges Gerät, darunter Motorfahrzeuge, waren abzuliefern. Wer sich daran hielt und gültige Papiere vorzuweisen hatte, konnte in Frieden seinen Geschäften nachgehen.

In der Nacht versuchten die letzten Einheiten der griechischen Armee zu fliehen, der Hufschlag der Kavalleristen dröhnte bis nach Bournabad. Auch die Schiffe der griechischen Flotte hatten das Weite gesucht, doch die der Franzosen, Briten und Amerikaner lagen noch in der Bucht. Auf sie setzten die Christen in der Stadt ihre Hoffnung: Der Schild der westlichen Mächte würde sie davor schützen, in die Schusslinie der Vergeltung zu geraten.

Am zweiten Tag setzte sich der Einzug der türkischen Soldaten fort. Den regulären Truppen folgten die Irregulären, Mustafa Kemals als skrupellos berüchtigte Guerilla. Theri hatte nicht in Bournabad bleiben können, obwohl Adriana sie anflehte, sondern war zu Fuß nach Pasaport gelaufen. Es fuhr kein Zug, keine Straßenbahn mehr, und auch kein Mietwagen war zu bekommen, aber es war wie ein Zwang: Sie hatte diese Männer sehen müssen.

Was sie sich davon versprochen hatte, wusste sie selbst nicht. Sie sahen aus wie alle Soldaten: manche zornig, manche gleichgültig, manche triumphierend, manche verstört, alle in abgerissenen Uniformen, schlecht rasiert, nicht sehr sauber, mager und erschöpft. Die meisten jung. Manche wie Kinder. Die Hochterrassen des *Sporting Club* waren für den Oberbefehlshaber Nurredin *Pascha* und seine Generäle reserviert. Theri stand am Fenster des *Iskander* und drückte sich an die Wand. Sie erkannte keinen von ihnen – und wenn doch, was hätte sie tun wollen?

Sie kannte niemanden hier. Keinen einzigen Menschen. Etliche ihrer Bekannten hatten die Stadt im Laufe des Sommers verlassen, und auch Familienmitglieder fehlten: Theris Bruder Andreas war im Frühjahr abgereist, um sein Glück in Amerika zu versuchen, und Ulysses war vor sechs Wochen nach Frankreich aufgebrochen. Es tat weh, aus dem Großen Haus in seinen Garten zu sehen, der in einer solchen Pracht blühte, als müsse jeden Moment sein liebender Besitzer auftauchen, um die zarten Blüten zu streicheln und verwelkte Blättchen abzuzupfen. Es gab aber etwas, das Ulysses noch mehr geliebt hatte als seinen Garten: Pericles hatte in Smyrna vor Todesangst nicht mehr kochen können.

»Wir sind doch überall zusammen hingegangen«, hatte der Onkel gesagt. »Und ehe ich diesen empfindsamen Künstler nun allein in die Fremde ziehen lasse, reiße ich mir altem Baum eben die Wurzeln aus.« Sie hatten den Mops mitgenommen. Klaras Hund stand allein an der Mauer und bellte nach ihm.

Ähnlich kam Theri sich vor. Sie war allein hier am Kai unter Scharen von Menschen, die türkische Fahnen schwenkten. Vielleicht hatte Tuncay sich so gefühlt, als er vor drei Jahren hier gestanden hatte und nicht länger hatte warten können. Besser, auch sie wartete nicht länger, sondern ging nach Hause und erlöste die besorgte Adriana. Sie war alt geworden, seit Edmond gestorben war, saß bei Thea am Fenster, nicht wie deren Schwiegertochter, sondern eher wie ihre Schwester, doch ihre überschäumende Liebe zu ihrer Schar hatte nichts von ihrer Kraft verloren. Auch zu Nimrod. Selbst wenn nichts mehr davon bei ihm ankam.

Theri hatte sich wirklich losreißen und nach Hause gehen wollen, als sie doch noch jemanden erkannte, der damals, vor drei Jahren, dabei gewesen war: Erzbischof Chrysostomos. Wo er hergekommen war, hatte sie nicht sehen können. Er tauchte plötzlich zwischen zwei Soldaten, die ihn an den Armen führten, auf der Promenade auf. Die Menge teilte sich. Die Soldaten zerrten den Geistlichen, der sein schwarzes Ornat samt der Haube trug, vor die Terrassen des *Sporting Club*.

»Das ist der Mann, *Mülazim*«, rief einer der beiden. »Der hat in dieser Stadt Tod und Schrecken gegen unser Volk gepredigt.«

Sein *Mülazim*, Nurredin *Pascha*, trat an die Brüstung, auf der Theri vor drei Jahren die zappelnde Hasret festgehalten hatte. Auf den Patriarchen der griechischen Kirche von Smyrna warf er nur einen flüchtigen Blick, dann wandte er sich der Menge zu. »Den Mann überlasse ich euch«, sagte er. »Wenn er nett zu euch war, dann seid nett zu ihm. Wenn er nicht nett war, braucht ihr es auch nicht zu sein.«

Ein paar Augenblicke lang geschah nichts. Die Soldaten, die den Geistlichen hielten, wirkten ratlos, und nicht anders erschienen die Versammelten, die sie umringten. Dann trat ein Einzelner vor und versetzte Chrysostomos einen zaghaften Fausthieb auf den Arm. Als nichts geschah, niemand ihn ergriff und auch kein Himmel auf ihn niederstürzte, schlug er ein zweites Mal zu, diesmal härter und ins Gesicht. Beim dritten Ausholen hielt er inne und sah sich um, doch da sprang ein zweiter Mann hinzu und schlug mit, und gleich darauf war ein dritter zur Stelle, der Chrysostomos seine Fahnenstange über den Kopf zog. Damit brach der Bann. Wie ein riesiges, vielköpfiges Tier fiel die Menge über den Geistlichen her.

Sie schleiften ihn die Straße hinunter, wobei Theri nur ab und an die schwarze Haube aus dem Meer von Köpfen aufragen sah. Bei Inzaghi, dem italienischen Friseur, schlugen sie die Tür ein und schleppten einen der Frisierstühle auf die Straße. Der Geistliche wurde hineingezwungen und bekam einen von Inzaghis Umhängen über den Kopf gezogen. Mehrere griffen nach

Scheren, doch den weißen Bart rissen sie ihm mit den Händen aus. Als einer ausholte, einen Schrei ausstieß und dem Bischof ein Rasiermesser ins Auge stieß, hatte Theri sich abgewandt und war davongerannt.

Den Bildern aber hatte sie nicht entfliehen können. Auch nicht dem letzten. Im Vorbeijagen, ehe sie sich in eine Seitenstraße rettete, hatte sie das Gesicht eines Soldaten gesehen, der auf einem Kraftrad saß. Es war Tuncay. Oder es war nur eines der unzähligen harten, dunklen Gesichter, von dem sie sich in ihrer Verzweiflung eingebildet hatte, es könnte Tuncay sein.

Der Verräter sei durch das Volk gerichtet worden, stand anderntags über den Tod des Erzbischofs in der Zeitung. Es war zu erwarten gewesen. Es würde sich beruhigen, sobald der wütendste Rachedurst gestillt war. Bis dahin hieß es, Ruhe zu bewahren, nicht aufzufallen, sein Leben so normal wie möglich weiterzuführen. Das war die Devise, die jeder, der geblieben war, ausgab.

Theri bewunderte Klara, die jeden Morgen mit den Kindern loszog, als wäre alles wie immer. Sie war es ihnen schuldig. Hatte sie die Kinder in ihren Schulen abgeliefert, erledigte sie Besorgungen, weil es im Großen Haus kein Personal mehr gab. Ein Teil der Bediensteten war geflüchtet, der Rest verbarg sich in Kirchen. Klara verbrachte die verbleibenden Stunden in der Stadt, bis es am Nachmittag Zeit war, die Kinder wieder einzusammeln. Ein wenig beneidete Theri sie: Wer eine Aufgabe hatte, geriet weniger leicht in Gefahr, sich gehen zu lassen.

Theris eigene Aufgabe hatte sich erledigt, die griechische Schule gab es nicht mehr. Sie hockte zu Hause wie Nimrod, der sich nicht ins *Magasin* wagte, sondern die Leitung Lance überließ. Zwar hatte er schon vor Monaten vorsorglich die Dokumente, die seine Zuarbeit für die griechische Besatzungsarmee belegten, vernichtet, doch mochte Lance, der französischer Staatsbürger war, für das Geschäft derzeit die bessere Wahl sein.

Was Xenia tat, wusste niemand genau. Sie war in Missionen für ihre Stiftung unterwegs, und wenn sie nach Hause kam, überschüttete sie die anderen mit Berichten von Plünderungen im armenischen Viertel, von massakrierten Jungen und geschändeten Mädchen, von Deserteuren und Kollaborateuren, die vor dem Kemeralti an Galgen baumelten. Am Kai sammelten sich Flüchtlinge, die versuchten, die ausländischen Schiffe auf sich aufmerksam zu machen. Xenia zufolge hatten sowohl Briten als auch Amerikaner und Franzosen jeweils zwei Beiboote geschickt. »Hunderte stehen dort, und in diese Boote passen nicht mehr als zehn! Sie nehmen nur ihre eigenen Landsleute. Ehe du einsteigen darfst, musst du deinen Pass zeigen, und Armenier, Griechen, alle, die am meisten gefährdet sind, bleiben zurück.«

Theri war froh, dass Xenia heute bereits aufgebrochen war. Sie begrüßte Adriana und Thea, die in ihrem Erker am Fenster saßen, und ging dann hinunter in die Küche, um Kaffee zu kochen. Bergamotten hatten sie nicht im Haus, doch zur Not tat es auch der Saft von Zitronen. Der Geschmack war nur strenger, aber Theri hatte sich daran gewöhnt. Etwas in ihr mochte ihn gern.

Sie trug den Kaffee in die Bibliothek und setzte sich in die Loggia. Nicht um zu lesen, denn auf die Welt eines Romans konnte sie sich nicht konzentrieren, und auch nicht um zu arbeiten, denn sie hatte keine Arbeit mehr. Stattdessen versuchte sie, darüber nachzudenken, was sie tun konnte, wenn in Smyrna wieder Ruhe einkehrte. Privatstunden geben? Sich wie Xenia wohltätigen Zwecken widmen? Jede dieser Vorstellungen erschien in Anbetracht dessen, was draußen geschah, vollkommen absurd.

Die schlaflose Nacht saß ihr in den Knochen. Erst als Lärm sie wach riss, bemerkte sie, dass sie im Sitzen eingeschlafen war. Benommen erkannte sie Nimrod, der mitten im Raum stand. »Sie kommen!« Seine Augen waren schreckgeweitet. »Die Türken, sie schlagen uns die Tür ein.« Wie zur Bestätigung erfolgte ein Krachen wie von splitterndem Holz.

»Um Himmels willen, deine Mutter und *Giagia!*«

»Nicht nach vorn!«, rief Nimrod. »Da sind sie doch schon. Sie kommen meinetwegen, Theri. Ich habe wieder einmal alles verdorben, ich kann da nicht hin.«

Theri sprang auf. »Mein Gott, was bist du nur für ein Feigling«, warf sie ihm hin und stürmte aus dem Zimmer.

In dem Augenblick, als sie in die Halle trat, brachen die Türken durch die Tür. Zwei Männer mit Gewehren, von denen einer sofort in Stellung ging und auf Theri zielte. Ein dritter folgte und führte einen vierten an einer Handfessel mit. »Der da. Das ist der Mann, den Sie suchen. Mein Vetter Nimrod Delacloche, er hat die Verträge über sämtliche Lieferungen an die griechischen Besatzer geschlossen. Ich hatte nichts damit zu tun, ich habe von den fraglichen Lieferungen nicht einmal etwas gewusst.«

Der vierte war Lance. »Mir hat er erzählt, es ginge um Cognac.«

Theri wagte nicht, sich zu rühren. In ihrem Nacken spürte sie Nimrods Atem.

»Sie können mich jetzt gehen lassen. Ihren Kollaborateur haben Sie, und ich stehe unter dem Schutz des französischen Konsulats.«

Die Männer kümmerten sich nicht um ihn. »Ist das richtig?«, wandte der zweite Bewaffnete, der offenbar das Kommando innehatte, sich an Nimrod. »Sie sind Nimrod Delacloche, Geschäftsführer von Delacloche & Compagnie?«

Vermutlich nickte Nimrod. Theri hörte nichts.

»Sie sind verhaftet«, sagte der Kommandant. »Wegen Verrats und Kollaboration mit dem Feind.«

»Ach, ach, ach, was ist denn hier im Gange?« Adriana erschien in der Tür zum Morgenzimmer, und zu allem Unglück tauchte über ihrer Schulter auch noch der Kopf von *Giagia* Thea auf.

»Zurück!«, rief Nimrod. »Geht ins Zimmer, rührt euch nicht.«

»Sie bleiben stehen.« Der Kommandant hob sein Gewehr und legte auf Adriana an.

»Sind Sie krank?« Adriana riss die Augen auf. »Was sind denn das für Sitten?«

»Sie halten den Mund!«, befahl der Kommandant.

Ehe er sich wieder Nimrod zuwenden konnte, klinkte ein weiterer Mann die zertrümmerte Tür einfach auf. »Im Nachbarhaus ist niemand …«, begann er und brach ab. »Die Gewehre runter«, sagte er starr und ohne Ausdruck. »Nicht auf die Frauen.«

»Tuncay!«, rief Nimrod. »Du musst uns helfen, das ist eine Verwechslung.«

Tuncay griff dem Mann, der auf Theri zielte, ans Gewehr und zog den Lauf herunter, bis die Mündung auf den Boden wies. »Tritt beiseite«, sagte er, ohne Theri anzusehen. »Bring die Damen in das Zimmer, dann bleibt alle dort.«

»Ich habe angeordnet, dass sich in diesem Raum niemand vom Fleck bewegt«, verwies ihn der Kommandant. Dann besann er sich.

»Nicht auf die Frauen«, wiederholte Tuncay. Sein Blick flog von einem zum anderen, verstört, unsicher, was zu tun war. »Verhaftet den Mann. Die Frauen haben mit der Sache nichts zu tun.«

»Das sind doch Griechinnen«, sagte der Kommandant. Dann wies er mit einem Kopfschwenk auf Theri. »Die da kriege ich.«

»Du rührst sie nicht an.«

»So, meinst du? Und seit wann muss ich mir von dir erzählen lassen, welche griechische Nutte mir schmeckt?«

Das, was folgte, geschah blitzschnell. Der Mann setzte auf

Theri zu und streckte eine Hand aus, Tuncay sprang hinter ihn und warf ihn zu Boden. Er schlug ihm das Gewehr aus den Händen, das über den Boden schlitterte. Entsetzt sah Theri, wie der andere Mann herumschwang und im Gemenge versuchte, auf Tuncays Rücken zu zielen. Sein Finger streckte sich nach dem Abzug, doch dann musste er aus dem Augenwinkel Nimrod entdeckt haben, der das Gewehr vom Boden gepackt und auf ihn angelegt hatte. Er schwang herum und schoss Nimrod in den Kopf.

Adriana schrie auf und wollte zu ihrem Sohn laufen. Es war ihre Schwiegermutter, die sie bei den Schultern packte und sich mit ihr hintüberfallen ließ. Der bereits abgefeuerte Schuss pfiff durch den Raum und schlug krachend in eine Wand.

»Der andere haut ab!«, rief der Mann, der mit Lance bei der Tür gestanden hatte. Lance hatte sich offenbar die allgemeine Verwirrung zunutze gemacht, um sich loszureißen und zu flüchten. Sein Wächter jagte ihm nach, und der Mann mit dem Gewehr schien einen Moment lang nicht sicher, um wen er sich zuerst kümmern sollte.

Den Moment nutzte Theri. Sie sprang vor, riss dem toten Nimrod das Gewehr aus den Händen und hieb dem Mann, der gerade wieder auf Tuncay zielen wollte, den Kolben über den Schädel. Sie hatte nie zuvor einen Menschen geschlagen, sie wusste nicht, ob es ausreichen würde, also schlug sie noch einmal zu und noch ein drittes Mal. Der Mann sackte in sich zusammen und blieb liegen. Gleich darauf hatte Tuncay sich die Oberhand erkämpft, drehte seinen Gegner auf den Rücken und schlug ihm den Kopf auf die Marmorfliesen. Dann ließ er ihn liegen, erhob sich und fing Theri auf, ehe sie das Bewusstsein verlor.

49

Als sie zu sich kam, lehnte sie mit dem Rücken an der Wand, und Xenia stand über sie gebeugt. »Wir müssen hier weg, hörst du? Wir haben keine Zeit.«

Theri nahm das Glas Wasser, das Xenia ihr reichte, blinzelte, versuchte, sich im Zimmer umzusehen. Adriana und Thea knieten bei Nimrod. Er hatte den Griechen keine Spirituosen, sondern Waffen verkauft, und Lance hatte ihn an die Türken verraten. Jetzt beugte sich seine Mutter über ihn und streichelte sein Gesicht. *Sie hätte es im Leben tun sollen,* dachte Theri und war unendlich traurig. *Sie war so sicher, er wüsste, wie sehr sie ihn liebte, auch wenn sie ständig erzählte, was für ein Rüpel er war, aber er hat es nicht gewusst. Er dachte, er hätte ihr etwas zu beweisen, dabei waren wir ihr alle genug, wie wir sind.*

»Theri?« Xenia klopfte ihr auf die Wange. »Du musst dich zusammenreißen. Wir brauchen dich wach.«

Theri starrte noch immer durch den Raum. Der Mann, den Tuncay überwältigt hatte, lag gefesselt am Boden. Der Mann, den sie überwältigt hatte, hatte ein Tuch über dem Gesicht, das von Blut verfärbt war. Sie begriff sofort: Er war tot. Sie hatte einen Menschen getötet. Von wo Tuncay kam, sah sie nicht. Er drängte Xenia beiseite. »Lassen Sie mich. Bitte.«

Er setzte sich an ihre Seite und legte den Arm um sie. Die Festigkeit seines Körpers zu spüren und seinen Geruch nach Mann und Schweiß und Leder wahrzunehmen, tat unglaublich wohl. »Du hast mir das Leben gerettet«, sagte er. »Ich komme mit euch, Theri. Bitte stell mir keine Fragen.«

Sie wollte ihm keine Fragen stellen. Nicht jetzt. Nur sich an ihn lehnen und in der Vergangenheit verschwinden. Aber dazu war keine Zeit, so viel begriff sie trotz der Benommenheit.

»Xenia sagt, die Motorjacht deines Vaters liegt in der Fischerbucht, westlich vor der Promenade. Ich weiß, wo das ist. Es wird nicht leicht, aber wir können es bis dahin schaffen.«

Theri war nicht sicher, ob sie ihn verstand. »Die *Cythère?* Fahren wir nach Uzunada?«

Tuncay nickte. »Wir können dort nicht bleiben, wir müssen versuchen, so schnell wie möglich weiter nach Midilli zu kommen.«

»Nach Lesbos?«

Wieder nickte er. »Aber wenn wir es bis zu eurem Haus auf der Insel schaffen, sollten wir für heute Nacht dort sicher sein.« Mit einer Hand umfasste er ihr Kinn, drehte es zu sich und sah ihr mit flackerndem Blick in die Augen. »Kannst du aufstehen und gehen? Wir müssen uns beeilen. Die Stadt brennt, Theri.«

Damit sie erfasste, was er gesagt hatte, musste er sie nach draußen führen, wohin Xenia bereits Adriana und Thea getrieben hatte. »Die Glasharmonika«, sagte die weinende Adriana zu Thea. »Wir müssen sie holen, die Schalen werden von der Hitze platzen.«

»Gott sei Dank«, knurrte *Giagia* Thea und stützte ihren Arm. »Meine Schwester Flora hat sich unter der Zypresse erwischen lassen, mit einem Mädchen, nicht mit einem Mann. Drei Wochen später ist sie an Verkühlung gestorben, und seither müssen wir das morbide Geklimper ertragen. Gut, dass das vorbei ist. Gut, gut.«

Giagia Thea konnte weinen, ohne dass es jemand hörte.

Theri blickte in die Richtung, in die sie an jedem Morgen blickte, weil dort ihre Stadt Smyrna in morgendlicher Sonne lag, und sah eine schwarze Wolke, die ihre Stadt verschlungen hatte. Die Luft war dick, angefüllt von wirbelnden Rußteilchen.

»Sie haben das Armenierviertel in Brand gesteckt«, schrie Xenia. »Das Feuer greift in Windeseile über, wir werden bei lebendigem Leib gekocht.«

Tatsächlich war die Hitze eine andere, als Theri sie kannte. Sie tat auf der Haut weh, sodass man sich Tücher vors Gesicht schlagen wollte. »Bei Thibault ist niemand«, sagte Xenia. »Wir können nur hoffen, dass sie alle auf Michalis' Gut sind und dort bleiben.«

»Um Gottes willen!«, schrak Theri auf. »Klara und die Kinder.«

»Wo sind sie?«, fragte Tuncay.

»Sie holen Hasret von ihrer Schule auf dem Pagos ab.«

»Wenn sie auf dem Kadifekale bleiben, passiert nichts. Bergauf dürfte das Feuer nicht schlagen, zumindest nicht so schnell.«

»Wie spät ist es?«

»Gleich fünf.«

»Dann sind sie längst unten!«, rief Theri. »In Richtung Kemeralti.«

»Keine Chance«, sagte Xenia. »Die Straßen sind völlig verstopft von Menschen, die versuchen, sich durch den Qualm bis zum Kai zu kämpfen.«

»Jemand muss ihr helfen!« Theri hustete und musste sich auf Tuncay stützen. »Mit drei Kindern kann sie es alleine nicht schaffen, und wir müssen ihr nasse Tücher bringen, irgendetwas, das sie sich vor die Gesichter halten können.«

»Theri«, begann Tuncay zweifelnd, dann schüttelte er den

Kopf. »Du hast recht. Wir müssen es versuchen. Ihr beide helft den alten Damen zum Boot, und ich gehe die junge Madame Delacloche und die Kinder suchen.«

»Das kann ich nicht annehmen«, stieß Theri hervor.

»Doch«, sagte er. »Du kannst.«

Sie griff nach seinen Händen, drückte sie mit aller Kraft, wollte zu jeder erdenklichen Gottheit beten, dass er zu ihr zurückkam.

Denn das war es, was er getan hatte: Er war zu ihr zurückgekommen.

»Was ist mit deiner Mutter?«, fiel ihr ein. »Ist sie auf dem Pagos in Sicherheit?«

»Meine Mutter ist gestorben«, sagte er. »Ich habe hier niemanden mehr. Ich habe nur noch dich.«

»Du gehst mit den anderen.« Das war Xenia, wie üblich herrisch, als hätte sie das Recht, ihn herumzukommandieren. »Du trägst eine türkische Uniform und hast mit größter Wahrscheinlichkeit eine Waffe bei dir. Wenn wir das Boot verteidigen müssen, sind wir mit dir am besten dran. Außerdem kennst du den Weg nicht, den Klara geht. Du würdest sie im Leben nicht finden.«

»Aber ich kann doch nicht Sie gehen lassen!«, rief er. »Sie sind eine Frau, und dort drüben ist die Hölle los.«

»Ich hatte mein ganzes Leben keinen Kavalier, den das interessiert hätte«, sagte Xenia. »Füll mir zwei große Feldflaschen mit Wasser und mach alle Tücher nass, die du finden kannst. Dann geht zum Boot und legt sofort ab. Ich versuche, Klara zu finden und schlage mich mit ihr zur anderen Seite durch, wir laufen so lange, bis wir ein freies Stück Küste finden. Dort greift ihr uns auf.«

»Der Plan ist gut«, sagte Tuncay. »Zumindest ist es der beste, der möglich ist. Aber gehen muss ich.«

»Für so viel Blödheit hättest du es im Grunde verdient, dass deine Leute dich schnappen und an einen Laternenpfahl hängen, wenn du in dieser hübschen Uniform versuchst, an den Kai zu gelangen. Aber von uns sind ja kaum noch welche übrig, also hüten wir dich. Nehmt auch den großen Hund mit, der schlägt Pöbel in die Flucht. Zurück in die Stadt gehe ich. Ich gehe so oder so.«

»Aber warum denn, Xenia?«, rief Theri.

Aus schmalen Augen sandte ihr Xenia einen Blick. »Ich hole Sevan Agasian.«

50

Noah weinte.

Klara hob ihn sich auf die Schultern und reckte sich so hoch sie konnte, obwohl ihr Rücken sich unter dem Gewicht des Kindes krümmen wollte. Hasret weinte jetzt auch, und Aghavni bemühte sich, die Kleine ebenfalls auf ihre Schultern zu hieven, ging aber bei dem Versuch in die Knie. Klara hätte die Kamera wegwerfen sollen, aber sie kam wegen Noah nicht an den Riemen der Tasche heran. Vielleicht war das eine Ausrede. Auf dem Film waren die Bilder von Ahmed Kedi Adam und dem kindlichen Muezzin. Etwas machte es ihr ganz und gar unmöglich, sich davon zu trennen.

Aber was nützte ihr die Kamera, wenn sie hier umkamen, in einer Hitze, von der sie glaubte, sie bringe ihre Knochen zum Schmelzen? Sie mussten zum Kai, ans Wasser, wo es kühler sein würde, wo die fremden Schiffe das Feuer bemerkt haben und ihnen zu Hilfe kommen würden.

Aber zum Kai wollten alle. Menschenmassen, die sich in Todesangst vorwärts wälzten und alles niederrollten, was sich zwischen sie und die Hoffnung auf Rettung stellte. Für zwei

Frauen mit vier Kindern gab es keine Chance. Auf Kikis Decke wagte Klara nicht zu blicken. Was, wenn der kleine Kopf, der daraus hervorlugte, bereits blau anlief, wenn der kleine Mund nicht mehr nach Luft schnappte?

Sie hatte Kiki besuchen wollen, ihr die Kinder zeigen und ihre Tochter Selene kennenlernen. Jeden Tag hatte sie es sich vorgenommen, und immer war etwas dazwischengekommen. Und jetzt, wo sie es endlich geschafft hatte, war es vor Rauch und Enge, vor Lärm und Hitze und Erschöpfung fast unmöglich zu sprechen.

Doch sie musste sprechen. Der Gedanke, dass sie das, was gesagt werden musste, womöglich nicht mehr sagen konnte, ließ sie schwindeln, und immer wieder wurde ihr schwarz vor Augen. Es war nicht nur Kiki, der sie unbedingt noch etwas sagen musste. Sie hielt mit einer Hand Noahs Bein fest und versuchte mit der anderen, Hasret weiterzuzerren. »Kiki …«

Kiki sah sie an und schüttelte den Kopf. »Nicht reden. Hab dich lieb, Klariki.«

Kiki hatte sich nicht zwingen lassen. Sie hatte sich von dem Mann, den sie nicht gewollt hatte, getrennt und lebte allein mit Selene in ihrem Haus. Vincent war nach Amerika gegangen. Ob sie sich noch immer nach Aron de Lemos sehnte, ob sie sich in all dem Wahnsinn fragte, wo er war und ob er überleben würde? *Ich kann ohne dich leben, aber nicht in einer Welt ohne dich.* Klara wurde noch schwindliger. Viel zu heftig riss sie an Hasrets Hand, aber es hatte keinen Sinn. Das arme Kind hatte keine Kraft mehr.

»Klara!« Wer konnte bei diesem Rauch so eine Kraft zum Brüllen haben? »Klara, Klara, Klara!«

Xenia Delacloche.

Sie kam tatsächlich von vorn durch die wogende Menge auf sie zugesteuert wie ein *Dreadnought* – ein Fürchte-nichts. Wo kein Weg war, pflügte sie sich einen. Kaum hatte sie die Gruppe erreicht, warf sie nasse Lappen über die Köpfe der Kinder und über die von Kiki und Klara. Sie gab ihnen zu trinken und zerrte sie gleichzeitig vorwärts. »Weiter, weiter, weiter. Nicht zur Seite sehen, mit niemandem Mitleid haben, weiter, weiter, weiter.«

»Da vorn.« Kiki hustete. »Da müssen wir zum Kai.«

»Am Kai erstickt ihr wie hier«, versetzte Xenia, die ebenfalls in ein getränktes Tuch atmete und Hasret auf ihren Schultern trug. »Die Leute stehen an der Kante wie zusammengebacken, und hinter ihnen brennt alles: das *Carousel,* der *Sporting Club,* das *Huck* und das *Kraemer,* das Kino und das Türkencafé mit den großen Ventilatoren. Irgendwann springen sie alle ins Wasser, weil ersaufen besser ist als verglühen.«

»Und die Engländer? Die Franzosen?«

Xenia verwendete darauf keine Kraft, sondern zuckte die Schultern. Eine Weile kämpften sie sich schweigend voran. In die richtige Richtung, stellte Klara fest, noch ein kleines Stück zusammen in die richtige Richtung. Dann würde sie Xenia überzeugen, dass sie allein mit Kiki und den Kindern weitergehen musste. Sie würden durchkommen. Wie und wohin auch immer.

Xenia blieb stehen. Der beißende Rauch war jetzt lichter, die letzten Gebäude, die lichterloh brannten, lagen hinter ihnen. Das Feuer würde auch diesen Teil der Stadt erreichen, daran bestand kein Zweifel, doch bis dahin würden sie entflohen sein. Die Windstille kam ihnen zugute.

»Von hier schafft ihr es allein«, sagte Xenia und hob sich Hasret von den Schultern. »Geht einfach im Bogen weiter, bis ihr ans Meer kommt, dann lauft ins Wasser, so weit es geht, und winkt mit aller Kraft. Theri kommt mit der *Cythère,* sie hat den Scheinwerfer mit und hört nicht auf zu suchen, bis sie euch gefunden hat.«

»Was ist mit dir?«, fragte Kiki, während Klara die Antwort schon kannte.

Mit der Schulter wies Xenia die von Menschen verstopfte Straße hinauf. Was an deren Ende lag, wussten sie beide. Das armenische Hospital.

»Nein«, sagte Klara. »Bitte lass mich gehen.«

Durch die Rauchschwaden sah Xenia sie an und nahm sich das Tuch vom Mund. »Es sind deine Kinder, nicht meine.«

»Bitte«, wiederholte Klara. »Bitte lass mich gehen.«

»Weißt du, wie oft ich mich gefragt habe, wie krank du eigentlich bist?«, fragte Xenia. »Wie besessen davon, anderen Frauen den Mann wegzunehmen, erst Theri, die du glühend beneidet hast, und dann sogar einem armen Schwein wie mir?«

Klara hustete, hob sich ihren Jungen von den Schultern und rieb sein Gesicht feucht ab. »Ja«, sagte sie. »Ich war krank, und wie sehr, das weiß auch ich nicht. Was ich zerstört habe, wird mir für immer leidtun, aber Sevan habe ich niemandem weggenommen. Nicht einmal Rhipsime. Sevan ist mein Mann, und jede andere, die ihn hätte, nähme ihn mir weg. Das ist nicht gerecht. Aber wahr.«

Xenia räusperte sich, hustete und spuckte etwas aus. Dann lud sie sich Hasret wieder auf. »Gib das Baby Aghavni«, sagte sie zu Kiki. »Und du nimm den Kleinen.«

»Danke«, sagte Klara.

»Ich tu's nicht für dich. Wenn ihr ans Wasser kommt, macht es so, wie ich es erklärt habe. Beeilt euch. Wir greifen euch auf.«

Das armenische Hospital war noch nicht von den Flammen erfasst worden, aber St. Stepanos, die Kathedrale, brannte, und oben an der Straße ging ein Wohnhaus in Flammen auf. Ihr blieb, wenn es hochkam, eine halbe Stunde. Sie musste ihn finden. Sofort.

Sie fand ihn, wie sie ihn immer gefunden hatte. Oder er sie. Sie brach in das Krankenhaus ein, das schlimmer war als ein Taubenschlag, ein Gewimmel von weinenden, stöhnenden, schreienden Menschen, und aus einer Tür kam dieser kleine Mann mit Brille, im verschmierten Arztkittel, ein Stethoskop um den Hals, und sah in die eine Richtung, wo Klara stand. Er hielt inne und lächelte.

Um sie starb ihre Stadt, erstickte, brach unter Flammen zusammen, der bunte Kemeralti, die Hisar-Moschee, der Uhrenturm vom deutschen Kaiser, Gustave Eiffels Pier, alles brannte und verschwand von der Welt, aber hier war noch ein Stück heil.

»Klara.«

»Sevan.«

Er kam die Treppe herunter. Es war egal, wer zusah, es würde für den Rest ihres Lebens egal sein. Er nahm sie in die Arme wie ein viel größerer Mann, und er küsste sie wie der größte Mann der Welt.

»Sevan? Du bist der größte Mann der Welt.«

»Ich weiß. Genauso fühle ich mich.«

»Der schönste auch.«

»Daran übe ich noch ein bisschen.«

Sie küsste ihn zurück.

»Ich muss jetzt heulen«, sagte sie. »Mal wieder. Weil ich mir jetzt erst erlauben kann, ganz schreckliche Angst zu haben, dich nicht mehr rechtzeitig zu finden.«

»Bin da.« Er lächelte.

Klara weinte sparsam. Für mehr war später Zeit.

»Ich lass dich jetzt nie mehr los.«

»O doch«, sagte er. »Das musst du, und zwar rasch. Sind die Kinder in Sicherheit, Klara? Deine Familie?«

Sie erzählte ihm alles, was sie wusste.

Erleichtert atmete er auf. »Ihr seid großartig. Die Frauen von Smyrna. Die großartigsten Frauen der Welt. Ich muss jetzt schnell gehen, meine Liebste. Und du noch schneller. Das ist gut, denn hätten wir mehr Zeit, wäre es nicht zu schaffen.«

»Du redest Unsinn.« Ihr Lachen klang ein bisschen irr. »Sevan, weißt du, was mir gerade eingefallen ist: Wenn ich aus dieser Kraft, mit der ich dich lieb habe, Wasser machen könnte, dann wäre ganz Smyrna gelöscht.«

»Das wäre kein Unsinn. Gar keiner.« Er nahm sie in seine festen Arme, in denen ihr nie etwas hatte geschehen können, und küsste sie noch einmal, so als wollte er sie hier, auf der Treppe des Hospitals, lieben. Sie hatten sich nur ein einziges Mal geliebt, unter dem Dach, im Haus der Granatäpfel, aber was immer sie sonst getan hatten, jedes Wort, jedes Lachen, jede Frage, war Lieben gewesen. Es würde immer Lieben sein, alles, was sie taten.

»Jetzt«, sagte er und ließ sie los. »Jetzt musst du gehen.« Und dann lachte er mit glänzenden Augen und umarmte sie wieder. »Nein. Noch ein kleiner Betrug. Ein ganz kleiner. Ich muss mich noch einmal von dir verabschieden. Aber jetzt. Jetzt geh.«

Klaras Arme wurden steif. »Sevan, ich gehe nicht ohne dich.«

»Aber ja«, sagte er. »Ich muss zurück nach oben. Mein Onkel stirbt, und Rhipsime und die anderen Patienten haben schreckliche Angst. Wir können sie von hier ja nicht wegbringen.«

»Sevan, ich weiß, wie schwer es ist, aber du musst das jetzt vergessen. Wir können unser ganzes Leben darum weinen, schreien und uns betrinken, aber jetzt musst du es vergessen, damit wir es bis zur *Cythère* hinunter schaffen.«

»Du weißt nicht, dass es schwer ist«, sagte Sevan. »Du weißt, dass es unmöglich ist.«

Er hatte recht. Sie hatte das gewusst. Deshalb hatte sie hierherkommen müssen und nicht Xenia, obwohl die Kinder geweint hatten. Sie hatte es gewusst. Aber sie ertrug es nicht.

»Du kannst nicht gehen?«, fragte sie Wort für Wort. »Du kannst wirklich nicht?«

Er schüttelte den Kopf.

»Gut, Sevan.« Ihre Kehle war trocken. »Dann bleiben du und ich hier.«

Wenn sie einen Funken Hoffnung gehabt hatte, dann erlosch er sofort. Er nahm die Brille ab. »Du musst mich mitnehmen.«

»Kann nicht.« Sprechen war eine Qual.

»Doch. So wie bei Kairos und Smyrna.«

Etwas fiel ihr ein. Sie öffnete die Kameratasche, auf dem Film war noch Platz für eine einzige Fotografie. Zwei Umschläge fielen heraus, die sie vergessen hatte. Der mit den Bildern von Smyrna, den sie gepackt hatte, um ihn ihren Eltern nach Deutschland zu schicken, und der, den der Deutsche Hans Halberer geschickt hatte. »Sevan. Deine Chronik!«

Er nickte. »Bring sie zu Ende.«

Ich kann ja nicht schreiben, wollte sie sagen, aber dann fiel ihr ein, dass sie auf dem Film die Bilder von Ahmed Kedi Adam und dem kindlichen Muezzin hatte.

»Erzähl der Welt von Smyrna.«

Sie nickte sehr langsam und packte alles ein.

Ehe sie ging, machte sie das letzte Bild mit den Augen. Nur für sich.

Glossar

Abegha. Mönchspriester, d. h. im Zölibat lebender Geistlicher der armenisch-apostolischen Kirche, die daneben auch verheiratete Priester ordiniert.

Akbaş. Türkisch. »Weißkopf«. Großer, langfelliger Hütehund aus Anatolien.

Albay. Türkisch. Colonel/Oberst. Befehlshaber einer Division der Osmanischen Armee.

Aleviten. »Anhänger Alis«. Islamische Glaubensrichtung, die mit der Einwanderung von Turkmenenstämmen im 13. Jahrhundert nach Anatolien kam.

ANZAC. Australian and New Zealand Army Corps. Aus australischen, neuseeländischen und tongaischen Freiwilligen gebildetes Korps innerhalb der Streitkräfte des britischen Empire. In Eile rekrutiert und in Ägypten ausgebildet, wurden diese Truppen in den monatelangen Schlachten um Gallipoli eingesetzt. Um der Tausenden von Toten zu gedenken, wird der 25. April, der Tag der Landung des ANZAC in Gallipoli, bis heute in Australien, Neuseeland und Tonga als Gedenktag gefeiert.

Asadamard. Armenisch. »Freiheitskampf«. Zeitung der armenischen Daschnak-Partei.

Asr. Nachmittagsgebet im Islam.

Asteğmen. Türkisch. Unteroffiziersrang, einem Unterleutnant entsprechend.

Baharat. Köstliche, aromatische, im arabischen und türkischen Raum verwendete Gewürzmischung, häufig nach Familienrezepten zubereitet. Enthält unter anderem Kreuzkümmel, Zimt, schwarzen Pfeffer, Muskat, Koriander und Minze.

Bankhaus Bleichröder. Seit 1803 bestehende Berliner Privatbank, bedeutender deutscher Investor im Osmanischen Reich.

Baseil. Armenisch. »Fruchtleder«. Im gesamten vorderasiatischen Raum beliebte Süßigkeit (türkisch *pesil*).

Basmala. Arabisch. *Bismi 'llāhi 'r-raḥmāni 'r-raḥīmi – Im Namen Gottes des Erbarmers, des Barmherzigen.* Formel, die Gott bei den ersten seiner neunundneunzig Namen anruft und alle hundertvierzehn Suren des Koran – mit Ausnahme der Sure 9 – eröffnet.

Bastirma. Gedörrtes, dünn geschnittenes und gewürztes Rindfleisch, in der armenischen Küche als Vorspeise verwendet.

Bektaşilik. Alevitischer Derwischorden. Einer der wichtigsten Orden Anatoliens und des Balkans.

Binbasi. Major.

Bobasch. Armenische Suppe mit Lammfleisch.

Boraki. Mit Hackfleisch gefüllte Teigtaschen der armenischen Küche.

Cezve. Türkischer Kupfertopf mit Stiel für die Zubereitung von Kaffee. (Gleicht dem armenischen *jazva* und dem griechischen *briki.*)

Chul. Auflösung des muslimischen Ehevertrags durch die Frau. Dabei muss der Mann finanziell entschädigt werden.

Cumba. Auskragender Erker.

Daschnak-Partei. 1890 in Tiflis gegründete armenische politische Partei, Teil der sozialistischen Bewegung, zugleich mit dem Ziel der Befreiung Armeniens vom Russischen wie vom Osmanischen Reich.

David von Sassoun. Held des armenischen Nationalepos.

Davul. Basstrommel der anatolischen Volksmusik.

Dreadnought. Britisches Schlachtschiff, das 1906 fertiggestellt wurde und einem ganzen Schiffstyp seinen Namen gab. Mit der *Dreadnought* begannen regelrechte Schlachtschiffe die bisher verwendeten Linienschiffe abzulösen, was den Krieg zur See revolutionierte und ein regelrechtes Wettrüsten vor allem zwischen Großbritannien und dem Deutschen Reich auslöste.

Dreiklassenwahlrecht. Wahlrecht des Preußischen Landtags, das bis 1918 in Kraft blieb und bei dem das Gewicht der Stimmen nach der Steuerleistung der Wähler gegliedert war.

Duduk. Holzblasinstrument mit Doppelrohrblatt, einer kurzen Oboe ähnlich, traditionell aus Aprikosenholz gefertigt (in der Türkei, wo das Instrument *mey* heißt, aus Olivenholz). Armenisches Nationalinstrument.

Fassolatha. Griechische Bohnensuppe.

Fatwa. Islamisches Rechtsgutachten (türkisch *fetva*).

Ferik. General einer Division.

Filiki Eteria. Griechisch. Etwa: Gesellschaft der Freunde. 1814 gegründeter Geheimbund im griechischen Freiheitskampf.

Fustan. Auch *Fustanella.* Weißer Faltenrock, Bestandteil der albanischen – auch der griechischen – Volkstracht für Männer.

Galaktoboureko. Süßspeise aus dünnen Teigblättern, die mit Grieß gefüllt und verfeinert und dann im Ofen gebacken werden (türkisch *laz böregi*).

Gatah. Mit Butter, Zucker und Nüssen gefülltes süßes Brot der armenischen Küche, das in einem *tonir*, einem Holzkohleofen, gebacken wird.

Gegisch. Einer der beiden Hauptdialekte der albanischen Sprache, u. a. im Kosovo gesprochen.

Ghasel. Gedichtform, auf der arabischen Halbinsel entstanden und dort seit vorislamischer Zeit in Gebrauch. Blüte im 13. Jahrhundert. Besteht aus zweizeiligen Strophen, deren Endreime immer gleich bleiben. Zahlreiche Nachdichtungen im Deutschen. Beliebt waren – häufig erotische – Ansprachen an eine ersehnte Geliebte, später zunehmend religiöse Inhalte, wobei weltliche Erotik und mystische Gottesliebe oft untrennbar verschmolzen.

Giagia. Griechisch. Zärtliche Bezeichnung für Großmutter.

Hadith. Arabisch. »Erzählung«. Überlieferungen von Taten und Äußerungen Mohammeds.

Hamsi. In Mehl gewälzte, in der Pfanne gebratene Sardellen.

Harissa. Traditionelles armenisches Gericht aus eingeweichtem Weizen und gehacktem Lammfleisch, oft samt der Knorpel, häufig von Männern und zu festlichen Anlässen zubereitet.

Hava Okulu. Osmanische Luftakademie in Konstantinopel, gegründet am 3. Juli 1912.

Helva. Süßigkeit. Weißer Nougat aus Ölsamen, Honig, Vanille und Nüssen.

Hogehangist. Seelenmesse, in der armenisch-apostolischen Kirche ein Gottesdienst für einen Verstorbenen.

Hohe Pforte. Ursprünglich Eingangspforte des Sultanspalastes in Istanbul, später Metonym für den Sitz der osmanischen Regierung.

Hortopitakia. Griechisch. Pikant gefüllte Teigtaschen.

Hoschaf. Erfrischungsgetränk aus den Früchten der Kornelkirsche.

Huntschak-Partei. 1887 in der Schweiz gegründete, älteste armenische politische Partei, zudem erste sozialistische Partei im Osmanischen Reich. Zwanzig ihrer Anhänger – Huntschakisten – wurden am 15. Juni 1915 im Zuge des Völkermordes hingerichtet.

Incir tatlisi. Türkisches Dessert aus mit Walnüssen gefüllten und in Sirup gebackenen Feigen, die mit *kaymak,* Rahm, serviert werden.

Jandarma. Paramilitärische Sicherheitspolizei.

Jeneradi. Gehaltvoller griechischer Likörwein.

Kafir, pl. Kuffar. Arabisch. »Ungläubiger«.

Kamantsche. Stachelgeige.

Kapitulationen. Handelsabkommen, die seit dem 14. Jahrhundert zwischen dem Osmanischen Reich und verschiedenen europäischen Staaten geschlossen wurden. Damit räumte der osmanische Sultan Bürgern dieser Staaten, die sich im Reich niederließen, Privilegien ein, die ihnen einen Geschäftsvorteil vor einheimischen Anbietern verschafften.

Karagöz. Türkisch. »Schwarzes Auge«. Schattentheater, das hinter einem weißen Vorhang gespielt wird. Die Hauptfigur Karagöz ist ein lustiger, derber Mann aus dem Volk, mit dem deutschen Kasperle oder dem englischen Punch zu vergleichen. Traditionelles Theater des *ramadan*, das durch seine Eindimensionalität und Indirektheit gegen das islamische Verbot, Menschen abzubilden, nicht verstieß.

Kaval. Schmale, lange, oft dreiteilige Flöte. In Bulgarien, Mazedonien, doch auch in der Türkei sehr verbreitet, ursprünglich als Hirtenflöte verwendet und vielseitig einsetzbar.

Kavuk. Türkisch. Form des Turbans, die 1842 von Sultan Mahmud II. offiziell abgeschafft und durch den als moderner geltenden *fez* ersetzt wurde. Viele osmanische Männer protestierten dagegen, indem sie den *kavuk* über oder unter dem *fez* trugen.

Kavuklu. Türkisch. »Der mit dem Turban«. Hauptfigur des *Orta Oyunu*, des türkischen Straßentheaters. Ein Tollpatsch, bekleidet mit der altmodischen Tracht aus *kaftan*, *salvar* und *kavuk*, der durch derben Humor, Prahlerei und die Nachahmung von Dialekten charakterisiert ist.

Kawtaren. Ein wenig den Nornen und Parzen ähnliche, das Schicksal bestimmende und übel gesonnene Spinnerinnen der armenischen Mythologie.

Komitee für Einheit und Fortschritt. Politische Organisation der Jungtürken, die die Revolution von 1908 betrieb und mit Unterbrechungen bis 1918 die Macht im Osmanischen Reich innehatte. Langlebigste Partei der Jungtürken (türkisch *Ittihat ve Tirakki Cemiyeti*).

Koritsi. Griechisch. »Mädchen«.

Kornellen. Früchte der Kornelkirsche.

Koulouri. Meist mit Sesam bestreuter Brotkringel, im Türkischen *simit* genannt.

Kourampiedes. Griechisch. Kleingebäck mit Mandeln.

Lavasch. Armenisches Flachbrot aus Weizen.

Laz böregi. Süßspeise aus dünnen Teigblättern, die mit Grieß gefüllt und verfeinert und dann im Ofen gebacken werden (griechisch *galaktoboureko*).

Levantiner. Nicht-muslimische Minderheiten im Osmanischen Reich, vor allem in Smyrna, Konstantinopel, Bagdad, häufig Nachfahren europäischer Kaufleute französischer Sprache und katholischer Konfession.

Lokum. Türkische Süßigkeit aus Sirup.

Madrasa. Arabisch. »Ort des Studiums«. Schule für islamische Studien, seit dem 10. Jahrhundert bestehend.

Mâni. Türkisches Volkslied in Quatrainen.

Meddah. Türkischer Geschichtenerzähler, der sich durch mimische Erzählkunst auszeichnete und ein unverzichtbarer Bestandteil türkischer Kaffeehauskultur noch bis in die 1920er-Jahre war.

Megali Idea. Griechisch. »Die große Idee«. Panhellenistische, irredentistische Bewegung, vor allem durch Elefhterios Venizelos vorangetrieben. Verfolgte das Ziel, ein griechisches Großreich zu begründen und dabei die in der Antike von Griechen besiedelten Gebiete einzubeziehen.

Mihaliç. Türkisch. Gereifter, eingelegter Schafskäse.

Mufti. Rechtsgelehrter, der Gutachten nach islamischem Recht *(fatwa)* erstellt.

Mülazim. Türkisch. Osmanischer Oberfeldherr mit höchstem militärischen Rang, oberhalb der Befehlshaber selbstständiger Armeen. Entspricht dem Rang eines Feldmarschalls.

Müşrefiye. Türkisch. Entspricht der arabischen *maschrabiyya.* Dichtes, oft kunstvoll geschnitztes hölzernes Gitterwerk in der islamischen Architektur. Zur Vergitterung von Balkonen, Erkern, Fenstern verwendet.

Myron. Mit duftenden Gewürzen angereichertes, kostbares Olivenöl. Das Salböl der Ostkirchen.

Nargile. Osmanisch-türkischer Name der arabischen *shisha,* Wasserpfeife.

Odaliske. Weiße Konkubine und Dienerin im Harem hochgestellter Persönlichkeiten, einschließlich des Sultans.

Onbasi. Türkisch. Korporal, Unteroffizier der Osmanischen Armee.

Orta Oyunu. Türkisch. »Unterhaltung inmitten«. Traditionelles türkisches Volkstheater, das mitten im Publikum aufgeführt wird und sich durch derben Humor auszeichnet.

Ouzeri. Kleine griechische Gaststätte, die vornehmlich Getränke und *mezze* – kleine Speisen – serviert.

Para. Osmanische Währungseinheit. Vierzig Para ergaben einen Qirsch.

Philatelie. Beschäftigung mit dem systematischen Sammeln von Briefmarken.

Plisi. Weiße Filzkappe, Bestandteil der albanischen Volkstracht für Männer.

Prika. Griechisch. Aussteuer einer Braut.

Quiqra. Albanisch. Herzhaftes Gebäck aus gemahlenen Kichererbsen.

Qirsch pl. Qurusch. Osmanische Währungseinheit, in Gebrauch seit 1844, entspricht dem europäischen Piaster und war aufgeteilt in vierzig Para.

Rayah. Im Osmanischen Reich geborene Griechen, die nicht griechischer, sondern osmanischer Nationalität waren.

Redif. Türkisch. »Reserve«.

Şadirvan. Reinigungsbrunnen, auf den Höfen großer Moscheen zu finden, häufig im Pavillonstil.

Sahaba. Weggefährten Mohammeds. Diese genießen im sunnitischen Islam hohes Ansehen, während sie von der imamitischen *schia* verflucht werden, weil sie die Ansprüche Alis als Nachfolger des Propheten nicht anerkannten.

Salaat al-Janaza. Totengebet des Islam.

Salvar. Pumphose der osmanischen Tracht, von Männern und Frauen getragen.

Sarki. Osmanisches Lied, halb klassisch, halb volkstümlich, aus Städten stammend.

Schahada. Islamisches Glaubensbekenntnis. »Es gibt keinen Gott außer Gott, und Mohammed ist Gottes Gesandter.« Aleviten fügen den Satz »Ali ist Gottes Freund« hinzu.

Scholzen's Bockwurst. Angeblich 1889 in Berlin erstmals angebotene Brühwurstvariante.

Scheichülislam. Im Osmanischen Reich der Mufti der Hauptstadt, religionsrechtliche Autorität des Staates.

Servet-i-Fünûn. Türkisch. »Reichtum geistigen Wissens«. Avantgardistische osmanisch-türkische Zeitschrift, die seit 1891 führend über kulturelle und wissenschaftliche Entwicklungen vor allem in Europa berichtete.

Servizio Aeronautico. Italienische Luftstreitkraft, eine der ersten Gefechtsflugtruppen der Welt, im italienisch-türkischen Krieg in Libyen erstmals eingesetzt.

Simit. Meist mit Sesam bestreuter Brotkringel, im Griechischen *koulouri* genannt.

Sipahi. Einst mächtige Berittene im Heer des Sultans, die jedoch zu Beginn des 19. Jahrhunderts verschwanden.

Stanhope. Leicht zu lenkender Einspänner.

Subskriptionsball. Tanzveranstaltung, bei der man sich um eine Teilnahme persönlich bewerben musste. Die Karten, die namentlich ausgestellt wurden, mussten außerdem bezahlt werden.

Sucuk. Scharf-würzige türkische Rohwurst aus Lamm- oder Rindfleisch.

Taghawar. Die hohen Feiertage des armenisch-apostolischen Kirchenjahres.

Tanin. Zeitung des *Ittihat ve Terakki.*

Tavuk göğsu. Türkisch. »Hühnerbrust«. Bezeichnet eine Süßspeise aus Reismehl, die tatsächlich in Fasern gerissenes Hühnerfleisch enthält, ohne dass man es schmecken soll.

Tekke. Osmanisch. Zentrum einer Sufi-Bruderschaft. Das Wort bedeutet Asyl, Zuflucht. Mehr als drei Viertel aller albanischen *tekken* wurden während der Balkankriege zerstört.

Tespih. Türkisch. »Lobgesang«. Umgangssprachliche Bezeichnung für die Gebetskette, die korrekt im Arabischen *misbaha* heißt.

Tonir. Holzkohleofen.

Tschetniks. Paramilitärische Einheiten, die vor allem im Guerillakampf zur Befreiung der Balkanländer von der osmanischen Herrschaft agierten und von der serbischen Armee sowohl in den Balkankriegen als auch im Ersten Weltkrieg erfolgreich eingesetzt wurden.

Tughra. Namenszug des Sultans.

Türk Ocaği. Türkisch. »Herdfeuer der Türken«. 1911 gegründeter nationalistischer Bund, der eine Vereinigung aller Turkvölker anstrebte.

Ulema. Islamische Religionsgelehrte.

Vidovdan. 28. Juni des gregorianischen Kalenders, Gedenktag des heiligen Vitus. Als Gedenktag der Schlacht vom Amselfeld im Jahr 1389 ist der *Vidovdan* der höchste Feiertag Serbiens. Die Auswahl ausgerechnet dieses Tages für den Besuch des österreichischen Thronfolgers Franz Ferdinand wird von Historikern unterschiedlich bewertet. Während einige es für eine bewusste Provokation und Demütigung der Serben halten, gehen andere von einem unglücklichen Zufall aus.

Vilâyet. Osmanische Großprovinz, Verwaltungseinheit.

Voisin-Doppeldecker. Erstes in Serie gebautes Flugzeug der Welt, mit dem ab 1909 Schauflüge vom Tempelhofer Feld geflogen wurden.

Wali mudschbir. Im islamischen Recht der Heiratsvormund – meist Vater oder Großvater –, der eine Muslimin in eine Ehe zwingen darf. Dabei gibt es regionale, konfessionelle und epochale Unterschiede. In aller Regel darf nur die erste Ehe durch Zwangsheirat zustande kommen, der Wille der Frau muss gehört werden, wobei dem Vormund die Interpretation obliegt, und die Frau hat als Volljährige das Recht, sich wieder scheiden zu lassen.

Yüzbasi. Hauptmann der Osmanischen Armee.

Zourna. Der Oboe ähnliches Instrument, in der anatolischen – auch speziell der armenischen – und weiteren Teilen der eurasischen Volksmusik bis nach Zentralasien eingesetzt.

Zuhr. Mittagsgebet im Islam.